御製

佛光恩照　三千大千　隨緣徧滿
恒沙法界　普度衆生　悉證菩提
身心安泰　年時豐稔　風雨調順
日月升恒　乾坤清寧　百昌蕃熾
上下樂利　中外協和　庶物咸亨
萬善圓成　情與無情　同登正覺

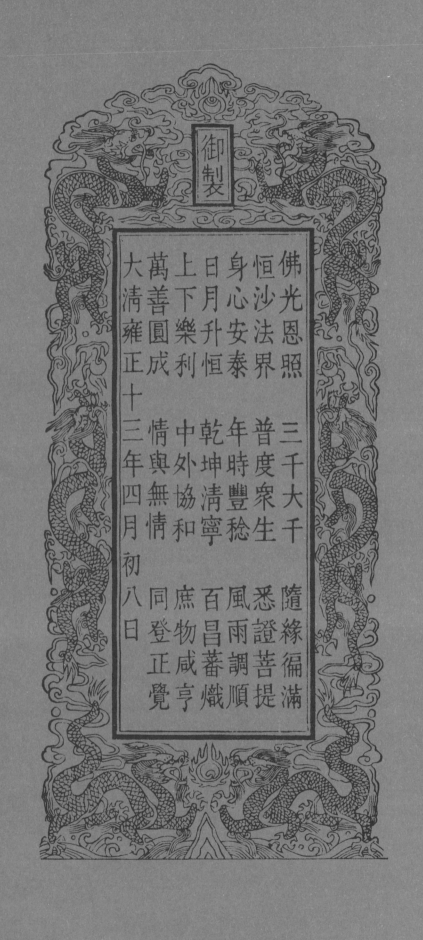

大清雍正十三年四月初八日

大般若波羅蜜多經

唐三藏法師玄奘奉 詔譯

清刻龍藏佛說法變相圖

大般若波羅蜜多經卷第二百三十一

唐三藏法師玄奘奉　詔譯

初分難信解品第三十四之五十

復次善現八聖道支清淨故色清淨色清淨故一切智智清淨何以故若八聖道支清淨若色清淨若一切智智清淨無二無二分無別無斷故八聖道支清淨故受想行識清淨受想行識清淨故一切智智清淨何以故若八聖道支清淨若受想行識清淨若一切智智清淨無二無二分無別無斷故善現八聖道支清淨故眼處清淨眼處清淨故一切智智清淨何以故若八聖道支清淨若眼處清淨若一切智智清淨無二無二分無別無斷故八聖道支清淨故耳鼻舌身意處清淨耳鼻舌身意處清淨故一切智智清淨何以故

若八聖道支清淨若耳鼻舌身意處清淨若一切智智清淨無二無二分無別無斷故善現八聖道支清淨故色處清淨色處清淨故一切智智清淨何以故若八聖道支清淨若色處清淨若一切智智清淨無二無二分無別無斷故八聖道支清淨故聲香味觸法處清淨聲香味觸法處清淨故一切智智清淨何以故若八聖道支清淨若聲香味觸法處清淨若一切智智清淨無二無二分無別無斷故善現八聖道支清淨故眼界清淨眼界清淨故一切智智清淨何以故若八聖道支清淨若眼界清淨若一切智智清淨無二無二分無別無斷故八聖道支清淨故色界眼識界及眼觸眼觸爲緣所生諸受清淨色界乃至眼觸爲緣所生諸受清淨故一切智智清淨何以故若八聖道支清淨若色界乃至眼觸爲緣所生諸受清淨若一切智智清淨無二無二分無別無斷故善現八聖道支清淨故耳界清淨耳界清淨故一切智智清淨何以故若八聖道支清淨若耳界清淨若一切智智清淨無二無二分無別無斷故八聖道支清淨故聲界耳識界及耳觸耳觸爲緣所生諸受清淨聲界乃至耳觸爲緣所生諸受清淨故一切智智清淨何以故若八聖道支清淨若聲界乃至耳觸爲緣所生諸受清淨若一切智智清淨無二無二分無別無斷故善現八聖道支清淨故鼻界清淨鼻界清淨故一切智智清淨何以故若八聖道支清淨若鼻界清淨若一切智智清淨無二無二分無別無斷故八聖道支清淨故香界鼻識

界及鼻觸鼻觸爲緣所生諸受清淨香界乃至鼻觸爲緣所生諸受清淨故一切智智清淨何以故若八聖道支清淨若香界乃至鼻觸爲緣所生諸受清淨若一切智智清淨無二無二分無別無斷故善現八聖道支清淨故舌界清淨舌界清淨故一切智智清淨何以故若八聖道支清淨若舌界清淨若一切智智清淨無二無二分無別無斷故八聖道支清淨故味界舌識界及舌觸舌觸爲緣所生諸受清淨味界乃至舌觸爲緣所生諸受清淨故一切智智清淨何以故若八聖道支清淨若味界乃至舌觸爲緣所生諸受清淨若一切智智清淨無二無二分無別無斷故善現八聖道支清淨故身界清淨身界清淨故一切智智清淨何以故若八聖道支清淨若身界清淨若一切智智清淨無二無二分無別無斷故八聖道支清淨故觸界身識界及身觸身觸爲緣所生諸受清淨觸界乃至身觸爲緣所生諸受清淨故一切智智清淨何以故若八聖道支清淨若觸界乃至身觸爲緣所生諸受清淨若一切智智清淨無二無二分無別無斷故善現八聖道支清淨故意界清淨意界清淨故一切智智清淨何以故若八聖道支清淨若意界清淨若一切智智清淨無二無二分無別無斷故八聖道支清淨故法界意識界及意觸意觸爲緣所生諸受清淨法界乃至意觸爲緣所生諸受清淨故一切智智清淨何以故若八聖道支清淨若法界乃至意觸爲緣所生諸受清淨若一切智智清淨無二無二分無別無斷故善

現八聖道支清淨故地界清淨地界清淨故一切智智清淨何以故若八聖道支清淨若地界清淨若一切智智清淨無二無二分無别無斷故八聖道支清淨故水火風空識界清淨水火風空識界清淨故一切智智清淨何以故若八聖道支清淨若水火風空識界清淨若一切智智清淨無二無二分無别無斷故善現八聖道支清淨故無明清淨無明清淨故一切智智清淨何以故若八聖道支清淨若無明清淨若一切智智清淨無二無二分無别無斷故八聖道支清淨故行識名色六處觸受愛取有生老死愁歎苦憂惱清淨行乃至老死愁歎苦憂惱清淨故一切智智清淨何以故若八聖道支清淨若行乃至老死愁歎苦憂惱清淨若一切智智清淨無二無二分無别無斷故善現八聖道支清淨故布施波羅蜜多清淨布施波羅蜜多清淨故一切智智清淨何以故若八聖道支清淨若布施波羅蜜多清淨若一切智智清淨無二無二分無别無斷故八聖道支清淨故淨戒安忍精進靜慮般若波羅蜜多清淨淨戒乃至般若波羅蜜多清淨故一切智智清淨何以故若八聖道支清淨若淨戒乃至般若波羅蜜多清淨若一切智智清淨無二無二分無别無斷故善現八聖道支清淨故内空清淨内空清淨故一切智智清淨何以故若八聖道支清淨若内空清淨若一切智智清淨無二無二分無别無斷故八聖道支清淨故外空内外空空空大空勝義空有爲空無爲空畢竟空無際空散空無變異空本性空

自相空共相空一切法空不可得空無性空自性空無性自性空清淨外空乃至無性自性空清淨故一切智智清淨何以故若八聖道支清淨若外空乃至無性自性空清淨若一切智智清淨無二無二分無別無斷故善現八聖道支清淨故眞如清淨眞如清淨故一切智智清淨何以故若八聖道支清淨若眞如清淨若一切智智清淨無二無二分無別無斷故八聖道支清淨故法界法性不虛妄性不變異性平等性離生性法定法住實際虛空界不思議界清淨法界乃至不思議界清淨故一切智智清淨何以故若八聖道支清淨若法界乃至不思議界清淨若一切智智清淨無二無二分無別無斷故善現八聖道支清淨故苦聖諦清淨苦聖諦清淨故一切智智清淨何以故若八聖道支清淨若苦聖諦清淨若一切智智清淨無二無二分無別無斷故八聖道支清淨故集滅道聖諦清淨集滅道聖諦清淨故一切智智清淨何以故若八聖道支清淨若集滅道聖諦清淨若一切智智清淨無二無二分無別無斷故善現八聖道支清淨故四靜慮清淨四靜慮清淨故一切智智清淨何以故若八聖道支清淨若四靜慮清淨若一切智智清淨無二無二分無別無斷故八聖道支清淨故四無量四無色定清淨四無量四無色定清淨故一切智智清淨何以故若八聖道支清淨若四無量四無色定清淨若一切智智清淨無二無二分無別無斷故善現八聖道支清淨故八解脱清淨八解脱清淨故一切智智清

淨何以故若八聖道支清淨若八解脫清淨若一切智智清淨無二無二分無別無斷故八聖道支清淨故八勝處九次第定十遍處清淨八勝處九次第定十遍處清淨故一切智智清淨何以故若八聖道支清淨若八勝處九次第定十遍處清淨若一切智智清淨無二無二分無別無斷故善現八聖道支清淨故四念住清淨四念住清淨故一切智智清淨何以故若八聖道支清淨若四念住清淨若一切智智清淨無二無二分無別無斷故八聖道支清淨故四正斷四神足五根五力七等覺支清淨四正斷乃至七等覺支清淨故一切智智清淨何以故若八聖道支清淨若四正斷乃至七等覺支清淨若一切智智清淨無二無二分無別無斷故善現八聖道支清淨故空解脫門清淨空解脫門清淨故一切智智清淨何以故若八聖道支清淨若空解脫門清淨若一切智智清淨無二無二分無別無斷故八聖道支清淨故無相無願解脫門清淨無相無願解脫門清淨故一切智智清淨何以故若八聖道支清淨若無相無願解脫門清淨若一切智智清淨無二無二分無別無斷故善現八聖道支清淨故菩薩十地清淨菩薩十地清淨故一切智智清淨何以故若八聖道支清淨若菩薩十地清淨若一切智智清淨無二無二分無別無斷故善現八聖道支清淨故五眼清淨五眼清淨故一切智智清淨何以故若八聖道支清淨若五眼清淨若一切智智清淨無二無二分無別無斷故八聖道支清淨故六神通

清淨六神通清淨故一切智智清淨何以故若八聖道支清淨若六神通清淨若一切智智清淨無二無二分無別無斷故善現八聖道支清淨故佛十力清淨佛十力清淨故一切智智清淨何以故若八聖道支清淨若佛十力清淨若一切智智清淨無二無二分無別無斷故八聖道支清淨故四無所畏四無礙解大慈大悲大喜大捨十八佛不共法清淨四無所畏乃至十八佛不共法清淨故一切智智清淨何以故若八聖道支清淨若四無所畏乃至十八佛不共法清淨若一切智智清淨無二無二分無別無斷故善現八聖道支清淨故無忘失法清淨無忘失法清淨故一切智智清淨何以故若八聖道支清淨若無忘失法清淨若一切智智清淨無二無二分無別無斷故八聖道支清淨故恒住捨性清淨恒住捨性清淨故一切智智清淨何以故若八聖道支清淨若恒住捨性清淨若一切智智清淨無二無二分無別無斷故善現八聖道支清淨故一切智清淨一切智清淨故一切智智清淨何以故若八聖道支清淨若一切智清淨若一切智智清淨無二無二分無別無斷故八聖道支清淨故道相智一切相智清淨道相智一切相智清淨故一切智智清淨何以故若八聖道支清淨若道相智一切相智清淨若一切智智清淨無二無二分無別無斷故善現八聖道支清淨故一切陀羅尼門清淨一切陀羅尼門清淨故一切智智清淨何以故若八聖道支清淨若一切陀羅尼門清淨若一切智智清淨無二

無二分無別無斷故八聖道支清淨故一切三摩地門清淨一切三摩地門清淨故一切智智清淨何以故若八聖道支清淨若一切三摩地門清淨若一切智智清淨無二無二分無別無斷故善現八聖道支清淨故預流果清淨預流果清淨故一切智智清淨何以故若八聖道支清淨若預流果清淨若一切智智清淨無二無二分無別無斷故八聖道支清淨故一來不還阿羅漢果清淨一來不還阿羅漢果清淨故一切智智清淨何以故若八聖道支清淨若一來不還阿羅漢果清淨若一切智智清淨無二無二分無別無斷故善現八聖道支清淨故獨覺菩提清淨獨覺菩提清淨故一切智智清淨何以故若八聖道支清淨若獨覺菩提清淨若一切智智清淨無二無二分無別無斷故善現八聖道支清淨故一切菩薩摩訶薩行清淨一切菩薩摩訶薩行清淨故一切智智清淨何以故若八聖道支清淨若一切菩薩摩訶薩行清淨若一切智智清淨無二無二分無別無斷故善現八聖道支清淨故諸佛無上正等菩提清淨諸佛無上正等菩提清淨故一切智智清淨何以故若八聖道支清淨若諸佛無上正等菩提清淨若一切智智清淨無二無二分無別無斷故復次善現空解脫門清淨故色清淨色清淨故一切智智清淨何以故若空解脫門清淨若色清淨若一切智智清淨無二無二分無別無斷故空解脫門清淨故受想行識清淨受想行識清淨故一切智智清淨何以故若空解脫門清淨若受想行

識清淨若一切智智清淨無二無二分無別無斷故善現空解脫門清淨故眼處清淨眼處清淨故一切智智清淨何以故若空解脫門清淨若眼處清淨若一切智智清淨無二無二分無別無斷故空解脫門清淨故耳鼻舌身意處清淨耳鼻舌身意處清淨故一切智智清淨何以故若空解脫門清淨若耳鼻舌身意處清淨若一切智智清淨無二無二分無別無斷故善現空解脫門清淨故色處清淨色處清淨故一切智智清淨何以故若空解脫門清淨若色處清淨若一切智智清淨無二無二分無別無斷故空解脫門清淨故聲香味觸法處清淨聲香味觸法處清淨故一切智智清淨何以故若空解脫門清淨若聲香味觸法處清淨若一切智智清淨無二無二分無別無斷故善現空解脫門清淨故眼界清淨眼界清淨故一切智智清淨何以故若空解脫門清淨若眼界清淨若一切智智清淨無二無二分無別無斷故空解脫門清淨故色界眼識界及眼觸眼觸爲緣所生諸受清淨色界乃至眼觸爲緣所生諸受清淨故一切智智清淨何以故若空解脫門清淨若色界乃至眼觸爲緣所生諸受清淨若一切智智清淨無二無二分無別無斷故善現空解脫門清淨故耳界清淨耳界清淨故一切智智清淨何以故若空解脫門清淨若耳界清淨若一切智智清淨無二無二分無別無斷故空解脫門清淨故聲界耳識界及耳觸耳觸爲緣所生諸受清淨聲界乃至耳觸爲緣所生諸受清淨故一切智智清淨

何以故若空解脫門清淨若聲界乃至耳觸爲緣所生諸受清淨若一切智智清淨無二無二分無別無斷故善現空解脫門清淨故鼻界清淨鼻界清淨故一切智智清淨何以故若空解脫門清淨若鼻界清淨若一切智智清淨無二無二分無別無斷故空解脫門清淨故香界鼻識界及鼻觸鼻觸爲緣所生諸受清淨香界乃至鼻觸爲緣所生諸受清淨故一切智智清淨何以故若空解脫門清淨若香界乃至鼻觸爲緣所生諸受清淨若一切智智清淨無二無二分無別無斷故善現空解脫門清淨故舌界清淨舌界清淨故一切智智清淨何以故若空解脫門清淨若舌界清淨若一切智智清淨無二無二分無別無斷故空解脫門清淨故味界舌識界及舌觸舌觸爲緣所生諸受清淨味界乃至舌觸爲緣所生諸受清淨故一切智智清淨何以故若空解脫門清淨若味界乃至舌觸爲緣所生諸受清淨若一切智智清淨無二無二分無別無斷故善現空解脫門清淨故身界清淨身界清淨故一切智智清淨何以故若空解脫門清淨若身界清淨若一切智智清淨無二無二分無別無斷故空解脫門清淨故觸界身識界及身觸身觸爲緣所生諸受清淨觸界乃至身觸爲緣所生諸受清淨故一切智智清淨何以故若空解脫門清淨若觸界乃至身觸爲緣所生諸受清淨若一切智智清淨無二無二分無別無斷故善現空解脫門清淨故意界清淨意界清淨故一切智智清淨何以故若空解脫門清淨若意

界清淨若一切智智清淨無二無二分無別無斷故空解脫門清淨故法界意識界及意觸意觸爲緣所生諸受清淨法界乃至意觸爲緣所生諸受清淨故一切智智清淨何以故若空解脫門清淨若法界乃至意觸爲緣所生諸受清淨若一切智智清淨無二無二分無別無斷故善現空解脫門清淨故地界清淨地界清淨故一切智智清淨何以故若空解脫門清淨若地界清淨若一切智智清淨無二無二分無別無斷故空解脫門清淨故水火風空識界清淨水火風空識界清淨故一切智智清淨何以故若空解脫門清淨若水火風空識界清淨若一切智智清淨無二無二分無別無斷故善現空解脫門清淨故無明清淨無明清淨故一切智智清淨何以故若空解脫門清淨若無明清淨若一切智智清淨無二無二分無別無斷故空解脫門清淨故行識名色六處觸受愛取有生老死愁歎苦憂惱清淨行乃至老死愁歎苦憂惱清淨故一切智智清淨何以故若空解脫門清淨若行乃至老死愁歎苦憂惱清淨若一切智智清淨無二無二分無別無斷故善現空解脫門清淨故布施波羅蜜多清淨布施波羅蜜多清淨故一切智智清淨何以故若空解脫門清淨若布施波羅蜜多清淨若一切智智清淨無二無二分無別無斷故空解脫門清淨故淨戒安忍精進靜慮般若波羅蜜多清淨淨戒乃至般若波羅蜜多清淨故一切智智清淨何以故若空解脫門清淨若淨戒乃至般若波羅蜜多清淨若一切智

智清淨無二無二分無別無斷故善現空解脫門清淨故內空清淨內空清淨故一切智智清淨何以故若空解脫門清淨若內空清淨若一切智智清淨無二無二分無別無斷故空解脫門清淨故外空內外空空空大空勝義空有爲空無爲空畢竟空無際空散空無變異空本性空自相空共相空一切法空不可得空無性空自性空無性自性空清淨外空乃至無性自性空清淨故一切智智清淨何以故若空解脫門清淨若外空乃至無性自性空清淨若一切智智清淨無二無二分無別無斷故善現空解脫門清淨故眞如清淨眞如清淨故一切智智清淨何以故若空解脫門清淨若眞如清淨若一切智智清淨無二無二分無別無斷故空解脫門清淨故法界法性不虛妄性不變異性平等性離生性法定法住實際虛空界不思議界清淨法界乃至不思議界清淨故一切智智清淨何以故若空解脫門清淨若法界乃至不思議界清淨若一切智智清淨無二無二分無別無斷故善現空解脫門清淨故苦聖諦清淨苦聖諦清淨故一切智智清淨何以故若空解脫門清淨若苦聖諦清淨若一切智智清淨無二無二分無別無斷故空解脫門清淨故集滅道聖諦清淨集滅道聖諦清淨故一切智智清淨何以故若空解脫門清淨若集滅道聖諦清淨若一切智智清淨無二無二分無別無斷故善現空解脫門清淨故四靜慮清淨四靜慮清淨故一切智智清淨何以故若空解脫門清淨若四靜慮清淨若一

切智智清淨無二無二分無别無斷故空解脱門清淨故四無量四無色定清淨四無量四無色定清淨故一切智智清淨何以故若空解脱門清淨若四無量四無色定清淨若一切智智清淨無二無二分無别無斷故善現空解脱門清淨故八解脱清淨八解脱清淨故一切智智清淨何以故若空解脱門清淨若八解脱清淨若一切智智清淨無二無二分無别無斷故空解脱門清淨故八勝處九次第定十遍處清淨八勝處九次第定十遍處清淨故一切智智清淨何以故若空解脱門清淨若八勝處九次第定十遍處清淨若一切智智清淨無二無二分無别無斷故善現空解脱門清淨故四念住清淨四念住清淨故一切智智清淨何以故若空解脱門

清淨若四念住清淨若一切智智清淨無二無二分無别無斷故空解脱門清淨故四正斷四神足五根五力七等覺支八聖道支清淨四正斷乃至八聖道支清淨故一切智智清淨何以故若空解脱門清淨若四正斷乃至八聖道支清淨若一切智智清淨無二無二分無别無斷故善現空解脱門清淨故無相解脱門清淨無相解脱門清淨故一切智智清淨何以故若空解脱門清淨若無相解脱門清淨若一切智智清淨無二無二分無别無斷故空解脱門清淨故無願解脱門清淨無願解脱門清淨故一切智智清淨何以故若空解脱門清淨若無願解脱門清淨若一切智智清淨無二無二分無别無斷故善現空解脱門清淨故菩薩十地清淨菩薩十

地清淨故一切智智清淨何以故若空解脫門清淨若菩薩十地清淨若一切智智清淨無二無二分無別無斷故善現空解脫門清淨故五眼清淨五眼清淨故一切智智清淨何以故若空解脫門清淨若五眼清淨若一切智智清淨無二無二分無別無斷故空解脫門清淨故六神通清淨六神通清淨故一切智智清淨何以故若空解脫門清淨若六神通清淨若一切智智清淨無二無二分無別無斷故善現空解脫門清淨故佛十力清淨佛十力清淨故一切智智清淨何以故若空解脫門清淨若佛十力清淨若一切智智清淨無二無二分無別無斷故空解脫門清淨故四無所畏四無礙解大慈大悲大喜大捨十八佛不共法清淨四無所畏乃至十八佛不共法清淨故一切智智清淨何以故若空解脫門清淨若四無所畏乃至十八佛不共法清淨若一切智智清淨無二無二分無別無斷故善現空解脫門清淨故無忘失法清淨無忘失法清淨故一切智智清淨何以故若空解脫門清淨若無忘失法清淨若一切智智清淨無二無二分無別無斷故空解脫門清淨故恒住捨性清淨恒住捨性清淨故一切智智清淨何以故若空解脫門清淨若恒住捨性清淨若一切智智清淨無二無二分無別無斷故善現空解脫門清淨故一切智清淨一切智清淨故一切智智清淨何以故若空解脫門清淨若一切智清淨若一切智智清淨無二無二分無別無斷故空解脫門清淨故道相智一切相智清淨道相智

一切相智清淨故一切智智清淨何以故若空解脱門清淨若道相智一切相智清淨若一切智智清淨無二無二分無别無斷故善現空解脱門清淨故一切陀羅尼門清淨一切陀羅尼門清淨故一切智智清淨何以故若空解脱門清淨若一切陀羅尼門清淨若一切智智清淨無二無二分無别無斷故空解脱門清淨故一切三摩地門清淨一切三摩地門清淨故一切智智清淨何以故若空解脱門清淨若一切三摩地門清淨若一切智智清淨無二無二分無别無斷故善現空解脱門清淨故預流果清淨預流果清淨故一切智智清淨何以故若空解脱門清淨若預流果清淨若一切智智清淨無二無二分無别無斷故空解脱門清淨故一來不還阿羅漢果清淨一來不還阿羅漢果清淨故一切智智清淨何以故若空解脱門清淨若一來不還阿羅漢果清淨若一切智智清淨無二無二分無别無斷故善現空解脱門清淨故獨覺菩提清淨獨覺菩提清淨故一切智智清淨何以故若空解脱門清淨若獨覺菩提清淨若一切智智清淨無二無二分無别無斷故善現空解脱門清淨故一切菩薩摩訶薩行清淨一切菩薩摩訶薩行清淨故一切智智清淨何以故若空解脱門清淨若一切菩薩摩訶薩行清淨若一切智智清淨無二無二分無别無斷故善現空解脱門清淨故諸佛無上正等菩提清淨諸佛無上正等菩提清淨故一切智智清淨何以故若空解脱門清淨若諸佛無上正等菩提清淨若一

切智智清淨無二無二分無別無斷故

大般若波羅蜜多經卷第二百三十一

大般若波羅蜜多經卷第二百三十二

唐三藏法師玄奘奉　詔譯

初分難信解品第三十四之五十一

復次善現無相解脫門清淨故色清淨色清淨故一切智智清淨何以故若無相解脫門清淨若色清淨若一切智智清淨無二無二分無別無斷故無相解脫門清淨故受想行識清淨受想行識清淨故一切智智清淨何以故若無相解脫門清淨若受想行識清淨若一切智智清淨無二無二分無別無斷故善現無相解脫門清淨故眼處清淨眼處清淨故一切智智清淨何以故若無相解脫門清淨若眼處清淨若一切智智清淨無二無二分無別無斷故無相解脫門清淨故耳鼻舌身意處清淨耳鼻舌身意處清淨故一切智智清淨何以故若無相解脫門清淨若耳鼻舌身意處清淨若一切智智清淨無二無二分無別無斷故善現無相解脫門清淨故色處清淨色處清淨故一切智智清淨何以故若無相解脫門清淨若色處清淨若一切智智清淨無二無二分無別無斷故無相解脫門清淨故聲香味觸法處清淨聲香味觸法處清淨故一切智智清淨何以故若無相解脫門清淨若聲香味觸法處清淨若一切智智清淨無二無二分無別無斷故善現無相解脫門清淨故眼界清淨眼界清淨故一切智智清淨何以故若無相解脫門清淨若眼界清淨若一切智智清淨無二無二分無別無斷故無相解脫門清淨故色界眼識界及眼觸眼觸爲緣所生諸受清淨色界乃至

眼觸爲緣所生諸受清淨故一切智智清淨
何以故若無相解脫門清淨若色界乃至眼
觸爲緣所生諸受清淨若一切智智清淨無
二無二分無別無斷故善現無相解脫門清
淨故耳界清淨耳界清淨故一切智智清淨
何以故若無相解脫門清淨若耳界清淨若
一切智智清淨無二無二分無別無斷故無
相解脫門清淨故聲界耳識界及耳觸耳觸
爲緣所生諸受清淨聲界乃至耳觸爲緣所
生諸受清淨故一切智智清淨何以故若無
相解脫門清淨若聲界乃至耳觸爲緣所生
諸受清淨若一切智智清淨無二無二分無
別無斷故善現無相解脫門清淨故鼻界清
淨鼻界清淨故一切智智清淨何以故若無
相解脫門清淨若鼻界清淨若一切智智清
淨無二無二分無別無斷故無相解脫門清
淨故香界鼻識界及鼻觸鼻觸爲緣所生諸
受清淨香界乃至鼻觸爲緣所生諸受清淨
故一切智智清淨何以故若無相解脫門清
淨若香界乃至鼻觸爲緣所生諸受清淨若
一切智智清淨無二無二分無別無斷故善
現無相解脫門清淨故舌界清淨舌界清淨
故一切智智清淨何以故若無相解脫門清
淨若舌界清淨若一切智智清淨無二無二
分無別無斷故無相解脫門清淨故味界舌
識界及舌觸舌觸爲緣所生諸受清淨味界
乃至舌觸爲緣所生諸受清淨故一切智智
清淨何以故若無相解脫門清淨若味界乃
至舌觸爲緣所生諸受清淨若一切智智清
淨無二無二分無別無斷故善現無相解脫

門清淨故身界清淨身界清淨故一切智智清淨何以故若無相解脫門清淨若身界清淨若一切智智清淨無二無二分無別無斷故無相解脫門清淨故觸界身識界及身觸身觸爲緣所生諸受清淨觸界乃至身觸爲緣所生諸受清淨故一切智智清淨何以故若無相解脫門清淨若觸界乃至身觸爲緣所生諸受清淨若一切智智清淨無二無二分無別無斷故善現無相解脫門清淨故意界清淨意界清淨故一切智智清淨何以故若無相解脫門清淨若意界清淨若一切智智清淨無二無二分無別無斷故無相解脫門清淨故法界意識界及意觸意觸爲緣所生諸受清淨法界乃至意觸爲緣所生諸受清淨故一切智智清淨何以故若無相解脫門清淨若法界乃至意觸爲緣所生諸受清淨若一切智智清淨無二無二分無別無斷故善現無相解脫門清淨故地界清淨地界清淨故一切智智清淨何以故若無相解脫門清淨若地界清淨若一切智智清淨無二無二分無別無斷故無相解脫門清淨故水火風空識界清淨水火風空識界清淨故一切智智清淨何以故若無相解脫門清淨若水火風空識界清淨若一切智智清淨無二無二分無別無斷故善現無相解脫門清淨故無明清淨無明清淨故一切智智清淨何以故若無相解脫門清淨若無明清淨若一切智智清淨無二無二分無別無斷故無相解脫門清淨故行識名色六處觸受愛取有生老死愁歎苦憂惱清淨行乃至老死愁歎

苦憂惱清淨故一切智智清淨何以故若無相解脫門清淨若行乃至老死愁歎苦憂惱清淨若一切智智清淨無二無二分無別無斷故善現無相解脫門清淨故布施波羅蜜多清淨布施波羅蜜多清淨故一切智智清淨何以故若無相解脫門清淨若布施波羅蜜多清淨若一切智智清淨無二無二分無別無斷故無相解脫門清淨故淨戒安忍精進靜慮般若波羅蜜多清淨淨戒乃至般若波羅蜜多清淨故一切智智清淨何以故若無相解脫門清淨若淨戒乃至般若波羅蜜多清淨若一切智智清淨無二無二分無別無斷故善現無相解脫門清淨故內空清淨內空清淨故一切智智清淨何以故若無相解脫門清淨若內空清淨若一切智智清淨無二無二分無別無斷故無相解脫門清淨故外空內外空空空大空勝義空有爲空無爲空畢竟空無際空散空無變異空本性空自相空共相空一切法空不可得空無性空自性空無性自性空清淨外空乃至無性自性空清淨故一切智智清淨何以故若無相解脫門清淨若外空乃至無性自性空清淨若一切智智清淨無二無二分無別無斷故善現無相解脫門清淨故眞如清淨眞如清淨故一切智智清淨何以故若無相解脫門清淨若眞如清淨若一切智智清淨無二無二分無別無斷故無相解脫門清淨故法界法性不虛妄性不變異性平等性離生性法定法住實際虛空界不思議界清淨法界乃至不思議界清淨故一切智智清淨何以故

若無相解脫門清淨若法界乃至不思議界清淨若一切智智清淨無二無二分無別無斷故善現無相解脫門清淨故苦聖諦清淨苦聖諦清淨故一切智智清淨何以故若無相解脫門清淨若苦聖諦清淨若一切智智清淨無二無二分無別無斷故無相解脫門清淨故集滅道聖諦清淨集滅道聖諦清淨故一切智智清淨何以故若無相解脫門清淨若集滅道聖諦清淨若一切智智清淨無二無二分無別無斷故善現無相解脫門清淨故四靜慮清淨四靜慮清淨故一切智智清淨何以故若無相解脫門清淨若四靜慮清淨若一切智智清淨無二無二分無別無斷故無相解脫門清淨故四無量四無色定清淨四無量四無色定清淨故一切智智清淨何以故若無相解脫門清淨若四無量四無色定清淨若一切智智清淨無二無二分無別無斷故善現無相解脫門清淨故八解脫清淨八解脫清淨故一切智智清淨何以故若無相解脫門清淨若八解脫清淨若一切智智清淨無二無二分無別無斷故無相解脫門清淨故八勝處九次第定十遍處清淨八勝處九次第定十遍處清淨故一切智智清淨何以故若無相解脫門清淨若八勝處九次第定十遍處清淨若一切智智清淨無二無二分無別無斷故善現無相解脫門清淨故四念住清淨四念住清淨故一切智智清淨何以故若無相解脫門清淨若四念住清淨若一切智智清淨無二無二分無別無斷故無相解脫門清淨故四正斷四神足

五根五力七等覺支八聖道支清淨四正斷乃至八聖道支清淨故一切智智清淨何以故若無相解脱門清淨若四正斷乃至八聖道支清淨若一切智智清淨無二無二分無別無斷故善現無相解脱門清淨故空解脱門清淨空解脱門清淨故一切智智清淨何以故若無相解脱門清淨若空解脱門清淨若一切智智清淨無二無二分無別無斷故無相解脱門清淨故無願解脱門清淨無願解脱門清淨故一切智智清淨何以故若無相解脱門清淨若無願解脱門清淨若一切智智清淨無二無二分無別無斷故善現無相解脱門清淨故菩薩十地清淨菩薩十地清淨故一切智智清淨何以故若無相解脱門清淨若菩薩十地清淨若一切智智清淨

無二無二分無別無斷故善現無相解脱門清淨故五眼清淨五眼清淨故一切智智清淨何以故若無相解脱門清淨若五眼清淨若一切智智清淨無二無二分無別無斷故無相解脱門清淨故六神通清淨六神通清淨故一切智智清淨何以故若無相解脱門清淨若六神通清淨若一切智智清淨無二無二分無別無斷故善現無相解脱門清淨故佛十力清淨佛十力清淨故一切智智清淨何以故若無相解脱門清淨若佛十力清淨若一切智智清淨無二無二分無別無斷故無相解脱門清淨故四無所畏四無礙解大慈大悲大喜大捨十八佛不共法清淨四無所畏乃至十八佛不共法清淨故一切智智清淨何以故若無相解脱門清淨若四無

所畏乃至十八佛不共法清淨若一切智智清淨無二無二分無別無斷故善現無相解脫門清淨故無忘失法清淨無忘失法清淨故一切智智清淨何以故若無相解脫門清淨若無忘失法清淨若一切智智清淨無二無二分無別無斷故無相解脫門清淨故恒住捨性清淨恒住捨性清淨故一切智智清淨何以故若無相解脫門清淨若恒住捨性清淨若一切智智清淨無二無二分無別無斷故善現無相解脫門清淨故一切智清淨一切智清淨故一切智智清淨何以故若無相解脫門清淨若一切智清淨若一切智智清淨無二無二分無別無斷故無相解脫門清淨故道相智一切相智清淨道相智一切相智清淨故一切智智清淨何以故若無相解脫門清淨若道相智一切相智清淨若一切智智清淨無二無二分無別無斷故善現無相解脫門清淨故一切陀羅尼門清淨一切陀羅尼門清淨故一切智智清淨何以故若無相解脫門清淨若一切陀羅尼門清淨若一切智智清淨無二無二分無別無斷故無相解脫門清淨故一切三摩地門清淨一切三摩地門清淨故一切智智清淨何以故若無相解脫門清淨若一切三摩地門清淨若一切智智清淨無二無二分無別無斷故善現無相解脫門清淨故預流果清淨預流果清淨故一切智智清淨何以故若無相解脫門清淨若預流果清淨若一切智智清淨無二無二分無別無斷故無相解脫門清淨故一來不還阿羅漢果清淨一來不還阿羅

漢果清淨故一切智智清淨何以故若無相解脫門清淨若一來不還阿羅漢果清淨若一切智智清淨無二無二分無別無斷故善現無相解脫門清淨故獨覺菩提清淨獨覺菩提清淨故一切智智清淨何以故若無相解脫門清淨若獨覺菩提清淨若一切智智清淨無二無二分無別無斷故善現無相解脫門清淨故一切菩薩摩訶薩行清淨一切菩薩摩訶薩行清淨故一切智智清淨何以故若無相解脫門清淨若一切菩薩摩訶薩行清淨若一切智智清淨無二無二分無別無斷故善現無相解脫門清淨故諸佛無上正等菩提清淨諸佛無上正等菩提清淨故一切智智清淨何以故若無相解脫門清淨若諸佛無上正等菩提清淨若一切智智清淨無二無二分無別無斷故復次善現無願解脫門清淨故色清淨色清淨故一切智智清淨何以故若無願解脫門清淨若色清淨若一切智智清淨無二無二分無別無斷故無願解脫門清淨故受想行識清淨受想行識清淨故一切智智清淨何以故若無願解脫門清淨若受想行識清淨若一切智智清淨無二無二分無別無斷故善現無願解脫門清淨故眼處清淨眼處清淨故一切智智清淨何以故若無願解脫門清淨若眼處清淨若一切智智清淨無二無二分無別無斷故無願解脫門清淨故耳鼻舌身意處清淨耳鼻舌身意處清淨故一切智智清淨何以故若無願解脫門清淨若耳鼻舌身意處清淨若一切智智清淨無二無二分無別無斷

故善現無願解脫門清淨故色處清淨色處清淨故一切智智清淨何以故若無願解脫門清淨若色處清淨若一切智智清淨無二無二分無別無斷故無願解脫門清淨故聲香味觸法處清淨聲香味觸法處清淨故一切智智清淨何以故若無願解脫門清淨若聲香味觸法處清淨若一切智智清淨無二無二分無別無斷故善現無願解脫門清淨故眼界清淨眼界清淨故一切智智清淨何以故若無願解脫門清淨若眼界清淨若一切智智清淨無二無二分無別無斷故無願解脫門清淨故色界眼識界及眼觸眼觸爲緣所生諸受清淨色界乃至眼觸爲緣所生諸受清淨故一切智智清淨何以故若無願解脫門清淨若色界乃至眼觸爲緣所生諸受清淨若一切智智清淨無二無二分無別無斷故善現無願解脫門清淨故耳界清淨耳界清淨故一切智智清淨何以故若無願解脫門清淨若耳界清淨若一切智智清淨無二無二分無別無斷故無願解脫門清淨故聲界耳識界及耳觸耳觸爲緣所生諸受清淨聲界乃至耳觸爲緣所生諸受清淨故一切智智清淨何以故若無願解脫門清淨若聲界乃至耳觸爲緣所生諸受清淨若一切智智清淨無二無二分無別無斷故善現無願解脫門清淨故鼻界清淨鼻界清淨故一切智智清淨何以故若無願解脫門清淨若鼻界清淨若一切智智清淨無二無二分無別無斷故無願解脫門清淨故香界鼻識界及鼻觸鼻觸爲緣所生諸受清淨香界乃

至鼻觸爲緣所生諸受清淨故一切智智清淨何以故若無願解脫門清淨若香界乃至鼻觸爲緣所生諸受清淨若一切智智清淨無二無二分無別無斷故善現無願解脫門清淨故舌界清淨舌界清淨故一切智智清淨何以故若無願解脫門清淨若舌界清淨若一切智智清淨無二無二分無別無斷故無願解脫門清淨故味界舌識界及舌觸舌觸爲緣所生諸受清淨味界乃至舌觸爲緣所生諸受清淨故一切智智清淨何以故若無願解脫門清淨若味界乃至舌觸爲緣所生諸受清淨若一切智智清淨無二無二分無別無斷故善現無願解脫門清淨故身界清淨身界清淨故一切智智清淨何以故若無願解脫門清淨若身界清淨若一切智智清淨無二無二分無別無斷故無願解脫門清淨故觸界身識界及身觸身觸爲緣所生諸受清淨觸界乃至身觸爲緣所生諸受清淨故一切智智清淨何以故若無願解脫門清淨若觸界乃至身觸爲緣所生諸受清淨若一切智智清淨無二無二分無別無斷故善現無願解脫門清淨故意界清淨意界清淨故一切智智清淨何以故若無願解脫門清淨若意界清淨若一切智智清淨無二無二分無別無斷故無願解脫門清淨故法界意識界及意觸意觸爲緣所生諸受清淨法界乃至意觸爲緣所生諸受清淨故一切智智清淨何以故若無願解脫門清淨若法界乃至意觸爲緣所生諸受清淨若一切智智清淨無二無二分無別無斷故善現無願解

脱門清淨故地界清淨地界清淨故一切智智清淨何以故若無願解脱門清淨若地界清淨若一切智智清淨無二無二分無别無斷故無願解脱門清淨故水火風空識界清淨水火風空識界清淨故一切智智清淨何以故若無願解脱門清淨若水火風空識界清淨若一切智智清淨無二無二分無别無斷故善現無願解脱門清淨故無明清淨無明清淨故一切智智清淨何以故若無願解脱門清淨若無明清淨若一切智智清淨無二無二分無别無斷故無願解脱門清淨故行識名色六處觸受愛取有生老死愁歎苦憂惱清淨行乃至老死愁歎苦憂惱清淨故一切智智清淨何以故若無願解脱門清淨若行乃至老死愁歎苦憂惱清淨若一切智智清淨無二無二分無别無斷故善現無願解脱門清淨故布施波羅蜜多清淨布施波羅蜜多清淨故一切智智清淨何以故若無願解脱門清淨若布施波羅蜜多清淨若一切智智清淨無二無二分無别無斷故無願解脱門清淨故淨戒安忍精進靜慮般若波羅蜜多清淨淨戒乃至般若波羅蜜多清淨故一切智智清淨何以故若無願解脱門清淨若淨戒乃至般若波羅蜜多清淨若一切智智清淨無二無二分無别無斷故善現無願解脱門清淨故内空清淨内空清淨故一切智智清淨何以故若無願解脱門清淨若内空清淨若一切智智清淨無二無二分無别無斷故無願解脱門清淨故外空内外空空空大空勝義空有爲空無爲空畢竟空無

際空散空無變異空本性空自相空共相空一切法空不可得空無性空自性空無性自性空清淨外空乃至無性自性空清淨故一切智智清淨何以故若無願解脫門清淨若外空乃至無性自性空清淨若一切智智清淨無二無二分無別無斷故善現無願解脫門清淨故眞如清淨眞如清淨故一切智智清淨何以故若無願解脫門清淨若眞如清淨若一切智智清淨無二無二分無別無斷故無願解脫門清淨故法界法性不虛妄性不變異性平等性離生性法定法住實際虛空界不思議界清淨法界乃至不思議界清淨故一切智智清淨何以故若無願解脫門清淨若法界乃至不思議界清淨若一切智智清淨無二無二分無別無斷故善現無願解脫門清淨故苦聖諦清淨苦聖諦清淨故一切智智清淨何以故若無願解脫門清淨若苦聖諦清淨若一切智智清淨無二無二分無別無斷故無願解脫門清淨故集滅道聖諦清淨集滅道聖諦清淨故一切智智清淨何以故若無願解脫門清淨若集滅道聖諦清淨若一切智智清淨無二無二分無別無斷故善現無願解脫門清淨故四靜慮清淨四靜慮清淨故一切智智清淨何以故若無願解脫門清淨若四靜慮清淨若一切智智清淨無二無二分無別無斷故無願解脫門清淨故四無量四無色定清淨四無量四無色定清淨故一切智智清淨何以故若無願解脫門清淨若四無量四無色定清淨若一切智智清淨無二無二分無別無斷故善

現無願清淨門清淨故八解脫清淨八解脫清淨故一切智智清淨何以故若無願解脫門清淨若八解脫清淨若一切智智清淨無二無二分無別無斷故無解脫脫門清淨故八勝處九次第定十遍處清淨八勝處九次第定十遍處清淨故一切智智清淨何以故若無願解脫門清淨若八勝處九次第定十遍處清淨若一切智智清淨無二無二分無別無斷故善現無願解脫門清淨故四念住清淨四念住清淨故一切智智清淨何以故若無願解脫門清淨若四念住清淨若一切智智清淨無二無二分無別無斷故無願解脫門清淨故四正斷四神足五根五力七等覺支八聖道支清淨四正斷乃至八聖道支清淨故一切智智清淨何以故若無願解脫門清淨若四正斷乃至八聖道支清淨若一切智智清淨無二無二分無別無斷故善現無願解脫門清淨故空解脫門清淨空解脫門清淨故一切智智清淨何以故若無願解脫門清淨若空解脫門清淨若一切智智清淨無二無二分無別無斷故無願解脫門清淨故無相解脫門清淨無相解脫門清淨故一切智智清淨何以故若無願解脫門清淨若無相解脫門清淨若一切智智清淨無二無二分無別無斷故善現無願解脫門清淨故菩薩十地清淨菩薩十地清淨故一切智智清淨何以故若無願解脫門清淨若菩薩十地清淨若一切智智清淨無二無二分無別無斷故善現無願解脫門清淨故五眼清淨五眼清淨故一切智智清淨何以故若無

願解脱門清淨若五眼清淨若一切智智清淨無二無二分無别無斷故無願解脱門清淨故六神通清淨六神通清淨故一切智智清淨何以故若無願解脱門清淨若六神通清淨若一切智智清淨無二無二分無别無斷故善現無願解脱門清淨故佛十力清淨佛十力清淨故一切智智清淨何以故若無願解脱門清淨若佛十力清淨若一切智智清淨無二無二分無别無斷故無願解脱門清淨故四無所畏四無礙解大慈大悲大喜大捨十八佛不共法清淨四無所畏乃至十八佛不共法清淨故一切智智清淨何以故若無願解脱門清淨若四無所畏乃至十八佛不共法清淨若一切智智清淨無二無二分無别無斷故善現無願解脱門清淨故無

忘失法清淨無忘失法清淨故一切智智清淨何以故若無願解脱門清淨若無忘失法清淨若一切智智清淨無二無二分無别無斷故無願解脱門清淨故恒住捨性清淨恒住捨性清淨故一切智智清淨何以故若無願解脱門清淨若恒住捨性清淨若一切智智清淨無二無二分無别無斷故善現無願解脱門清淨故一切智清淨一切智清淨故一切智智清淨何以故若無願解脱門清淨若一切智清淨若一切智智清淨無二無二分無别無斷故無願解脱門清淨故道相智一切相智清淨道相智一切相智清淨故一切智智清淨何以故若無願解脱門清淨若道相智一切相智清淨若一切智智清淨無二無二分無别無斷故善現無願解脱門清

淨故一切陀羅尼門清淨一切陀羅尼門清淨故一切智智清淨何以故若無願解脫門清淨若一切陀羅尼門清淨若一切智智清淨無二無二分無別無斷故無願解脫門清淨故一切三摩地門清淨一切三摩地門清淨故一切智智清淨何以故若無願解脫門清淨若一切三摩地門清淨若一切智智清淨無二無二分無別無斷故善現無願解脫門清淨故預流果清淨預流果清淨故一切智智清淨何以故若無願解脫門清淨若預流果清淨若一切智智清淨無二無二分無別無斷故無願解脫門清淨故一來不還阿羅漢果清淨一來不還阿羅漢果清淨故一切智智清淨何以故若無願解脫門清淨若一來不還阿羅漢果清淨若一切智智清淨無二無二分無別無斷故善現無願解脫門清淨故獨覺菩提清淨獨覺菩提清淨故一切智智清淨何以故若無願解脫門清淨若獨覺菩提清淨若一切智智清淨無二無二分無別無斷故善現無願解脫門清淨故一切菩薩摩訶薩行清淨一切菩薩摩訶薩行清淨故一切智智清淨何以故若無願解脫門清淨若一切菩薩摩訶薩行清淨若一切智智清淨無二無二分無別無斷故善現無願解脫門清淨故諸佛無上正等菩提清淨諸佛無上正等菩提清淨故一切智智清淨何以故若無願解脫門清淨若諸佛無上正等菩提清淨若一切智智清淨無二無二分無別無斷故

大般若波羅蜜多經卷第二百三十二

大般若波羅蜜多經卷第二百三十三

唐三藏法師玄奘奉　詔譯

初分難信解品第三十四之五十二

復次善現菩薩十地清淨故色清淨色清淨故一切智智清淨何以故若菩薩十地清淨若色清淨若一切智智清淨無二無二分無別無斷故菩薩十地清淨故受想行識清淨受想行識清淨故一切智智清淨何以故若菩薩十地清淨若受想行識清淨若一切智智清淨無二無二分無別無斷故善現菩薩十地清淨故眼處清淨眼處清淨故一切智智清淨何以故若菩薩十地清淨若眼處清淨若一切智智清淨無二無二分無別無斷故菩薩十地清淨故耳鼻舌身意處清淨耳鼻舌身意處清淨故一切智智清淨何以故若菩薩十地清淨若耳鼻舌身意處清淨若一切智智清淨無二無二分無別無斷故善現菩薩十地清淨故色處清淨色處清淨故一切智智清淨何以故若菩薩十地清淨若色處清淨若一切智智清淨無二無二分無別無斷故菩薩十地清淨故聲香味觸法處清淨聲香味觸法處清淨故一切智智清淨何以故若菩薩十地清淨若聲香味觸法處清淨若一切智智清淨無二無二分無別無斷故善現菩薩十地清淨故眼界清淨眼界清淨故一切智智清淨何以故若菩薩十地清淨若眼界清淨若一切智智清淨無二無二分無別無斷故菩薩十地清淨故色界眼識界及眼觸眼觸爲緣所生諸受清淨色界乃至眼觸爲緣所生諸受清淨故一切智智

清淨何以故若菩薩十地清淨若色界乃至眼觸爲緣所生諸受清淨若一切智智清淨無二無二分無別無斷故善現菩薩十地清淨故耳界清淨耳界清淨故一切智智清淨何以故若菩薩十地清淨若耳界清淨若一切智智清淨無二無二分無別無斷故菩薩十地清淨故聲界耳識界及耳觸耳觸爲緣所生諸受清淨聲界乃至耳觸爲緣所生諸受清淨故一切智智清淨何以故若菩薩十地清淨若聲界乃至耳觸爲緣所生諸受清淨若一切智智清淨無二無二分無別無斷故善現菩薩十地清淨故鼻界清淨鼻界清淨故一切智智清淨何以故若菩薩十地清淨若鼻界清淨若一切智智清淨無二無二分無別無斷故菩薩十地清淨故香界鼻識界及鼻觸鼻觸爲緣所生諸受清淨香界乃至鼻觸爲緣所生諸受清淨故一切智智清淨何以故若菩薩十地清淨若香界乃至鼻觸爲緣所生諸受清淨若一切智智清淨無二無二分無別無斷故善現菩薩十地清淨故舌界清淨舌界清淨故一切智智清淨何以故若菩薩十地清淨若舌界清淨若一切智智清淨無二無二分無別無斷故菩薩十地清淨故味界舌識界及舌觸舌觸爲緣所生諸受清淨味界乃至舌觸爲緣所生諸受清淨故一切智智清淨何以故若菩薩十地清淨若味界乃至舌觸爲緣所生諸受清淨若一切智智清淨無二無二分無別無斷故善現菩薩十地清淨故身界清淨身界清淨故一切智智清淨何以故若菩薩十地清淨

若身界清淨若一切智智清淨無二無二分無別無斷故菩薩十地清淨故觸界身識界及身觸身觸爲緣所生諸受清淨觸界乃至身觸爲緣所生諸受清淨故一切智智清淨何以故若菩薩十地清淨若觸界乃至身觸爲緣所生諸受清淨若一切智智清淨無二無二分無別無斷故善現菩薩十地清淨故意界清淨意界清淨故一切智智清淨何以故若菩薩十地清淨若意界清淨若一切智智清淨無二無二分無別無斷故菩薩十地清淨故法界意識界及意觸意觸爲緣所生諸受清淨法界乃至意觸爲緣所生諸受清淨故一切智智清淨何以故若菩薩十地清淨若法界乃至意觸爲緣所生諸受清淨若一切智智清淨無二無二分無別無斷故善

現菩薩十地清淨故地界清淨地界清淨故一切智智清淨何以故若菩薩十地清淨若地界清淨若一切智智清淨無二無二分無別無斷故菩薩十地清淨故水火風空識界清淨水火風空識界清淨故一切智智清淨何以故若菩薩十地清淨若水火風空識界清淨若一切智智清淨無二無二分無別無斷故善現菩薩十地清淨故無明清淨無明清淨故一切智智清淨何以故若菩薩十地清淨若無明清淨若一切智智清淨無二無二分無別無斷故菩薩十地清淨故行識名色六處觸受愛取有生老死愁歎苦憂惱清淨行乃至老死愁歎苦憂惱清淨故一切智智清淨何以故若菩薩十地清淨若行乃至老死愁歎苦憂惱清淨若一切智智清淨無

二無二分無別無斷故善現菩薩十地清淨故布施波羅蜜多清淨布施波羅蜜多清淨故一切智智清淨何以故若菩薩十地清淨若布施波羅蜜多清淨若一切智智清淨無二無二分無別無斷故菩薩十地清淨故淨戒安忍精進靜慮般若波羅蜜多清淨淨戒乃至般若波羅蜜多清淨故一切智智清淨何以故若菩薩十地清淨若淨戒乃至般若波羅蜜多清淨若一切智智清淨無二無二分無別無斷故善現菩薩十地清淨故內空清淨內空清淨故一切智智清淨何以故若菩薩十地清淨若內空清淨若一切智智清淨無二無二分無別無斷故菩薩十地清淨故外空內外空空空大空勝義空有爲空無爲空畢竟空無際空散空無變異空本性空自相空共相空一切法空不可得空無性空自性空無性自性空清淨外空乃至無性自性空清淨故一切智智清淨何以故若菩薩十地清淨若外空乃至無性自性空清淨若一切智智清淨無二無二分無別無斷故善現菩薩十地清淨故眞如清淨眞如清淨故一切智智清淨何以故若菩薩十地清淨若眞如清淨若一切智智清淨無二無二分無別無斷故菩薩十地清淨故法界法性不虛妄性不變異性平等性離生性法定法住實際虛空界不思議界清淨法界乃至不思議界清淨故一切智智清淨何以故若菩薩十地清淨若法界乃至不思議界清淨若一切智智清淨無二無二分無別無斷故善現菩薩十地清淨故苦聖諦清淨苦聖諦清淨故

一切智智清淨何以故若菩薩十地清淨若苦聖諦清淨若一切智智清淨無二無二分無別無斷故菩薩十地清淨故集滅道聖諦清淨集滅道聖諦清淨故一切智智清淨何以故若菩薩十地清淨若集滅道聖諦清淨若一切智智清淨無二無二分無別無斷故善現菩薩十地清淨故四靜慮清淨四靜慮清淨故一切智智清淨何以故若菩薩十地清淨若四靜慮清淨若一切智智清淨無二無二分無別無斷故菩薩十地清淨故四無量四無色定清淨四無量四無色定清淨故一切智智清淨何以故若菩薩十地清淨若四無量四無色定清淨若一切智智清淨無二無二分無別無斷故善現菩薩十地清淨故八解脫清淨八解脫清淨故一切智智清淨何以故若菩薩十地清淨若八解脫清淨若一切智智清淨無二無二分無別無斷故菩薩十地清淨故八勝處九次第定十遍處清淨八勝處九次第定十遍處清淨故一切智智清淨何以故若菩薩十地清淨若八勝處九次第定十遍處清淨若一切智智清淨無二無二分無別無斷故善現菩薩十地清淨故四念住清淨四念住清淨故一切智智清淨何以故若菩薩十地清淨若四念住清淨若一切智智清淨無二無二分無別無斷故菩薩十地清淨故四正斷四神足五根五力七等覺支八聖道支清淨四正斷乃至八聖道支清淨故一切智智清淨何以故若菩薩十地清淨若四正斷乃至八聖道支清淨若一切智智清淨無二無二分無別無斷故

善現菩薩十地清淨故空解脫門清淨空解脫門清淨故一切智智清淨何以故若菩薩十地清淨若空解脫門清淨若一切智智清淨無二無二分無別無斷故菩薩十地清淨故無相無願解脫門清淨無相無願解脫門清淨故一切智智清淨何以故若菩薩十地清淨若無相無願解脫門清淨若一切智智清淨無二無二分無別無斷故善現菩薩十地清淨故五眼清淨五眼清淨故一切智智清淨何以故若菩薩十地清淨若五眼清淨若一切智智清淨無二無二分無別無斷故菩薩十地清淨故六神通清淨六神通清淨故一切智智清淨何以故若菩薩十地清淨若六神通清淨若一切智智清淨無二無二分無別無斷故善現菩薩十地清淨故佛十

力清淨佛十力清淨故一切智智清淨何以故若菩薩十地清淨若佛十力清淨若一切智智清淨無二無二分無別無斷故菩薩十地清淨故四無所畏四無礙解大慈大悲大喜大捨十八佛不共法清淨四無所畏乃至十八佛不共法清淨故一切智智清淨何以故若菩薩十地清淨若四無所畏乃至十八佛不共法清淨若一切智智清淨無二無二分無別無斷故善現菩薩十地清淨故無忘失法清淨無忘失法清淨故一切智智清淨何以故若菩薩十地清淨若無忘失法清淨若一切智智清淨無二無二分無別無斷故菩薩十地清淨故恒住捨性清淨恒住捨性清淨故一切智智清淨何以故若菩薩十地清淨若恒住捨性清淨若一切智智清淨無

二無二分無別無斷故善現菩薩十地清淨故一切智清淨一切智清淨故一切智智清淨何以故若菩薩十地清淨若一切智清淨若一切智智清淨無二無二分無別無斷故菩薩十地清淨故道相智一切相智清淨道相智一切相智清淨故一切智智清淨何以故若菩薩十地清淨若道相智一切相智清淨若一切智智清淨無二無二分無別無斷故善現菩薩十地清淨故一切陀羅尼門清淨一切陀羅尼門清淨故一切智智清淨何以故若菩薩十地清淨若一切陀羅尼門清淨若一切智智清淨無二無二分無別無斷故菩薩十地清淨故一切三摩地門清淨一切三摩地門清淨故一切智智清淨何以故若菩薩十地清淨若一切三摩地門清淨若一切智智清淨無二無二分無別無斷故善現菩薩十地清淨故預流果清淨預流果清淨故一切智智清淨何以故若菩薩十地清淨若預流果清淨若一切智智清淨無二無二分無別無斷故菩薩十地清淨故一來不還阿羅漢果清淨一來不還阿羅漢果清淨故一切智智清淨何以故若菩薩十地清淨若一來不還阿羅漢果清淨若一切智智清淨無二無二分無別無斷故善現菩薩十地清淨故獨覺菩提清淨獨覺菩提清淨故一切智智清淨何以故若菩薩十地清淨若獨覺菩提清淨若一切智智清淨無二無二分無別無斷故善現菩薩十地清淨故一切菩薩摩訶薩行清淨一切菩薩摩訶薩行清淨故一切智智清淨何以故若菩薩十地清淨

若一切菩薩摩訶薩行清淨若一切智智清淨無二無二分無別無斷故善現菩薩十地清淨故諸佛無上正等菩提清淨諸佛無上正等菩提清淨故一切智智清淨何以故若菩薩十地清淨若諸佛無上正等菩提清淨若一切智智清淨無二無二分無別無斷故

復次善現五眼清淨故色清淨色清故故一切智智清淨何以故若五眼清淨若色清淨若一切智智清淨無二無二分無別無斷故五眼清淨故受想行識清淨受想行識清淨故一切智智清淨何以故若五眼清淨若受想行識清淨若一切智智清淨無二無二分無別無斷故善現五眼清淨故眼處清淨眼處清淨故一切智智清淨何以故若五眼清淨若眼處清淨若一切智智清淨無二無二分無別無斷故五眼清淨故耳鼻舌身意處清淨耳鼻舌身意處清淨故一切智智清淨何以故若五眼清淨若耳鼻舌身意處清淨若一切智智清淨無二無二分無別無斷故善現五眼清淨故色處清淨色處清淨故一切智智清淨何以故若五眼清淨若色處清淨若一切智智清淨無二無二分無別無斷故五眼清淨故聲香味觸法處清淨聲香味觸法處清淨故一切智智清淨何以故若五眼清淨若聲香味觸法處清淨若一切智智清淨無二無二分無別無斷故善現五眼清淨故眼界清淨眼界清淨故一切智智清淨何以故若五眼清淨若眼界清淨若一切智智清淨無二無二分無別無斷故五眼清淨故色界眼識界及眼觸眼觸爲緣所生諸受

清淨色界乃至眼觸爲緣所生諸受清淨故
一切智智清淨何以故若五眼清淨若色界
乃至眼觸爲緣所生諸受清淨若一切智智
清淨無二無二分無別無斷故善現五眼清
淨故耳界清淨耳界清淨故一切智智清淨
何以故若五眼清淨若耳界清淨若一切智
智清淨無二無二分無別無斷故五眼清淨
故聲界耳識界及耳觸耳觸爲緣所生諸受
清淨聲界乃至耳觸爲緣所生諸受清淨故
一切智智清淨何以故若五眼清淨若聲界
乃至耳觸爲緣所生諸受清淨若一切智智
清淨無二無二分無別無斷故善現五眼清
淨故鼻界清淨鼻界清淨故一切智智清淨
何以故若五眼清淨若鼻界清淨若一切智
智清淨無二無二分無別無斷故五眼清淨
故香界鼻識界及鼻觸鼻觸爲緣所生諸受
清淨香界乃至鼻觸爲緣所生諸受清淨故
一切智智清淨何以故若五眼清淨若香界
乃至鼻觸爲緣所生諸受清淨若一切智智
清淨無二無二分無別無斷故善現五眼清
淨故舌界清淨舌界清淨故一切智智清淨
何以故若五眼清淨若舌界清淨若一切智
智清淨無二無二分無別無斷故五眼清淨
故味界舌識界及舌觸舌觸爲緣所生諸受
清淨味界乃至舌觸爲緣所生諸受清淨故
一切智智清淨何以故若五眼清淨若味界
乃至舌觸爲緣所生諸受清淨若一切智智
清淨無二無二分無別無斷故善現五眼清
淨故身界清淨身界清淨故一切智智清淨
何以故若五眼清淨若身界清淨若一切智

智清淨無二無二分無別無斷故五眼清淨故觸界身識界及身觸身觸爲縁所生諸受清淨觸界乃至身觸爲縁所生諸受清淨故一切智智清淨何以故若五眼清淨若觸界乃至身觸爲縁所生諸受清淨若一切智智清淨無二無二分無別無斷故善現五眼清淨故意界清淨意界清淨故一切智智清淨何以故若五眼清淨若意界清淨若一切智智清淨無二無二分無別無斷故五眼清淨故法界意識界及意觸意觸爲縁所生諸受清淨法界乃至意觸爲縁所生諸受清淨故一切智智清淨何以故若五眼清淨若法界乃至意觸爲縁所生諸受清淨若一切智智清淨無二無二分無別無斷故善現五眼清淨故地界清淨地界清淨故一切智智清淨何以故若五眼清淨若地界清淨若一切智智清淨無二無二分無別無斷故五眼清淨故水火風空識界清淨水火風空識界清淨故一切智智清淨何以故若五眼清淨若水火風空識界清淨若一切智智清淨無二無二分無別無斷故善現五眼清淨故無明清淨無明清淨故一切智智清淨何以故若五眼清淨若無明清淨若一切智智清淨無二無二分無別無斷故五眼清淨故行識名色六處觸受愛取有生老死愁歎苦憂惱清淨行乃至老死愁歎苦憂惱清淨故一切智智清淨何以故若五眼清淨若行乃至老死愁歎苦憂惱清淨若一切智智清淨無二無二分無別無斷故善現五眼清淨故布施波羅蜜多清淨布施波羅蜜多清淨故一切智智

清淨何以故若五眼清淨若布施波羅蜜多清淨若一切智智清淨無二無二分無別無斷故五眼清淨故淨戒安忍精進靜慮般若波羅蜜多清淨淨戒乃至般若波羅蜜多清淨故一切智智清淨何以故若五眼清淨若淨戒乃至般若波羅蜜多清淨若一切智智清淨無二無二分無別無斷故善現五眼清淨故內空清淨內空清淨故一切智智清淨何以故若五眼清淨若內空清淨若一切智智清淨無二無二分無別無斷故五眼清淨故外空內外空空空大空勝義空有爲空無爲空畢竟空無際空散空無變異空本性空自相空共相空一切法空不可得空無性空自性空無性自性空清淨外空乃至無性自性空清淨故一切智智清淨何以故若五眼清淨若外空乃至無性自性空清淨若一切智智清淨無二無二分無別無斷故善現五眼清淨故眞如清淨眞如清淨故一切智智清淨何以故若五眼清淨若眞如清淨若一切智智清淨無二無二分無別無斷故五眼清淨故法界法性不虛妄性不變異性平等性離生性法定法住實際虛空界不思議界清淨法界乃至不思議界清淨故一切智智清淨何以故若五眼清淨若法界乃至不思議界清淨若一切智智清淨無二無二分無別無斷故善現五眼清淨故苦聖諦清淨苦聖諦清淨故一切智智清淨何以故若五眼清淨若苦聖諦清淨若一切智智清淨無二無二分無別無斷故五眼清淨故集滅道聖諦清淨集滅道聖諦清淨故一切智智清淨

何以故若五眼清淨若集滅道聖諦清淨若一切智智清淨無二無二分無別無斷故善現五眼清淨故四靜慮清淨四靜慮清淨故一切智智清淨何以故若五眼清淨若四靜慮清淨若一切智智清淨無二無二分無別無斷故五眼清淨故四無量四無色定清淨四無量四無色定清淨故一切智智清淨何以故若五眼清淨若四無量四無色定清淨若一切智智清淨無二無二分無別無斷故善現五眼清淨故八解脫清淨八解脫清淨故一切智智清淨何以故若五眼清淨若八解脫清淨若一切智智清淨無二無二分無別無斷故五眼清淨故八勝處九次第定十遍處清淨八勝處九次第定十遍處清淨故一切智智清淨何以故若五眼清淨若八勝處九次第定十遍處清淨若一切智智清淨無二無二分無別無斷故善現五眼清淨故四念住清淨四念住清淨故一切智智清淨何以故若五眼清淨若四念住清淨若一切智智清淨無二無二分無別無斷故五眼清淨故四正斷四神足五根五力七等覺支八聖道支清淨四正斷乃至八聖道支清淨故一切智智清淨何以故若五眼清淨若四正斷乃至八聖道支清淨若一切智智清淨無二無二分無別無斷故善現五眼清淨故空解脫門清淨空解脫門清淨故一切智智清淨何以故若五眼清淨若空解脫門清淨若一切智智清淨無二無二分無別無斷故五眼清淨故無相無願解脫門清淨無相無願解脫門清淨故一切智智清淨何以故若五

眼清淨若無相無願解脫門清淨若一切智智清淨無二無二分無別無斷故善現五眼清淨故菩薩十地清淨菩薩十地清淨故一切智智清淨何以故若五眼清淨若菩薩十地清淨若一切智智清淨無二無二分無別無斷故善現五眼清淨故六神通清淨六神通清淨故一切智智清淨何以故若五眼清淨若六神通清淨若一切智智清淨無二無二分無別無斷故善現五眼清淨故佛十力清淨佛十力清淨故一切智智清淨何以故若五眼清淨若佛十力清淨若一切智智清淨無二無二分無別無斷故五眼清淨故四無所畏四無礙解大慈大悲大喜大捨十八佛不共法清淨四無所畏乃至十八佛不共法清淨故一切智智清淨何以故若五眼清

淨若四無所畏乃至十八佛不共法清淨若一切智智清淨無二無二分無別無斷故善現五眼清淨故無忘失法清淨無忘失法清淨故一切智智清淨何以故若五眼清淨若無忘失法清淨若一切智智清淨無二無二分無別無斷故五眼清淨故恒住捨性清淨恒住捨性清淨故一切智智清淨何以故若五眼清淨若恒住捨性清淨若一切智智清淨無二無二分無別無斷故善現五眼清淨故一切智清淨一切智清淨故一切智智清淨何以故若五眼清淨若一切智清淨若一切智智清淨無二無二分無別無斷故五眼清淨故道相智一切相智清淨道相智一切相智清淨故一切智智清淨何以故若五眼清淨若道相智一切相智清淨若一切智智

清淨無二無二分無別無斷故善現五眼清淨故一切陀羅尼門清淨一切陀羅尼門清淨故一切智智清淨何以故若五眼清淨若一切陀羅尼門清淨若一切智智清淨無二無二分無別無斷故五眼清淨故一切三摩地門清淨一切三摩地門清淨故一切智智清淨何以故若五眼清淨若一切三摩地門清淨若一切智智清淨無二無二分無別無斷故善現五眼清淨故預流果清淨預流果清淨故一切智智清淨何以故若五眼清淨若預流果清淨若一切智智清淨無二無二分無別無斷故五眼清淨故一來不還阿羅漢果清淨一來不還阿羅漢果清淨故一切智智清淨何以故若五眼清淨若一來不還阿羅漢果清淨若一切智智清淨無二無二分無別無斷故善現五眼清淨故獨覺菩提清淨獨覺菩提清淨故一切智智清淨何以故若五眼清淨若獨覺菩提清淨若一切智智清淨無二無二分無別無斷故善現五眼清淨故一切菩薩摩訶薩行清淨一切菩薩摩訶薩行清淨故一切智智清淨何以故若五眼清淨若一切菩薩摩訶薩行清淨若一切智智清淨無二無二分無別無斷故善現五眼清淨故諸佛無上正等菩提清淨諸佛無上正等菩提清淨故一切智智清淨何以故若五眼清淨若諸佛無上正等菩提清淨若一切智智清淨無二無二分無別無斷故

復次善現六神通清淨故色清淨色清淨故一切智智清淨何以故若六神通清淨若色清淨若一切智智清淨無二無二分無別無

斷故六神通清淨故受想行識清淨受想行識清淨故一切智智清淨何以故若六神通清淨若受想行識清淨若一切智智清淨無二無二分無別無斷故善現六神通清淨故眼處清淨眼處清淨故一切智智清淨何以故若六神通清淨若眼處清淨若一切智智清淨無二無二分無別無斷故六神通清淨故耳鼻舌身意處清淨耳鼻舌身意處清淨故一切智智清淨何以故若六神通清淨若耳鼻舌身意處清淨若一切智智清淨無二無二分無別無斷故善現六神通清淨故色處清淨色處清淨故一切智智清淨何以故若六神通清淨若色處清淨若一切智智清淨無二無二分無別無斷故六神通清淨故聲香味觸法處清淨聲香味觸法處清淨故一切智智清淨何以故若六神通清淨若聲香味觸法處清淨若一切智智清淨無二無二分無別無斷故善現六神通清淨故眼界清淨眼界清淨故一切智智清淨何以故若六神通清淨若眼界清淨若一切智智清淨無二無二分無別無斷故六神通清淨故色界眼識界及眼觸眼觸爲緣所生諸受清淨色界乃至眼觸爲緣所生諸受清淨故一切智智清淨何以故若六神通清淨若色界乃至眼觸爲緣所生諸受清淨若一切智智清淨無二無二分無別無斷故善現六神通清淨故耳界清淨耳界清淨故一切智智清淨何以故若六神通清淨若耳界清淨若一切智智清淨無二無二分無別無斷故六神通清淨故聲界耳識界及耳觸耳觸爲緣所生

諸受清淨聲界乃至耳觸爲緣所生諸受清淨故一切智智清淨何以故若六神通清淨若聲界乃至耳觸爲緣所生諸受清淨若一切智智清淨無二無二分無别無斷故善現六神通清淨故鼻界清淨鼻界清淨故一切智智清淨何以故若六神通清淨若鼻界清淨若一切智智清淨無二無二分無别無斷故六神通清淨故香界鼻識界及鼻觸鼻觸爲緣所生諸受清淨香界乃至鼻觸爲緣所生諸受清淨故一切智智清淨何以故若六神通清淨若香界乃至鼻觸爲緣所生諸受清淨若一切智智清淨無二無二分無别無斷故善現六神通清淨故舌界清淨舌界清淨故一切智智清淨何以故若六神通清淨若舌界清淨若一切智智清淨無二無二分無别無斷故六神通清淨故味界舌識界及舌觸舌觸爲緣所生諸受清淨味界乃至舌觸爲緣所生諸受清淨故一切智智清淨何以故若六神通清淨若味界乃至舌觸爲緣所生諸受清淨若一切智智清淨無二無二分無别無斷故善現六神通清淨故身界清淨身界清淨故一切智智清淨何以故若六神通清淨若身界清淨若一切智智清淨無二無二分無别無斷故六神通清淨故觸界身識界及身觸身觸爲緣所生諸受清淨觸界乃至身觸爲緣所生諸受清淨故一切智智清淨何以故若六神通清淨若觸界乃至身觸爲緣所生諸受清淨若一切智智清淨無二無二分無别無斷故善現六神通清淨故意界清淨意界清淨故一切智智清淨何

以故若六神通清淨若意界清淨若一切智智清淨無二無二分無别無斷故六神通清淨故法界意識界及意觸意觸爲緣所生諸受清淨法界乃至意觸爲緣所生諸受清淨故一切智智清淨何以故若六神通清淨若法界乃至意觸爲緣所生諸受清淨若一切智智清淨無二無二分無别無斷故善現六神通清淨故地界清淨地界清淨故一切智智清淨何以故若六神通清淨若地界清淨若一切智智清淨無二無二分無别無斷故六神通清淨故水火風空識界清淨水火風空識界清淨故一切智智清淨何以故若六神通清淨若水火風空識界清淨若一切智智清淨無二無二分無别無斷故善現六神通清淨故無明清淨無明清淨故一切智智清淨何以故若六神通清淨若無明清淨若一切智智清淨無二無二分無别無斷故六神通清淨故行識名色六處觸受愛取有生老死愁歎苦憂惱清淨行乃至老死愁歎苦憂惱清淨故一切智智清淨何以故若六神通清淨若行乃至老死愁歎苦憂惱清淨若一切智智清淨無二無二分無别無斷故

大般若波羅蜜多經卷第二百三十三

大般若波羅蜜多經卷第二百三十四

唐三藏法師玄奘奉詔譯

初分難信解品第三十四之五十三

善現六神通清淨故布施波羅蜜多清淨布施波羅蜜多清淨故一切智智清淨何以故若六神通清淨若布施波羅蜜多清淨若一切智智清淨無二無二分無別無斷故六神通清淨故淨戒安忍精進靜慮般若波羅蜜多清淨淨戒乃至般若波羅蜜多清淨故一切智智清淨何以故若六神通清淨若淨戒乃至般若波羅蜜多清淨若一切智智清淨無二無二分無別無斷故善現六神通清淨故內空清淨內空清淨故一切智智清淨何以故若六神通清淨若內空清淨若一切智智清淨無二無二分無別無斷故六神通清淨故外空內外空空空大空勝義空有為空無為空畢竟空無際空散空無變異空本性空自相空共相空一切法空不可得空無性空自性空無性自性空清淨外空乃至無性自性空清淨故一切智智清淨何以故若六神通清淨若外空乃至無性自性空清淨若一切智智清淨無二無二分無別無斷故善現六神通清淨故真如清淨真如清淨故一切智智清淨何以故若六神通清淨若真如清淨若一切智智清淨無二無二分無別無斷故六神通清淨故法界法性不虛妄性不變異性平等性離生性法定法住實際虛空界不思議界清淨法界乃至不思議界清淨故一切智智清淨何以故若六神通清淨若法界乃至不思議界清淨若一切智智清淨

無二無二分無別無斷故善現六神通清淨故苦聖諦清淨苦聖諦清淨故一切智智清淨何以故若六神通清淨若苦聖諦清淨若一切智智清淨無二無二分無別無斷故六神通清淨故集滅道聖諦清淨集滅道聖諦清淨故一切智智清淨何以故若六神通清淨若集滅道聖諦清淨若一切智智清淨無二無二分無別無斷故善現六神通清淨故四靜慮清淨四靜慮清淨故一切智智清淨何以故若六神通清淨若四靜慮清淨若一切智智清淨無二無二分無別無斷故六神通清淨故四無量四無色定清淨四無量四無色定清淨故一切智智清淨何以故若六神通清淨若四無量四無色定清淨若一切智智清淨無二無二分無別無斷故善現六神通清淨故八解脫清淨八解脫清淨故一切智智清淨何以故若六神通清淨若八解脫清淨若一切智智清淨無二無二分無別無斷故六神通清淨故八勝處九次第定十遍處清淨八勝處九次第定十遍處清淨故一切智智清淨何以故若六神通清淨若八勝處九次第定十遍處清淨若一切智智清淨無二無二分無別無斷故善現六神通清淨故四念住清淨四念住清淨故一切智智清淨何以故若六神通清淨若四念住清淨若一切智智清淨無二無二分無別無斷故六神通清淨故四正斷四神足五根五力七等覺支八聖道支清淨四正斷乃至八聖道支清淨故一切智智清淨何以故若六神通清淨若四正斷乃至八聖道支清淨若一切

智智清淨無二無二分無別無斷故善現六神通清淨故空解脫門清淨空解脫門清淨故一切智智清淨何以故若六神通清淨若空解脫門清淨若一切智智清淨無二無二分無別無斷故六神通清淨故無相無願解脫門清淨無相無願解脫門清淨故一切智智清淨何以故若六神通清淨若無相無願解脫門清淨若一切智智清淨無二無二分無別無斷故善現六神通清淨故菩薩十地清淨菩薩十地清淨故一切智智清淨何以故若六神通清淨若菩薩十地清淨若一切智智清淨無二無二分無別無斷故善現六神通清淨故五眼清淨五眼清淨故一切智智清淨何以故若六神通清淨若五眼清淨若一切智智清無二無二分無別無斷故

善現六神通清淨故佛十力清淨佛十力清淨故一切智智清淨何以故若六神通清淨若佛十力清淨若一切智智清淨無二無二分無別無斷故六神通清淨故四無所畏四無礙解大慈大悲大喜大捨十八佛不共法清淨四無所畏乃至十八佛不共法清淨故一切智智清淨何以故若六神通清淨若四無所畏乃至十八佛不共法清淨若一切智智清淨無二無二分無別無斷故善現六神通清淨故無忘失法清淨無忘失法清淨故一切智智清淨何以故若六神通清淨若無忘失法清淨若一切智智清淨無二無二分無別無斷故六神通清淨故恒住捨性清淨恒住捨性清淨故一切智智清淨何以故若六神通清淨若恒住捨性清淨若一切智智

清淨無二無二分無別無斷故善現六神通清淨故一切智清淨一切智清淨故一切智智清淨何以故若六神通清淨若一切智清淨若一切智智清淨無二無二分無別無斷故六神通清淨故道相智一切相智清淨道相智一切相智清淨故一切智智清淨何以故若六神通清淨若道相智一切相智清淨若一切智智清淨無二無二分無別無斷故善現六神通清淨故一切陀羅尼門清淨一切陀羅尼門清淨故一切智智清淨何以故若六神通清淨若一切陀羅尼門清淨若一切智智清淨無二無二分無別無斷故六神通清淨故一切三摩地門清淨一切三摩地門清淨故一切智智清淨何以故若六神通清淨若一切三摩地門清淨若一切智智清淨無二無二分無別無斷故善現六神通清淨故預流果清淨預流果清淨故一切智智清淨何以故若六神通清淨若預流果清淨若一切智智清淨無二無二分無別無斷故六神通清淨故一來不還阿羅漢果清淨一來不還阿羅漢果清淨故一切智智清淨何以故若六神通清淨若一來不還阿羅漢果清淨若一切智智清淨無二無二分無別無斷故善現六神通清淨故獨覺菩提清淨獨覺菩提清淨故一切智智清淨何以故若六神通清淨若獨覺菩提清淨若一切智智清淨無二無二分無別無斷故善現六神通清淨故一切菩薩摩訶薩行清淨一切菩薩摩訶薩行清淨故一切智智清淨何以故若六神通清淨若一切菩薩摩訶薩行清淨若一

切智智清淨無二無二分無別無斷故善現六神通清淨故諸佛無上正等菩提清淨諸佛無上正等菩提清淨故一切智智清淨何以故若六神通清淨若諸佛無上正等菩提清淨若一切智智清淨無二無二分無別無斷故復次善現佛十力清淨故色清淨色清淨故一切智智清淨何以故若佛十力清淨若色清淨若一切智智清淨無二無二分無別無斷故佛十力清淨故受想行識清淨受想行識清淨故一切智智清淨何以故若佛十力清淨若受想行識清淨若一切智智清淨無二無二分無別無斷故善現佛十力清淨故眼處清淨眼處清淨故一切智智清淨何以故若佛十力清淨若眼處清淨若一切智智清淨無二無二分無別無斷故佛十力清淨故耳鼻舌身意處清淨耳鼻舌身意處清淨故一切智智清淨何以故若佛十力清淨若耳鼻舌身意處清淨若一切智智清淨無二無二分無別無斷故善現佛十力清淨故色處清淨色處清淨故一切智智清淨何以故若佛十力清淨若色處清淨若一切智智清淨無二無二分無別無斷故佛十力清淨故聲香味觸法處清淨聲香味觸法處清淨故一切智智清淨何以故若佛十力清淨若聲香味觸法處清淨若一切智智清淨無二無二分無別無斷故善現佛十力清淨故眼界清淨眼界清淨故一切智智清淨何以故若佛十力清淨若眼界清淨若一切智智清淨無二無二分無別無斷故佛十力清淨故色界眼識界及眼觸眼觸為緣所生諸受

清淨色界乃至眼觸爲緣所生諸受清淨故一切智智清淨何以故若佛十力清淨若色界乃至眼觸爲緣所生諸受清淨若一切智智清淨無二無二分無別無斷故善現佛十力清淨故耳界清淨耳界清淨故一切智智清淨何以故若佛十力清淨若耳界清淨若一切智智清淨無二無二分無別無斷故佛十力清淨故聲界耳識界及耳觸耳觸爲緣所生諸受清淨聲界乃至耳觸爲緣所生諸受清淨故一切智智清淨何以故若佛十力清淨若聲界乃至耳觸爲緣所生諸受清淨若一切智智清淨無二無二分無別無斷故善現佛十力清淨故鼻界清淨鼻界清淨故一切智智清淨何以故若佛十力清淨若鼻界清淨若一切智智清淨無二無二分無別無斷故佛十力清淨故香界鼻識界及鼻觸鼻觸爲緣所生諸受清淨香界乃至鼻觸爲緣所生諸受清淨故一切智智清淨何以故若佛十力清淨若香界乃至鼻觸爲緣所生諸受清淨若一切智智清淨無二無二分無別無斷故善現佛十力清淨故舌界清淨舌界清淨故一切智智清淨何以故若佛十力清淨若舌界清淨若一切智智清淨無二無二分無別無斷故佛十力清淨故味界舌識界及舌觸舌觸爲緣所生諸受清淨味界乃至舌觸爲緣所生諸受清淨故一切智智清淨何以故若佛十力清淨若味界乃至舌觸爲緣所生諸受清淨若一切智智清淨無二無二分無別無斷故善現佛十力清淨故身界清淨身界清淨故一切智智清淨何以故

若佛十力清淨若身界清淨若一切智智清淨無二無二分無别無斷故佛十力清淨故觸界身識界及身觸身觸爲緣所生諸受清淨觸界乃至身觸爲緣所生諸受清淨故一切智智清淨何以故若佛十力清淨若觸界乃至身觸爲緣所生諸受清淨若一切智智清淨無二無二分無别無斷故善現佛十力清淨故意界清淨意界清淨故一切智智清淨何以故若佛十力清淨若意界清淨若一切智智清淨無二無二分無别無斷故佛十力清淨故法界意識界及意觸意觸爲緣所生諸受清淨法界乃至意觸爲緣所生諸受清淨故一切智智清淨何以故若佛十力清淨若法界乃至意觸爲緣所生諸受清淨若一切智智清淨無二無二分無别無斷故善現佛十力清淨故地界清淨地界清淨故一切智智清淨何以故若佛十力清淨若地界清淨若一切智智清淨無二無二分無别無斷故佛十力清淨故水火風空識界清淨水火風空識界清淨故一切智智清淨何以故若佛十力清淨若水火風空識界清淨若一切智智清淨無二無二分無别無斷故善現佛十力清淨故無明清淨無明清淨故一切智智清淨何以故若佛十力清淨若無明清淨若一切智智清淨無二無二分無别無斷故佛十力清淨故行識名色六處觸受愛取有生老死愁歎苦憂惱清淨行乃至老死愁歎苦憂惱清淨故一切智智清淨何以故若佛十力清淨若行乃至老死愁歎苦憂惱清淨若一切智智清淨無二無二分無别無斷

故善現佛十力清淨故布施波羅蜜多清淨布施波羅蜜多清淨故一切智智清淨何以故若佛十力清淨若布施波羅蜜多清淨若一切智智清淨無二無二分無別無斷故佛十力清淨故淨戒安忍精進靜慮般若波羅蜜多清淨淨戒乃至般若波羅蜜多清淨故一切智智清淨何以故若佛十力清淨若淨戒乃至般若波羅蜜多清淨若一切智智清淨無二無二分無別無斷故善現佛十力清淨故內空清淨內空清淨故一切智智清淨何以故若佛十力清淨若內空清淨若一切智智清淨無二無二分無別無斷故佛十力清淨故外空內外空空空大空勝義空有爲空無爲空畢竟空無際空散空無變異空本性空自相空共相空一切法空不可得空無性空自性空無性自性空清淨外空乃至無性自性空清淨故一切智智清淨何以故若佛十力清淨若外空乃至無性自性空清淨若一切智智清淨無二無二分無別無斷故善現佛十力清淨故眞如清淨眞如清淨故一切智智清淨何以故若佛十力清淨若眞如清淨若一切智智清淨無二無二分無別無斷故佛十力清淨故法界法性不虛妄性不變異性平等性離生性法定法住實際虛空界不思議界清淨法界乃至不思議界清淨故一切智智清淨何以故若佛十力清淨若法界乃至不思議界清淨若一切智智清淨無二無二分無別無斷故善現佛十力清淨故苦聖諦清淨苦聖諦清淨故一切智智清淨何以故若佛十力清淨若苦聖諦清淨

若一切智智清淨無二無二分無別無斷故
佛十力清淨故集滅道聖諦清淨集滅道聖
諦清淨故一切智智清淨何以故若佛十力
清淨若集滅道聖諦清淨若一切智智清淨
無二無二分無別無斷故善現佛十力清淨
故四靜慮清淨四靜慮清淨故一切智智清
淨何以故若佛十力清淨若四靜慮清淨若
一切智智清淨無二無二分無別無斷故佛
十力清淨故四無量四無色定清淨四無量
四無色定清淨故一切智智清淨何以故若
佛十力清淨若四無量四無色定清淨若一
切智智清淨無二無二分無別無斷故善現
佛十力清淨故八解脱清淨八解脱清淨故
一切智智清淨何以故若佛十力清淨若八
解脱清淨若一切智智清淨無二無二分無
別無斷故佛十力清淨故八勝處九次第定
十遍處清淨八勝處九次第定十遍處清淨
故一切智智清淨何以故若佛十力清淨若
八勝處九次第定十遍處清淨若一切智智
清淨無二無二分無別無斷故善現佛十力
清淨故四念住清淨四念住清淨故一切智
智清淨何以故若佛十力清淨若四念住清
淨若一切智智清淨無二無二分無別無斷
故佛十力清淨故四正斷四神足五根五力
七等覺支八聖道支清淨四正斷乃至八聖
道支清淨故一切智智清淨何以故若佛十
力清淨若四正斷乃至八聖道支清淨若一
切智智清淨無二無二分無別無斷故善現
佛十力清淨故空解脱門清淨空解脱門清
淨故一切智智清淨何以故若佛十力清淨

若空解脱門清淨若一切智智清淨無二無二分無別無斷故佛十力清淨故無相無願解脱門清淨無相無願解脱門清淨故一切智智清淨何以故若佛十力清淨若無相無願解脱門清淨若一切智智清淨無二無二分無別無斷故善現佛十力清淨故菩薩十地清淨菩薩十地清淨故一切智智清淨何以故若佛十力清淨若菩薩十地清淨若一切智智清淨無二無二分無別無斷故善現佛十力清淨故五眼清淨五眼清淨故一切智智清淨何以故若佛十力清淨若五眼清淨若一切智智清淨無二無二分無別無斷故佛十力清淨故六神通清淨六神通清淨故一切智智清淨何以故若佛十力清淨若六神通清淨若一切智智清淨無二無二分

無別無斷故善現佛十力清淨故四無所畏清淨四無所畏清淨故一切智智清淨何以故若佛十力清淨若四無所畏清淨若一切智智清淨無二無二分無別無斷故佛十力清淨故四無礙解大慈大悲大喜大捨十八佛不共法清淨四無礙解乃至十八佛不共法清淨故一切智智清淨何以故若佛十力清淨若四無礙解乃至十八佛不共法清淨若一切智智清淨無二無二分無別無斷故善現佛十力清淨故無忘失法清淨無忘失法清淨故一切智智清淨何以故若佛十力清淨若無忘失法清淨若一切智智清淨無二無二分無別無斷故佛十力清淨故恒住捨性清淨恒住捨性清淨故一切智智清淨何以故若佛十力清淨若恒住捨性清淨若

一切智智清淨無二無二分無別無斷故善現佛十力清淨故一切智清淨一切智清淨故一切智智清淨何以故若佛十力清淨若一切智清淨若一切智智清淨無二無二分無別無斷故佛十力清淨故道相智一切相智清淨道相智一切相智清淨故一切智智清淨何以故若佛十力清淨若道相智一切相智清淨若一切智智清淨無二無二分無別無斷故善現佛十力清淨故一切陀羅尼門清淨一切陀羅尼門清淨故一切智智清淨何以故若佛十力清淨若一切陀羅尼門清淨若一切智智清淨無二無二分無別無斷故佛十力清淨故一切三摩地門清淨一切三摩地門清淨故一切智智清淨何以故若佛十力清淨若一切三摩地門清淨若一切智智清淨無二無二分無別無斷故善現佛十力清淨故預流果清淨預流果清淨故一切智智清淨何以故若佛十力清淨若預流果清淨若一切智智清淨無二無二分無別無斷故佛十力清淨故一來不還阿羅漢果清淨一來不還阿羅漢果清淨故一切智智清淨何以故若佛十力清淨若一來不還阿羅漢果清淨若一切智智清淨無二無二分無別無斷故善現佛十力清淨故獨覺菩提清淨獨覺菩提清淨故一切智智清淨何以故若佛十力清淨若獨覺菩提清淨若一切智智清淨無二無二分無別無斷故善現佛十力清淨故一切菩薩摩訶薩行清淨一切菩薩摩訶薩行清淨故一切智智清淨何以故若佛十力清淨若一切菩薩摩訶薩行

清淨若一切智智清淨無二無二分無別無斷故善現佛十力清淨故諸佛無上正等菩提清淨諸佛無上正等菩提清淨故一切智智清淨何以故若佛十力清淨若諸佛無上正等菩提清淨若一切智智清淨無二無二分無別無斷故復次善現四無所畏清淨故色清淨色清淨故一切智智清淨何以故若四無所畏清淨若色清淨若一切智智清淨無二無二分無別無斷故四無所畏清淨故受想行識清淨受想行識清淨故一切智智清淨何以故若四無所畏清淨若受想行識清淨若一切智智清淨無二無二分無別無斷故善現四無所畏清淨故眼處清淨眼處清淨故一切智智清淨何以故若四無所畏清淨若眼處清淨若一切智智清淨無二無二分無別無斷故四無所畏清淨故耳鼻舌身意處清淨耳鼻舌身意處清淨故一切智智清淨何以故若四無所畏清淨若耳鼻舌身意處清淨若一切智智清淨無二無二分無別無斷故善現四無所畏清淨故色處清淨色處清淨故一切智智清淨何以故若四無所畏清淨若色處清淨若一切智智清淨無二無二分無別無斷故四無所畏清淨故聲香味觸法處清淨聲香味觸法處清淨故一切智智清淨何以故若四無所畏清淨若聲香味觸法處清淨若一切智智清淨無二無二分無別無斷故善現四無所畏清淨故眼界清淨眼界清淨故一切智智清淨何以故若四無所畏清淨若眼界清淨若一切智智清淨無二無二分無別無斷故四無所畏

清淨故色界眼識界及眼觸眼觸爲緣所生諸受清淨色界乃至眼觸爲緣所生諸受清淨故一切智智清淨何以故若四無所畏清淨若色界乃至眼觸爲緣所生諸受清淨若一切智智清淨無二無二分無別無斷故善現四無所畏清淨故耳界清淨耳界清淨故一切智智清淨何以故若四無所畏清淨若耳界清淨若一切智智清淨無二無二分無別無斷故四無所畏清淨故聲界耳識界及耳觸耳觸爲緣所生諸受清淨聲界乃至耳觸爲緣所生諸受清淨故一切智智清淨何以故若四無所畏清淨若聲界乃至耳觸爲緣所生諸受清淨若一切智智清淨無二無二分無別無斷故善現四無所畏清淨故鼻界清淨鼻界清淨故一切智智清淨何以故若四無所畏清淨若鼻界清淨若一切智智清淨無二無二分無別無斷故四無所畏清淨故香界鼻識界及鼻觸鼻觸爲緣所生諸受清淨香界乃至鼻觸爲緣所生諸受清淨故一切智智清淨何以故若四無所畏清淨若香界乃至鼻觸爲緣所生諸受清淨若一切智智清淨無二無二分無別無斷故善現四無所畏清淨故舌界清淨舌界清淨故一切智智清淨何以故若四無所畏清淨若舌界清淨若一切智智清淨無二無二分無別無斷故四無所畏清淨故味界舌識界及舌觸舌觸爲緣所生諸受清淨味界乃至舌觸爲緣所生諸受清淨故一切智智清淨何以故若四無所畏清淨若味界乃至舌觸爲緣所生諸受清淨若一切智智清淨無二無二

分無別無斷故善現四無所畏清淨故身界清淨身界清淨故一切智智清淨何以故若四無所畏清淨若身界清淨若一切智智清淨無二無二分無別無斷故四無所畏清淨故觸界身識界及身觸身觸爲緣所生諸受清淨觸界乃至身觸爲緣所生諸受清淨故一切智智清淨何以故若四無所畏清淨若觸界乃至身觸爲緣所生諸受清淨若一切智智清淨無二無二分無別無斷故善現四無所畏清淨故意界清淨意界清淨故一切智智清淨何以故若四無所畏清淨若意界清淨若一切智智清淨無二無二分無別無斷故四無所畏清淨故法界意識界及意觸意觸爲緣所生諸受清淨法界乃至意觸爲緣所生諸受清淨故一切智智清淨何以故若四無所畏清淨若法界乃至意觸爲緣所生諸受清淨若一切智智清淨無二無二分無別無斷故善現四無所畏清淨故地界清淨地界清淨故一切智智清淨何以故若四無所畏清淨若地界清淨若一切智智清淨無二無二分無別無斷故四無所畏清淨故水火風空識界清淨水火風空識界清淨故一切智智清淨何以故若四無所畏清淨若水火風空識界清淨若一切智智清淨無二無二分無別無斷故善現四無所畏清淨故無明清淨無明清淨故一切智智清淨何以故若四無所畏清淨若無明清淨若一切智智清淨無二無二分無別無斷故四無所畏清淨故行識名色六處觸受愛取有生老死愁歎苦憂惱清淨行乃至老死愁歎苦憂惱

清淨故一切智智清淨何以故若四無所畏清淨若行乃至老死愁歎苦憂惱清淨若一切智智清淨無二無二分無別無斷故善現四無所畏清淨故布施波羅蜜多清淨布施波羅蜜多清淨故一切智智清淨何以故若四無所畏清淨若布施波羅蜜多清淨若一切智智清淨無二無二分無別無斷故四無所畏清淨故淨戒安忍精進靜慮般若波羅蜜多清淨淨戒乃至般若波羅蜜多清淨故一切智智清淨何以故若四無所畏清淨若淨戒乃至般若波羅蜜多清淨若一切智智清淨無二無二分無別無斷故善現四無所畏清淨故內空清淨內空清淨故一切智智清淨何以故若四無所畏清淨若內空清淨若一切智智清淨無二無二分無別無斷故

四無所畏清淨故外空內外空空空大空勝義空有為空無為空畢竟空無際空散空無變異空本性空自相空共相空一切法空不可得空無性空自性空無性自性空清淨外空乃至無性自性空清淨故一切智智清淨何以故若四無所畏清淨若外空乃至無性自性空清淨若一切智智清淨無二無二分無別無斷故

大般若波羅蜜多經卷第二百三十四

大般若波羅蜜多經卷第二百三十五

唐三藏法師玄奘奉詔譯

初分難信解品第三十四之五十四

善現四無所畏清淨故真如清淨真如清淨故一切智智清淨何以故若四無所畏清淨若真如清淨若一切智智清淨無二無二分無別無斷故四無所畏清淨故法界法性不虛妄性不變異性平等性離生性法定法住實際虛空界不思議界清淨法界乃至不思議界清淨故一切智智清淨何以故若四無所畏清淨若法界乃至不思議界清淨若一切智智清淨無二無二分無別無斷故善現四無所畏清淨故苦聖諦清淨苦聖諦清淨故一切智智清淨何以故若四無所畏清淨若苦聖諦清淨若一切智智清淨無二無二分無別無斷故四無所畏清淨故集滅道聖諦清淨集滅道聖諦清淨故一切智智清淨何以故若四無所畏清淨若集滅道聖諦清淨若一切智智清淨無二無二分無別無斷故善現四無所畏清淨故四靜慮清淨四靜慮清淨故一切智智清淨何以故若四無所畏清淨若四靜慮清淨若一切智智清淨無二無二分無別無斷故四無所畏清淨故四無量四無色定清淨四無量四無色定清淨故一切智智清淨何以故若四無所畏清淨若四無量四無色定清淨若一切智智清淨無二無二分無別無斷故善現四無所畏清淨故八解脫清淨八解脫清淨故一切智智清淨何以故若四無所畏清淨若八解脫清淨若一切智智清淨無二無二分無別無斷

故四無所畏清淨故八勝處九次第定十遍處清淨八勝處九次第定十遍處清淨故一切智智清淨何以故若四無所畏清淨若八勝處九次第定十遍處清淨若一切智智清淨無二無二分無別無斷故善現四無所畏清淨故四念住清淨四念住清淨故一切智智清淨何以故若四無所畏清淨若四念住清淨若一切智智清淨無二無二分無別無斷故四無所畏清淨故四正斷四神足五根五力七等覺支八聖道支清淨四正斷乃至八聖道支清淨故一切智智清淨何以故若四無所畏清淨若四正斷乃至八聖道支清淨若一切智智清淨無二無二分無別無斷故善現四無所畏清淨故空解脫門清淨空解脫門清淨故一切智智清淨何以故若四無所畏清淨若空解脫門清淨若一切智智清淨無二無二分無別無斷故四無所畏清淨故無相無願解脫門清淨無相無願解脫門清淨故一切智智清淨何以故若四無所畏清淨若無相無願解脫門清淨若一切智智清淨無二無二分無別無斷故善現四無所畏清淨故菩薩十地清淨菩薩十地清淨故一切智智清淨何以故若四無所畏清淨若菩薩十地清淨若一切智智清淨無二無二分無別無斷故善現四無所畏清淨故五眼清淨五眼清淨故一切智智清淨何以故若四無所畏清淨若五眼清淨若一切智智清淨無二無二分無別無斷故四無所畏清淨故六神通清淨六神通清淨故一切智智清淨何以故若四無所畏清淨若六神通清

淨若一切智智清淨無二無二分無別無斷故善現四無所畏清淨故佛十力清淨佛十力清淨故一切智智清淨何以故若四無所畏清淨若佛十力清淨若一切智智清淨無二無二分無別無斷故四無所畏清淨故四無礙解大慈大悲大喜大捨十八佛不共法清淨四無礙解乃至十八佛不共法清淨故一切智智清淨何以故若四無所畏清淨若四無礙解乃至十八佛不共法清淨若一切智智清淨無二無二分無別無斷故善現四無所畏清淨故無忘失法清淨無忘失法清淨故一切智智清淨何以故若四無所畏清淨若無忘失法清淨若一切智智清淨無二無二分無別無斷故四無所畏清淨故恒住捨性清淨恒住捨性清淨故一切智智清淨何以故若四無所畏清淨若恒住捨性清淨若一切智智清淨無二無二分無別無斷故善現四無所畏清淨故一切智清淨一切智清淨故一切智智清淨何以故若四無所畏清淨若一切智清淨若一切智智清淨無二無二分無別無斷故四無所畏清淨故道相智一切相智清淨道相智一切相智清淨故一切智智清淨何以故若四無所畏清淨若道相智一切相智清淨若一切智智清淨無二無二分無別無斷故善現四無所畏清淨故一切陀羅尼門清淨一切陀羅尼門清淨故一切智智清淨何以故若四無所畏清淨若一切陀羅尼門清淨若一切智智清淨無二無二分無別無斷故四無所畏清淨故一切三摩地門清淨一切三摩地門清淨故一

切智智清淨何以故若四無所畏清淨若一切三摩地門清淨若一切智智清淨無二無二分無別無斷故善現四無所畏清淨故預流果清淨預流果清淨故一切智智清淨何以故若四無所畏清淨若預流果清淨若一切智智清淨無二無二分無別無斷故四無所畏清淨故一來不還阿羅漢果清淨一來不還阿羅漢果清淨故一切智智清淨何以故若四無所畏清淨若一來不還阿羅漢果清淨若一切智智清淨無二無二分無別無斷故善現四無所畏清淨故獨覺菩提清淨獨覺菩提清淨故一切智智清淨何以故若四無所畏清淨若獨覺菩提清淨若一切智智清淨無二無二分無別無斷故善現四無所畏清淨故一切菩薩摩訶薩行清淨一切菩薩摩訶薩行清淨故一切智智清淨何以故若四無所畏清淨若一切菩薩摩訶薩行清淨若一切智智清淨無二無二分無別無斷故善現四無所畏清淨故諸佛無上正等菩提清淨諸佛無上正等菩提清淨故一切智智清淨何以故若四無所畏清淨若諸佛無上正等菩提清淨若一切智智清淨無二無二分無別無斷故復次善現四無礙解清淨故色清淨色清淨故一切智智清淨何以故若四無礙解清淨若色清淨若一切智智清淨無二無二分無別無斷故四無礙解清淨故受想行識清淨受想行識清淨故一切智智清淨何以故若四無礙解清淨若受想行識清淨若一切智智清淨無二無二分無別無斷故善現四無礙解清淨故眼處清淨

眼處清淨故一切智智清淨何以故若四無礙解清淨若眼處清淨若一切智智清淨無二無二分無別無斷故四無礙解清淨故耳鼻舌身意處清淨耳鼻舌身意處清淨故一切智智清淨何以故若四無礙解清淨若耳鼻舌身意處清淨若一切智智清淨無二無二分無別無斷故善現四無礙解清淨故色處清淨色處清淨故一切智智清淨何以故若四無礙解清淨若色處清淨若一切智智清淨無二無二分無別無斷故四無礙解清淨故聲香味觸法處清淨聲香味觸法處清淨故一切智智清淨何以故若四無礙解清淨若聲香味觸法處清淨若一切智智清淨無二無二分無別無斷故善現四無礙解清淨故眼界清淨眼界清淨故一切智智清淨何以故若四無礙解清淨若眼界清淨若一切智智清淨無二無二分無別無斷故四無礙解清淨故色界眼識界及眼觸眼觸爲緣所生諸受清淨色界乃至眼觸爲緣所生諸受清淨故一切智智清淨何以故若四無礙解清淨若色界乃至眼觸爲緣所生諸受清淨若一切智智清淨無二無二分無別無斷故善現四無礙解清淨故耳界清淨耳界清淨故一切智智清淨何以故若四無礙解清淨若耳界清淨若一切智智清淨無二無二分無別無斷故四無礙解清淨故聲界耳識界及耳觸耳觸爲緣所生諸受清淨聲界乃至耳觸爲緣所生諸受清淨故一切智智清淨何以故若四無礙解清淨若聲界乃至耳觸爲緣所生諸受清淨若一切智智清淨無

二無二分無别無斷故善現四無礙解清淨故鼻界清淨鼻界清淨故一切智智清淨何以故若四無礙解清淨若鼻界清淨若一切智智清淨無二無二分無别無斷故四無礙解清淨故香界鼻識界及鼻觸鼻觸爲緣所生諸受清淨香界乃至鼻觸爲緣所生諸受清淨故一切智智清淨何以故若四無礙解清淨若香界乃至鼻觸爲緣所生諸受清淨若一切智智清淨無二無二分無别無斷故善現四無礙解清淨故舌界清淨舌界清淨故一切智智清淨何以故若四無礙解清淨若舌界清淨若一切智智清淨無二無二分無别無斷故四無礙解清淨故味界舌識界及舌觸舌觸爲緣所生諸受清淨味界乃至舌觸爲緣所生諸受清淨故一切智智清淨

何以故若四無礙解清淨若味界乃至舌觸爲緣所生諸受清淨若一切智智清淨無二無二分無别無斷故善現四無礙解清淨故身界清淨身界清淨故一切智智清淨何以故若四無礙解清淨若身界清淨若一切智智清淨無二無二分無别無斷故四無礙解清淨故觸界身識界及身觸身觸爲緣所生諸受清淨觸界乃至身觸爲緣所生諸受清淨故一切智智清淨何以故若四無礙解清淨若觸界乃至身觸爲緣所生諸受清淨若一切智智清淨無二無二分無别無斷故善現四無礙解清淨故意界清淨意界清淨故一切智智清淨何以故若四無礙解清淨若意界清淨若一切智智清淨無二無二分無别無斷故四無礙解清淨故法界意識界及

意觸意觸爲緣所生諸受清淨法界乃至意觸爲緣所生諸受清淨故一切智智清淨何以故若四無礙解清淨若法界乃至意觸爲緣所生諸受清淨若一切智智清淨無二無二分無別無斷故善現四無礙解清淨故地界清淨地界清淨故一切智智清淨何以故若四無礙解清淨若地界清淨若一切智智清淨無二無二分無別無斷故四無礙解清淨故水火風空識界清淨水火風空識界清淨故一切智智清淨何以故若四無礙解清淨若水火風空識界清淨若一切智智清淨無二無二分無別無斷故善現四無礙解清淨故無明清淨無明清淨故一切智智清淨何以故若四無礙解清淨若無明清淨若一切智智清淨無二無二分無別無斷故四無

礙解清淨故行識名色六處觸受愛取有生老死愁歎苦憂惱清淨行乃至老死愁歎苦憂惱清淨故一切智智清淨何以故若四無礙解清淨若行乃至老死愁歎苦憂惱清淨若一切智智清淨無二無二分無別無斷故善現四無礙解清淨故布施波羅蜜多清淨布施波羅蜜多清淨故一切智智清淨何以故若四無礙解清淨若布施波羅蜜多清淨若一切智智清淨無二無二分無別無斷故四無礙解清淨故淨戒安忍精進靜慮般若波羅蜜多清淨淨戒乃至般若波羅蜜多清淨故一切智智清淨何以故若四無礙解清淨若淨戒乃至般若波羅蜜多清淨若一切智智清淨無二無二分無別無斷故善現四無礙解清淨故內空清淨內空清淨故一切

智智清淨何以故若四無礙解清淨若內空清淨若一切智智清淨無二無二分無別無斷故四無礙解清淨故外空內外空空空大空勝義空有爲空無爲空畢竟空無際空散空無變異空本性空自相空共相空一切法空不可得空無性空自性空無性自性空清淨外空乃至無性自性空清淨故一切智智清淨何以故若四無礙解清淨若外空乃至無性自性空清淨若一切智智清淨無二無二分無別無斷故善現四無礙解清淨故真如清淨真如清淨故一切智智清淨何以故若四無礙解清淨若真如清淨若一切智智清淨無二無二分無別無斷故四無礙解清淨故法界法性不虛妄性不變異性平等性離生性法定法住實際虛空界不思議界清

淨法界乃至不思議界清淨故一切智智清淨何以故若四無礙解清淨若法界乃至不思議界清淨若一切智智清淨無二無二分無別無斷故善現四無礙解清淨故苦聖諦清淨苦聖諦清淨故一切智智清淨何以故若四無礙解清淨若苦聖諦清淨若一切智智清淨無二無二分無別無斷故四無礙解清淨故集滅道聖諦清淨集滅道聖諦清淨故一切智智清淨何以故若四無礙解清淨若集滅道聖諦清淨若一切智智清淨無二無二分無別無斷故善現四無礙解清淨故四靜慮清淨四靜慮清淨故一切智智清淨何以故若四無礙解清淨若四靜慮清淨若一切智智清淨無二無二分無別無斷故四無礙解清淨故四無量四無色定清淨四無

量四無色定清淨故一切智智清淨何以故若四無礙解清淨若四無量四無色定清淨若一切智智清淨無二無二分無別無斷故善現四無礙解清淨故八解脫清淨八解脫清淨故一切智智清淨何以故若四無礙解清淨若八解脫清淨若一切智智清淨無二無二分無別無斷故四無礙解清淨故八勝處九次第定十遍處清淨八勝處九次第定十遍處清淨故一切智智清淨何以故若四無礙解清淨若八勝處九次第定十遍處清淨若一切智智清淨無二無二分無別無斷故善現四無礙解清淨故四念住清淨四念住清淨故一切智智清淨何以故若四無礙解清淨若四念住清淨若一切智智清淨無二無二分無別無斷故四無礙解清淨故四正斷四神足五根五力七等覺支八聖道支清淨四正斷乃至八聖道支清淨故一切智智清淨何以故若四無礙解清淨若四正斷乃至八聖道支清淨若一切智智清淨無二無二分無別無斷故善現四無礙解清淨故空解脫門清淨空解脫門清淨故一切智智清淨何以故若四無礙解清淨若空解脫門清淨若一切智智清淨無二無二分無別無斷故四無礙解清淨故無相無願解脫門清淨無相無願解脫門清淨故一切智智清淨何以故若四無礙解清淨若無相無願解脫門清淨若一切智智清淨無二無二分無別無斷故善現四無礙解清淨故菩薩十地清淨菩薩十地清淨故一切智智清淨何以故若四無礙解清淨若菩薩十地清淨若一切

智智清淨無二無二分無別無斷故善現四無礙解清淨故五眼清淨五眼清淨故一切智智清淨何以故若四無礙解清淨若五眼清淨若一切智智清淨無二無二分無別無斷故四無礙解清淨故六神通清淨六神通清淨故一切智智清淨何以故若四無礙解清淨若六神通清淨若一切智智清淨無二無二分無別無斷故善現四無礙解清淨故佛十力清淨佛十力清淨故一切智智清淨何以故若四無礙解清淨若佛十力清淨若一切智智清淨無二無二分無別無斷故四無礙解清淨故四無所畏大慈大悲大喜大捨十八佛不共法清淨四無所畏乃至十八佛不共法清淨故一切智智清淨何以故若四無礙解清淨若四無所畏乃至十八佛不共法清淨若一切智智清淨無二無二分無別無斷故善現四無礙解清淨故無忘失法清淨無忘失法清淨故一切智智清淨何以故若四無礙解清淨若無忘失法清淨若一切智智清淨無二無二分無別無斷故四無礙解清淨故恒住捨性清淨恒住捨性清淨故一切智智清淨何以故若四無礙解清淨若恒住捨性清淨若一切智智清淨無二無二分無別無斷故善現四無礙解清淨故一切智清淨一切智清淨故一切智智清淨何以故若四無礙解清淨若一切智清淨若一切智智清淨無二無二分無別無斷故四無礙解清淨故道相智一切相智清淨道相智一切相智清淨故一切智智清淨何以故若四無礙解清淨若道相智一切相智清淨若

一切智智清淨無二無二分無別無斷故善現四無礙解清淨故一切陀羅尼門清淨一切陀羅尼門清淨故一切智智清淨何以故若四無礙解清淨若一切陀羅尼門清淨若一切智智清淨無二無二分無別無斷故四無礙解清淨故一切三摩地門清淨一切三摩地門清淨故一切智智清淨何以故若四無礙解清淨若一切三摩地門清淨若一切智智清淨無二無二分無別無斷故善現四無礙解清淨故預流果清淨預流果清淨故一切智智清淨何以故若四無礙解清淨若預流果清淨若一切智智清淨無二無二分無別無斷故四無礙解清淨故一來不還阿羅漢果清淨一來不還阿羅漢果清淨故一切智智清淨何以故若四無礙解清淨若一來不還阿羅漢果清淨若一切智智清淨無二無二分無別無斷故善現四無礙解清淨故獨覺菩提清淨獨覺菩提清淨故一切智智清淨何以故若四無礙解清淨若獨覺菩提清淨若一切智智清淨無二無二分無別無斷故善現四無礙解清淨故一切菩薩摩訶薩行清淨一切菩薩摩訶薩行清淨故一切智智清淨何以故若四無礙解清淨若一切菩薩摩訶薩行清淨若一切智智清淨無二無二分無別無斷故善現四無礙解清淨故諸佛無上正等菩提清淨諸佛無上正等菩提清淨故一切智智清淨何以故若四無礙解清淨若諸佛無上正等菩提清淨若一切智智清淨無二無二分無別無斷故復次善現大慈清淨故色清淨色清淨故一切智

智清淨何以故若大慈清淨若色清淨若一切智智清淨無二無二分無別無斷故大慈清淨故受想行識清淨受想行識清淨故一切智智清淨何以故若大慈清淨若受想行識清淨若一切智智清淨無二無二分無別無斷故善現大慈清淨故眼處清淨眼處清淨故一切智智清淨何以故若大慈清淨若眼處清淨若一切智智清淨無二無二分無別無斷故大慈清淨故耳鼻舌身意處清淨耳鼻舌身意處清淨故一切智智清淨何以故若大慈清淨若耳鼻舌身意處清淨若一切智智清淨無二無二分無別無斷故善現大慈清淨故色處清淨色處清淨故一切智智清淨何以故若大慈清淨若色處清淨若一切智智清淨無二無二分無別無斷故大慈清淨故聲香味觸法處清淨聲香味觸法處清淨故一切智智清淨何以故若大慈清淨若聲香味觸法處清淨若一切智智清淨無二無二分無別無斷故善現大慈清淨故眼界清淨眼界清淨故一切智智清淨何以故若大慈清淨若眼界清淨若一切智智清淨無二無二分無別無斷故大慈清淨故色界眼識界及眼觸眼觸爲緣所生諸受清淨色界乃至眼觸爲緣所生諸受清淨故一切智智清淨何以故若大慈清淨若色界乃至眼觸爲緣所生諸受清淨若一切智智清淨無二無二分無別無斷故善現大慈清淨故耳界清淨耳界清淨故一切智智清淨何以故若大慈清淨若耳界清淨若一切智智清淨無二無二分無別無斷故大慈清淨故聲

界耳識界及耳觸耳觸爲緣所生諸受清淨
聲界乃至耳觸爲緣所生諸受清淨故一切
智智清淨何以故若大慈清淨若聲界乃至
耳觸爲緣所生諸受清淨若一切智智清淨
無二無二分無別無斷故善現大慈清淨故
鼻界清淨鼻界清淨故一切智智清淨何以
故若大慈清淨若鼻界清淨若一切智智清
淨無二無二分無別無斷故大慈清淨故香
界鼻識界及鼻觸鼻觸爲緣所生諸受清淨
香界乃至鼻觸爲緣所生諸受清淨故一切
智智清淨何以故若大慈清淨若香界乃至
鼻觸爲緣所生諸受清淨若一切智智清淨
無二無二分無別無斷故善現大慈清淨故
舌界清淨舌界清淨故一切智智清淨何以
故若大慈清淨若舌界清淨若一切智智清
淨無二無二分無別無斷故大慈清淨故味
界舌識界及舌觸舌觸爲緣所生諸受清淨
味界乃至舌觸爲緣所生諸受清淨故一切
智智清淨何以故若大慈清淨若味界乃至
舌觸爲緣所生諸受清淨若一切智智清淨
無二無二分無別無斷故善現大慈清淨故
身界清淨身界清淨故一切智智清淨何以
故若大慈清淨若身界清淨若一切智智清
淨無二無二分無別無斷故大慈清淨故觸
界身識界及身觸身觸爲緣所生諸受清淨
觸界乃至身觸爲緣所生諸受清淨故一切
智智清淨何以故若大慈清淨若觸界乃至
身觸爲緣所生諸受清淨若一切智智清淨
無二無二分無別無斷故善現大慈清淨故
意界清淨意界清淨故一切智智清淨何以

故若大慈清淨若意界清淨若一切智智清淨無二無二分無別無斷故大慈清淨故法界意識界及意觸意觸爲緣所生諸受清淨法界乃至意觸爲緣所生諸受清淨故一切智智清淨何以故若大慈清淨若法界乃至意觸爲緣所生諸受清淨若一切智智清淨無二無二分無別無斷故善現大慈清淨故地界清淨地界清淨故一切智智清淨何以故若大慈清淨若地界清淨若一切智智清淨無二無二分無別無斷故大慈清淨故水火風空識界清淨水火風空識界清淨故一切智智清淨何以故若大慈清淨若水火風空識界清淨若一切智智清淨無二無二分無別無斷故善現大慈清淨故無明清淨無明清淨故一切智智清淨何以故若大慈清淨若無明清淨若一切智智清淨無二無二分無別無斷故大慈清淨故行識名色六處觸受愛取有生老死愁歎苦憂惱清淨行乃至老死愁歎苦憂惱清淨故一切智智清淨何以故若大慈清淨若行乃至老死愁歎苦憂惱清淨若一切智智清淨無二無二分無別無斷故善現大慈清淨故布施波羅蜜多清淨布施波羅蜜多清淨故一切智智清淨何以故若大慈清淨若布施波羅蜜多清淨若一切智智清淨無二無二分無別無斷故大慈清淨故淨戒安忍精進靜慮般若波羅蜜多清淨淨戒乃至般若波羅蜜多清淨故一切智智清淨何以故若大慈清淨若淨戒乃至般若波羅蜜多清淨若一切智智清淨無二無二分無別無斷故善現大慈清淨故

内空清淨内空清淨故一切智智清淨何以故若大慈清淨若内空清淨若一切智智清淨無二無二分無别無斷故大慈清淨故外空内外空空空大空勝義空有爲空無爲空畢竟空無際空散空無變異空本性空自相空共相空一切法空不可得空無性空自性空無性自性空清淨外空乃至無性自性空清淨故一切智智清淨何以故若大慈清淨若外空乃至無性自性空清淨若一切智智清淨無二無二分無别無斷故

大般若波羅蜜多經卷第二百三十五

大般若波羅蜜多經卷第二百三十六

唐三藏法師玄奘奉　詔譯

初分難信解品第三十四之五十五

善現大慈清淨故眞如清淨眞如清淨故一切智智清淨何以故若大慈清淨若眞如清淨若一切智智清淨無二無二分無別無斷故大慈清淨故法界法性不虛妄性不變異性平等性離生性法定法住實際虛空界不思議界清淨法界乃至不思議界清淨故一切智智清淨何以故若大慈清淨若法界乃至不思議界清淨若一切智智清淨無二無二分無別無斷故善現大慈清淨故苦聖諦清淨苦聖諦清淨故一切智智清淨何以故若大慈清淨若苦聖諦清淨若一切智智清淨無二無二分無別無斷故大慈清淨故集滅道聖諦清淨集滅道聖諦清淨故一切智智清淨何以故若大慈清淨若集滅道聖諦清淨若一切智智清淨無二無二分無別無斷故善現大慈清淨故四靜慮清淨四靜慮清淨故一切智智清淨何以故若大慈清淨若四靜慮清淨若一切智智清淨無二無二分無別無斷故大慈清淨故四無量四無色定清淨四無量四無色定清淨故一切智智清淨何以故若大慈清淨若四無量四無色定清淨若一切智智清淨無二無二分無別無斷故善現大慈清淨故八解脫清淨八解脫清淨故一切智智清淨何以故若大慈清淨若八解脫清淨若一切智智清淨無二無二分無別無斷故大慈清淨故八勝處九次第定十遍處清淨八勝處九次第定十遍處

清淨故一切智智清淨何以故若大慈清淨若八勝處九次第定十遍處清淨若一切智智清淨無二無二分無別無斷故善現大慈清淨故四念住清淨四念住清淨故一切智智清淨何以故若大慈清淨若四念住清淨若一切智智清淨無二無二分無別無斷故大慈清淨故四正斷四神足五根五力七等覺支八聖道支清淨四正斷乃至八聖道支清淨故一切智智清淨何以故若大慈清淨若四正斷乃至八聖道支清淨若一切智智清淨無二無二分無別無斷故善現大慈清淨故空解脫門清淨空解脫門清淨故一切智智清淨何以故若大慈清淨若空解脫門清淨若一切智智清淨無二無二分無別無斷故大慈清淨故無相無願解脫門清淨無相無願解脫門清淨故一切智智清淨何以故若大慈清淨若無相無願解脫門清淨若一切智智清淨無二無二分無別無斷故善現大慈清淨故菩薩十地清淨菩薩十地清淨故一切智智清淨何以故若大慈清淨若菩薩十地清淨若一切智智清淨無二無二分無別無斷故善現大慈清淨故五眼清淨五眼清淨故一切智智清淨何以故若大慈清淨若五眼清淨若一切智智清淨無二無二分無別無斷故大慈清淨故六神通清淨六神通清淨故一切智智清淨何以故若大慈清淨若六神通清淨若一切智智清淨無二無二分無別無斷故善現大慈清淨故佛十力清淨佛十力清淨故一切智智清淨何以故若大慈清淨若佛十力清淨若一切智

智清淨無二無二分無別無斷故大慈清淨故四無所畏四無礙解大悲大喜大捨十八佛不共法清淨四無所畏乃至十八佛不共法清淨故一切智智清淨何以故若大慈清淨若四無所畏乃至十八佛不共法清淨若一切智智清淨無二無二分無別無斷故善現大慈清淨故無忘失法清淨無忘失法清淨故一切智智清淨何以故若大慈清淨若無忘失法清淨若一切智智清淨無二無二分無別無斷故大慈清淨故恒住捨性清淨恒住捨性清淨故一切智智清淨何以故若大慈清淨若恒住捨性清淨若一切智智清淨無二無二分無別無斷故善現大慈清淨故一切智清淨一切智清淨故一切智智清淨何以故若大慈清淨若一切智清淨若一切智智清淨無二無二分無別無斷故大慈清淨故道相智一切相智清淨道相智一切相智清淨故一切智智清淨何以故若大慈清淨若道相智一切相智清淨若一切智智清淨無二無二分無別無斷故善現大慈清淨故一切陀羅尼門清淨一切陀羅尼門清淨故一切智智清淨何以故若大慈清淨若一切陀羅尼門清淨若一切智智清淨無二無二分無別無斷故大慈清淨故一切三摩地門清淨一切三摩地門清淨故一切智智清淨何以故若大慈清淨若一切三摩地門清淨若一切智智清淨無二無二分無別無斷故善現大慈清淨故預流果清淨預流果清淨故一切智智清淨何以故若大慈清淨若預流果清淨若一切智智清淨無二無二

分無別無斷故大慈清淨故一來不還阿羅漢果清淨一來不還阿羅漢果清淨故一切智智清淨何以故若大慈清淨若一來不還阿羅漢果清淨若一切智智清淨無二無二分無別無斷故善現大慈清淨故獨覺菩提清淨獨覺菩提清淨故一切智智清淨何以故若大慈清淨若獨覺菩提清淨若一切智智清淨無二無二分無別無斷故善現大慈清淨故一切菩薩摩訶薩行清淨一切菩薩摩訶薩行清淨故一切智智清淨何以故若大慈清淨若一切菩薩摩訶薩行清淨若一切智智清淨無二無二分無別無斷故善現大慈清淨故諸佛無上正等菩提清淨諸佛無上正等菩提清淨故一切智智清淨何以故若大慈清淨若諸佛無上正等菩提清淨若一切智智清淨無二無二分無別無斷故

復次善現大悲清淨故色清淨色清淨故一切智智清淨何以故若大悲清淨若色清淨若一切智智清淨無二無二分無別無斷故大悲清淨故受想行識清淨受想行識清淨故一切智智清淨何以故若大悲清淨若受想行識清淨若一切智智清淨無二無二分無別無斷故善現大悲清淨故眼處清淨眼處清淨故一切智智清淨何以故若大悲清淨若眼處清淨若一切智智清淨無二無二分無別無斷故大悲清淨故耳鼻舌身意處清淨耳鼻舌身意處清淨故一切智智清淨何以故若大悲清淨若耳鼻舌身意處清淨若一切智智清淨無二無二分無別無斷故善現大悲清淨故色處清淨色處清淨故一

切智智清淨何以故若大悲清淨若色處清淨若一切智智清淨無二無二分無別無斷故大悲清淨故聲香味觸法處清淨聲香味觸法處清淨故一切智智清淨何以故若大悲清淨若聲香味觸法處清淨故一切智智清淨無二無二分無別無斷故善現大悲清淨故眼界清淨眼界清淨故一切智智清淨何以故若大悲清淨若眼界清淨若一切智智清淨無二無二分無別無斷故大悲清淨故色界眼識界及眼觸眼觸爲緣所生諸受清淨色界乃至眼觸爲緣所生諸受清淨故一切智智清淨何以故若大悲清淨若色界乃至眼觸爲緣所生諸受清淨若一切智智清淨無二無二分無別無斷故善現大悲清淨故耳界清淨耳界清淨故一切智智清淨

何以故若大悲清淨若耳界清淨若一切智智清淨無二無二分無別無斷故大悲清淨故聲界耳識界及耳觸耳觸爲緣所生諸受清淨聲界乃至耳觸爲緣所生諸受清淨故一切智智清淨何以故若大悲清淨若聲界乃至耳觸爲緣所生諸受清淨若一切智智清淨無二無二分無別無斷故善現大悲清淨故鼻界清淨鼻界清淨故一切智智清淨何以故若大悲清淨若鼻界清淨若一切智智清淨無二無二分無別無斷故大悲清淨故香界鼻識界及鼻觸鼻觸爲緣所生諸受清淨香界乃至鼻觸爲緣所生諸受清淨故一切智智清淨何以故若大悲清淨若香界乃至鼻觸爲緣所生諸受清淨若一切智智清淨無二無二分無別無斷故善現大悲清

淨故舌界清淨舌界清淨故一切智智清淨何以故若大悲清淨若舌界清淨若一切智智清淨無二無二分無別無斷故大悲清淨故味界舌識界及舌觸舌觸爲緣所生諸受清淨味界乃至舌觸爲緣所生諸受清淨故一切智智清淨何以故若大悲清淨若味界乃至舌觸爲緣所生諸受清淨若一切智智清淨無二無二分無別無斷故善現大悲清淨故身界清淨身界清淨故一切智智清淨何以故若大悲清淨若身界清淨若一切智智清淨無二無二分無別無斷故大悲清淨故觸界身識界及身觸身觸爲緣所生諸受清淨觸界乃至身觸爲緣所生諸受清淨故一切智智清淨何以故若大悲清淨若觸界乃至身觸爲緣所生諸受清淨若一切智智清淨無二無二分無別無斷故善現大悲清淨故意界清淨意界清淨故一切智智清淨何以故若大悲清淨若意界清淨若一切智智清淨無二無二分無別無斷故大悲清淨故法界意識界及意觸意觸爲緣所生諸受清淨法界乃至意觸爲緣所生諸受清淨故一切智智清淨何以故若大悲清淨若法界乃至意觸爲緣所生諸受清淨若一切智智清淨無二無二分無別無斷故善現大悲清淨故地界清淨地界清淨故一切智智清淨何以故若大悲清淨若地界清淨若一切智智清淨無二無二分無別無斷故大悲清淨故水火風空識界清淨水火風空識界清淨故一切智智清淨何以故若大悲清淨若水火風空識界清淨若一切智智清淨無二無

二分無別無斷故善現大悲清淨故無明清淨無明清淨故一切智智清淨何以故若大悲清淨若無明清淨若一切智智清淨無二無二分無別無斷故大悲清淨故行識名色六處觸受愛取有生老死愁歎苦憂惱清淨行乃至老死愁歎苦憂惱清淨故一切智智清淨何以故若大悲清淨若行乃至老死愁歎苦憂惱清淨若一切智智清淨無二無二分無別無斷故善現大悲清淨故布施波羅蜜多清淨布施波羅蜜多清淨故一切智智清淨何以故若大悲清淨若布施波羅蜜多清淨若一切智智清淨無二無二分無別無斷故大悲清淨故淨戒安忍精進靜慮般若波羅蜜多清淨淨戒乃至般若波羅蜜多清淨故一切智智清淨何以故若大悲清淨若淨戒乃至般若波羅蜜多清淨若一切智智清淨無二無二分無別無斷故善現大悲清淨故內空清淨內空清淨故一切智智清淨何以故若大悲清淨若內空清淨若一切智智清淨無二無二分無別無斷故大悲清淨故外空內外空空空大空勝義空有爲空無爲空畢竟空無際空散空無變異空本性空自相空共相空一切法空不可得空無性空自性空無性自性空清淨外空乃至無性自性空清淨故一切智智清淨何以故若大悲清淨若外空乃至無性自性空清淨若一切智智清淨無二無二分無別無斷故善現大悲清淨故眞如清淨眞如清淨故一切智智清淨何以故若大悲清淨若眞如清淨若一切智智清淨無二無二分無別無斷故大悲

清淨故法界法性不虛妄性不變異性平等性離生性法定法住實際虛空界不思議界清淨法界乃至不思議界清淨故一切智智清淨何以故若大悲清淨若法界乃至不思議界清淨若一切智智清淨無二無二分無別無斷故善現大悲清淨故苦聖諦清淨苦聖諦清淨故一切智智清淨何以故若大悲清淨若苦聖諦清淨若一切智智清淨無二無二分無別無斷故大悲清淨故集滅道聖諦清淨集滅道聖諦清淨故一切智智清淨何以故若大悲清淨若集滅道聖諦清淨若一切智智清淨無二無二分無別無斷故善現大悲清淨故四靜慮清淨四靜慮清淨故一切智智清淨何以故若大悲清淨若四靜慮清淨若一切智智清淨無二無二分無別無斷故大悲清淨故四無量四無色定清淨四無量四無色定清淨故一切智智清淨何以故若大悲清淨若四無量四無色定清淨若一切智智清淨無二無二分無別無斷故善現大悲清淨故八解脫清淨八解脫清淨故一切智智清淨何以故若大悲清淨若八解脫清淨若一切智智清淨無二無二分無別無斷故大悲清淨故八勝處九次第定十遍處清淨八勝處九次第定十遍處清淨故一切智智清淨何以故若大悲清淨若八勝處九次第定十遍處清淨若一切智智清淨無二無二分無別無斷故善現大悲清淨故四念住清淨四念住清淨故一切智智清淨何以故若大悲清淨若四念住清淨若一切智智清淨無二無二分無別無斷故大悲清

淨故四正斷四神足五根五力七等覺支八聖道支清淨四正斷乃至八聖道支清淨故一切智智清淨何以故若大悲清淨若四正斷乃至八聖道支清淨若一切智智清淨無二無二分無別無斷故善現大悲清淨故空解脫門清淨空解脫門清淨故一切智智清淨何以故若大悲清淨若空解脫門清淨若一切智智清淨無二無二分無別無斷故大悲清淨故無相無願解脫門清淨無相無願解脫門清淨故一切智智清淨何以故若大悲清淨若無相無願解脫門清淨若一切智智清淨無二無二分無別無斷故善現大悲清淨故菩薩十地清淨菩薩十地清淨故一切智智清淨何以故若大悲清淨若菩薩十地清淨若一切智智清淨無二無二分無別

無斷故善現大悲清淨故五眼清淨五眼清淨故一切智智清淨何以故若大悲清淨若五眼清淨若一切智智清淨無二無二分無別無斷故大悲清淨故六神通清淨六神通清淨故一切智智清淨何以故若大悲清淨若六神通清淨若一切智智清淨無二無二分無別無斷故善現大悲清淨故佛十力清淨佛十力清淨故一切智智清淨何以故若大悲清淨若佛十力清淨若一切智智清淨無二無二分無別無斷故大悲清淨故四無所畏四無礙解大悲大喜大捨十八佛不共法清淨四無所畏乃至十八佛不共法清淨故一切智智清淨何以故若大悲清淨若四無所畏乃至十八佛不共法清淨若一切智智清淨無二無二分無別無斷故善現大悲

清淨故無忘失法清淨無忘失法清淨故一切智智清淨何以故若大悲清淨若無忘失法清淨若一切智智清淨無二無二分無別無斷故大悲清淨故恒住捨性清淨恒住捨性清淨故一切智智清淨何以故若大悲清淨若恒住捨性清淨若一切智智清淨無二無二分無別無斷故善現大悲清淨故一切智清淨一切智清淨故一切智智清淨何以故若大悲清淨若一切智清淨若一切智智清淨無二無二分無別無斷故大悲清淨故道相智一切相智清淨道相智一切相智清淨故一切智智清淨何以故若大悲清淨若道相智一切相智清淨若一切智智清淨無二無二分無別無斷故善現大悲清淨故一切陀羅尼門清淨一切陀羅尼門清淨故一切智智清淨何以故若大悲清淨若一切陀羅尼門清淨若一切智智清淨無二無二分無別無斷故大悲清淨故一切三摩地門清淨一切三摩地門清淨故一切智智清淨何以故若大悲清淨若一切三摩地門清淨若一切智智清淨無二無二分無別無斷故善現大悲清淨故預流果清淨預流果清淨故一切智智清淨何以故若大悲清淨若預流果清淨若一切智智清淨無二無二分無別無斷故大悲清淨故一來不還阿羅漢果清淨一來不還阿羅漢果清淨故一切智智清淨何以故若大悲清淨若一來不還阿羅漢果清淨若一切智智清淨無二無二分無別無斷故善現大悲清淨故獨覺菩提清淨獨覺菩提清淨故一切智智清淨何以故若大

悲清淨若獨覺菩提清淨若一切智智清淨無二無二分無別無斷故善現大悲清淨故一切菩薩摩訶薩行清淨一切菩薩摩訶薩行清淨故一切智智清淨何以故若大悲清淨若一切菩薩摩訶薩行清淨若一切智智清淨無二無二分無別無斷故善現大悲清淨故諸佛無上正等菩提清淨諸佛無上正等菩提清淨故一切智智清淨何以故若大悲清淨若諸佛無上正等菩提清淨若一切智智清淨無二無二分無別無斷故復次善現大喜清淨故色清淨色清淨故一切智智清淨何以故若大喜清淨若色清淨若一切智智清淨無二無二分無別無斷故大喜清淨故受想行識清淨受想行識清淨故一切智智清淨何以故若大喜清淨若受想行識清淨若一切智智清淨無二無二分無別無斷故善現大喜清淨故眼處清淨眼處清淨故一切智智清淨何以故若大喜清淨若眼處清淨若一切智智清淨無二無二分無別無斷故大喜清淨故耳鼻舌身意處清淨耳鼻舌身意處清淨故一切智智清淨何以故若大喜清淨若耳鼻舌身意處清淨若一切智智清淨無二無二分無別無斷故善現大喜清淨故色處清淨色處清淨故一切智智清淨何以故若大喜清淨若色處清淨若一切智智清淨無二無二分無別無斷故大喜清淨故聲香味觸法處清淨聲香味觸法處清淨故一切智智清淨何以故若大喜清淨若聲香味觸法處清淨若一切智智清淨無二無二分無別無斷故善現大喜清淨故眼

界清淨眼界清淨故一切智智清淨何以故若大喜清淨若眼界清淨若一切智智清淨無二無二分無别無斷故大喜清淨故色界眼識界及眼觸眼觸爲緣所生諸受清淨色界乃至眼觸爲緣所生諸受清淨故一切智智清淨何以故若大喜清淨若色界乃至眼觸爲緣所生諸受清淨若一切智智清淨無二無二分無别無斷故善現大喜清淨故耳界清淨耳界清淨故一切智智清淨何以故若大喜清淨若耳界清淨若一切智智清淨無二無二分無别無斷故大喜清淨故聲界耳識界及耳觸耳觸爲緣所生諸受清淨聲界乃至耳觸爲緣所生諸受清淨故一切智智清淨何以故若大喜清淨若聲界乃至耳觸爲緣所生諸受清淨若一切智智清淨無二無二分無别無斷故善現大喜清淨故鼻界清淨鼻界清淨故一切智智清淨何以故若大喜清淨若鼻界清淨若一切智智清淨無二無二分無别無斷故大喜清淨故香界鼻識界及鼻觸鼻觸爲緣所生諸受清淨香界乃至鼻觸爲緣所生諸受清淨故一切智智清淨何以故若大喜清淨若香界乃至鼻觸爲緣所生諸受清淨若一切智智清淨無二無二分無别無斷故善現大喜清淨故舌界清淨舌界清淨故一切智智清淨何以故若大喜清淨若舌界清淨若一切智智清淨無二無二分無别無斷故大喜清淨故味界舌識界及舌觸舌觸爲緣所生諸受清淨味界乃至舌觸爲緣所生諸受清淨故一切智智清淨何以故若大喜清淨若味界乃至舌

觸爲縁所生諸受清淨若一切智智清淨無二無二分無別無斷故善現大喜清淨故身界清淨身界清淨故一切智智清淨何以故若大喜清淨若身界清淨若一切智智清淨無二無二分無別無斷故大喜清淨故觸界身識界及身觸身觸爲縁所生諸受清淨觸界乃至身觸爲縁所生諸受清淨故一切智智清淨何以故若大喜清淨若觸界乃至身觸爲縁所生諸受清淨若一切智智清淨無二無二分無別無斷故善現大喜清淨故意界清淨意界清淨故一切智智清淨何以故若大喜清淨若意界清淨若一切智智清淨無二無二分無別無斷故大喜清淨故法界意識界及意觸意觸爲縁所生諸受清淨法界乃至意觸爲縁所生諸受清淨故一切智智清淨何以故若大喜清淨若法界乃至意觸爲縁所生諸受清淨若一切智智清淨無二無二分無別無斷故善現大喜清淨故地界清淨地界清淨故一切智智清淨何以故若大喜清淨若地界清淨若一切智智清淨無二無二分無別無斷故大喜清淨故水火風空識界清淨水火風空識界清淨故一切智智清淨何以故若大喜清淨若水火風空識界清淨若一切智智清淨無二無二分無別無斷故善現大喜清淨故無明清淨無明清淨故一切智智清淨何以故若大喜清淨若無明清淨若一切智智清淨無二無二分無別無斷故大喜清淨故行識名色六處觸受愛取有生老死愁歎苦憂惱清淨行乃至老死愁歎苦憂惱清淨故一切智智清淨何

以故若大喜清淨若行乃至老死愁歎苦憂惱清淨若一切智智清淨無二無二分無別無斷故善現大喜清淨故布施波羅蜜多清淨布施波羅蜜多清淨故一切智智清淨何以故若大喜清淨若布施波羅蜜多清淨若一切智智清淨無二無二分無別無斷故大喜清淨故淨戒安忍精進靜慮般若波羅蜜多清淨淨戒乃至般若波羅蜜多清淨故一切智智清淨何以故若大喜清淨若淨戒乃至般若波羅蜜多清淨若一切智智清淨無二無二分無別無斷故善現大喜清淨故內空清淨內空清淨故一切智智清淨何以故若大喜清淨若內空清淨若一切智智清淨無二無二分無別無斷故大喜清淨故外空內外空空空大空勝義空有爲空無爲空畢竟空無際空散空無變異空本性空自相空共相空一切法空不可得空無性空自性空無性自性空清淨外空乃至無性自性空清淨故一切智智清淨何以故若大喜清淨若外空乃至無性自性空清淨若一切智智清淨無二無二分無別無斷故善現大喜清淨故眞如清淨眞如清淨故一切智智清淨何以故若大喜清淨若眞如清淨若一切智智清淨無二無二分無別無斷故大喜清淨故法界法性不虛妄性不變異性平等性離生性法定法住實際虛空界不思議界清淨法界乃至不思議界清淨故一切智智清淨何以故若大喜清淨若法界乃至不思議界清淨若一切智智清淨無二無二分無別無斷故善現大喜清淨故苦聖諦清淨苦聖諦清

淨故一切智智清淨何以故若大喜清淨若苦聖諦清淨若一切智智清淨無二無二分無別無斷故大喜清淨故集滅道聖諦清淨集滅道聖諦清淨故一切智智清淨何以故若大喜清淨若集滅道聖諦清淨若一切智智清淨無二無二分無別無斷故善現大喜清淨故四靜慮清淨四靜慮清淨故一切智智清淨何以故若大喜清淨若四靜慮清淨若一切智智清淨無二無二分無別無斷故大喜清淨故四無量四無色定清淨四無量四無色定清淨故一切智智清淨何以故若大喜清淨若四無量四無色定清淨若一切智智清淨無二無二分無別無斷故善現大喜清淨故八解脫清淨八解脫清淨故一切智智清淨何以故若大喜清淨若八解脫清淨若一切智智清淨無二無二分無別無斷故大喜清淨故八勝處九次第定十遍處清淨八勝處九次第定十遍處清淨故一切智智清淨何以故若大喜清淨若八勝處九次第定十遍處清淨若一切智智清淨無二無二分無別無斷故善現大喜清淨故四念住清淨四念住清淨故一切智智清淨何以故若大喜清淨若四念住清淨若一切智智清淨無二無二分無別無斷故大喜清淨故四正斷四神足五根五力七等覺支八聖道支清淨四正斷乃至八聖道支清淨故一切智智清淨何以故若大喜清淨若四正斷乃至八聖道支清淨若一切智智清淨無二無二分無別無斷故善現大喜清淨故空解脫門清淨空解脫門清淨故一切智智清淨何以

故若大喜清淨若空解脫門清淨若一切智
智清淨無二無二分無別無斷故大喜清淨
故無相無願解脫門清淨無相無願解脫門
清淨故一切智智清淨何以故若大喜清淨
若無相無願解脫門清淨若一切智智清淨
無二無二分無別無斷故善現大喜清淨故
菩薩十地清淨菩薩十地清淨故一切智智
清淨何以故若大喜清淨若菩薩十地清淨
若一切智智清淨無二無二分無別無斷故
大般若波羅蜜多經卷第二百三十六

大般若波羅蜜多經卷第二百三十七

唐三藏法師玄奘奉　詔譯

初分難信解品第三十四之五十六

善現大喜清淨故五眼清淨五眼清淨故一切智智清淨何以故若大喜清淨若五眼清淨若一切智智清淨無二無二分無別無斷故大喜清淨故六神通清淨六神通清淨故一切智智清淨何以故若大喜清淨若六神通清淨若一切智智清淨無二無二分無別無斷故善現大喜清淨故佛十力清淨佛十力清淨故一切智智清淨何以故若大喜清淨若佛十力清淨若一切智智清淨無二無二分無別無斷故大喜清淨故四無所畏四無礙解大慈大悲大捨十八佛不共法清淨四無所畏乃至十八佛不共法清淨故一切智智清淨何以故若大喜清淨若四無所畏乃至十八佛不共法清淨若一切智智清淨無二無二分無別無斷故善現大喜清淨故無忘失法清淨無忘失法清淨故一切智智清淨何以故若大喜清淨若無忘失法清淨若一切智智清淨無二無二分無別無斷故大喜清淨故恒住捨性清淨恒住捨性清淨故一切智智清淨何以故若大喜清淨若恒住捨性清淨若一切智智清淨無二無二分無別無斷故善現大喜清淨故一切智清淨一切智清淨故一切智智清淨何以故若大喜清淨若一切智清淨若一切智智清淨無二無二分無別無斷故大喜清淨故道相智一切相智清淨道相智一切相智清淨故一切智智清淨何以故若大喜清淨若道相智

一切相智清淨若一切智智清淨無二無二分無別無斷故善現大喜清淨故一切陀羅尼門清淨一切陀羅尼門清淨故一切智智清淨何以故若大喜清淨若一切陀羅尼門清淨若一切智智清淨無二無二分無別無斷故大喜清淨故一切三摩地門清淨一切三摩地門清淨故一切智智清淨何以故若大喜清淨若一切三摩地門清淨若一切智智清淨無二無二分無別無斷故善現大喜清淨故預流果清淨預流果清淨故一切智智清淨何以故若大喜清淨若預流果清淨若一切智智清淨無二無二分無別無斷故大喜清淨故一來不還阿羅漢果清淨一來不還阿羅漢果清淨故一切智智清淨何以故若大喜清淨若一來不還阿羅漢果清淨

若一切智智清淨無二無二分無別無斷故善現大喜清淨故獨覺菩提清淨獨覺菩提清淨故一切智智清淨何以故若大喜清淨若獨覺菩提清淨若一切智智清淨無二無二分無別無斷故善現大喜清淨故一切菩薩摩訶薩行清淨一切菩薩摩訶薩行清淨故一切智智清淨何以故若大喜清淨若一切菩薩摩訶薩行清淨若一切智智清淨無二無二分無別無斷故善現大喜清淨故諸佛無上正等菩提清淨諸佛無上正等菩提清淨故一切智智清淨何以故若大喜清淨若諸佛無上正等菩提清淨若一切智智清淨無二無二分無別無斷故復次善現大捨清淨故色清淨色清淨故一切智智清淨何以故若大捨清淨若色清淨若一切智智清

淨無二無二分無別無斷故大捨清淨故受想行識清淨受想行識清淨故一切智智清淨何以故若大捨清淨若受想行識清淨若一切智智清淨無二無二分無別無斷故善現大捨清淨故眼處清淨眼處清淨故一切智智清淨何以故若大捨清淨若眼處清淨若一切智智清淨無二無二分無別無斷故大捨清淨故耳鼻舌身意處清淨耳鼻舌身意處清淨故一切智智清淨何以故若大捨清淨若耳鼻舌身意處清淨若一切智智清淨無二無二分無別無斷故善現大捨清淨故色處清淨色處清淨故一切智智清淨何以故若大捨清淨若色處清淨若一切智智清淨無二無二分無別無斷故大捨清淨故聲香味觸法處清淨聲香味觸法處清淨故一切智智清淨何以故若大捨清淨若聲香味觸法處清淨若一切智智清淨無二無二分無別無斷故善現大捨清淨故眼界清淨眼界清淨故一切智智清淨何以故若大捨清淨若眼界清淨若一切智智清淨無二無二分無別無斷故大捨清淨故色界眼識界及眼觸眼觸爲緣所生諸受清淨色界乃至眼觸爲緣所生諸受清淨故一切智智清淨何以故若大捨清淨若色界乃至眼觸爲緣所生諸受清淨若一切智智清淨無二無二分無別無斷故善現大捨清淨故耳界清淨耳界清淨故一切智智清淨何以故若大捨清淨若耳界清淨若一切智智清淨無二無二分無別無斷故大捨清淨故聲界耳識界及耳觸耳觸爲緣所生諸受清淨聲界乃至

耳觸爲緣所生諸受清淨故一切智智清淨何以故若大捨清淨若聲界乃至耳觸爲緣所生諸受清淨若一切智智清淨無二無二分無別無斷故善現大捨清淨故鼻界清淨鼻界清淨故一切智智清淨何以故若大捨清淨若鼻界清淨若一切智智清淨無二無二分無別無斷故大捨清淨故香界鼻識界及鼻觸鼻觸爲緣所生諸受清淨香界乃至鼻觸爲緣所生諸受清淨故一切智智清淨何以故若大捨清淨若香界乃至鼻觸爲緣所生諸受清淨若一切智智清淨無二無二分無別無斷故善現大捨清淨故舌界清淨舌界清淨故一切智智清淨何以故若大捨清淨若舌界清淨若一切智智清淨無二無二分無別無斷故大捨清淨故味界舌識界

及舌觸舌觸爲緣所生諸受清淨味界乃至舌觸爲緣所生諸受清淨故一切智智清淨何以故若大捨清淨若味界乃至舌觸爲緣所生諸受清淨若一切智智清淨無二無二分無別無斷故善現大捨清淨故身界清淨身界清淨故一切智智清淨何以故若大捨清淨若身界清淨若一切智智清淨無二無二分無別無斷故大捨清淨故觸界身識界及身觸身觸爲緣所生諸受清淨觸界乃至身觸爲緣所生諸受清淨故一切智智清淨何以故若大捨清淨若觸界乃至身觸爲緣所生諸受清淨若一切智智清淨無二無二分無別無斷故善現大捨清淨故意界清淨意界清淨故一切智智清淨何以故若大捨清淨若意界清淨若一切智智清淨無二無

二分無別無斷故大捨清淨故法界意識界及意觸意觸爲緣所生諸受清淨法界乃至意觸爲緣所生諸受清淨故一切智智清淨何以故若大捨清淨若法界乃至意觸爲緣所生諸受清淨若一切智智清淨無二無二分無別無斷故善現大捨清淨故地界清淨地界清淨故一切智智清淨何以故若大捨清淨若地界清淨若一切智智清淨無二無二分無別無斷故大捨清淨故水火風空識界清淨水火風空識界清淨故一切智智清淨何以故若大捨清淨若水火風空識界清淨若一切智智清淨無二無二分無別無斷故善現大捨清淨故無明清淨無明清淨故一切智智清淨何以故若大捨清淨若無明清淨若一切智智清淨無二無二分無別無斷故大捨清淨故行識名色六處觸受愛取有生老死愁歎苦憂惱清淨行乃至老死愁歎苦憂惱清淨故一切智智清淨何以故若大捨清淨若行乃至老死愁歎苦憂惱清淨若一切智智清淨無二無二分無別無斷故善現大捨清淨故布施波羅蜜多清淨布施波羅蜜多清淨故一切智智清淨何以故若大捨清淨若布施波羅蜜多清淨若一切智智清淨無二無二分無別無斷故大捨清淨故淨戒安忍精進靜慮般若波羅蜜多清淨淨戒乃至般若波羅蜜多清淨故一切智智清淨何以故若大捨清淨若淨戒乃至般若波羅蜜多清淨若一切智智清淨無二無二分無別無斷故善現大捨清淨故内空清淨内空清淨故一切智智清淨何以故若大捨

清淨若內空清淨若一切智智清淨無二無二分無別無斷故大捨清淨故外空內外空空空大空勝義空有爲空無爲空畢竟空無際空散空無變異空本性空自相空共相空一切法空不可得空無性空自性空無性自性空清淨外空乃至無性自性空清淨故一切智智清淨何以故若大捨清淨若外空乃至無性自性空清淨若一切智智清淨無二無二分無別無斷故善現大捨清淨故眞如清淨眞如清淨故一切智智清淨何以故若大捨清淨若眞如清淨若一切智智清淨無二無二分無別無斷故大捨清淨故法界法性不虛妄性不變異性平等性離生性法定法住實際虛空界不思議界清淨法界乃至不思議界清淨故一切智智清淨何以故若大捨清淨若法界乃至不思議界清淨若一切智智清淨無二無二分無別無斷故善現大捨清淨故苦聖諦清淨苦聖諦清淨故一切智智清淨何以故若大捨清淨若苦聖諦清淨若一切智智清淨無二無二分無別無斷故大捨清淨故集滅道聖諦清淨集滅道聖諦清淨故一切智智清淨何以故若大捨清淨若集滅道聖諦清淨若一切智智清淨無二無二分無別無斷故善現大捨清淨故四靜慮清淨四靜慮清淨故一切智智清淨何以故若大捨清淨若四靜慮清淨若一切智智清淨無二無二分無別無斷故大捨清淨故四無量四無色定清淨四無量四無色定清淨故一切智智清淨何以故若大捨清淨若四無量四無色定清淨若一切智智清

淨無二無二分無別無斷故善現大捨清淨故八解脫清淨八解脫清淨故一切智智清淨何以故若大捨清淨若八解脫清淨若一切智智清淨無二無二分無別無斷故大捨清淨故八勝處九次第定十遍處清淨八勝處九次第定十遍處清淨故一切智智清淨何以故若大捨清淨若八勝處九次第定十遍處清淨若一切智智清淨無二無二分無別無斷故善現大捨清淨故四念住清淨四念住清淨故一切智智清淨何以故若大捨清淨若四念住清淨若一切智智清淨無二無二分無別無斷故大捨清淨故四正斷四神足五根五力七等覺支八聖道支清淨四正斷乃至八聖道支清淨故一切智智清淨何以故若大捨清淨若四正斷乃至八聖道支清淨若一切智智清淨無二無二分無別無斷故善現大捨清淨故空解脫門清淨空解脫門清淨故一切智智清淨何以故若大捨清淨若空解脫門清淨若一切智智清淨無二無二分無別無斷故大捨清淨故無相無願解脫門清淨無相無願解脫門清淨故一切智智清淨何以故若大捨清淨若無相無願解脫門清淨若一切智智清淨無二無二分無別無斷故善現大捨清淨故菩薩十地清淨菩薩十地清淨故一切智智清淨何以故若大捨清淨若菩薩十地清淨若一切智智清淨無二無二分無別無斷故善現大捨清淨故五眼清淨五眼清淨故一切智智清淨何以故若大捨清淨若五眼清淨若一切智智清淨無二無二分無別無斷故大捨

清淨故六神通清淨六神通清淨故一切智智清淨何以故若大捨清淨若六神通清淨若一切智智清淨無二無二分無別無斷故善現大捨清淨故佛十力清淨佛十力清淨故一切智智清淨何以故若大捨清淨若佛十力清淨若一切智智清淨無二無二分無別無斷故大捨清淨故四無所畏四無礙解大慈大悲大喜十八佛不共法清淨四無所畏乃至十八佛不共法清淨故一切智智清淨何以故若大捨清淨若四無所畏乃至十八佛不共法清淨若一切智智清淨無二無二分無別無斷故善現大捨清淨故無忘失法清淨無忘失法清淨故一切智智清淨何以故若大捨清淨若無忘失法清淨若一切智智清淨無二無二分無別無斷故大捨清

淨故恒住捨性清淨恒住捨性清淨故一切智智清淨何以故若大捨清淨若恒住捨性清淨若一切智智清淨無二無二分無別無斷故善現大捨清淨故一切智清淨一切智清淨故一切智智清淨何以故若大捨清淨若一切智清淨若一切智智清淨無二無二分無別無斷故大捨清淨故道相智一切相智清淨道相智一切相智清淨故一切智智清淨何以故若大捨清淨若道相智一切相智清淨若一切智智清淨無二無二分無別無斷故善現大捨清淨故一切陀羅尼門清淨一切陀羅尼門清淨故一切智智清淨何以故若大捨清淨若一切陀羅尼門清淨若一切智智清淨無二無二分無別無斷故大捨清淨故一切三摩地門清淨一切三摩地

門清淨故一切智智清淨何以故若大捨清淨若一切三摩地門清淨若一切智智清淨無二無二分無別無斷故善現大捨清淨故預流果清淨預流果清淨故一切智智清淨何以故若大捨清淨若預流果清淨若一切智智清淨無二無二分無別無斷故大捨清淨故一來不還阿羅漢果清淨一來不還阿羅漢果清淨故一切智智清淨何以故若大捨清淨若一來不還阿羅漢果清淨若一切智智清淨無二無二分無別無斷故善現大捨清淨故獨覺菩提清淨獨覺菩提清淨故一切智智清淨何以故若大捨清淨若獨覺菩提清淨若一切智智清淨無二無二分無別無斷故善現大捨清淨故一切菩薩摩訶薩行清淨一切菩薩摩訶薩行清淨故一切智智清淨何以故若大捨清淨若一切菩薩摩訶薩行清淨若一切智智清淨無二無二分無別無斷故善現大捨清淨故諸佛無上正等菩提清淨諸佛無上正等菩提清淨故一切智智清淨何以故若大捨清淨若諸佛無上正等菩提清淨若一切智智清淨無二無二分無別無斷故復次善現十八佛不共法清淨故色清淨色清淨故一切智智清淨何以故若十八佛不共法清淨若色清淨若一切智智清淨無二無二分無別無斷故十八佛不共法清淨故受想行識清淨受想行識清淨故一切智智清淨何以故若十八佛不共法清淨若受想行識清淨若一切智智清淨無二無二分無別無斷故善現十八佛不共法清淨故眼處清淨眼處清淨故一切

智智清淨何以故若十八佛不共法清淨若眼處清淨若一切智智清淨無二無二分無別無斷故十八佛不共法清淨故耳鼻舌身意處清淨耳鼻舌身意處清淨故一切智智清淨何以故若十八佛不共法清淨若耳鼻舌身意處清淨若一切智智清淨無二無二分無別無斷故善現十八佛不共法清淨故色處清淨色處清淨故一切智智清淨何以故若十八佛不共法清淨若色處清淨若一切智智清淨無二無二分無別無斷故十八佛不共法清淨故聲香味觸法處清淨聲香味觸法處清淨故一切智智清淨何以故若十八佛不共法清淨若聲香味觸法處清淨若一切智智清淨無二無二分無別無斷故善現十八佛不共法清淨故眼界清淨眼界清淨故一切智智清淨何以故若十八佛不共法清淨若眼界清淨若一切智智清淨無二無二分無別無斷故十八佛不共法清淨故色界眼識界及眼觸眼觸爲緣所生諸受清淨色界乃至眼觸爲緣所生諸受清淨故一切智智清淨何以故若十八佛不共法清淨若色界乃至眼觸爲緣所生諸受清淨若一切智智清淨無二無二分無別無斷故善現十八佛不共法清淨故耳界清淨耳界清淨故一切智智清淨何以故若十八佛不共法清淨若耳界清淨若一切智智清淨無二無二分無別無斷故十八佛不共法清淨故聲界耳識界及耳觸耳觸爲緣所生諸受清淨聲界乃至耳觸爲緣所生諸受清淨故一切智智清淨何以故若十八佛不共法清淨

若聲界乃至耳觸爲緣所生諸受清淨若一切智智清淨無二無二分無別無斷故善現十八佛不共法清淨故鼻界清淨鼻界清淨故一切智智清淨何以故若十八佛不共法清淨若鼻界清淨若一切智智清淨無二無二分無別無斷故十八佛不共法清淨故香界鼻識界及鼻觸鼻觸爲緣所生諸受清淨香界乃至鼻觸爲緣所生諸受清淨故一切智智清淨何以故若十八佛不共法清淨若香界乃至鼻觸爲緣所生諸受清淨若一切智智清淨無二無二分無別無斷故善現十八佛不共法清淨故舌界清淨舌界清淨故一切智智清淨何以故若十八佛不共法清淨若舌界清淨若一切智智清淨無二無二分無別無斷故十八佛不共法清淨故味界舌識界及舌觸舌觸爲緣所生諸受清淨味界乃至舌觸爲緣所生諸受清淨故一切智智清淨何以故若十八佛不共法清淨若味界乃至舌觸爲緣所生諸受清淨若一切智智清淨無二無二分無別無斷故善現十八佛不共法清淨故身界清淨身界清淨故一切智智清淨何以故若十八佛不共法清淨若身界清淨若一切智智清淨無二無二分無別無斷故十八佛不共法清淨故觸界身識界及身觸身觸爲緣所生諸受清淨觸界乃至身觸爲緣所生諸受清淨故一切智智清淨何以故若十八佛不共法清淨若觸界乃至身觸爲緣所生諸受清淨若一切智智清淨無二無二分無別無斷故善現十八佛不共法清淨故意界清淨意界清淨故一切

智智清淨何以故若十八佛不共法清淨若意界清淨若一切智智清淨無二無二分無別無斷故十八佛不共法清淨故法界意識界及意觸意觸爲緣所生諸受清淨法界乃至意觸爲緣所生諸受清淨故一切智智清淨何以故若十八佛不共法清淨若法界乃至意觸爲緣所生諸受清淨若一切智智清淨無二無二分無別無斷故善現十八佛不共法清淨故地界清淨地界清淨故一切智智清淨何以故若十八佛不共法清淨若地界清淨若一切智智清淨無二無二分無別無斷故十八佛不共法清淨故水火風空識界清淨水火風空識界清淨故一切智智清淨何以故若十八佛不共法清淨若水火風空識界清淨若一切智智清淨無二無二分

無別無斷故善現十八佛不共法清淨故無明清淨無明清淨故一切智智清淨何以故若十八佛不共法清淨若無明清淨若一切智智清淨無二無二分無別無斷故十八佛不共法清淨故行識名色六處觸受愛取有生老死愁歎苦憂惱清淨行乃至老死愁歎苦憂惱清淨故一切智智清淨何以故若十八佛不共法清淨若行乃至老死愁歎苦憂惱清淨若一切智智清淨無二無二分無別無斷故善現十八佛不共法清淨故布施波羅蜜多清淨布施波羅蜜多清淨故一切智智清淨何以故若十八佛不共法清淨若布施波羅蜜多清淨若一切智智清淨無二無二分無別無斷故十八佛不共法清淨故淨戒安忍精進靜慮般若波羅蜜多清淨淨戒

乃至般若波羅蜜多清淨故一切智智清淨何以故若十八佛不共法清淨若淨戒乃至般若波羅蜜多清淨若一切智智清淨無二無二分無別無斷故善現十八佛不共法清淨故內空清淨內空清淨故一切智智清淨何以故若十八佛不共法清淨若內空清淨若一切智智清淨無二無二分無別無斷故十八佛不共法清淨故外空內外空空空大空勝義空有為空無為空畢竟空無際空散空無變異空本性空自相空共相空一切法空不可得空無性空自性空無性自性空清淨外空乃至無性自性空清淨故一切智智清淨何以故若十八佛不共法清淨若外空乃至無性自性空清淨若一切智智清淨無二無二分無別無斷故善現十八佛不共法清淨故真如清淨真如清淨故一切智智清淨何以故若十八佛不共法清淨若真如清淨若一切智智清淨無二無二分無別無斷故十八佛不共法清淨故法界法性不虛妄性不變異性平等性離生性法定法住實際虛空界不思議界清淨法界乃至不思議界清淨故一切智智清淨何以故若十八佛不共法清淨若法界乃至不思議界清淨若一切智智清淨無二無二分無別無斷故善現十八佛不共法清淨故苦聖諦清淨苦聖諦清淨故一切智智清淨何以故若十八佛不共法清淨若苦聖諦清淨若一切智智清淨無二無二分無別無斷故十八佛不共法清淨故集滅道聖諦清淨集滅道聖諦清淨故一切智智清淨何以故若十八佛不共法清

淨若集滅道聖諦清淨若一切智智清淨無二無二分無別無斷故善現十八佛不共法清淨故四靜慮清淨四靜慮清淨故一切智智清淨何以故若十八佛不共法清淨若四靜慮清淨若一切智智清淨無二無二分無別無斷故十八佛不共法清淨故四無量四無色定清淨四無量四無色定清淨故一切智智清淨何以故若十八佛不共法清淨若四無量四無色定清淨若一切智智清淨無二無二分無別無斷故善現十八佛不共法清淨故八解脫清淨八解脫清淨故一切智智清淨何以故若十八佛不共法清淨若八解脫清淨若一切智智清淨無二無二分無別無斷故十八佛不共法清淨故八勝處九次第定十遍處清淨八勝處九次第定十遍處清淨故一切智智清淨何以故若十八佛不共法清淨若八勝處九次第定十遍處清淨若一切智智清淨無二無二分無別無斷故善現十八佛不共法清淨故四念住清淨四念住清淨故一切智智清淨何以故若十八佛不共法清淨若四念住清淨若一切智智清淨無二無二分無別無斷故十八佛不共法清淨故四正斷四神足五根五力七等覺支八聖道支清淨四正斷乃至八聖道支清淨故一切智智清淨何以故若十八佛不共法清淨若四正斷乃至八聖道支清淨若一切智智清淨無二無二分無別無斷故善現十八佛不共法清淨故空解脫門清淨空解脫門清淨故一切智智清淨何以故若十八佛不共法清淨若空解脫門清淨若一切

智智清淨無二無二分無別無斷故十八佛不共法清淨故無相無願解脫門清淨無相無願解脫門清淨故一切智智清淨何以故若十八佛不共法清淨若無相無願解脫門清淨若一切智智清淨無二無二分無別無斷故善現十八佛不共法清淨故菩薩十地清淨菩薩十地清淨故一切智智清淨何以故若十八佛不共法清淨若菩薩十地清淨若一切智智清淨無二無二分無別無斷故善現十八佛不共法清淨故五眼清淨五眼清淨故一切智智清淨何以故若十八佛不共法清淨若五眼清淨若一切智智清淨無二無二分無別無斷故十八佛不共法清淨故六神通清淨六神通清淨故一切智智清淨何以故若十八佛不共法清淨若六神通

清淨若一切智智清淨無二無二分無別無斷故善現十八佛不共法清淨故佛十力清淨佛十力清淨故一切智智清淨何以故若十八佛不共法清淨若佛十力清淨若一切智智清淨無二無二分無別無斷故十八佛不共法清淨故四無所畏四無礙解大慈大悲大喜大捨清淨四無所畏乃至大捨清淨故一切智智清淨何以故若十八佛不共法清淨若四無所畏乃至大捨清淨若一切智智清淨無二無二分無別無斷故善現十八佛不共法清淨故無忘失法清淨無忘失法清淨故一切智智清淨何以故若十八佛不共法清淨若無忘失法清淨若一切智智清淨無二無二分無別無斷故十八佛不共法清淨故恒住捨性清淨恒住捨性清淨故一

切智智清淨何以故若十八佛不共法清淨若恒住捨性清淨若一切智智清淨無二無二分無別無斷故善現十八佛不共法清淨故一切智清淨一切智清淨故一切智智清淨何以故若十八佛不共法清淨若一切智清淨若一切智智清淨無二無二分無別無斷故十八佛不共法清淨故道相智一切相智清淨道相智一切相智清淨故一切智智清淨何以故若十八佛不共法清淨若道相智一切相智清淨若一切智智清淨無二無二分無別無斷故善現十八佛不共法清淨故一切陀羅尼門清淨一切陀羅尼門清淨故一切智智清淨何以故若十八佛不共法清淨若一切陀羅尼門清淨若一切智智清淨無二無二分無別無斷故十八佛不共法清淨故一切三摩地門清淨一切三摩地門清淨故一切智智清淨何以故若十八佛不共法清淨若一切三摩地門清淨若一切智智清淨無二無二分無別無斷故

大般若波羅蜜多經卷第二百三十七

大般若波羅蜜多經卷第二百三十八

唐三藏法師玄奘奉　詔譯

初分難信解品第三十四之五十七

善現十八佛不共法清淨故預流果清淨預流果清淨故一切智智清淨何以故若十八佛不共法清淨若預流果清淨若一切智智清淨無二無二分無別無斷故十八佛不共法清淨故一來不還阿羅漢果清淨一來不還阿羅漢果清淨故一切智智清淨何以故若十八佛不共法清淨若一來不還阿羅漢果清淨若一切智智清淨無二無二分無別無斷故善現十八佛不共法清淨故獨覺菩提清淨獨覺菩提清淨故一切智智清淨何以故若十八佛不共法清淨若獨覺菩提清淨若一切智智清淨無二無二分無別無斷故善現十八佛不共法清淨故一切菩薩摩訶薩行清淨一切菩薩摩訶薩行清淨故一切智智清淨何以故若十八佛不共法清淨若一切菩薩摩訶薩行清淨若一切智智清淨無二無二分無別無斷故善現十八佛不共法清淨故諸佛無上正等菩提清淨諸佛無上正等菩提清淨故一切智智清淨何以故若十八佛不共法清淨若諸佛無上正等菩提清淨若一切智智清淨無二無二分無別無斷故復次善現無忘失法清淨故色清淨色清淨故一切智智清淨何以故若無忘失法清淨若色清淨若一切智智清淨無二無二分無別無斷故無忘失法清淨故受想行識清淨受想行識清淨故一切智智清淨何以故若無忘失法清淨若受想行識清淨

若一切智智清淨無二無二分無別無斷故善現無忘失法清淨故眼處清淨眼處清淨故一切智智清淨何以故若無忘失法清淨若眼處清淨若一切智智清淨無二無二分無別無斷故無忘失法清淨故耳鼻舌身意處清淨耳鼻舌身意處清淨故一切智智清淨何以故若無忘失法清淨若耳鼻舌身意處清淨若一切智智清淨無二無二分無別無斷故善現無忘失法清淨故色處清淨色處清淨故一切智智清淨何以故若無忘失法清淨若色處清淨若一切智智清淨無二無二分無別無斷故無忘失法清淨故聲香味觸法處清淨聲香味觸法處清淨故一切智智清淨何以故若無忘失法清淨若聲香味觸法處清淨若一切智智清淨無二無二分無別無斷故善現無忘失法清淨故眼界清淨眼界清淨故一切智智清淨何以故若無忘失法清淨若眼界清淨若一切智智清淨無二無二分無別無斷故無忘失法清淨故色界眼識界及眼觸眼觸爲緣所生諸受清淨色界乃至眼觸爲緣所生諸受清淨故一切智智清淨何以故若無忘失法清淨若色界乃至眼觸爲緣所生諸受清淨若一切智智清淨無二無二分無別無斷故善現無忘失法清淨故耳界清淨耳界清淨故一切智智清淨何以故若無忘失法清淨若耳界清淨若一切智智清淨無二無二分無別無斷故無忘失法清淨故聲界耳識界及耳觸耳觸爲緣所生諸受清淨聲界乃至耳觸爲緣所生諸受清淨故一切智智清淨何以故

若無忘失法清淨若聲界乃至耳觸爲緣所生諸受清淨若一切智智清淨無二無二分無別無斷故善現無忘失法清淨故鼻界清淨鼻界清淨故一切智智清淨何以故若無忘失法清淨若鼻界清淨若一切智智清淨無二無二分無別無斷故無忘失法清淨故香界鼻識界及鼻觸鼻觸爲緣所生諸受清淨香界乃至鼻觸爲緣所生諸受清淨故一切智智清淨何以故若無忘失法清淨若香界乃至鼻觸爲緣所生諸受清淨若一切智智清淨無二無二分無別無斷故善現無忘失法清淨故舌界清淨舌界清淨故一切智智清淨何以故若無忘失法清淨若舌界清淨若一切智智清淨無二無二分無別無斷故無忘失法清淨故味界舌識界及舌觸舌觸爲緣所生諸受清淨味界乃至舌觸爲緣所生諸受清淨故一切智智清淨何以故若無忘失法清淨若味界乃至舌觸爲緣所生諸受清淨若一切智智清淨無二無二分無別無斷故善現無忘失法清淨故身界清淨身界清淨故一切智智清淨何以故若無忘失法清淨若身界清淨若一切智智清淨無二無二分無別無斷故無忘失法清淨故觸界身識界及身觸身觸爲緣所生諸受清淨觸界乃至身觸爲緣所生諸受清淨故一切智智清淨何以故若無忘失法清淨若觸界乃至身觸爲緣所生諸受清淨若一切智智清淨無二無二分無別無斷故善現無忘失法清淨故意界清淨意界清淨故一切智智清淨何以故若無忘失法清淨若意界清淨

若一切智智清淨無二無二分無別無斷故無忘失法清淨故法界意識界及意觸意觸爲緣所生諸受清淨法界乃至意觸爲緣所生諸受清淨故一切智智清淨何以故若無忘失法清淨若法界乃至意觸爲緣所生諸受清淨若一切智智清淨無二無二分無別無斷故善現無忘失法清淨故地界清淨地界清淨故一切智智清淨何以故若無忘失法清淨若地界清淨若一切智智清淨無二無二分無別無斷故無忘失法清淨故水火風空識界清淨水火風空識界清淨故一切智智清淨何以故若無忘失法清淨若水火風空識界清淨若一切智智清淨無二無二分無別無斷故善現無忘失法清淨故無明清淨無明清淨故一切智智清淨何以故若無忘失法清淨若無明清淨若一切智智清淨無二無二分無別無斷故無忘失法清淨故行識名色六處觸受愛取有生老死愁歎苦憂惱清淨行乃至老死愁歎苦憂惱清淨故一切智智清淨何以故若無忘失法清淨若行乃至老死愁歎苦憂惱清淨若一切智智清淨無二無二分無別無斷故善現無忘失法清淨故布施波羅蜜多清淨布施波羅蜜多清淨故一切智智清淨何以故若無忘失法清淨若布施波羅蜜多清淨若一切智智清淨無二無二分無別無斷故無忘失法清淨故淨戒安忍精進靜慮般若波羅蜜多清淨淨戒乃至般若波羅蜜多清淨故一切智智清淨何以故若無忘失法清淨若淨戒乃至般若波羅蜜多清淨若一切智智清淨

無二無二分無別無斷故善現無忘失法清淨故內空清淨內空清淨故一切智智清淨何以故若無忘失法清淨若內空清淨若一切智智清淨無二無二分無別無斷故無忘失法清淨故外空內外空空空大空勝義空有爲空無爲空畢竟空無際空散空無變異空本性空自相空共相空一切法空不可得空無性空自性空無性自性空清淨外空乃至無性自性空清淨故一切智智清淨何以故若無忘失法清淨若外空乃至無性自性空清淨若一切智智清淨無二無二分無別無斷故善現無忘失法清淨故眞如清淨眞如清淨故一切智智清淨何以故若無忘失法清淨若眞如清淨若一切智智清淨無二無二分無別無斷故無忘失法清淨故法界

法性不虛妄性不變異性平等性離生性法定法住實際虛空界不思議界清淨法界乃至不思議界清淨故一切智智清淨何以故若無忘失法清淨若法界乃至不思議界清淨若一切智智清淨無二無二分無別無斷故善現無忘失法清淨故苦聖諦清淨苦聖諦清淨故一切智智清淨何以故若無忘失法清淨若苦聖諦清淨若一切智智清淨無二無二分無別無斷故無忘失法清淨故集滅道聖諦清淨集滅道聖諦清淨故一切智智清淨何以故若無忘失法清淨若集滅道聖諦清淨若一切智智清淨無二無二分無別無斷故善現無忘失法清淨故四靜慮清淨四靜慮清淨故一切智智清淨何以故若無忘失法清淨若四靜慮清淨若一切智智

清淨無二無二分無別無斷故無忘失法清淨故四無量四無色定清淨四無量四無色定清淨故一切智智清淨何以故若無忘失法清淨若四無量四無色定清淨若一切智智清淨無二無二分無別無斷故善現無忘失法清淨故八解脫清淨八解脫清淨故一切智智清淨何以故若無忘失法清淨若八解脫清淨若一切智智清淨無二無二分無別無斷故無忘失法清淨故八勝處九次第定十遍處清淨八勝處九次第定十遍處清淨故一切智智清淨何以故若無忘失法清淨若八勝處九次第定十遍處清淨若一切智智清淨無二無二分無別無斷故善現無忘失法清淨故四念住清淨四念住清淨故一切智智清淨何以故若無忘失法清淨若四念住清淨若一切智智清淨無二無二分無別無斷故無忘失法清淨故四正斷四神足五根五力七等覺支八聖道支清淨四正斷乃至八聖道支清淨故一切智智清淨何以故若無忘失法清淨若四正斷乃至八聖道支清淨若一切智智清淨無二無二分無別無斷故善現無忘失法清淨故空解脫門清淨空解脫門清淨故一切智智清淨何以故若無忘失法清淨若空解脫門清淨若一切智智清淨無二無二分無別無斷故無忘失法清淨故無相無願解脫門清淨無相無願解脫門清淨故一切智智清淨何以故若無忘失法清淨若無相無願解脫門清淨若一切智智清淨無二無二分無別無斷故善現無忘失法清淨故菩薩十地清淨菩薩十

地清淨故一切智智清淨何以故若無忘失法清淨若菩薩十地清淨若一切智智清淨無二無二分無別無斷故善現無忘失法清淨故五眼清淨五眼清淨故一切智智清淨何以故若無忘失法清淨若五眼清淨若一切智智清淨無二無二分無別無斷故無忘失法清淨故六神通清淨六神通清淨故一切智智清淨何以故若無忘失法清淨若六神通清淨若一切智智清淨無二無二分無別無斷故善現無忘失法清淨故佛十力清淨佛十力清淨故一切智智清淨何以故若無忘失法清淨若佛十力清淨若一切智智清淨無二無二分無別無斷故無忘失法清淨故四無所畏四無礙解大慈大悲大喜大捨十八佛不共法清淨四無所畏乃至十八佛不共法清淨故一切智智清淨何以故若無忘失法清淨若四無所畏乃至十八佛不共法清淨若一切智智清淨無二無二分無別無斷故善現無忘失法清淨故恒住捨性清淨恒住捨性清淨故一切智智法清何以故若無忘失法清淨若恒住捨性清淨若一切智智清淨無二無二分無別無斷故善現無忘失法清淨故一切智清淨一切智清淨故一切智智清淨何以故若無忘失法清淨若一切智清淨若一切智智清淨無二無二分無別無斷故無忘失法清淨故道相智一切相智清淨道相智一切相智清淨故一切智智清淨何以故若無忘失法清淨若道相智一切相智清淨若一切智智清淨無二無二分無別無斷故善現無忘失法清淨故一

切陀羅尼門清淨一切陀羅尼門清淨故一切智智清淨何以故若無忘失法清淨若一切陀羅尼門清淨若一切智智清淨無二無二分無别無斷故無忘失法清淨故一切三摩地門清淨一切三摩地門清淨故一切智智清淨何以故若無忘失法清淨若一切三摩地門清淨若一切智智清淨無二無二分無别無斷故善現無忘失法清淨故預流果清淨預流果清淨故一切智智清淨何以故若無忘失法清淨若預流果清淨若一切智智清淨無二無二分無别無斷故無忘失法清淨故一來不還阿羅漢果清淨一來不還阿羅漢果清淨故一切智智清淨何以故若無忘失法清淨若一來不還阿羅漢果清淨若一切智智清淨無二無二分無别無斷故

善現無忘失法清淨故獨覺菩提清淨獨覺菩提清淨故一切智智清淨何以故若無忘失法清淨若獨覺菩提清淨若一切智智清淨無二無二分無别無斷故善現無忘失法清淨故一切菩薩摩訶薩行清淨一切菩薩摩訶薩行清淨故一切智智清淨何以故若無忘失法清淨若一切菩薩摩訶薩行清淨若一切智智清淨無二無二分無别無斷故善現無忘失法清淨故諸佛無上正等菩提清淨諸佛無上正等菩提清淨故一切智智清淨何以故若無忘失法清淨若諸佛無上正等菩提清淨若一切智智清淨無二無二分無别無斷故復次善現恒住捨性清淨故色清淨色清淨故一切智智清淨何以故若恒住捨性清淨若色清淨若一切智智清淨

無二無二分無別無斷故恒住捨性清淨故受想行識清淨受想行識清淨故一切智智清淨何以故若恒住捨性清淨若受想行識清淨若一切智智清淨無二無二分無別無斷故善現恒住捨性清淨故眼處清淨眼處清淨故一切智智清淨何以故若恒住捨性清淨若眼處清淨若一切智智清淨無二無二分無別無斷故恒住捨性清淨故耳鼻舌身意處清淨耳鼻舌身意處清淨故一切智智清淨何以故若恒住捨性清淨若耳鼻舌身意處清淨若一切智智清淨無二無二分無別無斷故善現恒住捨性清淨故色處清淨色處清淨故一切智智清淨何以故若恒住捨性清淨若色處清淨若一切智智清淨無二無二分無別無斷故恒住捨性清淨故

聲香味觸法處清淨聲香味觸法處清淨故一切智智清淨何以故若恒住捨性清淨若聲香味觸法處清淨若一切智智清淨無二無二分無別無斷故善現恒住捨性清淨故眼界清淨眼界清淨故一切智智清淨何以故若恒住捨性清淨若眼界清淨若一切智智清淨無二無二分無別無斷故恒住捨性清淨故色界眼識界及眼觸眼觸爲緣所生諸受清淨色界乃至眼觸爲緣所生諸受清淨故一切智智清淨何以故若恒住捨性清淨若色界乃至眼觸爲緣所生諸受清淨若一切智智清淨無二無二分無別無斷故善現恒住捨性清淨故耳界清淨耳界清淨故一切智智清淨何以故若恒住捨性清淨若耳界清淨若一切智智清淨無二無二分無

别無斷故恒住捨性清淨故聲界耳識界及耳觸耳觸爲緣所生諸受清淨聲界乃至耳觸爲緣所生諸受清淨故一切智智清淨何以故若恒住捨性清淨若聲界乃至耳觸爲緣所生諸受清淨若一切智智清淨無二無二分無别無斷故善現恒住捨性清淨故鼻界清淨鼻界清淨故一切智智清淨何以故若恒住捨性清淨若鼻界清淨若一切智智清淨無二無二分無别無斷故恒住捨性清淨故香界鼻識界及鼻觸鼻觸爲緣所生諸受清淨香界乃至鼻觸爲緣所生諸受清淨故一切智智清淨何以故若恒住捨性清淨若香界乃至鼻觸爲緣所生諸受清淨若一切智智清淨無二無二分無别無斷故善現恒住捨性清淨故舌界清淨舌界清淨故一切智智清淨何以故若恒住捨性清淨若舌界清淨若一切智智清淨無二無二分無别無斷故恒住捨性清淨故味界舌識界及舌觸舌觸爲緣所生諸受清淨味界乃至舌觸爲緣所生諸受清淨故一切智智清淨何以故若恒住捨性清淨若味界乃至舌觸爲緣所生諸受清淨若一切智智清淨無二無二分無别無斷故善現恒住捨性清淨故身界清淨身界清淨故一切智智清淨何以故若恒住捨性清淨若身界清淨若一切智智清淨無二無二分無别無斷故恒住捨性清淨故觸界身識界及身觸身觸爲緣所生諸受清淨觸界乃至身觸爲緣所生諸受清淨故一切智智清淨何以故若恒住捨性清淨若觸界乃至身觸爲緣所生諸受清淨若一切

智智清淨無二無二分無別無斷故善現恒
住捨性清淨故意界清淨意界清淨故一切
智智清淨何以故若恒住捨性清淨若意界
清淨若一切智智清淨無二無二分無別無
斷故恒住捨性清淨故法界意識界及意觸
意觸爲緣所生諸受清淨法界乃至意觸爲
緣所生諸受清淨故一切智智清淨何以故
若恒住捨性清淨若法界乃至意觸爲緣所
生諸受清淨若一切智智清淨無二無二分
無別無斷故善現恒住捨性清淨故地界清
淨地界清淨故一切智智清淨何以故若恒
住捨性清淨若地界清淨若一切智智清淨
無二無二分無別無斷故恒住捨性清淨故
水火風空識界清淨水火風空識界清淨故
一切智智清淨何以故若恒住捨性清淨若
水火風空識界清淨若一切智智清淨無二
無二分無別無斷故善現恒住捨性清淨故
無明清淨無明清淨故一切智智清淨何以
故若恒住捨性清淨若無明清淨若一切智
智清淨無二無二分無別無斷故恒住捨性
清淨故行識名色六處觸受愛取有生老死
愁歎苦憂惱清淨行乃至老死愁歎苦憂惱
清淨故一切智智清淨何以故若恒住捨性
清淨若行乃至老死愁歎苦憂惱清淨若一
切智智清淨無二無二分無別無斷故善現
恒住捨性清淨故布施波羅蜜多清淨布施
波羅蜜多清淨故一切智智清淨何以故若
恒住捨性清淨若布施波羅蜜多清淨若一
切智智清淨無二無二分無別無斷故恒住
捨性清淨故淨戒安忍精進靜慮般若波羅

蜜多清淨淨戒乃至般若波羅蜜多清淨故一切智智清淨何以故若恒住捨性清淨若淨戒乃至般若波羅蜜多清淨若一切智智清淨無二無二分無別無斷故善現恒住捨性清淨故內空清淨內空清淨故一切智智清淨何以故若恒住捨性清淨若內空清淨若一切智智清淨無二無二分無別無斷故恒住捨性清淨故外空內外空空空大空勝義空有爲空無爲空畢竟空無際空散空無變異空本性空自相空共相空一切法空不可得空無性空自性空無性自性空清淨外空乃至無性自性空清淨故一切智智清淨何以故若恒住捨性清淨若外空乃至無性自性空清淨若一切智智清淨無二無二分無別無斷故善現恒住捨性清淨故眞如清淨眞如清淨故一切智智清淨何以故若恒住捨性清淨若眞如清淨若一切智智清淨無二無二分無別無斷故恒住捨性清淨故法界法性不虛妄性不變異性平等性離生性法定法住實際虛空界不思議界清淨法界乃至不思議界清淨故一切智智清淨何以故若恒住捨性清淨若法界乃至不思議界清淨若一切智智清淨無二無二分無別無斷故善現恒住捨性清淨故苦聖諦清淨苦聖諦清淨故一切智智清淨何以故若恒住捨性清淨若苦聖諦清淨若一切智智清淨無二無二分無別無斷故恒住捨性清淨故集滅道聖諦清淨集滅道聖諦清淨故一切智智清淨何以故若恒住捨性清淨若集滅道聖諦清淨若一切智智清淨無二無二

分無別無斷故善現恒住捨性清淨故四靜慮清淨四靜慮清淨故一切智智清淨何以故若恒住捨性清淨若四靜慮清淨若一切智智清淨無二無二分無別無斷故恒住捨性清淨故四無量四無色定清淨四無量四無色定清淨故一切智智清淨何以故若恒住捨性清淨若四無量四無色定清淨若一切智智清淨無二無二分無別無斷故善現恒住捨性清淨故八解脫清淨八解脫清淨故一切智智清淨何以故若恒住捨性清淨若八解脫清淨若一切智智清淨無二無二分無別無斷故恒住捨性清淨故八勝處九次第定十遍處清淨八勝處九次第定十遍處清淨故一切智智清淨何以故若恒住捨性清淨若八勝處九次第定十遍處清淨若一切智智清淨無二無二分無別無斷故善現恒住捨性清淨故四念住清淨四念住清淨故一切智智清淨何以故若恒住捨性清淨若四念住清淨若一切智智清淨無二無二分無別無斷故恒住捨性清淨故四正斷四神足五根五力七等覺支八聖道支清淨四正斷乃至八聖道支清淨故一切智智清淨何以故若恒住捨性清淨若四正斷乃至八聖道支清淨若一切智智清淨無二無二分無別無斷故善現恒住捨性清淨故空解脫門清淨空解脫門清淨故一切智智清淨何以故若恒住捨性清淨若空解脫門清淨若一切智智清淨無二無二分無別無斷故恒住捨性清淨故無相無願解脫門清淨無相無願解脫門清淨故一切智智清淨何以

故若恒住捨性清淨若無相無願解脱門清淨若一切智智清淨無二無二分無别無斷故善現恒住捨性清淨故菩薩十地清淨菩薩十地清淨故一切智智清淨何以故若恒住捨性清淨若菩薩十地清淨若一切智智清淨無二無二分無别無斷故善現恒住捨性清淨故五眼清淨五眼清淨故一切智智清淨何以故若恒住捨性清淨若五眼清淨若一切智智清淨無二無二分無别無斷故恒住捨性清淨故六神通清淨六神通清淨故一切智智清淨何以故若恒住捨性清淨若六神通清淨若一切智智清淨無二無二分無别無斷故善現恒住捨性清淨故佛十力清淨佛十力清淨故一切智智清淨何以故若恒住捨性清淨若佛十力清淨若一切智智清淨無二無二分無别無斷故恒住捨性清淨故四無所畏四無礙解大慈大悲大喜大捨十八佛不共法清淨四無所畏乃至十八佛不共法清淨故一切智智清淨何以故若恒住捨性清淨若四無所畏乃至十八佛不共法清淨若一切智智清淨無二無二分無别無斷故善現恒住捨性清淨故無忘失法清淨無忘失法清淨故一切智智清淨何以故若恒住捨性清淨若無忘失法清淨若一切智智清淨無二無二分無别無斷故善現恒住捨性清淨故一切智清淨一切智清淨故一切智智清淨何以故若恒住捨性清淨若一切智清淨若一切智智清淨無二無二分無别無斷故恒住捨性清淨故道相智一切相智清淨道相智一切相智清淨故

一切智智清淨何以故若恒住捨性清淨若道相智一切相智清淨若一切智智清淨無二無二分無別無斷故善現恒住捨性清淨故一切陀羅尼門清淨一切陀羅尼門清淨故一切智智清淨何以故若恒住捨性清淨若一切陀羅尼門清淨若一切智智清淨無二無二分無別無斷故恒住捨性清淨故一切三摩地門清淨一切三摩地門清淨故一切智智清淨何以故若恒住捨性清淨若一切三摩地門清淨若一切智智清淨無二無二分無別無斷故善現恒住捨性清淨故預流果清淨預流果清淨故一切智智清淨何以故若恒住捨性清淨若預流果清淨若一切智智清淨無二無二分無別無斷故恒住捨性清淨故一來不還阿羅漢果清淨一來不還阿羅漢果清淨故一切智智清淨何以故若恒住捨性清淨若一來不還阿羅漢果清淨若一切智智清淨無二無二分無別無斷故善現恒住捨性清淨故獨覺菩提清淨獨覺菩提清淨故一切智智清淨何以故若恒住捨性清淨若獨覺菩提清淨若一切智智清淨無二無二分無別無斷故善現恒住捨性清淨故一切菩薩摩訶薩行清淨一切菩薩摩訶薩行清淨故一切智智清淨何以故若恒住捨性清淨若一切菩薩摩訶薩行清淨若一切智智清淨無二無二分無別無斷故善現恒住捨性清淨故諸佛無上正等菩提清淨諸佛無上正等菩提清淨故一切智智清淨何以故若恒住捨性清淨若諸佛無上正等菩提清淨若一切智智清淨無二

無二分無别無斷故

大般若波羅蜜多經卷第二百三十八

大般若波羅蜜多經卷第二百三十九

唐三藏法師玄奘奉　詔譯

初分難信解品第三十四之五十八

復次善現一切智清淨故色清淨色清淨故一切智智清淨何以故若一切智清淨若色清淨若一切智智清淨無二無二分無別無斷故一切智清淨故受想行識清淨受想行識清淨故一切智智清淨何以故若一切智清淨若受想行識清淨若一切智智清淨無二無二分無別無斷故善現一切智清淨故眼處清淨眼處清淨故一切智智清淨何以故若一切智清淨若眼處清淨若一切智智清淨無二無二分無別無斷故一切智清淨故耳鼻舌身意處清淨耳鼻舌身意處清淨故一切智智清淨何以故若一切智清淨若耳鼻舌身意處清淨若一切智智清淨無二無二分無別無斷故善現一切智清淨故色處清淨色處清淨故一切智智清淨何以故若一切智清淨若色處清淨若一切智智清淨無二無二分無別無斷故一切智清淨故聲香味觸法處清淨聲香味觸法處清淨故一切智智清淨何以故若一切智清淨若聲香味觸法處清淨若一切智智清淨無二無二分無別無斷故善現一切智清淨故眼界清淨眼界清淨故一切智智清淨何以故若一切智清淨若眼界清淨若一切智智清淨無二無二分無別無斷故一切智清淨故色界眼識界及眼觸眼觸爲緣所生諸受清淨色界乃至眼觸爲緣所生諸受清淨故一切智智清淨何以故若一切智清淨若色界乃

至眼觸爲緣所生諸受清淨若一切智智清淨無二無二分無別無斷故善現一切智清淨故耳界清淨耳界清淨故一切智智清淨何以故若一切智清淨若耳界清淨若一切智智清淨無二無二分無別無斷故一切智清淨故聲界耳識界及耳觸耳觸爲緣所生諸受清淨聲界乃至耳觸爲緣所生諸受清淨故一切智智清淨何以故若一切智清淨若聲界乃至耳觸爲緣所生諸受清淨若一切智智清淨無二無二分無別無斷故善現一切智清淨故鼻界清淨鼻界清淨故一切智智清淨何以故若一切智清淨若鼻界清淨若一切智智清淨無二無二分無別無斷故一切智清淨故香界鼻識界及鼻觸鼻觸爲緣所生諸受清淨香界乃至鼻觸爲緣所生諸受清淨故一切智智清淨何以故若一切智清淨若香界乃至鼻觸爲緣所生諸受清淨若一切智智清淨無二無二分無別無斷故善現一切智清淨故舌界清淨舌界清淨故一切智智清淨何以故若一切智清淨若舌界清淨若一切智智清淨無二無二分無別無斷故一切智清淨故味界舌識界及舌觸舌觸爲緣所生諸受清淨味界乃至舌觸爲緣所生諸受清淨故一切智智清淨何以故若一切智清淨若味界乃至舌觸爲緣所生諸受清淨若一切智智清淨無二無二分無別無斷故善現一切智清淨故身界清淨身界清淨故一切智智清淨何以故若一切智清淨若身界清淨若一切智智清淨無二無二分無別無斷故一切智清淨故觸界

身識界及身觸身觸爲緣所生諸受清淨觸界乃至身觸爲緣所生諸受清淨故一切智智清淨何以故若一切智清淨若觸界乃至身觸爲緣所生諸受清淨若一切智智清淨無二無二分無別無斷故善現一切智清淨故意界清淨意界清淨故一切智智清淨何以故若一切智清淨若意界清淨若一切智智清淨無二無二分無別無斷故一切智清淨故法界意識界及意觸意觸爲緣所生諸受清淨法界乃至意觸爲緣所生諸受清淨故一切智智清淨何以故若一切智清淨若法界乃至意觸爲緣所生諸受清淨若一切智智清淨無二無二分無別無斷故善現一切智清淨故地界清淨地界清淨故一切智智清淨何以故若一切智清淨若地界清淨若一切智智清淨無二無二分無別無斷故一切智清淨故水火風空識界清淨水火風空識界清淨故一切智智清淨何以故若一切智清淨若水火風空識界清淨若一切智智清淨無二無二分無別無斷故善現一切智清淨故無明清淨無明清淨故一切智智清淨何以故若一切智清淨若無明清淨若一切智智清淨無二無二分無別無斷故一切智清淨故行識名色六處觸受愛取有生老死愁歎苦憂惱清淨行乃至老死愁歎苦憂惱清淨故一切智智清淨何以故若一切智清淨若行乃至老死愁歎苦憂惱清淨若一切智智清淨無二無二分無別無斷故善現一切智清淨故布施波羅蜜多清淨布施波羅蜜多清淨故一切智智清淨何以故若

一切智清淨若布施波羅蜜多清淨若一切智智清淨無二無二分無別無斷故一切智清淨故淨戒安忍精進靜慮般若波羅蜜多清淨淨戒乃至般若波羅蜜多清淨故一切智智清淨何以故若一切智清淨若淨戒乃至般若波羅蜜多清淨若一切智智清淨無二無二分無別無斷故善現一切智清淨故內空清淨內空清淨故一切智智清淨何以故若一切智清淨若內空清淨若一切智智清淨無二無二分無別無斷故一切智清淨故外空內外空空空大空勝義空有為空無為空畢竟空無際空散空無變異空本性空自相空共相空一切法空不可得空無性空自性空無性自性空清淨外空乃至無性自性空清淨故一切智智清淨何以故若一切智清淨若外空乃至無性自性空清淨若一切智智清淨無二無二分無別無斷故善現一切智清淨故眞如清淨眞如清淨故一切智智清淨何以故若一切智清淨若眞如清淨若一切智智清淨無二無二分無別無斷故一切智清淨故法界法性不虛妄性不變異性平等性離生性法定法住實際虛空界不思議界清淨法界乃至不思議界清淨故一切智智清淨何以故若一切智清淨若法界乃至不思議界清淨若一切智智清淨無二無二分無別無斷故善現一切智清淨故苦聖諦清淨苦聖諦清淨故一切智智清淨何以故若一切智清淨若苦聖諦清淨若一切智智清淨無二無二分無別無斷故一切智清淨故集滅道聖諦清淨集滅道聖諦清

淨故一切智智清淨何以故若一切智清淨若集滅道聖諦清淨若一切智智清淨無二無二分無別無斷故善現一切智清淨故四靜慮清淨四靜慮清淨故一切智智清淨何以故若一切智清淨若四靜慮清淨若一切智智清淨無二無二分無別無斷故一切智清淨故四無量四無色定清淨四無量四無色定清淨故一切智智清淨何以故若一切智清淨若四無量四無色定清淨若一切智智清淨無二無二分無別無斷故善現一切智清淨故八解脫清淨八解脫清淨故一切智智清淨何以故若一切智清淨若八解脫清淨若一切智智清淨無二無二分無別無斷故一切智清淨故八勝處九次第定十遍處清淨八勝處九次第定十遍處清淨故一切智智清淨何以故若一切智清淨若八勝處九次第定十遍處清淨若一切智智清淨無二無二分無別無斷故善現一切智清淨故四念住清淨四念住清淨故一切智智清淨何以故若一切智清淨若四念住清淨若一切智智清淨無二無二分無別無斷故一切智清淨故四正斷四神足五根五力七等覺支八聖道支清淨四正斷乃至八聖道支清淨故一切智智清淨何以故若一切智清淨若四正斷乃至八聖道支清淨若一切智智清淨無二無二分無別無斷故善現一切智清淨故空解脫門清淨空解脫門清淨故一切智智清淨何以故若一切智清淨若空解脫門清淨若一切智智清淨無二無二分無別無斷故一切智清淨故無相無願解脫

門清淨無相無願解脫門清淨故一切智智清淨何以故若一切智清淨若無相無願解脫門清淨若一切智智清淨無二無二分無別無斷故善現一切智清淨故菩薩十地清淨菩薩十地清淨故一切智智清淨何以故若一切智清淨若菩薩十地清淨若一切智智清淨無二無二分無別無斷故善現一切智清淨故五眼清淨五眼清淨故一切智智清淨何以故若一切智清淨若五眼清淨若一切智智清淨無二無二分無別無斷故一切智清淨故六神通清淨六神通清淨故一切智智清淨何以故若一切智清淨若六神通清淨若一切智智清淨無二無二分無別無斷故善現一切智清淨故佛十力清淨佛十力清淨故一切智智清淨何以故若一切智清淨若佛十力清淨若一切智智清淨無二無二分無別無斷故一切智清淨故四無所畏四無礙解大慈大悲大喜大捨十八佛不共法清淨四無所畏乃至十八佛不共法清淨故一切智智清淨何以故若一切智清淨若四無所畏乃至十八佛不共法清淨若一切智智清淨無二無二分無別無斷故善現一切智清淨故無忘失法清淨無忘失法清淨故一切智智清淨何以故若一切智清淨若無忘失法清淨若一切智智清淨無二無二分無別無斷故一切智清淨故恒住捨性清淨恒住捨性清淨故一切智智清淨何以故若一切智清淨若恒住捨性清淨若一切智智清淨無二無二分無別無斷故善現一切智清淨故道相智清淨道相智清淨故

一切智智清淨何以故若一切智清淨若道相智清淨若一切智智清淨無二無二分無別無斷故一切智清淨故一切相智清淨一切相智清淨故一切智智清淨何以故若一切智清淨若一切相智清淨若一切智智清淨無二無二分無別無斷故善現一切智清淨故一切陀羅尼門清淨一切陀羅尼門清淨故一切智智清淨何以故若一切智清淨若一切陀羅尼門清淨若一切智智清淨無二無二分無別無斷故一切智清淨故一切三摩地門清淨一切三摩地門清淨故一切智智清淨何以故若一切智清淨若一切三摩地門清淨若一切智智清淨無二無二分無別無斷故善現一切智清淨故預流果清淨預流果清淨故一切智智清淨何以故若

一切智清淨若預流果清淨若一切智智清淨無二無二分無別無斷故一切智清淨故一來不還阿羅漢果清淨一來不還阿羅漢果清淨故一切智智清淨何以故若一切智清淨若一來不還阿羅漢果清淨若一切智智清淨無二無二分無別無斷故善現一切智清淨故獨覺菩提清淨獨覺菩提清淨故一切智智清淨何以故若一切智清淨若獨覺菩提清淨若一切智智清淨無二無二分無別無斷故善現一切智清淨故一切菩薩摩訶薩行清淨一切菩薩摩訶薩行清淨故一切智智清淨何以故若一切智清淨若一切菩薩摩訶薩行清淨若一切智智清淨無二無二分無別無斷故善現一切智清淨故諸佛無上正等菩提清淨諸佛無上正等菩

提清淨故一切智智清淨何以故若一切智清淨若諸佛無上正等菩提清淨若一切智智清淨無二無二分無別無斷故復次善現道相智清淨故色清淨色清淨故一切智智清淨何以故若道相智清淨若色清淨若一切智智清淨無二無二分無別無斷故道相智清淨故受想行識清淨受想行識清淨故一切智智清淨何以故若道相智清淨若受想行識清淨若一切智智清淨無二無二分無別無斷故善現道相智清淨故眼處清淨眼處清淨故一切智智清淨何以故若道相智清淨若眼處清淨若一切智智清淨無二無二分無別無斷故道相智清淨故耳鼻舌身意處清淨耳鼻舌身意處清淨故一切智智清淨何以故若道相智清淨若耳鼻舌身意處清淨若一切智智清淨無二無二分無別無斷故善現道相智清淨故色處清淨色處清淨故一切智智清淨何以故若道相智清淨若色處清淨若一切智智清淨無二無二分無別無斷故道相智清淨故聲香味觸法處清淨聲香味觸法處清淨故一切智智清淨何以故若道相智清淨若聲香味觸法處清淨若一切智智清淨無二無二分無別無斷故善現道相智清淨故眼界清淨眼界清淨故一切智智清淨何以故若道相智清淨若眼界清淨若一切智智清淨無二無二分無別無斷故道相智清淨故色界眼識界及眼觸眼觸爲緣所生諸受清淨色界乃至眼觸爲緣所生諸受清淨故一切智智清淨何以故若道相智清淨若色界乃至眼觸爲

縁所生諸受清淨若一切智智清淨無二無二分無別無斷故善現道相智清淨故耳界清淨耳界清淨故一切智智清淨何以故若道相智清淨若耳界清淨若一切智智清淨無二無二分無別無斷故道相智清淨故聲界耳識界及耳觸耳觸爲縁所生諸受清淨聲界乃至耳觸爲縁所生諸受清淨故一切智智清淨何以故若道相智清淨若聲界乃至耳觸爲縁所生諸受清淨若一切智智清淨無二無二分無別無斷故善現道相智清淨故鼻界清淨鼻界清淨故一切智智清淨何以故若道相智清淨若鼻界清淨若一切智智清淨無二無二分無別無斷故道相智清淨故香界鼻識界及鼻觸鼻觸爲縁所生諸受清淨香界乃至鼻觸爲縁所生諸受清

淨故一切智智清淨何以故若道相智清淨若香界乃至鼻觸爲縁所生諸受清淨若一切智智清淨無二無二分無別無斷故善現道相智清淨故舌界清淨舌界清淨故一切智智清淨何以故若道相智清淨若舌界清淨若一切智智清淨無二無二分無別無斷故道相智清淨故味界舌識界及舌觸舌觸爲縁所生諸受清淨味界乃至舌觸爲縁所生諸受清淨故一切智智清淨何以故若道相智清淨若味界乃至舌觸爲縁所生諸受清淨若一切智智清淨無二無二分無別無斷故善現道相智清淨故身界清淨身界清淨故一切智智清淨何以故若道相智清淨若身界清淨若一切智智清淨無二無二分無別無斷故道相智清淨故觸界身識界及

身觸身觸爲緣所生諸受清淨觸界乃至身觸爲緣所生諸受清淨故一切智智清淨何以故若道相智清淨若觸界乃至身觸爲緣所生諸受清淨若一切智智清淨無二無二分無別無斷故善現道相智清淨故意界清淨意界清淨故一切智智清淨何以故若道相智清淨若意界清淨若一切智智清淨無二無二分無別無斷故道相智清淨故法界意識界及意觸意觸爲緣所生諸受清淨法界乃至意觸爲緣所生諸受清淨故一切智智清淨何以故若道相智清淨若法界乃至意觸爲緣所生諸受清淨若一切智智清淨無二無二分無別無斷故善現道相智清淨故地界清淨地界清淨故一切智智清淨何以故若道相智清淨若地界清淨若一切智智清淨無二無二分無別無斷故道相智清淨故水火風空識界清淨水火風空識界清淨故一切智智清淨何以故若道相智清淨若水火風空識界清淨若一切智智清淨無二無二分無別無斷故善現道相智清淨故無明清淨無明清淨故一切智智清淨何以故若道相智清淨若無明清淨若一切智智清淨無二無二分無別無斷故道相智清淨故行識名色六處觸受愛取有生老死愁歎苦憂惱清淨行乃至老死愁歎苦憂惱清淨故一切智智清淨何以故若道相智清淨若行乃至老死愁歎苦憂惱清淨若一切智智清淨無二無二分無別無斷故善現道相智清淨故布施波羅蜜多清淨布施波羅蜜多清淨故一切智智清淨何以故若道相智清

淨若布施波羅蜜多清淨若一切智智清淨無二無二分無別無斷故道相智清淨故淨戒安忍精進靜慮般若波羅蜜多清淨淨戒乃至般若波羅蜜多清淨故一切智智清淨何以故若道相智清淨若淨戒乃至般若波羅蜜多清淨若一切智智清淨無二無二分無別無斷故善現道相智清淨故內空清淨內空清淨故一切智智清淨何以故若道相智清淨若內空清淨若一切智智清淨無二無二分無別無斷故道相智清淨故外空內外空空空大空勝義空有爲空無爲空畢竟空無際空散空無變異空本性空自相空共相空一切法空不可得空無性空自性空無性自性空清淨外空乃至無性自性空清淨故一切智智清淨何以故若道相智清淨若外空乃至無性自性空清淨若一切智智清淨無二無二分無別無斷故善現道相智清淨故真如清淨真如清淨故一切智智清淨何以故若道相智清淨若真如清淨若一切智智清淨無二無二分無別無斷故道相智清淨故法界法性不虛妄性不變異性平等性離生性法定法住實際虛空界不思議界清淨法界乃至不思議界清淨故一切智智清淨何以故若道相智清淨若法界乃至不思議界清淨若一切智智清淨無二無二分無別無斷故善現道相智清淨故苦聖諦清淨苦聖諦清淨故一切智智清淨何以故若道相智清淨若苦聖諦清淨若一切智智清淨無二無二分無別無斷故道相智清淨故集滅道聖諦清淨集滅道聖諦清淨故一切

智智清淨何以故若道相智清淨若集滅道聖諦清淨若一切智智清淨無二無二分無別無斷故善現道相智清淨故四靜慮清淨四靜慮清淨故一切智智清淨何以故若道相智清淨若四靜慮清淨若一切智智清淨無二無二分無別無斷故道相智清淨故四無量四無色定清淨四無量四無色定清淨故一切智智清淨何以故若道相智清淨若四無量四無色定清淨若一切智智清淨無二無二分無別無斷故善現道相智清淨故八解脱清淨八解脱清淨故一切智智清淨何以故若道相智清淨若八解脱清淨若一切智智清淨無二無二分無別無斷故道相智清淨故八勝處九次第定十遍處清淨八勝處九次第定十遍處清淨故一切智智清淨何以故若道相智清淨若八勝處九次第定十遍處清淨若一切智智清淨無二無二分無別無斷故善現道相智清淨故四念住清淨四念住清淨故一切智智清淨何以故若道相智清淨若四念住清淨若一切智智清淨無二無二分無別無斷故道相智清淨故四正斷四神足五根五力七等覺支八聖道支清淨四正斷乃至八聖道支清淨故一切智智清淨何以故若道相智清淨若四正斷乃至八聖道支清淨若一切智智清淨無二無二分無別無斷故善現道相智清淨故空解脱門清淨空解脱門清淨故一切智智清淨何以故若道相智清淨若空解脱門清淨若一切智智清淨無二無二分無別無斷故道相智清淨故無相無願解脱門清淨無

相無願解脱門清淨故一切智智清淨何以故若道相智清淨若無相無願解脱門清淨若一切智智清淨無二無二分無別無斷故善現道相智清淨故菩薩十地清淨菩薩十地清淨故一切智智清淨何以故若道相智清淨若菩薩十地清淨若一切智智清淨無二無二分無別無斷故善現道相智清淨故五眼清淨五眼清淨故一切智智清淨何以故若道相智清淨若五眼清淨若一切智智清淨無二無二分無別無斷故道相智清淨故六神通清淨六神通清淨故一切智智清淨何以故若道相智清淨若六神通清淨若一切智智清淨無二無二分無別無斷故善現道相智清淨故佛十力清淨佛十力清淨故一切智智清淨何以故若道相智清淨若佛十力清淨若一切智智清淨無二無二分無別無斷故道相智清淨故四無所畏四無礙解大慈大悲大喜大捨十八佛不共法清淨四無所畏乃至十八佛不共法清淨故一切智智清淨何以故若道相智清淨若四無所畏乃至十八佛不共法清淨若一切智智清淨無二無二分無別無斷故善現道相智清淨故無忘失法清淨無忘失法清淨故一切智智清淨何以故若道相智清淨若無忘失法清淨若一切智智清淨無二無二分無別無斷故道相智清淨故恒住捨性清淨恒住捨性清淨故一切智智清淨何以故若道相智清淨若恒住捨性清淨若一切智智清淨無二無二分無別無斷故善現道相智清淨故一切智清淨一切智清淨故一切智智

清淨何以故若道相智清淨若一切智清淨若一切智智清淨無二無二分無別無斷故道相智清淨故一切相智清淨一切相智清淨故一切智智清淨何以故若道相智清淨若一切相智清淨若一切智智清淨無二無二分無別無斷故善現道相智清淨故一切陀羅尼門清淨一切陀羅尼門清淨故一切智智清淨何以故若道相智清淨若一切陀羅尼門清淨若一切智智清淨無二無二分無別無斷故道相智清淨故一切三摩地門清淨一切三摩地門清淨故一切智智清淨何以故若道相智清淨若一切三摩地門清淨若一切智智清淨無二無二分無別無斷故善現道相智清淨故預流果清淨預流果清淨故一切智智清淨何以故若道相智清淨若預流果清淨若一切智智清淨無二無二分無別無斷故道相智清淨故一來不還阿羅漢果清淨一來不還阿羅漢果清淨故一切智智清淨何以故若道相智清淨若一來不還阿羅漢果清淨若一切智智清淨無二無二分無別無斷故善現道相智清淨故獨覺菩提清淨獨覺菩提清淨故一切智智清淨何以故若道相智清淨若獨覺菩提清淨若一切智智清淨無二無二分無別無斷故善現道相智清淨故一切菩薩摩訶薩行清淨一切菩薩摩訶薩行清淨故一切智智清淨何以故若道相智清淨若一切菩薩摩訶薩行清淨若一切智智清淨無二無二分無別無斷故善現道相智清淨故諸佛無上正等菩提清淨諸佛無上正等菩提清淨故

一切智智清淨何以故若道相智清淨若諸佛無上正等菩提清淨若一切智智清淨無二無二分無別無斷故復次善現一切相智清淨故色清淨色清淨故一切智智清淨何以故若一切相智清淨若色清淨若一切智智清淨無二無二分無別無斷故一切相智清淨故受想行識清淨受想行識清淨故一切智智清淨何以故若一切相智清淨若受想行識清淨若一切智智清淨無二無二分無別無斷故善現一切相智清淨故眼處清淨眼處清淨故一切智智清淨何以故若一切相智清淨若眼處清淨若一切智智清淨無二無二分無別無斷故一切相智清淨故耳鼻舌身意處清淨耳鼻舌身意處清淨故一切智智清淨何以故若一切相智清淨若耳鼻舌身意處清淨若一切智智清淨無二無二分無別無斷故善現一切相智清淨故色處清淨色處清淨故一切智智清淨何以故若一切相智清淨若色處清淨若一切智智清淨無二無二分無別無斷故一切相智清淨故聲香味觸法處清淨聲香味觸法處清淨故一切智智清淨何以故若一切相智清淨若聲香味觸法處清淨若一切智智清淨無二無二分無別無斷故善現一切相智清淨故眼界清淨眼界清淨故一切智智清淨何以故若一切相智清淨若眼界清淨若一切智智清淨無二無二分無別無斷故一切相智清淨故色界眼識界及眼觸眼觸爲緣所生諸受清淨色界乃至眼觸爲緣所生諸受清淨故一切智智清淨何以故若一切

相智清淨若色界乃至眼觸爲緣所生諸受清淨若一切智智清淨無二無二分無別無斷故善現一切相智清淨故耳界清淨耳界清淨故一切智智清淨何以故若一切相智清淨若耳界清淨若一切智智清淨無二無二分無別無斷故一切相智清淨故聲界耳識界及耳觸耳觸爲緣所生諸受清淨聲界乃至耳觸爲緣所生諸受清淨故一切智智清淨何以故若一切相智清淨若聲界乃至耳觸爲緣所生諸受清淨若一切智智清淨無二無二分無別無斷故善現一切相智清淨故鼻界清淨鼻界清淨故一切智智清淨何以故若一切相智清淨若鼻界清淨若一切智智清淨無二無二分無別無斷故一切相智清淨故香界鼻識界及鼻觸鼻觸爲緣所生諸受清淨香界乃至鼻觸爲緣所生諸受清淨故一切智智清淨何以故若一切相智清淨若香界乃至鼻觸爲緣所生諸受清淨若一切智智清淨無二無二分無別無斷故善現一切相智清淨故舌界清淨舌界清淨故一切智智清淨何以故若一切相智清淨若舌界清淨若一切智智清淨無二無二分無別無斷故一切相智清淨故味界舌識界及舌觸舌觸爲緣所生諸受清淨味界乃至舌觸爲緣所生諸受清淨故一切智智清淨何以故若一切相智清淨若味界乃至舌觸爲緣所生諸受清淨若一切智智清淨無二無二分無別無斷故

大般若波羅蜜多經卷第二百三十九

大般若波羅蜜多經卷第二百四十

唐三藏法師玄奘奉　詔譯

初分難信解品第三十四之五十九

善現一切相智清淨故身界清淨身界清淨故一切智智清淨何以故若一切相智清淨若身界清淨若一切智智清淨無二無二分無別無斷故一切相智清淨故觸界身識界及身觸身觸為緣所生諸受清淨觸界乃至身觸為緣所生諸受清淨故一切智智清淨何以故若一切相智清淨若觸界乃至身觸為緣所生諸受清淨若一切智智清淨無二無二分無別無斷故善現一切相智清淨故意界清淨意界清淨故一切智智清淨何以故若一切相智清淨若意界清淨若一切智智清淨無二無二分無別無斷故一切相智清淨故法界意識界及意觸意觸為緣所生諸受清淨法界乃至意觸為緣所生諸受清淨故一切智智清淨何以故若一切相智清淨若法界乃至意觸為緣所生諸受清淨若一切智智清淨無二無二分無別無斷故善現一切相智清淨故地界清淨地界清淨故一切智智清淨何以故若一切相智清淨若地界清淨若一切智智清淨無二無二分無別無斷故一切相智清淨故水火風空識界清淨水火風空識界清淨故一切智智清淨何以故若一切相智清淨若水火風空識界清淨若一切智智清淨無二無二分無別無斷故善現一切相智清淨故無明清淨無明清淨故一切智智清淨何以故若一切相智清淨若無明清淨若一切智智清淨無二無

二分無别無斷故一切相智清淨故行識名色六處觸受愛取有生老死愁歎苦憂惱清淨行乃至老死愁歎苦憂惱清淨故一切智智清淨何以故若一切相智清淨若行乃至老死愁歎苦憂惱清淨若一切智智清淨無二無二分無别無斷故善現一切相智清淨故布施波羅蜜多清淨布施波羅蜜多清淨故一切智智清淨何以故若一切相智清淨若布施波羅蜜多清淨若一切智智清淨無二無二分無别無斷故一切相智清淨故淨戒安忍精進靜慮般若波羅蜜多清淨淨戒乃至般若波羅蜜多清淨故一切智智清淨何以故若一切相智清淨若淨戒乃至般若波羅蜜多清淨若一切智智清淨無二無二分無别無斷故善現一切相智清淨故內空清淨內空清淨故一切智智清淨何以故若一切相智清淨若內空清淨若一切智智清淨無二無二分無别無斷故一切相智清淨故外空內外空空空大空勝義空有爲空無爲空畢竟空無際空散空無變異空本性空自相空共相空一切法空不可得空無性空自性空無性自性空清淨外空乃至無性自性空清淨故一切智智清淨何以故若一切相智清淨若外空乃至無性自性空清淨若一切智智清淨無二無二分無别無斷故善現一切相智清淨故眞如清淨眞如清淨故一切智智清淨何以故若一切相智清淨若眞如清淨若一切智智清淨無二無二分無别無斷故一切相智清淨故法界法性不虛妄性不變異性平等性離生性法定法住實

際虛空界不思議界清淨法界乃至不思議界清淨故一切智智清淨何以故若一切相智清淨若法界乃至不思議界清淨若一切智智清淨無二無二分無别無斷故善現一切相智清淨故苦聖諦清淨苦聖諦清淨故一切智智清淨何以故若一切相智清淨若苦聖諦清淨若一切智智清淨無二無二分無别無斷故一切相智清淨故集滅道聖諦清淨集滅道聖諦清淨故一切智智清淨何以故若一切相智清淨若集滅道聖諦清淨若一切智智清淨無二無二分無别無斷故善現一切相智清淨故四靜慮清淨四靜慮清淨故一切智智清淨何以故若一切相智清淨若四靜慮清淨若一切智智清淨無二無二分無别無斷故一切相智清淨故四無量四無色定清淨四無量四無色定清淨故一切智智清淨何以故若一切相智清淨若四無量四無色定清淨若一切智智清淨無二無二分無别無斷故善現一切相智清淨故八解脱清淨八解脱清淨故一切智智清淨何以故若一切相智清淨若八解脱清淨若一切智智清淨無二無二分無别無斷故一切相智清淨故八勝處九次第定十遍處清淨八勝處九次第定十遍處清淨故一切智智清淨何以故若一切相智清淨若八勝處九次第定十遍處清淨若一切智智清淨無二無二分無别無斷故善現一切相智清淨故四念住清淨四念住清淨故一切智智清淨何以故若一切相智清淨若四念住清淨若一切智智清淨無二無二分無别無斷

故一切相智清淨故四正斷四神足五根五力七等覺支八聖道支清淨四正斷乃至八聖道支清淨故一切智智清淨何以故若一切相智清淨若四正斷乃至八聖道支清淨若一切智智清淨無二無二分無別無斷故善現一切相智清淨故空解脫門清淨空解脫門清淨故一切智智清淨何以故若一切相智清淨若空解脫門清淨若一切智智清淨無二無二分無別無斷故一切相智清淨故無相無願解脫門清淨無相無願解脫門清淨故一切智智清淨何以故若一切相智清淨若無相無願解脫門清淨若一切智智清淨無二無二分無別無斷故善現一切相智清淨故菩薩十地清淨菩薩十地清淨故一切智智清淨何以故若一切相智清淨若菩薩十地清淨若一切智智清淨無二無二分無別無斷故善現一切相智清淨故五眼清淨五眼清淨故一切智智清淨何以故若一切相智清淨若五眼清淨若一切智智清淨無二無二分無別無斷故一切相智清淨故六神通清淨六神通清淨故一切智智清淨何以故若一切相智清淨若六神通清淨若一切智智清淨無二無二分無別無斷故善現一切相智清淨故佛十力清淨佛十力清淨故一切智智清淨何以故若一切相智清淨若佛十力清淨若一切智智清淨無二無二分無別無斷故一切相智清淨故四無所畏四無礙解大慈大悲大喜大捨十八佛不共法清淨四無所畏乃至十八佛不共法清淨故一切智智清淨何以故若一切相智

清淨若四無所畏乃至十八佛不共法清淨若一切智智清淨無二無二分無別無斷故善現一切相智清淨故無忘失法清淨無忘失法清淨故一切智智清淨何以故若一切相智清淨若無忘失法清淨若一切智智清淨無二無二分無別無斷故一切相智清淨故恒住捨性清淨恒住捨性清淨故一切智智清淨何以故若一切相智清淨若恒住捨性清淨若一切智智清淨無二無二分無別無斷故善現一切相智清淨故一切智清淨一切智清淨故一切智智清淨何以故若一切相智清淨若一切智清淨若一切智智清淨無二無二分無別無斷故一切相智清淨故道相智清淨道相智清淨故一切智智清淨何以故若一切相智清淨若道相智清淨

若一切智智清淨無二無二分無別無斷故善現一切相智清淨故一切陀羅尼門清淨一切陀羅尼門清淨故一切智智清淨何以故若一切相智清淨若一切陀羅尼門清淨若一切智智清淨無二無二分無別無斷故一切相智清淨故一切三摩地門清淨一切三摩地門清淨故一切智智清淨何以故若一切相智清淨若一切三摩地門清淨若一切智智清淨無二無二分無別無斷故善現一切相智清淨故預流果清淨預流果清淨故一切智智清淨何以故若一切相智清淨若預流果清淨若一切智智清淨無二無二分無別無斷故一切相智清淨故一來不還阿羅漢果清淨一來不還阿羅漢果清淨故一切智智清淨何以故若一切相智清淨若

一來不還阿羅漢果清淨若一切智智清淨無二無二分無別無斷故善現一切相智清淨故獨覺菩提清淨獨覺菩提清淨故一切智智清淨何以故若一切相智清淨若獨覺菩提清淨若一切智智清淨無二無二分無別無斷故善現一切相智清淨故一切菩薩摩訶薩行清淨一切菩薩摩訶薩行清淨故一切智智清淨何以故若一切相智清淨若一切菩薩摩訶薩行清淨若一切智智清淨無二無二分無別無斷故善現一切相智清淨故諸佛無上正等菩提清淨諸佛無上正等菩提清淨故一切智智清淨何以故若一切相智清淨若諸佛無上正等菩提清淨若一切智智清淨無二無二分無別無斷故復次善現一切陀羅尼門清淨故色清淨色清淨故一切智智清淨何以故若一切陀羅尼門清淨若色清淨若一切智智清淨無二無二分無別無斷故一切陀羅尼門清淨故受想行識清淨受想行識清淨故一切智智清淨何以故若一切陀羅尼門清淨若受想行識清淨若一切智智清淨無二無二分無別無斷故善現一切陀羅尼門清淨故眼處清淨眼處清淨故一切智智清淨何以故若一切陀羅尼門清淨若眼處清淨若一切智智清淨無二無二分無別無斷故一切陀羅尼門清淨故耳鼻舌身意處清淨耳鼻舌身意處清淨故一切智智清淨何以故若一切陀羅尼門清淨若耳鼻舌身意處清淨若一切智智清淨無二無二分無別無斷故善現一切陀羅尼門清淨故色處清淨色處清淨故

一切智智清淨何以故若一切陀羅尼門清淨若色處清淨若一切智智清淨無二無二分無别無斷故一切陀羅尼門清淨故聲香味觸法處清淨聲香味觸法處清淨故一切智智清淨何以故若一切陀羅尼門清淨若聲香味觸法處清淨若一切智智清淨無二無二分無别無斷故善現一切陀羅尼門清淨故眼界清淨眼界清淨故一切智智清淨何以故若一切陀羅尼門清淨若眼界清淨若一切智智清淨無二無二分無别無斷故一切陀羅尼門清淨故色界眼識界及眼觸眼觸爲緣所生諸受清淨色界乃至眼觸爲緣所生諸受清淨故一切智智清淨何以故若一切陀羅尼門清淨若色界乃至眼觸爲緣所生諸受清淨若一切智智清淨無二無二分無别無斷故善現一切陀羅尼門清淨故耳界清淨耳界清淨故一切智智清淨何以故若一切陀羅尼門清淨若耳界清淨若一切智智清淨無二無二分無别無斷故一切陀羅尼門清淨故聲界耳識界及耳觸耳觸爲緣所生諸受清淨聲界乃至耳觸爲緣所生諸受清淨故一切智智清淨何以故若一切陀羅尼門清淨若聲界乃至耳觸爲緣所生諸受清淨若一切智智清淨無二無二分無别無斷故善現一切陀羅尼門清淨故鼻界清淨鼻界清淨故一切智智清淨何以故若一切陀羅尼門清淨若鼻界清淨若一切智智清淨無二無二分無别無斷故一切陀羅尼門清淨故香界鼻識界及鼻觸鼻觸爲緣所生諸受清淨香界乃至鼻觸爲緣所

生諸受清淨故一切智智清淨何以故若一切陀羅尼門清淨若香界乃至鼻觸爲緣所生諸受清淨若一切智智清淨無二無二分無別無斷故善現一切陀羅尼門清淨故舌界清淨舌界清淨故一切智智清淨何以故若一切陀羅尼門清淨若舌界清淨若一切智智清淨無二無二分無別無斷故一切陀羅尼門清淨故味界舌識界及舌觸舌觸爲緣所生諸受清淨味界乃至舌觸爲緣所生諸受清淨故一切智智清淨何以故若一切陀羅尼門清淨若味界乃至舌觸爲緣所生諸受清淨若一切智智清淨無二無二分無別無斷故善現一切陀羅尼門清淨故身界清淨身界清淨故一切智智清淨何以故若一切陀羅尼門清淨若身界清淨若一切智智清淨無二無二分無別無斷故一切陀羅尼門清淨故觸界身識界及身觸身觸爲緣所生諸受清淨觸界乃至身觸爲緣所生諸受清淨故一切智智清淨何以故若一切陀羅尼門清淨若觸界乃至身觸爲緣所生諸受清淨若一切智智清淨無二無二分無別無斷故善現一切陀羅尼門清淨故意界清淨意界清淨故一切智智清淨何以故若一切陀羅尼門清淨若意界清淨若一切智智清淨無二無二分無別無斷故一切陀羅尼門清淨故法界意識界及意觸意觸爲緣所生諸受清淨法界乃至意觸爲緣所生諸受清淨故一切智智清淨何以故若一切陀羅尼門清淨若法界乃至意觸爲緣所生諸受清淨若一切智智清淨無二無二分無別無

斷故善現一切陀羅尼門清淨故地界清淨地界清淨故一切智智清淨何以故若一切陀羅尼門清淨若地界清淨若一切智智清淨無二無二分無別無斷故一切陀羅尼門清淨故水火風空識界清淨水火風空識界清淨故一切智智清淨何以故若一切陀羅尼門清淨若水火風空識界清淨若一切智智清淨無二無二分無別無斷故善現一切陀羅尼門清淨故無明清淨無明清淨故一切智智清淨何以故若一切陀羅尼門清淨若無明清淨若一切智智清淨無二無二分無別無斷故一切陀羅尼門清淨故行識名色六處觸受愛取有生老死愁歎苦憂惱清淨行乃至老死愁歎苦憂惱清淨故一切智智清淨何以故若一切陀羅尼門清淨若行乃至老死愁歎苦憂惱清淨若一切智智清淨無二無二分無別無斷故善現一切陀羅尼門清淨故布施波羅蜜多清淨布施波羅蜜多清淨故一切智智清淨何以故若一切陀羅尼門清淨若布施波羅蜜多清淨若一切智智清淨無二無二分無別無斷故一切陀羅尼門清淨故淨戒安忍精進靜慮般若波羅蜜多清淨淨戒乃至般若波羅蜜多清淨故一切智智清淨何以故若一切陀羅尼門清淨若淨戒乃至般若波羅蜜多清淨若一切智智清淨無二無二分無別無斷故善現一切陀羅尼門清淨故內空清淨內空清淨故一切智智清淨何以故若一切陀羅尼門清淨若內空清淨若一切智智清淨無二無二分無別無斷故一切陀羅尼門清淨故

外空內外空空空大空勝義空有爲空無爲空畢竟空無際空散空無變異空本性空自相空共相空一切法空不可得空無性空自性空無性自性空清淨外空乃至無性自性空清淨故一切智智清淨何以故若一切陀羅尼門清淨若外空乃至無性自性空清淨若一切智智清淨無二無二分無別無斷故善現一切陀羅尼門清淨故眞如清淨眞如清淨故一切智智清淨何以故若一切陀羅尼門清淨若眞如清淨若一切智智清淨無二無二分無別無斷故一切陀羅尼門清淨故法界法性不虛妄性不變異性平等性離生性法定法住實際虛空界不思議界清淨法界乃至不思議界清淨故一切智智清淨何以故若一切陀羅尼門清淨若法界乃至不思議界清淨若一切智智清淨無二無二分無別無斷故善現一切陀羅尼門清淨故苦聖諦清淨苦聖諦清淨故一切智智清淨何以故若一切陀羅尼門清淨若苦聖諦清淨若一切智智清淨無二無二分無別無斷故一切陀羅尼門清淨故集滅道聖諦清淨集滅道聖諦清淨故一切智智清淨何以故若一切陀羅尼門清淨若集滅道聖諦清淨若一切智智清淨無二無二分無別無斷故善現一切陀羅尼門清淨故四靜慮清淨四靜慮清淨故一切智智清淨何以故若一切陀羅尼門清淨若四靜慮清淨若一切智智清淨無二無二分無別無斷故一切陀羅尼門清淨故四無量四無色定清淨四無量四無色定清淨故一切智智清淨何以故若一

切陀羅尼門清淨若四無量四無色定清淨若一切智智清淨無二無二分無別無斷故善現一切陀羅尼門清淨故八解脫清淨八解脫清淨故一切智智清淨何以故若一切陀羅尼門清淨若八解脫清淨若一切智智清淨無二無二分無別無斷故一切陀羅尼門清淨故八勝處九次第定十遍處清淨八勝處九次第定十遍處清淨故一切智智清淨何以故若一切陀羅尼門清淨若八勝處九次第定十遍處清淨若一切智智清淨無二無二分無別無斷故善現一切陀羅尼門清淨故四念住清淨四念住清淨故一切智智清淨何以故若一切陀羅尼門清淨若四念住清淨若一切智智清淨無二無二分無別無斷故一切陀羅尼門清淨故四正斷四神足五根五力七等覺支八聖道支清淨四正斷乃至八聖道支清淨故一切智智清淨何以故若一切陀羅尼門清淨若四正斷乃至八聖道支清淨若一切智智清淨無二無二分無別無斷故善現一切陀羅尼門清淨故空解脫門清淨空解脫門清淨故一切智智清淨何以故若一切陀羅尼門清淨若空解脫門清淨若一切智智清淨無二無二分無別無斷故一切陀羅尼門清淨故無相無願解脫門清淨無相無願解脫門清淨故一切智智清淨何以故若一切陀羅尼門清淨若無相無願解脫門清淨若一切智智清淨無二無二分無別無斷故善現一切陀羅尼門清淨故菩薩十地清淨菩薩十地清淨故一切智智清淨何以故若一切陀羅尼門清

淨若菩薩十地清淨若一切智智清淨無二無二分無別無斷故善現一切陀羅尼門清淨故五眼清淨五眼清淨故一切智智清淨何以故若一切陀羅尼門清淨若五眼清淨若一切智智清淨無二無二分無別無斷故一切陀羅尼門清淨故六神通清淨六神通清淨故一切智智清淨何以故若一切陀羅尼門清淨若六神通清淨若一切智智清淨無二無二分無別無斷故善現一切陀羅尼門清淨故佛十力清淨佛十力清淨故一切智智清淨何以故若一切陀羅尼門清淨若佛十力清淨若一切智智清淨無二無二分無別無斷故一切陀羅尼門清淨故四無所畏四無礙解大慈大悲大喜大捨十八佛不共法清淨四無所畏乃至十八佛不共法清淨故一切智智清淨何以故若一切陀羅尼門清淨若四無所畏乃至十八佛不共法清淨若一切智智清淨無二無二分無別無斷故善現一切陀羅尼門清淨故無忘失法清淨無忘失法清淨故一切智智清淨何以故若一切陀羅尼門清淨若無忘失法清淨若一切智智清淨無二無二分無別無斷故一切陀羅尼門清淨故恒住捨性清淨恒住捨性清淨故一切智智清淨何以故若一切陀羅尼門清淨若恒住捨性清淨若一切智智清淨無二無二分無別無斷故善現一切陀羅尼門清淨故一切智清淨一切智清淨故一切智智清淨何以故若一切陀羅尼門清淨若一切智清淨若一切智智清淨無二無二分無別無斷故一切陀羅尼門清淨故道

相智一切相智清淨道相智一切相智清淨故一切智智清淨何以故若一切陀羅尼門清淨若道相智一切相智清淨若一切智智清淨無二無二分無別無斷故善現一切陀羅尼門清淨故一切三摩地門清淨一切三摩地門清淨故一切智智清淨何以故若一切陀羅尼門清淨若一切三摩地門清淨若一切智智清淨無二無二分無別無斷故善現一切陀羅尼門清淨故預流果清淨預流果清淨故一切智智清淨何以故若一切陀羅尼門清淨若預流果清淨若一切智智清淨無二無二分無別無斷故一切陀羅尼門清淨故一來不還阿羅漢果清淨一來不還阿羅漢果清淨故一切智智清淨何以故若一切陀羅尼門清淨若一來不還阿羅漢果清淨若一切智智清淨無二無二分無別無斷故善現一切陀羅尼門清淨故獨覺菩提清淨獨覺菩提清淨故一切智智清淨何以故若一切陀羅尼門清淨若獨覺菩提清淨若一切智智清淨無二無二分無別無斷故善現一切陀羅尼門清淨故一切菩薩摩訶薩行清淨一切菩薩摩訶薩行清淨故一切智智清淨何以故若一切陀羅尼門清淨若一切菩薩摩訶薩行清淨若一切智智清淨無二無二分無別無斷故善現一切陀羅尼門清淨故諸佛無上正等菩提清淨諸佛無上正等菩提清淨故一切智智清淨何以故若一切陀羅尼門清淨若諸佛無上正等菩提清淨若一切智智清淨無二無二分無別無斷故復次善現一切三摩地門清淨故色

清淨色清淨故一切智智清淨何以故若一切三摩地門清淨若色清淨若一切智智清淨無二無二分無別無斷故一切三摩地門清淨故受想行識清淨受想行識清淨故一切智智清淨何以故若一切三摩地門清淨若受想行識清淨若一切智智清淨無二無二分無別無斷故善現一切三摩地門清淨故眼處清淨眼處清淨故一切智智清淨何以故若一切三摩地門清淨若眼處清淨若一切智智清淨無二無二分無別無斷故一切三摩地門清淨故耳鼻舌身意處清淨耳鼻舌身意處清淨故一切智智清淨何以故若一切三摩地門清淨若耳鼻舌身意處清淨若一切智智清淨無二無二分無別無斷故善現一切三摩地門清淨故色處清淨色處清淨故一切智智清淨何以故若一切三摩地門清淨若色處清淨若一切智智清淨無二無二分無別無斷故一切三摩地門清淨故聲香味觸法處清淨聲香味觸法處清淨故一切智智清淨何以故若一切三摩地門清淨若聲香味觸法處清淨若一切智智清淨無二無二分無別無斷故善現一切三摩地門清淨故眼界清淨眼界清淨故一切智智清淨何以故若一切三摩地門清淨若眼界清淨若一切智智清淨無二無二分無別無斷故一切三摩地門清淨故色界眼識界及眼觸眼觸爲緣所生諸受清淨色界乃至眼觸爲緣所生諸受清淨故一切智智清淨何以故若一切三摩地門清淨若色界乃至眼觸爲緣所生諸受清淨若一切智智清

淨無二無二分無別無斷故

大般若波羅蜜多經卷第二百四十

大般若波羅蜜多經卷第二百四十一

唐三藏法師玄奘奉詔譯

初分難信解品第三十四之六十

善現一切三摩地門清淨故耳界清淨耳界清淨故一切智智清淨何以故若一切三摩地門清淨若耳界清淨若一切智智清淨無二無二分無别無斷故一切三摩地門清淨故聲界耳識界及耳觸耳觸爲緣所生諸受清淨聲界乃至耳觸爲緣所生諸受清淨故一切智智清淨何以故若一切三摩地門清淨若聲界乃至耳觸爲緣所生諸受清淨若一切智智清淨無二無二分無别無斷故善現一切三摩地門清淨故鼻界清淨鼻界清淨故一切智智清淨何以故若一切三摩地門清淨若鼻界清淨若一切智智清淨無二無二分無别無斷故一切三摩地門清淨故香界鼻識界及鼻觸鼻觸爲緣所生諸受清淨香界乃至鼻觸爲緣所生諸受清淨故一切智智清淨何以故若一切三摩地門清淨若香界乃至鼻觸爲緣所生諸受清淨若一切智智清淨無二無二分無别無斷故善現一切三摩地門清淨故舌界清淨舌界清淨故一切智智清淨何以故若一切三摩地門清淨若舌界清淨若一切智智清淨無二無二分無别無斷故一切三摩地門清淨故味界舌識界及舌觸舌觸爲緣所生諸受清淨味界乃至舌觸爲緣所生諸受清淨故一切智智清淨何以故若一切三摩地門清淨若味界乃至舌觸爲緣所生諸受清淨若一切智智清淨無二無二分無别無斷故善現一

切三摩地門清淨故身界清淨身界清淨故一切智智清淨何以故若一切三摩地門清淨若身界清淨若一切智智清淨無二無二分無別無斷故一切三摩地門清淨故觸界身識界及身觸身觸爲緣所生諸受清淨觸界乃至身觸爲緣所生諸受清淨故一切智智清淨何以故若一切三摩地門清淨若觸界乃至身觸爲緣所生諸受清淨若一切智智清淨無二無二分無別無斷故善現一切三摩地門清淨故意界清淨意界清淨故一切智智清淨何以故若一切三摩地門清淨若意界清淨若一切智智清淨無二無二分無別無斷故一切三摩地門清淨故法界意識界及意觸意觸爲緣所生諸受清淨法界乃至意觸爲緣所生諸受清淨故一切智智清淨何以故若一切三摩地門清淨若法界乃至意觸爲緣所生諸受清淨若一切智智清淨無二無二分無別無斷故善現一切三摩地門清淨故地界清淨地界清淨故一切智智清淨何以故若一切三摩地門清淨若地界清淨若一切智智清淨無二無二分無別無斷故一切三摩地門清淨故水火風空識界清淨水火風空識界清淨故一切智智清淨何以故若一切三摩地門清淨若水火風空識界清淨若一切智智清淨無二無二分無別無斷故善現一切三摩地門清淨故無明清淨無明清淨故一切智智清淨何以故若一切三摩地門清淨若無明清淨若一切智智清淨無二無二分無別無斷故一切三摩地門清淨故行識名色六處觸受愛取

有生老死愁歎苦憂惱清淨行乃至老死愁歎苦憂惱清淨故一切智智清淨何以故若一切三摩地門清淨若行乃至老死愁歎苦憂惱清淨若一切智智清淨無二無二分無别無斷故善現一切三摩地門清淨故布施波羅蜜多清淨布施波羅蜜多清淨故一切智智清淨何以故若一切三摩地門清淨若布施波羅蜜多清淨若一切智智清淨無二無二分無别無斷故一切三摩地門清淨故淨戒安忍精進靜慮般若波羅蜜多清淨淨戒乃至般若波羅蜜多清淨故一切智智清淨何以故若一切三摩地門清淨若淨戒乃至般若波羅蜜多清淨若一切智智清淨無二無二分無别無斷故善現一切三摩地門清淨故内空清淨内空清淨故一切智智清淨何以故若一切三摩地門清淨若内空清淨若一切智智清淨無二無二分無别無斷故一切三摩地門清淨故外空内外空空空大空勝義空有爲空無爲空畢竟空無際空散空無變異空本性空自相空共相空一切法空不可得空無性空自性空無性自性空清淨外空乃至無性自性空清淨故一切智智清淨何以故若一切三摩地門清淨若外空乃至無性自性空清淨若一切智智清淨無二無二分無别無斷故善現一切三摩地門清淨故眞如清淨眞如清淨故一切智智清淨何以故若一切三摩地門清淨若眞如清淨若一切智智清淨無二無二分無别無斷故一切三摩地門清淨故法界法性不虚妄性不變異性平等性離生性法定法住實

際虛空界不思議界清淨法界乃至不思議界清淨故一切智智清淨何以故若一切三摩地門清淨若法界乃至不思議界清淨若一切智智清淨無二無二分無別無斷故善現一切三摩地門清淨故苦聖諦清淨苦聖諦清淨故一切智智清淨何以故若一切三摩地門清淨若苦聖諦清淨若一切智智清淨無二無二分無別無斷故一切三摩地門清淨故集滅道聖諦清淨集滅道聖諦清淨故一切智智清淨何以故若一切三摩地門清淨若集滅道聖諦清淨若一切智智清淨無二無二分無別無斷故善現一切三摩地門清淨故四靜慮清淨四靜慮清淨故一切智智清淨何以故若一切三摩地門清淨若四靜慮清淨若一切智智清淨無二無二分無別無斷故一切三摩地門清淨故四無量四無色定清淨四無量四無色定清淨故一切智智清淨何以故若一切三摩地門清淨若四無量四無色定清淨若一切智智清淨無二無二分無別無斷故善現一切三摩地門清淨故八解脫清淨八解脫清淨故一切智智清淨何以故若一切三摩地門清淨若八解脫清淨若一切智智清淨無二無二分無別無斷故一切三摩地門清淨故八勝處九次第定十徧處清淨八勝處九次第定十徧處清淨故一切智智清淨何以故若一切三摩地門清淨若八勝處九次第定十徧處清淨若一切智智清淨無二無二分無別無斷故善現一切三摩地門清淨故四念住清淨四念住清淨故一切智智清淨何以故若

一切三摩地門清淨若四念住清淨若一切智智清淨無二無二分無别無斷故一切三摩地門清淨故四正斷四神足五根五力七等覺支八聖道支清淨四正斷乃至八聖道支清淨故一切智智清淨何以故若一切三摩地門清淨若四正斷乃至八聖道支清淨若一切智智清淨無二無二分無别無斷故善現一切三摩地門清淨故空解脱門清淨空解脱門清淨故一切智智清淨何以故若一切三摩地門清淨若空解脱門清淨若一切智智清淨無二無二分無别無斷故一切三摩地門清淨故無相無願解脱門清淨無相無願解脱門清淨故一切智智清淨何以故若一切三摩地門清淨若無相無願解脱門清淨若一切智智清淨無二無二分無别

無斷故善現一切三摩地門清淨故菩薩十地清淨菩薩十地清淨故一切智智清淨何以故若一切三摩地門清淨若菩薩十地清淨若一切智智清淨無二無二分無别無斷故善現一切三摩地門清淨故五眼清淨五眼清淨故一切智智清淨何以故若一切三摩地門清淨若五眼清淨若一切智智清淨無二無二分無别無斷故一切三摩地門清淨故六神通清淨六神通清淨故一切智智清淨何以故若一切三摩地門清淨若六神通清淨若一切智智清淨無二無二分無别無斷故善現一切三摩地門清淨故佛十力清淨佛十力清淨故一切智智清淨何以故若一切三摩地門清淨若佛十力清淨若一切智智清淨無二無二分無别無斷故一切

三摩地門清淨故四無所畏四無礙解大慈大悲大喜大捨十八佛不共法清淨四無所畏乃至十八佛不共法清淨故一切智智清淨何以故若一切三摩地門清淨若四無所畏乃至十八佛不共法清淨若一切智智清淨無二無二分無別無斷故善現一切三摩地門清淨故無忘失法清淨無忘失法清淨故一切智智清淨何以故若一切三摩地門清淨若無忘失法清淨若一切智智清淨無二無二分無別無斷故一切三摩地門清淨故恒住捨性清淨恒住捨性清淨故一切智智清淨何以故若一切三摩地門清淨若恒住捨性清淨若一切智智清淨無二無二分無別無斷故善現一切三摩地門清淨故一切智清淨一切智清淨故一切智智清淨何以故若一切三摩地門清淨若一切智清淨若一切智智清淨無二無二分無別無斷故一切三摩地門清淨故道相智一切相智清淨道相智一切相智清淨故一切智智清淨何以故若一切三摩地門清淨若道相智一切相智清淨若一切智智清淨無二無二分無別無斷故善現一切三摩地門清淨故一切陀羅尼門清淨一切陀羅尼門清淨故一切智智清淨何以若若一切三摩地門清淨若一切陀羅尼門清淨若一切智智清淨無二無二分無別無斷故善現一切三摩地門清淨故預流果清淨預流果清淨故一切智智清淨何以故若一切三摩地門清淨若預流果清淨若一切智智清淨無二無二分無別無斷故一切三摩地門清淨故一來不還

阿羅漢果清淨一來不還阿羅漢果清淨故一切智智清淨何以故若一切三摩地門清淨若一來不還阿羅漢果清淨若一切智智清淨無二無二分無別無斷故善現一切三摩地門清淨故獨覺菩提清淨獨覺菩提清淨故一切智智清淨何以故若一切三摩地門清淨若獨覺菩提清淨若一切智智清淨無二無二分無別無斷故善現一切三摩地門清淨故一切菩薩摩訶薩行清淨一切菩薩摩訶薩行清淨故一切智智清淨何以故若一切三摩地門清淨若一切菩薩摩訶薩行清淨若一切智智清淨無二無二分無別無斷故善現一切三摩地門清淨故諸佛無上正等菩提清淨諸佛無上正等菩提清淨故一切智智清淨何以故若一切三摩地門清淨若諸佛無上正等菩提清淨若一切智智清淨無二無二分無別無斷故復次善現預流果清淨故色清淨色清淨故一切智智清淨何以故若預流果清淨若色清淨若一切智智清淨無二無二分無別無斷故預流果清淨故受想行識清淨受想行識清淨故一切智智清淨何以故若預流果清淨若受想行識清淨若一切智智清淨無二無二分無別無斷故善現預流果清淨故眼處清淨眼處清淨故一切智智清淨何以故若預流果清淨若眼處清淨若一切智智清淨無二無二分無別無斷故預流果清淨故耳鼻舌身意處清淨耳鼻舌身意處清淨故一切智智清淨何以故若預流果清淨若耳鼻舌身意處清淨若一切智智清淨無二無二分無

别無斷故善現預流果清淨故色處清淨色處清淨故一切智智清淨何以故若預流果清淨若色處清淨若一切智智清淨無二無二分無别無斷故預流果清淨故聲香味觸法處清淨聲香味觸法處清淨故一切智智清淨何以故若預流果清淨若聲香味觸法處清淨若一切智智清淨無二無二分無别無斷故善現預流果清淨故眼界清淨眼界清淨故一切智智清淨何以故若預流果清淨若眼界清淨若一切智智清淨無二無二分無别無斷故預流果清淨故色界眼識界及眼觸眼觸爲緣所生諸受清淨色界乃至眼觸爲緣所生諸受清淨故一切智智清淨何以故若預流果清淨若色界乃至眼觸爲緣所生諸受清淨若一切智智清淨無二無二分無别無斷故善現預流果清淨故耳界清淨耳界清淨故一切智智清淨何以故若預流果清淨若耳界清淨若一切智智清淨無二無二分無别無斷故預流果清淨故聲界耳識界及耳觸耳觸爲緣所生諸受清淨聲界乃至耳觸爲緣所生諸受清淨故一切智智清淨何以故若預流果清淨若聲界乃至耳觸爲緣所生諸受清淨若一切智智清淨無二無二分無别無斷故善現預流果清淨故鼻界清淨鼻界清淨故一切智智清淨何以故若預流果清淨若鼻界清淨若一切智智清淨無二無二分無别無斷故預流果清淨故香界鼻識界及鼻觸鼻觸爲緣所生諸受清淨香界乃至鼻觸爲緣所生諸受清淨故一切智智清淨何以故若預流果清淨

若香界乃至鼻觸爲緣所生諸受清淨若一切智智清淨無二無二分無別無斷故善現預流果清淨故舌界清淨舌界清淨故一切智智清淨何以故若預流果清淨若舌界清淨若一切智智清淨無二無二分無別無斷故預流果清淨故味界舌識界及舌觸舌觸爲緣所生諸受清淨味界乃至舌觸爲緣所生諸受清淨故一切智智清淨何以故若預流果清淨若味界乃至舌觸爲緣所生諸受清淨若一切智智清淨無二無二分無別無斷故善現預流果清淨故身界清淨身界清淨故一切智智清淨何以故若預流果清淨若身界清淨若一切智智清淨無二無二分無別無斷故預流果清淨故觸界身識界及身觸身觸爲緣所生諸受清淨觸界乃至身觸爲緣所生諸受清淨故一切智智清淨何以故若預流果清淨若觸界乃至身觸爲緣所生諸受清淨若一切智智清淨無二無二分無別無斷故善現預流果清淨故意界清淨意界清淨故一切智智清淨何以故若預流果清淨若意界清淨若一切智智清淨無二無二分無別無斷故預流果清淨故法界意識界及意觸意觸爲緣所生諸受清淨法界乃至意觸爲緣所生諸受清淨故一切智智清淨何以故若預流果清淨若法界乃至意觸爲緣所生諸受清淨若一切智智清淨無二無二分無別無斷故善現預流果清淨故地界清淨地界清淨故一切智智清淨何以故若預流果清淨若地界清淨若一切智智清淨無二無二分無別無斷故預流果清

淨故水火風空識界清淨水火風空識界耳淨故一切智智清淨何以故若預流果清淨若水火風空識界清淨若一切智智清淨無二無二分無別無斷故善現預流果清淨故無明清淨無明清淨故一切智智清淨何以故若預流果清淨若無明清淨若一切智智清淨無二無二分無別無斷故預流果清淨故行識名色六處觸受愛取有生老死愁歎苦憂惱清淨行乃至老死愁歎苦憂惱清淨故一切智智清淨何以故若預流果清淨若行乃至老死愁歎苦憂惱清淨若一切智智清淨無二無二分無別無斷故善現預流果清淨故布施波羅蜜多清淨布施波羅蜜多清淨故一切智智清淨何以故若預流果清淨若布施波羅蜜多清淨若一切智智清淨無二無二分無別無斷故預流果清淨故淨戒安忍精進靜慮般若波羅蜜多清淨淨戒乃至般若波羅蜜多清淨故一切智智清淨何以故若預流果清淨若淨戒乃至般若波羅蜜多清淨若一切智智清淨無二無二分無別無斷故善現預流果清淨故內空清淨內空清淨故一切智智清淨何以故若預流果清淨若內空清淨若一切智智清淨無二無二分無別無斷故預流果清淨故外空內外空空空大空勝義空有爲空無爲空畢竟空無際空散空無變異空本性空自相空共相空一切法空不可得空無性空自性空無性自性空清淨外空乃至無性自性空清淨故一切智智清淨何以故若預流果清淨若外空乃至無性自性空清淨若一切智智清

淨無二無二分無別無斷故善現預流果清淨故眞如清淨眞如清淨故一切智智清淨何以故若預流果清淨若眞如清淨若一切智智清淨無二無二分無別無斷故預流果清淨故法界法性不虛妄性不變異性平等性離生性法定法住實際虛空界不思議界清淨法界乃至不思議界清淨故一切智智清淨何以故若預流果清淨若法界乃至不思議界清淨若一切智智清淨無二無二分無別無斷故善現預流果清淨故苦聖諦清淨苦聖諦清淨故一切智智清淨何以故若預流果清淨若苦聖諦清淨若一切智智清淨無二無二分無別無斷故預流果清淨故集滅道聖諦清淨集滅道聖諦清淨故一切智智清淨何以故若預流果清淨若集滅道

聖諦清淨若一切智智清淨無二無二分無別無斷故善現預流果清淨故四靜慮清淨四靜慮清淨故一切智智清淨何以故若預流果清淨若四靜慮清淨若一切智智清淨無二無二分無別無斷故預流果清淨故四無量四無色定清淨四無量四無色定清淨故一切智智清淨何以故若預流果清淨若四無量四無色定清淨若一切智智清淨無二無二分無別無斷故善現預流果清淨故八解脫清淨八解脫清淨故一切智智清淨何以故若預流果清淨若八解脫清淨若一切智智清淨無二無二分無別無斷故預流果清淨故八勝處九次第定十徧處清淨八勝處九次第定十徧處清淨故一切智智清淨何以故若預流果清淨若八勝處九次第

定十徧處清淨若一切智智清淨無二無二
分無別無斷故善現預流果清淨故四念住
清淨四念住清淨故一切智智清淨何以故
若預流果清淨若四念住清淨若一切智智
清淨無二無二分無別無斷故預流果清淨
故四正斷四神足五根五力七等覺支八聖
道支清淨四正斷乃至八聖道支清淨故一
切智智清淨何以故若預流果清淨若四正
斷乃至八聖道支清淨若一切智智清淨無
二無二分無別無斷故善現預流果清淨故
空解脫門清淨空解脫門清淨故一切智智
清淨何以故若預流果清淨若空解脫門清
淨若一切智智清淨無二無二分無別無斷
故預流果清淨故無相無願解脫門清淨無
相無願解脫門清淨故一切智智清淨何以
故若預流果清淨若無相無願解脫門清淨
若一切智智清淨無二無二分無別無斷故
善現預流果清淨故菩薩十地清淨菩薩十
地清淨故一切智智清淨何以故若預流果
清淨若菩薩十地清淨若一切智智清淨無
二無二分無別無斷故善現預流果清淨故
五眼清淨五眼清淨故一切智智清淨何以
故若預流果清淨若五眼清淨若一切智智
清淨無二無二分無別無斷故預流果清淨
故六神通清淨六神通清淨故一切智智清
淨何以故若預流果清淨若六神通清淨若
一切智智清淨無二無二分無別無斷故善
現預流果清淨故佛十力清淨佛十力清淨
故一切智智清淨何以故若預流果清淨若
佛十力清淨若一切智智清淨無二無二分

無別無斷故預流果清淨故四無所畏四無礙解大慈大悲大喜大捨十八佛不共法清淨四無所畏乃至十八佛不共法清淨故一切智智清淨何以故若預流果清淨若四無所畏乃至十八佛不共法清淨若一切智智清淨無二無二分無別無斷故善現預流果清淨故無忘失法清淨無忘失法清淨故一切智智清淨何以故若預流果清淨若無忘失法清淨若一切智智清淨無二無二分無別無斷故預流果清淨故恒住捨性清淨恒住捨性清淨故一切智智清淨何以故若預流果清淨若恒住捨性清淨若一切智智清淨無二無二分無別無斷故善現預流果清淨故一切智清淨一切智清淨故一切智智清淨何以故若預流果清淨若一切智清淨若一切智智清淨無二無二分無別無斷故預流果清淨故道相智一切相智清淨道相智一切相智清淨故一切智智清淨何以故若預流果清淨若道相智一切相智清淨若一切智智清淨無二無二分無別無斷故善現預流果清淨故一切陀羅尼門清淨一切陀羅尼門清淨故一切智智清淨何以故若預流果清淨若一切陀羅尼門清淨若一切智智清淨無二無二分無別無斷故預流果清淨故一切三摩地門清淨一切三摩地門清淨故一切智智清淨何以故若預流果清淨若一切三摩地門清淨若一切智智清淨無二無二分無別無斷故善現預流果清淨故一來果清淨一來果清淨故一切智智清淨何以故若預流果清淨若一來果清淨若

一切智智清淨無二無二分無別無斷故預流果清淨故不還阿羅漢果清淨不還阿羅漢果清淨故一切智智清淨何以故若預流果清淨若不還阿羅漢果清淨若一切智智清淨無二無二分無別無斷故善現預流果清淨故獨覺菩提清淨獨覺菩提清淨故一切智智清淨何以故若預流果清淨若獨覺菩提清淨若一切智智清淨無二無二分無別無斷故善現預流果清淨故一切菩薩摩訶薩行清淨一切菩薩摩訶薩行清淨故一切智智清淨何以故若預流果清淨若一切菩薩摩訶薩行清淨若一切智智清淨無二無二分無別無斷故善現預流果清淨故諸佛無上正等菩提清淨諸佛無上正等菩提清淨故一切智智清淨何以故若預流果清淨若諸佛無上正等菩提清淨若一切智智清淨無二無二分無別無斷故復次善現一來果清淨故色清淨色清淨故一切智智清淨何以故若一來果清淨若色清淨若一切智智清淨無二無二分無別無斷故一來果清淨故受想行識清淨受想行識清淨故一切智智清淨何以故若一來果清淨若受想行識清淨若一切智智清淨無二無二分無別無斷故善現一來果清淨故眼處清淨眼處清淨故一切智智清淨何以故若一來果清淨若眼處清淨若一切智智清淨無二無二分無別無斷故一來果清淨故耳鼻舌身意處清淨耳鼻舌身意處清淨故一切智智清淨何以故若一來果清淨若耳鼻舌身意處清淨若一切智智清淨無二無二分無別

無斷故善現一來果清淨故色處清淨色處清淨故一切智智清淨何以故若一來果清淨若色處清淨若一切智智清淨無二無二分無別無斷故一來果清淨故聲香味觸法處清淨聲香味觸法處清淨故一切智智清淨何以故若一來果清淨若聲香味觸法處清淨若一切智智清淨無二無二分無別無斷故善現一來果清淨故眼界清淨眼界清淨故一切智智清淨何以故若一來果清淨若眼界清淨若一切智智清淨無二無二分無別無斷故一來果清淨故色界眼識界及眼觸眼觸爲緣所生諸受清淨色界乃至眼觸爲緣所生諸受清淨故一切智智清淨何以故若一來果清淨若色界乃至眼觸爲緣所生諸受清淨若一切智智清淨無二無二分無別無斷故

大般若波羅蜜多經卷第二百四十一

大般若波羅蜜多經卷第二百四十二

唐三藏法師玄奘奉詔譯

初分難信解品第三十四之六十一

善現一來果清淨故耳界清淨耳界清淨故一切智智清淨何以故若一來果清淨若耳界清淨若一切智智清淨無二無二分無別無斷故一來果清淨故聲界耳識界及耳觸耳觸爲緣所生諸受清淨聲界乃至耳觸爲緣所生諸受清淨故一切智智清淨何以故若一来果清淨若聲界乃至耳觸爲緣所生諸受清淨若一切智智清淨無二無二分無別無斷故善現一來果清淨故鼻界清淨鼻界清淨故一切智智清淨何以故若一來果清淨若鼻界清淨若一切智智清淨無二無二分無別無斷故一来果清淨故香界鼻識界及鼻觸鼻觸爲緣所生諸受清淨香界乃至鼻觸爲緣所生諸受清淨故一切智智清淨何以故若一來果清淨若香界乃至鼻觸爲緣所生諸受清淨若一切智智清淨無二無二分無別無斷故善現一來果清淨故舌界清淨舌界清淨故一切智智清淨何以故若一來果清淨若舌界清淨若一切智智清淨無二無二分無別無斷故一來果清淨故味界舌識界及舌觸舌觸爲緣所生諸受清淨味界乃至舌觸爲緣所生諸受清淨故一切智智清淨何以故若一來果清淨若味界乃至舌觸爲緣所生諸受清淨若一切智智清淨無二無二分無別無斷故善現一來果清淨故身界清淨身界清淨故一切智智清淨何以故若一來果清淨若身界清淨若一

切智智清淨無二無二分無別無斷故一来果清淨故觸界身識界及身觸身觸爲緣所生諸受清淨觸界乃至身觸爲緣所生諸受清淨故一切智智清淨何以故若一來果清淨若觸界乃至身觸爲緣所生諸受清淨若一切智智清淨無二無二分無別無斷故善現一來果清淨故意界清淨意界清淨故一切智智清淨何以故若一來果清淨若意界清淨若一切智智清淨無二無二分無別無斷故一來果清淨故法界意識界及意觸意觸爲緣所生諸受清淨法界乃至意觸爲緣所生諸受清淨故一切智智清淨何以故若一來果清淨若法界乃至意觸爲緣所生諸受清淨若一切智智清淨無二無二分無別無斷故善現一來果清淨故地界清淨地界清淨故一切智智清淨何以故若一來果清淨若地界清淨若一切智智清淨無二無二分無別無斷故一來果清淨故水火風空識界清淨水火風空識界清淨故一切智智清淨何以故若一來果清淨若水火風空識界清淨若一切智智清淨無二無二分無別無斷故善現一來果清淨故無明清淨無明清淨故一切智智清淨何以故若一來果清淨若無明清淨若一切智智清淨無二無二分無別無斷故一來果清淨故行識名色六處觸受愛取有生老死愁歎苦憂惱清淨行乃至老死愁歎苦憂惱清淨故一切智智清淨何以故若一來果清淨若行乃至老死愁歎苦憂惱清淨若一切智智清淨無二無二分無別無斷故善現一來果清淨故布施波羅

蜜多清淨布施波羅蜜多清淨故一切智智清淨何以故若一來果清淨若布施波羅蜜多清淨若一切智智清淨無二無二分無别無斷故一來果清淨故淨戒安忍精進靜慮般若波羅蜜多清淨淨戒乃至般若波羅蜜多清淨故一切智智清淨何以故若一來果清淨若淨戒乃至般若波羅蜜多清淨若一切智智清淨無二無二分無别無斷故善現一來果清淨故內空清淨內空清淨故一切智智清淨何以故若一來果清淨若內空清淨若一切智智清淨無二無二分無别無斷故一來果清淨故外空內外空空空大空勝義空有爲空無爲空畢竟空無際空散空無變異空本性空自性空共相空一切法空不可得空無性空自性空無性自性空清淨外空乃至無性自性空清淨故一切智智清淨何以故若一來果清淨若外空乃至無性自性空清淨若一切智智清淨無二無二分無别無斷故善現一來果清淨故眞如清淨眞如清淨故一切智智清淨何以故若一來果清淨若眞如清淨若一切智智清淨無二無二分無别無斷故一來果清淨故法界法性不虛妄性不變異性平等性離生性法定法住實際虛空界不思議界清淨法界乃至不思議界清淨故一切智智清淨何以故若一來果清淨若法界乃至不思議界清淨若一切智智清淨無二無二分無别無斷故善現一來果清淨故苦聖諦清淨苦聖諦清淨故一切智智清淨何以故若一来果清淨若苦聖諦清淨若一切智智清淨無二無二分無

別無斷故一來果清淨故集滅道聖諦清淨集滅道聖諦清淨故一切智智清淨何以故若一來果清淨若集滅道聖諦清淨若一切智智清淨無二無二分無別無斷故善現一來果清淨故四靜慮清淨四靜慮清淨故一切智智清淨何以故若一來果清淨若四靜慮清淨若一切智智清淨無二無二分無別無斷故一來果清淨故四無量四無色定清淨四無量四無色定清淨故一切智智清淨何以故若一來果清淨若四無量四無色定清淨若一切智智清淨無二無二分無別無斷故善現一來果清淨故八解脫清淨八解脫清淨故一切智智清淨何以故若一來果清淨若八解脫清淨若一切智智清淨無二無二分無別無斷故一來果清淨故八勝處九次第定十徧處清淨八勝處九次第定十遍處清淨故一切智智清淨何以故若一來果清淨若八勝處九次第定十遍處清淨若一切智智清淨無二無二分無別無斷故善現一來果清淨故四念住清淨四念住清淨故一切智智清淨何以故若一來果清淨若四念住清淨若一切智智清淨無二無二分無別無斷故一來果清淨故四正斷四神足五根五力七等覺支八聖道支清淨四正斷乃至八聖道支清淨故一切智智清淨何以故若一來果清淨若四正斷乃至八聖道支清淨若一切智智清淨無二無二分無別無斷故善現一來果清淨故空解脫門清淨空解脫門清淨故一切智智清淨何以故若一來果清淨若空解脫門清淨若一切智智清

淨無二無二分無別無斷故一來果清淨故無相無願解脫門清淨無相無願解脫門清淨故一切智智清淨何以故若一來果清淨若無相無願解脫門清淨若一切智智清淨無二無二分無別無斷故善現一來果清淨故菩薩十地清淨菩薩十地清淨故一切智智清淨何以故若一來果清淨若菩薩十地清淨若一切智智清淨無二無二分無別無斷故善現一來果清淨故五眼清淨五眼清淨故一切智智清淨何以故若一來果清淨若五眼清淨若一切智智清淨無二無二分無別無斷故一來果清淨故六神通清淨六神通清淨故一切智智清淨何以故若一來果清淨若六神通清淨若一切智智清淨無二無二分無別無斷故善現一來果清淨故

佛十力清淨佛十力清淨故一切智智清淨何以故若一來果清淨若佛十力清淨若一切智智清淨無二無二分無別無斷故一來果清淨故四無所畏四無礙解大慈大悲大喜大捨十八佛不共法清淨四無所畏乃至十八佛不共法清淨故一切智智清淨何以故若一來果清淨若四無所畏乃至十八佛不共法清淨若一切智智清淨無二無二分無別無斷故善現一來果清淨故無忘失法清淨無忘失法清淨故一切智智清淨何以故若一來果清淨若無忘失法清淨若一切智智清淨無二無二分無別無斷故一來果清淨故恒住捨性清淨恒住捨性清淨故一切智智清淨何以故若一來果清淨若恒住捨性清淨若一切智智清淨無二無二分無

別無斷故善現一來果清淨故一切智清淨一切智清淨故一切智智清淨何以故若一來果清淨若一切智清淨若一切智智清淨無二無二分無別無斷故一來果清淨故道相智一切相智清淨道相智一切相智清淨故一切智智清淨何以故若一來果清淨若道相智一切相智清淨若一切智智清淨無一無二分無別無斷故善現一來果清淨故一切陀羅尼門清淨一切陀羅尼門清淨故一切智智清淨何以故若一來果清淨若一切陀羅尼門清淨若一切智智清淨無二無二分無別無斷故一來果清淨故一切三摩地門清淨一切三摩地門清淨故一切智智清淨何以故若一來果清淨若一切三摩地門清淨若一切智智清淨無二無二分無別

無斷故善現一來果清淨故預流果清淨預流果清淨故一切智智清淨何以故若一來果清淨若預流果清淨若一切智智清淨無二無二分無別無斷故一來果清淨故不還阿羅漢果清淨不還阿羅漢果清淨故一切智智清淨何以故若一來果清淨若不還阿羅漢果清淨若一切智智清淨無二無二分無別無斷故善現一來果清淨故獨覺菩提清淨獨覺菩提清淨故一切智智清淨何以故若一來果清淨若獨覺菩提清淨若一切智智清淨無二無二分無別無斷故善現一來果清淨故一切菩薩摩訶薩行清淨一切菩薩摩訶薩行清淨故一切智智清淨何以故若一來果清淨若一切菩薩摩訶薩行清淨若一切智智清淨無二無二分無別無斷

故善現一來果清淨故諸佛無上正等菩提清淨諸佛無上正等菩提清淨故一切智智清淨何以故若一來果清淨若諸佛無上正等菩提清淨若一切智智清淨無二無二分無别無斷故復次善現不還果清淨故色清淨色清淨故一切智智清淨何以故若不還果清淨若色清淨若一切智智清淨無二無二分無别無斷故不還果清淨故受想行識清淨受想行識清淨故一切智智清淨何以故若不還果清淨若受想行識清淨若一切智智清淨無二無二分無别無斷故善現不還果清淨故眼處清淨眼處清淨故一切智智清淨何以故若不還果清淨若眼處清淨若一切智智清淨無二無二分無别無斷故不還果清淨故耳鼻舌身意處清淨耳鼻舌身意處清淨故一切智智清淨何以故若不還果清淨若耳鼻舌身意處清淨若一切智智清淨無二無二分無别無斷故善現不還果清淨故色處清淨色處清淨故一切智智清淨何以故若不還果清淨若色處清淨若一切智智清淨無二無二分無别無斷故不還果清淨故聲香味觸法處清淨聲香味觸法處清淨故一切智智清淨何以故若不還果清淨若聲香味觸法處清淨若一切智智清淨無二無二分無别無斷故善現不還果清淨故眼界清淨眼界清淨故一切智智清淨何以故若不還果清淨若眼界清淨若一切智智清淨無二無二分無别無斷故不還果清淨故色界眼識界及眼觸眼觸爲緣所生諸受清淨色界乃至眼觸爲緣所生諸受

清淨故一切智智清淨何以故若不還果清淨若色界乃至眼觸爲緣所生諸受清淨若一切智智清淨無二無二分無别無斷故善現不還果清淨故耳界清淨耳界清淨故一切智智清淨何以故若不還果清淨若耳界清淨若一切智智清淨無二無二分無别無斷故不還果清淨故聲界耳識界及耳觸耳觸爲緣所生諸受清淨聲界乃至耳觸爲緣所生諸受清淨故一切智智清淨何以故若不還果清淨若聲界乃至耳觸爲緣所生諸受清淨若一切智智清淨無二無二分無别無斷故善現不還果清淨故鼻界清淨鼻界清淨故一切智智清淨何以故若不還果清淨若鼻界清淨若一切智智清淨無二無二分無别無斷故不還果清淨故香界鼻識界

及鼻觸鼻觸爲緣所生諸受清淨香界乃至鼻觸爲緣所生諸受清淨故一切智智清淨何以故若不還果清淨若香界乃至鼻觸爲緣所生諸受清淨若一切智智清淨無二無二分無别無斷故善現不還果清淨故舌界清淨舌界清淨故一切智智清淨何以故若不還果清淨若舌界清淨若一切智智清淨無二無二分無别無斷故不還果清淨故味界舌識界及舌觸舌觸爲緣所生諸受清淨味界乃至舌觸爲緣所生諸受清淨故一切智智清淨何以故若不還果清淨若味界乃至舌觸爲緣所生諸受清淨若一切智智清淨無二無二分無别無斷故善現不還果清淨故身界清淨身界清淨故一切智智清淨何以故若不還果清淨若身界清淨若一切

智智清淨無二無二分無別無斷故不還果清淨故觸界身識界及身觸身觸爲緣所生諸受清淨觸界乃至身觸爲緣所生諸受清淨故一切智智清淨何以故若不還果清淨若觸界乃至身觸爲緣所生諸受清淨若一切智智清淨無二無二分無別無斷故善現不還果清淨故意界清淨意界清淨故一切智智清淨何以故若不還果清淨若意界清淨若一切智智清淨無二無二分無別無斷故不還果清淨故法界意識界及意觸意觸爲緣所生諸受清淨法界乃至意觸爲緣所生諸受清淨故一切智智清淨何以故若不還果清淨若法界乃至意觸爲緣所生諸受清淨若一切智智清淨無二無二分無別無斷故善現不還果清淨故地界清淨地界清淨故一切智智清淨何以故若不還果清淨若地界清淨若一切智智清淨無二無二分無別無斷故不還果清淨故水火風空識界清淨水火風空識界清淨故一切智智清淨何以故若不還果清淨若水火風空識界清淨若一切智智清淨無二無二分無別無斷故善現不還果清淨故無明清淨無明清淨故一切智智清淨何以故若不還果清淨若無明清淨若一切智智清淨無二無二分無別無斷故不還果清淨故行識名色六處觸受愛取有生老死愁歎苦憂惱清淨行乃至老死愁歎苦憂惱清淨故一切智智清淨何以故若不還果清淨若行乃至老死愁歎苦憂惱清淨若一切智智清淨無二無二分無別無斷故善現不還果清淨故布施波羅蜜

多清淨布施波羅蜜多清淨故一切智智清淨何以故若不還果清淨若布施波羅蜜多清淨若一切智智清淨無二無二分無別無斷故不還果清淨故淨戒安忍精進靜慮般若波羅蜜多清淨淨戒乃至般若波羅蜜多清淨故一切智智清淨何以故若不還果清淨若淨戒乃至般若波羅蜜多清淨若一切智智清淨無二無二分無別無斷故善現不還果清淨故內空清淨內空清淨故一切智智清淨何以故若不還果清淨若內空清淨若一切智智清淨無二無二分無別無斷故不還果清淨故外空內外空空空大空勝義空有爲空無爲空畢竟空無際空散空無變異空本性空自相空共相空一切法空不可得空無性空自性空無性自性空清淨外空乃至無性自性空清淨故一切智智清淨何以故若不還果清淨若外空乃至無性自性空清淨若一切智智清淨無二無二分無別無斷故善現不還果清淨故眞如清淨眞如清淨故一切智智清淨何以故若不還果清淨若眞如清淨若一切智智清淨無二無二分無別無斷故不還果清淨故法界法性不虛妄性不變異性平等性離生性法定法住實際虛空界不思議界清淨法界乃至不思議界清淨故一切智智清淨何以故若不還果清淨若法界乃至不思議界清淨若一切智智清淨無二無二分無別無斷故善現不還果清淨故苦聖諦清淨苦聖諦清淨故一切智智清淨何以故若不還果清淨若苦聖諦清淨若一切智智清淨無二無二分無別

無斷故不還果清淨故集滅道聖諦清淨集滅道聖諦清淨故一切智智清淨何以故若不還果清淨若集滅道聖諦清淨若一切智智清淨無二無二分無別無斷故善現不還果清淨故四靜慮清淨四靜慮清淨故一切智智清淨何以故若不還果清淨若四靜慮清淨若一切智智清淨無二無二分無別無斷故不還果清淨故四無量四無色定清淨四無量四無色定清淨故一切智智清淨何以故若不還果清淨若四無量四無色定清淨若一切智智清淨無二無二分無別無斷故善現不還果清淨故八解脫清淨八解脫清淨故一切智智清淨何以故若不還果清淨若八解脫清淨若一切智智清淨無二無二分無別無斷故不還果清淨故八勝處九次第定十徧處清淨八勝處九次第定十徧處清淨故一切智智清淨何以故若不還果清淨若八勝處九次第定十遍處清淨若一切智智清淨無二無二分無別無斷故善現不還果清淨故四念住清淨四念住清淨故一切智智清淨何以故若不還果清淨若四念住清淨若一切智智清淨無二無二分無別無斷故不還果清淨故四正斷四神足五根五力七等覺支八聖道支清淨四正斷乃至八聖道支清淨故一切智智清淨何以故若不還果清淨若四正斷乃至八聖道支清淨若一切智智清淨無二無二分無別無斷故善現不還果清淨故空解脫門清淨空解脫門清淨故一切智智清淨何以故若不還果清淨若空解脫門清淨若一切智智清淨

無二無二分無別無斷故不還果清淨故無相無願解脱門清淨無相無願解脱門清淨故一切智智清淨何以故若不還果清淨若無相無願解脱門清淨若一切智智清淨無二無二分無別無斷故善現不還果清淨故菩薩十地清淨菩薩十地清淨故一切智智清淨何以故若不還果清淨若菩薩十地清淨若一切智智清淨無二無二分無別無斷故善現不還果清淨故五眼清淨五眼清淨故一切智智清淨何以故若不還果清淨若五眼清淨若一切智智清淨無二無二分無別無斷故不還果清淨故六神通清淨六神通清淨故一切智智清淨何以故若不還果清淨若六神通清淨若一切智智清淨無二無二分無別無斷故善現不還果清淨故佛十力清淨佛十力清淨故一切智智清淨何以故若不還果清淨若佛十力清淨若一切智智清淨無二無二分無別無斷故不還果清淨故四無所畏四無礙解大慈大悲大喜大捨十八佛不共法清淨四無所畏乃至十八佛不共法清淨故一切智智清淨何以故若不還果清淨若四無所畏乃至十八佛不共法清淨若一切智智清淨無二無二分無別無斷故善現不還果清淨故無忘失法清淨無忘失法清淨故一切智智清淨何以故若不還果清淨若無忘失法清淨若一切智智清淨無二無二分無別無斷故不還果清淨故恒住捨性清淨恒住捨性清淨故一切智智清淨何以故若不還果清淨若恒住捨性清淨若一切智智清淨無二無二分無別

無斷故善現不還果清淨故一切智清淨一切智清淨故一切智智清淨何以故若不還果清淨若一切智清淨若一切智智清淨無二無二分無別無斷故不還果清淨故道相智一切相智清淨道相智一切相智清淨故一切智智清淨何以故若不還果清淨若道相智一切相智清淨若一切智智清淨無二無二分無別無斷故善現不還果清淨故一切陀羅尼門清淨一切陀羅尼門清淨故一切智智清淨何以故若不還果清淨若一切陀羅尼門清淨若一切智智清淨無二無二分無別無斷故不還果清淨故一切三摩地門清淨一切三摩地門清淨故一切智智清淨何以故若不還果清淨若一切三摩地門清淨若一切智智清淨無二無二分無別無斷故善現不還果清淨故預流果清淨預流果清淨故一切智智清淨何以故若不還果清淨若預流果清淨若一切智智清淨無二無二分無別無斷故不還果清淨故一來阿羅漢果清淨一來阿羅漢果清淨故一切智智清淨何以故若不還果清淨若一來阿羅漢果清淨若一切智智清淨無二無二分無別無斷故善現不還果清淨故獨覺菩提清淨獨覺菩提清淨故一切智智清淨何以故若不還果清淨若獨覺菩提清淨若一切智智清淨無二無二分無別無斷故善現不還果清淨故一切菩薩摩訶薩行清淨一切菩薩摩訶薩行清淨故一切智智清淨何以故若不還果清淨若一切菩薩摩訶薩行清淨若一切智智清淨無二無二分無別無斷故

善現不還果清淨故諸佛無上正等菩提清淨諸佛無上正等菩提清淨故一切智智清淨何以故若不還果清淨若諸佛無上正等菩提清淨若一切智智清淨無二無二分無別無斷故復次善現阿羅漢果清淨故色清淨色清淨故一切智智清淨何以故若阿羅漢果清淨若色清淨若一切智智清淨無二無二分無別無斷故阿羅漢果清淨故受想行識清淨受想行識清淨故一切智智清淨何以故若阿羅漢果清淨若受想行識清淨若一切智智清淨無二無二分無別無斷故善現阿羅漢果清淨故眼處清淨眼處清淨故一切智智清淨何以故若阿羅漢果清淨若眼處清淨若一切智智清淨無二無二分無別無斷故阿羅漢果清淨故耳鼻舌身意處清淨耳鼻舌身意處清淨故一切智智清淨何以故若阿羅漢果清淨若耳鼻舌身意處清淨若一切智智清淨無二無二分無別無斷故善現阿羅漢果清淨故色處清淨色處清淨故一切智智清淨何以故若阿羅漢果清淨若色處清淨若一切智智清淨無二無二分無別無斷故阿羅漢果清淨故聲香味觸法處清淨聲香味觸法處清淨故一切智智清淨何以故若阿羅漢果清淨若聲香味觸法處清淨若一切智智清淨無二無二分無別無斷故善現阿羅漢果清淨故眼界清淨眼界清淨故一切智智清淨何以故若阿羅漢果清淨若眼界清淨若一切智智清淨無二無二分無別無斷故阿羅漢果清淨故色界眼識界及眼觸眼觸爲緣所生諸受

清淨色界乃至眼觸爲縁所生諸受清淨故一切智智清淨何以故若阿羅漢果清淨若色界乃至眼觸爲縁所生諸受清淨若一切智智清淨無二無二分無別無斷故善現阿羅漢果清淨故耳界清淨耳界清淨故一切智智清淨何以故若阿羅漢果清淨若耳界清淨若一切智智清淨無二無二分無別無斷故阿羅漢果清淨故聲界耳識界及耳觸耳觸爲縁所生諸受清淨聲界乃至耳觸爲縁所生諸受清淨故一切智智清淨何以故若阿羅漢果清淨若聲界乃至耳觸爲縁所生諸受清淨若一切智智清淨無二無二分無別無斷故

大般若波羅蜜多經卷第二百四十二

大般若波羅蜜多經卷第二百四十三

唐三藏法師玄奘奉詔譯

初分難信解品第三十四之六十二

善現阿羅漢果清淨故鼻界清淨鼻界清淨故一切智智清淨何以故若阿羅漢果清淨若鼻界清淨若一切智智清淨無二無二分無別無斷故阿羅漢果清淨故香界鼻識界及鼻觸鼻觸爲緣所生諸受清淨香界乃至鼻觸爲緣所生諸受清淨故一切智智清淨何以故若阿羅漢果清淨若香界乃至鼻觸爲緣所生諸受清淨若一切智智清淨無二無二分無別無斷故善現阿羅漢果清淨故舌界清淨舌界清淨故一切智智清淨何以故若阿羅漢果清淨若舌界清淨若一切智智清淨無二無二分無別無斷故阿羅漢果清淨故味界舌識界及舌觸舌觸爲緣所生諸受清淨味界乃至舌觸爲緣所生諸受清淨故一切智智清淨何以故若阿羅漢果清淨若味界乃至舌觸爲緣所生諸受清淨若一切智智清淨無二無二分無別無斷故善現阿羅漢果清淨故身界清淨身界清淨故一切智智清淨何以故若阿羅漢果清淨若身界清淨若一切智智清淨無二無二分無別無斷故阿羅漢果清淨故觸界身識界及身觸身觸爲緣所生諸受清淨觸界乃至身觸爲緣所生諸受清淨故一切智智清淨何以故若阿羅漢果清淨若觸界乃至身觸爲緣所生諸受清淨若一切智智清淨無二無二分無別無斷故善現阿羅漢果清淨故意界清淨意界清淨故一切智智清淨何以故

若阿羅漢果清淨若意界清淨若一切智智清淨無二無二分無別無斷故阿羅漢果清淨故法界意識界及意觸意觸爲緣所生諸受清淨法界乃至意觸爲緣所生諸受清淨故一切智智清淨何以故若阿羅漢果清淨若法界乃至意觸爲緣所生諸受清淨若一切智智清淨無二無二分無別無斷故善現阿羅漢果清淨故地界清淨地界清淨故一切智智清淨何以故若阿羅漢果清淨若地界清淨若一切智智清淨無二無二分無別無斷故阿羅漢果清淨故水火風空識界清淨水火風空識界清淨故一切智智清淨何以故若阿羅漢果清淨若水火風空識界清淨若一切智智清淨無二無二分無別無斷故善現阿羅漢果清淨故無明清淨無明清淨故一切智智清淨何以故若阿羅漢果清淨若無明清淨若一切智智清淨無二無二分無別無斷故阿羅漢果清淨故行識名色六處觸受愛取有生老死愁歎苦憂惱清淨行乃至老死愁歎苦憂惱清淨故一切智智清淨何以故若阿羅漢果清淨若行乃至老死愁歎苦憂惱清淨若一切智智清淨無二無二分無別無斷故善現阿羅漢果清淨故布施波羅蜜多清淨布施波羅蜜多清淨故一切智智清淨何以故若阿羅漢果清淨若布施波羅蜜多清淨若一切智智清淨無二無二分無別無斷故阿羅漢果清淨故淨戒安忍精進靜慮般若波羅蜜多清淨淨戒乃至般若波羅蜜多清淨故一切智智清淨何以故若阿羅漢果清淨若淨戒乃至般若波

羅蜜多清淨若一切智智清淨無二無二分
無别無斷故善現阿羅漢果清淨故内空清
淨内空清淨故一切智智清淨何以故若阿
羅漢果清淨若内空清淨若一切智智清淨
無二無二分無别無斷故阿羅漢果清淨故
外空内外空空空大空勝義空有爲空無爲
空畢竟空無際空散空無變異空本性空自
相空共相空一切法空不可得空無性空自
性空無性自性空清淨外空乃至無性自性
空清淨故一切智智清淨何以故若阿羅漢
果清淨若外空乃至無性自性空清淨若一
切智智清淨無二無二分無别無斷故善現
阿羅漢果清淨故真如清淨真如清淨故一
切智智清淨何以故若阿羅漢果清淨若真
如清淨若一切智智清淨無二無二分無别

無斷故阿羅漢果清淨故法界法性不虚妄
性不變異性平等性離生性法定法住實際
清空界不思議界清淨法界乃至不思議界
清淨故一切智智清淨何以故若阿羅漢果
清淨若法界乃至不思議界清淨若一切智
智清淨無二無二分無别無斷故善現阿羅
漢果清淨故苦聖諦清淨苦聖諦清淨故一
切智智清淨何以故若阿羅漢果清淨若苦
聖諦清淨若一切智智清淨無二無二分無
别無斷故阿羅漢果清淨故集滅道聖諦清
淨集滅道聖諦清淨故一切智智清淨何以
故若阿羅漢果清淨若集滅道聖諦清淨若
一切智智清淨無二無二分無别無斷故善
現阿羅漢果清淨故四靜慮清淨四靜慮清
淨故一切智智清淨何以故若阿羅漢果清

淨若四靜慮清淨若一切智智清淨無二無二分無別無斷故阿羅漢果清淨故四無量四無色定清淨四無量四無色定清淨故一切智智清淨何以故若阿羅漢果清淨若四無量四無色定清淨若一切智智清淨無二無二分無別無斷故善現阿羅漢果清淨故八解脫清淨八解脫清淨故一切智智清淨何以故若阿羅漢果清淨若八解脫清淨若一切智智清淨無二無二分無別無斷故阿羅漢果清淨故八勝處九次第定十徧處清淨八勝處九次第定十徧處清淨故一切智智清淨何以故若阿羅漢果清淨若八勝處九次第定十徧處清淨若一切智智清淨無二無二分無別無斷故善現阿羅漢果清淨故四念住清淨四念住清淨故一切智智清淨何以故若阿羅漢果清淨若四念住清淨若一切智智清淨無二無二分無別無斷故阿羅漢果清淨故四正斷四神足五根五力七等覺支八聖道支清淨四正斷乃至八聖道支清淨故一切智智清淨何以故若阿羅漢果清淨若四正斷乃至八聖道支清淨若一切智智清淨無二無二分無別無斷故善現阿羅漢果清淨故空解脫門清淨空解脫門清淨故一切智智清淨何以故若阿羅漢果清淨若空解脫門清淨若一切智智清淨無二無二分無別無斷故阿羅漢果清淨故無相無願解脫門清淨無相無願解脫門清淨故一切智智清淨何以故若阿羅漢果清淨若無相無願解脫門清淨若一切智智清淨無二無二分無別無斷故善現阿羅漢果

清淨故菩薩十地清淨菩薩十地清淨故一切智智清淨何以故若阿羅漢果清淨若菩薩十地清淨若一切智智清淨無二無二分無別無斷故善現阿羅漢果清淨故五眼清淨五眼清淨故一切智智清淨何以故若阿羅漢果清淨若五眼清淨若一切智智清淨無二無二分無別無斷故阿羅漢果清淨故六神通清淨六神通清淨故一切智智清淨何以故若阿羅漢果清淨若六神通清淨若一切智智清淨無二無二分無別無斷故善現阿羅漢果清淨故佛十力清淨佛十力清淨故一切智智清淨何以故若阿羅漢果清淨若佛十力清淨若一切智智清淨無二無二分無別無斷故阿羅漢果清淨故四無所畏四無礙解大慈大悲大喜大捨十八佛不共法清淨四無所畏乃至十八佛不共法清淨故一切智智清淨何以故若阿羅漢果清淨若四無所畏乃至十八佛不共法清淨若一切智智清淨無二無二分無別無斷故善現阿羅漢果清淨故無忘失法清淨無忘失法清淨故一切智智清淨何以故若阿羅漢果清淨若無忘失法清淨若一切智智清淨無二無二分無別無斷故阿羅漢果清淨故恒住捨性清淨恒住捨性清淨故一切智智清淨何以故若阿羅漢果清淨若恒住捨性清淨若一切智智清淨無二無二分無別無斷故善現阿羅漢果清淨故一切智清淨一切智清淨故一切智智清淨何以故若阿羅漢果清淨若一切智清淨若一切智智清淨無二無二分無別無斷故阿羅漢果清淨故

道相智一切相智清淨道相智一切相智清淨故一切智智清淨何以故若阿羅漢果清淨若道相智一切相智清淨若一切智智清淨無二無二分無別無斷故善現阿羅漢果清淨故一切陀羅尼門清淨一切陀羅尼門清淨故一切智智清淨何以故若阿羅漢果清淨若一切陀羅尼門清淨若一切智智清淨無二無二分無別無斷故阿羅漢果清淨故一切三摩地門清淨一切三摩地門清淨故一切智智清淨何以故若阿羅漢果清淨若一切三摩地門清淨若一切智智清淨無二無二分無別無斷故善現阿羅漢果清淨故預流果清淨預流果清淨故一切智智清淨何以故若阿羅漢果清淨若預流果清淨若一切智智清淨無二無二分無別無斷故

阿羅漢果清淨故一不不還果清淨一來不還果清淨故一切智智清淨何以故若阿羅漢果清淨若一來不還果清淨若一切智智清淨無二無二分無別無斷故善現阿羅漢果清淨故獨覺菩提清淨獨覺菩提清淨故一切智智清淨何以故若阿羅漢果清淨若獨覺菩提清淨若一切智智清淨無二無二分無別無斷故善現阿羅漢果清淨故一切菩薩摩訶薩行清淨一切菩薩摩訶薩行清淨故一切智智清淨何以故若阿羅漢果清淨若一切菩薩摩訶薩行清淨若一切智智清淨無二無二分無別無斷故善現阿羅漢果清淨故諸佛無上正等菩提清淨諸佛無上正等菩提清淨故一切智智清淨何以故若阿羅漢果清淨若諸佛無上正等菩提清

淨若一切智智清淨無二無二分無別無斷故復次善現獨覺菩提清淨故色清淨色清淨故一切智智清淨何以故若獨覺菩提清淨若色清淨若一切智智清淨無二無二分無別無斷故獨覺菩提清淨故受想行識清淨受想行識清淨故一切智智清淨何以故若獨覺菩提清淨若受想行識清淨若一切智智清淨無二無二分無別無斷故善現獨覺菩提清淨故眼處清淨眼處清淨故一切智智清淨何以故若獨覺菩提清淨若眼處清淨若一切智智清淨無二無二分無別無斷故獨覺菩提清淨故耳鼻舌身意處清淨耳鼻舌身意處清淨故一切智智清淨何以故若獨覺菩提清淨若耳鼻舌身意處清淨若一切智智清淨無二無二分無別無斷故

善現獨覺菩提清淨故色處清淨色處清淨故一切智智清淨何以故若獨覺菩提清淨若色處清淨若一切智智清淨無二無二分無別無斷故獨覺菩提清淨故聲香味觸法處清淨聲香味觸法處清淨故一切智智清淨何以故若獨覺菩提清淨若聲香味觸法處清淨若一切智智清淨無二無二分無別無斷故善現獨覺菩提清淨故眼界清淨眼界清淨故一切智智清淨何以故若獨覺菩提清淨若眼界清淨若一切智智清淨無二無二分無別無斷故獨覺菩提清淨故色界眼識界及眼觸眼觸為緣所生諸受清淨色界乃至眼觸為緣所生諸受清淨故一切智智清淨何以故若獨覺菩提清淨若色界乃至眼觸為緣所生諸受清淨若一切智智清

淨無二無二分無別無斷故善現獨覺菩提清淨故耳界清淨耳界清淨故一切智智清淨何以故若獨覺菩提清淨若耳界清淨若一切智智清淨無二無二分無別無斷故獨覺菩提清淨故聲界耳識界及耳觸耳觸爲緣所生諸受清淨聲界乃至耳觸爲緣所生諸受清淨故一切智智清淨何以故若獨覺菩提清淨若聲界乃至耳觸爲緣所生諸受清淨若一切智智清淨無二無二分無別無斷故善現獨覺菩提清淨故鼻界清淨鼻界清淨故一切智智清淨何以故若獨覺菩提清淨若鼻界清淨若一切智智清淨無二無二分無別無斷故獨覺菩提清淨故香界鼻識界及鼻觸鼻觸爲緣所生諸受清淨香界乃至鼻觸爲緣所生諸受清淨故一切智智清淨何以故若獨覺菩提清淨若香界乃至鼻觸爲緣所生諸受清淨若一切智智清淨無二無二分無別無斷故善現獨覺菩提清淨故舌界清淨舌界清淨故一切智智清淨何以故若獨覺菩提清淨若舌界清淨若一切智智清淨無二無二分無別無斷故獨覺菩提清淨故味界舌識界及舌觸舌觸爲緣所生諸受清淨味界乃至舌觸爲緣所生諸受清淨故一切智智清淨何以故若獨覺菩提清淨若味界乃至舌觸爲緣所生諸受清淨若一切智智清淨無二無二分無別無斷故善現獨覺菩提清淨故身界清淨身界清淨故一切智智清淨何以故若獨覺菩提清淨若身界清淨若一切智智清淨無二無二分無別無斷故獨覺菩提清淨故觸界身識

界及身觸身觸爲緣所生諸受清淨觸界乃至身觸爲緣所生諸受清淨故一切智智清淨何以故若獨覺菩提清淨若觸界乃至身觸爲緣所生諸受清淨若一切智智清淨無二無二分無別無斷故善現獨覺菩提清淨故意界清淨意界清淨故一切智智清淨何以故若獨覺菩提清淨若意界清淨若一切智智清淨無二無二分無別無斷故獨覺菩提清淨故法界意識界及意觸意觸爲緣所生諸受清淨法界乃至意觸爲緣所生諸受清淨故一切智智清淨何以故若獨覺菩提清淨若法界乃至意觸爲緣所生諸受清淨若一切智智清淨無二無二分無別無斷故善現獨覺菩提清淨故地界清淨地界清淨故一切智智清淨何以故若獨覺菩提清淨若地界清淨若一切智智清淨無二無二分無別無斷故獨覺菩提清淨故水火風空識界清淨水火風空識界清淨故一切智智清淨何以故若獨覺菩提清淨若水火風空識界清淨若一切智智清淨無二無二分無別無斷故善現獨覺菩提清淨故無明清淨無明清淨故一切智智清淨何以故若獨覺菩提清淨若無明清淨若一切智智清淨無二無二分無別無斷故獨覺菩提清淨故行識名色六處觸受愛取有生老死愁歎苦憂惱清淨行乃至老死愁歎苦憂惱清淨故一切智智清淨何以故若獨覺菩提清淨若行乃至老死愁歎苦憂惱清淨若一切智智清淨無二無二分無別無斷故善現獨覺菩提清淨故布施波羅蜜多清淨布施波羅蜜多清

淨故一切智智清淨何以故若獨覺菩提清淨若布施波羅蜜多清淨若一切智智清淨無二無二分無別無斷故獨覺菩提清淨故淨戒安忍精進靜慮般若波羅蜜多清淨淨戒乃至般若波羅蜜多清淨故一切智智清淨何以故若獨覺菩提清淨若淨戒乃至般若波羅蜜多清淨若一切智智清淨無二無二分無別無斷故善現獨覺菩提清淨故內空清淨內空清淨故一切智智清淨何以故若獨覺菩提清淨若內空清淨若一切智智清淨無二無二分無別無斷故獨覺菩提清淨故外空內外空空空大空勝義空有爲空無爲空畢竟空無際空散空無變異空本性空自相空共相空一切法空不可得空無性空自性空無性自性空清淨外空乃至無性自性空清淨故一切智智清淨何以故若獨覺菩提清淨若外空乃至無性自性空清淨若一切智智清淨無二無二分無別無斷故善現獨覺菩提清淨故眞如清淨眞如清淨故一切智智清淨何以故若獨覺菩提清淨若眞如清淨若一切智智清淨無二無二分無別無斷故獨覺菩提清淨故法界法性不虛妄性不變異性平等性離生性法定法住實際虛空界不思議界清淨法界乃至不思議界清淨故一切智智清淨何以故若獨覺菩提清淨若法界乃至不思議界清淨若一切智智清淨無二無二分無別無斷故善現獨覺菩提清淨故苦聖諦清淨苦聖諦清淨故一切智智清淨何以故若獨覺菩提清淨若苦聖諦清淨若一切智智清淨無二無二

分無別無斷故獨覺菩提清淨故集滅道聖諦清淨集滅道聖諦清淨故一切智智清淨何以故若獨覺菩提清淨若集滅道聖諦清淨若一切智智清淨無二無二分無別無斷故善現獨覺菩提清淨故四靜慮清淨四靜慮清淨故一切智智清淨何以故若獨覺菩提清淨若四靜慮清淨若一切智智清淨無二無二分無別無斷故獨覺菩提清淨故四無量四無色定清淨四無量四無色定清淨故一切智智清淨何以故若獨覺菩提清淨若四無量四無色定清淨若一切智智清淨無二無二分無別無斷故善現獨覺菩提清淨故八解脫清淨八解脫清淨故一切智智清淨何以故若獨覺菩提清淨若八解脫清淨若一切智智清淨無二無二分無別無斷故獨覺菩提清淨故八勝處九次第定十遍處清淨八勝處九次第定十徧處清淨故一切智智清淨何以故若獨覺菩提清淨若八勝處九次第定十遍處清淨若一切智智清淨無二無二分無別無斷故善現獨覺菩提清淨故四念住清淨四念住清淨故一切智智清淨何以故若獨覺菩提清淨若四念住清淨若一切智智清淨無二無二分無別無斷故獨覺菩提清淨故四正斷四神足五根五力七等覺支八聖道支清淨四正斷乃至八聖道支清淨故一切智智清淨何以故若獨覺菩提清淨若四正斷乃至八聖道支清淨若一切智智清淨無二無二分無別無斷故善現獨覺菩提清淨故空解脫門清淨空解脫門清淨故一切智智清淨何以故若獨

覺菩提清淨若空解脫門清淨若一切智智清淨無二無二分無別無斷故獨覺菩提清淨故無相無願解脫門清淨無相無願解脫門清淨故一切智智清淨何以故若獨覺菩提清淨若無相無願解脫門清淨若一切智智清淨無二無二分無別無斷故善現獨覺菩提清淨故菩薩十地清淨菩薩十地清淨故一切智智清淨何以故若獨覺菩提清淨若菩薩十地清淨若一切智智清淨無二無二分無別無斷故善現獨覺菩提清淨故五眼清淨五眼清淨故一切智智清淨何以故若獨覺菩提清淨若五眼清淨若一切智智清淨無二無二分無別無斷故獨覺菩提清淨故六神通清淨六神通清淨故一切智智清淨何以故若獨覺菩提清淨若六神通清淨若一切智智清淨無二無二分無別無斷故善現獨覺菩提清淨故佛十力清淨佛十力清淨故一切智智清淨何以故若獨覺菩提清淨若佛十力清淨若一切智智清淨無二無二分無別無斷故獨覺菩提清淨故四無所畏四無礙解大慈大悲大喜大捨十八佛不共法清淨四無所畏乃至十八佛不共法清淨故一切智智清淨何以故若獨覺菩提清淨若四無所畏乃至十八佛不共法清淨若一切智智清淨無二無二分無別無斷故善現獨覺菩提清淨故無忘失法清淨無忘失法清淨故一切智智清淨何以故若獨覺菩提清淨若無忘失法清淨若一切智智清淨無二無二分無別無斷故獨覺菩提清淨故恒住捨性清淨恒住捨性清淨故一切

智智清淨何以故若獨覺菩提清淨若恒住捨性清淨若一切智智清淨無二無二分無別無斷故善現獨覺菩提清淨故一切智清淨一切智清淨故一切智智清淨何以故若獨覺菩提清淨若一切智清淨若一切智智清淨無二無二分無別無斷故獨覺菩提清淨故道相智一切相智清淨道相智一切相智清淨故一切智智清淨何以故若獨覺菩提清淨若道相智一切相智清淨若一切智智清淨無二無二分無別無斷故善現獨覺菩提清淨故一切陀羅尼門清淨一切陀羅尼門清淨故一切智智清淨何以故若獨覺菩提清淨若一切陀羅尼門清淨若一切智智清淨無二無二分無別無斷故獨覺菩提清淨故一切三摩地門清淨一切三摩地門清淨故一切智智清淨何以故若獨覺菩提清淨若一切三摩地門清淨若一切智智清淨無二無二分無別無斷故善現獨覺菩提清淨故預流果清淨預流果清淨故一切智智清淨何以故若獨覺菩提清淨若預流果清淨若一切智智清淨無二無二分無別無斷故獨覺菩提清淨故一來不還阿羅漢果清淨一來不還阿羅漢果清淨故一切智智清淨何以故若獨覺菩提清淨若一來不還阿羅漢果清淨若一切智智清淨無二無二分無別無斷故善現獨覺菩提清淨故一切菩薩摩訶薩行清淨一切菩薩摩訶薩行清淨故一切智智清淨何以故若獨覺菩提清淨若一切菩薩摩訶薩行清淨若一切智智清淨無二無二分無別無斷故善現獨覺菩

提清淨故諸佛無上正等菩提清淨諸佛無上正等菩提清淨故一切智智清淨何以故若獨覺菩提清淨若諸佛無上正等菩提清淨若一切智智清淨無二無二分無別無斷故復次善現一切菩薩摩訶薩行清淨故色清淨色清淨故一切智智清淨何以故若一切菩薩摩訶薩行清淨若色清淨若一切智智清淨無二無二分無別無斷故一切菩薩摩訶薩行清淨故受想行識清淨受想行識清淨故一切智智清淨何以故若一切菩薩摩訶薩行清淨若受想行識清淨若一切智智清淨無二無二分無別無斷故善現一切菩薩摩訶薩行清淨故眼處清淨眼處清淨故一切智智清淨何以故若一切菩薩摩訶薩行清淨若眼處清淨若一切智智清淨無二無二分無別無斷故一切菩薩摩訶薩行清淨故耳鼻舌身意處清淨耳鼻舌身意處清淨故一切智智清淨何以故若一切菩薩摩訶薩行清淨若耳鼻舌身意處清淨若一切智智清淨無二無二分無別無斷故善現一切菩薩摩訶薩行清淨故色處清淨色處清淨故一切智智清淨何以故若一切菩薩摩訶薩行清淨若色處清淨若一切智智清淨無二無二分無別無斷故一切菩薩摩訶薩行清淨故聲香味觸法處清淨聲香味觸法處清淨故一切智智清淨何以故若一切菩薩摩訶薩行清淨若聲香味觸法處清淨若一切智智清淨無二無二分無別無斷故善現一切菩薩摩訶薩行清淨故眼界清淨眼界清淨故一切智智清淨何以故若一切

菩薩摩訶薩行清淨若眼界清淨若一切智智清淨無二無二分無別無斷故一切菩薩摩訶薩行清淨故色界眼識界及眼觸眼觸爲緣所生諸受清淨色界乃至眼觸爲緣所生諸受清淨故一切智智清淨何以故若一切菩薩摩訶薩行清淨若色界乃至眼觸爲緣所生諸受清淨若一切智智清淨無二無二分無別無斷故善現一切菩薩摩訶薩行清淨故耳界清淨耳界清淨故一切智智清淨何以故若一切菩薩摩訶薩行清淨若耳界清淨若一切智智清淨無二無二分無別無斷故一切菩薩摩訶薩行清淨故聲界耳識界及耳觸耳觸爲緣所生諸受清淨聲界乃至耳觸爲緣所生諸受清淨故一切智智清淨何以故若一切菩薩摩訶薩行清淨若聲界乃至耳觸爲緣所生諸受清淨若一切智智清淨無二無二分無別無斷故善現一切菩薩摩訶薩行清淨故鼻界清淨鼻界清淨故一切智智清淨何以故若一切菩薩摩訶薩行清淨若鼻界清淨若一切智智清淨無二無二分無別無斷故一切菩薩摩訶薩行清淨故香界鼻識界及鼻觸鼻觸爲緣所生諸受清淨香界乃至鼻觸爲緣所生諸受清淨故一切智智清淨何以故若一切菩薩摩訶薩行清淨若香界乃至鼻觸爲緣所生諸受清淨若一切智智清淨無二無二分無別無斷故

大般若波羅蜜多經卷第二百四十三

大般若波羅蜜多經卷第二百四十四

唐三藏法師玄奘奉　詔譯

初分難信解品第三十四之六十三

善現一切菩薩摩訶薩行清淨故舌界清淨舌界清淨故一切智智清淨何以故若一切菩薩摩訶薩行清淨若舌界清淨若一切智智清淨無二無二分無别無斷故一切菩薩摩訶薩行清淨故味界舌識界及舌觸舌觸爲縁所生諸受清淨味界乃至舌觸爲縁所生諸受清淨故一切智智清淨何以故若一切菩薩摩訶薩行清淨若味界乃至舌觸爲縁所生諸受清淨若一切智智清淨無二無二分無别無斷故善現一切菩薩摩訶薩行清淨故身界清淨身界清淨故一切智智清淨何以故若一切菩薩摩訶薩行清淨若身界清淨若一切智智清淨無二無二分無别無斷故一切菩薩摩訶薩行清淨故觸界身識界及身觸身觸爲縁所生諸受清淨觸界乃至身觸爲縁所生諸受清淨故一切智智清淨何以故若一切菩薩摩訶薩行清淨若觸界乃至身觸爲縁所生諸受清淨若一切智智清淨無二無二分無别無斷故善現一切菩薩摩訶薩行清淨故意界清淨意界清淨故一切智智清淨何以故若一切菩薩摩訶薩行清淨若意界清淨若一切智智清淨無二無二分無别無斷故一切菩薩摩訶薩行清淨故法界意識界及意觸意觸爲縁所生諸受清淨法界乃至意觸爲縁所生諸受清淨故一切智智清淨何以故若一切菩薩摩訶薩行清淨若法界乃至意觸爲縁所生

諸受清淨若一切智智清淨無二無二分無別無斷故善現一切菩薩摩訶薩行清淨故地界清淨地界清淨故一切智智清淨何以故若一切菩薩摩訶薩行清淨若地界清淨若一切智智清淨無二無二分無別無斷故一切菩薩摩訶薩行清淨故水火風空識界清淨水火風空識界清淨故一切智智清淨何以故若一切菩薩摩訶薩行清淨若水火風空識界清淨若一切智智清淨無二無二分無別無斷故善現一切菩薩摩訶薩行清淨故無明清淨無明清淨故一切智智清淨何以故若一切菩薩摩訶薩行清淨若無明清淨若一切智智清淨無二無二分無別無斷故一切菩薩摩訶薩行清淨故行識名色六處觸受愛取有生老死愁歎苦憂惱清淨行乃至老死愁歎苦憂惱清淨故一切智智清淨何以故若一切菩薩摩訶薩行清淨若行乃至老死愁歎苦憂惱清淨若一切智智清淨無二無二分無別無斷故善現一切菩薩摩訶薩行清淨故布施波羅蜜多清淨布施波羅蜜多清淨故一切智智清淨何以故若一切菩薩摩訶薩行清淨若布施波羅蜜多清淨若一切智智清淨無二無二分無別無斷故一切菩薩摩訶薩行清淨故淨戒安忍精進靜慮般若波羅蜜多清淨淨戒乃至般若波羅蜜多清淨故一切智智清淨何以故若一切菩薩摩訶薩行清淨若淨戒乃至般若波羅蜜多清淨若一切智智清淨無二無二分無別無斷故善現一切菩薩摩訶薩行清淨故內空清淨內空清淨故一切智智

清淨何以故若一切菩薩摩訶薩行清淨若内空清淨若一切智智清淨無二無二分無別無斷故一切菩薩摩訶薩行清淨故外空内外空空空大空勝義空有爲空無爲空畢竟空無際空散空無變異空本性空自相空共相空一切法空不可得空無性空自性空無性自性空清淨外空乃至無性自性空清淨故一切智智清淨何以故若一切菩薩摩訶薩行清淨若外空乃至無性自性空清淨若一切智智清淨無二無二分無別無斷故善現一切菩薩摩訶薩行清淨故真如清淨真如清淨故一切智智清淨何以故若一切菩薩摩訶薩行清淨若真如清淨若一切智智清淨無二無二分無別無斷故一切菩薩摩訶薩行清淨故法界法性不虚妄性不變異性平等性離生性法定法住實際虚空界不思議界清淨法界乃至不思議界清淨故一切智智清淨何以故若一切菩薩摩訶薩行清淨若法界乃至不思議界清淨若一切智智清淨無二無二分無別無斷故善現一切菩薩摩訶薩行清淨故苦聖諦清淨苦聖諦清淨故一切智智清淨何以故若一切菩薩摩訶薩行清淨若苦聖諦清淨若一切智智清淨無二無二分無別無斷故一切菩薩摩訶薩行清淨故集滅道聖諦清淨集滅道聖諦清淨故一切智智清淨何以故若一切菩薩摩訶薩行清淨若集滅道聖諦清淨若一切智智清淨無二無二分無別無斷故善現一切菩薩摩訶薩行清淨故四靜慮清淨四靜慮清淨故一切智智清淨何以故若一

切菩薩摩訶薩行清淨若四靜慮清淨若一切智智清淨無二無二分無別無斷故一切菩薩摩訶薩行清淨故四無量四無色定清淨四無量四無色定清淨故一切智智清淨何以故若一切菩薩摩訶薩行清淨若四無量四無色定清淨若一切智智清淨無二無二分無別無斷故善現一切菩薩摩訶薩行清淨故八解脫清淨八解脫清淨故一切智智清淨何以故若一切菩薩摩訶薩行清淨若八解脫清淨若一切智智清淨無二無二分無別無斷故一切菩薩摩訶薩行清淨故八勝處九次第定十徧處清淨八勝處九次第定十徧處清淨故一切智智清淨何以故若一切菩薩摩訶薩行清淨若八勝處九次第定十徧處清淨若一切智智清淨無二無二分無別無斷故善現一切菩薩摩訶薩行清淨故四念住清淨四念住清淨故一切智智清淨何以故若一切菩薩摩訶薩行清淨若四念住清淨若一切智智清淨無二無二分無別無斷故一切菩薩摩訶薩行清淨故四正斷四神足五根五力七等覺支八聖道支清淨四正斷乃至八聖道支清淨故一切智智清淨何以故若一切菩薩摩訶薩行清淨若四正斷乃至八聖道支清淨若一切智智清淨無二無二分無別無斷故善現一切菩薩摩訶薩行清淨故空解脫門清淨空解脫門清淨故一切智智清淨何以故若一切菩薩摩訶薩行清淨若空解脫門清淨若一切智智清淨無二無二分無別無斷故一切菩薩摩訶薩行清淨故無相無願解脫門清

淨無相無願解脫門清淨故一切智智清淨何以故若一切菩薩摩訶薩行清淨若無相無願解脫門清淨若一切智智清淨無二無二分無別無斷故善現一切菩薩摩訶薩行清淨故菩薩十地清淨菩薩十地清淨故一切智智清淨何以故若一切菩薩摩訶薩行清淨若菩薩十地清淨若一切智智清淨無二無二分無別無斷故善現一切菩薩摩訶薩行清淨故五眼清淨五眼清淨故一切智智清淨何以故若一切菩薩摩訶薩行清淨若五眼清淨若一切智智清淨無二無二分無別無斷故一切菩薩摩訶薩行清淨故六神通清淨六神通清淨故一切智智清淨何以故若一切菩薩摩訶薩行清淨若六神通清淨若一切智智清淨無二無二分無別無斷故善現一切菩薩摩訶薩行清淨故佛十力清淨佛十力清淨故一切智智清淨何以故若一切菩薩摩訶薩行清淨若佛十力清淨若一切智智清淨無二無二分無別無斷故一切菩薩摩訶薩行清淨故四無所畏四無礙解大慈大悲大喜大捨十八佛不共法清淨四無所畏乃至十八佛不共法清淨故一切智智清淨何以故若一切菩薩摩訶薩行清淨若四無所畏乃至十八佛不共法清淨若一切智智清淨無二無二分無別無斷故善現一切菩薩摩訶薩行清淨故無忘失法清淨無忘失法清淨故一切智智清淨何以故若一切菩薩摩訶薩行清淨若無忘失法清淨若一切智智清淨無二無二分無別無斷故一切菩薩摩訶薩行清淨故恒住捨

性清淨恒住捨性清淨故一切智智清淨何以故若一切菩薩摩訶薩行清淨若恒住捨性清淨若一切智智清淨無二無二分無別無斷故善現一切菩薩摩訶薩行清淨故一切智清淨一切智清淨故一切智智清淨何以故若一切菩薩摩訶薩行清淨若一切智清淨若一切智智清淨無二無二分無別無斷故一切菩薩摩訶薩行清淨故道相智一切相智清淨道相智一切相智清淨故一切智智清淨何以故若一切菩薩摩訶薩行清淨若道相智一切相智清淨若一切智智清淨無二無二分無別無斷故善現一切菩薩摩訶薩行清淨故一切陀羅尼門清淨一切陀羅尼門清淨故一切智智清淨何以故若一切菩薩摩訶薩行清淨若一切陀羅尼門清淨若一切智智清淨無二無二分無別無斷故一切菩薩摩訶薩行清淨故一切三摩地門清淨一切三摩地門清淨故一切智智清淨何以故若一切菩薩摩訶薩行清淨若一切三摩地門清淨若一切智智清淨無二無二分無別無斷故善現一切菩薩摩訶薩行清淨故預流果清淨預流果清淨故一切智智清淨何以故若一切菩薩摩訶薩行清淨若預流果清淨若一切智智清淨無二無二分無別無斷故一切菩薩摩訶薩行清淨故一來不還阿羅漢果清淨一來不還阿羅漢果清淨故一切智智清淨何以故若一切菩薩摩訶薩行清淨若一來不還阿羅漢果清淨若一切智智清淨無二無二分無別無斷故善現一切菩薩摩訶薩行清淨故獨覺

菩提清淨獨覺菩提清淨故一切智智清淨何以故若一切菩薩摩訶薩行清淨若獨覺菩提清淨若一切智智清淨無二無二分無别無斷故善現一切菩薩摩訶薩行清淨故諸佛無上正等菩提清淨諸佛無上正等菩提清淨故一切智智清淨何以故若一切菩薩摩訶薩行清淨若諸佛無上正等菩提清淨若一切智智清淨無二無二分無别無斷故復次善現諸佛無上正等菩提清淨故色清淨色清淨故一切智智清淨何以故若諸佛無上正等菩提清淨若色清淨若一切智智清淨無二無二分無别無斷故諸佛無上正等菩提清淨故受想行識清淨受想行識清淨故一切智智清淨何以故若諸佛無上正等菩提清淨若受想行識清淨若一切智智清淨無二無二分無别無斷故善現諸佛無上正等菩提清淨故眼處清淨眼處清淨故一切智智清淨何以故若諸佛無上正等菩提清淨若眼處清淨若一切智智清淨無二無二分無别無斷故諸佛無上正等菩提清淨故耳鼻舌身意處清淨耳鼻舌身意處清淨故一切智智清淨何以故若諸佛無上正等菩提清淨若耳鼻舌身意處清淨若一切智智清淨無二無二分無别無斷故善現諸佛無上正等菩提清淨故色處清淨色處清淨故一切智智清淨何以故若諸佛無上正等菩提清淨若色處清淨若一切智智清淨無二無二分無别無斷故諸佛無上正等菩提清淨故聲香味觸法處清淨聲香味觸法處清淨故一切智智清淨何以故若諸佛

無上正等菩提清淨若聲香味觸法處清淨若一切智智清淨無二無二分無別無斷故善現諸佛無上正等菩提清淨故眼界清淨眼界清淨故一切智智清淨何以故若諸佛無上正等菩提清淨若眼界清淨若一切智智清淨無二無二分無別無斷故諸佛無上正等菩提清淨故色界眼識界及眼觸眼觸爲緣所生諸受清淨色界乃至眼觸爲緣所生諸受清淨故一切智智清淨何以故若諸佛無上正等菩提清淨若色界乃至眼觸爲緣所生諸受清淨若一切智智清淨無二無二分無別無斷故善現諸佛無上正等菩提清淨故耳界清淨耳界清淨故一切智智清淨何以故若諸佛無上正等菩提清淨若耳界清淨若一切智智清淨無二無二分無別無斷故諸佛無上正等菩提清淨故聲界耳識界及耳觸耳觸爲緣所生諸受清淨聲界乃至耳觸爲緣所生諸受清淨故一切智智清淨何以故若諸佛無上正等菩提清淨若聲界乃至耳觸爲緣所生諸受清淨若一切智智清淨無二無二分無別無斷故善現諸佛無上正等菩提清淨故鼻界清淨鼻界清淨故一切智智清淨何以故若諸佛無上正等菩提清淨若鼻界清淨若一切智智清淨無二無二分無別無斷故諸佛無上正等菩提清淨故香界鼻識界及鼻觸鼻觸爲緣所生諸受清淨香界乃至鼻觸爲緣所生諸受清淨故一切智智清淨何以故若諸佛無上正等菩提清淨若香界乃至鼻觸爲緣所生諸受清淨若一切智智清淨無二無二分無

別無斷故善現諸佛無上正等菩提清淨故舌界清淨舌界清淨故一切智智清淨何以故若諸佛無上正等菩提清淨若舌界清淨若一切智智清淨無二無二分無別無斷故諸佛無上正等菩提清淨故味界舌識界及舌觸舌觸爲緣所生諸受清淨味界乃至舌觸爲緣所生諸受清淨故一切智智清淨何以故若諸佛無上正等菩提清淨若味界乃至舌觸爲緣所生諸受清淨若一切智智清淨無二無二分無別無斷故善現諸佛無上正等菩提清淨故身界清淨身界清淨故一切智智清淨何以故若諸佛無上正等菩提清淨若身界清淨若一切智智清淨無二無二分無別無斷故諸佛無上正等菩提清淨故觸界身識界及身觸身觸爲緣所生諸受清淨觸界乃至身觸爲緣所生諸受清淨故一切智智清淨何以故若諸佛無上正等菩提清淨若觸界乃至身觸爲緣所生諸受清淨若一切智智清淨無二無二分無別無斷故善現諸佛無上正等菩提清淨故意界清淨意界清淨故一切智智清淨何以故若諸佛無上正等菩提清淨若意界清淨若一切智智清淨無二無二分無別無斷故諸佛無上正等菩提清淨故法界意識界及意觸意觸爲緣所生諸受清淨法界乃至意觸爲緣所生諸受清淨故一切智智清淨何以故若諸佛無上正等菩提清淨若法界乃至意觸爲緣所生諸受清淨若一切智智清淨無二無二分無別無斷故善現諸佛無上正等菩提清淨故地界清淨地界清淨故一切智智

清淨何以故若諸佛無上正等菩提清淨若地界清淨若一切智智清淨無二無二分無別無斷故諸佛無上正等菩提清淨故水火風空識界清淨水火風空識界清淨故一切智智清淨何以故若諸佛無上正等菩提清淨若水火風空識界清淨若一切智智清淨無二無二分無別無斷故善現諸佛無上正等菩提清淨故無明清淨無明清淨故一切智智清淨何以故若諸佛無上正等菩提清淨若無明清淨若一切智智清淨無二無二分無別無斷故諸佛無上正等菩提清淨故行識名色六處觸受愛取有生老死愁歎苦憂惱清淨行乃至老死愁歎苦憂惱清淨故一切智智清淨何以故若諸佛無上正等菩提清淨若行乃至老死愁歎苦憂惱清淨若

一切智智清淨無二無二分無別無斷故善現諸佛無上正等菩提清淨故布施波羅蜜多清淨布施波羅蜜多清淨故一切智智清淨何以故若諸佛無上正等菩提清淨若布施波羅蜜多清淨若一切智智清淨無二無二分無別無斷故諸佛無上正等菩提清淨故淨戒安忍精進靜慮般若波羅蜜多清淨淨戒乃至般若波羅蜜多清淨故一切智智清淨何以故若諸佛無上正等菩提清淨若淨戒乃至般若波羅蜜多清淨若一切智智清淨無二無二分無別無斷故善現諸佛無上正等菩提清淨故內空清淨內空清淨故一切智智清淨何以故若諸佛無上正等菩提清淨若內空清淨若一切智智清淨無二無二分無別無斷故諸佛無上正等菩提清

淨故外空內外空空空大空勝義空有爲空無爲空畢竟空無際空散空無變異空本性空自相空共相空一切法空不可得空無性空自性空無性自性空清淨外空乃至無性自性空清淨故一切智智清淨何以故若諸佛無上正等菩提清淨若外空乃至無性自性空清淨若一切智智清淨無二無二分無別無斷故善現諸佛無上正等菩提清淨故眞如清淨眞如清淨故一切智智清淨何以故若諸佛無上正等菩提清淨若眞如清淨若一切智智清淨無二無二分無別無斷故諸佛無上正等菩提清淨故法界法性不虛妄性不變異性平等性離生性法定法住實際虛空界不思議界清淨法界乃至不思議界清淨故一切智智清淨何以故若諸佛無上正等菩提清淨若法界乃至不思議界清淨若一切智智清淨無二無二分無別無斷故善現諸佛無上正等菩提清淨故苦聖諦清淨苦聖諦清淨故一切智智清淨何以故若諸佛無上正等菩提清淨若苦聖諦清淨若一切智智清淨無二無二分無別無斷故諸佛無上正等菩提清淨故集滅道聖諦清淨集滅道聖諦清淨故一切智智清淨何以故若諸佛無上正等菩提清淨若集滅道聖諦清淨若一切智智清淨無二無二分無別無斷故善現諸佛無上正等菩提清淨故四靜慮清淨四靜慮清淨故一切智智清淨何以故若諸佛無上正等菩提清淨若四靜慮清淨若一切智智清淨無二無二分無別無斷故諸佛無上正等菩提清淨故四無量四

無色定清淨四無量四無色定清淨故一切智智清淨何以故若諸佛無上正等菩提清淨若四無量四無色定清淨若一切智智清淨無二無二分無別無斷故善現諸佛無上正等菩提清淨故八解脫清淨八解脫清淨故一切智智清淨何以故若諸佛無上正等菩提清淨若八解脫清淨若一切智智清淨無二無二分無別無斷故諸佛無上正等菩提清淨故八勝處九次第定十徧處清淨八勝處九次第定十遍處清淨故一切智智清淨何以故若諸佛無上正等菩提清淨若八勝處九次第定十徧處清淨若一切智智清淨無二無二分無別無斷故善現諸佛無上正等菩提清淨故四念住清淨四念住清淨故一切智智清淨何以故若諸佛無上正等菩提清淨若四念住清淨若一切智智清淨無二無二分無別無斷故諸佛無上正等菩提清淨故四正斷四神足五根五力七等覺支八聖道支清淨四正斷乃至八聖道支清淨故一切智智清淨何以故若諸佛無上正等菩提清淨若四正斷乃至八聖道支清淨若一切智智清淨無二無二分無別無斷故善現諸佛無上正等菩提清淨故空解脫門清淨空解脫門清淨故一切智智清淨何以故若諸佛無上正等菩提清淨若空解脫門清淨若一切智智清淨無二無二分無別無斷故諸佛無上正等菩提清淨故無相無願解脫門清淨無相無願解脫門清淨故一切智智清淨何以故若諸佛無上正等菩提清淨若無相無願解脫門清淨若一切智智清

淨無二無二分無別無斷故善現諸佛無上正等菩提清淨故菩薩十地清淨菩薩十地清淨故一切智智清淨何以故若諸佛無上正等菩提清淨若菩薩十地清淨若一切智智清淨無二無二分無別無斷故善現諸佛無上正等菩提清淨故五眼清淨五眼清淨故一切智智清淨何以故若諸佛無上正等菩提清淨若五眼清淨若一切智智清淨無二無二分無別無斷故諸佛無上正等菩提清淨故六神通清淨六神通清淨故一切智智清淨何以故若諸佛無上正等菩提清淨若六神通清淨若一切智智清淨無二無二分無別無斷故善現諸佛無上正等菩提清淨故佛十力清淨佛十力清淨故一切智智清淨何以故若諸佛無上正等菩提清淨若佛十力清淨若一切智智清淨無二無二分無別無斷故諸佛無上正等菩提清淨故四無所畏四無礙解大慈大悲大喜大捨十八佛不共法清淨四無所畏乃至十八佛不共法清淨故一切智智清淨何以故若諸佛無上正等菩提清淨若四無所畏乃至十八佛不共法清淨若一切智智清淨無二無二分無別無斷故善現諸佛無上正等菩提清淨故無忘失法清淨無忘失法清淨故一切智智清淨何以故若諸佛無上正等菩提清淨若無忘失法清淨若一切智智清淨無二無二分無別無斷故諸佛無上正等菩提清淨故恒住捨性清淨恒住捨性清淨故一切智智清淨何以故若諸佛無上正等菩提清淨若恒住捨性清淨若一切智智清淨無二無

二分無別無斷故善現諸佛無上正等菩提清淨故一切智清淨一切智清淨故一切智智清淨何以故若諸佛無上正等菩提清淨若一切智清淨若一切智智清淨無二無二分無別無斷故諸佛無上正等菩提清淨故道相智一切相智清淨道相智一切相智清淨故一切智智清淨何以故若諸佛無上正等菩提清淨若道相智一切相智清淨若一切智智清淨無二無二分無別無斷故善現諸佛無上正等菩提清淨故一切陀羅尼門清淨一切陀羅尼門清淨故一切智智清淨何以故若諸佛無上正等菩提清淨若一切陀羅尼門清淨若一切智智清淨無二無二分無別無斷故諸佛無上正等菩提清淨故一切三摩地門清淨一切三摩地門清淨故一切智智清淨何以故若諸佛無上正等菩提清淨若一切三摩地門清淨若一切智智清淨無二無二分無別無斷故善現諸佛無上正等菩提清淨故預流果清淨預流果清淨故一切智智清淨何以故若諸佛無上正等菩提清淨若預流果清淨若一切智智清淨無二無二分無別無斷故諸佛無上正等菩提清淨故一來不還阿羅漢果清淨一來不還阿羅漢果清淨故一切智智清淨何以故若諸佛無上正等菩提清淨若一來不還阿羅漢果清淨若一切智智清淨無二無二分無別無斷故善現諸佛無上正等菩提清淨故獨覺菩提清淨獨覺菩提清淨故一切智智清淨何以故若諸佛無上正等菩提清淨若獨覺菩提清淨若一切智智清淨無二

無二分無別無斷故善現諸佛無上正等菩提清淨故一切菩薩摩訶薩行清淨一切菩薩摩訶薩行清淨故一切智智清淨何以故若諸佛無上正等菩提清淨若一切菩薩摩訶薩行清淨若一切智智清淨無二無二分無別無斷故復次善現一切智智清淨故色清淨色清淨故般若波羅蜜多清淨何以故若一切智智清淨若色清淨若般若波羅蜜多清淨無二無二分無別無斷故一切智智清淨故受想行識清淨受想行識清淨故般若波羅蜜多清淨何以故若一切智智清淨若受想行識清淨若般若波羅蜜多清淨無二無二分無別無斷故善現一切智智清淨故眼處清淨眼處清淨故般若波羅蜜多清淨何以故若一切智智清淨若眼處清淨若般若波羅蜜多清淨無二無二分無別無斷故一切智智清淨故耳鼻舌身意處清淨耳鼻舌身意處清淨故般若波羅蜜多清淨何以故若一切智智清淨若耳鼻舌身意處清淨若般若波羅蜜多清淨無二無二分無別無斷故善現一切智智清淨故色處清淨色處清淨故般若波羅蜜多清淨何以故若一切智智清淨若色處清淨若般若波羅蜜多清淨無二無二分無別無斷故一切智智清淨故聲香味觸法處清淨聲香味觸法處清淨故般若波羅蜜多清淨何以故若一切智智清淨若聲香味觸法處清淨若般若波羅蜜多清淨無二無二分無別無斷故善現一切智智清淨故眼界清淨眼界清淨故般若波羅蜜多清淨何以故若一切智智清淨若

眼界清淨若般若波羅蜜多清淨無二無二分無別無斷故一切智智清淨故色界眼識界及眼觸眼觸爲緣所生諸受清淨色界乃至眼觸爲緣所生諸受清淨故般若波羅蜜多清淨何以故若一切智智清淨若色界乃至眼觸爲緣所生諸受清淨若般若波羅蜜多清淨無二無二分無別無斷故善現一切智智清淨故耳界清淨耳界清淨故般若波羅蜜多清淨何以故若一切智智清淨若耳界清淨若般若波羅蜜多清淨無二無二分無別無斷故一切智智清淨故聲界耳識界及耳觸耳觸爲緣所生諸受清淨聲界乃至耳觸爲緣所生諸受清淨故般若波羅蜜多清淨何以故若一切智智清淨若聲界乃至耳觸爲緣所生諸受清淨若般若波羅蜜多清淨無二無二分無別無斷故善現一切智智清淨故鼻界清淨鼻界清淨故般若波羅蜜多清淨何以故若一切智智清淨若鼻界清淨若般若波羅蜜多清淨無二無二分無別無斷故一切智智清淨故香界鼻識界及鼻觸鼻觸爲緣所生諸受清淨香界乃至鼻觸爲緣所生諸受清淨故般若波羅蜜多清淨何以故若一切智智清淨若香界乃至鼻觸爲緣所生諸受清淨若般若波羅蜜多清淨無二無二分無別無斷故善現一切智智清淨故舌界清淨舌界清淨故般若波羅蜜多清淨何以故若一切智智清淨若舌界清淨若般若波羅蜜多清淨無二無二分無別無斷故一切智智清淨故味界舌識界及舌觸舌觸爲緣所生諸受清淨味界乃至舌觸

爲緣所生諸受清淨故般若波羅蜜多清淨何以故若一切智智清淨若味界乃至舌觸爲緣所生諸受清淨若般若波羅蜜多清淨無二無二分無別無斷故善現一切智智清淨故身界清淨身界清淨故般若波羅蜜多清淨何以故若一切智智清淨若身界清淨若般若波羅蜜多清淨無二無二分無別無斷故一切智智清淨故觸界身識界及身觸身觸爲緣所生諸受清淨觸界乃至身觸爲緣所生諸受清淨故般若波羅蜜多清淨何以故若一切智智清淨若觸界乃至身觸爲緣所生諸受清淨若般若波羅蜜多清淨無二無二分無別無斷故

大般若波羅蜜多經卷第二百四十四

大般若波羅蜜多經卷第二百四十五

唐三藏法師玄奘奉　詔譯

初分難信解品第三十四之六十四

善現一切智智清淨故意界清淨意界清淨故般若波羅蜜多清淨何以故若一切智智清淨若意界清淨若般若波羅蜜多清淨無二無二分無別無斷故一切智智清淨故法界意識界及意觸意觸爲緣所生諸受清淨法界乃至意觸爲緣所生諸受清淨故般若波羅蜜多清淨何以故若一切智智清淨若法界乃至意觸爲緣所生諸受清淨若般若波羅蜜多清淨無二無二分無別無斷故善現一切智智清淨故地界清淨地界清淨故般若波羅蜜多清淨何以故若一切智智清淨若地界清淨若般若波羅蜜多清淨無二無二分無別無斷故一切智智清淨故水火風空識界清淨水火風空識界清淨故般若波羅蜜多清淨何以故若一切智智清淨若水火風空識界清淨若般若波羅蜜多清淨無二無二分無別無斷故善現一切智智清淨故無明清淨無明清淨故般若波羅蜜多清淨何以故若一切智智清淨若無明清淨若般若波羅蜜多清淨無二無二分無別無斷故一切智智清淨故行識名色六處觸受愛取有生老死愁歎苦憂惱清淨行乃至老死愁歎苦憂惱清淨故般若波羅蜜多清淨何以故若一切智智清淨若行乃至老死愁歎苦憂惱清淨若般若波羅蜜多清淨無二無二分無別無斷故善現一切智智清淨故布施波羅蜜多清淨布施波羅蜜多清淨故

般若波羅蜜多清淨何以故若一切智智清淨若布施波羅蜜多清淨若般若波羅蜜多清淨無二無二分無別無斷故一切智智清淨故淨戒安忍精進靜慮波羅蜜多清淨淨戒乃至靜慮波羅蜜多清淨故般若波羅蜜多清淨何以故若一切智智清淨若淨戒乃至靜慮波羅蜜多清淨若般若波羅蜜多清淨無二無二分無別無斷故善現一切智智清淨故內空清淨內空清淨故般若波羅蜜多清淨何以故若一切智智清淨若內空清淨若般若波羅蜜多清淨無二無二分無別無斷故一切智智清淨故外空內外空空空大空勝義空有爲空無爲空畢竟空無際空散空無變異空本性空自相空共相空一切法空不可得空無性空自性空無性自性空清淨外空乃至無性自性空清淨故般若波羅蜜多清淨何以故若一切智智清淨若外空乃至無性自性空清淨若般若波羅蜜多清淨無二無二分無別無斷故善現一切智智清淨故眞如清淨眞如清淨故般若波羅蜜多清淨何以故若一切智智清淨若眞如清淨若般若波羅蜜多清淨無二無二分無別無斷故一切智智清淨故法界法性不虛妄性不變異性平等性離生性法定法住實際虛空界不思議界清淨法界乃至不思議界清淨故般若波羅蜜多清淨何以故若一切智智清淨若法界乃至不思議界清淨若般若波羅蜜多清淨無二無二分無別無斷故善現一切智智清淨故苦聖諦清淨苦聖諦清淨故般若波羅蜜多清淨何以故若一

切智智清淨若苦聖諦清淨若般若波羅蜜多清淨無二無二分無別無斷故一切智智清淨故集滅道聖諦清淨集滅道聖諦清淨故般若波羅蜜多清淨何以故若一切智智清淨若集滅道聖諦清淨若般若波羅蜜多清淨無二無二分無別無斷故善現一切智智清淨故四靜慮清淨四靜慮清淨故般若波羅蜜多清淨何以故若一切智智清淨若四靜慮清淨若般若波羅蜜多清淨無二無二分無別無斷故一切智智清淨故四無量四無色定清淨四無量四無色定清淨故般若波羅蜜多清淨何以故若一切智智清淨若四無量四無色定清淨若般若波羅蜜多清淨無二無二分無別無斷故善現一切智智清淨故八解脫清淨八解脫清淨故般若波羅蜜多清淨何以故若一切智智清淨若八解脫清淨若般若波羅蜜多清淨無二無二分無別無斷故一切智智清淨故八勝處九次第定十徧處清淨八勝處九次第定十遍處清淨故般若波羅蜜多清淨何以故若一切智智清淨若八勝處九次第定十徧處清淨若般若波羅蜜多清淨無二無二分無別無斷故善現一切智智清淨故四念住清淨四念住清淨故般若波羅蜜多清淨何以故若一切智智清淨若四念住清淨若般若波羅蜜多清淨無二無二分無別無斷故一切智智清淨故四正斷四神足五根五力七等覺支八聖道支清淨四正斷乃至八聖道支清淨故般若波羅蜜多清淨何以故若一切智智清淨若四正斷乃至八聖道支清淨

若般若波羅蜜多清淨無二無二分無別無斷故善現一切智智清淨故空解脫門清淨空解脫門清淨故般若波羅蜜多清淨何以故若一切智智清淨若空解脫門清淨若般若波羅蜜多清淨無二無二分無別無斷故一切智智清淨故無相無願解脫門清淨無相無願解脫門清淨故般若波羅蜜多清淨何以故若一切智智清淨若無相無願解脫門清淨若般若波羅蜜多清淨無二無二分無別無斷故善現一切智智清淨故菩薩十地清淨菩薩十地清淨故般若波羅蜜多清淨何以故若一切智智清淨若菩薩十地清淨若般若波羅蜜多清淨無二無二分無別無斷故善現一切智智清淨故五眼清淨五眼清淨故般若波羅蜜多清淨何以故若一切智智清淨若五眼清淨若般若波羅蜜多清淨無二無二分無別無斷故一切智智清淨故六神通清淨六神通清淨故般若波羅蜜多清淨何以故若一切智智清淨若六神通清淨若般若波羅蜜多清淨無二無二分無別無斷故善現一切智智清淨故佛十力清淨佛十力清淨故般若波羅蜜多清淨何以故若一切智智清淨若佛十力清淨若般若波羅蜜多清淨無二無二分無別無斷故一切智智清淨故四無所畏四無礙解大慈大悲大喜大捨十八佛不共法清淨四無所畏乃至十八佛不共法清淨故般若波羅蜜多清淨何以故若一切智智清淨若四無所畏乃至十八佛不共法清淨若般若波羅蜜多清淨無二無二分無別無斷故善現一切

智智清淨故無忘失法清淨無忘失法清淨故般若波羅蜜多清淨何以故若一切智智清淨若無忘失法清淨若般若波羅蜜多清淨無二無二分無別無斷故一切智智清淨故恒住捨性清淨恒住捨性清淨故般若波羅蜜多清淨何以故若一切智智清淨若恒住捨性清淨若般若波羅蜜多清淨無二無二分無別無斷故善現一切智智清淨故一切智清淨一切智清淨故般若波羅蜜多清淨何以故若一切智智清淨若一切智清淨若般若波羅蜜多清淨無二無二分無別無斷故一切智智清淨故道相智一切相智清淨道相智一切相智清淨故般若波羅蜜多清淨何以故若一切智智清淨若道相智一切相智清淨若般若波羅蜜多清淨無二無

二分無別無斷故善現一切智智清淨故一切陀羅尼門清淨一切陀羅尼門清淨故般若波羅蜜多清淨何以故若一切智智清淨若一切陀羅尼門清淨若般若波羅蜜多清淨無二無二分無別無斷故一切智智清淨故一切三摩地門清淨一切三摩地門清淨故般若波羅蜜多清淨何以故若一切智智清淨若一切三摩地門清淨若般若波羅蜜多清淨無二無二分無別無斷故善現一切智智清淨故預流果清淨預流果清淨故般若波羅蜜多清淨何以故若一切智智清淨若預流果清淨若般若波羅蜜多清淨無二無二分無別無斷故一切智智清淨故一來不還阿羅漢果清淨一來不還阿羅漢果清淨故般若波羅蜜多清淨何以故若一切智

智清淨若一來不還阿羅漢果清淨若般若波羅蜜多清淨無二無二分無別無斷故善現一切智智清淨故獨覺菩提清淨獨覺菩提清淨故般若波羅蜜多清淨何以故若一切智智清淨若獨覺菩提清淨若般若波羅蜜多清淨無二無二分無別無斷故善現一切智智清淨故一切菩薩摩訶薩行清淨一切菩薩摩訶薩行清淨故般若波羅蜜多清淨何以故若一切智智清淨若一切菩薩摩訶薩行清淨若般若波羅蜜多清淨無二無二分無別無斷故善現一切智智清淨故諸佛無上正等菩提清淨諸佛無上正等菩提清淨故般若波羅蜜多清淨何以故若一切智智清淨若諸佛無上正等菩提清淨若般若波羅蜜多清淨無二無二分無別無斷故

復次善現一切智智清淨故色清淨色清淨故靜慮波羅蜜多清淨何以故若一切智智清淨若色清淨若靜慮波羅蜜多清淨無二無二分無別無斷故一切智智清淨故受想行識清淨受想行識清淨故靜慮波羅蜜多清淨何以故若一切智智清淨若受想行識清淨若靜慮波羅蜜多清淨無二無二分無別無斷故善現一切智智清淨故眼處清淨眼處清淨故靜慮波羅蜜多清淨何以故若一切智智清淨若眼處清淨若靜慮波羅蜜多清淨無二無二分無別無斷故一切智智清淨故耳鼻舌身意處清淨耳鼻舌身意處清淨故靜慮波羅蜜多清淨何以故若一切智智清淨若耳鼻舌身意處清淨若靜慮波羅蜜多清淨無二無二分無別無斷故善現

一切智智清淨故色處清淨色處清淨故靜慮波羅蜜多清淨何以故若一切智智清淨若色處清淨若靜慮波羅蜜多清淨無二無二分無別無斷故一切智智清淨故聲香味觸法處清淨聲香味觸法處清淨故靜慮波羅蜜多清淨何以故若一切智智清淨若聲香味觸法處清淨若靜慮波羅蜜多清淨無二無二分無別無斷故善現一切智智清淨故眼界清淨眼界清淨故靜慮波羅蜜多清淨何以故若一切智智清淨若眼界清淨若靜慮波羅蜜多清淨無二無二分無別無斷故一切智智清淨故色界眼識界及眼觸眼觸爲緣所生諸受清淨色界乃至眼觸爲緣所生諸受清淨故靜慮波羅蜜多清淨何以故若一切智智清淨若色界乃至眼觸爲緣所生諸受清淨若靜慮波羅蜜多清淨無二無二分無別無斷故善現一切智智清淨故耳界清淨耳界清淨故靜慮波羅蜜多清淨何以故若一切智智清淨若耳界清淨若靜慮波羅蜜多清淨無二無二分無別無斷故一切智智清淨故聲界耳識界及耳觸耳觸爲緣所生諸受清淨聲界乃至耳觸爲緣所生諸受清淨故靜慮波羅蜜多清淨何以故若一切智智清淨若聲界乃至耳觸爲緣所生諸受清淨若靜慮波羅蜜多清淨無二無二分無別無斷故善現一切智智清淨故鼻界清淨鼻界清淨故靜慮波羅蜜多清淨何以故若一切智智清淨若鼻界清淨若靜慮波羅蜜多清淨無二無二分無別無斷故一切智智清淨故香界鼻識界及鼻觸鼻觸爲

緣所生諸受清淨香界乃至鼻觸爲緣所生諸受清淨故靜慮波羅蜜多清淨何以故若一切智智清淨若香界乃至鼻觸爲緣所生諸受清淨若靜慮波羅蜜多清淨無二無二分無別無斷故善現一切智智清淨故舌界清淨舌界清淨故靜慮波羅蜜多清淨何以故若一切智智清淨若舌界清淨若靜慮波羅蜜多清淨無二無二分無別無斷故一切智智清淨故味界舌識界及舌觸舌觸爲緣所生諸受清淨味界乃至舌觸爲緣所生諸受清淨故靜慮波羅蜜多清淨何以故若一切智智清淨若味界乃至舌觸爲緣所生諸受清淨若靜慮波羅蜜多清淨無二無二分無別無斷故善現一切智智清淨故身界清淨身界清淨故靜慮波羅蜜多清淨何以故

若一切智智清淨若身界清淨若靜慮波羅蜜多清淨無二無二分無別無斷故一切智智清淨故觸界身識界及身觸身觸爲緣所生諸受清淨觸界乃至身觸爲緣所生諸受清淨故靜慮波羅蜜多清淨何以故若一切智智清淨若觸界乃至身觸爲緣所生諸受清淨若靜慮波羅蜜多清淨無二無二分無別無斷故善現一切智智清淨故意界清淨意界清淨故靜慮波羅蜜多清淨何以故若一切智智清淨若意界清淨若靜慮波羅蜜多清淨無二無二分無別無斷故一切智智清淨故法界意識界及意觸意觸爲緣所生諸受清淨法界乃至意觸爲緣所生諸受清淨故靜慮波羅蜜多清淨何以故若一切智智清淨若法界乃至意觸爲緣所生諸受清

淨若靜慮波羅蜜多清淨無二無二分無別無斷故善現一切智智清淨故地界清淨地界清淨故靜慮波羅蜜多清淨何以故若一切智智清淨若地界清淨若靜慮波羅蜜多清淨無二無二分無別無斷故一切智智清淨故水火風空識界清淨水火風空識界清淨故靜慮波羅蜜多清淨何以故若一切智智清淨若水火風空識界清淨若靜慮波羅蜜多清淨無二無二分無別無斷故善現一切智智清淨故無明清淨無明清淨故靜慮波羅蜜多清淨何以故若一切智智清淨若無明清淨若靜慮波羅蜜多清淨無二無二分無別無斷故一切智智清淨故行識名色六處觸受愛取有生老死愁歎苦憂惱清淨行乃至老死愁歎苦憂惱清淨故靜慮波羅蜜多清淨何以故若一切智智清淨若行乃至老死愁歎苦憂惱清淨若靜慮波羅蜜多清淨無二無二分無別無斷故善現一切智智清淨故布施波羅蜜多清淨布施波羅蜜多清淨故靜慮波羅蜜多清淨何以故若一切智智清淨若布施波羅蜜多清淨若靜慮波羅蜜多清淨無二無二分無別無斷故一切智智清淨故淨戒安忍精進般若波羅蜜多清淨淨戒乃至般若波羅蜜多清淨故靜慮波羅蜜多清淨何以故若一切智智清淨若淨戒乃至般若波羅蜜多清淨若靜慮波羅蜜多清淨無二無二分無別無斷故善現一切智智清淨故內空清淨內空清淨故靜慮波羅蜜多清淨何以故若一切智智清淨若內空清淨若靜慮波羅蜜多清淨無二無

二分無别無斷故一切智智清淨故外空内
外空空空大空勝義空有爲空無爲空畢竟
空無際空散空無變異空本性空自相空共
相空一切法空不可得空無性空自性空無
性自性空清淨外空乃至無性自性空清淨
故靜慮波羅蜜多清淨何以故若一切智智
清淨若外空乃至無性自性空清淨若靜慮
波羅蜜多清淨無二無二分無别無斷故善
現一切智智清淨故眞如清淨眞如清淨故
靜慮波羅蜜多清淨何以故若一切智智清
淨若眞如清淨若靜慮波羅蜜多清淨無二
無二分無别無斷故一切智智清淨故法界
法性不虛妄性不變異性平等性離生性法
定法住實際虛空界不思議界清淨法界乃
至不思議界清淨故靜慮波羅蜜多清淨何
以故若一切智智清淨若法界乃至不思議
界清淨若靜慮波羅蜜多清淨無二無二分
無别無斷故善現一切智智清淨故苦聖諦
清淨苦聖諦清淨故靜慮波羅蜜多清淨何
以故若一切智智清淨若苦聖諦清淨若靜
慮波羅蜜多清淨無二無二分無别無斷故
一切智智清淨故集滅道聖諦清淨集滅道
聖諦清淨故靜慮波羅蜜多清淨何以故若
一切智智清淨若集滅道聖諦清淨若靜慮
波羅蜜多清淨無二無二分無别無斷故善
現一切智智清淨故四靜慮清淨四靜慮清
淨故靜慮波羅蜜多清淨何以故若一切智
智清淨若四靜慮清淨若靜慮波羅蜜多清
淨無二無二分無别無斷故一切智智清淨
故四無量四無色定清淨四無量四無色定

清淨故靜慮波羅蜜多清淨何以故若一切智智清淨若四無量四無色定清淨若靜慮波羅蜜多清淨無二無二分無別無斷故善現一切智智清淨故八解脫清淨八解脫清淨故靜慮波羅蜜多清淨何以故若一切智智清淨若八解脫清淨若靜慮波羅蜜多清淨無二無二分無別無斷故一切智智清淨故八勝處九次第定十遍處清淨八勝處九次第定十徧處清淨故靜慮波羅蜜多清淨何以故若一切智智清淨若八勝處九次第定十徧處清淨若靜慮波羅蜜多清淨無二無二分無別無斷故善現一切智智清淨故四念住清淨四念住清淨故靜慮波羅蜜多清淨何以故若一切智智清淨若四念住清淨若靜慮波羅蜜多清淨無二無二分無別無斷故一切智智清淨故四正斷四神足五根五力七等覺支八聖道支清淨四正斷乃至八聖道支清淨故靜慮波羅蜜多清淨何以故若一切智智清淨若四正斷乃至八聖道支清淨若靜慮波羅蜜多清淨無二無二分無別無斷故善現一切智智清淨故空解脫門清淨空解脫門清淨故靜慮波羅蜜多清淨何以故若一切智智清淨若空解脫門清淨若靜慮波羅蜜多清淨無二無二分無別無斷故一切智智清淨故無相無願解脫門清淨無相無願解脫門清淨故靜慮波羅蜜多清淨何以故若一切智智清淨若無相無願解脫門清淨若靜慮波羅蜜多清淨無二無二分無別無斷故善現一切智智清淨故菩薩十地清淨菩薩十地清淨故靜慮波

羅蜜多清淨何以故若一切智智清淨若菩薩十地清淨若靜慮波羅蜜多清淨無二無二分無別無斷故善現一切智智清淨故五眼清淨五眼清淨故靜慮波羅蜜多清淨何以故若一切智智清淨若五眼清淨若靜慮波羅蜜多清淨無二無二分無別無斷故一切智智清淨故六神通清淨六神通清淨故靜慮波羅蜜多清淨何以故若一切智智清淨若六神通清淨若靜慮波羅蜜多清淨無二無二分無別無斷故善現一切智智清淨故佛十力清淨佛十力清淨故靜慮波羅蜜多清淨何以故若一切智智清淨若佛十力清淨若靜慮波羅蜜多清淨無二無二分無別無斷故一切智智清淨故四無所畏四無礙解大慈大悲大喜大捨十八佛不共法清淨四無所畏乃至十八佛不共法清淨故靜慮波羅蜜多清淨何以故若一切智智清淨若四無所畏乃至十八佛不共法清淨若靜慮波羅蜜多清淨無二無二分無別無斷故善現一切智智清淨故無忘失法清淨無忘失法清淨故靜慮波羅蜜多清淨何以故若一切智智清淨若無忘失法清淨若靜慮波羅蜜多清淨無二無二分無別無斷故一切智智清淨故恒住捨性清淨恒住捨性清淨故靜慮波羅蜜多清淨何以故若一切智智清淨若恒住捨性清淨若靜慮波羅蜜多清淨無二無二分無別無斷故善現一切智智清淨故一切智清淨一切智清淨故靜慮波羅蜜多清淨何以故若一切智智清淨若一切智清淨若靜慮波羅蜜多清淨無二無二

分無别無斷故一切智智清淨故道相智一切相智清淨道相智一切相智清淨故靜慮波羅蜜多清淨何以故若一切智智清淨若道相智一切相智清淨若靜慮波羅蜜多清淨無二無二分無别無斷故善現一切智智清淨故一切陀羅尼門清淨一切陀羅尼門清淨故靜慮波羅蜜多清淨何以故若一切智智清淨若一切陀羅尼門清淨若靜慮波羅蜜多清淨無二無二分無别無斷故一切智智清淨故一切三摩地門清淨一切三摩地門清淨故靜慮波羅蜜多清淨何以故若一切智智清淨若一切三摩地門清淨若靜慮波羅蜜多清淨無二無二分無别無斷故善現一切智智清淨故預流果清淨預流果清淨故靜慮波羅蜜多清淨何以故若一切智智清淨若預流果清淨若靜慮波羅蜜多清淨無二無二分無别無斷故一切智智清淨故一來不還阿羅漢果清淨一來不還阿羅漢果清淨故靜慮波羅蜜多清淨何以故若一切智智清淨若一來不還阿羅漢果清淨若靜慮波羅蜜多清淨無二無二分無别無斷故善現一切智智清淨故獨覺菩提清淨獨覺菩提清淨故靜慮波羅蜜多清淨何以故若一切智智清淨若獨覺菩提清淨若靜慮波羅蜜多清淨無二無二分無别無斷故善現一切智智清淨故一切菩薩摩訶薩行清淨一切菩薩摩訶薩行清淨故靜慮波羅蜜多清淨何以故若一切智智清淨若一切菩薩摩訶薩行清淨若靜慮波羅蜜多清淨無二無二分無别無斷故善現一切智智

清淨故諸佛無上正等菩提清淨諸佛無上正等菩提清淨故靜慮波羅蜜多清淨何以故若一切智智清淨若諸佛無上正等菩提清淨若靜慮波羅蜜多清淨無二無二分無別無斷故復次善現一切智智清淨故色清淨色清淨故精進波羅蜜多清淨何以故若一切智智清淨若色清淨若精進波羅蜜多清淨無二無二分無別無斷故一切智智清淨故受想行識清淨受想行識清淨故精進波羅蜜多清淨何以故若一切智智清淨若受想行識清淨若精進波羅蜜多清淨無二無二分無別無斷故善現一切智智清淨故眼處清淨眼處清淨故精進波羅蜜多清淨何以故若一切智智清淨若眼處清淨若精進波羅蜜多清淨無二無二分無別無斷故一切智智清淨故耳鼻舌身意處清淨耳鼻舌身意處清淨故精進波羅蜜多清淨何以故若一切智智清淨若耳鼻舌身意處清淨若精進波羅蜜多清淨無二無二分無別無斷故善現一切智智清淨故色處清淨色處清淨故精進波羅蜜多清淨何以故若一切智智清淨若色處清淨若精進波羅蜜多清淨無二無二分無別無斷故一切智智清淨故聲香味觸法處清淨聲香味觸法處清淨故精進波羅蜜多清淨何以故若一切智智清淨若聲香味觸法處清淨若精進波羅蜜多清淨無二無二分無別無斷故善現一切智智清淨故眼界清淨眼界清淨故精進波羅蜜多清淨何以故若一切智智清淨若眼界清淨若精進波羅蜜多清淨無二無二分

無別無斷故一切智智清淨故色界眼識界及眼觸眼觸爲縁所生諸受清淨色界乃至眼觸爲縁所生諸受清淨故精進波羅蜜多清淨何以故若一切智智清淨若色界乃至眼觸爲縁所生諸受清淨若精進波羅蜜多清淨無二無二分無別無斷故善現一切智智清淨故耳界清淨耳界清淨故精進波羅蜜多清淨何以故若一切智智清淨若耳界清淨若精進波羅蜜多清淨無二無二分無別無斷故一切智智清淨故聲界耳識界及耳觸耳觸爲縁所生諸受清淨聲界乃至耳觸爲縁所生諸受清淨故精進波羅蜜多清淨何以故若一切智智清淨若聲界乃至耳觸爲縁所生諸受清淨若精進波羅蜜多清淨無二無二分無別無斷故善現一切智智

清淨故鼻界清淨鼻界清淨故精進波羅蜜多清淨何以故若一切智智清淨若鼻界清淨若精進波羅蜜多清淨無二無二分無別無斷故一切智智清淨故香界鼻識界及鼻觸鼻觸爲縁所生諸受清淨香界乃至鼻觸爲縁所生諸受清淨故精進波羅蜜多清淨何以故若一切智智清淨若香界乃至鼻觸爲縁所生諸受清淨若精進波羅蜜多清淨無二無二分無別無斷故善現一切智智清淨故舌界清淨舌界清淨故精進波羅蜜多清淨何以故若一切智智清淨若舌界清淨若精進波羅蜜多清淨無二無二分無別無斷故一切智智清淨故味界舌識界及舌觸舌觸爲縁所生諸受清淨味界乃至舌觸爲縁所生諸受清淨故精進波羅蜜多清淨何

以故若一切智智清淨若味界乃至舌觸爲緣所生諸受清淨若精進波羅蜜多清淨無二無二分無別無斷故

大般若波羅蜜多經卷第二百四十五

大般若波羅蜜多經卷第二百四十六

唐三藏法師玄奘奉　詔譯

初分難信解品第三十四之六十五

善現一切智智清淨故身界清淨身界清淨故精進波羅蜜多清淨何以故若一切智智清淨若身界清淨若精進波羅蜜多清淨無二無二分無別無斷故一切智智清淨故觸界身識界及身觸身觸爲緣所生諸受清淨觸界乃至身觸爲緣所生諸受清淨故精進波羅蜜多清淨何以故若一切智智清淨若觸界乃至身觸爲緣所生諸受清淨若精進波羅蜜多清淨無二無二分無別無斷故善現一切智智清淨故意界清淨意界清淨故精進波羅蜜多清淨何以故若一切智智清淨若意界清淨若精進波羅蜜多清淨無二無二分無別無斷故一切智智清淨故法界意識界及意觸意觸爲緣所生諸受清淨法界乃至意觸爲緣所生諸受清淨故精進波羅蜜多清淨何以故若一切智智清淨若法界乃至意觸爲緣所生諸受清淨若精進波羅蜜多清淨無二無二分無別無斷故善現一切智智清淨故地界清淨地界清淨故精進波羅蜜多清淨何以故若一切智智清淨若地界清淨若精進波羅蜜多清淨無二無二分無別無斷故一切智智清淨故水火風空識界清淨水火風空識界清淨故精進波羅蜜多清淨何以故若一切智智清淨若水火風空識界清淨若精進波羅蜜多清淨無二無二分無別無斷故善現一切智智清淨故無明清淨無明清淨故精進波羅蜜多清

淨何以故若一切智智清淨若無明清淨若精進波羅蜜多清淨無二無二分無別無斷故一切智智清淨故行識名色六處觸受愛取有生老死愁歎苦憂惱清淨行乃至老死愁歎苦憂惱清淨故精進波羅蜜多清淨何以故若一切智智清淨若行乃至老死愁歎苦憂惱清淨若精進波羅蜜多清淨無二無二分無別無斷故善現一切智智清淨故布施波羅蜜多清淨布施波羅蜜多清淨故精進波羅蜜多清淨何以故若一切智智清淨若布施波羅蜜多清淨若精進波羅蜜多清淨無二無二分無別無斷故一切智智清淨故淨戒安忍靜慮般若波羅蜜多清淨淨戒乃至般若波羅蜜多清淨故精進波羅蜜多清淨何以故若一切智智清淨若淨戒乃至

般若波羅蜜多清淨若精進波羅蜜多清淨無二無二分無別無斷故善現一切智智清淨故內空清淨內空清淨故精進波羅蜜多清淨何以故若一切智智清淨若內空清淨若精進波羅蜜多清淨無二無二分無別無斷故一切智智清淨故外空內外空空空大空勝義空有爲空無爲空畢竟空無際空散空無變異空本性空自相空共相空一切法空不可得空無性空自性空無性自性空清淨外空乃至無性自性空清淨故精進波羅蜜多清淨何以故若一切智智清淨若外空乃至無性自性空清淨若精進波羅蜜多清淨無二無二分無別無斷故善現一切智智清淨故眞如清淨眞如清淨故精進波羅蜜多清淨何以故若一切智智清淨若眞如清

淨若精進波羅蜜多清淨無二無二分無別無斷故一切智智清淨故法界法性不虛妄性不變異性平等性離生性法定法住實際虛空界不思議界清淨法界乃至不思議界清淨故精進波羅蜜多清淨何以故若一切智智清淨若法界乃至不思議界清淨若精進波羅蜜多清淨無二無二分無別無斷故善現一切智智清淨故苦聖諦清淨苦聖諦清淨故精進波羅蜜多清淨何以故若一切智智清淨若苦聖諦清淨若精進波羅蜜多清淨無二無二分無別無斷故一切智智清淨故集滅道聖諦清淨集滅道聖諦清淨故精進波羅蜜多清淨何以故若一切智智清淨若集滅道聖諦清淨若精進波羅蜜多清淨無二無二分無別無斷故善現一切智智

清淨故四靜慮清淨四靜慮清淨故精進波羅蜜多清淨何以故若一切智智清淨若四靜慮清淨若精進波羅蜜多清淨無二無二分無別無斷故一切智智清淨故四無量四無色定清淨四無量四無色定清淨故精進波羅蜜多清淨何以故若一切智智清淨若四無量四無色定清淨若精進波羅蜜多清淨無二無二分無別無斷故善現一切智智清淨故八解脫清淨八解脫清淨故精進波羅蜜多清淨何以故若一切智智清淨若八解脫清淨若精進波羅蜜多清淨無二無二分無別無斷故一切智智清淨故八勝處九次第定十遍處清淨八勝處九次第定十遍處清淨故精進波羅蜜多清淨何以故若一切智智清淨若八勝處九次第定十徧處清

淨若精進波羅蜜多清淨無二無二分無別無斷故善現一切智智清淨故四念住清淨四念住清淨故精進波羅蜜多清淨何以故若一切智智清淨若四念住清淨若精進波羅蜜多清淨無二無二分無別無斷故一切智智清淨故四正斷四神足五根五力七等覺支八聖道支清淨四正斷乃至八聖道支清淨故精進波羅蜜多清淨何以故若一切智智清淨若四正斷乃至八聖道支清淨若精進波羅蜜多清淨無二無二分無別無斷故善現一切智智清淨故空解脫門清淨空解脫門清淨故精進波羅蜜多清淨何以故若一切智智清淨若空解脫門清淨若精進波羅蜜多清淨無二無二分無別無斷故一切智智清淨故無相無願解脫門清淨無相無願解脫門清淨故精進波羅蜜多清淨何以故若一切智智清淨若無相無願解脫門清淨若精進波羅蜜多清淨無二無二分無別無斷故善現一切智智清淨故菩薩十地清淨菩薩十地清淨故精進波羅蜜多清淨何以故若一切智智清淨若菩薩十地清淨若精進波羅蜜多清淨無二無二分無別無斷故善現一切智智清淨故五眼清淨五眼清淨故精進波羅蜜多清淨何以故若一切智智清淨若五眼清淨若精進波羅蜜多清淨無二無二分無別無斷故一切智智清淨故六神通清淨六神通清淨故精進波羅蜜多清淨何以故若一切智智清淨若六神通清淨若精進波羅蜜多清淨無二無二分無別無斷故善現一切智智清淨故佛十力清

淨佛十力清淨故精進波羅蜜多清淨何以故若一切智智清淨若佛十力清淨若精進波羅蜜多清淨無二無二分無別無斷故一切智智清淨故四無所畏四無礙解大慈大悲大喜大捨十八佛不共法清淨四無所畏乃至十八佛不共法清淨故精進波羅蜜多清淨何以故若一切智智清淨若四無所畏乃至十八佛不共法清淨若精進波羅蜜多清淨無二無二分無別無斷故善現一切智智清淨故無忘失法清淨無忘失法清淨故精進波羅蜜多清淨何以故若一切智智清淨若無忘失法清淨若精進波羅蜜多清淨無二無二分無別無斷故一切智智清淨故恒住捨性清淨恒住捨性清淨故精進波羅蜜多清淨何以故若一切智智清淨若恒住捨性清淨若精進波羅蜜多清淨無二無二分無別無斷故善現一切智智清淨故一切智清淨一切智清淨故精進波羅蜜多清淨何以故若一切智智清淨若一切智清淨若精進波羅蜜多清淨無二無二分無別無斷故一切智智清淨故道相智一切相智清淨道相智一切相智清淨故精進波羅蜜多清淨何以故若一切智智清淨若道相智一切相智清淨若精進波羅蜜多清淨無二無二分無別無斷故善現一切智智清淨故一切陀羅尼門清淨一切陀羅尼門清淨故精進波羅蜜多清淨何以故若一切智智清淨若一切陀羅尼門清淨若精進波羅蜜多清淨無二無二分無別無斷故一切智智清淨故一切三摩地門清淨一切三摩地門清淨故

精進波羅蜜多清淨何以故若一切智智清淨若一切三摩地門清淨若精進波羅蜜多清淨無二無二分無別無斷故善現一切智智清淨故預流果清淨預流果清淨故精進波羅蜜多清淨何以故若一切智智清淨若預流果清淨若精進波羅蜜多清淨無二無二分無別無斷故一切智智清淨故一來不還阿羅漢果清淨一來不還阿羅漢果清淨故精進波羅蜜多清淨何以故若一切智智清淨若一來不還阿羅漢果清淨若精進波羅蜜多清淨無二無二分無別無斷故善現一切智智清淨故獨覺菩提清淨獨覺菩提清淨故精進波羅蜜多清淨何以故若一切智智清淨若獨覺菩提清淨若精進波羅蜜多清淨無二無二分無別無斷故善現一切智智清淨故一切菩薩摩訶薩行清淨一切菩薩摩訶薩行清淨故精進波羅蜜多清淨何以故若一切智智清淨若一切菩薩摩訶薩行清淨若精進波羅蜜多清淨無二無二分無別無斷故善現一切智智清淨故諸佛無上正等菩提清淨諸佛無上正等菩提清淨故精進波羅蜜多清淨何以故若一切智智清淨若諸佛無上正等菩提清淨若精進波羅蜜多清淨無二無二分無別無斷故復次善現一切智智清淨故色清淨色清淨故安忍波羅蜜多清淨何以故若一切智智清淨若色清淨若安忍波羅蜜多清淨無二無二分無別無斷故一切智智清淨故受想行識清淨受想行識清淨故安忍波羅蜜多清淨何以故若一切智智清淨若受想行識清

淨若安忍波羅蜜多清淨無二無二分無別無斷故善現一切智智清淨故眼處清淨眼處清淨故安忍波羅蜜多清淨何以故若一切智智清淨若眼處清淨若安忍波羅蜜多清淨無二無二分無別無斷故一切智智清淨故耳鼻舌身意處清淨耳鼻舌身意處清淨故安忍波羅蜜多清淨何以故若一切智智清淨若耳鼻舌身意處清淨若安忍波羅蜜多清淨無二無二分無別無斷故善現一切智智清淨故色處清淨色處清淨故安忍波羅蜜多清淨何以故若一切智智清淨若色處清淨若安忍波羅蜜多清淨無二無二分無別無斷故一切智智清淨故聲香味觸法處清淨聲香味觸法處清淨故安忍波羅蜜多清淨何以故若一切智智清淨若聲香味觸法處清淨若安忍波羅蜜多清淨無二無二分無別無斷故善現一切智智清淨故眼界清淨眼界清淨故安忍波羅蜜多清淨何以故若一切智智清淨若眼界清淨若安忍波羅蜜多清淨無二無二分無別無斷故一切智智清淨故色界眼識界及眼觸眼觸爲緣所生諸受清淨色界乃至眼觸爲緣所生諸受清淨故安忍波羅蜜多清淨何以故若一切智智清淨若色界乃至眼觸爲緣所生諸受清淨若安忍波羅蜜多清淨無二無二分無別無斷故善現一切智智清淨故耳界清淨耳界清淨故安忍波羅蜜多清淨何以故若一切智智清淨若耳界清淨若安忍波羅蜜多清淨無二無二分無別無斷故一切智智清淨故聲界耳識界及耳觸耳觸爲

緣所生諸受清淨聲界乃至耳觸爲緣所生
諸受清淨故安忍波羅蜜多清淨何以故若
一切智智清淨若聲界乃至耳觸爲緣所生
諸受清淨若安忍波羅蜜多清淨無二無二
分無別無斷故善現一切智智清淨故鼻界
清淨鼻界清淨故安忍波羅蜜多清淨何以
故若一切智智清淨若鼻界清淨若安忍波
羅蜜多清淨無二無二分無別無斷故一切
智智清淨故香界鼻識界及鼻觸鼻觸爲緣
所生諸受清淨香界乃至鼻觸爲緣所生諸
受清淨故安忍波羅蜜多清淨何以故若一
切智智清淨若香界乃至鼻觸爲緣所生諸
受清淨若安忍波羅蜜多清淨無二無二分
無別無斷故善現一切智智清淨故舌界清
淨舌界清淨故安忍波羅蜜多清淨何以故
若一切智智清淨若舌界清淨若安忍波羅
蜜多清淨無二無二分無別無斷故一切智
智清淨故味界舌識界及舌觸舌觸爲緣所
生諸受清淨味界乃至舌觸爲緣所生諸受
清淨故安忍波羅蜜多清淨何以故若一切
智智清淨若味界乃至舌觸爲緣所生諸受
清淨若安忍波羅蜜多清淨無二無二分無
別無斷故善現一切智智清淨故身界清淨
身界清淨故安忍波羅蜜多清淨何以故若
一切智智清淨若身界清淨若安忍波羅蜜
多清淨無二無二分無別無斷故一切智智
清淨故觸界身識界及身觸身觸爲緣所生
諸受清淨觸界乃至身觸爲緣所生諸受清
淨故安忍波羅蜜多清淨何以故若一切智
智清淨若觸界乃至身觸爲緣所生諸受清

淨若安忍波羅蜜多清淨無二無二分無別無斷故善現一切智智清淨故意界清淨意界清淨故安忍波羅蜜多清淨何以故若一切智智清淨若意界清淨若安忍波羅蜜多清淨無二無二分無別無斷故一切智智清淨故法界意識界及意觸意觸爲緣所生諸受清淨法界乃至意觸爲緣所生諸受清淨故安忍波羅蜜多清淨何以故若一切智智清淨若法界乃至意觸爲緣所生諸受清淨若安忍波羅蜜多清淨無二無二分無別無斷故善現一切智智清淨故地界清淨地界清淨故安忍波羅蜜多清淨何以故若一切智智清淨若地界清淨若安忍波羅蜜多清淨無二無二分無別無斷故一切智智清淨故水火風空識界清淨水火風空識界清淨故安忍波羅蜜多清淨何以故若一切智智清淨若水火風空識界清淨若安忍波羅蜜多清淨無二無二分無別無斷故善現一切智智清淨故無明清淨無明清淨故安忍波羅蜜多清淨何以故若一切智智清淨若無明清淨若安忍波羅蜜多清淨無二無二分無別無斷故一切智智清淨故行識名色六處觸受愛取有生老死愁歎苦憂惱清淨行乃至老死愁歎苦憂惱清淨故安忍波羅蜜多清淨何以故若一切智智清淨若行乃至老死愁歎苦憂惱清淨若安忍波羅蜜多清淨無二無二分無別無斷故善現一切智智清淨故布施波羅蜜多清淨布施波羅蜜多清淨故安忍波羅蜜多清淨何以故若一切智智清淨若布施波羅蜜多清淨若安忍波

羅蜜多清淨無二無二分無別無斷故一切智智清淨故淨戒精進靜慮般若波羅蜜多清淨淨戒乃至般若波羅蜜多清淨故安忍波羅蜜多清淨何以故若一切智智清淨若淨戒乃至般若波羅蜜多清淨若安忍波羅蜜多清淨無二無二分無別無斷故善現一切智智清淨故內空清淨內空清淨故安忍波羅蜜多清淨何以故若一切智智清淨若內空清淨若安忍波羅蜜多清淨無二無二分無別無斷故一切智智清淨故外空內外空空空大空勝義空有爲空無爲空畢竟空無際空散空無變異空本性空自相空共相空一切法空不可得空無性空自性空無性自性空清淨外空乃至無性自性空清淨故安忍波羅蜜多清淨何以故若一切智智清淨若外空乃至無性自性空清淨若安忍波羅蜜多清淨無二無二分無別無斷故善現一切智智清淨故眞如清淨眞如清淨故安忍波羅蜜多清淨何以故若一切智智清淨若眞如清淨若安忍波羅蜜多清淨無二無二分無別無斷故一切智智清淨故法界法性不虛妄性不變異性平等性離生性法定法住實際虛空界不思議界清淨法界乃至不思議界清淨故安忍波羅蜜多清淨何以故若一切智智清淨若法界乃至不思議界清淨若安忍波羅蜜多清淨無二無二分無別無斷故善現一切智智清淨故苦聖諦清淨苦聖諦清淨故安忍波羅蜜多清淨何以故若一切智智清淨若苦聖諦清淨若安忍波羅蜜多清淨無二無二分無別無斷故一

切智智清淨故集滅道聖諦清淨集滅道聖諦清淨故安忍波羅蜜多清淨何以故若一切智智清淨若集滅道聖諦清淨若安忍波羅蜜多清淨無二無二分無別無斷故善現一切智智清淨故四靜慮清淨四靜慮清淨故安忍波羅蜜多清淨何以故若一切智智清淨若四靜慮清淨若安忍波羅蜜多清淨無二無二分無別無斷故一切智智清淨故四無量四無色定清淨四無量四無色定清淨故安忍波羅蜜多清淨何以故若一切智智清淨若四無量四無色定清淨若安忍波羅蜜多清淨無二無二分無別無斷故善現一切智智清淨故八解脫清淨八解脫清淨故安忍波羅蜜多清淨何以故若一切智智清淨若八解脫清淨若安忍波羅蜜多清淨

無二無二分無別無斷故一切智智清淨故八勝處九次第定十徧處清淨八勝處九次第定十徧處清淨故安忍波羅蜜多清淨何以故若一切智智清淨若八勝處九次第定十徧處清淨若安忍波羅蜜多清淨無二無二分無別無斷故善現一切智智清淨故四念住清淨四念住清淨故安忍波羅蜜多清淨何以故若一切智智清淨若四念住清淨若安忍波羅蜜多清淨無二無二分無別無斷故一切智智清淨故四正斷四神足五根五力七等覺支八聖道支清淨四正斷乃至八聖道支清淨故安忍波羅蜜多清淨何以故若一切智智清淨若四正斷乃至八聖道支清淨若安忍波羅蜜多清淨無二無二分無別無斷故善現一切智智清淨故空解脫

門清淨空解脫門清淨故安忍波羅蜜多清淨何以故若一切智智清淨若空解脫門清淨若安忍波羅蜜多清淨無二無二分無別無斷故一切智智清淨故無相無願解脫門清淨無相無願解脫門清淨故安忍波羅蜜多清淨何以故若一切智智清淨若無相無願解脫門清淨若安忍波羅蜜多清淨無二無二分無別無斷故善現一切智智清淨故菩薩十地清淨菩薩十地清淨故安忍波羅蜜多清淨何以故若一切智智清淨若菩薩十地清淨若安忍波羅蜜多清淨無二無二分無別無斷故善現一切智智清淨故五眼清淨五眼清淨故安忍波羅蜜多清淨何以故若一切智智清淨若五眼清淨若安忍波羅蜜多清淨無二無二分無別無斷故一切

智智清淨故六神通清淨六神通清淨故安忍波羅蜜多清淨何以故若一切智智清淨若六神通清淨若安忍波羅蜜多清淨無二無二分無別無斷故善現一切智智清淨故佛十力清淨佛十力清淨故安忍波羅蜜多清淨何以故若一切智智清淨若佛十力清淨若安忍波羅蜜多清淨無二無二分無別無斷故一切智智清淨故四無所畏四無礙解大慈大悲大喜大捨十八佛不共法清淨四無所畏乃至十八佛不共法清淨故安忍波羅蜜多清淨何以故若一切智智清淨若四無所畏乃至十八佛不共法清淨若安忍波羅蜜多清淨無二無二分無別無斷故善現一切智智清淨故無忘失法清淨無忘失法清淨故安忍波羅蜜多清淨何以故若一

切智智清淨若無忘失法清淨若安忍波羅蜜多清淨無二無二分無別無斷故一切智智清淨故恒住捨性清淨恒住捨性清淨故安忍波羅蜜多清淨何以故若一切智智清淨若恒住捨性清淨若安忍波羅蜜多清淨無二無二分無別無斷故善現一切智智清淨故一切智清淨一切智清淨故安忍波羅蜜多清淨何以故若一切智智清淨若一切智清淨若安忍波羅蜜多清淨無二無二分無別無斷故一切智智清淨故道相智一切相智清淨道相智一切相智清淨故安忍波羅蜜多清淨何以故若一切智智清淨若道相智一切相智清淨若安忍波羅蜜多清淨無二無二分無別無斷故善現一切智智清淨故一切陀羅尼門清淨一切陀羅尼門清淨故安忍波羅蜜多清淨何以故若一切智智清淨若一切陀羅尼門清淨若安忍波羅蜜多清淨無二無二分無別無斷故一切智智清淨故一切三摩地門清淨一切三摩地門清淨故安忍波羅蜜多清淨何以故若一切智智清淨若一切三摩地門清淨若安忍波羅蜜多清淨無二無二分無別無斷故善現一切智智清淨故預流果清淨預流果清淨故安忍波羅蜜多清淨何以故若一切智智清淨若預流果清淨若安忍波羅蜜多清淨無二無二分無別無斷故一切智智清淨故一來不還阿羅漢果清淨一來不還阿羅漢果清淨故安忍波羅蜜多清淨何以故若一切智智清淨若一來不還阿羅漢果清淨若安忍波羅蜜多清淨無二無二分無別無

斷故善現一切智智清淨故獨覺菩提清淨獨覺菩提清淨故安忍波羅蜜多清淨何以故若一切智智清淨若獨覺菩提清淨若安忍波羅蜜多清淨無二無二分無別無斷故善現一切智智清淨故一切菩薩摩訶薩行清淨一切菩薩摩訶薩行清淨故安忍波羅蜜多清淨何以故若一切智智清淨若一切菩薩摩訶薩行清淨若安忍波羅蜜多清淨無二無二分無別無斷故善現一切智智清淨故諸佛無上正等菩提清淨諸佛無上正等菩提清淨故安忍波羅蜜多清淨何以故若一切智智清淨若諸佛無上正等菩提清淨若安忍波羅蜜多清淨無二無二分無別無斷故復次善現一切智智清淨故色清淨色清淨故淨戒波羅蜜多清淨何以故若一切智智清淨若色清淨若淨戒波羅蜜多清淨無二無二分無別無斷故一切智智清淨故受想行識清淨受想行識清淨故淨戒波羅蜜多清淨何以故若一切智智清淨若受想行識清淨若淨戒波羅蜜多清淨無二無二分無別無斷故善現一切智智清淨故眼處清淨眼處清淨故淨戒波羅蜜多清淨何以故若一切智智清淨若眼處清淨若淨戒波羅蜜多清淨無二無二分無別無斷故一切智智清淨故耳鼻舌身意處清淨耳鼻舌身意處清淨故淨戒波羅蜜多清淨何以故若一切智智清淨若耳鼻舌身意處清淨若淨戒波羅蜜多清淨無二無二分無別無斷故

大般若波羅蜜多經卷第二百四十六

大般若波羅蜜多經卷第二百四十七

唐三藏法師玄奘奉　詔譯

初分難信解品第三十四之六十六

善現一切智智清淨故色處清淨色處清淨故淨戒波羅蜜多清淨何以故若一切智智清淨若色處清淨若淨戒波羅蜜多清淨無二無二分無別無斷故一切智智清淨故聲香味觸法處清淨聲香味觸法處清淨故淨戒波羅蜜多清淨何以故若一切智智清淨若聲香味觸法處清淨若淨戒波羅蜜多清淨無二無二分無別無斷故善現一切智智清淨故眼界清淨眼界清淨故淨戒波羅蜜多清淨何以故若一切智智清淨若眼界清淨若淨戒波羅蜜多清淨無二無二分無別無斷故一切智智清淨故色界眼識界及眼觸眼觸爲緣所生諸受清淨色界乃至眼觸爲緣所生諸受清淨故淨戒波羅蜜多清淨何以故若一切智智清淨若色界乃至眼觸爲緣所生諸受清淨若淨戒波羅蜜多清淨無二無二分無別無斷故善現一切智智清淨故耳界清淨耳界清淨故淨戒波羅蜜多清淨何以故若一切智智清淨若耳界清淨若淨戒波羅蜜多清淨無二無二分無別無斷故一切智智清淨故聲界耳識界及耳觸耳觸爲緣所生諸受清淨聲界乃至耳觸爲緣所生諸受清淨故淨戒波羅蜜多清淨何以故若一切智智清淨若聲界乃至耳觸爲緣所生諸受清淨若淨戒波羅蜜多清淨無二無二分無別無斷故善現一切智智清淨故鼻界清淨鼻界清淨故淨戒波羅蜜多清

淨何以故若一切智智清淨若鼻界清淨若淨戒波羅蜜多清淨無二無二分無別無斷故一切智智清淨故香界鼻識界及鼻觸鼻觸爲緣所生諸受清淨香界乃至鼻觸爲緣所生諸受清淨故淨戒波羅蜜多清淨何以故若一切智智清淨若香界乃至鼻觸爲緣所生諸受清淨若淨戒波羅蜜多清淨無二無二分無別無斷故善現一切智智清淨故舌界清淨舌界清淨故淨戒波羅蜜多清淨何以故若一切智智清淨若舌界清淨若淨戒波羅蜜多清淨無二無二分無別無斷故一切智智清淨故味界舌識界及舌觸舌觸爲緣所生諸受清淨味界乃至舌觸爲緣所生諸受清淨故淨戒波羅蜜多清淨何以故若一切智智清淨若味界乃至舌觸爲緣所生諸受清淨若淨戒波羅蜜多清淨無二無二分無別無斷故善現一切智智清淨故身界清淨身界清淨故淨戒波羅蜜多清淨何以故若一切智智清淨若身界清淨若淨戒波羅蜜多清淨無二無二分無別無斷故一切智智清淨故觸界身識界及身觸身觸爲緣所生諸受清淨觸界乃至身觸爲緣所生諸受清淨故淨戒波羅蜜多清淨何以故若一切智智清淨若觸界乃至身觸爲緣所生諸受清淨若淨戒波羅蜜多清淨無二無二分無別無斷故善現一切智智清淨故意界清淨意界清淨故淨戒波羅蜜多清淨何以故若一切智智清淨若意界清淨若淨戒波羅蜜多清淨無二無二分無別無斷故一切智智清淨故法界意識界及意觸意觸爲緣

所生諸受清淨法界乃至意觸爲緣所生諸受清淨故淨戒波羅蜜多清淨何以故若一切智智清淨若法界乃至意觸爲緣所生諸受清淨若淨戒波羅蜜多清淨無二無二分無別無斷故善現一切智智清淨故地界清淨地界清淨故淨戒波羅蜜多清淨何以故若一切智智清淨若地界清淨若淨戒波羅蜜多清淨無二無二分無別無斷故一切智智清淨故水火風空識界清淨水火風空識界清淨故淨戒波羅蜜多清淨何以故若一切智智清淨若水火風空識界清淨若淨戒波羅蜜多清淨無二無二分無別無斷故善現一切智智清淨故無明清淨無明清淨故淨戒波羅蜜多清淨何以故若一切智智清淨若無明清淨若淨戒波羅蜜多清淨無二

無二分無別無斷故一切智智清淨故行識名色六處觸受愛取有生老死愁歎苦憂惱清淨行乃至老死愁歎苦憂惱清淨故淨戒波羅蜜多清淨何以故若一切智智清淨若行乃至老死愁歎苦憂惱清淨若淨戒波羅蜜多清淨無二無二分無別無斷故善現一切智智清淨故布施波羅蜜多清淨布施波羅蜜多清淨故淨戒波羅蜜多清淨何以故若一切智智清淨若布施波羅蜜多清淨若淨戒波羅蜜多清淨無二無二分無別無斷故一切智智清淨故安忍精進靜慮般若波羅蜜多清淨安忍乃至般若波羅蜜多清淨故淨戒波羅蜜多清淨何以故若一切智智清淨若安忍乃至般若波羅蜜多清淨若淨戒波羅蜜多清淨無二無二分無別無斷故

善現一切智智清淨故內空清淨內空清淨故淨戒波羅蜜多清淨何以故若一切智智清淨若內空清淨若淨戒波羅蜜多清淨無二無二分無別無斷故一切智智清淨故外空內外空空空大空勝義空有爲空無爲空畢竟空無際空散空無變異空本性空自相空共相空一切法空不可得空無性空自性空無性自性空清淨外空乃至無性自性空清淨故淨戒波羅蜜多清淨何以故若一切智智清淨若外空乃至無性自性空清淨若淨戒波羅蜜多清淨無二無二分無別無斷故善現一切智智清淨故眞如清淨眞如清淨故淨戒波羅蜜多清淨何以故若一切智智清淨若眞如清淨若淨戒波羅蜜多清淨無二無二分無別無斷故一切智智清淨故法界法性不虛妄性不變異性平等性離生性法定法住實際虛空界不思議界清淨法界乃至不思議界清淨故淨戒波羅蜜多清淨何以故若一切智智清淨若法界乃至不思議界清淨若淨戒波羅蜜多清淨無二無二分無別無斷故善現一切智智清淨故苦聖諦清淨苦聖諦清淨故淨戒波羅蜜多清淨何以故若一切智智清淨若苦聖諦清淨若淨戒波羅蜜多清淨無二無二分無別無斷故一切智智清淨故集滅道聖諦清淨集滅道聖諦清淨故淨戒波羅蜜多清淨何以故若一切智智清淨若集滅道聖諦清淨若淨戒波羅蜜多清淨無二無二分無別無斷故善現一切智智清淨故四靜慮清淨四靜慮清淨故淨戒波羅蜜多清淨何以故若一

切智智清淨若四靜慮清淨若淨戒波羅蜜多清淨無二無二分無別無斷故一切智智清淨故四無量四無色定清淨四無量四無色定清淨故淨戒波羅蜜多清淨何以故若一切智智清淨若四無量四無色定清淨若淨戒波羅蜜多清淨無二無二分無別無斷故善現一切智智清淨故八解脫清淨八解脫清淨故淨戒波羅蜜多清淨何以故若一切智智清淨若八解脫清淨若淨戒波羅蜜多清淨無二無二分無別無斷故一切智智清淨故八勝處九次第定十遍處清淨八勝處九次第定十徧處清淨故淨戒波羅蜜多清淨何以故若一切智智清淨若八勝處九次第定十徧處清淨若淨戒波羅蜜多清淨無二無二分無別無斷故善現一切智智清淨故四念住清淨四念住清淨故淨戒波羅蜜多清淨何以故若一切智智清淨若四念住清淨若淨戒波羅蜜多清淨無二無二分無別無斷故一切智智清淨故四正斷四神足五根五力七等覺支八聖道支清淨四正斷乃至八聖道支清淨故淨戒波羅蜜多清淨何以故若一切智智清淨若四正斷乃至八聖道支清淨若淨戒波羅蜜多清淨無二無二分無別無斷故善現一切智智清淨故空解脫門清淨空解脫門清淨故淨戒波羅蜜多清淨何以故若一切智智清淨若空解脫門清淨若淨戒波羅蜜多清淨無二無二分無別無斷故一切智智清淨故無相無願解脫門清淨無相無願解脫門清淨故淨戒波羅蜜多清淨何以故若一切智智清淨若

無相無願解脱門清淨若淨戒波羅蜜多清淨無二無二分無別無斷故善現一切智智清淨故菩薩十地清淨菩薩十地清淨故淨戒波羅蜜多清淨何以故若一切智智清淨若菩薩十地清淨若淨戒波羅蜜多清淨無二無二分無別無斷故善現一切智智清淨故五眼清淨五眼清淨故淨戒波羅蜜多清淨何以故若一切智智清淨若五眼清淨若淨戒波羅蜜多清淨無二無二分無別無斷故一切智智清淨故六神通清淨六神通清淨故淨戒波羅蜜多清淨何以故若一切智智清淨若六神通清淨若淨戒波羅蜜多清淨無二無二分無別無斷故善現一切智智清淨故佛十力清淨佛十力清淨故淨戒波羅蜜多清淨何以故若一切智智清淨若佛十力清淨若淨戒波羅蜜多清淨無二無二分無別無斷故一切智智清淨故四無所畏四無礙解大慈大悲大喜大捨十八佛不共法清淨四無所畏乃至十八佛不共法清淨故淨戒波羅蜜多清淨何以故若一切智智清淨若四無所畏乃至十八佛不共法清淨若淨戒波羅蜜多清淨無二無二分無別無斷故善現一切智智清淨故無忘失法清淨無忘失法清淨故淨戒波羅蜜多清淨何以故若一切智智清淨若無忘失法清淨若淨戒波羅蜜多清淨無二無二分無別無斷故一切智智清淨故恒住捨性清淨恒住捨性清淨故淨戒波羅蜜多清淨何以故若一切智智清淨若恒住捨性清淨若淨戒波羅蜜多清淨無二無二分無別無斷故善現一切

智智清淨故一切智清淨一切智清淨故淨戒波羅蜜多清淨何以故若一切智智清淨若一切智清淨若淨戒波羅蜜多清淨無二無二分無別無斷故一切智智清淨故道相智一切相智清淨道相智一切相智清淨故淨戒波羅蜜多清淨何以故若一切智智清淨若道相智一切相智清淨若淨戒波羅蜜多清淨無二無二分無別無斷故善現一切智智清淨故一切陁羅尼門清淨一切陁羅尼門清淨故淨戒波羅蜜多清淨何以故若一切智智清淨若一切陁羅尼門清淨若淨戒波羅蜜多清淨無二無二分無別無斷故一切智智清淨故一切三摩地門清淨一切三摩地門清淨故淨戒波羅蜜多清淨何以故若一切智智清淨若一切三摩地門清淨若淨戒波羅蜜多清淨無二無二分無別無斷故善現一切智智清淨故預流果清淨預流果清淨故淨戒波羅蜜多清淨何以故若一切智智清淨若預流果清淨若淨戒波羅蜜多清淨無二無二分無別無斷故一切智智清淨故一來不還阿羅漢果清淨一來不還阿羅漢果清淨故淨戒波羅蜜多清淨何以故若一切智智清淨若一來不還阿羅漢果清淨若淨戒波羅蜜多清淨無二無二分無別無斷故善現一切智智清淨故獨覺菩提清淨獨覺菩提清淨故淨戒波羅蜜多清淨何以故若一切智智清淨若獨覺菩提清淨若淨戒波羅蜜多清淨無二無二分無別無斷故善現一切智智清淨故一切菩薩摩訶薩行清淨一切菩薩摩訶薩行清淨故淨

戒波羅蜜多清淨何以故若一切智智清淨若一切菩薩摩訶薩行清淨若淨戒波羅蜜多清淨無二無二分無別無斷故善現一切智智清淨故諸佛無上正等菩提清淨諸佛無上正等菩提清淨故淨戒波羅蜜多清淨何以故若一切智智清淨若諸佛無上正等菩提清淨若淨戒波羅蜜多清淨無二無二分無別無斷故復次善現一切智智清淨故色清淨色清淨故布施波羅蜜多清淨何以故若一切智智清淨若色清淨若布施波羅蜜多清淨無二無二分無別無斷故一切智智清淨故受想行識清淨受想行識清淨故布施波羅蜜多清淨何以故若一切智智清淨若受想行識清淨若布施波羅蜜多清淨無二無二分無別無斷故善現一切智智清

淨故眼處清淨眼處清淨故布施波羅蜜多清淨何以故若一切智智清淨若眼處清淨若布施波羅蜜多清淨無二無二分無別無斷故一切智智清淨故耳鼻舌身意處清淨耳鼻舌身意處清淨故布施波羅蜜多清淨何以故若一切智智清淨若耳鼻舌身意處清淨若布施波羅蜜多清淨無二無二分無別無斷故善現一切智智清淨故色處清淨色處清淨故布施波羅蜜多清淨何以故若一切智智清淨若色處清淨若布施波羅蜜多清淨無二無二分無別無斷故一切智智清淨故聲香味觸法處清淨聲香味觸法處清淨故布施波羅蜜多清淨何以故若一切智智清淨若聲香味觸法處清淨若布施波羅蜜多清淨無二無二分無別無斷故善現

一切智智清淨故眼界清淨眼界清淨故布施波羅蜜多清淨何以故若一切智智清淨若眼界清淨若布施波羅蜜多清淨無二無二分無別無斷故一切智智清淨故色界眼識界及眼觸眼觸爲緣所生諸受清淨色界乃至眼觸爲緣所生諸受清淨故布施波羅蜜多清淨何以故若一切智智清淨若色界乃至眼觸爲緣所生諸受清淨若布施波羅蜜多清淨無二無二分無別無斷故善現一切智智清淨故耳界清淨耳界清淨故布施波羅蜜多清淨何以故若一切智智清淨若耳界清淨若布施波羅蜜多清淨無二無二分無別無斷故一切智智清淨故聲界耳識界及耳觸耳觸爲緣所生諸受清淨聲界乃至耳觸爲緣所生諸受清淨故布施波羅蜜多清淨何以故若一切智智清淨若聲界乃至耳觸爲緣所生諸受清淨若布施波羅蜜多清淨無二無二分無別無斷故善現一切智智清淨故鼻界清淨鼻界清淨故布施波羅蜜多清淨何以故若一切智智清淨若鼻界清淨若布施波羅蜜多清淨無二無二分無別無斷故一切智智清淨故香界鼻識界及鼻觸鼻觸爲緣所生諸受清淨香界乃至鼻觸爲緣所生諸受清淨故布施波羅蜜多清淨何以故若一切智智清淨若香界乃至鼻觸爲緣所生諸受清淨若布施波羅蜜多清淨無二無二分無別無斷故善現一切智智清淨故舌界清淨舌界清淨故布施波羅蜜多清淨何以故若一切智智清淨若舌界清淨若布施波羅蜜多清淨無二無二分無

別無斷故一切智智清淨故味界舌識界及舌觸舌觸爲緣所生諸受清淨味界乃至舌觸爲緣所生諸受清淨故布施波羅蜜多清淨何以故若一切智智清淨若味界乃至舌觸爲緣所生諸受清淨若布施波羅蜜多清淨無二無二分無別無斷故善現一切智智清淨故身界清淨身界清淨故布施波羅蜜多清淨何以故若一切智智清淨若身界清淨若布施波羅蜜多清淨無二無二分無別無斷故一切智智清淨故觸界身識界及身觸身觸爲緣所生諸受清淨觸界乃至身觸爲緣所生諸受清淨故布施波羅蜜多清淨何以故若一切智智清淨若觸界乃至身觸爲緣所生諸受清淨若布施波羅蜜多清淨無二無二分無別無斷故善現一切智智清

淨故意界清淨意界清淨故布施波羅蜜多清淨何以故若一切智智清淨若意界清淨若布施波羅蜜多清淨無二無二分無別無斷故一切智智清淨故法界意識界及意觸意觸爲緣所生諸受清淨法界乃至意觸爲緣所生諸受清淨故布施波羅蜜多清淨何以故若一切智智清淨若法界乃至意觸爲緣所生諸受清淨若布施波羅蜜多清淨無二無二分無別無斷故善現一切智智清淨故地界清淨地界清淨故布施波羅蜜多清淨何以故若一切智智清淨若地界清淨若布施波羅蜜多清淨無二無二分無別無斷故一切智智清淨故水火風空識界清淨水火風空識界清淨故布施波羅蜜多清淨何以故若一切智智清淨若水火風空識界清

淨若布施波羅蜜多清淨無二無二分無別無斷故善現一切智智清淨故無明清淨無明清淨故布施波羅蜜多清淨何以故若一切智智清淨若無明清淨若布施波羅蜜多清淨無二無二分無別無斷故一切智智清淨故行識名色六處觸受愛取有生老死愁歎苦憂惱清淨行乃至老死愁歎苦憂惱清淨故布施波羅蜜多清淨何以故若一切智智清淨若行乃至老死愁歎苦憂惱清淨若布施波羅蜜多清淨無二無二分無別無斷故善現一切智智清淨故淨戒波羅蜜多清淨淨戒波羅蜜多清淨故布施波羅蜜多清淨何以故若一切智智清淨若淨戒波羅蜜多清淨若布施波羅蜜多清淨無二無二分無別無斷故一切智智清淨故安忍精進靜慮般若波羅蜜多清淨安忍乃至般若波羅蜜多清淨故布施波羅蜜多清淨何以故若一切智智清淨若安忍乃至般若波羅蜜多清淨若布施波羅蜜多清淨無二無二分無別無斷故善現一切智智清淨故內空清淨內空清淨故布施波羅蜜多清淨何以故若一切智智清淨若內空清淨若布施波羅蜜多清淨無二無二分無別無斷故一切智智清淨故外空內外空空空大空勝義空有爲空無爲空畢竟空無際空散空無變異空本性空自相空共相空一切法空不可得空無性空自性空無性自性空清淨外空乃至無性自性空清淨故布施波羅蜜多清淨何以故若一切智智清淨若外空乃至無性自性空清淨若布施波羅蜜多清淨無二無二分

無別無斷故善現一切智智清淨故眞如清淨眞如清淨故布施波羅蜜多清淨何以故若一切智智清淨若眞如清淨若布施波羅蜜多清淨無二無二分無別無斷故一切智智清淨故法界法性不虛妄性不變異性平等性離生性法定法住實際虛空界不思議界清淨法界乃至不思議界清淨故布施波羅蜜多清淨何以故若一切智智清淨若法界乃至不思議界清淨若布施波羅蜜多清淨無二無二分無別無斷故善現一切智智清淨故苦聖諦清淨苦聖諦清淨故布施波羅蜜多清淨何以故若一切智智清淨若苦聖諦清淨若布施波羅蜜多清淨無二無二分無別無斷故一切智智清淨故集滅道聖諦清淨集滅道聖諦清淨故布施波羅蜜多清淨何以故若一切智智清淨若集滅道聖諦清淨若布施波羅蜜多清淨無二無二分無別無斷故善現一切智智清淨故四靜慮清淨四靜慮清淨故布施波羅蜜多清淨何以故若一切智智清淨若四靜慮清淨若布施波羅蜜多清淨無二無二分無別無斷故一切智智清淨故四無量四無色定清淨四無量四無色定清淨故布施波羅蜜多清淨何以故若一切智智清淨若四無量四無色定清淨若布施波羅蜜多清淨無二無二分無別無斷故善現一切智智清淨故八解脫清淨八解脫清淨故布施波羅蜜多清淨何以故若一切智智清淨若八解脫清淨若布施波羅蜜多清淨無二無二分無別無斷故一切智智清淨故八勝處九次第定十遍處

清淨八勝處九次第定十徧處清淨故布施波羅蜜多清淨何以故若一切智智清淨若八勝處九次第定十徧處清淨若布施波羅蜜多清淨無二無二分無別無斷故善現一切智智清淨故四念住清淨四念住清淨故布施波羅蜜多清淨何以故若一切智智清淨若四念住清淨若布施波羅蜜多清淨無二無二分無別無斷故一切智智清淨故四正斷四神足五根五力七等覺支八聖道支清淨四正斷乃至八聖道支清淨故布施波羅蜜多清淨何以故若一切智智清淨若四正斷乃至八聖道支清淨若布施波羅蜜多清淨無二無二分無別無斷故善現一切智智清淨故空解脫門清淨空解脫門清淨故布施波羅蜜多清淨何以故若一切智智清淨若空解脫門清淨若布施波羅蜜多清淨無二無二分無別無斷故一切智智清淨故無相無願解脫門清淨無相無願解脫門清淨故布施波羅蜜多清淨何以故若一切智智清淨若無相無願解脫門清淨若布施波羅蜜多清淨無二無二分無別無斷故善現一切智智清淨故菩薩十地清淨菩薩十地清淨故布施波羅蜜多清淨何以故若一切智智清淨若菩薩十地清淨若布施波羅蜜多清淨無二無二分無別無斷故善現一切智智清淨故五眼清淨五眼清淨故布施波羅蜜多清淨何以故若一切智智清淨若五眼清淨若布施波羅蜜多清淨無二無二分無別無斷故一切智智清淨故六神通清淨六神通清淨故布施波羅蜜多清淨何以故

若一切智智清淨若六神通清淨若布施波羅蜜多清淨無二無二分無別無斷故善現一切智智清淨故佛十力清淨佛十力清淨故布施波羅蜜多清淨何以故若一切智智清淨若佛十力清淨若布施波羅蜜多清淨無二無二分無別無斷故一切智智清淨故四無所畏四無礙解大慈大悲大喜大捨十八佛不共法清淨四無所畏乃至十八佛不共法清淨故布施波羅蜜多清淨何以故若一切智智清淨若四無所畏乃至十八佛不共法清淨若布施波羅蜜多清淨無二無二分無別無斷故善現一切智智清淨故無忘失法清淨無忘失法清淨故布施波羅蜜多清淨何以故若一切智智清淨若無忘失法清淨若布施波羅蜜多清淨無二無二分無別無斷故一切智智清淨故恒住捨性清淨恒住捨性清淨故布施波羅蜜多清淨何以故若一切智智清淨若恒住捨性清淨若布施波羅蜜多清淨無二無二分無別無斷故善現一切智智清淨故一切智清淨一切智清淨故布施波羅蜜多清淨何以故若一切智智清淨若一切智清淨若布施波羅蜜多清淨無二無二分無別無斷故一切智智清淨故道相智一切相智清淨道相智一切相智清淨故布施波羅蜜多清淨何以故若一切智智清淨若道相智一切相智清淨若布施波羅蜜多清淨無二無二分無別無斷故善現一切智智清淨故一切陀羅尼門清淨一切陀羅尼門清淨故布施波羅蜜多清淨何以故若一切智智清淨若一切陀羅尼門

清淨若布施波羅蜜多清淨無二無二分無別無斷故一切智智清淨故一切三摩地門清淨一切三摩地門清淨故布施波羅蜜多清淨何以故若一切智智清淨若一切三摩地門清淨若布施波羅蜜多清淨無二無二分無別無斷故善現一切智智清淨故預流果清淨預流果清淨故布施波羅蜜多清淨何以故若一切智智清淨若預流果清淨若布施波羅蜜多清淨無二無二分無別無斷故一切智智清淨故一來不還阿羅漢果清淨一來不還阿羅漢果清淨故布施波羅蜜多清淨何以故若一切智智清淨若一來不還阿羅漢果清淨若布施波羅蜜多清淨無二無二分無別無斷故善現一切智智清淨故獨覺菩提清淨獨覺菩提清淨故布施波羅蜜多清淨何以故若一切智智清淨若獨覺菩提清淨若布施波羅蜜多清淨無二無二分無別無斷故善現一切智智清淨故一切菩薩摩訶薩行清淨一切菩薩摩訶薩行清淨故布施波羅蜜多清淨何以故若一切智智清淨若一切菩薩摩訶薩行清淨若布施波羅蜜多清淨無二無二分無別無斷故善現一切智智清淨故諸佛無上正等菩提清淨諸佛無上正等菩提清淨故布施波羅蜜多清淨何以故若一切智智清淨若諸佛無上正等菩提清淨若布施波羅蜜多清淨無二無二分無別無斷故

大般若波羅蜜多經卷第二百四十七

大般若波羅蜜多經卷第二百四十八

唐三藏法師玄奘奉　詔譯

初分難信解品第三十四之六十七

復次善現一切智智清淨故色清淨色清淨故內空清淨何以故若一切智智清淨若色清淨若內空清淨無二無二分無別無斷故一切智智清淨故受想行識清淨受想行識清淨故內空清淨何以故若一切智智清淨若受想行識清淨若內空清淨無二無二分無別無斷故善現一切智智清淨故眼處清淨眼處清淨故內空清淨何以故若一切智智清淨若眼處清淨若內空清淨無二無二分無別無斷故一切智智清淨故耳鼻舌身意處清淨耳鼻舌身意處清淨故內空清淨何以故若一切智智清淨若耳鼻舌身意處清淨若內空清淨無二無二分無別無斷故善現一切智智清淨故色處清淨色處清淨故內空清淨何以故若一切智智清淨若色處清淨若內空清淨無二無二分無別無斷故一切智智清淨故聲香味觸法處清淨聲香味觸法處清淨故內空清淨何以故若一切智智清淨若聲香味觸法處清淨若內空清淨無二無二分無別無斷故善現一切智智清淨故眼界清淨眼界清淨故內空清淨何以故若一切智智清淨若眼界清淨若內空清淨無二無二分無別無斷故一切智智清淨故色界眼識界及眼觸眼觸爲緣所生諸受清淨色界乃至眼觸爲緣所生諸受清淨故內空清淨何以故若一切智智清淨若色界乃至眼觸爲緣所生諸受清淨若內空

清淨無二無二分無別無斷故善現一切智
智清淨故耳界清淨耳界清淨故內空清淨
何以故若一切智智清淨若耳界清淨若內
空清淨無二無二分無別無斷故一切智智
清淨故聲界耳識界及耳觸耳觸爲緣所生
諸受清淨聲界乃至耳觸爲緣所生諸受清
淨故內空清淨何以故若一切智智清淨若
聲界乃至耳觸爲緣所生諸受清淨若內空
清淨無二無二分無別無斷故善現一切智
智清淨故鼻界清淨鼻界清淨故內空清淨
何以故若一切智智清淨若鼻界清淨若內
空清淨無二無二分無別無斷故一切智智
清淨故香界鼻識界及鼻觸鼻觸爲緣所生
諸受清淨香界乃至鼻觸爲緣所生諸受清
淨故內空清淨何以故若一切智智清淨若
香界乃至鼻觸爲緣所生諸受清淨若內空
清淨無二無二分無別無斷故善現一切智
智清淨故舌界清淨舌界清淨故內空清淨
何以故若一切智智清淨若舌界清淨若內
空清淨無二無二分無別無斷故一切智智
清淨故味界舌識界及舌觸舌觸爲緣所生
諸受清淨味界乃至舌觸爲緣所生諸受清
淨故內空清淨何以故若一切智智清淨若
味界乃至舌觸爲緣所生諸受清淨若內空
清淨無二無二分無別無斷故善現一切智
智清淨故身界清淨身界清淨故內空清淨
何以故若一切智智清淨若身界清淨若內
空清淨無二無二分無別無斷故一切智智
清淨故觸界身識界及身觸身觸爲緣所生
諸受清淨觸界乃至身觸爲緣所生諸受清

淨故內空清淨何以故若一切智智清淨若
觸界乃至身觸爲緣所生諸受清淨若內空
清淨無二無二分無別無斷故善現一切智
智清淨故意界清淨意界清淨故內空清淨
何以故若一切智智清淨若意界清淨若內
空清淨無二無二分無別無斷故一切智智
清淨故法界意識界及意觸意觸爲緣所生
諸受清淨法界乃至意觸爲緣所生諸受清
淨故內空清淨何以故若一切智智清淨若
法界乃至意觸爲緣所生諸受清淨若內空
清淨無二無二分無別無斷故善現一切智
智清淨故地界清淨地界清淨故內空清淨
何以故若一切智智清淨若地界清淨若內
空清淨無二無二分無別無斷故一切智智
清淨故水火風空識界清淨水火風空識界
清淨故內空清淨何以故若一切智智清淨
若水火風空識界清淨若內空清淨無二無
二分無別無斷故善現一切智智清淨故無
明清淨無明清淨故內空清淨何以故若一
切智智清淨若無明清淨若內空清淨無二
無二分無別無斷故一切智智清淨故行識
名色六處觸受愛取有生老死愁歎苦憂惱
清淨行乃至老死愁歎苦憂惱清淨故內空
清淨何以故若一切智智清淨若行乃至老
死愁歎苦憂惱清淨若內空清淨無二無二
分無別無斷故善現一切智智清淨故布施
波羅蜜多清淨布施波羅蜜多清淨故內空
清淨何以故若一切智智清淨若布施波羅
蜜多清淨若內空清淨無二無二分無別無
斷故一切智智清淨故淨戒安忍精進靜慮

般若波羅蜜多清淨淨戒乃至般若波羅蜜多清淨故内空清淨何以故若一切智智清淨若淨戒乃至般若波羅蜜多清淨若内空清淨無二無二分無別無斷故善現一切智智清淨故外空清淨外空清淨故内空清淨何以故若一切智智清淨若外空清淨若内空清淨無二無二分無別無斷故一切智智清淨故内外空空空大空勝義空有爲空無爲空畢竟空無際空散空無變異空本性空自相空共相空一切法空不可得空無性空自性空無性自性空清淨内外空乃至無性自性空清淨故内空清淨何以故若一切智智清淨若内外空乃至無性自性空清淨若内空清淨無二無二分無別無斷故善現一切智智清淨故眞如清淨眞如清淨故内空

清淨何以故若一切智智清淨若眞如清淨若内空清淨無二無二分無別無斷故一切智智清淨故法界法性不虛妄性不變異性平等性離生性法定法住實際虛空界不思議界清淨法界乃至不思議界清淨故内空清淨何以故若一切智智清淨若法界乃至不思議界清淨若内空清淨無二無二分無別無斷故善現一切智智清淨故苦聖諦清淨苦聖諦清淨故内空清淨何以故若一切智智清淨若苦聖諦清淨若内空清淨無二無二分無別無斷故一切智智清淨故集滅道聖諦清淨集滅道聖諦清淨故内空清淨何以故若一切智智清淨若集滅道聖諦清淨若内空清淨無二無二分無別無斷故善現一切智智清淨故四靜慮清淨四靜慮清

淨故内空清淨何以故若一切智智清淨若四靜慮清淨若内空清淨無二無二分無別無斷故一切智智清淨故四無量四無色定清淨四無量四無色定清淨故内空清淨何以故若一切智智清淨若四無量四無色定清淨若内空清淨無二無二分無別無斷故善現一切智智清淨故八解脫清淨八解脫清淨故内空清淨何以故若一切智智清淨若八解脫清淨若内空清淨無二無二分無別無斷故一切智智清淨故八勝處九次第定十徧處清淨八勝處九次第定十徧處清淨故内空清淨何以故若一切智智清淨若八勝處九次第定十徧處清淨若内空清淨無二無二分無別無斷故善現一切智智清淨故四念住清淨四念住清淨故内空清淨

何以故若一切智智清淨若四念住清淨若内空清淨無二無二分無別無斷故一切智智清淨故四正斷四神足五根五力七等覺支八聖道支清淨四正斷乃至八聖道支清淨故内空清淨何以故若一切智智清淨若四正斷乃至八聖道支清淨若内空清淨無二無二分無別無斷故善現一切智智清淨故空解脫門清淨空解脫門清淨故内空清淨何以故若一切智智清淨若空解脫門清淨若内空清淨無二無二分無別無斷故一切智智清淨故無相無願解脫門清淨無相無願解脫門清淨故内空清淨何以故若一切智智清淨若無相無願解脫門清淨若内空清淨無二無二分無別無斷故善現一切智智清淨故菩薩十地清淨菩薩十地清淨

故内空清淨何以故若一切智智清淨若菩
薩十地清淨若内空清淨無二無二分無別
無斷故善現一切智智清淨故五眼清淨五
眼清淨故内空清淨何以故若一切智智清
淨若五眼清淨若内空清淨無二無二分無
別無斷故一切智智清淨故六神通清淨六
神通清淨故内空清淨何以故若一切智智
清淨若六神通清淨若内空清淨無二無二
分無別無斷故善現一切智智清淨故佛十
力清淨佛十力清淨故内空清淨何以故若
一切智智清淨若佛十力清淨若内空清淨
無二無二分無別無斷故一切智智清淨故
四無所畏四無礙解大慈大悲大喜大捨十
八佛不共法清淨四無所畏乃至十八佛不
共法清淨故内空清淨何以故若一切智智
清淨若四無所畏乃至十八佛不共法清淨
若内空清淨無二無二分無別無斷故善現
一切智智清淨故無忘失法清淨無忘失法
清淨故内空清淨何以故若一切智智清淨
若無忘失法清淨若内空清淨無二無二分
無別無斷故一切智智清淨故恒住捨性清
淨恒住捨性清淨故内空清淨何以故若一
切智智清淨若恒住捨性清淨若内空清淨
無二無二分無別無斷故善現一切智智清
淨故一切智清淨一切智清淨故内空清淨
何以故若一切智智清淨若一切智清淨若
内空清淨無二無二分無別無斷故一切智
智清淨故道相智一切相智清淨道相智一
切相智清淨故内空清淨何以故若一切智
智清淨若道相智一切相智清淨若内空清

淨無二無二分無別無斷故善現一切智智清淨故一切陀羅尼門清淨一切陀羅尼門清淨故內空清淨何以故若一切智智清淨若一切陀羅尼門清淨若內空清淨無二無二分無別無斷故一切智智清淨故一切三摩地門清淨一切三摩地門清淨故內空清淨何以故若一切智智清淨若一切三摩地門清淨若內空清淨無二無二分無別無斷故善現一切智智清淨故預流果清淨預流果清淨故內空清淨何以故若一切智智清淨若預流果清淨若內空清淨無二無二分無別無斷故一切智智清淨故一來不還阿羅漢果清淨一來不還阿羅漢果清淨故內空清淨何以故若一切智智清淨若一來不還阿羅漢果清淨若內空清淨無二無二分無別無斷故善現一切智智清淨故獨覺菩提清淨獨覺菩提清淨故內空清淨何以故若一切智智清淨若獨覺菩提清淨若內空清淨無二無二分無別無斷故善現一切智智清淨故一切菩薩摩訶薩行清淨一切菩薩摩訶薩行清淨故內空清淨何以故若一切智智清淨若一切菩薩摩訶薩行清淨若內空清淨無二無二分無別無斷故善現一切智智清淨故諸佛無上正等菩提清淨諸佛無上正等菩提清淨故內空清淨何以故若一切智智清淨若諸佛無上正等菩提清淨若內空清淨無二無二分無別無斷故復次善現一切智智清淨故色清淨色清淨故外空清淨何以故若一切智智清淨若色清淨若外空清淨無二無二分無別無斷故一

切智智清淨故受想行識清淨受想行識清淨故外空清淨何以故若一切智智清淨若受想行識清淨若外空清淨無二無二分無别無斷故善現一切智智清淨故眼處清淨眼處清淨故外空清淨何以故若一切智智清淨若眼處清淨若外空清淨無二無二分無别無斷故一切智智清淨故耳鼻舌身意處清淨耳鼻舌身意處清淨故外空清淨何以故若一切智智清淨若耳鼻舌身意處清淨若外空清淨無二無二分無别無斷故善現一切智智清淨故色處清淨色處清淨故外空清淨何以故若一切智智清淨若色處清淨若外空清淨無二無二分無别無斷故一切智智清淨故聲香味觸法處清淨聲香味觸法處清淨故外空清淨何以故若一切智智清淨若聲香味觸法處清淨若外空清淨無二無二分無别無斷故善現一切智智清淨故眼界清淨眼界清淨故外空清淨何以故若一切智智清清淨眼界清淨若外空清淨無二無二分無别無斷故一切智智清淨故色界眼識界及眼觸眼觸爲緣所生諸受清淨色界乃至眼觸爲緣所生諸受清淨故外空清淨何以故若一切智智清淨若色界乃至眼觸爲緣所生諸受清淨若外空清淨無二無二分無别無斷故善現一切智智清淨故耳界清淨耳界清淨故外空清淨何以故若一切智智清淨若耳界清淨若外空清淨無二無二分無别無斷故一切智智清淨故聲界耳識界及耳觸耳觸爲緣所生諸受清淨聲界乃至耳觸爲緣所生諸受清淨

故外空清淨何以故若一切智智清淨若聲
界乃至耳觸爲緣所生諸受清淨若外空清
淨無二無二分無別無斷故善現一切智智
清淨故鼻界清淨鼻界清淨故外空清淨何
以故若一切智智清淨若鼻界清淨若外空
清淨無二無二分無別無斷故一切智智清
淨故香界鼻識界及鼻觸鼻觸爲緣所生諸
受清淨香界乃至鼻觸爲緣所生諸受清淨
故外空清淨何以故若一切智智清淨若香
界乃至鼻觸爲緣所生諸受清淨若外空清
淨無二無二分無別無斷故善現一切智智
清淨故舌界清淨舌界清淨故外空清淨何
以故若一切智智清淨若舌界清淨若外空
清淨無二無二分無別無斷故一切智智清
淨故味界舌識界及舌觸舌觸爲緣所生諸
受清淨味界乃至舌觸爲緣所生諸受清淨
故外空清淨何以故若一切智智清淨若味
界乃至舌觸爲緣所生諸受清淨若外空清
淨無二無二分無別無斷故善現一切智智
清淨故身界清淨身界清淨故外空清淨何
以故若一切智智清淨若身界清淨若外空
清淨無二無二分無別無斷故一切智智清
淨故觸界身識界及身觸身觸爲緣所生諸
受清淨觸界乃至身觸爲緣所生諸受清淨
故外空清淨何以故若一切智智清淨若觸
界乃至身觸爲緣所生諸受清淨若外空清
淨無二無二分無別無斷故善現一切智智
清淨故意界清淨意界清淨故外空清淨何
以故若一切智智清淨若意界清淨若外空
清淨無二無二分無別無斷故一切智智清

淨故法界意識界及意觸意觸爲緣所生諸受清淨法界乃至意觸爲緣所生諸受清淨故外空清淨何以故若一切智智清淨若法界乃至意觸爲緣所生諸受清淨若外空清淨無二無二分無別無斷故善現一切智智清淨故地界清淨地界清淨故外空清淨何以故若一切智智清淨若地界清淨若外空清淨無二無二分無別無斷故一切智智清淨故水火風空識界清淨水火風空識界清淨故外空清淨何以故若一切智智清淨若水火風空識界清淨若外空清淨無二無二分無別無斷故善現一切智智清淨故無明清淨無明清淨故外空清淨何以故若一切智智清淨若無明清淨若外空清淨無二無二分無別無斷故一切智智清淨故行識名色六處觸受愛取有生老死愁歎苦憂惱清淨行乃至老死愁歎苦憂惱清淨故外空清淨何以故若一切智智清淨若行乃至老死愁歎苦憂惱清淨若外空清淨無二無二分無別無斷故善現一切智智清淨故布施波羅蜜多清淨布施波羅蜜多清淨故外空清淨何以故若一切智智清淨若布施波羅蜜多清淨若外空清淨無二無二分無別無斷故一切智智清淨故淨戒安忍精進靜慮般若波羅蜜多清淨淨戒乃至般若波羅蜜多清淨故外空清淨何以故若一切智智清淨若淨戒乃至般若波羅蜜多清淨若外空清淨無二無二分無別無斷故善現一切智智清淨故內空清淨內空清淨故外空清淨何以故若一切智智清淨若內空清淨若外空

清淨無二無二分無別無斷故一切智智清淨故內外空空空大空勝義空有爲空無爲空畢竟空無際空散空無變異空本性空自相空共相空一切法空不可得空無性空自性空無性自性空清淨內外空乃至無性自性空清淨故外空清淨何以故若一切智智清淨若內外空乃至無性自性空清淨若外空清淨無二無二分無別無斷故善現一切智智清淨故真如清淨真如清淨故外空清淨何以故若一切智智清淨若真如清淨若外空清淨無二無二分無別無斷故一切智智清淨故法界法性不虛妄性不變異性平等性離生性法定法住實際虛空界不思議界清淨法界乃至不思議界清淨故外空清淨何以故若一切智智清淨若法界乃至不思議界清淨若外空清淨無二無二分無別無斷故善現一切智智清淨故苦聖諦清淨苦聖諦清淨故外空清淨何以故若一切智智清淨若苦聖諦清淨若外空清淨無二無二分無別無斷故一切智智清淨故集滅道聖諦清淨集滅道聖諦清淨故外空清淨何以故若一切智智清淨若集滅道聖諦清淨若外空清淨無二無二分無別無斷故善現一切智智清淨故四靜慮清淨四靜慮清淨故外空清淨何以故若一切智智清淨若四靜慮清淨若外空清淨無二無二分無別無斷故一切智智清淨故四無量四無色定清淨四無量四無色定清淨故外空清淨何以故若一切智智清淨若四無量四無色定清淨若外空清淨無二無二分無別無斷故善

現一切智智清淨故八解脫清淨八解脫清淨故外空清淨何以故若一切智智清淨若八解脫清淨若外空清淨無二無二分無別無斷故一切智智清淨故八勝處九次第定十徧處清淨八勝處九次第定十徧處清淨故外空清淨何以故若一切智智清淨若八勝處九次第定十徧處清淨若外空清淨無二無二分無別無斷故善現一切智智清淨故四念住清淨四念住清淨故外空清淨何以故若一切智智清淨若四念住清淨若外空清淨無二無二分無別無斷故一切智智清淨故四正斷四神足五根五力七等覺支八聖道支清淨四正斷乃至八聖道支清淨故外空清淨何以故若一切智智清淨若四正斷乃至八聖道支清淨若外空清淨無二

無二分無別無斷故善現一切智智清淨故空解脫門清淨空解脫門清淨故外空清淨何以故若一切智智清淨若空解脫門清淨若外空清淨無二無二分無別無斷故一切智智清淨故無相無願解脫門清淨無相無願解脫門清淨故外空清淨何以故若一切智智清淨若無相無願解脫門清淨若外空清淨無二無二分無別無斷故善現一切智智清淨故菩薩十地清淨菩薩十地清淨故外空清淨何以故若一切智智清淨若菩薩十地清淨若外空清淨無二無二分無別無斷故善現一切智智清淨故五眼清淨五眼清淨故外空清淨何以故若一切智智清淨若五眼清淨若外空清淨無二無二分無別無斷故一切智智清淨故六神通清淨六神

通清淨故外空清淨何以故若一切智智清淨若六神通清淨若外空清淨無二無二分無別無斷故善現一切智智清淨故佛十力清淨佛十力清淨故外空清淨何以故若一切智智清淨若佛十力清淨若外空清淨無二無二分無別無斷故一切智智清淨故四無所畏四無礙解大慈大悲大喜大捨十八佛不共法清淨四無所畏乃至十八佛不共法清淨故外空清淨何以故若一切智智清淨若四無所畏乃至十八佛不共法清淨若外空清淨無二無二分無別無斷故善現一切智智清淨故無忘失法清淨無忘失法清淨故外空清淨何以故若一切智智清淨若無忘失法清淨若外空清淨無二無二分無別無斷故一切智智清淨故恒住捨性清淨恒住捨性清淨故外空清淨何以故若一切智智清淨若恒住捨性清淨若外空清淨無二無二分無別無斷故善現一切智智清淨故一切智清淨一切智清淨故外空清淨何以故若一切智智清淨若一切智清淨若外空清淨無二無二分無別無斷故一切智智清淨故道相智一切相智清淨道相智一切相智清淨故外空清淨何以故若一切智智清淨若道相智一切相智清淨若外空清淨無二無二分無別無斷故善現一切智智清淨故一切陀羅尼門清淨一切陀羅尼門清淨故外空清淨何以故若一切智智清淨若一切陀羅尼門清淨若外空清淨無二無二分無別無斷故一切智智清淨故一切三摩地門清淨一切三摩地門清淨故外空清淨

何以故若一切智智清淨若一切三摩地門清淨若外空清淨無二無二分無別無斷故善現一切智智清淨故預流果清淨預流果清淨故外空清淨何以故若一切智智清淨若預流果清淨若外空清淨無二無二分無別無斷故一切智智清淨故一來不還阿羅漢果清淨一來不還阿羅漢果清淨故外空清淨何以故若一切智智清淨若一來不還阿羅漢果清淨若外空清淨無二無二分無別無斷故善現一切智智清淨故獨覺菩提清淨獨覺菩提清淨故外空清淨何以故若一切智智清淨若獨覺菩提清淨若外空清淨無二無二分無別無斷故善現一切智智清淨故一切菩薩摩訶薩行清淨一切菩薩摩訶薩行清淨故外空清淨何以故若一切智智清淨若一切菩薩摩訶薩行清淨若外空清淨無二無二分無別無斷故善現一切智智清淨故諸佛無上正等菩提清淨諸佛無上正等菩提清淨故外空清淨何以故若一切智智清淨若諸佛無上正等菩提清淨若外空清淨無二無二分無別無斷故

大般若波羅蜜多經卷第二百四十八

大般若波羅蜜多經卷第二百四十九

唐三藏法師玄奘奉　詔譯

初分難信解品第三十四之六十八

復次善現一切智智清淨故色清淨色清淨故内外空清淨何以故若一切智智清淨若色清淨若内外空清淨無二無二分無別無斷故一切智智清淨故受想行識清淨受想行識清淨故内外空清淨何以故若一切智智清淨若受想行識清淨若内外空清淨無二無二分無別無斷故善現一切智智清淨故眼處清淨眼處清淨故内外空清淨何以故若一切智智清淨若眼處清淨若内外空清淨無二無二分無別無斷故一切智智清淨故耳鼻舌身意處清淨耳鼻舌身意處清淨故内外空清淨何以故若一切智智清淨若耳鼻舌身意處清淨若内外空清淨無二無二分無別無斷故善現一切智智清淨故色處清淨色處清淨故内外空清淨何以故若一切智智清淨若色處清淨若内外空清淨無二無二分無別無斷故一切智智清淨故聲香味觸法處清淨聲香味觸法處清淨故内外空清淨何以故若一切智智清淨若聲香味觸法處清淨若内外空清淨無二無二分無別無斷故善現一切智智清淨故眼界清淨眼界清淨故内外空清淨何以故若一切智智清淨若眼界清淨若内外空清淨無二無二分無別無斷故一切智智清淨故色界眼識界及眼觸眼觸爲緣所生諸受清淨色界乃至眼觸爲緣所生諸受清淨故内外空清淨何以故若一切智智清淨若色界

乃至眼觸爲緣所生諸受清淨若内外空清淨無二無二分無別無斷故善現一切智智清淨故耳界清淨耳界清淨故内外空清淨何以故若一切智智清淨若耳界清淨若内外空清淨無二無二分無別無斷故一切智智清淨故聲界耳識界及耳觸耳觸爲緣所生諸受清淨聲界乃至耳觸爲緣所生諸受清淨故内外空清淨何以故若一切智智清淨若聲界乃至耳觸爲緣所生諸受清淨若内外空清淨無二無二分無別無斷故善現一切智智清淨故鼻界清淨鼻界清淨故内外空清淨何以故若一切智智清淨若鼻界清淨若内外空清淨無二無二分無別無斷故一切智智清淨故香界鼻識界及鼻觸鼻觸爲緣所生諸受清淨香界乃至鼻觸爲緣所生諸受清淨故内外空清淨何以故若一切智智清淨若香界乃至鼻觸爲緣所生諸受清淨若内外空清淨無二無二分無別無斷故善現一切智智清淨故舌界清淨舌界清淨故内外空清淨何以故若一切智智清淨若舌界清淨若内外空清淨無二無二分無別無斷故一切智智清淨故味界舌識界及舌觸舌觸爲緣所生諸受清淨味界乃至舌觸爲緣所生諸受清淨故内外空清淨何以故若一切智智清淨若味界乃至舌觸爲緣所生諸受清淨若内外空清淨無二無二分無別無斷故善現一切智智清淨故身界清淨身界清淨故内外空清淨何以故若一切智智清淨若身界清淨若内外空清淨無二無二分無別無斷故一切智智清淨故觸

界身識界及身觸身觸爲緣所生諸受清淨
觸界乃至身觸爲緣所生諸受清淨故内外
空清淨何以故若一切智智清淨若觸界乃
至身觸爲緣所生諸受清淨若内外空清淨
無二無二分無别無斷故善現一切智智清
淨故意界清淨意界清淨故内外空清淨何
以故若一切智智清淨若意界清淨若内外
空清淨無二無二分無别無斷故一切智智
清淨故法界意識界及意觸意觸爲緣所生
諸受清淨法界乃至意觸爲緣所生諸受清
淨故内外空清淨何以故若一切智智清淨
若法界乃至意觸爲緣所生諸受清淨若内
外空清淨無二無二分無别無斷故善現一
切智智清淨故地界清淨地界清淨故内外
空清淨何以故若一切智智清淨若地界清
淨若内外空清淨無二無二分無别無斷故
一切智智清淨故水火風空識界清淨水火
風空識界清淨故内外空清淨何以故若一
切智智清淨若水火風空識界清淨若内外
空清淨無二無二分無别無斷故善現一切
智智清淨故無明清淨無明清淨故内外空
清淨何以故若一切智智清淨若無明清淨
若内外空清淨無二無二分無别無斷故一
切智智清淨故行識名色六處觸受愛取有
生老死愁歎苦憂惱清淨行乃至老死愁歎
苦憂惱清淨故内外空清淨何以故若一切
智智清淨若行乃至老死愁歎苦憂惱清淨
若内外空清淨無二無二分無别無斷故善
現一切智智清淨故布施波羅蜜多清淨布
施波羅蜜多清淨故内外空清淨何以故若

一切智智清淨若布施波羅蜜多清淨若內外空清淨無二無二分無別無斷故一切智智清淨故淨戒安忍精進靜慮般若波羅蜜多清淨淨戒乃至般若波羅蜜多清淨故內外空清淨何以故若一切智智清淨若淨戒乃至般若波羅蜜多清淨若內外空清淨無二無二分無別無斷故善現一切智智清淨故內空清淨內空清淨故內外空清淨何以故若一切智智清淨若內空清淨若內外空清淨無二無二分無別無斷故一切智智清淨故外空空空大空勝義空有為空無為空畢竟空無際空散空無變異空本性空自相空共相空一切法空不可得空無性空自性空無性自性空清淨外空乃至無性自性空清淨故內外空清淨何以故若一切智智清淨若外空乃至無性自性空清淨若內外空清淨無二無二分無別無斷故善現一切智智清淨故真如清淨真如清淨故內外空清淨何以故若一切智智清淨若真如清淨若內外空清淨無二無二分無別無斷故一切智智清淨故法界法性不虛妄性不變異性平等性離生性法定法住實際虛空界不思議界清淨法界乃至不思議界清淨故內外空清淨何以故若一切智智清淨若法界乃至不思議界清淨若內外空清淨無二無二分無別無斷故善現一切智智清淨故苦聖諦清淨苦聖諦清淨故內外空清淨何以故若一切智智清淨若苦聖諦清淨若內外空清淨無二無二分無別無斷故一切智智清淨故集滅道聖諦清淨集滅道聖諦清淨故

內外空清淨何以故若一切智智清淨若集滅道聖諦清淨若內外空清淨無二無二分無別無斷故善現一切智智清淨故四靜慮清淨四靜慮清淨故內外空清淨何以故若一切智智清淨若四靜慮清淨若內外空清淨無二無二分無別無斷故一切智智清淨故四無量四無色定清淨四無量四無色定清淨故內外空清淨何以故若一切智智清淨若四無量四無色定清淨若內外空清淨無二無二分無別無斷故善現一切智智清淨故八解脫清淨八解脫清淨故內外空清淨何以故若一切智智清淨若八解脫清淨若內外空清淨無二無二分無別無斷故一切智智清淨故八勝處九次第定十徧處清淨八勝處九次第定十徧處清淨故內外空清淨何以故若一切智智清淨若八勝處九次第定十徧處清淨若內外空清淨無二無二分無別無斷故善現一切智智清淨故四念住清淨四念住清淨故內外空清淨何以故若一切智智清淨若四念住清淨若內外空清淨無二無二分無別無斷故一切智智清淨故四正斷四神足五根五力七等覺支八聖道支清淨四正斷乃至八聖道支清淨故內外空清淨何以故若一切智智清淨若四正斷乃至八聖道支清淨若內外空清淨無二無二分無別無斷故善現一切智智清淨故空解脫門清淨空解脫門清淨故內外空清淨何以故若一切智智清淨若空解脫門清淨若內外空清淨無二無二分無別無斷故一切智智清淨故無相無願解脫門清

淨無相無願解脫門清淨故內外空清淨何以故若一切智智清淨若無相無願解脫門清淨若內外空清淨無二無二分無別無斷故善現一切智智清淨故菩薩十地清淨菩薩十地清淨故內外空清淨何以故若一切智智清淨若菩薩十地清淨若內外空清淨無二無二分無別無斷故善現一切智智清淨故五眼清淨五眼清淨故內外空清淨何以故若一切智智清淨若五眼清淨若內外空清淨無二無二分無別無斷故一切智智清淨故六神通清淨六神通清淨故內外空清淨何以故若一切智智清淨若六神通清淨若內外空清淨無二無二分無別無斷故善現一切智智清淨故佛十力清淨佛十力清淨故內外空清淨何以故若一切智智清淨若佛十力清淨若內外空清淨無二無二分無別無斷故一切智智清淨故四無所畏四無礙解大慈大悲大喜大捨十八佛不共法清淨四無所畏乃至十八佛不共法清淨故內外空清淨何以故若一切智智清淨若四無所畏乃至十八佛不共法清淨若內外空清淨無二無二分無別無斷故善現一切智智清淨故無忘失法清淨無忘失法清淨故內外空清淨何以故若一切智智清淨若無忘失法清淨若內外空清淨無二無二分無別無斷故一切智智清淨故恒住捨性清淨恒住捨性清淨故內外空清淨何以故若一切智智清淨若恒住捨性清淨若內外空清淨無二無二分無別無斷故善現一切智清淨故一切智清淨一切智清淨故內外

空清淨何以故若一切智智清淨若一切智清淨若內外空清淨無二無二分無別無斷故一切智智清淨故道相智一切相智清淨道相智一切相智清淨故內外空清淨何以故若一切智智清淨若道相智一切相智清淨若內外空清淨無二無二分無別無斷故善現一切智智清淨故一切陀羅尼門清淨一切陀羅尼門清淨故內外空清淨何以故若一切智智清淨若一切陀羅尼門清淨若內外空清淨無二無二分無別無斷故一切智智清淨故一切三摩地門清淨一切三摩地門清淨故內外空清淨何以故若一切智智清淨若一切三摩地門清淨若內外空清淨無二無二分無別無斷故善現一切智智清淨故預流果清淨預流果清淨故內外空清淨何以故若一切智智清淨若預流果清淨若內外空清淨無二無二分無別無斷故一切智智清淨故一來不還阿羅漢果清淨一來不還阿羅漢果清淨故內外空清淨何以故若一切智智清淨若一來不還阿羅漢果清淨若內外空清淨無二無二分無別無斷故善現一切智智清淨故獨覺菩提清淨獨覺菩提清淨故內外空清淨何以故若一切智智清淨若獨覺菩提清淨若內外空清淨無二無二分無別無斷故善現一切智智清淨故一切菩薩摩訶薩行清淨一切菩薩摩訶薩行清淨故內外空清淨何以故若一切智智清淨若一切菩薩摩訶薩行清淨若內外空清淨無二無二分無別無斷故善現一切智智清淨故諸佛無上正等菩提清淨

諸佛無上正等菩提清淨故內外空清淨何
以故若一切智智清淨若諸佛無上正等菩
提清淨若內外空清淨無二無二分無別無
斷故復次善現一切智智清淨故色清淨色
清淨故空空清淨何以故若一切智智清淨
若色清淨若空空清淨無二無二分無別無
斷故一切智智清淨故受想行識清淨受想
行識清淨故空空清淨何以故若一切智智
清淨若受想行識清淨若空空清淨無二無
二分無別無斷故善現一切智智清淨故眼
處清淨眼處清淨故空空清淨何以故若一
切智智清淨若眼處清淨若空空清淨無二
無二分無別無斷故一切智智清淨故耳鼻
舌身意處清淨耳鼻舌身意處清淨故空空
清淨何以故若一切智智清淨若耳鼻舌身
意處清淨若空空清淨無二無二分無別無
斷故善現一切智智清淨故色處清淨色處
清淨故空空清淨何以故若一切智智清淨
若色處清淨若空空清淨無二無二分無別
無斷故一切智智清淨故聲香味觸法處清
淨聲香味觸法處清淨故空空清淨何以故
若一切智智清淨若聲香味觸法處清淨若
空空清淨無二無二分無別無斷故善現一
切智智清淨故眼界清淨眼界清淨故空空
清淨何以故若一切智智清淨若眼界清淨
若空空清淨無二無二分無別無斷故一切
智智清淨故色界眼識界及眼觸眼觸爲緣
所生諸受清淨色界乃至眼觸爲緣所生諸
受清淨故空空清淨何以故若一切智智清
淨若色界乃至眼觸爲緣所生諸受清淨若

空空清淨無二無二分無別無斷故善現一切智智清淨故耳界清淨耳界清淨故空空清淨何以故若一切智智清淨若耳界清淨若空空清淨無二無二分無別無斷故一切智智清淨故聲界耳識界及耳觸耳觸爲緣所生諸受清淨聲界乃至耳觸爲緣所生諸受清淨故空空清淨何以故若一切智智清淨若聲界乃至耳觸爲緣所生諸受清淨若空空清淨無二無二分無別無斷故善現一切智智清淨故鼻界清淨鼻界清淨故空空清淨何以故若一切智智清淨若鼻界清淨若空空清淨無二無二分無別無斷故一切智智清淨故香界鼻識界及鼻觸鼻觸爲緣所生諸受清淨香界乃至鼻觸爲緣所生諸受清淨故空空清淨何以故若一切智智清淨若香界乃至鼻觸爲緣所生諸受清淨若空空清淨無二無二分無別無斷故善現一切智智清淨故舌界清淨舌界清淨故空空清淨何以故若一切智智清淨若舌界清淨若空空清淨無二無二分無別無斷故一切智智清淨故味界舌識界及舌觸舌觸爲緣所生諸受清淨味界乃至舌觸爲緣所生諸受清淨故空空清淨何以故若一切智智清淨若味界乃至舌觸爲緣所生諸受清淨若空空清淨無二無二分無別無斷故善現一切智智清淨故身界清淨身界清淨故空空清淨何以故若一切智智清淨若身界清淨若空空清淨無二無二分無別無斷故一切智智清淨故觸界身識界及身觸身觸爲緣所生諸受清淨觸界乃至身觸爲緣所生諸

受清淨故空空清淨何以故若一切智智清淨若觸界乃至身觸爲緣所生諸受清淨若空空清淨無二無二分無別無斷故善現一切智智清淨故意界清淨意界清淨故空空清淨何以故若一切智智清淨若意界清淨若空空清淨無二無二分無別無斷故一切智智清淨故法界意識界及意觸意觸爲緣所生諸受清淨法界乃至意觸爲緣所生諸受清淨故空空清淨何以故若一切智智清淨若法界乃至意觸爲緣所生諸受清淨若空空清淨無二無二分無別無斷故善現一切智智清淨故地界清淨地界清淨故空空清淨何以故若一切智智清淨若地界清淨若空空清淨無二無二分無別無斷故一切智智清淨故水火風空識界清淨水火風空識界清淨故空空清淨何以故若一切智智清淨若水火風空識界清淨若空空清淨無二無二分無別無斷故善現一切智智清淨故無明清淨無明清淨故空空清淨何以故若一切智智清淨若無明清淨若空空清淨無二無二分無別無斷故一切智智清淨故行識名色六處觸受愛取有生老死愁歎苦憂惱清淨行乃至老死愁歎苦憂惱清淨故空空清淨何以故若一切智智清淨若行乃至老死愁歎苦憂惱清淨若空空清淨無二無二分無別無斷故善現一切智智清淨故布施波羅蜜多清淨布施波羅蜜多清淨故空空清淨何以故若一切智智清淨若布施波羅蜜多清淨若空空清淨無二無二分無別無斷故一切智智清淨故淨戒安忍精進

靜慮般若波羅蜜多清淨淨戒乃至般若波羅蜜多清淨故空空清淨何以故若一切智智清淨若淨戒乃至般若波羅蜜多清淨若空空清淨無二無二分無別無斷故善現一切智智清淨故內空清淨內空清淨故空空清淨何以故若一切智智清淨若內空清淨若空空清淨無二無二分無別無斷故一切智智清淨故外空內外空大空勝義空有爲空無爲空畢竟空無際空散空無變異空本性空自相空共相空一切法空不可得空無性空自性空無性自性空清淨外空乃至無性自性空清淨故空空清淨何以故若一切智智清淨若外空乃至無性自性空清淨若空空清淨無二無二分無別無斷故善現一切智智清淨故眞如清淨眞如清淨故空空清淨何以故若一切智智清淨若眞如清淨若空空清淨無二無二分無別無斷故一切智智清淨故法界法性不虛妄性不變異性平等性離生性法定法住實際虛空界不思議界清淨法界乃至不思議界清淨故空空清淨何以故若一切智智清淨若法界乃至不思議界清淨若空空清淨無二無二分無別無斷故善現一切智智清淨故苦聖諦清淨苦聖諦清淨故空空清淨何以故若一切智智清淨若苦聖諦清淨若空空清淨無二無二分無別無斷故一切智智清淨故集滅道聖諦清淨集滅道聖諦清淨故空空清淨何以故若一切智智清淨若集滅道聖諦清淨若空空清淨無二無二分無別無斷故善現一切智智清淨故四靜慮清淨四靜慮清

淨故空空清淨何以故若一切智智清淨若四靜慮清淨若空空清淨無二無二分無別無斷故一切智智清淨故四無量四無色定清淨四無量四無色定清淨故空空清淨何以故若一切智智清淨若四無量四無色定清淨若空空清淨無二無二分無別無斷故善現一切智智清淨故八解脫清淨八解脫清淨故空空清淨何以故若一切智智清淨若八解脫清淨若空空清淨無二無二分無別無斷故一切智智清淨故八勝處九次第定十徧處清淨八勝處九次第定十徧處清淨故空空清淨何以故若一切智智清淨若八勝處九次第定十徧處清淨若空空清淨無二無二分無別無斷故善現一切智智清淨故四念住清淨四念住清淨故空空清淨

何以故若一切智智清淨若四念住清淨若空空清淨無二無二分無別無斷故一切智智清淨故四正斷四神足五根五力七等覺支八聖道支清淨四正斷乃至八聖道支清淨故空空清淨何以故若一切智智清淨若四正斷乃至八聖道支清淨若空空清淨無二無二分無別無斷故善現一切智智清淨故空解脫門清淨空解脫門清淨故空空清淨何以故若一切智智清淨若空解脫門清淨若空空清淨無二無二分無別無斷故一切智智清淨故無相無願解脫門清淨無相無願解脫門清淨故空空清淨何以故若一切智智清淨若無相無願解脫門清淨若空空清淨無二無二分無別無斷故善現一切智智清淨故菩薩十地清淨菩薩十地清淨

故空空清淨何以故若一切智智清淨若菩薩十地清淨若空空清淨無二無二分無別無斷故善現一切智智清淨故五眼清淨五眼清淨故空空清淨何以故若一切智智清淨若五眼清淨若空空清淨無二無二分無別無斷故一切智智清淨故六神通清淨六神通清淨故空空清淨何以故若一切智智清淨若六神通清淨若空空清淨無二無二分無別無斷故善現一切智智清淨故佛十力清淨佛十力清淨故空空清淨何以故若一切智智清淨若佛十力清淨若空空清淨無二無二分無別無斷故一切智智清淨故四無所畏四無礙解大慈大悲大喜大捨十八佛不共法清淨四無所畏乃至十八佛不共法清淨故空空清淨何以故若一切智智清淨若四無所畏乃至十八佛不共法清淨若空空清淨無二無二分無別無斷故善現一切智智清淨故無忘失法清淨無忘失法清淨故空空清淨何以故若一切智智清淨若無忘失法清淨若空空清淨無二無二分無別無斷故一切智智清淨故恒住捨性清淨恒住捨性清淨故空空清淨何以故若一切智智清淨若恒住捨性清淨若空空清淨無二無二分無別無斷故善現一切智智清淨故一切智清淨一切智清淨故空空清淨何以故若一切智智清淨若一切智清淨若空空清淨無二無二分無別無斷故一切智智清淨故道相智一切相智清淨道相智一切相智清淨故空空清淨何以故若一切智智清淨若道相智一切相智清淨若空空清

淨無二無二分無別無斷故善現一切智智清淨故一切陀羅尼門清淨一切陀羅尼門清淨故空空清淨何以故若一切智智清淨若一切陀羅尼門清淨若空空清淨無二無二分無別無斷故一切智智清淨故一切三摩地門清淨一切三摩地門清淨故空空清淨何以故若一切智智清淨若一切三摩地門清淨若空空清淨無二無二分無別無斷故善現一切智智清淨故預流果清淨預流果清淨故空空清淨何以故若一切智智清淨若預流果清淨若空空清淨無二無二分無別無斷故一切智智清淨故一來不還阿羅漢果清淨一來不還阿羅漢果清淨故空空清淨何以故若一切智智清淨若一來不還阿羅漢果清淨若空空清淨無二無二分無別無斷故善現一切智智清淨故獨覺菩提清淨獨覺菩提清淨故空空清淨何以故若一切智智清淨若獨覺菩提清淨若空空清淨無二無二分無別無斷故善現一切智智清淨故一切菩薩摩訶薩行清淨一切菩薩摩訶薩行清淨故空空清淨何以故若一切智智清淨若一切菩薩摩訶薩行清淨若空空清淨無二無二分無別無斷故善現一切智智清淨故諸佛無上正等菩提清淨諸佛無上正等菩提清淨故空空清淨何以故若一切智智清淨若諸佛無上正等菩提清淨若空空清淨無二無二分無別無斷故復次善現一切智智清淨故色清淨色清淨故大空清淨何以故若一切智智清淨若色清淨若大空清淨無二無二分無別無斷故一

切智智清淨故受想行識清淨受想行識清淨故大空清淨何以故若一切智智清淨若受想行識清淨若大空清淨無二無二分無別無斷故善現一切智智清淨故眼處清淨眼處清淨故大空清淨何以故若一切智智清淨若眼處清淨若大空清淨無二無二分無別無斷故一切智智清淨故耳鼻舌身意處清淨耳鼻舌身意處清淨故大空清淨何以故若一切智智清淨若耳鼻舌身意處清淨若大空清淨無二無二分無別無斷故善現一切智智清淨故色處清淨色處清淨故大空清淨何以故若一切智智清淨若色處清淨若大空清淨無二無二分無別無斷故一切智智清淨故聲香味觸法處清淨聲香味觸法處清淨故大空清淨何以故若一切

智智清淨若聲香味觸法處清淨若大空清淨無二無二分無別無斷故善現一切智智清淨故眼界清淨眼界清淨故大空清淨何以故若一切智智清淨若眼界清淨若大空清淨無二無二分無別無斷故一切智智清淨故色界眼識界及眼觸眼觸爲緣所生諸受清淨色界乃至眼觸爲緣所生諸受清淨故大空清淨何以故若一切智智清淨若色界乃至眼觸爲緣所生諸受清淨若大空清淨無二無二分無別無斷故善現一切智智清淨故耳界清淨耳界清淨故大空清淨何以故若一切智智清淨若耳界清淨若大空清淨無二無二分無別無斷故一切智智清淨故聲界耳識界及耳觸耳觸爲緣所生諸受清淨聲界乃至耳觸爲緣所生諸受清淨

故大空清淨何以故若一切智智清淨若聲
界乃至耳觸爲緣所生諸受清淨若大空清
淨無二無二分無別無斷故善現一切智智
清淨故鼻界清淨鼻界清淨故大空清淨何
以故若一切智智清淨若鼻界清淨若大空
清淨無二無二分無別無斷故一切智智清
淨故香界鼻識界及鼻觸鼻觸爲緣所生諸
受清淨香界乃至鼻觸爲緣所生諸受清淨
故大空清淨何以故若一切智智清淨若香
界乃至鼻觸爲緣所生諸受清淨若大空清
淨無二無二分無別無斷故

大般若波羅蜜多經卷第二百四十九

大般若波羅蜜多經卷第二百五十

唐三藏法師玄奘奉　詔譯

初分難信解品第三十四之六十九

善現一切智智清淨故舌界清淨舌界清淨故大空清淨何以故若一切智智清淨若舌界清淨若大空清淨無二無二分無別無斷故一切智智清淨故味界舌識界及舌觸舌觸爲緣所生諸受清淨味界乃至舌觸爲緣所生諸受清淨故大空清淨何以故若一切智智清淨若味界乃至舌觸爲緣所生諸受清淨若大空清淨無二無二分無別無斷故善現一切智智清淨故身界清淨身界清淨故大空清淨何以故若一切智智清淨若身界清淨若大空清淨無二無二分無別無斷故一切智智清淨故觸界身識界及身觸身觸爲緣所生諸受清淨觸界乃至身觸爲緣所生諸受清淨故大空清淨何以故若一切智智清淨若觸界乃至身觸爲緣所生諸受清淨若大空清淨無二無二分無別無斷故善現一切智智清淨故意界清淨意界清淨故大空清淨何以故若一切智智清淨若意界清淨若大空清淨無二無二分無別無斷故一切智智清淨故法界意識界及意觸意觸爲緣所生諸受清淨法界乃至意觸爲緣所生諸受清淨故大空清淨何以故若一切智智清淨若法界乃至意觸爲緣所生諸受清淨若大空清淨無二無二分無別無斷故善現一切智智清淨故地界清淨地界清淨故大空清淨何以故若一切智智清淨若地界清淨若大空清淨無二無二分無別無斷

故一切智智清淨故水火風空識界清淨水火風空識界清淨故大空清淨何以故若一切智智清淨若水火風空識界清淨若大空清淨無二無二分無別無斷故善現一切智智清淨故無明清淨無明清淨故大空清淨何以故若一切智智清淨若無明清淨若大空清淨無二無二分無別無斷故一切智智清淨故行識名色六處觸受愛取有生老死愁歎苦憂惱清淨行乃至老死愁歎苦憂惱清淨故大空清淨何以故若一切智智清淨若行乃至老死愁歎苦憂惱清淨若大空清淨無二無二分無別無斷故善現一切智智清淨故布施波羅蜜多清淨布施波羅蜜多清淨故大空清淨何以故若一切智智清淨若布施波羅蜜多清淨若大空清淨無二無二分無別無斷故一切智智清淨故淨戒安忍精進靜慮般若波羅蜜多清淨淨戒乃至般若波羅蜜多清淨故大空清淨何以故若一切智智清淨若淨戒乃至般若波羅蜜多清淨若大空清淨無二無二分無別無斷故善現一切智智清淨故內空清淨內空清淨故大空清淨何以故若一切智智清淨若內空清淨若大空清淨無二無二分無別無斷故一切智智清淨故外空內外空空勝義空有爲空無爲空畢竟空無際空散空無變異空本性空自相空共相空一切法空不可得空無性空自性空無性自性空清淨外空乃至無性自性空清淨故大空清淨何以故若一切智智清淨若外空乃至無性自性空清淨若大空清淨無二無二分無別無斷故

善現一切智智清淨故眞如清淨眞如清淨
故大空清淨何以故若一切智智清淨若眞
如清淨若大空清淨無二無二分無別無斷
故一切智智清淨故法界法性不虛妄性不
變異性平等性離生性法定法住實際虛空
界不思議界清淨法界乃至不思議界清淨
故大空清淨何以故若一切智智清淨若法
界乃至不思議界清淨若大空清淨無二無
二分無別無斷故善現一切智智清淨故苦
聖諦清淨苦聖諦清淨故大空清淨何以故
若一切智智清淨若苦聖諦清淨若大空清
淨無二無二分無別無斷故一切智智清淨
故集滅道聖諦清淨集滅道聖諦清淨故大
空清淨何以故若一切智智清淨若集滅道
聖諦清淨若大空清淨無二無二分無別無

斷故善現一切智智清淨故四靜慮清淨四
靜慮清淨故大空清淨何以故若一切智智
清淨若四靜慮清淨若大空清淨無二無二
分無別無斷故一切智智清淨故四無量四
無色定清淨四無量四無色定清淨故大空
清淨何以故若一切智智清淨若四無量四
無色定清淨若大空清淨無二無二分無別
無斷故善現一切智智清淨故八解脱清淨
八解脱清淨故大空清淨何以故若一切智
智清淨若八解脱清淨若大空清淨無二無
二分無別無斷故一切智智清淨故八勝處
九次第定十徧處清淨八勝處九次第定十
徧處清淨故大空清淨何以故若一切智智
清淨若八勝處九次第定十徧處清淨若大
空清淨無二無二分無別無斷故善現一切

智智清淨故四念住清淨四念住清淨故大空清淨何以故若一切智智清淨若四念住清淨若大空清淨無二無二分無別無斷故一切智智清淨故四正斷四神足五根五力七等覺支八聖道支清淨四正斷乃至八聖道支清淨故大空清淨何以故若一切智智清淨若四正斷乃至八聖道支清淨若大空清淨無二無二分無別無斷故善現一切智智清淨故空解脫門清淨空解脫門清淨故大空清淨何以故若一切智智清淨若空解脫門清淨若大空清淨無二無二分無別無斷故一切智智清淨故無相無願解脫門清淨無相無願解脫門清淨故大空清淨何以故若一切智智清淨若無相無願解脫門清淨若大空清淨無二無二分無別無斷故善現一切智智清淨故菩薩十地清淨菩薩十地清淨故大空清淨何以故若一切智智清淨若菩薩十地清淨若大空清淨無二無二分無別無斷故善現一切智智清淨故五眼清淨五眼清淨故大空清淨何以故若一切智智清淨若五眼清淨若大空清淨無二無二分無別無斷故一切智智清淨故六神通清淨六神通清淨故大空清淨何以故若一切智智清淨若六神通清淨若大空清淨無二無二分無別無斷故善現一切智智清淨故佛十力清淨佛十力清淨故大空清淨何以故若一切智智清淨若佛十力清淨若大空清淨無二無二分無別無斷故一切智智清淨故四無所畏四無礙解大慈大悲大喜大捨十八佛不共法清淨四無所畏乃至十

八佛不共法清淨故大空清淨何以故若一切智智清淨若四無所畏乃至十八佛不共法清淨若大空清淨無二無二分無別無斷故善現一切智智清淨故無忘失法清淨無忘失法清淨故大空清淨何以故若一切智智清淨若無忘失法清淨若大空清淨無二無二分無別無斷故一切智智清淨故恒住捨性清淨恒住捨性清淨故大空清淨何以故若一切智智清淨若恒住捨性清淨若大空清淨無二無二分無別無斷故善現一切智智清淨故一切智清淨一切智清淨故大空清淨何以故若一切智智清淨若一切智清淨若大空清淨無二無二分無別無斷故一切智智清淨故道相智一切相智清淨道相智一切相智清淨故大空清淨何以故若一切智智清淨故道相智一切相智清淨若大空清淨無二無二分無別無斷故善現一切智智清淨故一切陀羅尼門清淨一切陀羅尼門清淨故大空清淨何以故若一切智智清淨若一切陀羅尼門清淨若大空清淨無二無二分無別無斷故一切智智清淨故一切三摩地門清淨一切三摩地門清淨故大空清淨何以故若一切智智清淨若一切三摩地門清淨若大空清淨無二無二分無別無斷故善現一切智智清淨故預流果清淨預流果清淨故大空清淨何以故若一切智智清淨若預流果清淨若大空清淨無二無二分無別無斷故一切智智清淨故一來不還阿羅漢果清淨一來不還阿羅漢果清淨故大空清淨何以故若一切智智清淨若

一來不還阿羅漢果清淨若大空清淨無二無二分無別無斷故善現一切智智清淨故獨覺菩提清淨獨覺菩提清淨故大空清淨何以故若一切智智清淨若獨覺菩提清淨若大空清淨無二無二分無別無斷故善現一切智智清淨故一切菩薩摩訶薩行清淨一切菩薩摩訶薩行清淨故大空清淨何以故若一切智智清若一切菩薩摩訶薩行清淨若大空清淨無二無二分無別無斷故善現一切智智清淨故諸佛無上正等菩提清淨諸佛無上正等菩提清淨故大空清淨何以故若一切智智清淨若諸佛無上正等菩提清淨若大空清淨無二無二分無別無斷故復次善現一切智智清淨故色清淨色清淨故勝義空清淨何以故若一切智智清淨若色清淨若勝義空清淨無二無二分無別無斷故一切智智清淨故受想行識清淨受想行識清淨故勝義空清淨何以故若一切智智清淨若受想行識清淨若勝義空清淨無二無二分無別無斷故善現一切智智清淨故眼處清淨眼處清淨故勝義空清淨何以故若一切智智清淨若眼處清淨若勝義空清淨無二無二分無別無斷故一切智智清淨故耳鼻舌身意處清淨耳鼻舌身意處清淨故勝義空清淨何以故若一切智智清淨若耳鼻舌身意處清淨若勝義空清淨無二無二分無別無斷故善現一切智智清淨故色處清淨色處清淨故勝義空清淨何以故若一切智智清淨若色處清淨若勝義空清淨無二無二分無別無斷故一切智智

清淨故聲香味觸法處清淨聲香味觸法處清淨故勝義空清淨何以故若一切智智清淨若聲香味觸法處清淨若勝義空清淨無二無二分無別無斷故善現一切智智清淨故眼界清淨眼界清淨故勝義空清淨何以故若一切智智清淨若眼界清淨若勝義空清淨無二無二分無別無斷故一切智智清淨故色界眼識界及眼觸眼觸爲緣所生諸受清淨色界乃至眼觸爲緣所生諸受清淨故勝義空清淨何以故若一切智智清淨若色界乃至眼觸爲緣所生諸受清淨若勝義空清淨無二無二分無別無斷故善現一切智智清淨故耳界清淨耳界清淨故勝義空清淨何以故若一切智智清淨若耳界清淨若勝義空清淨無二無二分無別無斷故一切智智清淨故聲界耳識界及耳觸耳觸爲緣所生諸受清淨聲界乃至耳觸爲緣所生諸受清淨故勝義空清淨何以故若一切智智清淨若聲界乃至耳觸爲緣所生諸受清淨若勝義空清淨無二無二分無別無斷故善現一切智智清淨故鼻界清淨鼻界清淨故勝義空清淨何以故若一切智智清淨若鼻界清淨若勝義空清淨無二無二分無別無斷故一切智智清淨故香界鼻識界及鼻觸鼻觸爲緣所生諸受清淨香界乃至鼻觸爲緣所生諸受清淨故勝義空清淨何以故若一切智智清淨若香界乃至鼻觸爲緣所生諸受清淨若勝義空清淨無二無二分無別無斷故善現一切智智清淨故舌界清淨舌界清淨故勝義空清淨何以故若一切智

智清淨若舌界清淨若勝義空清淨無二無二分無別無斷故一切智智清淨故味界舌識界及舌觸舌觸爲緣所生諸受清淨味界乃至舌觸爲緣所生諸受清淨故勝義空清淨何以故若一切智智清淨若味界乃至舌觸爲緣所生諸受清淨若勝義空清淨無二無二分無別無斷故善現一切智智清淨故身界清淨身界清淨故勝義空清淨何以故若一切智智清淨若身界清淨若勝義空清淨無二無二分無別無斷故一切智智清淨故觸界身識界及身觸身觸爲緣所生諸受清淨觸界乃至身觸爲緣所生諸受清淨故勝義空清淨何以故若一切智智清淨若觸界乃至身觸爲緣所生諸受清淨若勝義空清淨無二無二分無別無斷故善現一切智

智清淨故意界清淨意界清淨故勝義空清淨何以故若一切智智清淨若意界清淨若勝義空清淨無二無二分無別無斷故一切智智清淨故法界意識界及意觸意觸爲緣所生諸受清淨法界乃至意觸爲緣所生諸受清淨故勝義空清淨何以故若一切智智清淨若法界乃至意觸爲緣所生諸受清淨若勝義空清淨無二無二分無別無斷故善現一切智智清淨故地界清淨地界清淨故勝義空清淨何以故若一切智智清淨若地界清淨若勝義空清淨無二無二分無別無斷故一切智智清淨故水火風空識界清淨水火風空識界清淨故勝義空清淨何以故若一切智智清淨若水火風空識界清淨若勝義空清淨無二無二分無別無斷故善現

一切智智清淨故無明清淨無明清淨故勝義空清淨何以故若一切智智清淨若無明清淨若勝義空清淨無二無二分無別無斷故一切智智清淨故行識名色六處觸受愛取有生老死愁歎苦憂惱清淨行乃至老死愁歎苦憂惱清淨故勝義空清淨何以故若一切智智清淨若行乃至老死愁歎苦憂惱清淨若勝義空清淨無二無二分無別無斷故善現一切智智清淨故布施波羅蜜多清淨布施波羅蜜多清淨故勝義空清淨何以故若一切智智清淨若布施波羅蜜多清淨若勝義空清淨無二無二分無別無斷故一切智智清淨故淨戒安忍精進靜慮般若波羅蜜多清淨淨戒乃至般若波羅蜜多清淨故勝義空清淨何以故若一切智智清淨若淨戒乃至般若波羅蜜多清淨若勝義空清淨無二無二分無別無斷故善現一切智智清淨故內空清淨內空清淨故勝義空清淨何以故若一切智智清淨若內空清淨若勝義空清淨無二無二分無別無斷故一切智智清淨故外空內外空空空大空有爲空無爲空畢竟空無際空散空無變異空本性空自相空共相空一切法空不可得空無性空自性空無性自性空清淨外空乃至無性自性空清淨故勝義空清淨何以故若一切智智清淨若外空乃至無性自性空清淨若勝義空清淨無二無二分無別無斷故善現一切智智清淨故眞如清淨眞如清淨故勝義空清淨何以故若一切智智清淨若眞如清淨若勝義空清淨無二無二分無別無斷故

一切智智清淨故法界法性不虛妄性不變異性平等性離生性法定法住實際虛空界不思議界清淨法界乃至不思議界清淨故勝義空清淨何以故若一切智智清淨若法界乃至不思議界清淨若勝義空清淨無二無二分無別無斷故善現一切智智清淨故苦聖諦清淨苦聖諦清淨故勝義空清淨何以故若一切智智清淨若苦聖諦清淨若勝義空清淨無二無二分無別無斷故一切智智清淨故集滅道聖諦清淨集滅道聖諦清淨故勝義空清淨何以故若一切智智清淨若集滅道聖諦清淨若勝義空清淨無二無二分無別無斷故善現一切智智清淨故四靜慮清淨四靜慮清淨故勝義空清淨何以故若一切智智清淨若四靜慮清淨若勝義空清淨無二無二分無別無斷故一切智智清淨故四無量四無色定清淨四無量四無色定清淨故勝義空清淨何以故若一切智智清淨若四無量四無色定清淨若勝義空清淨無二無二分無別無斷故善現一切智智清淨故八解脫清淨八解脫清淨故勝義空清淨何以故若一切智智清淨若八解脫清淨若勝義空清淨無二無二分無別無斷故一切智智清淨故八勝處九次第定十徧處清淨八勝處九次第定十徧處清淨故勝義空清淨何以故若一切智智清淨若八勝處九次第定十徧處清淨若勝義空清淨無二無二分無別無斷故善現一切智智清淨故四念住清淨四念住清淨故勝義空清淨何以故若一切智智清淨若四念住清淨若

勝義空清淨無二無二分無別無斷故一切智智清淨故四正斷四神足五根五力七等覺支八聖道支清淨四正斷乃至八聖道支清淨故勝義空清淨何以故若一切智智清淨若四正斷乃至八聖道支清淨若勝義空清淨無二無二分無別無斷故善現一切智智清淨故空解脫門清淨空解脫門清淨故勝義空清淨何以故若一切智智清淨若空解脫門清淨若勝義空清淨無二無二分無別無斷故一切智智清淨故無相無願解脫門清淨無相無願解脫門清淨故勝義空清淨何以故若一切智智清淨若無相無願解脫門清淨若勝義空清淨無二無二分無別無斷故善現一切智智清淨故菩薩十地清淨菩薩十地清淨故勝義空清淨何以故若

一切智智清淨若菩薩十地清淨若勝義空清淨無二無二分無別無斷故善現一切智智清淨故五眼清淨五眼清淨故勝義空清淨何以故若一切智智清淨若五眼清淨若勝義空清淨無二無二分無別無斷故一切智智清淨故六神通清淨六神通清淨故勝義空清淨何以故若一切智智清淨若六神通清淨若勝義空清淨無二無二分無別無斷故善現一切智智清淨故佛十力清淨佛十力清淨故勝義空清淨何以故若一切智智清淨若佛十力清淨若勝義空清淨無二無二分無別無斷故一切智智清淨故四無所畏四無礙解大慈大悲大喜大捨十八佛不共法清淨四無所畏乃至十八佛不共法清淨故勝義空清淨何以故若一切智智清

淨若四無所畏乃至十八佛不共法清淨若勝義空清淨無二無二分無別無斷故善現一切智智清淨故無忘失法清淨無忘失法清淨故勝義空清淨何以故若一切智智清淨若無忘失法清淨若勝義空清淨無二無二分無別無斷故一切智智清淨故恒住捨性清淨恒住捨性清淨故勝義空清淨何以故若一切智智清淨若恒住捨性清淨若勝義空清淨無二無二分無別無斷故善現一切智智清淨故一切智清淨一切智清淨故勝義空清淨何以故若一切智智清淨若一切智清淨若勝義空清淨無二無二分無別無斷故一切智智清淨故道相智一切相智清淨道相智一切相智清淨故勝義空清淨何以故若一切智智清淨若道相智一切相智清淨若勝義空清淨無二無二分無別無斷故善現一切智智清淨故一切陀羅尼門清淨一切陀羅尼門清淨故勝義空清淨何以故若一切智智清淨若一切陀羅尼門清淨若勝義空清淨無二無二分無別無斷故一切智智清淨故一切三摩地門清淨一切三摩地門清淨故勝義空清淨何以故若一切智智清淨若一切三摩地門清淨若勝義空清淨無二無二分無別無斷故善現一切智智清淨故預流果清淨預流果清淨故勝義空清淨何以故若一切智智清淨若預流果清淨若勝義空清淨無二無二分無別無斷故一切智智清淨故一來不還阿羅漢果清淨一來不還阿羅漢果清淨故勝義空清淨何以故若一切智智清淨若一來不還阿

羅漢果清淨若勝義空清淨無二無二分無別無斷故善現一切智智清淨故獨覺菩提清淨獨覺菩提清淨故勝義空清淨何以故若一切智智清淨若獨覺菩提清淨若勝義空清淨無二無二分無別無斷故善現一切智智清淨故一切菩薩摩訶薩行清淨一切菩薩摩訶薩行清淨故勝義空清淨何以故若一切智智清淨若一切菩薩摩訶薩行清淨若勝義空清淨無二無二分無別無斷故善現一切智智清淨故諸佛無上正等菩提清淨諸佛無上正等菩提清淨故勝義空清淨何以故若一切智智清淨若諸佛無上正等菩提清淨若勝義空清淨無二無二分無別無斷故復次善現一切智智清淨故色清淨色清淨故有爲空清淨何以故若一切智智清淨若色清淨若有爲空清淨無二無二分無別無斷故一切智智清淨故受想行識清淨受想行識清淨故有爲空清淨何以故若一切智智清淨若受想行識清淨若有爲空清淨無二無二分無別無斷故善現一切智智清淨故眼處清淨眼處清淨故有爲空清淨何以故若一切智智清淨若眼處清淨若有爲空清淨無二無二分無別無斷故一切智智清淨故耳鼻舌身意處清淨耳鼻舌身意處清淨故有爲空清淨何以故若一切智智清淨若耳鼻舌身意處清淨若有爲空清淨無二無二分無別無斷故善現一切智智清淨故色處清淨色處清淨故有爲空清淨何以故若一切智智清淨若色處清淨若有爲空清淨無二無二分無別無斷故一切

智智清淨故聲香味觸法處清淨聲香味觸法處清淨故有爲空清淨何以故若一切智智清淨若聲香味觸法處清淨若有爲空清淨無二無二分無別無斷故善現一切智智清淨故眼界清淨眼界清淨故有爲空清淨何以故若一切智智清淨若眼界清淨若有爲空清淨無二無二分無別無斷故一切智智清淨故色界眼識界及眼觸眼觸爲緣所生諸受清淨色界乃至眼觸爲緣所生諸受清淨故有爲空清淨何以故若一切智智清淨若色界乃至眼觸爲緣所生諸受清淨若有爲空清淨無二無二分無別無斷故善現一切智智清淨故耳界清淨耳界清淨故有爲空清淨何以故若一切智智清淨若耳界清淨若有爲空清淨無二無二分無別無斷故一切智智清淨故聲界耳識界及耳觸耳觸爲緣所生諸受清淨聲界乃至耳觸爲緣所生諸受清淨故有爲空清淨何以故若一切智智清淨若聲界乃至耳觸爲緣所生諸受清淨若有爲空清淨無二無二分無別無斷故善現一切智智清淨故鼻界清淨鼻界清淨故有爲空清淨何以故若一切智智清淨若鼻界清淨若有爲空清淨無二無二分無別無斷故一切智智清淨故香界鼻識界及鼻觸鼻觸爲緣所生諸受清淨香界乃至鼻觸爲緣所生諸受清淨故有爲空清淨何以故若一切智智清淨若香界乃至鼻觸爲緣所生諸受清淨若有爲空清淨無二無二分無別無斷故善現一切智智清淨故舌界清淨舌界清淨故有爲空清淨何以故若一

切智智清淨若舌界清淨若有爲空清淨無二無二分無别無斷故一切智智清淨故味界舌識界及舌觸舌觸爲縁所生諸受清淨味界乃至舌觸爲縁所生諸受清淨故有爲空清淨何以故若一切智智清淨若味界乃至舌觸爲縁所生諸受清淨若有爲空清淨無二無二分無别無斷故善現一切智智清淨故身界清淨身界清淨故有爲空清淨何以故若一切智智清淨若身界清淨若有爲空清淨無二無二分無别無斷故一切智智清淨故觸界身識界及身觸身觸爲縁所生諸受清淨觸界乃至身觸爲縁所生諸受清淨故有爲空清淨何以故若一切智智清淨若觸界乃至身觸爲縁所生諸受清淨若有爲空清淨無二無二分無别無斷故善現一切智智清淨故意界清淨意界清淨故有爲空清淨何以故若一切智智清淨若意界清淨若有爲空清淨無二無二分無别無斷故一切智智清淨故法界意識界及意觸意觸爲縁所生諸受清淨法界乃至意觸爲縁所生諸受清淨故有爲空清淨何以故若一切智智清淨若法界乃至意觸爲縁所生諸受清淨若有爲空清淨無二無二分無别無斷故

大般若波羅蜜多經卷第二百五十

大般若波羅蜜多經卷第二百五十一

唐三藏法師玄奘奉 詔譯

初分難信解品第三十四之七十

善現一切智智清淨故地界清淨地界清淨故有爲空清淨何以故若一切智智清淨若地界清淨若有爲空清淨無二無二分無別無斷故一切智智清淨故水火風空識界清淨水火風空識界清淨故有爲空清淨何以故若一切智智清淨若水火風空識界清淨若有爲空清淨無二無二分無別無斷故善現一切智智清淨故無明清淨無明清淨故有爲空清淨何以故若一切智智清淨若無明清淨若有爲空清淨無二無二分無別無斷故一切智智清淨故行識名色六處觸受愛取有生老死愁歎苦憂惱清淨行乃至老死愁歎苦憂惱清淨故有爲空清淨何以故若一切智智清淨若行乃至老死愁歎苦憂惱清淨若有爲空清淨無二無二分無別無斷故善現一切智智清淨故布施波羅蜜多清淨布施波羅蜜多清淨故有爲空清淨何以故若一切智智清淨若布施波羅蜜多清淨若有爲空清淨無二無二分無別無斷故一切智智清淨故淨戒安忍精進靜慮般若波羅蜜多清淨淨戒乃至般若波羅蜜多清淨故有爲空清淨何以故若一切智智清淨若淨戒乃至般若波羅蜜多清淨若有爲空清淨無二無二分無別無斷故善現一切智智清淨故內空清淨內空清淨故有爲空清淨何以故若一切智智清淨若內空清淨若有爲空清淨無二無二分無別無斷故一切

智智清淨故外空內外空空空大空勝義空無爲空畢竟空無際空散空無變異空本性空自相空共相空一切法空不可得空無性空自性空無性自性空清淨外空乃至無性自性空清淨故有爲空清淨何以故若一切智智清淨若外空乃至無性自性空清淨若有爲空清淨無二無二分無別無斷故善現一切智智清淨故眞如清淨眞如清淨故有爲空清淨何以故若一切智智清淨若眞如清淨若有爲空清淨無二無二分無別無斷故一切智智清淨故法界法性不虛妄性不變異性平等性離生性法定法住實際虛空界不思議界清淨法界乃至不思議界清淨故有爲空清淨何以故若一切智智清淨若法界乃至不思議界清淨若有爲空清淨無二無二分無別無斷故善現一切智智清淨故苦聖諦清淨苦聖諦清淨故有爲空清淨何以故若一切智智清淨若苦聖諦清淨若有爲空清淨無二無二分無別無斷故一切智智清淨故集滅道聖諦清淨集滅道聖諦清淨故有爲空清淨何以故若一切智智清淨若集滅道聖諦清淨若有爲空清淨無二無二分無別無斷故善現一切智智清淨故四靜慮清淨四靜慮清淨故有爲空清淨何以故若一切智智清淨若四靜慮清淨若有爲空清淨無二無二分無別無斷故一切智智清淨故四無量四無色定清淨四無量四無色定清淨故有爲空清淨何以故若一切智智清淨若四無量四無色定清淨若有爲空清淨無二無二分無別無斷故善現一切

智智清淨故八解脫清淨八解脫清淨故有爲空清淨何以故若一切智智清淨若八解脫清淨若有爲空清淨無二無二分無別無斷故一切智智清淨故八勝處九次第定十遍處清淨八勝處九次第定十遍處清淨故有爲空清淨何以故若一切智智清淨若八勝處九次第定十遍處清淨若有爲空清淨無二無二分無別無斷故善現一切智智清淨故四念住清淨四念住清淨故有爲空清淨何以故若一切智智清淨若四念住清淨若有爲空清淨無二無二分無別無斷故一切智智清淨故四正斷四神足五根五力七等覺支八聖道支清淨四正斷乃至八聖道支清淨故有爲空清淨何以故若一切智智清淨若四正斷乃至八聖道支清淨若有爲

空清淨無二無二分無別無斷故善現一切智智清淨故空解脫門清淨空解脫門清淨故有爲空清淨何以故若一切智智清淨若空解脫門清淨若有爲空清淨無二無二分無別無斷故一切智智清淨故無相無願解脫門清淨無相無願解脫門清淨故有爲空清淨何以故若一切智智清淨若無相無願解脫門清淨若有爲空清淨無二無二分無別無斷故善現一切智智清淨故菩薩十地清淨菩薩十地清淨故有爲空清淨何以故若一切智智清淨若菩薩十地清淨若有爲空清淨無二無二分無別無斷故善現一切智智清淨故五眼清淨五眼清淨故有爲空清淨何以故若一切智智清淨若五眼清淨若有爲空清淨無二無二分無別無斷故一

切智智清淨故六神通清淨六神通清淨故有爲空清淨何以故若一切智智清淨若六神通清淨若有爲空清淨無二無二分無別無斷故善現一切智智清淨故佛十力清淨佛十力清淨故有爲空清淨何以故若一切智智清淨若佛十力清淨若有爲空清淨無二無二分無別無斷故一切智智清淨故四無所畏四無礙解大慈大悲大喜大捨十八佛不共法清淨四無所畏乃至十八佛不共法清淨故有爲空清淨何以故若一切智智清淨若四無所畏乃至十八佛不共法清淨若有爲空清淨無二無二分無別無斷故善現一切智智清淨故無忘失法清淨無忘失法清淨故有爲空清淨何以故若一切智智清淨若無忘失法清淨若有爲空清淨無二無二分無別無斷故一切智智清淨故恒住捨性清淨恒住捨性清淨故有爲空清淨何以故若一切智智清淨若恒住捨性清淨若有爲空清淨無二無二分無別無斷故善現一切智智清淨故一切智清淨一切智清淨故有爲空清淨何以故若一切智智清淨若一切智清淨若有爲空清淨無二無二分無別無斷故一切智智清淨故道相智一切相智清淨道相智一切相智清淨故有爲空清淨何以故若一切智智清淨若道相智一切相智清淨若有爲空清淨無二無二分無別無斷故善現一切智智清淨故一切陀羅尼門清淨一切陀羅尼門清淨故有爲空清淨何以故若一切智智清淨若一切陀羅尼門清淨若有爲空清淨無二無二分無別無斷

故一切智智清淨故一切三摩地門清淨一切三摩地門清淨故有爲空清淨何以故若一切智智清淨若一切三摩地門清淨若有爲空清淨無二無二分無別無斷故善現一切智智清淨故預流果清淨預流果清淨故有爲空清淨何以故若一切智智清淨若預流果清淨若有爲空清淨無二無二分無別無斷故一切智智清淨故一來不還阿羅漢果清淨一來不還阿羅漢果清淨故有爲空清淨何以故若一切智智清淨若一來不還阿羅漢果清淨若有爲空清淨無二無二分無別無斷故善現一切智智清淨故獨覺菩提清淨獨覺菩提清淨故有爲空清淨何以故若一切智智清淨若獨覺菩提清淨若有爲空清淨無二無二分無別無斷故善現一切智智清淨故一切菩薩摩訶薩行清淨一切菩薩摩訶薩行清淨故有爲空清淨何以故若一切智智清淨若一切菩薩摩訶薩行清淨若有爲空清淨無二無二分無別無斷故善現一切智智清淨故諸佛無上正等菩提清淨諸佛無上正等菩提清淨故有爲空清淨何以故若一切智智清淨若諸佛無上正等菩提清淨若有爲空清淨無二無二分無別無斷故復次善現一切智智清淨故色清淨色清淨故無爲空清淨何以故若一切智智清淨若色清淨若無爲空清淨無二無二分無別無斷故一切智智清淨故受想行識清淨受想行識清淨故無爲空清淨何以故若一切智智清淨若受想行識清淨若無爲空清淨無二無二分無別無斷故善現一

切智智清淨故眼處清淨眼處清淨故無爲空清淨何以故若一切智智清淨若眼處清淨若無爲空清淨無二無二分無別無斷故一切智智清淨故耳鼻舌身意處清淨耳鼻舌身意處清淨故無爲空清淨何以故若一切智智清淨若耳鼻舌身意處清淨若無爲空清淨無二無二分無別無斷故善現一切智智清淨故色處清淨色處清淨故無爲空清淨何以故若一切智智清淨若色處清淨若無爲空清淨無二無二分無別無斷故一切智智清淨故聲香味觸法處清淨聲香味觸法處清淨故無爲空清淨何以故若一切智智清淨若聲香味觸法處清淨若無爲空清淨無二無二分無別無斷故善現一切智智清淨故眼界清淨眼界清淨故無爲空清淨何以故若一切智智清淨若眼界清淨若無爲空清淨無二無二分無別無斷故一切智智清淨故色界眼識界及眼觸眼觸爲緣所生諸受清淨色界乃至眼觸爲緣所生諸受清淨故無爲空清淨何以故若一切智智清淨若色界乃至眼觸爲緣所生諸受清淨若無爲空清淨無二無二分無別無斷故善現一切智智清淨故耳界清淨耳界清淨故無爲空清淨何以故若一切智智清淨若耳界清淨若無爲空清淨無二無二分無別無斷故一切智智清淨故聲界耳識界及耳觸耳觸爲緣所生諸受清淨聲界乃至耳觸爲緣所生諸受清淨故無爲空清淨何以故若一切智智清淨若聲界乃至耳觸爲緣所生諸受清淨若無爲空清淨無二無二分無別

無斷故善現一切智智清淨故鼻界清淨鼻界清淨故無爲空清淨何以故若一切智智清淨若鼻界清淨若無爲空清淨無二無二分無别無斷故一切智智清淨故香界鼻識界及鼻觸鼻觸爲緣所生諸受清淨香界乃至鼻觸爲緣所生諸受清淨故無爲空清淨何以故若一切智智清淨若香界乃至鼻觸爲緣所生諸受清淨若無爲空清淨無二無二分無别無斷故善現一切智智清淨故舌界清淨舌界清淨故無爲空清淨何以故若一切智智清淨若舌界清淨若無爲空清淨無二無二分無别無斷故一切智智清淨故味界舌識界及舌觸舌觸爲緣所生諸受清淨味界乃至舌觸爲緣所生諸受清淨故無爲空清淨何以故若一切智智清淨若味界乃至舌觸爲緣所生諸受清淨若無爲空清淨無二無二分無别無斷故善現一切智智清淨故身界清淨身界清淨故無爲空清淨何以故若一切智智清淨若身界清淨若無爲空清淨無二無二分無别無斷故一切智智清淨故觸界身識界及身觸身觸爲緣所生諸受清淨觸界乃至身觸爲緣所生諸受清淨故無爲空清淨何以故若一切智智清淨若觸界乃至身觸爲緣所生諸受清淨若無爲空清淨無二無二分無别無斷故善現一切智智清淨故意界清淨意界清淨故無爲空清淨何以故若一切智智清淨若意界清淨若無爲空清淨無二無二分無别無斷故一切智智清淨故法界意識界及意觸意觸爲緣所生諸受清淨法界乃至意觸爲緣

所生諸受清淨故無爲空清淨何以故若一切智智清淨若法界乃至意觸爲緣所生諸受清淨若無爲空清淨無二無二分無別無斷故善現一切智智清淨故地界清淨地界清淨故無爲空清淨何以故若一切智智清淨若地界清淨若無爲空清淨無二無二分無別無斷故一切智智清淨故水火風空識界清淨水火風空識界清淨故無爲空清淨何以故若一切智智清淨若水火風空識界清淨若無爲空清淨無二無二分無別無斷故善現一切智智清淨故無明清淨無明清淨故無爲空清淨何以故若一切智智清淨若無明清淨若無爲空清淨無二無二分無別無斷故一切智智清淨故行識名色六處觸受愛取有生老死愁歎苦憂惱清淨行乃至老死愁歎苦憂惱清淨故無爲空清淨何以故若一切智智清淨若行乃至老死愁歎苦憂惱清淨若無爲空清淨無二無二分無別無斷故善現一切智智清淨故布施波羅蜜多清淨布施波羅蜜多清淨故無爲空清淨何以故若一切智智清淨若布施波羅蜜多清淨若無爲空清淨無二無二分無別無斷故一切智智清淨故淨戒安忍精進靜慮般若波羅蜜多清淨淨戒乃至般若波羅蜜多清淨故無爲空清淨何以故若一切智智清淨若淨戒乃至般若波羅蜜多清淨若無爲空清淨無二無二分無別無斷故善現一切智智清淨故內空清淨內空清淨故無爲空清淨何以故若一切智智清淨若內空清淨若無爲空清淨無二無二分無別無斷故

一切智智清淨故外空內外空空空大空勝義空有爲空畢竟空無際空散空無變異空本性空自相空共相空一切法空不可得空無性空自性空無性自性空清淨外空乃至無性自性空清淨故無爲空清淨何以故若一切智智清淨若外空乃至無性自性空清淨若無爲空清淨無二無二分無別無斷故善現一切智智清淨故眞如清淨眞如清淨故無爲空清淨何以故若一切智智清淨若眞如清淨若無爲空清淨無二無二分無別無斷故一切智智清淨故法界法性不虛妄性不變異性平等性離生性法定法住實際虛空界不思議界清淨法界乃至不思議界清淨故無爲空清淨何以故若一切智智清淨若法界乃至不思議界清淨若無爲空清淨無二無二分無別無斷故善現一切智智清淨故苦聖諦清淨苦聖諦清淨故無爲空清淨何以故若一切智智清淨若苦聖諦清淨若無爲空清淨無二無二分無別無斷故一切智智清淨故集滅道聖諦清淨集滅道聖諦清淨故無爲空清淨何以故若一切智智清淨若集滅道聖諦清淨若無爲空清淨無二無二分無別無斷故善現一切智智清淨故四靜慮清淨四靜慮清淨故無爲空清淨何以故若一切智智清淨若四靜慮清淨若無爲空清淨無二無二分無別無斷故一切智智清淨故四無量四無色定清淨四無量四無色定清淨故無爲空清淨何以故若一切智智清淨若四無量四無色定清淨若無爲空清淨無二無二分無別無斷故善現

一切智智清淨故八解脫清淨八解脫清淨
故無爲空清淨何以故若一切智智清淨若
八解脫清淨若無爲空清淨無二無二分無
別無斷故一切智智清淨故八勝處九次第
定十遍處清淨八勝處九次第定十遍處清
淨故無爲空清淨何以故若一切智智清淨
若八勝處九次第定十遍處清淨若無爲空
清淨無二無二分無別無斷故善現一切智
智清淨故四念住清淨四念住清淨故無爲
空清淨何以故若一切智智清淨若四念住
清淨若無爲空清淨無二無二分無別無斷
故一切智智清淨故四正斷四神足五根五
力七等覺支八聖道支清淨四正斷乃至八
聖道支清淨故無爲空清淨何以故若一切
智智清淨若四正斷乃至八聖道支清淨若
無爲空清淨無二無二分無別無斷故善現
一切智智清淨故空解脫門清淨空解脫門
清淨故無爲空清淨何以故若一切智智清
淨若空解脫門清淨若無爲空清淨無二無
二分無別無斷故一切智智清淨故無相無
願解脫門清淨無相無願解脫門清淨故無
爲空清淨何以故若一切智智清淨若無相
無願解脫門清淨若無爲空清淨無二無二
分無別無斷故善現一切智智清淨故菩薩
十地清淨菩薩十地清淨故無爲空清淨何
以故若一切智智清淨若菩薩十地清淨若
無爲空清淨無二無二分無別無斷故善現
一切智智清淨故五眼清淨五眼清淨故無
爲空清淨何以故若一切智智清淨若五眼
清淨若無爲空清淨無二無二分無別無斷

故一切智智清淨故六神通清淨六神通清淨故無爲空清淨何以故若一切智智清淨若六神通清淨若無爲空清淨無二無二分無別無斷故善現一切智智清淨故佛十力清淨佛十力清淨故無爲空清淨何以故若一切智智清淨若佛十力清淨若無爲空清淨無二無二分無別無斷故一切智智清淨故四無所畏四無礙解大慈大悲大喜大捨十八佛不共法清淨四無所畏乃至十八佛不共法清淨故無爲空清淨何以故若一切智智清淨若四無所畏乃至十八佛不共法清淨若無爲空清淨無二無二分無別無斷故善現一切智智清淨故無忘失法清淨無忘失法清淨故無爲空清淨何以故若一切智智清淨若無忘失法清淨若無爲空清淨無二無二分無別無斷故一切智智清淨故恒住捨性清淨恒住捨性清淨故無爲空清淨何以故若一切智智清淨若恒住捨性清淨若無爲空清淨無二無二分無別無斷故善現一切智智清淨故一切智清淨一切智清淨故無爲空清淨何以故若一切智智清淨若一切智清淨若無爲空清淨無二無二分無別無斷故一切智智清淨故道相智一切相智清淨道相智一切相智清淨故無爲空清淨何以故若一切智智清淨若道相智一切相智清淨若無爲空清淨無二無二分無別無斷故善現一切智智清淨故一切陀羅尼門清淨一切陀羅尼門清淨故無爲空清淨何以故若一切智智清淨若一切陀羅尼門清淨若無爲空清淨無二無二分無別

無斷故一切智智清淨故一切三摩地門清淨一切三摩地門清淨故無爲空清淨何以故若一切智智清淨若一切三摩地門清淨若無爲空清淨無二無二分無別無斷故善現一切智智清淨故預流果清淨預流果清淨故無爲空清淨何以故若一切智智清淨若預流果清淨若無爲空清淨無二無二分無別無斷故一切智智清淨故一來不還阿羅漢果清淨一來不還阿羅漢果清淨故無爲空清淨何以故若一切智智清淨若一來不還阿羅漢果清淨若無爲空清淨無二無二分無別無斷故善現一切智智清淨故獨覺菩提清淨獨覺菩提清淨故無爲空清淨何以故若一切智智清淨若獨覺菩提清淨若無爲空清淨無二無二分無別無斷故善現一切智智清淨故一切菩薩摩訶薩行清淨一切菩薩摩訶薩行清淨故無爲空清淨何以故若一切智智清淨若一切菩薩摩訶薩行清淨若無爲空清淨無二無二分無別無斷故善現一切智智清淨故諸佛無上正等菩提清淨諸佛無上正等菩提清淨故無爲空清淨何以故若一切智智清淨若諸佛無上正等菩提清淨若無爲空清淨無二無二分無別無斷故復次善現一切智智清淨故色清淨色清淨故畢竟空清淨何以故若一切智智清淨若色清淨若畢竟空清淨無二無二分無別無斷故一切智智清淨故受想行識清淨受想行識清淨故畢竟空清淨何以故若一切智智清淨若受想行識清淨若畢竟空清淨無二無二分無別無斷故善

現一切智智清淨故眼處清淨眼處清淨故畢竟空清淨何以故若一切智智清淨若眼處清淨若畢竟空清淨無二無二分無別無斷故一切智智清淨故耳鼻舌身意處清淨耳鼻舌身意處清淨故畢竟空清淨何以故若一切智智清淨若耳鼻舌身意處清淨若畢竟空清淨無二無二分無別無斷故善現一切智智清淨故色處清淨色處清淨故畢竟空清淨何以故若一切智智清淨若色處清淨若畢竟空清淨無二無二分無別無斷故一切智智清淨故聲香味觸法處清淨聲香味觸法處清淨故畢竟空清淨何以故若一切智智清淨若聲香味觸法處清淨若畢竟空清淨無二無二分無別無斷故善現一切智智清淨故眼界清淨眼界清淨故畢竟

空清淨何以故若一切智智清淨若眼界清淨若畢竟空清淨無二無二分無別無斷故一切智智清淨故色界眼識界及眼觸眼觸爲緣所生諸受清淨色界乃至眼觸爲緣所生諸受清淨故畢竟空清淨何以故若一切智智清淨若色界乃至眼觸爲緣所生諸受清淨若畢竟空清淨無二無二分無別無斷故善現一切智智清淨故耳界清淨耳界清淨故畢竟空清淨何以故若一切智智清淨若耳界清淨若畢竟空清淨無二無二分無別無斷故一切智智清淨故聲界耳識界及耳觸耳觸爲緣所生諸受清淨聲界乃至耳觸爲緣所生諸受清淨故畢竟空清淨何以故若一切智智清淨若聲界乃至耳觸爲緣所生諸受清淨若畢竟空清淨無二無二分

無别無斷故善現一切智智清淨故鼻界清淨鼻界清淨故畢竟空清淨何以故若一切智智清淨若鼻界清淨若畢竟空清淨無二無二分無别無斷故一切智智清淨故香界鼻識界及鼻觸鼻觸爲緣所生諸受清淨香界乃至鼻觸爲緣所生諸受清淨故畢竟空清淨何以故若一切智智清淨若香界乃至鼻觸爲緣所生諸受清淨若畢竟空清淨無二無二分無别無斷故善現一切智智清淨故舌界清淨舌界清淨故畢竟空清淨何以故若一切智智清淨若舌界清淨若畢竟空清淨無二無二分無别無斷故一切智智清淨故味界舌識界及舌觸舌觸爲緣所生諸受清淨味界乃至舌觸爲緣所生諸受清淨故畢竟空清淨何以故若一切智智清淨若

味界乃至舌觸爲緣所生諸受清淨若畢竟空清淨無二無二分無别無斷故善現一切智智清淨故身界清淨身界清淨故畢竟空清淨何以故若一切智智清淨若身界清淨若畢竟空清淨無二無二分無别無斷故一切智智清淨故觸界身識界及身觸身觸爲緣所生諸受清淨觸界乃至身觸爲緣所生諸受清淨故畢竟空清淨何以故若一切智智清淨若觸界乃至身觸爲緣所生諸受清淨若畢竟空清淨無二無二分無别無斷故善現一切智智清淨故意界清淨意界清淨故畢竟空清淨何以故若一切智智清淨若意界清淨若畢竟空清淨無二無二分無别無斷故一切智智清淨故法界意識界及意觸意觸爲緣所生諸受清淨法界乃至意觸

爲緣所生諸受清淨故畢竟空清淨何以故若一切智智清淨若法界乃至意觸爲緣所生諸受清淨若畢竟空清淨無二無二分無別無斷故善現一切智智清淨故地界清淨地界清淨故畢竟空清淨何以故若一切智智清淨若地界清淨若畢竟空清淨無二無二分無別無斷故一切智智清淨故水火風空識界清淨水火風空識界清淨故畢竟空清淨何以故若一切智智清淨若水火風空識界清淨若畢竟空清淨無二無二分無別無斷故善現一切智智清淨故無明清淨無明清淨故畢竟空清淨何以故若一切智智清淨若無明清淨若畢竟空清淨無二無二分無別無斷故一切智智清淨故行識名色六處觸受愛取有生老死愁歎苦憂惱清淨行乃至老死愁歎苦憂惱清淨故畢竟空清淨何以故若一切智智清淨若行乃至老死愁歎苦憂惱清淨若畢竟空清淨無二無二分無別無斷故善現一切智智清淨故布施波羅蜜多清淨布施波羅蜜多清淨故畢竟空清淨何以故若一切智智清淨若布施波羅蜜多清淨若畢竟空清淨無二無二分無別無斷故一切智智清淨故淨戒安忍精進靜慮般若波羅蜜多清淨淨戒乃至般若波羅蜜多清淨故畢竟空清淨何以故若一切智智清淨若淨戒乃至般若波羅蜜多清淨若畢竟空清淨無二無二分無別無斷故善現一切智智清淨故內空清淨內空清淨故畢竟空清淨何以故若一切智智清淨若內空清淨若畢竟空清淨無二無二分無別無

斷故一切智智清淨故外空內外空空空大空勝義空有爲空無爲空無際空散空無變異空本性空自相空共相空一切法空不可得空無性空自性空無性自性空清淨外空乃至無性自性空清淨故畢竟空清淨何以故若一切智智清淨若外空乃至無性自性空清淨若畢竟空清淨無二無二分無別無斷故善現一切智智清淨故眞如清淨眞如清淨故畢竟空清淨何以故若一切智智清淨若眞如清淨若畢竟空清淨無二無二分無別無斷故一切智智清淨故法界法性不虛妄性不變異性平等性離生性法定法住實際虛空界不思議界清淨法界乃至不思議界清淨故畢竟空清淨何以故若一切智智清淨若法界乃至不思議界清淨若畢竟空清淨無二無二分無別無斷故善現一切智智清淨故苦聖諦清淨苦聖諦清淨故畢竟空清淨何以故若一切智智清淨若苦聖諦清淨若畢竟空清淨無二無二分無別無斷故一切智智清淨故集滅道聖諦清淨集滅道聖諦清淨故畢竟空清淨何以故若一切智智清淨若集滅道聖諦清淨若畢竟空清淨無二無二分無別無斷故善現一切智智清淨故四靜慮清淨四靜慮清淨故畢竟空清淨何以故若一切智智清淨若四靜慮清淨若畢竟空清淨無二無二分無別無斷故一切智智清淨故四無量四無色定清淨四無量四無色定清淨故畢竟空清淨何以故若一切智智清淨若四無量四無色定清淨若畢竟空清淨無二無二分無別無斷故

善現一切智智清淨故八解脫清淨八解脫清淨故畢竟空清淨何以故若一切智智清淨若八解脫清淨若畢竟空清淨無二無二分無別無斷故一切智智清淨故八勝處九次第定十遍處清淨八勝處九次第定十遍處清淨故畢竟空清淨何以故若一切智智清淨若八勝處九次第定十遍處清淨若畢竟空清淨無二無二分無別無斷故善現一切智智清淨故四念住清淨四念住清淨故畢竟空清淨何以故若一切智智清淨若四念住清淨若畢竟空清淨無二無二分無別無斷故一切智智清淨故四正斷四神足五根五力七等覺支八聖道支清淨四正斷乃至八聖道支清淨故畢竟空清淨何以故若一切智智清淨若四正斷乃至八聖道支清淨若畢竟空清淨無二無二分無別無斷故善現一切智智清淨故空解脫門清淨空解脫門清淨故畢竟空清淨何以故若一切智智清淨若空解脫門清淨若畢竟空清淨無二無二分無別無斷故一切智智清淨故無相無願解脫門清淨無相無願解脫門清淨故畢竟空清淨何以故若一切智智清淨若無相無願解脫門清淨若畢竟空清淨無二無二分無別無斷故善現一切智智清淨故菩薩十地清淨菩薩十地清淨故畢竟空清淨何以故若一切智智清淨若菩薩十地清淨若畢竟空清淨無二無二分無別無斷故

大般若波羅蜜多經卷第二百五十一

大般若波羅蜜多經卷第二百五十二

唐三藏法師玄奘奉　詔譯

初分難信解品第三十四之七十一

善現一切智智清淨故五眼清淨五眼清淨故畢竟空清淨何以故若一切智智淨淨若五眼清淨若畢竟空清淨無二無二分無別無斷故一切智智清淨故六神通清淨六神通清淨故畢竟空清淨何以故若一切智智清淨若六神通清淨若畢竟空清淨無二無二分無別無斷故善現一切智智清淨故佛十力清淨佛十力清淨故畢竟空清淨何以故若一切智智清淨若佛十力清淨若畢竟空清淨無二無二分無別無斷故一切智智清淨故四無所畏四無礙解大慈大悲大喜大捨十八佛不共法清淨四無所畏乃至十八佛不共法清淨故畢竟空清淨何以故若一切智智清淨若四無所畏乃至十八佛不共法清淨若畢竟空清淨無二無二分無別無斷故善現一切智智清淨故無忘失法清淨無忘失法清淨故畢竟空清淨何以故若一切智智清淨若無忘失法清淨若畢竟空清淨無二無二分無別無斷故一切智智清淨故恒住捨性清淨恒住捨性清淨故畢竟空清淨何以故若一切智智清淨若恒住捨性清淨若畢竟空清淨無二無二分無別無斷故善現一切智智清淨故一切智清淨一切智清淨故畢竟空清淨何以故若一切智智清淨若一切智清淨若畢竟空清淨無二無二分無別無斷故一切智智清淨故道相智一切相智清淨道相智一切相智清淨故

畢竟空清淨何以故若一切智智清淨若道相智一切相智清淨若畢竟空清淨無二無二分無别無斷故善現一切智智清淨故一切陀羅尼門清淨一切陀羅尼門清淨故畢竟空清淨何以故若一切智智清淨若一切陀羅尼門清淨若畢竟空清淨無二無二分無别無斷故一切智智清淨故一切三摩地門清淨一切三摩地門清淨故畢竟空清淨何以故若一切智智清淨若一切三摩地門清淨若畢竟空清淨無二無二分無别無斷故善現一切智智清淨故預流果清淨預流果清淨故畢竟空清淨何以故若一切智智清淨若預流果清淨若畢竟空清淨無二無二分無别無斷故一切智智清淨故一來不還阿羅漢果清淨一來不還阿羅漢果清淨

故畢竟空清淨何以故若一切智智清淨若一來不還阿羅漢果清淨若畢竟空清淨無二無二分無别無斷故善現一切智智清淨故獨覺菩提清淨獨覺菩提清淨故畢竟空清淨何以故若一切智智清淨若獨覺菩提清淨若畢竟空清淨無二無二分無别無斷故善現一切智智清淨故一切菩薩摩訶薩行清淨一切菩薩摩訶薩行清淨故畢竟空清淨何以故若一切智智清淨若一切菩薩摩訶薩行清淨若畢竟空清淨無二無二分無别無斷故善現一切智智清淨故諸佛無上正等菩提清淨諸佛無上正等菩提清淨故畢竟空清淨何以故若一切智智清淨若諸佛無上正等菩提清淨若畢竟空清淨無二無二分無别無斷故復次善現一切智智

清淨故色清淨色清淨故無際空清淨何以故若一切智智清淨若色清淨若無際空清淨無二無二分無別無斷故一切智智清淨故受想行識清淨受想行識清淨故無際空清淨何以故若一切智智清淨若受想行識清淨若無際空清淨無二無二分無別無斷故善現一切智智清淨故眼處清淨眼處清淨故無際空清淨何以故若一切智智清淨若眼處清淨若無際空清淨無二無二分無別無斷故一切智智清淨故耳鼻舌身意處清淨耳鼻舌身意處清淨故無際空清淨何以故若一切智智清淨若耳鼻舌身意處清淨若無際空清淨無二無二分無別無斷故善現一切智智清淨故色處清淨色處清淨故無際空清淨何以故若一切智智清淨若色處清淨若無際空清淨無二無二分無別無斷故一切智智清淨故聲香味觸法處清淨聲香味觸法處清淨故無際空清淨何以故若一切智智清淨若聲香味觸法處清淨若無際空清淨無二無二分無別無斷故善現一切智智清淨故眼界清淨眼界清淨故無際空清淨何以故若一切智智清淨若眼界清淨若無際空清淨無二無二分無別無斷故一切智智清淨故色界眼識界及眼觸眼觸爲緣所生諸受清淨色界乃至眼觸爲緣所生諸受清淨故無際空清淨何以故若一切智智清淨若色界乃至眼觸爲緣所生諸受清淨若無際空清淨無二無二分無別無斷故善現一切智智清淨故耳界清淨耳界清淨故無際空清淨何以故若一切智智

清淨若耳界清淨若無際空清淨無二無二分無別無斷故一切智智清淨故聲界耳識界及耳觸耳觸爲緣所生諸受清淨聲界乃至耳觸爲緣所生諸受清淨故無際空清淨何以故若一切智智清淨若聲界乃至耳觸爲緣所生諸受清淨若無際空清淨無二無二分無別無斷故善現一切智智清淨故鼻界清淨鼻界清淨故無際空清淨何以故若一切智智清淨若鼻界清淨若無際空清淨無二無二分無別無斷故一切智智清淨故香界鼻識界及鼻觸鼻觸爲緣所生諸受清淨香界乃至鼻觸爲緣所生諸受清淨故無際空清淨何以故若一切智智清淨若香界乃至鼻觸爲緣所生諸受清淨若無際空清淨無二無二分無別無斷故善現一切智智清淨故舌界清淨舌界清淨故無際空清淨何以故若一切智智清淨若舌界清淨若無際空清淨無二無二分無別無斷故一切智智清淨故味界舌識界及舌觸舌觸爲緣所生諸受清淨味界乃至舌觸爲緣所生諸受清淨故無際空清淨何以故若一切智智清淨若味界乃至舌觸爲緣所生諸受清淨若無際空清淨無二無二分無別無斷故善現一切智智清淨故身界清淨身界清淨故無際空清淨何以故若一切智智清淨若身界清淨若無際空清淨無二無二分無別無斷故一切智智清淨故觸界身識界及身觸身觸爲緣所生諸受清淨觸界乃至身觸爲緣所生諸受清淨故無際空清淨何以故若一切智智清淨若觸界乃至身觸爲緣所生諸

受清淨若無際空清淨無二無二分無別無斷故善現一切智智清淨故意界清淨意界清淨故無際空清淨何以故若一切智智清淨若意界清淨若無際空清淨無二無二分無別無斷故一切智智清淨故法界意識界及意觸意觸爲緣所生諸受清淨法界乃至意觸爲緣所生諸受清淨故無際空清淨何以故若一切智智清淨若法界乃至意觸爲緣所生諸受清淨若無際空清淨無二無二分無別無斷故善現一切智智清淨故地界清淨地界清淨故無際空清淨何以故若一切智智清淨若地界清淨若無際空清淨無二無二分無別無斷故一切智智清淨故水火風空識界清淨水火風空識界清淨故無際空清淨何以故若一切智智清淨若水火風空識界清淨若無際空清淨無二無二分無別無斷故善現一切智智清淨故無明清淨無明清淨故無際空清淨何以故若一切智智清淨若無明清淨若無際空清淨無二無二分無別無斷故一切智智清淨故行識名色六處觸受愛取有生老死愁歎苦憂惱清淨行乃至老死愁歎苦憂惱清淨故無際空清淨何以故若一切智智清淨若行乃至老死愁歎苦憂惱清淨若無際空清淨無二無二分無別無斷故善現一切智智清淨故布施波羅蜜多清淨布施波羅蜜多清淨故無際空清淨何以故若一切智智清淨若布施波羅蜜多清淨若無際空清淨無二無二分無別無斷故一切智智清淨故淨戒安忍精進靜慮般若波羅蜜多清淨淨戒乃至般

若波羅蜜多清淨故無際空清淨何以故若一切智智清淨若淨戒乃至般若波羅蜜多清淨若無際空清淨無二無二分無別無斷故善現一切智智清淨故內空清淨內空清淨故無際空清淨何以故若一切智智清淨若內空清淨若無際空清淨無二無二分無別無斷故一切智智清淨故外空內外空空空大空勝義空有為空無為空畢竟空散空無變異空本性空自相空共相空一切法空不可得空無性空自性空無性自性空清淨外空乃至無性自性空清淨故無際空清淨何以故若一切智智清淨若外空乃至無性自性空清淨若無際空清淨無二無二分無別無斷故善現一切智智清淨故真如清淨真如清淨故無際空清淨何以故若一切智智清淨若真如清淨若無際空清淨無二無二分無別無斷故一切智智清淨故法界法性不虛妄性不變異性平等性離生性法定法住實際虛空界不思議界清淨法界乃至不思議界清淨故無際空清淨何以故若一切智智清淨若法界乃至不思議界清淨若無際空清淨無二無二分無別無斷故善現一切智智清淨故苦聖諦清淨苦聖諦清淨故無際空清淨何以故若一切智智清淨若苦聖諦清淨若無際空清淨無二無二分無別無斷故一切智智清淨故集滅道聖諦清淨集滅道聖諦清淨故無際空清淨何以故若一切智智清淨若集滅道聖諦清淨若無際空清淨無二無二分無別無斷故善現一切智智清淨故四靜慮清淨四靜慮清淨故

無際空清淨何以故若一切智智清淨若四靜慮清淨若無際空清淨無二無二分無別無斷故一切智智清淨故四無量四無色定清淨四無量四無色定清淨故無際空清淨何以故若一切智智清淨若四無量四無色定清淨若無際空清淨無二無二分無別無斷故善現一切智智清淨故八解脫清淨八解脫清淨故無際空清淨何以故若一切智智清淨若八解脫清淨若無際空清淨無二無二分無別無斷故一切智智清淨故八勝處九次第定十遍處清淨八勝處九次第定十遍處清淨故無際空清淨何以故若一切智智清淨若八勝處九次第定十遍處清淨若無際空清淨無二無二分無別無斷故善現一切智智清淨故四念住清淨四念住清淨故無際空清淨何以故若一切智智清淨若四念住清淨若無際空清淨無二無二分無別無斷故一切智智清淨故四正斷四神足五根五力七等覺支八聖道支清淨四正斷乃至八聖道支清淨故無際空清淨何以故若一切智智清淨若四正斷乃至八聖道支清淨若無際空清淨無二無二分無別無斷故善現一切智智清淨故空解脫門清淨空解脫門清淨故無際空清淨何以故若一切智智清淨若空解脫門清淨若無際空清淨無二無二分無別無斷故一切智智清淨故無相無願解脫門清淨無相無願解脫門清淨故無際空清淨何以故若一切智智清淨若無相無願解脫門清淨若無際空清淨無二無二分無別無斷故善現一切智智清

淨故菩薩十地清淨菩薩十地清淨故無際空清淨何以故若一切智智清淨若菩薩十地清淨若無際空清淨無二無二分無別無斷故善現一切智智清淨故五眼清淨五眼清淨故無際空清淨何以故若一切智智清淨若五眼清淨若無際空清淨無二無二分無別無斷故一切智智清淨故六神通清淨六神通清淨故無際空清淨何以故若一切智智清淨若六神通清淨若無際空清淨無二無二分無別無斷故善現一切智智清淨故佛十力清淨佛十力清淨故無際空清淨何以故若一切智智清淨若佛十力清淨若無際空清淨無二無二分無別無斷故一切智智清淨故四無所畏四無礙解大慈大悲大喜大捨十八佛不共法清淨四無所畏乃至十八佛不共法清淨故無際空清淨何以故若一切智智清淨若四無所畏乃至十八佛不共法清淨若無際空清淨無二無二分無別無斷故善現一切智智清淨故無忘失法清淨無忘失法清淨故無際空清淨何以故若一切智智清淨若無忘失法清淨若無際空清淨無二無二分無別無斷故一切智智清淨故恒住捨性清淨恒住捨性清淨故無際空清淨何以故若一切智智清淨若恒住捨性清淨若無際空清淨無二無二分無別無斷故善現一切智智清淨故一切智清淨一切智清淨故無際空清淨何以故若一切智智清淨若一切智清淨若無際空清淨無二無二分無別無斷故一切智智清淨故道相智一切相智清淨道相智一切相智清

淨故無際空清淨何以故若一切智智清淨若道相智一切相智清淨若無際空清淨無二無二分無別無斷故善現一切智智清淨故一切陀羅尼門清淨一切陀羅尼門清淨故無際空清淨何以故若一切智智清淨若一切陀羅尼門清淨若無際空清淨無二無二分無別無斷故一切智智清淨故一切三摩地門清淨一切三摩地門清淨故無際空清淨何以故若一切智智清淨若一切三摩地門清淨若無際空清淨無二無二分無別無斷故善現一切智智清淨故預流果清淨預流果清淨故無際空清淨何以故若一切智智清淨若預流果清淨若無際空清淨無二無二分無別無斷故一切智智清淨故一來不還阿羅漢果清淨一來不還阿羅漢果清淨故無際空清淨何以故若一切智智清淨若一來不還阿羅漢果清淨若無際空清淨無二無二分無別無斷故善現一切智智清淨故獨覺菩提清淨獨覺菩提清淨故無際空清淨何以故若一切智智清淨若獨覺菩提清淨若無際空清淨無二無二分無別無斷故善現一切智智清淨故一切菩薩摩訶薩行清淨一切菩薩摩訶薩行清淨故無際空清淨何以故若一切智智清淨若一切菩薩摩訶薩行清淨若無際空清淨無二無二分無別無斷故善現一切智智清淨故諸佛無上正等菩提清淨諸佛無上正等菩提清淨故無際空清淨何以故若一切智智清淨若諸佛無上正等菩提清淨若無際空清淨無二無二分無別無斷故復次善現一切

智智清淨故色清淨色清淨故散空清淨何
以故若一切智智清淨若色清淨若散空清
淨無二無二分無別無斷故一切智智清淨
故受想行識清淨受想行識清淨故散空清
淨何以故若一切智智清淨若受想行識清
淨若散空清淨無二無二分無別無斷故善
現一切智智清淨故眼處清淨眼處清淨故
散空清淨何以故若一切智智清淨若眼處
清淨若散空清淨無二無二分無別無斷故
一切智智清淨故耳鼻舌身意處清淨耳鼻
舌身意處清淨故散空清淨何以故若一切
智智清淨若耳鼻舌身意處清淨若散空清
淨無二無二分無別無斷故善現一切智智
清淨故色處清淨色處清淨故散空清淨何
以故若一切智智清淨若色處清淨若散空

清淨無二無二分無別無斷故一切智智清
淨故聲香味觸法處清淨聲香味觸法處清
淨故散空清淨何以故若一切智智清淨若
聲香味觸法處清淨若散空清淨無二無二
分無別無斷故善現一切智智清淨故眼界
清淨眼界清淨故散空清淨何以故若一切
智智清淨若眼界清淨若散空清淨無二無
二分無別無斷故一切智智清淨故色界眼
識界及眼觸眼觸爲縁所生諸受清淨色界
乃至眼觸爲縁所生諸受清淨故散空清淨
何以故若一切智智清淨若色界乃至眼觸
爲縁所生諸受清淨若散空清淨無二無二
分無別無斷故善現一切智智清淨故耳界
清淨耳界清淨故散空清淨何以故若一切
智智清淨若耳界清淨若散空清淨無二無

二分無別無斷故一切智智清淨故聲界耳識界及耳觸耳觸爲緣所生諸受清淨聲界乃至耳觸爲緣所生諸受清淨故散空清淨何以故若一切智智清淨若聲界乃至耳觸爲緣所生諸受清淨若散空清淨無二無二分無別無斷故善現一切智智清淨故鼻界清淨鼻界清淨故散空清淨何以故若一切智智清淨若鼻界清淨若散空清淨無二無二分無別無斷故一切智智清淨故香界鼻識界及鼻觸鼻觸爲緣所生諸受清淨香界乃至鼻觸爲緣所生諸受清淨故散空清淨何以故若一切智智清淨若香界乃至鼻觸爲緣所生諸受清淨若散空清淨無二無二分無別無斷故善現一切智智清淨故舌界清淨舌界清淨故散空清淨何以故若一切智智清淨若舌界清淨若散空清淨無二無二分無別無斷故一切智智清淨故味界舌識界及舌觸舌觸爲緣所生諸受清淨味界乃至舌觸爲緣所生諸受清淨故散空清淨何以故若一切智智清淨若味界乃至舌觸爲緣所生諸受清淨若散空清淨無二無二分無別無斷故善現一切智智清淨故身界清淨身界清淨故散空清淨何以故若一切智智清淨若身界清淨若散空清淨無二無二分無別無斷故一切智智清淨故觸界身識界及身觸身觸爲緣所生諸受清淨觸界乃至身觸爲緣所生諸受清淨故散空清淨何以故若一切智智清淨若觸界乃至身觸爲緣所生諸受清淨若散空清淨無二無二分無別無斷故善現一切智智清淨故意界

清淨意界清淨故散空清淨何以故若一切智智清淨若意界清淨若散空清淨無二無二分無別無斷故一切智智清淨故法界意識界及意觸意觸爲緣所生諸受清淨法界乃至意觸爲緣所生諸受清淨故散空清淨何以故若一切智智清淨若法界乃至意觸爲緣所生諸受清淨若散空清淨無二無二分無別無斷故善現一切智智清淨故地界清淨地界清淨故散空清淨何以故若一切智智清淨若地界清淨若散空清淨無二無二分無別無斷故一切智智清淨故水火風空識界清淨水火風空識界清淨故散空清淨何以故若一切智智清淨若水火風空識界清淨若散空清淨無二無二分無別無斷故善現一切智智清淨故無明清淨無明清淨故散空清淨何以故若一切智智清淨若無明清淨若散空清淨無二無二分無別無斷故一切智智清淨故行識名色六處觸受愛取有生老死愁歎苦憂惱清淨行乃至老死愁歎苦憂惱清淨故散空清淨何以故若一切智智清淨若行乃至老死愁歎苦憂惱清淨若散空清淨無二無二分無別無斷故善現一切智智清淨故布施波羅蜜多清淨布施波羅蜜多清淨故散空清淨何以故若一切智智清淨若布施波羅蜜多清淨若散空清淨無二無二分無別無斷故一切智智清淨故淨戒安忍精進靜慮般若波羅蜜多清淨淨戒乃至般若波羅蜜多清淨故散空清淨何以故若一切智智清淨若淨戒乃至般若波羅蜜多清淨若散空清淨無二無二

分無別無斷故善現一切智智清淨故內空清淨內空清淨故散空清淨何以故若一切智智清淨若內空清淨若散空清淨無二無二分無別無斷故一切智智清淨故外空內外空空空大空勝義空有爲空無爲空畢竟空無際空無變異空本性空自相空共相空一切法空不可得空無性空自性空無性自性空清淨外空乃至無性自性空清淨故散空清淨何以故若一切智智清淨若外空乃至無性自性空清淨若散空清淨無二無二分無別無斷故善現一切智智清淨故真如清淨真如清淨故散空清淨何以故若一切智智清淨若真如清淨若散空清淨無二無二分無別無斷故一切智智清淨故法界法性不虛妄性不變異性平等性離生性法定法住實際虛空界不思議界清淨法界乃至不思議界清淨故散空清淨何以故若一切智智清淨若法界乃至不思議界清淨若散空清淨無二無二分無別無斷故善現一切智智清淨故苦聖諦清淨苦聖諦清淨故散空清淨何以故若一切智智清淨若苦聖諦清淨若散空清淨無二無二分無別無斷故一切智智清淨故集滅道聖諦清淨集滅道聖諦清淨故散空清淨何以故若一切智智清淨若集滅道聖諦清淨若散空清淨無二無二分無別無斷故善現一切智智清淨故四靜慮清淨四靜慮清淨故散空清淨何以故若一切智智清淨若四靜慮清淨若散空清淨無二無二分無別無斷故一切智智清淨故四無量四無色定清淨四無量四無色

定清淨故散空清淨何以故若一切智智清淨若四無量四無色定清淨若散空清淨無二無二分無別無斷故善現一切智智清淨故八解脫清淨八解脫清淨故散空清淨何以故若一切智智清淨若八解脫清淨若散空清淨無二無二分無別無斷故一切智智清淨故八勝處九次第定十遍處清淨八勝處九次第定十遍處清淨故散空清淨何以故若一切智智清淨若八勝處九次第定十遍處清淨若散空清淨無二無二分無別無斷故善現一切智智清淨故四念住清淨四念住清淨故散空清淨何以故若一切智智清淨若四念住清淨若散空清淨無二無二分無別無斷故一切智智清淨故四正斷四神足五根五力七等覺支八聖道支清淨四正斷乃至八聖道支清淨故散空清淨何以故若一切智智清淨若四正斷乃至八聖道支清淨若散空清淨無二無二分無別無斷故善現一切智智清淨故空解脫門清淨空解脫門清淨故散空清淨何以故若一切智智清淨若空解脫門清淨若散空清淨無二無二分無別無斷故一切智智清淨故無相無願解脫門清淨無相無願解脫門清淨故散空清淨何以故若一切智智清淨若無相無願解脫門清淨若散空清淨無二無二分無別無斷故善現一切智智清淨故菩薩十地清淨菩薩十地清淨故散空清淨何以故若一切智智清淨若菩薩十地清淨若散空清淨無二無二分無別無斷故善現一切智智清淨故五眼清淨五眼清淨故散空清淨

何以故若一切智智清淨若五眼清淨若散空清淨無二無二分無別無斷故一切智智清淨故六神通清淨六神通清淨故散空清淨何以故若一切智智清淨若六神通清淨若散空清淨無二無二分無別無斷故善現一切智智清淨故佛十力清淨佛十力清淨故散空清淨何以故若一切智智清淨若佛十力清淨若散空清淨無二無二分無別無斷故一切智智清淨故四無所畏四無礙解大慈大悲大喜大捨十八佛不共法清淨四無所畏乃至十八佛不共法清淨故散空清淨何以故若一切智智清淨若四無所畏乃至十八佛不共法清淨若散空清淨無二無二分無別無斷故善現一切智智清淨故無忘失法清淨無忘失法清淨故散空清淨何以故若一切智智清淨若無忘失法清淨若散空清淨無二無二分無別無斷故一切智智清淨故恒住捨性清淨恒住捨性清淨故散空清淨何以故若一切智智清淨若恒住捨性清淨若散空清淨無二無二分無別無斷故善現一切智智清淨故一切智清淨一切智清淨故散空清淨何以故若一切智智清淨若一切智清淨若散空清淨無二無二分無別無斷故一切智智清淨故道相智一切相智清淨道相智一切相智清淨故散空清淨何以故若一切智智清淨若道相智一切相智清淨若散空清淨無二無二分無別無斷故善現一切智智清淨故一切陀羅尼門清淨一切陀羅尼門清淨故散空清淨何以故若一切智智清淨若一切陀羅尼門清

淨若散空清淨無二無二分無别無斷故一切智智清淨故一切三摩地門清淨一切三摩地門清淨故散空清淨何以故若一切智智清淨若一切三摩地門清淨若散空清淨無二無二分無别無斷故善現一切智智清淨故預流果清淨預流果清淨故散空清淨何以故若一切智智清淨若預流果清淨若散空清淨無二無二分無别無斷故一切智智清淨故一來不還阿羅漢果清淨一來不還阿羅漢果清淨故散空清淨何以故若一切智智清淨若一來不還阿羅漢果清淨若散空清淨無二無二分無别無斷故善現一切智智清淨故獨覺菩提清淨獨覺菩提清淨故散空清淨何以故若一切智智清淨若獨覺菩提清淨若散空清淨無二無二分無别無斷故善現一切智智清淨故一切菩薩摩訶薩行清淨一切菩薩摩訶薩行清淨故散空清淨何以故若一切智智清淨若一切菩薩摩訶薩行清淨若散空清淨無二無二分無别無斷故善現一切智智清淨故諸佛無上正等菩提清淨諸佛無上正等菩提清淨故散空清淨何以故若一切智智清淨若諸佛無上正等菩提清淨若散空清淨無二無二分無别無斷故

大般若波羅蜜多經卷第二百五十二

大般若波羅蜜多經卷第二百五十三

唐三藏法師玄奘奉　詔譯

初分難信解品第三十四之七十二

復次善現一切智智清淨故色清淨色清淨故無變異空清淨何以故若一切智智清淨若色清淨若無變異空清淨無二無二分無別無斷故一切智智清淨故受想行識清淨受想行識清淨故無變異空清淨何以故若一切智智清淨若受想行識清淨若無變異空清淨無二無二分無別無斷故善現一切智智清淨故眼處清淨眼處清淨故無變異空清淨何以故若一切智智清淨若眼處清淨若無變異空清淨無二無二分無別無斷故一切智智清淨故耳鼻舌身意處清淨耳鼻舌身意處清淨故無變異空清淨何以故若一切智智清淨若耳鼻舌身意處清淨若無變異空清淨無二無二分無別無斷故善現一切智智清淨故色處清淨色處清淨故無變異空清淨何以故若一切智智清淨若色處清淨若無變異空清淨無二無二分無別無斷故一切智智清淨故聲香味觸法處清淨聲香味觸法處清淨故無變異空清淨何以故若一切智智清淨若聲香味觸法處清淨若無變異空清淨無二無二分無別無斷故善現一切智智清淨故眼界清淨眼界清淨故無變異空清淨何以故若一切智智清淨若眼界清淨若無變異空清淨無二無二分無別無斷故一切智智清淨故色界眼識界及眼觸眼觸爲緣所生諸受清淨色界乃至眼觸爲緣所生諸受清淨故無變異空

清淨何以故若一切智智清淨若色界乃至眼觸爲緣所生諸受清淨若無變異空清淨無二無二分無別無斷故善現一切智智清淨故耳界清淨耳界清淨故無變異空清淨何以故若一切智智清淨若耳界清淨若無變異空清淨無二無二分無別無斷故一切智智清淨故聲界耳識界及耳觸耳觸爲緣所生諸受清淨聲界乃至耳觸爲緣所生諸受清淨故無變異空清淨何以故若一切智智清淨若聲界乃至耳觸爲緣所生諸受清淨若無變異空清淨無二無二分無別無斷故善現一切智智清淨故鼻界清淨鼻界清淨故無變異空清淨何以故若一切智智清淨若鼻界清淨若無變異空清淨無二無二分無別無斷故一切智智清淨故香界鼻識界及鼻觸鼻觸爲緣所生諸受清淨香界乃至鼻觸爲緣所生諸受清淨故無變異空清淨何以故若一切智智清淨若香界乃至鼻觸爲緣所生諸受清淨若無變異空清淨無二無二分無別無斷故善現一切智智清淨故舌界清淨舌界清淨故無變異空清淨何以故若一切智智清淨若舌界清淨若無變異空清淨無二無二分無別無斷故一切智智清淨故味界舌識界及舌觸舌觸爲緣所生諸受清淨味界乃至舌觸爲緣所生諸受清淨故無變異空清淨何以故若一切智智清淨若味界乃至舌觸爲緣所生諸受清淨若無變異空清淨無二無二分無別無斷故善現一切智智清淨故身界清淨身界清淨故無變異空清淨何以故若一切智智清淨

若身界清淨若無變異空清淨無二無二分無別無斷故一切智智清淨故觸界身識界及身觸身觸爲緣所生諸受清淨觸界乃至身觸爲緣所生諸受清淨故無變異空清淨何以故若一切智智清淨若觸界乃至身觸爲緣所生諸受清淨若無變異空清淨無二無二分無別無斷故善現一切智智清淨故意界清淨意界清淨故無變異空清淨何以故若一切智智清淨若意界清淨若無變異空清淨無二無二分無別無斷故一切智智清淨故法界意識界及意觸意觸爲緣所生諸受清淨法界乃至意觸爲緣所生諸受清淨故無變異空清淨何以故若一切智智清淨若法界乃至意觸爲緣所生諸受清淨若無變異空清淨無二無二分無別無斷故善現一切智智清淨故地界清淨地界清淨故無變異空清淨何以故若一切智智清淨若地界清淨若無變異空清淨無二無二分無別無斷故一切智智清淨故水火風空識界清淨水火風空識界清淨故無變異空清淨何以故若一切智智清淨若水火風空識界清淨若無變異空清淨無二無二分無別無斷故善現一切智智清淨故無明清淨無明清淨故無變異空清淨何以故若一切智智清淨若無明清淨若無變異空清淨無二無二分無別無斷故一切智智清淨故行識名色六處觸受愛取有生老死愁歎苦憂惱清淨行乃至老死愁歎苦憂惱清淨故無變異空清淨何以故若一切智智清淨若行乃至老死愁歎苦憂惱清淨若無變異空清淨無

二無二分無別無斷故善現一切智智清淨故布施波羅蜜多清淨布施波羅蜜多清淨故無變異空清淨何以故若一切智智清淨若布施波羅蜜多清淨若無變異空清淨無二無二分無別無斷故一切智智清淨故淨戒安忍精進靜慮般若波羅蜜多清淨淨戒乃至般若波羅蜜多清淨故無變異空清淨何以故若一切智智清淨若淨戒乃至般若波羅蜜多清淨若無變異空清淨無二無二分無別無斷故善現一切智智清淨故內空清淨內空清淨故無變異空清淨何以故若一切智智清淨若內空清淨若無變異空清淨無二無二分無別無斷故一切智智清淨故外空內外空空空大空勝義空有爲空無爲空畢竟空無際空散空本性空自相空共相空一切法空不可得空無性空自性空無性自性空清淨外空乃至無性自性空清淨故無變異空清淨何以故若一切智智清淨若外空乃至無性自性空清淨若無變異空清淨無二無二分無別無斷故善現一切智智清淨故眞如清淨眞如清淨故無變異空清淨何以故若一切智智清淨若眞如清淨若無變異空清淨無二無二分無別無斷故一切智智清淨故法界法性不虛妄性不變異性平等性離生性法定法住實際虛空界不思議界清淨法界乃至不思議界清淨故無變異空清淨何以故若一切智智清淨若法界乃至不思議界清淨若無變異空清淨無二無二分無別無斷故善現一切智智清淨故苦聖諦清淨苦聖諦清淨故無變異空

清淨何以故若一切智智清淨若苦聖諦清淨若無變異空清淨無二無二分無別無斷故一切智智清淨故集滅道聖諦清淨集滅道聖諦清淨故無變異空清淨何以故若一切智智清淨若集滅道聖諦清淨若無變異空清淨無二無二分無別無斷故善現一切智智清淨故四靜慮清淨四靜慮清淨故無變異空清淨何以故若一切智智清淨若四靜慮清淨若無變異空清淨無二無二分無別無斷故一切智智清淨故四無量四無色定清淨四無量四無色定清淨故無變異空清淨何以故若一切智智清淨若四無量四無色定清淨若無變異空清淨無二無二分無別無斷故善現一切智智清淨故八解脫清淨八解脫清淨故無變異空清淨何以故

若一切智智清淨若八解脫清淨若無變異空清淨無二無二分無別無斷故一切智智清淨故八勝處九次第定十遍處清淨八勝處九次第定十遍處清淨故無變異空清淨何以故若一切智智清淨若八勝處九次第定十遍處清淨若無變異空清淨無二無二分無別無斷故善現一切智智清淨故四念住清淨四念住清淨故無變異空清淨何以故若一切智智清淨若四念住清淨若無變異空清淨無二無二分無別無斷故一切智智清淨故四正斷四神足五根五力七等覺支八聖道支清淨四正斷乃至八聖道支清淨故無變異空清淨何以故若一切智智清淨若四正斷乃至八聖道支清淨若無變異空清淨無二無二分無別無斷故善現一切

智智清淨故空解脫門清淨空解脫門清淨故無變異空清淨何以故若一切智智清淨若空解脫門清淨若無變異空清淨無二無二分無別無斷故一切智智清淨故無相無願解脫門清淨無相無願解脫門清淨故無變異空清淨何以故若一切智智清淨若無相無願解脫門清淨若無變異空清淨無二無二分無別無斷故善現一切智智清淨故菩薩十地清淨菩薩十地清淨故無變異空清淨何以故若一切智智清淨若菩薩十地清淨若無變異空清淨無二無二分無別無斷故善現一切智智清淨故五眼清淨五眼清淨故無變異空清淨何以故若一切智智清淨若五眼清淨若無變異空清淨無二無二分無別無斷故一切智智清淨故六神通清淨六神通清淨故無變異空清淨何以故若一切智智清淨若六神通清淨若無變異空清淨無二無二分無別無斷故善現一切智智清淨故佛十力清淨佛十力清淨故無變異空清淨何以故若一切智智清淨若佛十力清淨若無變異空清淨無二無二分無別無斷故一切智智清淨故四無所畏四無礙解大慈大悲大喜大捨十八佛不共法清淨四無所畏乃至十八佛不共法清淨故無變異空清淨何以故若一切智智清淨若四無所畏乃至十八佛不共法清淨若無變異空清淨無二無二分無別無斷故善現一切智智清淨故無忘失法清淨無忘失法清淨故無變異空清淨何以故若一切智智清淨若無忘失法清淨若無變異空清淨無二無

二分無別無斷故一切智智清淨故恒住捨性清淨恒住捨性清淨故無變異空清淨何以故若一切智智清淨若恒住捨性清淨若無變異空清淨無二無二分無別無斷故善現一切智智清淨故一切智清淨一切智清淨故無變異空清淨何以故若一切智智清淨若一切智清淨若無變異空清淨無二無二分無別無斷故一切智智清淨故道相智一切相智清淨道相智一切相智清淨故無變異空清淨何以故若一切智智清淨若道相智一切相智清淨若無變異空清淨無二無二分無別無斷故善現一切智智清淨故一切陀羅尼門清淨一切陀羅尼門清淨故無變異空清淨何以故若一切智智清淨若一切陀羅尼門清淨若無變異空清淨無二無二分無別無斷故一切智智清淨故一切三摩地門清淨一切三摩地門清淨故無變異空清淨何以故若一切智智清淨若一切三摩地門清淨若無變異空清淨無二無二分無別無斷故善現一切智智清淨故預流果清淨預流果清淨故無變異空清淨何以故若一切智智清淨若預流果清淨若無變異空清淨無二無二分無別無斷故一切智智清淨故一來不還阿羅漢果清淨一來不還阿羅漢果清淨故無變異空清淨何以故若一切智智清淨若一來不還阿羅漢果清淨若無變異空清淨無二無二分無別無斷故善現一切智智清淨故獨覺菩提清淨獨覺菩提清淨故無變異空清淨何以故若一切智智清淨若獨覺菩提清淨若無變異空

清淨無二無二分無別無斷故善現一切智智清淨故一切菩薩摩訶薩行清淨一切菩薩摩訶薩行清淨故無變異空清淨何以故若一切智智清淨若一切菩薩摩訶薩行清淨若無變異空清淨無二無二分無別無斷故善現一切智智清淨故諸佛無上正等菩提清淨諸佛無上正等菩提清淨故無變異空清淨何以故若一切智智清淨若諸佛無上正等菩提清淨若無變異空清淨無二無二分無別無斷故復次善現一切智智清淨故色清淨色清淨故本性空清淨何以故若一切智智清淨若色清淨若本性空清淨無二無二分無別無斷故一切智智清淨故受想行識清淨受想行識清淨故本性空清淨何以故若一切智智清淨若受想行識清淨若本性空清淨無二無二分無別無斷故善現一切智智清淨故眼處清淨眼處清淨故本性空清淨何以故若一切智智清淨若眼處清淨若本性空清淨無二無二分無別無斷故一切智智清淨故耳鼻舌身意處清淨耳鼻舌身意處清淨故本性空清淨何以故若一切智智清淨若耳鼻舌身意處清淨若本性空清淨無二無二分無別無斷故善現一切智智清淨故色處清淨色處清淨故本性空清淨何以故若一切智智清淨若色處清淨若本性空清淨無二無二分無別無斷故一切智智清淨故聲香味觸法處清淨聲香味觸法處清淨故本性空清淨何以故若一切智智清淨若聲香味觸法處清淨若本性空清淨無二無二分無別無斷故善現一

切智智清淨故眼界清淨眼界清淨故本性空清淨何以故若一切智智清淨若眼界清淨若本性空清淨無二無二分無別無斷故一切智智清淨故色界眼識界及眼觸眼觸爲緣所生諸受清淨色界乃至眼觸爲緣所生諸受清淨故本性空清淨何以故若一切智智清淨若色界乃至眼觸爲緣所生諸受清淨若本性空清淨無二無二分無別無斷故善現一切智智清淨故耳界清淨耳界清淨故本性空清淨何以故若一切智智清淨若耳界清淨若本性空清淨無二無二分無別無斷故一切智智清淨故聲界耳識界及耳觸耳觸爲緣所生諸受清淨聲界乃至耳觸爲緣所生諸受清淨故本性空清淨何以故若一切智智清淨若聲界乃至耳觸爲緣所生諸受清淨若本性空清淨無二無二分無別無斷故善現一切智智清淨故鼻界清淨鼻界清淨故本性空清淨何以故若一切智智清淨若鼻界清淨若本性空清淨無二無二分無別無斷故一切智智清淨故香界鼻識界及鼻觸鼻觸爲緣所生諸受清淨香界乃至鼻觸爲緣所生諸受清淨故本性空清淨何以故若一切智智清淨若香界乃至鼻觸爲緣所生諸受清淨若本性空清淨無二無二分無別無斷故善現一切智智清淨故舌界清淨舌界清淨故本性空清淨何以故若一切智智清淨若舌界清淨若本性空清淨無二無二分無別無斷故一切智智清淨故味界舌識界及舌觸舌觸爲緣所生諸受清淨味界乃至舌觸爲緣所生諸受清淨

故本性空清淨何以故若一切智智清淨若味界乃至舌觸爲緣所生諸受清淨若本性空清淨無二無二分無別無斷故善現一切智智清淨故身界清淨身界清淨故本性空清淨何以故若一切智智清淨若身界清淨若本性空清淨無二無二分無別無斷故一切智智清淨故觸界身識界及身觸身觸爲緣所生諸受清淨觸界乃至身觸爲緣所生諸受清淨故本性空清淨何以故若一切智智清淨若觸界乃至身觸爲緣所生諸受清淨若本性空清淨無二無二分無別無斷故善現一切智智清淨故意界清淨意界清淨故本性空清淨何以故若一切智智清淨若意界清淨若本性空清淨無二無二分無別無斷故一切智智清淨故法界意識界及意觸意觸爲緣所生諸受清淨法界乃至意觸爲緣所生諸受清淨故本性空清淨何以故若一切智智清淨若法界乃至意觸爲緣所生諸受清淨若本性空清淨無二無二分無別無斷故善現一切智智清淨故地界清淨地界清淨故本性空清淨何以故若一切智智清淨若地界清淨若本性空清淨無二無二分無別無斷故一切智智清淨故水火風空識界清淨水火風空識界清淨故本性空清淨何以故若一切智智清淨若水火風空識界清淨若本性空清淨無二無二分無別無斷故善現一切智智清淨故無明清淨無明清淨故本性空清淨何以故若一切智智清淨若無明清淨若本性空清淨無二無二分無別無斷故一切智智清淨故行識名色

六處觸受愛取有生老死愁歎苦憂惱清淨行乃至老死愁歎苦憂惱清淨故本性空清淨何以故若一切智智清淨若行乃至老死愁歎苦憂惱清淨若本性空清淨無二無二分無別無斷故善現一切智智清淨故布施波羅蜜多清淨布施波羅蜜多清淨故本性空清淨何以故若一切智智清淨若布施波羅蜜多清淨若本性空清淨無二無二分無別無斷故一切智智清淨故淨戒安忍精進靜慮般若波羅蜜多清淨淨戒乃至般若波羅蜜多清淨故本性空清淨何以故若一切智智清淨若淨戒乃至般若波羅蜜多清淨若本性空清淨無二無二分無別無斷故善現一切智智清淨故內空清淨內空清淨故本性空清淨何以故若一切智智清淨若內空清淨若本性空清淨無二無二分無別無斷故一切智智清淨故外空內外空空空大空勝義空有為空無為空畢竟空無際空散空無變異空自相空共相空一切法空不可得空無性空自性空無性自性空清淨外空乃至無性自性空清淨故本性空清淨何以故若一切智智清淨若外空乃至無性自性空清淨若本性空清淨無二無二分無別無斷故善現一切智智清淨故真如清淨真如清淨故本性空清淨何以故若一切智智清淨若真如清淨若本性空清淨無二無二分無別無斷故一切智智清淨故法界法性不虛妄性不變異性平等性離生性法定法住實際虛空界不思議界清淨法界乃至不思議界清淨故本性空清淨何以故若一切智

智清淨若法界乃至不思議界清淨若本性空清淨無二無二分無別無斷故善現一切智智清淨故苦聖諦清淨苦聖諦清淨故本性空清淨何以故若一切智智清淨若苦聖諦清淨若本性空清淨無二無二分無別無斷故一切智智清淨故集滅道聖諦清淨集滅道聖諦清淨故本性空清淨何以故若一切智智清淨若集滅道聖諦清淨若本性空清淨無二無二分無別無斷故善現一切智智清淨故四靜慮清淨四靜慮清淨故本性空清淨何以故若一切智智清淨若四靜慮清淨若本性空清淨無二無二分無別無斷故一切智智清淨故四無量四無色定清淨四無量四無色定清淨故本性空清淨何以故若一切智智清淨若四無量四無色定清淨若本性空清淨無二無二分無別無斷故善現一切智智清淨故八解脫清淨八解脫清淨故本性空清淨何以故若一切智智清淨若八解脫清淨若本性空清淨無二無二分無別無斷故一切智智清淨故八勝處九次第定十遍處清淨八勝處九次第定十遍處清淨故本性空清淨何以故若一切智智清淨若八勝處九次第定十遍處清淨若本性空清淨無二無二分無別無斷故善現一切智智清淨故四念住清淨四念住清淨故本性空清淨何以故若一切智智清淨若四念住清淨若本性空清淨無二無二分無別無斷故一切智智清淨故四正斷四神足五根五力七等覺支八聖道支清淨四正斷乃至八聖道支清淨故本性空清淨何以故若

一切智智清淨若四正斷乃至八聖道支清淨若本性空清淨無二無二分無別無斷故善現一切智智清淨故空解脫門清淨空解脫門清淨故本性空清淨何以故若一切智智清淨若空解脫門清淨若本性空清淨無二無二分無別無斷故一切智智清淨故無相無願解脫門清淨無相無願解脫門清淨故本性空清淨何以故若一切智智清淨若無相無願解脫門清淨若本性空清淨無二無二分無別無斷故善現一切智智清淨故菩薩十地清淨菩薩十地清淨故本性空清淨何以故若一切智智清淨若菩薩十地清淨若本性空清淨無二無二分無別無斷故善現一切智智清淨故五眼清淨五眼清淨故本性空清淨何以故若一切智智清淨若五眼清淨若本性空清淨無二無二分無別無斷故一切智智清淨故六神通清淨六神通清淨故本性空清淨何以故若一切智智清淨若六神通清淨若本性空清淨無二無二分無別無斷故善現一切智智清淨故佛十力清淨佛十力清淨故本性空清淨何以故若一切智智清淨若佛十力清淨若本性空清淨無二無二分無別無斷故一切智智清淨故四無所畏四無礙解大慈大悲大喜大捨十八佛不共法清淨四無所畏乃至十八佛不共法清淨故本性空清淨何以故若一切智智清淨若四無所畏乃至十八佛不共法清淨若本性空清淨無二無二分無別無斷故善現一切智智清淨故無忘失法清淨無忘失法清淨故本性空清淨何以故若

一切智智清淨若無忘失法清淨若本性空清淨無二無二分無別無斷故一切智智清淨故恒住捨性清淨恒住捨性清淨故本性空清淨何以故若一切智智清淨若恒住捨性清淨若本性空清淨無二無二分無別無斷故善現一切智智清淨故一切智清淨一切智清淨故本性空清淨何以故若一切智智清淨若一切智清淨若本性空清淨無二無二分無別無斷故一切智智清淨故道相智一切相智清淨道相智一切相智清淨故本性空清淨何以故若一切智智清淨若道相智一切相智清淨若本性空清淨無二無二分無別無斷故善現一切智智清淨故一切陀羅尼門清淨一切陀羅尼門清淨故本性空清淨何以故若一切智智清淨若一切陀羅尼門清淨若本性空清淨無二無二分無別無斷故一切智智清淨故一切三摩地門清淨一切三摩地門清淨故本性空清淨何以故若一切智智清淨若一切三摩地門清淨若本性空清淨無二無二分無別無斷故善現一切智智清淨故預流果清淨預流果清淨故本性空清淨何以故若一切智智清淨若預流果清淨若本性空清淨無二無二分無別無斷故一切智智清淨故一來不還阿羅漢果清淨一來不還阿羅漢果清淨故本性空清淨何以故若一切智智清淨若一來不還阿羅漢果清淨若本性空清淨無二無二分無別無斷故善現一切智智清淨故獨覺菩提清淨獨覺菩提清淨故本性空清淨何以故若一切智智清淨若獨覺菩提

清淨若本性空清淨無二無二分無別無斷
故善現一切智智清淨故一切菩薩摩訶薩
行清淨一切菩薩摩訶薩行清淨故本性空
清淨何以故若一切智智清淨若一切菩薩
摩訶薩行清淨若本性空清淨無二無二分
無別無斷故善現一切智智清淨故諸佛無
上正等菩提清淨諸佛無上正等菩提清淨
故本性空清淨何以故若一切智智清淨若
諸佛無上正等菩提清淨若本性空清淨無
二無二分無別無斷故

大般若波羅蜜多經卷第二百五十三

大般若波羅蜜多經卷第二百五十四

唐三藏法師玄奘奉詔譯

初分難信解品第三十四之七十三

復次善現一切智智清淨故色清淨色清淨故自相空清淨何以故若一切智智清淨若色清淨若自相空清淨無二無二分無別無斷故一切智智清淨故受想行識清淨受想行識清淨故自相空清淨何以故若一切智智清淨若受想行識清淨若自相空清淨無二無二分無別無斷故善現一切智智清淨故眼處清淨眼處清淨故自相空清淨何以故若一切智智清淨若眼處清淨若自相空清淨無二無二分無別無斷故一切智智清淨故耳鼻舌身意處清淨耳鼻舌身意處清淨故自相空清淨何以故若一切智智清淨若耳鼻舌身意處清淨若自相空清淨無二無二分無別無斷故善現一切智智清淨故色處清淨色處清淨故自相空清淨何以故若一切智智清淨若色處清淨若自相空清淨無二無二分無別無斷故一切智智清淨故聲香味觸法處清淨聲香味觸法處清淨故自相空清淨何以故若一切智智淨若聲香味觸法處清淨若自相空清淨無二無二分無別無斷故善現一切智智清淨故眼界清淨眼界清淨故自相空清淨何以故若一切智智清淨若眼界清淨若自相空清淨無二無二分無別無斷故一切智智清淨故色界眼識界及眼觸眼觸爲緣所生諸受清淨色界乃至眼觸爲緣所生諸受清淨故自相空清淨何以故若一切智智清淨若色界

乃至眼觸爲緣所生諸受清淨若自相空清淨無二無二分無別無斷故善現一切智智清淨故耳界清淨耳界清淨故自相空清淨何以故若一切智智清淨若耳界清淨若自相空清淨無二無二分無別無斷故一切智智清淨故聲界耳識界及耳觸耳觸爲緣所生諸受清淨聲界乃至耳觸爲緣所生諸受清淨故自相空清淨何以故若一切智智清淨若聲界乃至耳觸爲緣所生諸受清淨若自相空清淨無二無二分無別無斷故善現一切智智清淨故鼻界清淨鼻界清淨故自相空清淨何以故若一切智智清淨若鼻界清淨若自相空清淨無二無二分無別無斷故一切智智清淨故香界鼻識界及鼻觸鼻觸爲緣所生諸受清淨香界乃至鼻觸爲緣所生諸受清淨故自相空清淨何以故若一切智智清淨若香界乃至鼻觸爲緣所生諸受清淨若自相空清淨無二無二分無別無斷故善現一切智智清淨故舌界清淨舌界清淨故自相空清淨何以故若一切智智清淨若舌界清淨若自相空清淨無二無二分無別無斷故一切智智清淨故味界舌識界及舌觸舌觸爲緣所生諸受清淨味界乃至舌觸爲緣所生諸受清淨故自相空清淨何以故若一切智智清淨若味界乃至舌觸爲緣所生諸受清淨若自相空清淨無二無二分無別無斷故善現一切智智清淨故身界清淨身界清淨故自相空清淨何以故若一切智智清淨若身界清淨若自相空清淨無二無二分無別無斷故一切智智清淨故觸

界身識界及身觸身觸爲緣所生諸受清淨
觸界乃至身觸爲緣所生諸受清淨故自相
空清淨何以故若一切智智清淨若觸界乃
至身觸爲緣所生諸受清淨若自相空清淨
無二無二分無别無斷故善現一切智智清
淨故意界清淨意界清淨故自相空清淨何
以故若一切智智清淨若意界清淨若自相
空清淨無二無二分無别無斷故一切智智
清淨故法界意識界及意觸意觸爲緣所生
諸受清淨法界乃至意觸爲緣所生諸受清
淨故自相空清淨何以故若一切智智清淨
若法界乃至意觸爲緣所生諸受清淨若自
相空清淨無二無二分無别無斷故善現一
切智智清淨故地界清淨地界清淨故自相
空清淨何以故若一切智智清淨若地界清
淨若自相空清淨無二無二分無别無斷故
一切智智清淨故水火風空識界清淨水火
風空識界清淨故自相空清淨何以故若一
切智智清淨若水火風空識界清淨若自相
空清淨無二無二分無别無斷故善現一切
智智清淨故無明清淨無明清淨故自相空
清淨何以故若一切智智清淨若無明清淨
若自相空清淨無二無二分無别無斷故一
切智智清淨故行識名色六處觸受愛取有
生老死愁歎苦憂惱清淨行乃至老死愁歎
苦憂惱清淨故自相空清淨何以故若一切
智智清淨若行乃至老死愁歎苦憂惱清淨
若自相空清淨無二無二分無别無斷故善
現一切智智清淨故布施波羅蜜多清淨布
施波羅蜜多清淨故自相空清淨何以故若

一切智智清淨若布施波羅蜜多清淨若自相空清淨無二無二分無別無斷故一切智智清淨故淨戒安忍精進靜慮般若波羅蜜多清淨淨戒乃至般若波羅蜜多清淨故自相空清淨何以故若一切智智清淨若淨戒乃至般若波羅蜜多清淨若自相空清淨無二無二分無別無斷故善現一切智智清淨故內空清淨內空清淨故自相空清淨何以故若一切智智清淨若內空清淨若自相空清淨無二無二分無別無斷故一切智智清淨故外空內外空空空大空勝義空有爲空無爲空畢竟空無際空散空無變異空本性空共相空一切法空不可得空無性空自性空無性自性空清淨外空乃至無性自性空清淨故自相空清淨何以故若一切智智清淨若外空乃至無性自性空清淨若自相空清淨無二無二分無別無斷故善現一切智智清淨故眞如清淨眞如清淨故自相空清淨何以故若一切智智清淨若眞如清淨若自相空清淨無二無二分無別無斷故一切智智清淨故法界法性不虛妄性不變異性平等性離生性法定法住實際虛空界不思議界清淨法界乃至不思議界清淨故自相空清淨何以故若一切智智清淨若法界乃至不思議界清淨若自相空清淨無二無二分無別無斷故善現一切智智清淨故苦聖諦清淨苦聖諦清淨故自相空清淨何以故若一切智智清淨若苦聖諦清淨若自相空清淨無二無二分無別無斷故一切智智清淨故集滅道聖諦清淨集滅道聖諦清淨故

自相空清淨何以故若一切智智清淨若集滅道聖諦清淨若自相空清淨無二無二分無別無斷故善現一切智智清淨故四靜慮清淨四靜慮清淨故自相空清淨何以故若一切智智清淨若四靜慮清淨若自相空清淨無二無二分無別無斷故一切智智清淨故四無量四無色定清淨四無量四無色定清淨故自相空清淨何以故若一切智智清淨若四無量四無色定清淨若自相空清淨無二無二分無別無斷故善現一切智智清淨故八解脫清淨八解脫清淨故自相空清淨何以故若一切智智清淨若八解脫清淨若自相空清淨無二無二分無別無斷故一切智智清淨故八勝處九次第定十遍處清淨八勝處九次第定十遍處清淨故自相空

清淨何以故若一切智智清淨若八勝處九次第定十遍處清淨若自相空清淨無二無二分無別無斷故善現一切智智清淨故四念住清淨四念住清淨故自相空清淨何以故若一切智智清淨若四念住清淨若自相空清淨無二無二分無別無斷故一切智智清淨故四正斷四神足五根五力七等覺支八聖道支清淨四正斷乃至八聖道支清淨故自相空清淨何以故若一切智智清淨若四正斷乃至八聖道支清淨若自相空清淨無二無二分無別無斷故善現一切智智清淨故空解脫門清淨空解脫門清淨故自相空清淨何以故若一切智智清淨若空解脫門清淨若自相空清淨無二無二分無別無斷故一切智智清淨故無相無願解脫門清

淨無相無願解脫門清淨故自相空清淨何
以故若一切智智清淨若無相無願解脫門
清淨若自相空清淨無二無二分無別無斷
故善現一切智智清淨故菩薩十地清淨菩
薩十地清淨故自相空清淨何以故若一切
智智清淨若菩薩十地清淨若自相空清淨
無二無二分無別無斷故善現一切智智清
淨故五眼清淨五眼清淨故自相空清淨何
以故若一切智智清淨若五眼清淨若自相
空清淨無二無二分無別無斷故一切智智
清淨故六神通清淨六神通清淨故自相空
清淨何以故若一切智智清淨若六神通清
淨若自相空清淨無二無二分無別無斷故
善現一切智智清淨故佛十力清淨佛十力
清淨故自相空清淨何以故若一切智智清
淨若佛十力清淨若自相空清淨無二無二
分無別無斷故一切智智清淨故四無所畏
四無礙解大慈大悲大喜大捨十八佛不共
法清淨四無所畏乃至十八佛不共法清淨
故自相空清淨何以故若一切智智清淨若
四無所畏乃至十八佛不共法清淨若自相
空清淨無二無二分無別無斷故善現一切
智智清淨故無忘失法清淨無忘失法清淨
故自相空清淨何以故若一切智智清淨若
無忘失法清淨若自相空清淨無二無二分
無別無斷故一切智智清淨故恒住捨性清
淨恒住捨性清淨故自相空清淨何以故若
一切智智清淨若恒住捨性清淨若自相空
清淨無二無二分無別無斷故善現一切智
智清淨故一切智清淨一切智清淨故自相

空清淨何以故若一切智智清淨若一切智清淨若自相空清淨無二無二分無別無斷故一切智智清淨故道相智一切相智清淨道相智一切相智清淨故自相空清淨何以故若一切智智清淨若道相智一切相智清淨若自相空清淨無二無二分無別無斷故善現一切智智清淨故一切陀羅尼門清淨一切陀羅尼門清淨故自相空清淨何以故若一切智智清淨若一切陀羅尼門清淨若自相空清淨無二無二分無別無斷故一切智智清淨故一切三摩地門清淨一切三摩地門清淨故自相空清淨何以故若一切智智清淨若一切三摩地門清淨若自相空清淨無二無二分無別無斷故善現一切智智清淨故預流果清淨預流果清淨故自相空清淨何以故若一切智智清淨若預流果清淨若自相空清淨無二無二分無別無斷故一切智智清淨故一來不還阿羅漢果清淨一來不還阿羅漢果清淨故自相空清淨何以故若一切智智清淨若一來不還阿羅漢果清淨若自相空清淨無二無二分無別無斷故善現一切智智清淨故獨覺菩提清淨獨覺菩提清淨故自相空清淨何以故若一切智智清淨若獨覺菩提清淨若自相空清淨無二無二分無別無斷故善現一切智智清淨故一切菩薩摩訶薩行清淨一切菩薩摩訶薩行清淨故自相空清淨何以故若一切智智清淨若一切菩薩摩訶薩行清淨若自相空清淨無二無二分無別無斷故善現一切智智清淨故諸佛無上正等菩提清淨

諸佛無上正等菩提清淨故自相空清淨何以故若一切智智清淨若諸佛無上正等菩提清淨若自相空清淨無二無二分無別無斷故復次善現一切智智清淨故色清淨色清淨故共相空清淨何以故若一切智智清淨若色清淨若共相空清淨無二無二分無別無斷故一切智智清淨故受想行識清淨受想行識清淨故共相空清淨何以故若一切智智清淨若受想行識清淨若共相空清淨無二無二分無別無斷故善現一切智智清淨故眼處清淨眼處清淨故共相空清淨何以故若一切智智清淨若眼處清淨若共相空清淨無二無二分無別無斷故一切智智清淨故耳鼻舌身意處清淨耳鼻舌身意處清淨故共相空清淨何以故若一切智智清淨若耳鼻舌身意處清淨若共相空清淨無二無二分無別無斷故善現一切智智清淨故色處清淨色處清淨故共相空清淨何以故若一切智智清淨若色處清淨若共相空清淨無二無二分無別無斷故一切智智清淨故聲香味觸法處清淨聲香味觸法處清淨故共相空清淨何以故若一切智智清淨若聲香味觸法處清淨若共相空清淨無二無二分無別無斷故善現一切智智清淨故眼界清淨眼界清淨故共相空清淨何以故若一切智智清淨若眼界清淨若共相空清淨無二無二分無別無斷故一切智智清淨故色界眼識界及眼觸眼觸爲緣所生諸受清淨色界乃至眼觸爲緣所生諸受清淨故共相空清淨何以故若一切智智清淨若

色界乃至眼觸爲緣所生諸受清淨若共相空清淨無二無二分無別無斷故善現一切智智清淨故耳界清淨耳界清淨故共相空清淨何以故若一切智智清淨若耳界清淨若共相空清淨無二無二分無別無斷故一切智智清淨故聲界耳識界及耳觸耳觸爲緣所生諸受清淨聲界乃至耳觸爲緣所生諸受清淨故共相空清淨何以故若一切智智清淨若聲界乃至耳觸爲緣所生諸受清淨若共相空清淨無二無二分無別無斷故善現一切智智清淨故鼻界清淨鼻界清淨故共相空清淨何以故若一切智智清淨若鼻界清淨若共相空清淨無二無二分無別無斷故一切智智清淨故香界鼻識界及鼻觸鼻觸爲緣所生諸受清淨香界乃至鼻觸爲緣所生諸受清淨故共相空清淨何以故若一切智智清淨若香界乃至鼻觸爲緣所生諸受清淨若共相空清淨無二無二分無別無斷故善現一切智智清淨故舌界清淨舌界清淨故共相空清淨何以故若一切智智清淨若舌界清淨若共相空清淨無二無二分無別無斷故一切智智清淨故味界舌識界及舌觸舌觸爲緣所生諸受清淨味界乃至舌觸爲緣所生諸受清淨故共相空清淨何以故若一切智智清淨若味界乃至舌觸爲緣所生諸受清淨若共相空清淨無二無二分無別無斷故善現一切智智清淨故身界清淨身界清淨故共相空清淨何以故若一切智智清淨若身界清淨若共相空清淨無二無二分無別無斷故一切智智清淨

故觸界身識界及身觸身觸爲緣所生諸受清淨觸界乃至身觸爲緣所生諸受清淨故共相空清淨何以故若一切智智清淨若觸界乃至身觸爲緣所生諸受清淨若共相空清淨無二無二分無别無斷故善現一切智智清淨故意界清淨意界清淨故共相空清淨何以故若一切智智清淨若意界清淨若共相空清淨無二無二分無别無斷故一切智智清淨故法界意識界及意觸意觸爲緣所生諸受清淨法界乃至意觸爲緣所生諸受清淨故共相空清淨何以故若一切智智清淨若法界乃至意觸爲緣所生諸受清淨若共相空清淨無二無二分無别無斷故善現一切智智清淨故地界清淨地界清淨故共相空清淨何以故若一切智智清淨若地界清淨若共相空清淨無二無二分無别無斷故一切智智清淨故水火風空識界清淨水火風空識界清淨故共相空清淨何以故若一切智智清淨若水火風空識界清淨若共相空清淨無二無二分無别無斷故善現一切智智清淨故無明清淨無明清淨故共相空清淨何以故若一切智智清淨若無明清淨若共相空清淨無二無二分無别無斷故一切智智清淨故行識名色六處觸受愛取有生老死愁歎苦憂惱清淨行乃至老死愁歎苦憂惱清淨故共相空清淨何以故若一切智智清淨若行乃至老死愁歎苦憂惱清淨若共相空清淨無二無二分無别無斷故善現一切智智清淨故布施波羅蜜多清淨布施波羅蜜多清淨故共相空清淨何以

故若一切智智清淨若布施波羅蜜多清淨若共相空清淨無二無二分無别無斷故一切智智清淨故淨戒安忍精進靜慮般若波羅蜜多清淨淨戒乃至般若波羅蜜多清淨故共相空清淨何以故若一切智智清淨若淨戒乃至般若波羅蜜多清淨若共相空清淨無二無二分無别無斷故善現一切智智清淨故内空清淨内空清淨故共相空清淨何以故若一切智智清淨若内空清淨若共相空清淨無二無二分無别無斷故一切智智清淨故外空内外空空空大空勝義空有爲空無爲空畢竟空無際空散空無變異空本性空自相空一切法空不可得空無性空自性空無性自性空清淨外空乃至無性自性空清淨故共相空清淨何以故若一切智智清淨若外空乃至無性自性空清淨若共相空清淨無二無二分無别無斷故善現一切智智清淨故眞如清淨眞如清淨故共相空清淨何以故若一切智智清淨若眞如清淨若共相空清淨無二無二分無别無斷故一切智智清淨故法界法性不虚妄性不變異性平等性離生性法定法住實際虚空界不思議界清淨法界乃至不思議界清淨故共相空清淨何以故若一切智智清淨若法界乃至不思議界清淨若共相空清淨無二無二分無别無斷故善現一切智智清淨故苦聖諦清淨苦聖諦清淨故共相空清淨何以故若一切智智清淨若苦聖諦清淨若共相空清淨無二無二分無别無斷故一切智智清淨故集滅道聖諦清淨集滅道聖諦清

淨故共相空清淨何以故若一切智智清淨若集滅道聖諦清淨若共相空清淨無二無二分無別無斷故善現一切智智清淨故四靜慮清淨四靜慮清淨故共相空清淨何以故若一切智智清淨若四靜慮清淨若共相空清淨無二無二分無別無斷故一切智智清淨故四無量四無色定清淨四無量四無色定清淨故共相空清淨何以故若一切智智清淨若四無量四無色定清淨若共相空清淨無二無二分無別無斷故善現一切智智清淨故八解脫清淨八解脫清淨故共相空清淨何以故若一切智智清淨若八解脫清淨若共相空清淨無二無二分無別無斷故一切智智清淨故八勝處九次第定十遍處清淨八勝處九次第定十遍處清淨故共相空清淨何以故若一切智智清淨若八勝處九次第定十遍處清淨若共相空清淨無二無二分無別無斷故善現一切智智清淨故四念住清淨四念住清淨故共相空清淨何以故若一切智智清淨若四念住清淨若共相空清淨無二無二分無別無斷故一切智智清淨故四正斷四神足五根五力七等覺支八聖道支清淨四正斷乃至八聖道支清淨故共相空清淨何以故若一切智智清淨若四正斷乃至八聖道支清淨若共相空清淨無二無二分無別無斷故善現一切智智清淨故空解脫門清淨空解脫門清淨故共相空清淨何以故若一切智智清淨若空解脫門清淨若共相空清淨無二無二分無別無斷故一切智智清淨故無相無願解脫

門清淨無相無願解脫門清淨故共相空清淨何以故若一切智智清淨若無相無願解脫門清淨若共相空清淨無二無二分無別無斷故善現一切智智清淨故菩薩十地清淨菩薩十地清淨故共相空清淨何以故若一切智智清淨若菩薩十地清淨若共相空清淨無二無二分無別無斷故善現一切智智清淨故五眼清淨五眼清淨故共相空清淨何以故若一切智智清淨若五眼清淨若共相空清淨無二無二分無別無斷故一切智智清淨故六神通清淨六神通清淨故共相空清淨何以故若一切智智清淨若六神通清淨若共相空清淨無二無二分無別無斷故善現一切智智清淨故佛十力清淨佛十力清淨故共相空清淨何以故若一切智智清淨若佛十力清淨若共相空清淨無二無二分無別無斷故一切智智清淨故四無所畏四無礙解大慈大悲大喜大捨十八佛不共法清淨四無所畏乃至十八佛不共法清淨故共相空清淨何以故若一切智智清淨若四無所畏乃至十八佛不共法清淨若共相空清淨無二無二分無別無斷故善現一切智智清淨故無忘失法清淨無忘失法清淨故共相空清淨何以故若一切智智清淨若無忘失法清淨若共相空清淨無二無二分無別無斷故一切智智清淨故恒住捨性清淨恒住捨性清淨故共相空清淨何以故若一切智智清淨若恒住捨性清淨若共相空清淨無二無二分無別無斷故善現一切智智清淨故一切智清淨一切智清淨故

共相空清淨何以故若一切智智清淨若一切智清淨若共相空清淨無二無二分無別無斷故一切智智清淨故道相智一切相智清淨道相智一切相智清淨故共相空清淨何以故若一切智智清淨若道相智一切相智清淨若共相空清淨無二無二分無別無斷故善現一切智智清淨故一切陀羅尼門清淨一切陀羅尼門清淨故共相空清淨何以故若一切智智清淨若一切陀羅尼門清淨若共相空清淨無二無二分無別無斷故一切智智清淨故一切三摩地門清淨一切三摩地門清淨故共相空清淨何以故若一切智智清淨若一切三摩地門清淨若共相空清淨無二無二分無別無斷故善現一切智智清淨故預流果清淨預流果清淨故共相空清淨何以故若一切智智清淨若預流果清淨若共相空清淨無二無二分無別無斷故一切智智清淨故一來不還阿羅漢果清淨一來不還阿羅漢果清淨故共相空清淨何以故若一切智智清淨若一來不還阿羅漢果清淨若共相空清淨無二無二分無別無斷故善現一切智智清淨故獨覺菩提清淨獨覺菩提清淨故共相空清淨何以故若一切智智清淨若獨覺菩提清淨若共相空清淨無二無二分無別無斷故善現一切智智清淨故一切菩薩摩訶薩行清淨一切菩薩摩訶薩行清淨故共相空清淨何以故若一切智智清淨若一切菩薩摩訶薩行清淨若共相空清淨無二無二分無別無斷故善現一切智智清淨故諸佛無上正等菩提

清淨諸佛無上正等菩提清淨故共相空清淨何以故若一切智智清淨若諸佛無上正等菩提清淨若共相空清淨無二無二分無別無斷故復次善現一切智智清淨故色清淨色清淨故一切法空清淨何以故若一切智智清淨若色清淨若一切法空清淨無二無二分無別無斷故一切智智清淨故受想行識清淨受想行識清淨故一切法空清淨何以故若一切智智清淨若受想行識清淨若一切法空清淨無二無二分無別無斷故善現一切智智清淨故眼處清淨眼處清淨故一切法空清淨何以故若一切智智清淨若眼處清淨若一切法空清淨無二無二分無別無斷故一切智智清淨故耳鼻舌身意處清淨耳鼻舌身意處清淨故一切法空清淨何以故若一切智智清淨若耳鼻舌身意處清淨若一切法空清淨無二無二分無別無斷故善現一切智智清淨故色處清淨色處清淨故一切法空清淨何以故若一切智智清淨若色處清淨若一切法空清淨無二無二分無別無斷故一切智智清淨故聲香味觸法處清淨聲香味觸法處清淨故一切法空清淨何以故若一切智智清淨若聲香味觸法處清淨若一切法空清淨無二無二分無別無斷故善現一切智智清淨故眼界清淨眼界清淨故一切法空清淨何以故若一切智智清淨若眼界清淨若一切法空清淨無二無二分無別無斷故一切智智清淨故色界眼識界及眼觸眼觸爲緣所生諸受清淨色界乃至眼觸爲緣所生諸受清淨故

一切法空清淨何以故若一切智智清淨若色界乃至眼觸爲緣所生諸受清淨若一切法空清淨無二無二分無别無斷故善現一切智智清淨故耳界清淨耳界清淨故一切法空清淨何以故若一切智智清淨若耳界清淨若一切法空清淨無二無二分無别無斷故一切智智清淨故聲界耳識界及耳觸耳觸爲緣所生諸受清淨聲界乃至耳觸爲緣所生諸受清淨故一切法空清淨何以故若一切智智清淨若聲界乃至耳觸爲緣所生諸受清淨若一切法空清淨無二無二分無别無斷故

大般若波羅蜜多經卷第二百五十四

大般若波羅蜜多經卷第二百五十五

唐三藏法師玄奘奉詔譯

初分難信解品第三十四之七十四

善現一切智智清淨故鼻界清淨鼻界清淨故一切法空清淨何以故若一切智智清淨若鼻界清淨若一切法空清淨無二無二分無別無斷故一切智智清淨故香界鼻識界及鼻觸鼻觸爲緣所生諸受清淨香界乃至鼻觸爲緣所生諸受清淨故一切法空清淨何以故若一切智智清淨若香界乃至鼻觸爲緣所生諸受清淨若一切法空清淨無二無二分無別無斷故善現一切智智清淨故舌界清淨舌界清淨故一切法空清淨何以故若一切智智清淨若舌界清淨若一切法空清淨無二無二分無別無斷故一切智智清淨故味界舌識界及舌觸舌觸爲緣所生諸受清淨味界乃至舌觸爲緣所生諸受清淨故一切法空清淨何以故若一切智智清淨若味界乃至舌觸爲緣所生諸受清淨若一切法空清淨無二無二分無別無斷故善現一切智智清淨故身界清淨身界清淨故一切法空清淨何以故若一切智智清淨若身界清淨若一切法空清淨無二無二分無別無斷故一切智智清淨故觸界身識界及身觸身觸爲緣所生諸受清淨觸界乃至身觸爲緣所生諸受清淨故一切法空清淨何以故若一切智智清淨若觸界乃至身觸爲緣所生諸受清淨若一切法空清淨無二無二分無別無斷故善現一切智智清淨故意界清淨意界清淨故一切法空清淨何以故

若一切智智清淨若意界清淨若一切法空清淨無二無二分無別無斷故一切智智清淨故法界意識界及意觸意觸爲緣所生諸受清淨法界乃至意觸爲緣所生諸受清淨故一切法空清淨何以故若一切智智清淨若法界乃至意觸爲緣所生諸受清淨若一切法空清淨無二無二分無別無斷故善現一切智智清淨故地界清淨地界清淨故一切法空清淨何以故若一切智智清淨若地界清淨若一切法空清淨無二無二分無別無斷故一切智智清淨故水火風空識界清淨水火風空識界清淨故一切法空清淨何以故若一切智智清淨若水火風空識界清淨若一切法空清淨無二無二分無別無斷故善現一切智智清淨故無明清淨無明清淨故一切法空清淨何以故若一切智智清淨若無明清淨若一切法空清淨無二無二分無別無斷故一切智智清淨故行識名色六處觸受愛取有生老死愁歎苦憂惱清淨行乃至老死愁歎苦憂惱清淨故一切法空清淨何以故若一切智智清淨若行乃至老死愁歎苦憂惱清淨若一切法空清淨無二無二分無別無斷故善現一切智智清淨故布施波羅蜜多清淨布施波羅蜜多清淨故一切法空清淨何以故若一切智智清淨若布施波羅蜜多清淨若一切法空清淨無二無二分無別無斷故一切智智清淨故淨戒安忍精進靜慮般若波羅蜜多清淨淨戒乃至般若波羅蜜多清淨故一切法空清淨何以故若一切智智清淨若淨戒乃至般若波

羅蜜多清淨若一切法空清淨無二無二分無別無斷故善現一切智智清淨故內空清淨內空清淨故一切法空清淨何以故若一切智智清淨若內空清淨若一切法空清淨無二無二分無別無斷故一切智智清淨故外空內外空空空大空勝義空有爲空無爲空畢竟空無際空散空無變異空本性空自相空共相空不可得空無性空自性空無性自性空清淨外空乃至無性自性空清淨故一切法空清淨何以故若一切智智清淨若外空乃至無性自性空清淨若一切法空清淨無二無二分無別無斷故善現一切智智清淨故真如清淨真如清淨故一切法空清淨何以故若一切智智清淨若真如清淨若一切法空清淨無二無二分無別無斷故一切智智清淨故法界法性不虛妄性不變異性平等性離生性法定法住實際虛空界不思議界清淨法界乃至不思議界清淨故一切法空清淨何以故若一切智智清淨若法界乃至不思議界清淨若一切法空清淨無二無二分無別無斷故善現一切智智清淨故苦聖諦清淨苦聖諦清淨故一切法空清淨何以故若一切智智清淨若苦聖諦清淨若一切法空清淨無二無二分無別無斷故一切智智清淨故集滅道聖諦清淨集滅道聖諦清淨故一切法空清淨何以故若一切智智清淨若集滅道聖諦清淨若一切法空清淨無二無二分無別無斷故善現一切智智清淨故四靜慮清淨四靜慮清淨故一切法空清淨何以故若一切智智清淨若四靜

處清淨若一切法空清淨無二無二分無別無斷故一切智智清淨故四無量四無色定清淨四無量四無色定清淨故一切法空清淨何以故若一切智智清淨若四無量四無色定清淨若一切法空清淨無二無二分無別無斷故善現一切智智清淨故八解脫清淨八解脫清淨故一切法空清淨何以故若一切智智清淨若八解脫清淨若一切法空清淨無二無二分無別無斷故一切智智清淨故八勝處九次第定十遍處清淨八勝處九次第定十遍處清淨故一切法空清淨何以故若一切智智清淨若八勝處九次第定十遍處清淨若一切法空清淨無二無二分無別無斷故善現一切智智清淨故四念住清淨四念住清淨故一切法空清淨何以故若一切智智清淨若四念住清淨若一切法空清淨無二無二分無別無斷故一切智智清淨故四正斷四神足五根五力七等覺支八聖道支清淨四正斷乃至八聖道支清淨故一切法空清淨何以故若一切智智清淨若四正斷乃至八聖道支清淨若一切法空清淨無二無二分無別無斷故善現一切智智清淨故空解脫門清淨空解脫門清淨故一切法空清淨何以故若一切智智清淨若空解脫門清淨若一切法空清淨無二無二分無別無斷故一切智智清淨故無相無願解脫門清淨無相無願解脫門清淨故一切法空清淨何以故若一切智智清淨若無相無願解脫門清淨若一切法空清淨無二無二分無別無斷故善現一切智智清淨故善

薩十地清淨菩薩十地清淨故一切法空清淨何以故若一切智智清淨若菩薩十地清淨若一切法空清淨無二無二分無別無斷故善現一切智智清淨故五眼清淨五眼清淨故一切法空清淨何以故若一切智智清淨若五眼清淨若一切法空清淨無二無二分無別無斷故一切智智清淨故六神通清淨六神通清淨故一切法空清淨何以故若一切智智清淨若六神通清淨若一切法空清淨無二無二分無別無斷故善現一切智智清淨故佛十力清淨佛十力清淨故一切法空清淨何以故若一切智智清淨若佛十力清淨若一切法空清淨無二無二分無別無斷故一切智智清淨故四無所畏四無礙解大慈大悲大喜大捨十八佛不共法清淨四無所畏乃至十八佛不共法清淨故一切法空清淨何以故若一切智智清淨若四無所畏乃至十八佛不共法清淨若一切法空清淨無二無二分無別無斷故善現一切智智清淨故無忘失法清淨無忘失法清淨故一切法空清淨何以故若一切智智清淨若無忘失法清淨若一切法空清淨無二無二分無別無斷故一切智智清淨故恒住捨性清淨恒住捨性清淨故一切法空清淨何以故若一切智智清淨若恒住捨性清淨若一切法空清淨無二無二分無別無斷故善現一切智智清淨故一切智清淨一切智清淨故一切法空清淨何以故若一切智智清淨若一切智清淨若一切法空清淨無二無二分無別無斷故一切智智清淨故道相智一

切相智清淨道相智一切相智清淨故一切法空清淨何以故若一切智智清淨若道相智一切相智清淨若一切法空清淨無二無二分無別無斷故善現一切智智清淨故一切陀羅尼門清淨一切陀羅尼門清淨故一切法空清淨何以故若一切智智清淨若一切陀羅尼門清淨若一切法空清淨無二無二分無別無斷故一切智智清淨故一切三摩地門清淨一切三摩地門清淨故一切法空清淨何以故若一切智智清淨若一切三摩地門清淨若一切法空清淨無二無二分無別無斷故善現一切智智清淨故預流果清淨預流果清淨故一切法空清淨何以故若一切智智清淨若預流果清淨若一切法空清淨無二無二分無別無斷故一切智智清淨故一來不還阿羅漢果清淨一來不還阿羅漢果清淨故一切法空清淨何以故若一切智智清淨若一來不還阿羅漢果清淨若一切法空清淨無二無二分無別無斷故善現一切智智清淨故獨覺菩提清淨獨覺菩提清淨故一切法空清淨何以故若一切智智清淨若獨覺菩提清淨若一切法空清淨無二無二分無別無斷故善現一切智智清淨故一切菩薩摩訶薩行清淨一切菩薩摩訶薩行清淨故一切法空清淨何以故若一切智智清淨若一切菩薩摩訶薩行清淨若一切法空清淨無二無二分無別無斷故善現一切智智清淨故諸佛無上正等菩提清淨諸佛無上正等菩提清淨故一切法空清淨何以故若一切智智清淨若諸佛無上

正等菩提清淨若一切法空清淨無二無二分無別無斷故復次善現一切智智清淨故色清淨色清淨故不可得空清淨何以故若一切智智清淨若色清淨若不可得空清淨無二無二分無別無斷故一切智智清淨故受想行識清淨受想行識清淨故不可得空清淨何以故若一切智智清淨若受想行識清淨若不可得空清淨無二無二分無別無斷故善現一切智智清淨故眼處清淨眼處清淨故不可得空清淨何以故若一切智智清淨若眼處清淨若不可得空清淨無二無二分無別無斷故一切智智清淨故耳鼻舌身意處清淨耳鼻舌身意處清淨故不可得空清淨何以故若一切智智清淨若耳鼻舌身意處清淨若不可得空清淨無二無二分無別無斷故善現一切智智清淨故色處清淨色處清淨故不可得空清淨何以故若一切智智清淨若色處清淨若不可得空清淨無二無二分無別無斷故一切智智清淨故聲香味觸法處清淨聲香味觸法處清淨故不可得空清淨何以故若一切智智清淨若聲香味觸法處清淨若不可得空清淨無二無二分無別無斷故善現一切智智清淨故眼界清淨眼界清淨故不可得空清淨何以故若一切智智清淨若眼界清淨若不可得空清淨無二無二分無別無斷故一切智智清淨故色界眼識界及眼觸眼觸爲緣所生諸受清淨色界乃至眼觸爲緣所生諸受清淨故不可得空清淨何以故若一切智智清淨若色界乃至眼觸爲緣所生諸受清淨若

不可得空清淨無二無二分無別無斷故善現一切智智清淨故耳界清淨耳界清淨故不可得空清淨何以故若一切智智清淨若耳界清淨若不可得空清淨無二無二分無別無斷故一切智智清淨故聲界耳識界及耳觸耳觸爲緣所生諸受清淨聲界乃至耳觸爲緣所生諸受清淨故不可得空清淨何以故若一切智智清淨若聲界乃至耳觸爲緣所生諸受清淨若不可得空清淨無二無二分無別無斷故善現一切智智清淨故鼻界清淨鼻界清淨故不可得空清淨何以故若一切智智清淨若鼻界清淨若不可得空清淨無二無二分無別無斷故一切智智清淨故香界鼻識界及鼻觸鼻觸爲緣所生諸受清淨香界乃至鼻觸爲緣所生諸受清淨故不可得空清淨何以故若一切智智清淨若香界乃至鼻觸爲緣所生諸受清淨若不可得空清淨無二無二分無別無斷故善現一切智智清淨故舌界清淨舌界清淨故不可得空清淨何以故若一切智智清淨若舌界清淨若不可得空清淨無二無二分無別無斷故一切智智清淨故味界舌識界及舌觸舌觸爲緣所生諸受清淨味界乃至舌觸爲緣所生諸受清淨故不可得空清淨何以故若一切智智清淨若味界乃至舌觸爲緣所生諸受清淨若不可得空清淨無二無二分無別無斷故善現一切智智清淨故身界清淨身界清淨故不可得空清淨何以故若一切智智清淨若身界清淨若不可得空清淨無二無二分無別無斷故一切智智清淨

故觸界身識界及身觸身觸爲緣所生諸受清淨觸界乃至身觸爲緣所生諸受清淨故不可得空清淨何以故若一切智智清淨若觸界乃至身觸爲緣所生諸受清淨若不可得空清淨無二無二分無別無斷故善現一切智智清淨故意界清淨意界清淨故不可得空清淨何以故若一切智智清淨若意界清淨若不可得空清淨無二無二分無別無斷故一切智智清淨故法界意識界及意觸意觸爲緣所生諸受清淨法界乃至意觸爲緣所生諸受清淨故不可得空清淨何以故若一切智智清淨若法界乃至意觸爲緣所生諸受清淨若不可得空清淨無二無二分無別無斷故善現一切智智清淨故地界清淨地界清淨故不可得空清淨何以故若一切智智清淨若地界清淨若不可得空清淨無二無二分無別無斷故一切智智清淨故水火風空識界清淨水火風空識界清淨故不可得空清淨何以故若一切智智清淨若水火風空識界清淨若不可得空清淨無二無二分無別無斷故善現一切智智清淨故無明清淨無明清淨故不可得空清淨何以故若一切智智清淨若無明清淨若不可得空清淨無二無二分無別無斷故一切智智清淨故行識名色六處觸受愛取有生老死愁歎苦憂惱清淨行乃至老死愁歎苦憂惱清淨故不可得空清淨何以故若一切智智清淨若行乃至老死愁歎苦憂惱清淨若不可得空清淨無二無二分無別無斷故善現一切智智清淨故布施波羅蜜多清淨布施

波羅蜜多清淨故不可得空清淨何以故若一切智智清淨若布施波羅蜜多清淨若不可得空清淨無二無二分無別無斷故一切智智清淨故淨戒安忍精進靜慮般若波羅蜜多清淨淨戒乃至般若波羅蜜多清淨故不可得空清淨何以故若一切智智清淨若淨戒乃至般若波羅蜜多清淨若不可得空清淨無二無二分無別無斷故善現一切智智清淨故內空清淨內空清淨故不可得空清淨何以故若一切智智清淨若內空清淨若不可得空清淨無二無二分無別無斷故一切智智清淨故外空內外空空空大空勝義空有爲空無爲空畢竟空無際空散空無變異空本性空自相空共相空一切法空無性空自性空無性自性空清淨外空乃至無性自性空清淨故不可得空清淨何以故若一切智智清淨若外空乃至無性自性空清淨若不可得空清淨無二無二分無別無斷故善現一切智智清淨故眞如清淨眞如清淨故不可得空清淨何以故若一切智智清淨若眞如清淨若不可得空清淨無二無二分無別無斷故一切智智清淨故法界法性不虛妄性不變異性平等性離生性法定法住實際虛空界不思議界清淨法界乃至不思議界清淨故不可得空清淨何以故若一切智智清淨若法界乃至不思議界清淨若不可得空清淨無二無二分無別無斷故善現一切智智清淨故苦聖諦清淨苦聖諦清淨故不可得空清淨何以故若一切智智清淨若苦聖諦清淨若不可得空清淨無二無

二分無别無斷故一切智智清淨故集滅道聖諦清淨集滅道聖諦清淨故不可得空清淨何以故若一切智智清淨若集滅道聖諦清淨若不可得空清淨無二無二分無别無斷故善現一切智智清淨故四靜慮清淨四靜慮清淨故不可得空清淨何以故若一切智智清淨若四靜慮清淨若不可得空清淨無二無二分無别無斷故一切智智清淨故四無量四無色定清淨四無量四無色定清淨故不可得空清淨何以故若一切智智清淨若四無量四無色定清淨若不可得空清淨無二無二分無别無斷故善現一切智智清淨故八解脫清淨八解脫清淨故不可得空清淨何以故若一切智智清淨若八解脫清淨若不可得空清淨無二無二分無别無斷故一切智智清淨故八勝處九次第定十遍處清淨八勝處九次第定十遍處清淨故不可得空清淨何以故若一切智智清淨若八勝處九次第定十遍處清淨若不可得空清淨無二無二分無别無斷故善現一切智智清淨故四念住清淨四念住清淨故不可得空清淨何以故若一切智智清淨若四念住清淨若不可得空清淨無二無二分無别無斷故一切智智清淨故四正斷四神足五根五力七等覺支八聖道支清淨四正斷乃至八聖道支清淨故不可得空清淨何以故若一切智智清淨若四正斷乃至八聖道支清淨若不可得空清淨無二無二分無别無斷故善現一切智智清淨故空解脫門清淨空解脫門清淨故不可得空清淨何以故若

一切智智清淨若空解脱門清淨若不可得空清淨無二無二分無別無斷故一切智智清淨故無相無願解脱門清淨無相無願解脱門清淨故不可得空清淨何以故若一切智智清淨若無相無願解脱門清淨若不可得空清淨無二無二分無別無斷故善現一切智智清淨故菩薩十地清淨菩薩十地清淨故不可得空清淨何以故若一切智智清淨若菩薩十地清淨若不可得空清淨無二無二分無別無斷故善現一切智智清淨故五眼清淨五眼清淨故不可得空清淨何以故若一切智智清淨若五眼清淨若不可得空清淨無二無二分無別無斷故一切智智清淨故六神通清淨六神通清淨故不可得空清淨何以故若一切智智清淨若六神通清淨若不可得空清淨無二無二分無別無斷故善現一切智智清淨故佛十力清淨佛十力清淨故不可得空清淨何以故若一切智智清淨若佛十力清淨若不可得空清淨無二無二分無別無斷故一切智智清淨故四無所畏四無礙解大慈大悲大喜大捨十八佛不共法清淨四無所畏乃至十八佛不共法清淨故不可得空清淨何以故若一切智智清淨若四無所畏乃至十八佛不共法清淨若不可得空清淨無二無二分無別無斷故善現一切智智清淨故無忘失法清淨無忘失法清淨故不可得空清淨何以故若一切智智清淨若無忘失法清淨若不可得空清淨無二無二分無別無斷故一切智智清淨故恒住捨性清淨恒住捨性清淨故不

可得空清淨何以故若一切智智清淨若恒住捨性清淨若不可得空清淨無二無二分無別無斷故善現一切智智清淨故一切智清淨一切智清淨故不可得空清淨何以故若一切智智清淨若一切智清淨若不可得空清淨無二無二分無別無斷故一切智智清淨故道相智一切相智清淨道相智一切相智清淨故不可得空清淨何以故若一切智智清淨若道相智一切相智清淨若不可得空清淨無二無二分無別無斷故善現一切智智清淨故一切陀羅尼門清淨一切陀羅尼門清淨故不可得空清淨何以故若一切智智清淨若一切陀羅尼門清淨若不可得空清淨無二無二分無別無斷故一切智智清淨故一切三摩地門清淨一切三摩地門清淨故不可得空清淨何以故若一切智智清淨若一切三摩地門清淨若不可得空清淨無二無二分無別無斷故善現一切智智清淨故預流果清淨預流果清淨故不可得空清淨何以故若一切智智清淨若預流果清淨若不可得空清淨無二無二分無別無斷故一切智智清淨故一來不還阿羅漢果清淨一來不還阿羅漢果清淨故不可得空清淨何以故若一切智智清淨若一來不還阿羅漢果清淨若不可得空清淨無二無二分無別無斷故善現一切智智清淨故獨覺菩提清淨獨覺菩提清淨故不可得空清淨何以故若一切智智清淨若獨覺菩提清淨若不可得空清淨無二無二分無別無斷故善現一切智智清淨故一切菩薩摩訶薩

行清淨一切菩薩摩訶薩行清淨故不可得空清淨何以故若一切智智清淨若一切菩薩摩訶薩行清淨若不可得空清淨無二無二分無別無斷故善現一切智智清淨故諸佛無上正等菩提清淨諸佛無上正等菩提清淨故不可得空清淨何以故若一切智智清淨若諸佛無上正等菩提清淨若不可得空清淨無二無二分無別無斷故復次善現一切智智清淨故色清淨色清淨故無性空清淨何以故若一切智智清淨若色清淨若無性空清淨無二無二分無別無斷故一切智智清淨故受想行識清淨受想行識清淨故無性空清淨何以故若一切智智清淨若受想行識清淨若無性空清淨無二無二分無別無斷故善現一切智智清淨故眼處清淨眼處清淨故無性空清淨何以故若一切智智清淨若眼處清淨若無性空清淨無二無二分無別無斷故一切智智清淨故耳鼻舌身意處清淨耳鼻舌身意處清淨故無性空清淨何以故若一切智智清淨若耳鼻舌身意處清淨若無性空清淨無二無二分無別無斷故善現一切智智清淨故色處清淨色處清淨故無性空清淨何以故若一切智智清淨若色處清淨若無性空清淨無二無二分無別無斷故一切智智清淨故聲香味觸法處清淨聲香味觸法處清淨故無性空清淨何以故若一切智智清淨若聲香味觸法處清淨若無性空清淨無二無二分無別無斷故善現一切智智清淨故眼界清淨眼界清淨故無性空清淨何以故若一切智智

清淨若眼界清淨若無性空清淨無二無二分無別無斷故一切智智清淨故色界眼識界及眼觸眼觸爲緣所生諸受清淨色界乃至眼觸爲緣所生諸受清淨故無性空清淨何以故若一切智智清淨若色界乃至眼觸爲緣所生諸受清淨若無性空清淨無二無二分無別無斷故善現一切智智清淨故耳界清淨耳界清淨故無性空清淨何以故若一切智智清淨若耳界清淨若無性空清淨無二無二分無別無斷故一切智智清淨故聲界耳識界及耳觸耳觸爲緣所生諸受清淨聲界乃至耳觸爲緣所生諸受清淨故無性空清淨何以故若一切智智清淨若聲界乃至耳觸爲緣所生諸受清淨若無性空清淨無二無二分無別無斷故善現一切智智清淨故鼻界清淨鼻界清淨故無性空清淨何以故若一切智智清淨若鼻界清淨若無性空清淨無二無二分無別無斷故一切智智清淨故香界鼻識界及鼻觸鼻觸爲緣所生諸受清淨香界乃至鼻觸爲緣所生諸受清淨故無性空清淨何以故若一切智智清淨若香界乃至鼻觸爲緣所生諸受清淨若無性空清淨無二無二分無別無斷故

大般若波羅蜜多經卷第二百五十五

大般若波羅蜜多經卷第二百五十六

唐三藏法師玄奘奉　詔譯

初分難信解品第三十四之七十五

善現一切智智清淨故舌界清淨舌界清淨故無性空清淨何以故若一切智智清淨若舌界清淨若無性空清淨無二無二分無別無斷故一切智智清淨故味界舌識界及舌觸舌觸爲緣所生諸受清淨味界乃至舌觸爲緣所生諸受清淨故無性空清淨何以故若一切智智清淨若味界乃至舌觸爲緣所生諸受清淨若無性空清淨無二無二分無別無斷故善現一切智智清淨故身界清淨身界清淨故無性空清淨何以故若一切智智清淨若身界清淨若無性空清淨無二無二分無別無斷故一切智智清淨故觸界身識界及身觸身觸爲緣所生諸受清淨觸界乃至身觸爲緣所生諸受清淨故無性空清淨何以故若一切智智清淨若觸界乃至身觸爲緣所生諸受清淨若無性空清淨無二無二分無別無斷故善現一切智智清淨故意界清淨意界清淨故無性空清淨何以故若一切智智清淨若意界清淨若無性空清淨無二無二分無別無斷故一切智智清淨故法界意識界及意觸意觸爲緣所生諸受清淨法界乃至意觸爲緣所生諸受清淨故無性空清淨何以故若一切智智清淨若法界乃至意觸爲緣所生諸受清淨若無性空清淨無二無二分無別無斷故善現一切智智清淨故地界清淨地界清淨故無性空清淨何以故若一切智智清淨若地界清淨若

無性空清淨無二無二分無別無斷故一切智智清淨故水火風空識界清淨水火風空識界清淨故無性空清淨何以故若一切智智清淨若水火風空識界清淨若無性空清淨無二無二分無別無斷故善現一切智智清淨故無明清淨無明清淨故無性空清淨何以故若一切智智清淨若無明清淨若無性空清淨無二無二分無別無斷故一切智智清淨故行識名色六處觸受愛取有生老死愁歎苦憂惱清淨行乃至老死愁歎苦憂惱清淨故無性空清淨何以故若一切智智清淨若行乃至老死愁歎苦憂惱清淨若無性空清淨無二無二分無別無斷故善現一切智智清淨故布施波羅蜜多清淨布施波羅蜜多清淨故無性空清淨何以故若一切智智清淨若布施波羅蜜多清淨若無性空清淨無二無二分無別無斷故一切智智清淨故淨戒安忍精進靜慮般若波羅蜜多清淨淨戒乃至般若波羅蜜多清淨故無性空清淨何以故若一切智智清淨若淨戒乃至般若波羅蜜多清淨若無性空清淨無二無二分無別無斷故善現一切智智清淨故內空清淨內空清淨故無性空清淨何以故若一切智智清淨若內空清淨若無性空清淨無二無二分無別無斷故一切智智清淨故外空內外空空空大空勝義空有爲空無爲空畢竟空無際空散空無變異空本性空自相空共相空一切法空不可得空自性空無性自性空清淨外空乃至無性自性空清淨故無性空清淨何以故若一切智智清淨若

外空乃至無性自性空清淨若無性空清淨無二無二分無別無斷故善現一切智智清淨故眞如清淨眞如清淨故無性空清淨何以故若一切智智清淨若眞如清淨若無性空清淨無二無二分無別無斷故一切智智清淨故法界法性不虛妄性不變異性平等性離生性法定法住實際虛空界不思議界清淨法界乃至不思議界清淨故無性空清淨何以故若一切智智清淨若法界乃至不思議界清淨若無性空清淨無二無二分無別無斷故善現一切智智清淨故苦聖諦清淨苦聖諦清淨故無性空清淨何以故若一切智智清淨若苦聖諦清淨若無性空清淨無二無二分無別無斷故一切智智清淨故集滅道聖諦清淨集滅道聖諦清淨故無性空清淨何以故若一切智智清淨若集滅道聖諦清淨若無性空清淨無二無二分無別無斷故善現一切智智清淨故四靜慮清淨四靜慮清淨故無性空清淨何以故若一切智智清淨若四靜慮清淨若無性空清淨無二無二分無別無斷故一切智智清淨故四無量四無色定清淨四無量四無色定清淨故無性空清淨何以故若一切智智清淨若四無量四無色定清淨若無性空清淨無二無二分無別無斷故善現一切智智清淨故八解脫清淨八解脫清淨故無性空清淨何以故若一切智智清淨若八解脫清淨若無性空清淨無二無二分無別無斷故一切智智清淨故八勝處九次第定十遍處清淨八勝處九次第定十遍處清淨故無性空清淨

何以故若一切智智清淨若八勝處九次第定十遍處清淨若無性空清淨無二無二分無別無斷故善現一切智智清淨故四念住清淨四念住清淨故無性空清淨何以故若一切智智清淨若四念住清淨若無性空清淨無二無二分無別無斷故一切智智清淨故四正斷四神足五根五力七等覺支八聖道支清淨四正斷乃至八聖道支清淨故無性空清淨何以故若一切智智清淨若四正斷乃至八聖道支清淨若無性空清淨無二無二分無別無斷故善現一切智智清淨故空解脫門清淨空解脫門清淨故無性空清淨何以故若一切智智清淨若空解脫門清淨若無性空清淨無二無二分無別無斷故一切智智清淨故無相無願解脫門清淨無

相無願解脫門清淨故無性空清淨何以故若一切智智清淨若無相無願解脫門清淨若無性空清淨無二無二分無別無斷故善現一切智智清淨故菩薩十地清淨菩薩十地清淨故無性空清淨何以故若一切智智清淨若菩薩十地清淨若無性空清淨無二無二分無別無斷故善現一切智智清淨故五眼清淨五眼清淨故無性空清淨何以故若一切智智清淨若五眼清淨若無性空清淨無二無二分無別無斷故一切智智清淨故六神通清淨六神通清淨故無性空清淨何以故若一切智智清淨若六神通清淨若無性空清淨無二無二分無別無斷故善現一切智智清淨故佛十力清淨佛十力清淨故無性空清淨何以故若一切智智清淨若

佛十力清淨若無性空清淨無二無二分無別無斷故一切智智清淨故四無所畏四無礙解大慈大悲大喜大捨十八佛不共法清淨四無所畏乃至十八佛不共法清淨故無性空清淨何以故若一切智智清淨若四無所畏乃至十八佛不共法清淨若無性空清淨無二無二分無別無斷故善現一切智智清淨故無忘失法清淨無忘失法清淨故無性空清淨何以故若一切智智清淨若無忘失法清淨若無性空清淨無二無二分無別無斷故一切智智清淨故恒住捨性清淨恒住捨性清淨故無性空清淨何以故若一切智智清淨若恒住捨性清淨若無性空清淨無二無二分無別無斷故善現一切智智清淨故一切智清淨一切智清淨故無性空清淨何以故若一切智智清淨若一切智清淨若無性空清淨無二無二分無別無斷故一切智智清淨故道相智一切相智清淨道相智一切相智清淨故無性空清淨何以故若一切智智清淨若道相智一切相智清淨若無性空清淨無二無二分無別無斷故善現一切智智清淨故一切陀羅尼門清淨一切陀羅尼門清淨故無性空清淨何以故若一切智智清淨若一切陀羅尼門清淨若無性空清淨無二無二分無別無斷故一切智智清淨故一切三摩地門清淨一切三摩地門清淨故無性空清淨何以故若一切智智清淨若一切三摩地門清淨若無性空清淨無二無二分無別無斷故善現一切智智清淨故預流果清淨預流果清淨故無性空清淨

何以故若一切智智清淨若預流果清淨若無性空清淨無二無二分無别無斷故一切智智清淨故一來不還阿羅漢果清淨一來不還阿羅漢果清淨故無性空清淨何以故若一切智智清淨若一來不還阿羅漢果清淨若無性空清淨無二無二分無别無斷故善現一切智智清淨故獨覺菩提清淨獨覺菩提清淨故無性空清淨何以故若一切智智清淨若獨覺菩提清淨若無性空清淨無二無二分無别無斷故善現一切智智清淨故一切菩薩摩訶薩行清淨一切菩薩摩訶薩行清淨故無性空清淨何以故若一切智智清淨若一切菩薩摩訶薩行清淨若無性空清淨無二無二分無别無斷故善現一切智智清淨故諸佛無上正等菩提清淨諸佛無上正等菩提清淨故無性空清淨何以故若一切智智清淨若諸佛無上正等菩提清淨若無性空清淨無二無二分無别無斷故

復次善現一切智智清淨故色清淨色清淨故自性空清淨何以故若一切智智清淨若色清淨若自性空清淨無二無二分無别無斷故一切智智清淨故受想行識清淨受想行識清淨故自性空清淨何以故若一切智智清淨若受想行識清淨若自性空清淨無二無二分無别無斷故善現一切智智清淨故眼處清淨眼處清淨故自性空清淨何以故若一切智智清淨若眼處清淨若自性空清淨無二無二分無别無斷故一切智智清淨故耳鼻舌身意處清淨耳鼻舌身意處清淨故自性空清淨何以故若一切智智清淨

若耳鼻舌身意處清淨若自性空清淨無二無二分無別無斷故善現一切智智清淨故色處清淨色處清淨故自性空清淨何以故若一切智智清淨若色處清淨若自性空清淨無二無二分無別無斷故一切智智清淨故聲香味觸法處清淨聲香味觸法處清淨故自性空清淨何以故若一切智智清淨若聲香味觸法處清淨若自性空清淨無二無二分無別無斷故善現一切智智清淨故眼界清淨眼界清淨故自性空清淨何以故若一切智智清淨若眼界清淨若自性空清淨無二無二分無別無斷故一切智智清淨故色界眼識界及眼觸眼觸爲緣所生諸受清淨色界乃至眼觸爲緣所生諸受清淨故自性空清淨何以故若一切智智清淨若色界

乃至眼觸爲緣所生諸受清淨若自性空清淨無二無二分無別無斷故善現一切智智清淨故耳界清淨耳界清淨故自性空清淨何以故若一切智智清淨若耳界清淨若自性空清淨無二無二分無別無斷故一切智智清淨故聲界耳識界及耳觸耳觸爲緣所生諸受清淨聲界乃至耳觸爲緣所生諸受清淨故自性空清淨何以故若一切智智清淨若聲界乃至耳觸爲緣所生諸受清淨若自性空清淨無二無二分無別無斷故善現一切智智清淨故鼻界清淨鼻界清淨故自性空清淨何以故若一切智智清淨若鼻界清淨若自性空清淨無二無二分無別無斷故一切智智清淨故香界鼻識界及鼻觸鼻觸爲緣所生諸受清淨香界乃至鼻觸爲緣

所生諸受清淨故自性空清淨何以故若一切智智清淨若香界乃至鼻觸爲緣所生諸受清淨若自性空清淨無二無二分無別無斷故善現一切智智清淨故舌界清淨舌界清淨故自性空清淨何以故若一切智智清淨若舌界清淨若自性空清淨無二無二分無別無斷故一切智智清淨故味界舌識界及舌觸舌觸爲緣所生諸受清淨味界乃至舌觸爲緣所生諸受清淨故自性空清淨何以故若一切智智清淨若味界乃至舌觸爲緣所生諸受清淨若自性空清淨無二無二分無別無斷故善現一切智智清淨故身界清淨身界清淨故自性空清淨何以故若一切智智清淨若身界清淨若自性空清淨無二無二分無別無斷故一切智智清淨故觸界身識界及身觸身觸爲緣所生諸受清淨觸界乃至身觸爲緣所生諸受清淨故自性空清淨何以故若一切智智清淨若觸界乃至身觸爲緣所生諸受清淨若自性空清淨無二無二分無別無斷故善現一切智智清淨故意界清淨意界清淨故自性空清淨何以故若一切智智清淨若意界清淨若自性空清淨無二無二分無別無斷故一切智智清淨故法界意識界及意觸意觸爲緣所生諸受清淨法界乃至意觸爲緣所生諸受清淨故自性空清淨何以故若一切智智清淨若法界乃至意觸爲緣所生諸受清淨若自性空清淨無二無二分無別無斷故善現一切智智清淨故地界清淨地界清淨故自性空清淨何以故若一切智智清淨若地界清

淨若自性空清淨無二無二分無別無斷故一切智智清淨故水火風空識界清淨水火風空識界清淨故自性空清淨何以故若一切智智清淨若水火風空識界清淨若自性空清淨無二無二分無別無斷故善現一切智智清淨故無明清淨無明清淨故自性空清淨何以故若一切智智清淨若無明清淨若自性空清淨無二無二分無別無斷故一切智智清淨故行識名色六處觸受愛取有生老死愁歎苦憂惱清淨行乃至老死愁歎苦憂惱清淨故自性空清淨何以故若一切智智清淨若行乃至老死愁歎苦憂惱清淨若自性空清淨無二無二分無別無斷故善現一切智智清淨故布施波羅蜜多清淨布施波羅蜜多清淨故自性空清淨何以故若一切智智清淨若布施波羅蜜多清淨若自性空清淨無二無二分無別無斷故一切智智清淨故淨戒安忍精進靜慮般若波羅蜜多清淨淨戒乃至般若波羅蜜多清淨故自性空清淨何以故若一切智智清淨若淨戒乃至般若波羅蜜多清淨若自性空清淨無二無二分無別無斷故善現一切智智清淨故內空清淨內空清淨故自性空清淨何以故若一切智智清淨若內空清淨若自性空清淨無二無二分無別無斷故一切智智清淨故外空內外空空空大空勝義空有爲空無爲空畢竟空無際空散空無變異空本性空自相空共相空一切法空不可得空無性空無性自性空清淨外空乃至無性自性空清淨故自性空清淨何以故若一切智智清

淨若外空乃至無性自性空清淨若自性空清淨無二無二分無別無斷故善現一切智智清淨故眞如清淨眞如清淨故自性空清淨何以故若一切智智清淨若眞如清淨若自性空清淨無二無二分無別無斷故一切智智清淨故法界法性不虛妄性不變異性平等性離生性法定法住實際虛空界不思議界清淨法界乃至不思議界清淨故自性空清淨何以故若一切智智清淨若法界乃至不思議界清淨若自性空清淨無二無二分無別無斷故善現一切智智清淨故苦聖諦清淨苦聖諦清淨故自性空清淨何以故若一切智智清淨若苦聖諦清淨若自性空清淨無二無二分無別無斷故一切智智清淨故集滅道聖諦清淨集滅道聖諦清淨故

自性空清淨何以故若一切智智清淨若集滅道聖諦清淨若自性空清淨無二無二分無別無斷故善現一切智智清淨故四靜慮清淨四靜慮清淨故自性空清淨何以故若一切智智清淨若四靜慮清淨若自性空清淨無二無二分無別無斷故一切智智清淨故四無量四無色定清淨四無量四無色定清淨故自性空清淨何以故若一切智智清淨若四無量四無色定清淨若自性空清淨無二無二分無別無斷故善現一切智智清淨故八解脫清淨八解脫清淨故自性空清淨何以故若一切智智清淨若八解脫清淨若自性空清淨無二無二分無別無斷故一切智智清淨故八勝處九次第定十遍處清淨八勝處九次第定十遍處清淨故自性空

清淨何以故若一切智智清淨若八勝處九次第定十遍處清淨若自性空清淨無二無二分無別無斷故善現一切智智清淨故四念住清淨四念住清淨故自性空清淨何以故若一切智智清淨若四念住清淨若自性空清淨無二無二分無別無斷故一切智智清淨故四正斷四神足五根五力七等覺支八聖道支清淨四正斷乃至八聖道支清淨故自性空清淨何以故若一切智智清淨若四正斷乃至八聖道支清淨若自性空清淨無二無二分無別無斷故善現一切智智清淨故空解脫門清淨空解脫門清淨故自性空清淨何以故若一切智智清淨若空解脫門清淨若自性空清淨無二無二分無別無斷故一切智智清淨故無相無願解脫門清淨無相無願解脫門清淨故自性空清淨何以故若一切智智清淨若無相無願解脫門清淨若自性空清淨無二無二分無別無斷故善現一切智智清淨故菩薩十地清淨菩薩十地清淨故自性空清淨何以故若一切智智清淨若菩薩十地清淨若自性空清淨無二無二分無別無斷故善現一切智智清淨故五眼清淨五眼清淨故自性空清淨何以故若一切智智清淨若五眼清淨若自性空清淨無二無二分無別無斷故一切智智清淨故六神通清淨六神通清淨故自性空清淨何以故若一切智智清淨若六神通清淨若自性空清淨無二無二分無別無斷故善現一切智智清淨故佛十力清淨佛十力清淨故自性空清淨何以故若一切智智清

淨若佛十力清淨若自性空清淨無二無二分無別無斷故一切智智清淨故四無所畏四無礙解大慈大悲大喜大捨十八佛不共法清淨四無所畏乃至十八佛不共法清淨故自性空清淨何以故若一切智智清淨若四無所畏乃至十八佛不共法清淨若自性空清淨無二無二分無別無斷故善現一切智智清淨故無忘失法清淨無忘失法清淨故自性空清淨何以故若一切智智清淨若無忘失法清淨若自性空清淨無二無二分無別無斷故一切智智清淨故恒住捨性清淨恒住捨性清淨故自性空清淨何以故若一切智智清淨若恒住捨性清淨若自性空清淨無二無二分無別無斷故善現一切智智清淨故一切智清淨一切智清淨故自性空清淨何以故若一切智智清淨若一切智清淨若自性空清淨無二無二分無別無斷故一切智智清淨故道相智一切相智清淨道相智一切相智清淨故自性空清淨何以故若一切智智清淨若道相智一切相智清淨若自性空清淨無二無二分無別無斷故善現一切智智清淨故一切陀羅尼門清淨一切陀羅尼門清淨故自性空清淨何以故若一切智智清淨若一切陀羅尼門清淨若自性空清淨無二無二分無別無斷故一切智智清淨故一切三摩地門清淨一切三摩地門清淨故自性空清淨何以故若一切智智清淨若一切三摩地門清淨若自性空清淨無二無二分無別無斷故善現一切智智清淨故預流果清淨預流果清淨故自性空

清淨何以故若一切智智清淨若預流果清淨若自性空清淨無二無二分無別無斷故一切智智清淨故一來不還阿羅漢果清淨一來不還阿羅漢果清淨故自性空清淨何以故若一切智智清淨若一來不還阿羅漢果清淨若自性空清淨無二無二分無別無斷故善現一切智智清淨故獨覺菩提清淨獨覺菩提清淨故自性空清淨何以故若一切智智清淨若獨覺菩提清淨若自性空清淨無二無二分無別無斷故善現一切智智清淨故一切菩薩摩訶薩行清淨一切菩薩摩訶薩行清淨故自性空清淨何以故若一切智智清淨若一切菩薩摩訶薩行清淨若自性空清淨無二無二分無別無斷故善現一切智智清淨故諸佛無上正等菩提清淨諸佛無上正等菩提清淨故自性空清淨何以故若一切智智清淨若諸佛無上正等菩提清淨若自性空清淨無二無二分無別無斷故復次善現一切智智清淨故色清淨色清淨故無性自性空清淨何以故若一切智智清淨若色清淨若無性自性空清淨無二無二分無別無斷故一切智智清淨故受想行識清淨受想行識清淨故無性自性空清淨何以故若一切智智清淨若受想行識清淨若無性自性空清淨無二無二分無別無斷故善現一切智智清淨故眼處清淨眼處清淨故無性自性空清淨何以故若一切智智清淨若眼處清淨若無性自性空清淨無二無二分無別無斷故一切智智清淨故耳鼻舌身意處清淨耳鼻舌身意處清淨故無

性自性空清淨何以故若一切智智清淨若耳鼻舌身意處清淨若無性自性空清淨無二無二分無别無斷故善現一切智智清淨故色處清淨色處清淨故無性自性空清淨何以故若一切智智清淨若色處清淨若無性自性空清淨無二無二分無别無斷故一切智智清淨故聲香味觸法處清淨聲香味觸法處清淨故無性自性空清淨何以故若一切智智清淨若聲香味觸法處清淨若無性自性空清淨無二無二分無别無斷故善現一切智智清淨故眼界清淨眼界清淨故無性自性空清淨何以故若一切智智清淨若眼界清淨若無性自性空清淨無二無二分無别無斷故一切智智清淨故色界眼識界及眼觸眼觸爲緣所生諸受清淨色界乃至眼觸爲緣所生諸受清淨故無性自性空清淨何以故若一切智智清淨若色界乃至眼觸爲緣所生諸受清淨若無性自性空清淨無二無二分無别無斷故善現一切智智清淨故耳界清淨耳界清淨故無性自性空清淨何以故若一切智智清淨若耳界清淨若無性自性空清淨無二無二分無别無斷故一切智智清淨故聲界耳識界及耳觸耳觸爲緣所生諸受清淨聲界乃至耳觸爲緣所生諸受清淨故無性自性空清淨何以故若一切智智清淨若聲界乃至耳觸爲緣所生諸受清淨若無性自性空清淨無二無二分無别無斷故

大般若波羅蜜多經卷第二百五十六

大般若波羅蜜多經卷第二百五十七

唐三藏法師玄奘奉　詔譯

初分難信解品第三十四之七十六

善現一切智智清淨故鼻界清淨鼻界清淨故無性自性空清淨何以故若一切智智清淨若鼻界清淨若無性自性空清淨無二無二分無別無斷故一切智智清淨故香界鼻識界及鼻觸鼻觸爲緣所生諸受清淨香界乃至鼻觸爲緣所生諸受清淨故無性自性空清淨何以故若一切智智清淨若香界乃至鼻觸爲緣所生諸受清淨若無性自性空清淨無二無二分無別無斷故善現一切智智清淨故舌界清淨舌界清淨故無性自性空清淨何以故若一切智智清淨若舌界清淨若無性自性空清淨無二無二分無別無斷故一切智智清淨故味界舌識界及舌觸舌觸爲緣所生諸受清淨味界乃至舌觸爲緣所生諸受清淨故無性自性空清淨何以故若一切智智清淨若味界乃至舌觸爲緣所生諸受清淨若無性自性空清淨無二無二分無別無斷故善現一切智智清淨故身界清淨身界清淨故無性自性空清淨何以故若一切智智清淨若身界清淨若無性自性空清淨無二無二分無別無斷故一切智智清淨故觸界身識界及身觸身觸爲緣所生諸受清淨觸界乃至身觸爲緣所生諸受清淨故無性自性空清淨何以故若一切智智清淨若觸界乃至身觸爲緣所生諸受清淨若無性自性空清淨無二無二分無別無斷故善現一切智智清淨故意界清淨意界

清淨故無性自性空清淨何以故若一切智智清淨若意界清淨若無性自性空清淨無二無二分無別無斷故一切智智清淨故法界意識界及意觸意觸爲緣所生諸受清淨法界乃至意觸爲緣所生諸受清淨故無性自性空清淨何以故若一切智智清淨若法界乃至意觸爲緣所生諸受清淨若無性自性空清淨無二無二分無別無斷故善現一切智智清淨故地界清淨地界清淨故無性自性空清淨何以故若一切智智清淨若地界清淨若無性自性空清淨無二無二分無別無斷故一切智智清淨故水火風空識界清淨水火風空識界清淨故無性自性空清淨何以故若一切智智清淨若水火風空識界清淨若無性自性空清淨無二無二分無別無斷故善現一切智智清淨故無明清淨無明清淨故無性自性空清淨何以故若一切智智清淨若無明清淨若無性自性空清淨無二無二分無別無斷故一切智智清淨故行識名色六處觸受愛取有生老死愁歎苦憂惱清淨行乃至老死愁歎苦憂惱清淨故無性自性空清淨何以故若一切智智清淨若行乃至老死愁歎苦憂惱清淨若無性自性空清淨無二無二分無別無斷故善現一切智智清淨故布施波羅蜜多清淨布施波羅蜜多清淨故無性自性空清淨何以故若一切智智清淨若布施波羅蜜多清淨若無性自性空清淨無二無二分無別無斷故一切智智清淨故淨戒安忍精進靜慮般若波羅蜜多清淨淨戒乃至般若波羅蜜多清

淨故無性自性空清淨何以故若一切智智清淨若淨戒乃至般若波羅蜜多清淨若無性自性空清淨無二無二分無別無斷故善現一切智智清淨故内空清淨内空清淨故無性自性空清淨何以故若一切智智清淨若内空清淨若無性自性空清淨無二無二分無別無斷故一切智智清淨故外空内外空空空大空勝義空有爲空無爲空畢竟空無際空散空無變異空本性空自相空共相空一切法空不可得空無性空自性空清淨外空乃至自性空清淨故無性自性空清淨何以故若一切智智清淨若外空乃至自性空清淨若無性自性空清淨無二無二分無別無斷故善現一切智智清淨故眞如清淨眞如清淨故無性自性空清淨何以故若一切智智清淨若眞如清淨若無性自性空清淨無二無二分無別無斷故一切智智清淨故法界法性不虚妄性不變異性平等性離生性法定法住實際虚空界不思議界清淨法界乃至不思議界清淨故無性自性空清淨何以故若一切智智清淨若法界乃至不思議界清淨若無性自性空清淨無二無二分無別無斷故善現一切智智清淨故苦聖諦清淨苦聖諦清淨故無性自性空清淨何以故若一切智智清淨若苦聖諦清淨若無性自性空清淨無二無二分無別無斷故一切智智清淨故集滅道聖諦清淨集滅道聖諦清淨故無性自性空清淨何以故若一切智智清淨若集滅道聖諦清淨若無性自性空清淨無二無二分無別無斷故善現一切

智智清淨故四靜慮清淨四靜慮清淨故無
性自性空清淨何以故若一切智智清淨若
四靜慮清淨若無性自性空清淨無二無二
分無別無斷故一切智智清淨故四無量四
無色定清淨四無量四無色定清淨故無性
自性空清淨何以故若一切智智清淨若四
無量四無色定清淨若無性自性空清淨無
二無二分無別無斷故善現一切智智清淨
故八解脫清淨八解脫清淨故無性自性空
清淨何以故若一切智智清淨若八解脫清
淨若無性自性空清淨無二無二分無別無
斷故一切智智清淨故八勝處九次第定十
遍處清淨八勝處九次第定十遍處清淨故
無性自性空清淨何以故若一切智智清淨
若八勝處九次第定十遍處清淨若無性自
性空清淨無二無二分無別無斷故善現一
切智智清淨故四念住清淨四念住清淨故
無性自性空清淨何以故若一切智智清淨
若四念住清淨若無性自性空清淨無二無
二分無別無斷故一切智智清淨故四正斷
四神足五根五力七等覺支八聖道支清淨
四正斷乃至八聖道支清淨故無性自性空
清淨何以故若一切智智清淨若四正斷乃
至八聖道支清淨若無性自性空清淨無二
無二分無別無斷故善現一切智智清淨故
空解脫門清淨空解脫門清淨故無性自性
空清淨何以故若一切智智清淨若空解脫
門清淨若無性自性空清淨無二無二分無
別無斷故一切智智清淨故無相無願解脫
門清淨無相無願解脫門清淨故無性自性

空清淨何以故若一切智智清淨若無相無願解脫門清淨若無性自性空清淨無二無二分無別無斷故善現一切智智清淨故菩薩十地清淨菩薩十地清淨故無性自性空清淨何以故若一切智智清淨若菩薩十地清淨若無性自性空清淨無二無二分無別無斷故善現一切智智清淨故五眼清淨五眼清淨故無性自性空清淨何以故若一切智智清淨若五眼清淨若無性自性空清淨無二無二分無別無斷故一切智智清淨故六神通清淨六神通清淨故無性自性空清淨何以故若一切智智清淨若六神通清淨若無性自性空清淨無二無二分無別無斷故善現一切智智清淨故佛十力清淨佛十力清淨故無性自性空清淨何以故若一切智智清淨若佛十力清淨若無性自性空清淨無二無二分無別無斷故一切智智清淨故四無所畏四無礙解大慈大悲大喜大捨十八佛不共法清淨四無所畏乃至十八佛不共法清淨故無性自性空清淨何以故若一切智智清淨若四無所畏乃至十八佛不共法清淨若無性自性空清淨無二無二分無別無斷故善現一切智智清淨故無忘失法清淨無忘失法清淨故無性自性空清淨何以故若一切智智清淨若無忘失法清淨若無性自性空清淨無二無二分無別無斷故一切智智清淨故恒住捨性清淨恒住捨性清淨故無性自性空清淨何以故若一切智智清淨若恒住捨性清淨若無性自性空清淨無二無二分無別無斷故善現一切智

智清淨故一切智清淨一切智清淨故無性自性空清淨何以故若一切智智清淨若一切智清淨若無性自性空清淨無二無二分無別無斷故一切智智清淨故道相智一切相智清淨道相智一切相智清淨故無性自性空清淨何以故若一切智智清淨若道相智一切相智清淨若無性自性空清淨無二無二分無別無斷故善現一切智智清淨故一切陀羅尼門清淨一切陀羅尼門清淨故無性自性空清淨何以故若一切智智清淨若一切陀羅尼門清淨若無性自性空清淨無二無二分無別無斷故一切智智清淨故一切三摩地門清淨一切三摩地門清淨故無性自性空清淨何以故若一切智智清淨若一切三摩地門清淨若無性自性空清淨無二無二分無別無斷故善現一切智智清淨故預流果清淨預流果清淨故無性自性空清淨何以故若一切智智清淨若預流果清淨若無性自性空清淨無二無二分無別無斷故一切智智清淨故一來不還阿羅漢果清淨一來不還阿羅漢果清淨故無性自性空清淨何以故若一切智智清淨若一來不還阿羅漢果清淨若無性自性空清淨無二無二分無別無斷故善現一切智智清淨故獨覺菩提清淨獨覺菩提清淨故無性自性空清淨何以故若一切智智清淨若獨覺菩提清淨若無性自性空清淨無二無二分無別無斷故善現一切智智清淨故一切菩薩摩訶薩行清淨一切菩薩摩訶薩行清淨故無性自性空清淨何以故若一切智智清

淨若一切菩薩摩訶薩行清淨若無性自性空清淨無二無二分無別無斷故善現一切智智清淨故諸佛無上正等菩提清淨諸佛無上正等菩提清淨故無性自性空清淨何以故若一切智智清淨若諸佛無上正等菩提清淨若無性自性空清淨無二無二分無別無斷故復次善現一切智智清淨故色清淨色清淨故眞如清淨何以故若一切智智清淨若色清淨若眞如清淨無二無二分無別無斷故一切智智清淨故受想行識清淨受想行識清淨故眞如清淨何以故若一切智智清淨若受想行識清淨若眞如清淨無二無二分無別無斷故善現一切智智清淨故眼處清淨眼處清淨故眞如清淨何以故若一切智智清淨若眼處清淨若眞如清淨無二無二分無別無斷故一切智智清淨故耳鼻舌身意處清淨耳鼻舌身意處清淨故眞如清淨何以故若一切智智清淨若耳鼻舌身意處清淨若眞如清淨無二無二分無別無斷故善現一切智智清淨故色處清淨色處清淨故眞如清淨何以故若一切智智清淨若色處清淨若眞如清淨無二無二分無別無斷故一切智智清淨故聲香味觸法處清淨聲香味觸法處清淨故眞如清淨何以故若一切智智清淨若聲香味觸法處清淨若眞如清淨無二無二分無別無斷故善現一切智智清淨故眼界清淨眼界清淨故眞如清淨何以故若一切智智清淨若眼界清淨若眞如清淨無二無二分無別無斷故一切智智清淨故色界眼識界及眼觸眼觸

爲緣所生諸受清淨色界乃至眼觸爲緣所
生諸受清淨故眞如清淨何以故若一切智
智清淨若色界乃至眼觸爲緣所生諸受清
淨若眞如清淨無二無二分無別無斷故善
現一切智智清淨故耳界清淨耳界清淨故
眞如清淨何以故若一切智智清淨若耳界
清淨若眞如清淨無二無二分無別無斷故
一切智智清淨故聲界耳識界及耳觸耳觸
爲緣所生諸受清淨聲界乃至耳觸爲緣所
生諸受清淨故眞如清淨何以故若一切智
智清淨若聲界乃至耳觸爲緣所生諸受清
淨若眞如清淨無二無二分無別無斷故善
現一切智智清淨故鼻界清淨鼻界清淨故
眞如清淨何以故若一切智智清淨若鼻界
清淨若眞如清淨無二無二分無別無斷故

一切智智清淨故香界鼻識界及鼻觸鼻觸
爲緣所生諸受清淨香界乃至鼻觸爲緣所
生諸受清淨故眞如清淨何以故若一切智
智清淨若香界乃至鼻觸爲緣所生諸受清
淨若眞如清淨無二無二分無別無斷故善
現一切智智清淨故舌界清淨舌界清淨故
眞如清淨何以故若一切智智清淨若舌界
清淨若眞如清淨無二無二分無別無斷故
一切智智清淨故味界舌識界及舌觸舌觸
爲緣所生諸受清淨味界乃至舌觸爲緣所
生諸受清淨故眞如清淨何以故若一切智
智清淨若味界乃至舌觸爲緣所生諸受清
淨若眞如清淨無二無二分無別無斷故善
現一切智智清淨故身界清淨身界清淨故
眞如清淨何以故若一切智智清淨若身界

清淨若眞如清淨無二無二分無別無斷故一切智智清淨故觸界身識界及身觸身觸爲縁所生諸受清淨觸界乃至身觸爲縁所生諸受清淨故眞如清淨何以故若一切智智清淨若觸界乃至身觸爲縁所生諸受清淨若眞如清淨無二無二分無別無斷故善現一切智智清淨故意界清淨意界清淨故眞如清淨何以故若一切智智清淨若意界清淨若眞如清淨無二無二分無別無斷故一切智智清淨故法界意識界及意觸意觸爲縁所生諸受清淨法界乃至意觸爲縁所生諸受清淨故眞如清淨何以故若一切智智清淨若法界乃至意觸爲縁所生諸受清淨若眞如清淨無二無二分無別無斷故善現一切智智清淨故地界清淨地界清淨故眞如清淨何以故若一切智智清淨若地界清淨若眞如清淨無二無二分無別無斷故一切智智清淨故水火風空識界清淨水火風空識界清淨故眞如清淨何以故若一切智智清淨若水火風空識界清淨若眞如清淨無二無二分無別無斷故善現一切智智清淨故無明清淨無明清淨故眞如清淨何以故若一切智智清淨若無明清淨若眞如清淨無二無二分無別無斷故一切智智清淨故行識名色六處觸受愛取有生老死愁歎苦憂惱清淨行乃至老死愁歎苦憂惱清淨故眞如清淨何以故若一切智智清淨若行乃至老死愁歎苦憂惱清淨若眞如清淨無二無二分無別無斷故善現一切智智清淨故布施波羅蜜多清淨布施波羅蜜多清

淨故眞如清淨何以故若一切智智清淨若布施波羅蜜多清淨若眞如清淨無二無二分無別無斷故一切智智清淨故淨戒安忍精進靜慮般若波羅蜜多清淨淨戒乃至般若波羅蜜多清淨故眞如清淨何以故若一切智智清淨若淨戒乃至般若波羅蜜多清淨若眞如清淨無二無二分無別無斷故善現一切智智清淨故內空清淨內空清淨故眞如清淨何以故若一切智智清淨若內空清淨若眞如清淨無二無二分無別無斷故一切智智清淨故外空內外空空空大空勝義空有爲空無爲空畢竟空無際空散空無變異空本性空自相空共相空一切法空不可得空無性空自性空無性自性空清淨外空乃至無性自性空清淨故眞如清淨何以故若一切智智清淨若外空乃至無性自性空清淨若眞如清淨無二無二分無別無斷故善現一切智智清淨故法界清淨法界清淨故眞如清淨何以故若一切智智清淨若法界清淨若眞如清淨無二無二分無別無斷故一切智智清淨故法性不虛妄性不變異性平等性離生性法定法住實際虛空界不思議界清淨法性乃至不思議界清淨故眞如清淨何以故若一切智智清淨若法性乃至不思議界清淨若眞如清淨無二無二分無別無斷故善現一切智智清淨故苦聖諦清淨苦聖諦清淨故眞如清淨何以故若一切智智清淨若苦聖諦清淨若眞如清淨無二無二分無別無斷故一切智智清淨故集滅道聖諦清淨集滅道聖諦清淨故眞如

清淨何以故若一切智智清淨若集滅道聖諦清淨若真如清淨無二無二分無別無斷故善現一切智智清淨故四靜慮清淨四靜慮清淨故真如清淨何以故若一切智智清淨若四靜慮清淨若真如清淨無二無二分無別無斷故一切智智清淨故四無量四無色定清淨四無量四無色定清淨故真如清淨何以故若一切智智清淨若四無量四無色定清淨若真如清淨無二無二分無別無斷故善現一切智智清淨故八解脫清淨八解脫清淨故真如清淨何以故若一切智智清淨若八解脫清淨若真如清淨無二無二分無別無斷故一切智智清淨故八勝處九次第定十遍處清淨八勝處九次第定十遍處清淨故真如清淨何以故若一切智智清淨若八勝處九次第定十遍處清淨若真如清淨無二無二分無別無斷故善現一切智智清淨故四念住清淨四念住清淨故真如清淨何以故若一切智智清淨若四念住清淨若真如清淨無二無二分無別無斷故一切智智清淨故四正斷四神足五根五力七等覺支八聖道支清淨四正斷乃至八聖道支清淨故真如清淨何以故若一切智智清淨若四正斷乃至八聖道支清淨若真如清淨無二無二分無別無斷故善現一切智智清淨故空解脫門清淨空解脫門清淨故真如清淨何以故若一切智智清淨若空解脫門清淨若真如清淨無二無二分無別無斷故一切智智清淨故無相無願解脫門清淨無相無願解脫門清淨故真如清淨何以故

若一切智智清淨若無相無願解脫門清淨若真如清淨無二無二分無別無斷故善現一切智智清淨故菩薩十地清淨菩薩十地清淨故真如清淨何以故若一切智智清淨若菩薩十地清淨若真如清淨無二無二分無別無斷故善現一切智智清淨故五眼清淨五眼清淨故真如清淨何以故若一切智智清淨若五眼清淨若真如清淨無二無二分無別無斷故一切智智清淨故六神通清淨六神通清淨故真如清淨何以故若一切智智清淨若六神通清淨若真如清淨無二無二分無別無斷故善現一切智智清淨故佛十力清淨佛十力清淨故真如清淨何以故若一切智智清淨若佛十力清淨若真如清淨無二無二分無別無斷故一切智智清淨故四無所畏四無礙解大慈大悲大喜大捨十八佛不共法清淨四無所畏乃至十八佛不共法清淨故真如清淨何以故若一切智智清淨若四無所畏乃至十八佛不共法清淨若真如清淨無二無二分無別無斷故善現一切智智清淨故無忘失法清淨無忘失法清淨故真如清淨何以故若一切智智清淨若無忘失法清淨若真如清淨無二無二分無別無斷故一切智智清淨故恒住捨性清淨恒住捨性清淨故真如清淨何以故若一切智智清淨若恒住捨性清淨若真如清淨無二無二分無別無斷故善現一切智智清淨故一切智清淨一切智清淨故真如清淨何以故若一切智智清淨若一切智清淨若真如清淨無二無二分無別無斷故一

切智智清淨故道相智一切相智清淨道相智一切相智清淨故眞如清淨何以故若一切智智清淨若道相智一切相智清淨若眞如清淨無二無二分無別無斷故善現一切智智清淨故一切陀羅尼門清淨一切陀羅尼門清淨故眞如清淨何以故若一切智智清淨若一切陀羅尼門清淨若眞如清淨無二無二分無別無斷故一切智智清淨故一切三摩地門清淨一切三摩地門清淨故眞如清淨何以故若一切智智清淨若一切三摩地門清淨若眞如清淨無二無二分無別無斷故善現一切智智清淨故預流果清淨預流果清淨故眞如清淨何以故若一切智智清淨若預流果清淨若眞如清淨無二無二分無別無斷故一切智智清淨故一來不還阿羅漢果清淨一來不還阿羅漢果清淨故眞如清淨何以故若一切智智清淨若一來不還阿羅漢果清淨若眞如清淨無二無二分無別無斷故善現一切智智清淨故獨覺菩提清淨獨覺菩提清淨故眞如清淨何以故若一切智智清淨若獨覺菩提清淨若眞如清淨無二無二分無別無斷故善現一切智智清淨故一切菩薩摩訶薩行清淨一切菩薩摩訶薩行清淨故眞如清淨何以故若一切智智清淨若一切菩薩摩訶薩行清淨若眞如清淨無二無二分無別無斷故善現一切智智清淨故諸佛無上正等菩提清淨諸佛無上正等菩提清淨故眞如清淨何以故若一切智智清淨若諸佛無上正等菩提清淨若眞如清淨無二無二分無別無斷

故復次善現一切智智清淨故色清淨色清淨故法界清淨何以故若一切智智清淨若色清淨若法界清淨無二無二分無別無斷故一切智智清淨故受想行識清淨受想行識清淨故法界清淨何以故若一切智智清淨若受想行識清淨若法界清淨無二無二分無別無斷故善現一切智智清淨故眼處清淨眼處清淨故法界清淨何以故若一切智智清淨若眼處清淨若法界清淨無二無二分無別無斷故一切智智清淨故耳鼻舌身意處清淨耳鼻舌身意處清淨故法界清淨何以故若一切智智清淨若耳鼻舌身意處清淨若法界清淨無二無二分無別無斷故善現一切智智清淨故色處清淨色處清淨故法界清淨何以故若一切智智清淨若色處清淨若法界清淨無二無二分無別無斷故一切智智清淨故聲香味觸法處清淨聲香味觸法處清淨故法界清淨何以故若一切智智清淨若聲香味觸法處清淨若法界清淨無二無二分無別無斷故善現一切智智清淨故眼界清淨眼界清淨故法界清淨何以故若一切智智清淨若眼界清淨若法界清淨無二無二分無別無斷故一切智智清淨故色界眼識界及眼觸眼觸爲緣所生諸受清淨色界乃至眼觸爲緣所生諸受清淨故法界清淨何以故若一切智智清淨若色界乃至眼觸爲緣所生諸受清淨若法界清淨無二無二分無別無斷故善現一切智智清淨故耳界清淨耳界清淨故法界清淨何以故若一切智智清淨若耳界清淨若

法界清淨無二無二分無別無斷故一切智智清淨故聲界耳識界及耳觸耳觸爲緣所生諸受清淨聲界乃至耳觸爲緣所生諸受清淨故法界清淨何以故若一切智智清淨若聲界乃至耳觸爲緣所生諸受清淨若法界清淨無二無二分無別無斷故

大般若波羅蜜多經卷第二百五十七

大般若波羅蜜多經卷第二百五十八

唐三藏法師玄奘奉　詔譯

初分難信解品第三十四之七十七

善現一切智智清淨故鼻界清淨鼻界清淨故法界清淨何以故若一切智智清淨若鼻界清淨若法界清淨無二無二分無別無斷故一切智智清淨故香界鼻識界及鼻觸鼻觸爲緣所生諸受清淨香界乃至鼻觸爲緣所生諸受清淨故法界清淨何以故若一切智智清淨若香界乃至鼻觸爲緣所生諸受清淨若法界清淨無二無二分無別無斷故

善現一切智智清淨故舌界清淨舌界清淨故法界清淨何以故若一切智智清淨若舌界清淨若法界清淨無二無二分無別無斷故一切智智清淨故味界舌識界及舌觸舌觸爲緣所生諸受清淨味界乃至舌觸爲緣所生諸受清淨故法界清淨何以故若一切智智清淨若味界乃至舌觸爲緣所生諸受清淨若法界清淨無二無二分無別無斷故

善現一切智智清淨故身界清淨身界清淨故法界清淨何以故若一切智智清淨若身界清淨若法界清淨無二無二分無別無斷故一切智智清淨故觸界身識界及身觸身觸爲緣所生諸受清淨觸界乃至身觸爲緣所生諸受清淨故法界清淨何以故若一切智智清淨若觸界乃至身觸爲緣所生諸受清淨若法界清淨無二無二分無別無斷故

善現一切智智清淨故意界清淨意界清淨故法界清淨何以故若一切智智清淨若意界清淨若法界清淨無二無二分無別無斷

故一切智智清淨故法界意識界及意觸意觸爲緣所生諸受清淨法界乃至意觸爲緣所生諸受清淨故法界清淨何以故若一切智智清淨若法界乃至意觸爲緣所生諸受清淨若法界清淨無二無二分無別無斷故善現一切智智清淨故地界清淨地界清淨故法界清淨何以故若一切智智清淨若地界清淨若法界清淨無二無二分無別無斷故一切智智清淨故水火風空識界清淨水火風空識界清淨故法界清淨何以故若一切智智清淨若水火風空識界清淨若法界清淨無二無二分無別無斷故善現一切智智清淨故無明清淨無明清淨故法界清淨何以故若一切智智清淨若無明清淨若法界清淨無二無二分無別無斷故一切智智清淨故行識名色六處觸受愛取有生老死愁歎苦憂惱清淨行乃至老死愁歎苦憂惱清淨故法界清淨何以故若一切智智清淨若行乃至老死愁歎苦憂惱清淨若法界清淨無二無二分無別無斷故善現一切智智清淨故布施波羅蜜多清淨布施波羅蜜多清淨故法界清淨何以故若一切智智清淨若布施波羅蜜多清淨若法界清淨無二無二分無別無斷故一切智智清淨故淨戒安忍精進靜慮般若波羅蜜多清淨淨戒乃至般若波羅蜜多清淨故法界清淨何以故若一切智智清淨若淨戒乃至般若波羅蜜多清淨若法界清淨無二無二分無別無斷故善現一切智智清淨故內空清淨內空清淨故法界清淨何以故若一切智智清淨若內

空清淨若法界清淨無二無二分無別無斷故一切智智清淨故外空內外空空空大空勝義空有爲空無爲空畢竟空無際空散空無變異空本性空自相空共相空一切法空不可得空無性空自性空無性自性空清淨外空乃至無性自性空清淨故法界清淨何以故若一切智智清淨若外空乃至無性自性空清淨若法界清淨無二無二分無別無斷故善現一切智智清淨故眞如清淨眞如清淨故法界清淨何以故若一切智智清淨若眞如清淨若法界清淨無二無二分無別無斷故一切智智清淨故法性不虛妄性不變異性平等性離生性法定法住實際虛空界不思議界清淨法性乃至不思議界清淨故法界清淨何以故若一切智智清淨若法性乃至不思議界清淨若法界清淨無二無二分無別無斷故善現一切智智清淨故苦聖諦清淨苦聖諦清淨故法界清淨何以故若一切智智清淨若苦聖諦清淨若法界清淨無二無二分無別無斷故一切智智清淨故集滅道聖諦清淨集滅道聖諦清淨故法界清淨何以故若一切智智清淨若集滅道聖諦清淨若法界清淨無二無二分無別無斷故善現一切智智清淨故四靜慮清淨四靜慮清淨故法界清淨何以故若一切智智清淨若四靜慮清淨若法界清淨無二無二分無別無斷故一切智智清淨故四無量四無色定清淨四無量四無色定清淨故法界清淨何以故若一切智智清淨若四無量四無色定清淨若法界清淨無二無二分無別

無斷故善現一切智智清淨故八解脫清淨
八解脫清淨故法界清淨何以故若一切智
智清淨若八解脫清淨若法界清淨無二無
二分無別無斷故一切智智清淨故八勝處
九次第定十遍處清淨八勝處九次第定十
遍處清淨故法界清淨何以故若一切智智
清淨若八勝處九次第定十遍處清淨若法
界清淨無二無二分無別無斷故善現一切
智智清淨故四念住清淨四念住清淨故法
界清淨何以故若一切智智清淨若四念住
清淨若法界清淨無二無二分無別無斷故
一切智智清淨故四正斷四神足五根五力
七等覺支八聖道支清淨四正斷乃至八聖
道支清淨故法界清淨何以故若一切智智
清淨若四正斷乃至八聖道支清淨若法界
清淨無二無二分無別無斷故善現一切智
智清淨故空解脫門清淨空解脫門清淨故
法界清淨何以故若一切智智清淨若空解
脫門清淨若法界清淨無二無二分無別無
斷故一切智智清淨故無相無願解脫門清
淨無相無願解脫門清淨故法界清淨何以
故若一切智智清淨若無相無願解脫門清
淨若法界清淨無二無二分無別無斷故善
現一切智智清淨故菩薩十地清淨菩薩十
地清淨故法界清淨何以故若一切智智清
淨若菩薩十地清淨若法界清淨無二無二
分無別無斷故善現一切智智清淨故五眼
清淨五眼清淨故法界清淨何以故若一切
智智清淨若五眼清淨若法界清淨無二無
二分無別無斷故一切智智清淨故六神通

清淨六神通清淨故法界清淨何以故若一切智智清淨若六神通清淨若法界清淨無二無二分無別無斷故善現一切智智清淨故佛十力清淨佛十力清淨故法界清淨何以故若一切智智清淨若佛十力清淨若法界清淨無二無二分無別無斷故一切智智清淨故四無所畏四無礙解大慈大悲大喜大捨十八佛不共法清淨四無所畏乃至十八佛不共法清淨故法界清淨何以故若一切智智清淨若四無所畏乃至十八佛不共法清淨若法界清淨無二無二分無別無斷故善現一切智智清淨故無忘失法清淨無忘失法清淨故法界清淨何以故若一切智智清淨若無忘失法清淨若法界清淨無二無二分無別無斷故一切智智清淨故恒住捨性清淨恒住捨性清淨故法界清淨何以故若一切智智清淨若恒住捨性清淨若法界清淨無二無二分無別無斷故善現一切智智清淨故一切智清淨一切智清淨故法界清淨何以故若一切智智清淨若一切智清淨若法界清淨無二無二分無別無斷故一切智智清淨故道相智一切相智清淨道相智一切相智清淨故法界清淨何以故若一切智智清淨若道相智一切相智清淨若法界清淨無二無二分無別無斷故善現一切智智清淨故一切陀羅尼門清淨一切陀羅尼門清淨故法界清淨何以故若一切智智清淨若一切陀羅尼門清淨若法界清淨無二無二分無別無斷故一切智智清淨故一切三摩地門清淨一切三摩地門清淨故

法界清淨何以故若一切智智清淨若一切三摩地門清淨若法界清淨無二無二分無別無斷故善現一切智智清淨故預流果清淨預流果清淨故法界清淨何以故若一切智智清淨若預流果清淨若法界清淨無二無二分無別無斷故一切智智清淨故一來不還阿羅漢果清淨一來不還阿羅漢果清淨故法界清淨何以故若一切智智清淨若一來不還阿羅漢果清淨若法界清淨無二無二分無別無斷故善現一切智智清淨故獨覺菩提清淨獨覺菩提清淨故法界清淨何以故若一切智智清淨若獨覺菩提清淨若法界清淨無二無二分無別無斷故善現一切智智清淨故一切菩薩摩訶薩行清淨一切菩薩摩訶薩行清淨故法界清淨何以故若一切智智清淨若一切菩薩摩訶薩行清淨若法界清淨無二無二分無別無斷故善現一切智智清淨故諸佛無上正等菩提清淨諸佛無上正等菩提清淨故法界清淨何以故若一切智智清淨若諸佛無上正等菩提清淨若法界清淨無二無二分無別無斷故復次善現一切智智清淨故色清淨色清淨故法性清淨何以故若一切智智清淨若色清淨若法性清淨無二無二分無別無斷故一切智智清淨故受想行識清淨受想行識清淨故法性清淨何以故若一切智智清淨若受想行識清淨若法性清淨無二無二分無別無斷故善現一切智智清淨故眼處清淨眼處清淨故法性清淨何以故若一切智智清淨若眼處清淨若法性清淨無二

無二分無別無斷故一切智智清淨故耳鼻舌身意處清淨耳鼻舌身意處清淨故法性清淨何以故若一切智智清淨若耳鼻舌身意處清淨若法性清淨無二無二分無別無斷故善現一切智智清淨故色處清淨色處清淨故法性清淨何以故若一切智智清淨若色處清淨若法性清淨無二無二分無別無斷故一切智智清淨故聲香味觸法處清淨聲香味觸法處清淨故法性清淨何以故若一切智智清淨若聲香味觸法處清淨若法性清淨無二無二分無別無斷故善現一切智智清淨故眼界清淨眼界清淨故法性清淨何以故若一切智智清淨若眼界清淨若法性清淨無二無二分無別無斷故一切智智清淨故色界眼識界及眼觸眼觸爲緣所生諸受清淨色界乃至眼觸爲緣所生諸受清淨故法性清淨何以故若一切智智清淨若色界乃至眼觸爲緣所生諸受清淨若法性清淨無二無二分無別無斷故善現一切智智清淨故耳界清淨耳界清淨故法性清淨何以故若一切智智清淨若耳界清淨若法性清淨無二無二分無別無斷故一切智智清淨故聲界耳識界及耳觸耳觸爲緣所生諸受清淨聲界乃至耳觸爲緣所生諸受清淨故法性清淨何以故若一切智智清淨若聲界乃至耳觸爲緣所生諸受清淨若法性清淨無二無二分無別無斷故善現一切智智清淨故鼻界清淨鼻界清淨故法性清淨何以故若一切智智清淨若鼻界清淨若法性清淨無二無二分無別無斷故一切

智智清淨故香界鼻識界及鼻觸鼻觸爲緣所生諸受清淨香界乃至鼻觸爲緣所生諸受清淨故法性清淨何以故若一切智智清淨若香界乃至鼻觸爲緣所生諸受清淨若法性清淨無二無二分無別無斷故善現一切智智清淨故舌界清淨舌界清淨故法性清淨何以故若一切智智清淨若舌界清淨若法性清淨無二無二分無別無斷故一切智智清淨故味界舌識界及舌觸舌觸爲緣所生諸受清淨味界乃至舌觸爲緣所生諸受清淨故法性清淨何以故若一切智智清淨若味界乃至舌觸爲緣所生諸受清淨若法性清淨無二無二分無別無斷故善現一切智智清淨故身界清淨身界清淨故法性清淨何以故若一切智智清淨若身界清淨若法性清淨無二無二分無別無斷故一切智智清淨故觸界身識界及身觸身觸爲緣所生諸受清淨觸界乃至身觸爲緣所生諸受清淨故法性清淨何以故若一切智智清淨若觸界乃至身觸爲緣所生諸受清淨若法性清淨無二無二分無別無斷故善現一切智智清淨故意界清淨意界清淨故法性清淨何以故若一切智智清淨若意界清淨若法性清淨無二無二分無別無斷故一切智智清淨故法界意識界及意觸意觸爲緣所生諸受清淨法界乃至意觸爲緣所生諸受清淨故法性清淨何以故若一切智智清淨若法界乃至意觸爲緣所生諸受清淨若法性清淨無二無二分無別無斷故善現一切智智清淨故地界清淨地界清淨故法性

清淨何以故若一切智智清淨若地界清淨若法性清淨無二無二分無別無斷故一切智智清淨故水火風空識界清淨水火風空識界清淨故法性清淨何以故若一切智智清淨若水火風空識界清淨若法性清淨無二無二分無別無斷故善現一切智智清淨故無明清淨無明清淨故法性清淨何以故若一切智智清淨若無明清淨若法性清淨無二無二分無別無斷故一切智智清淨故行識名色六處觸受愛取有生老死愁歎苦憂惱清淨行乃至老死愁歎苦憂惱清淨故法性清淨何以故若一切智智清淨若行乃至老死愁歎苦憂惱清淨若法性清淨無二無二分無別無斷故善現一切智智清淨故布施波羅蜜多清淨布施波羅蜜多清淨故

法性清淨何以故若一切智智清淨若布施波羅蜜多清淨若法性清淨無二無二分無別無斷故一切智智清淨故淨戒安忍精進靜慮般若波羅蜜多清淨淨戒乃至般若波羅蜜多清淨故法性清淨何以故若一切智智清淨若淨戒乃至般若波羅蜜多清淨若法性清淨無二無二分無別無斷故善現一切智智清淨故內空清淨內空清淨故法性清淨何以故若一切智智清淨若內空清淨若法性清淨無二無二分無別無斷故一切智智清淨故外空內外空空空大空勝義空有爲空無爲空畢竟空無際空散空無變異空本性空自相空共相空一切法空不可得空無性空自性空無性自性空清淨外空乃至無性自性空清淨故法性清淨何以故若

一切智智清淨若外空乃至無性自性空清淨若法性清淨無二無二分無別無斷故善現一切智智清淨故真如清淨真如清淨故法性清淨何以故若一切智智清淨若真如清淨若法性清淨無二無二分無別無斷故一切智智清淨故法界不虛妄性不變異性平等性離生性法定法住實際虛空界不思議界清淨法界乃至不思議界清淨故法性清淨何以故若一切智智清淨若法界乃至不思議界清淨若法性清淨無二無二分無別無斷故善現一切智智清淨故苦聖諦清淨苦聖諦清淨故法性清淨何以故若一切智智清淨若苦聖諦清淨若法性清淨無二無二分無別無斷故一切智智清淨故集滅道聖諦清淨集滅道聖諦清淨故法性清淨何以故若一切智智清淨若集滅道聖諦清淨若法性清淨無二無二分無別無斷故善現一切智智清淨故四靜慮清淨四靜慮清淨故法性清淨何以故若一切智智清淨若四靜慮清淨若法性清淨無二無二分無別無斷故一切智智清淨故四無量四無色定清淨四無量四無色定清淨故法性清淨何以故若一切智智清淨若四無量四無色定清淨若法性清淨無二無二分無別無斷故善現一切智智清淨故八解脫清淨八解脫清淨故法性清淨何以故若一切智智清淨若八解脫清淨若法性清淨無二無二分無別無斷故一切智智清淨故八勝處九次第定十遍處清淨八勝處九次第定十遍處清淨故法性清淨何以故若一切智智清淨若

八勝處九次第定十遍處清淨若法性清淨無二無二分無別無斷故善現一切智智清淨故四念住清淨四念住清淨故法性清淨何以故若一切智智清淨若四念住清淨若法性清淨無二無二分無別無斷故一切智智清淨故四正斷四神足五根五力七等覺支八聖道支清淨四正斷乃至八聖道支清淨故法性清淨何以故若一切智智清淨若四正斷乃至八聖道支清淨若法性清淨無二無二分無別無斷故善現一切智智清淨故空解脫門清淨空解脫門清淨故法性清淨何以故若一切智智清淨若空解脫門清淨若法性清淨無二無二分無別無斷故一切智智清淨故無相無願解脫門清淨無相無願解脫門清淨故法性清淨何以故若一切智智清淨若無相無願解脫門清淨若法性清淨無二無二分無別無斷故善現一切智智清淨故菩薩十地清淨菩薩十地清淨故法性清淨何以故若一切智智清淨若菩薩十地清淨若法性清淨無二無二分無別無斷故善現一切智智清淨故五眼清淨五眼清淨故法性清淨何以故若一切智智清淨若五眼清淨若法性清淨無二無二分無別無斷故一切智智清淨故六神通清淨六神通清淨故法性清淨何以故若一切智智清淨若六神通清淨若法性清淨無二無二分無別無斷故善現一切智智清淨故佛十力清淨佛十力清淨故法性清淨何以故若一切智智清淨若佛十力清淨若法性清淨無二無二分無別無斷故一切智智清淨故

四無所畏四無礙解大慈大悲大喜大捨十八佛不共法清淨四無所畏乃至十八佛不共法清淨故法性清淨何以故若一切智智清淨若四無所畏乃至十八佛不共法清淨若法性清淨無二無二分無別無斷故善現一切智智清淨故無忘失法清淨無忘失法清淨故法性清淨何以故若一切智智清淨若無忘失法清淨若法性清淨無二無二分無別無斷故一切智智清淨故恒住捨性清淨恒住捨性清淨故法性清淨何以故若一切智智清淨若恒住捨性清淨若法性清淨無二無二分無別無斷故善現一切智智清淨故一切智清淨一切智清淨故法性清淨何以故若一切智智清淨若一切智清淨若法性清淨無二無二分無別無斷故一切智智清淨故道相智一切相智清淨道相智一切相智清淨故法性清淨何以故若一切智智清淨若道相智一切相智清淨若法性清淨無二無二分無別無斷故善現一切智智清淨故一切陀羅尼門清淨一切陀羅尼門清淨故法性清淨何以故若一切智智清淨若一切陀羅尼門清淨若法性清淨無二無二分無別無斷故一切智智清淨故一切三摩地門清淨一切三摩地門清淨故法性清淨何以故若一切智智清淨若一切三摩地門清淨若法性清淨無二無二分無別無斷故善現一切智智清淨故預流果清淨預流果清淨故法性清淨何以故若一切智智清淨若預流果清淨若法性清淨無二無二分無別無斷故一切智智清淨故一來不還阿

羅漢果清淨一來不還阿羅漢果清淨故法性清淨何以故若一切智智清淨若一來不還阿羅漢果清淨若法性清淨無二無二分無別無斷故善現一切智智清淨故獨覺菩提清淨獨覺菩提清淨故法性清淨何以故若一切智智清淨若獨覺菩提清淨若法性清淨無二無二分無別無斷故善現一切智智清淨故一切菩薩摩訶薩行清淨一切菩薩摩訶薩行清淨故法性清淨何以故若一切智智清淨若一切菩薩摩訶薩行清淨若法性清淨無二無二分無別無斷故善現一切智智清淨故諸佛無上正等菩提清淨諸佛無上正等菩提清淨故法性清淨何以故若一切智智清淨若諸佛無上正等菩提清淨若法性清淨無二無二分無別無斷故復次善現一切智智清淨故色清淨色清淨故不虛妄性清淨何以故若一切智智清淨若色清淨若不虛妄性清淨無二無二分無別無斷故一切智智清淨故受想行識清淨受想行識清淨故不虛妄性清淨何以故若一切智智清淨若受想行識清淨若不虛妄性清淨無二無二分無別無斷故善現一切智智清淨故眼處清淨眼處清淨故不虛妄性清淨何以故若一切智智清淨若眼處清淨若不虛妄性清淨無二無二分無別無斷故一切智智清淨故耳鼻舌身意處清淨耳鼻舌身意處清淨故不虛妄性清淨何以故若一切智智清淨若耳鼻舌身意處清淨若不虛妄性清淨無二無二分無別無斷故善現一切智智清淨故色處清淨色處清淨故不

虚妄性清淨何以故若一切智智清淨若色處清淨若不虚妄性清淨無二無二分無別無斷故一切智智清淨故聲香味觸法處清淨聲香味觸法處清淨故不虚妄性清淨何以故若一切智智清淨若聲香味觸法處清淨若不虚妄性清淨無二無二分無別無斷故善現一切智智清淨故眼界清淨眼界清淨故不虚妄性清淨何以故若一切智智清淨若眼界清淨若不虚妄性清淨無二無二分無別無斷故一切智智清淨故色界眼識界及眼觸眼觸爲緣所生諸受清淨色界乃至眼觸爲緣所生諸受清淨故不虚妄性清淨何以故若一切智智清淨若色界乃至眼觸爲緣所生諸受清淨若不虚妄性清淨無二無二分無別無斷故善現一切智智清淨

故耳界清淨耳界清淨故不虚妄性清淨何以故若一切智智清淨若耳界清淨若不虚妄性清淨無二無二分無別無斷故一切智智清淨故聲界耳識界及耳觸耳觸爲緣所生諸受清淨聲界乃至耳觸爲緣所生諸受清淨故不虚妄性清淨何以故若一切智智清淨若聲界乃至耳觸爲緣所生諸受清淨若不虚妄性清淨無二無二分無別無斷故善現一切智智清淨故鼻界清淨鼻界清淨故不虚妄性清淨何以故若一切智智清淨若鼻界清淨若不虚妄性清淨無二無二分無別無斷故一切智智清淨故香界鼻識界及鼻觸鼻觸爲緣所生諸受清淨香界乃至鼻觸爲緣所生諸受清淨故不虚妄性清淨何以故若一切智智清淨若香界乃至鼻觸

爲緣所生諸受清淨若不虛妄性清淨無二無二分無別無斷故善現一切智智清淨故舌界清淨舌界清淨故不虛妄性清淨何以故若一切智智清淨若舌界清淨若不虛妄性清淨無二無二分無別無斷故一切智智清淨故味界舌識界及舌觸舌觸爲緣所生諸受清淨味界乃至舌觸爲緣所生諸受清淨故不虛妄性清淨何以故若一切智智清淨若味界乃至舌觸爲緣所生諸受清淨若不虛妄性清淨無二無二分無別無斷故善現一切智智清淨故身界清淨身界清淨故不虛妄性清淨何以故若一切智智清淨若身界清淨若不虛妄性清淨無二無二分無別無斷故一切智智清淨故觸界身識界及身觸身觸爲緣所生諸受清淨觸界乃至身觸爲緣所生諸受清淨故不虛妄性清淨何以故若一切智智清淨若觸界乃至身觸爲緣所生諸受清淨若不虛妄性清淨無二無二分無別無斷故善現一切智智清淨故意界清淨意界清淨故不虛妄性清淨何以故若一切智智清淨若意界清淨若不虛妄性清淨無二無二分無別無斷故一切智智清淨故法界意識界及意觸意觸爲緣所生諸受清淨法界乃至意觸爲緣所生諸受清淨故不虛妄性清淨何以故若一切智智清淨若法界乃至意觸爲緣所生諸受清淨若不虛妄性清淨無二無二分無別無斷故

大般若波羅蜜多經卷第二百五十八

大般若波羅蜜多經卷第二百五十九

唐三藏法師玄奘奉　詔譯

初分難信解品第三十四之七十八

善現一切智智清淨故地界清淨地界清淨故不虛妄性清淨何以故若一切智智清淨若地界清淨若不虛妄性清淨無二無二分無別無斷故一切智智清淨故水火風空識界清淨水火風空識界清淨故不虛妄性清淨何以故若一切智智清淨若水火風空識界清淨若不虛妄性清淨無二無二分無別無斷故善現一切智智清淨故無明清淨無明清淨故不虛妄性清淨何以故若一切智智清淨若無明清淨若不虛妄性清淨無二無二分無別無斷故一切智智清淨故行識名色六處觸受愛取有生老死愁歎苦憂惱清淨行乃至老死愁歎苦憂惱清淨故不虛妄性清淨何以故若一切智智清淨若行乃至老死愁歎苦憂惱清淨若不虛妄性清淨無二無二分無別無斷故善現一切智智清淨故布施波羅蜜多清淨布施波羅蜜多清淨故不虛妄性清淨何以故若一切智智清淨若布施波羅蜜多清淨若不虛妄性清淨無二無二分無別無斷故一切智智清淨故淨戒安忍精進靜慮般若波羅蜜多清淨淨戒乃至般若波羅蜜多清淨故不虛妄性清淨何以故若一切智智清淨若淨戒乃至般若波羅蜜多清淨若不虛妄性清淨無二無二分無別無斷故善現一切智智清淨故內空清淨內空清淨故不虛妄性清淨何以故若一切智智清淨若內空清淨若不虛妄性

清淨無二無二分無別無斷故一切智智清
淨故外空內外空空空大空勝義空有爲空
無爲空畢竟空無際空散空無變異空本性
空自相空共相空一切法空不可得空無性
空自性空無性自性空清淨外空乃至無性
自性空清淨故不虛妄性清淨何以故若一
切智智清淨若外空乃至無性自性空清淨
若不虛妄性清淨無二無二分無別無斷故
善現一切智智清淨故眞如清淨眞如清淨
故不虛妄性清淨何以故若一切智智清淨
若眞如清淨若不虛妄性清淨無二無二分
無別無斷故一切智智清淨故法界法性不
變異性平等性離生性法定法住實際虛空
界不思議界清淨法界乃至不思議界清淨
故不虛妄性清淨何以故若一切智智清淨
若法界乃至不思議界清淨若不虛妄性清
淨無二無二分無別無斷故善現一切智智
清淨故苦聖諦清淨苦聖諦清淨故不虛妄
性清淨何以故若一切智智清淨若苦聖諦
清淨若不虛妄性清淨無二無二分無別無
斷故一切智智清淨故集滅道聖諦清淨集
滅道聖諦清淨故不虛妄性清淨何以故若
一切智智清淨若集滅道聖諦清淨若不虛
妄性清淨無二無二分無別無斷故善現一
切智智清淨故四靜慮清淨四靜慮清淨故
不虛妄性清淨何以故若一切智智清淨若
四靜慮清淨若不虛妄性清淨無二無二分
無別無斷故一切智智清淨故四無量四無
色定清淨四無量四無色定清淨故不虛妄
性清淨何以故若一切智智清淨若四無量

四無色定清淨若不虛妄性清淨無二無二分無別無斷故善現一切智智清淨故八解脫清淨八解脫清淨故不虛妄性清淨何以故若一切智智清淨若八解脫清淨若不虛妄性清淨無二無二分無別無斷故一切智智清淨故八勝處九次第定十遍處清淨八勝處九次第定十遍處清淨故不虛妄性清淨何以故若一切智智清淨若八勝處九次第定十遍處清淨若不虛妄性清淨無二無二分無別無斷故善現一切智智清淨故四念住清淨四念住清淨故不虛妄性清淨何以故若一切智智清淨若四念住清淨若不虛妄性清淨無二無二分無別無斷故一切智智清淨故四正斷四神足五根五力七等覺支八聖道支清淨四正斷乃至八聖道支清淨故不虛妄性清淨何以故若一切智智清淨若四正斷乃至八聖道支清淨若不虛妄性清淨無二無二分無別無斷故善現一切智智清淨故空解脫門清淨空解脫門清淨故不虛妄性清淨何以故若一切智智清淨若空解脫門清淨若不虛妄性清淨無二無二分無別無斷故一切智智清淨故無相無願解脫門清淨無相無願解脫門清淨故不虛妄性清淨何以故若一切智智清淨若無相無願解脫門清淨若不虛妄性清淨無二無二分無別無斷故善現一切智智清淨故菩薩十地清淨菩薩十地清淨故不虛妄性清淨何以故若一切智智清淨若菩薩十地清淨若不虛妄性清淨無二無二分無別無斷故善現一切智智清淨故五眼清淨五

眼清淨故不虛妄性清淨何以故若一切智智清淨若五眼清淨若不虛妄性清淨無二無二分無別無斷故一切智智清淨故六神通清淨六神通清淨故不虛妄性清淨何以故若一切智智清淨若六神通清淨若不虛妄性清淨無二無二分無別無斷故善現一切智智清淨故佛十力清淨佛十力清淨故不虛妄性清淨何以故若一切智智清淨若佛十力清淨若不虛妄性清淨無二無二分無別無斷故一切智智清淨故四無所畏四無礙解大慈大悲大喜大捨十八佛不共法清淨四無所畏乃至十八佛不共法清淨故不虛妄性清淨何以故若一切智智清淨若四無所畏乃至十八佛不共法清淨若不虛虛性清淨無二無二分無別無斷故善現一

切智智清淨故無忘失法清淨無忘失法清淨故不虛妄性清淨何以故若一切智智清淨若無忘失法清淨若不虛妄性清淨無二無二分無別無斷故一切智智清淨故恒住捨性清淨恒住捨性清淨故不虛妄性清淨何以故若一切智智清淨若恒住捨性清淨若不虛妄性清淨無二無二分無別無斷故善現一切智智清淨故一切智清淨一切智清淨故不虛妄性清淨何以故若一切智智清淨若一切智清淨若不虛妄性清淨無二無二分無別無斷故一切智智清淨故道相智一切相智清淨道相智一切相智清淨故不虛妄性清淨何以故若一切智智清淨若道相智一切相智清淨若不虛妄性清淨無二無二分無別無斷故善現一切智智清淨

故一切陀羅尼門清淨一切陀羅尼門清淨故不虛妄性清淨何以故若一切智智清淨若一切陀羅尼門清淨若不虛妄性清淨無二無二分無別無斷故一切智智清淨故一切三摩地門清淨一切三摩地門清淨故不虛妄性清淨何以故若一切智智清淨若一切三摩地門清淨若不虛妄性清淨無二無二分無別無斷故善現一切智智清淨故預流果清淨預流果清淨故不虛妄性清淨何以故若一切智智清淨若預流果清淨若不虛妄性清淨無二無二分無別無斷故一切智智清淨故一來不還阿羅漢果清淨一來不還阿羅漢果清淨故不虛妄性清淨何以故若一切智智清淨若一來不還阿羅漢果清淨若不虛妄性清淨無二無二分無別無斷故善現一切智智清淨故獨覺菩提清淨獨覺菩提清淨故不虛妄性清淨何以故若一切智智清淨若獨覺菩提清淨若不虛妄性清淨無二無二分無別無斷故善現一切智智清淨故一切菩薩摩訶薩行清淨一切菩薩摩訶薩行清淨故不虛妄性清淨何以故若一切智智清淨若一切菩薩摩訶薩行清淨若不虛妄性清淨無二無二分無別無斷故善現一切智智清淨故諸佛無上正等菩提清淨諸佛無上正等菩提清淨故不虛妄性清淨何以故若一切智智清淨若諸佛無上正等菩提清淨若不虛妄性清淨無二無二分無別無斷故復次善現一切智智清淨故色清淨色清淨故不變異性清淨何以故若一切智智清淨若色清淨若不變異性

清淨無二無二分無別無斷故一切智智清
淨故受想行識清淨受想行識清淨故不變
異性清淨何以故若一切智智清淨若受想
行識清淨若不變異性清淨無二無二分無
別無斷故善現一切智智清淨故眼處清淨
眼處清淨故不變異性清淨何以故若一切
智智清淨若眼處清淨若不變異性清淨無
二無二分無別無斷故一切智智清淨故耳
鼻舌身意處清淨耳鼻舌身意處清淨故不
變異性清淨何以故若一切智智清淨若耳
鼻舌身意處清淨若不變異性清淨無二無
二分無別無斷故善現一切智智清淨故色
處清淨色處清淨故不變異性清淨何以故
若一切智智清淨若色處清淨若不變異性
清淨無二無二分無別無斷故一切智智清

淨故聲香味觸法處清淨聲香味觸法處清
淨故不變異性清淨何以故若一切智智清
淨若聲香味觸法處清淨若不變異性清淨
無二無二分無別無斷故善現一切智智清
淨故眼界清淨眼界清淨故不變異性清淨
何以故若一切智智清淨若眼界清淨若不
變異性清淨無二無二分無別無斷故一切
智智清淨故色界眼識界及眼觸眼觸爲緣
所生諸受清淨色界乃至眼觸爲緣所生諸
受清淨故不變異性清淨何以故若一切智
智清淨若色界乃至眼觸爲緣所生諸受清
淨若不變異性清淨無二無二分無別無斷
故善現一切智智清淨故耳界清淨耳界清
淨故不變異性清淨何以故若一切智智清
淨若耳界清淨若不變異性清淨無二無二

分無別無斷故一切智智清淨故聲界耳識界及耳觸耳觸爲緣所生諸受清淨聲界乃至耳觸爲緣所生諸受清淨故不變異性清淨何以故若一切智智清淨若聲界乃至耳觸爲緣所生諸受清淨若不變異性清淨無二無二分無別無斷故善現一切智智清淨故鼻界清淨鼻界清淨故不變異性清淨何以故若一切智智清淨若鼻界清淨若不變異性清淨無二無二分無別無斷故一切智智清淨故香界鼻識界及鼻觸鼻觸爲緣所生諸受清淨香界乃至鼻觸爲緣所生諸受清淨故不變異性清淨何以故若一切智智清淨若香界乃至鼻觸爲緣所生諸受清淨若不變異性清淨無二無二分無別無斷故善現一切智智清淨故舌界清淨舌界清淨故不變異性清淨何以故若一切智智清淨若舌界清淨若不變異性清淨無二無二分無別無斷故一切智智清淨故味界舌識界及舌觸舌觸爲緣所生諸受清淨味界乃至舌觸爲緣所生諸受清淨故不變異性清淨何以故若一切智智清淨若味界乃至舌觸爲緣所生諸受清淨若不變異性清淨無二無二分無別無斷故善現一切智智清淨故身界清淨身界清淨故不變異性清淨何以故若一切智智清淨若身界清淨若不變異性清淨無二無二分無別無斷故一切智智清淨故觸界身識界及身觸身觸爲緣所生諸受清淨觸界乃至身觸爲緣所生諸受清淨故不變異性清淨何以故若一切智智清淨若觸界乃至身觸爲緣所生諸受清淨若

不變異性清淨無二無二分無別無斷故善現一切智智清淨故意界清淨意界清淨故不變異性清淨何以故若一切智智清淨若意界清淨若不變異性清淨無二無二分無別無斷故一切智智清淨故法界意識界及意觸意觸爲緣所生諸受清淨法界乃至意觸爲緣所生諸受清淨故不變異性清淨何以故若一切智智清淨若法界乃至意觸爲緣所生諸受清淨若不變異性清淨無二無二分無別無斷故善現一切智智清淨故地界清淨地界清淨故不變異性清淨何以故若一切智智清淨若地界清淨若不變異性清淨無二無二分無別無斷故一切智智清淨故水火風空識界清淨水火風空識界清淨故不變異性清淨何以故若一切智智清淨若水火風空識界清淨若不變異性清淨無二無二分無別無斷故善現一切智智清淨故無明清淨無明清淨故不變異性清淨何以故若一切智智清淨若無明清淨若不變異性清淨無二無二分無別無斷故一切智智清淨故行識名色六處觸受愛取有生老死愁歎苦憂惱清淨行乃至老死愁歎苦憂惱清淨故不變異性清淨何以故若一切智智清淨若行乃至老死愁歎苦憂惱清淨若不變異性清淨無二無二分無別無斷故善現一切智智清淨故布施波羅蜜多清淨布施波羅蜜多清淨故不變異性清淨何以故若一切智智清淨若布施波羅蜜多清淨若不變異性清淨無二無二分無別無斷故一切智智清淨故淨戒安忍精進靜慮般若

波羅蜜多清淨淨戒乃至般若波羅蜜多清淨故不變異性清淨何以故若一切智智清淨若淨戒乃至般若波羅蜜多清淨若不變異性清淨無二無二分無別無斷故善現一切智智清淨故內空清淨內空清淨故不變異性清淨何以故若一切智智清淨若內空清淨若不變異性清淨無二無二分無別無斷故一切智智清淨故外空內外空空空大空勝義空有爲空無爲空畢竟空無際空散空無變異空本性空自相空共相空一切法空不可得空無性空自性空無性自性空清淨外空乃至無性自性空清淨故不變異性清淨何以故若一切智智清淨若外空乃至無性自性空清淨若不變異性清淨無二無二分無別無斷故善現一切智智清淨故眞如清淨眞如清淨故不變異性清淨何以故若一切智智清淨若眞如清淨若不變異性清淨無二無二分無別無斷故一切智智清淨故法界法性不虛妄性平等性離生性法定法住實際虛空界不思議界清淨法界乃至不思議界清淨故不變異性清淨何以故若一切智智清淨若法界乃至不思議界清淨若不變異性清淨無二無二分無別無斷故善現一切智智清淨故苦聖諦清淨苦聖諦清淨故不變異性清淨何以故若一切智智清淨若苦聖諦清淨若不變異性清淨無二無二分無別無斷故一切智智清淨故集滅道聖諦清淨集滅道聖諦清淨故不變異性清淨何以故若一切智智清淨若集滅道聖諦清淨若不變異性清淨無二無二分無

別無斷故善現一切智智清淨故四靜慮清淨四靜慮清淨故不變異性清淨何以故若一切智智清淨若四靜慮清淨若不變異性清淨無二無二分無別無斷故一切智智清淨故四無量四無色定清淨四無量四無色定清淨故不變異性清淨何以故若一切智智清淨若四無量四無色定清淨若不變異性清淨無二無二分無別無斷故善現一切智智清淨故八解脫清淨八解脫清淨故不變異性清淨何以故若一切智智清淨若八解脫清淨若不變異性清淨無二無二分無別無斷故一切智智清淨故八勝處九次第定十遍處清淨八勝處九次第定十遍處清淨故不變異性清淨何以故若一切智智清淨若八勝處九次第定十遍處清淨若不變異性清淨無二無二分無別無斷故善現一切智智清淨故四念住清淨四念住清淨故不變異性清淨何以故若一切智智清淨若四念住清淨若不變異性清淨無二無二分無別無斷故一切智智清淨故四正斷四神足五根五力七等覺支八聖道支清淨四正斷乃至八聖道支清淨故不變異性清淨何以故若一切智智清淨若四正斷乃至八聖道支清淨若不變異性清淨無二無二分無別無斷故善現一切智智清淨故空解脫門清淨空解脫門清淨故不變異性清淨何以故若一切智智清淨若空解脫門清淨若不變異性清淨無二無二分無別無斷故一切智智清淨故無相無願解脫門清淨無相無願解脫門清淨故不變異性清淨何以故若

一切智智清淨若無相無願解脫門清淨若
不變異性清淨無二無二分無別無斷故善
現一切智智清淨故菩薩十地清淨菩薩十
地清淨故不變異性清淨何以故若一切智
智清淨若菩薩十地清淨若不變異性清淨
無二無二分無別無斷故善現一切智智清
淨故五眼清淨五眼清淨故不變異性清淨
何以故若一切智智清淨若五眼清淨若不
變異性清淨無二無二分無別無斷故一切
智智清淨故六神通清淨六神通清淨故不
變異性清淨何以故若一切智智清淨若六
神通清淨若不變異性清淨無二無二分無
別無斷故善現一切智智清淨故佛十力清
淨佛十力清淨故不變異性清淨何以故若
一切智智清淨若佛十力清淨若不變異性
清淨無二無二分無別無斷故一切智智清
淨故四無所畏四無礙解大慈大悲大喜大
捨十八佛不共法清淨四無所畏乃至十八
佛不共法清淨故不變異性清淨何以故若
一切智智清淨若四無所畏乃至十八佛不
共法清淨若不變異性清淨無二無二分無
別無斷故善現一切智智清淨故無忘失法
清淨無忘失法清淨故不變異性清淨何以
故若一切智智清淨若無忘失法清淨若不
變異性清淨無二無二分無別無斷故一切
智智清淨故恒住捨性清淨恒住捨性清淨
故不變異性清淨何以故若一切智智清淨
若恒住捨性清淨若不變異性清淨無二無
二分無別無斷故善現一切智智清淨故一
切智清淨一切智清淨故不變異性清淨何

以故若一切智智清淨若一切智清淨若不變異性清淨無二無二分無別無斷故一切智智清淨故道相智一切相智清淨道相智一切相智清淨故不變異性清淨何以故若一切智智清淨若道相智一切相智清淨若不變異性清淨無二無二分無別無斷故善現一切智智清淨故一切陀羅尼門清淨一切陀羅尼門清淨故不變異性清淨何以故若一切智智清淨若一切陀羅尼門清淨若不變異性清淨無二無二分無別無斷故一切智智清淨故一切三摩地門清淨一切三摩地門清淨故不變異性清淨何以故若一切智智清淨若一切三摩地門清淨若不變異性清淨無二無二分無別無斷故善現一切智智清淨故預流果清淨預流果清淨故不變異性清淨何以故若一切智智清淨若預流果清淨若不變異性清淨無二無二分無別無斷故一切智智清淨故一來不還阿羅漢果清淨一來不還阿羅漢果清淨故不變異性清淨何以故若一切智智清淨若一來不還阿羅漢果清淨若不變異性清淨無二無二分無別無斷故善現一切智智清淨故獨覺菩提清淨獨覺菩提清淨故不變異性清淨何以故若一切智智清淨若獨覺菩提清淨若不變異性清淨無二無二分無別無斷故善現一切智智清淨故一切菩薩摩訶薩行清淨一切菩薩摩訶薩行清淨故不變異性清淨何以故若一切智智清淨若一切菩薩摩訶薩行清淨若不變異性清淨無二無二分無別無斷故善現一切智智清淨

故諸佛無上正等菩提清淨諸佛無上正等菩提清淨故不變異性清淨何以故若一切智智清淨若諸佛無上正等菩提清淨若不變異性清淨無二無二分無別無斷故復次善現一切智智清淨故色清淨色清淨故平等性清淨何以故若一切智智清淨若色清淨若平等性清淨無二無二分無別無斷故一切智智清淨故受想行識清淨受想行識清淨故平等性清淨何以故若一切智智清淨若受想行識清淨若平等性清淨無二無二分無別無斷故善現一切智智清淨故眼處清淨眼處清淨故平等性清淨何以故若一切智智清淨若眼處清淨若平等性清淨無二無二分無別無斷故一切智智清淨故耳鼻舌身意處清淨耳鼻舌身意處清淨故平等性清淨何以故若一切智智清淨若耳鼻舌身意處清淨若平等性清淨無二無二分無別無斷故善現一切智智清淨故色處清淨色處清淨故平等性清淨何以故若一切智智清淨若色處清淨若平等性清淨無二無二分無別無斷故一切智智清淨故聲香味觸法處清淨聲香味觸法處清淨故平等性清淨何以故若一切智智清淨若聲香味觸法處清淨若平等性清淨無二無二分無別無斷故善現一切智智清淨故眼界清淨眼界清淨故平等性清淨何以故若一切智智清淨若眼界清淨若平等性清淨無二無二分無別無斷故一切智智清淨故色界眼識界及眼觸眼觸爲緣所生諸受清淨色界乃至眼觸爲緣所生諸受清淨故平等性

清淨何以故若一切智智清淨若色界乃至眼觸爲緣所生諸受清淨若平等性清淨無二無二分無別無斷故善現一切智智清淨故耳界清淨耳界清淨故平等性清淨何以故若一切智智清淨若耳界清淨若平等性清淨無二無二分無別無斷故一切智智清淨故聲界耳識界及耳觸耳觸爲緣所生諸受清淨聲界乃至耳觸爲緣所生諸受清淨故平等性清淨何以故若一切智智清淨若聲界乃至耳觸爲緣所生諸受清淨若平等性清淨無二無二分無別無斷故善現一切智智清淨故鼻界清淨鼻界清淨故平等性清淨何以故若一切智智清淨若鼻界清淨若平等性清淨無二無二分無別無斷故一切智智清淨故香界鼻識界及鼻觸鼻觸爲緣所生諸受清淨香界乃至鼻觸爲緣所生諸受清淨故平等性清淨何以故若一切智智清淨若香界乃至鼻觸爲緣所生諸受清淨若平等性清淨無二無二分無別無斷故善現一切智智清淨故舌界清淨舌界清淨故平等性清淨何以故若一切智智清淨若舌界清淨若平等性清淨無二無二分無別無斷故一切智智清淨故味界舌識界及舌觸舌觸爲緣所生諸受清淨味界乃至舌觸爲緣所生諸受清淨故平等性清淨何以故若一切智智清淨若味界乃至舌觸爲緣所生諸受清淨若平等性清淨無二無二分無別無斷故善現一切智智清淨故身界清淨身界清淨故平等性清淨何以故若一切智智清淨若身界清淨若平等性清淨無二無

二分無別無斷故一切智智清淨故觸界身識界及身觸身觸爲緣所生諸受清淨觸界乃至身觸爲緣所生諸受清淨故平等性清淨何以故若一切智智清淨若觸界乃至身觸爲緣所生諸受清淨若平等性清淨無二無二分無別無斷故善現一切智智清淨故意界清淨意界清淨故平等性清淨何以故若一切智智清淨若意界清淨若平等性清淨無二無二分無別無斷故一切智智清淨故法界意識界及意觸意觸爲緣所生諸受清淨法界乃至意觸爲緣所生諸受清淨故平等性清淨何以故若一切智智清淨若法界乃至意觸爲緣所生諸受清淨若平等性清淨無二無二分無別無斷故善現一切智智清淨故地界清淨地界清淨故平等性清淨何以故若一切智智清淨若地界清淨若平等性清淨無二無二分無別無斷故一切智智清淨故水火風空識界清淨水火風空識界清淨故平等性清淨何以故若一切智智清淨若水火風空識界清淨若平等性清淨無二無二分無別無斷故善現一切智智清淨故無明清淨無明清淨故平等性清淨何以故若一切智智清淨若無明清淨若平等性清淨無二無二分無別無斷故一切智智清淨故行識名色六處觸受愛取有生老死愁歎苦憂惱清淨行乃至老死愁歎苦憂惱清淨故平等性清淨何以故若一切智智清淨若行乃至老死愁歎苦憂惱清淨若平等性清淨無二無二分無別無斷故

大般若波羅蜜多經卷第二百五十九

大般若波羅蜜多經卷第二百六十

唐三藏法師玄奘奉詔譯

初分難信解品第三十四之七十九

善現一切智智清淨故布施波羅蜜多清淨布施波羅蜜多清淨故平等性清淨何以故若一切智智清淨若布施波羅蜜多清淨若平等性清淨無二無二分無別無斷故一切智智清淨故淨戒安忍精進靜慮般若波羅蜜多清淨淨戒乃至般若波羅蜜多清淨故平等性清淨何以故若一切智智清淨若淨戒乃至般若波羅蜜多清淨若平等性清淨無二無二分無別無斷故善現一切智智清淨故內空清淨內空清淨故平等性清淨何以故若一切智智清淨若內空清淨若平等性清淨無二無二分無別無斷故一切智智清淨故外空內外空空空大空勝義空有爲空無爲空畢竟空無際空散空無變異空本性空自相空共相空一切法空不可得空無性空自性空無性自性空清淨外空乃至無性自性空清淨故平等性清淨何以故若一切智智清淨若外空乃至無性自性空清淨若平等性清淨無二無二分無別無斷故善現一切智智清淨故真如清淨真如清淨故平等性清淨何以故若一切智智清淨若真如清淨若平等性清淨無二無二分無別無斷故一切智智清淨故法界法性不虛妄性不變異性離生性法定法住實際虛空界不思議界清淨法界乃至不思議界清淨故平等性清淨何以故若一切智智清淨若法界乃至不思議界清淨若平等性清淨無二無

二分無別無斷故善現一切智智清淨故苦聖諦清淨苦聖諦清淨故平等性清淨何以故若一切智智清淨若苦聖諦清淨若平等性清淨無二無二分無別無斷故一切智智清淨故集滅道聖諦清淨集滅道聖諦清淨故平等性清淨何以故若一切智智清淨若集滅道聖諦清淨若平等性清淨無二無二分無別無斷故善現一切智智清淨故四靜慮清淨四靜慮清淨故平等性清淨何以故若一切智智清淨若四靜慮清淨若平等性清淨無二無二分無別無斷故一切智智清淨故四無量四無色定清淨四無量四無色定清淨故平等性清淨何以故若一切智智清淨若四無量四無色定清淨若平等性清淨無二無二分無別無斷故善現一切智智清淨故八解脫清淨八解脫清淨故平等性清淨何以故若一切智智清淨若八解脫清淨若平等性清淨無二無二分無別無斷故一切智智清淨故八勝處九次第定十遍處清淨八勝處九次第定十遍處清淨故平等性清淨何以故若一切智智清淨若八勝處九次第定十遍處清淨若平等性清淨無二無二分無別無斷故善現一切智智清淨故四念住清淨四念住清淨故平等性清淨何以故若一切智智清淨若四念住清淨若平等性清淨無二無二分無別無斷故一切智智清淨故四正斷四神足五根五力七等覺支八聖道支清淨四正斷乃至八聖道支清淨故平等性清淨何以故若一切智智清淨若四正斷乃至八聖道支清淨若平等性清

淨無二無二分無別無斷故善現一切智智清淨故空解脫門清淨空解脫門清淨故平等性清淨何以故若一切智智清淨若空解脫門清淨若平等性清淨無二無二分無別無斷故一切智智清淨故無相無願解脫門清淨無相無願解脫門清淨故平等性清淨何以故若一切智智清淨若無相無願解脫門清淨若平等性清淨無二無二分無別無斷故善現一切智智清淨故菩薩十地清淨菩薩十地清淨故平等性清淨何以故若一切智智清淨若菩薩十地清淨若平等性清淨無二無二分無別無斷故善現一切智智清淨故五眼清淨五眼清淨故平等性清淨何以故若一切智智清淨若五眼清淨若平等性清淨無二無二分無別無斷故一切智智清淨故六神通清淨六神通清淨故平等性清淨何以故若一切智智清淨若六神通清淨若平等性清淨無二無二分無別無斷故善現一切智智清淨故佛十力清淨佛十力清淨故平等性清淨何以故若一切智智清淨若佛十力清淨若平等性清淨無二無二分無別無斷故一切智智清淨故四無所畏四無礙解大慈大悲大喜大捨十八佛不共法清淨四無所畏乃至十八佛不共法清淨故平等性清淨何以故若一切智智清淨若四無所畏乃至十八佛不共法清淨若平等性清淨無二無二分無別無斷故善現一切智智清淨故無忘失法清淨無忘失法清淨故平等性清淨何以故若一切智智清淨若無忘失法清淨若平等性清淨無二無二

分無别無斷故一切智智清淨故恒住捨性清淨恒住捨性清淨故平等性清淨何以故若一切智智清淨若恒住捨性清淨若平等性清淨無二無二分無别無斷故善現一切智智清淨故一切智清淨一切智清淨故平等性清淨何以故若一切智智清淨若一切智清淨若平等性清淨無二無二分無别無斷故一切智智清淨故道相智一切相智清淨道相智一切相智清淨故平等性清淨何以故若一切智智清淨若道相智一切相智清淨若平等性清淨無二無二分無别無斷故善現一切智智清淨故一切陀羅尼門清淨一切陀羅尼門清淨故平等性清淨何以故若一切智智清淨若一切陀羅尼門清淨若平等性清淨無二無二分無别無斷故一切智智清淨故一切三摩地門清淨一切三摩地門清淨故平等性清淨何以故若一切智智清淨若一切三摩地門清淨若平等性清淨無二無二分無别無斷故善現一切智智清淨故預流果清淨預流果清淨故平等性清淨何以故若一切智智清淨若預流果清淨若平等性清淨無二無二分無别無斷故一切智智清淨故一來不還阿羅漢果清淨一來不還阿羅漢果清淨故平等性清淨何以故若一切智智清淨若一來不還阿羅漢果清淨若平等性清淨無二無二分無别無斷故善現一切智智清淨故獨覺菩提清淨獨覺菩提清淨故平等性清淨何以故若一切智智清淨若獨覺菩提清淨若平等性清淨無二無二分無别無斷故善現一切智

智清淨故一切菩薩摩訶薩行清淨一切菩薩摩訶薩行清淨故平等性清淨何以故若一切智智清淨若一切菩薩摩訶薩行清淨若平等性清淨無二無二分無別無斷故善現一切智智清淨故諸佛無上正等菩提清淨諸佛無上正等菩提清淨故平等性清淨何以故若一切智智清淨若諸佛無上正等菩提清淨若平等性清淨無二無二分無別無斷故復次善現一切智智清淨故色清淨色清淨故離生性清淨何以故若一切智智清淨若色清淨若離生性清淨無二無二分無別無斷故一切智智清淨故受想行識清淨受想行識清淨故離生性清淨何以故若一切智智清淨若受想行識清淨若離生性清淨無二無二分無別無斷故善現一切智

智清淨故眼處清淨眼處清淨故離生性清淨何以故若一切智智清淨若眼處清淨若離生性清淨無二無二分無別無斷故一切智智清淨故耳鼻舌身意處清淨耳鼻舌身意處清淨故離生性清淨何以故若一切智智清淨若耳鼻舌身意處清淨若離生性清淨無二無二分無別無斷故善現一切智智清淨故色處清淨色處清淨故離生性清淨何以故若一切智智清淨若色處清淨若離生性清淨無二無二分無別無斷故一切智智清淨故聲香味觸法處清淨聲香味觸法處清淨故離生性清淨何以故若一切智智清淨若聲香味觸法處清淨若離生性清淨無二無二分無別無斷故善現一切智智清淨故眼界清淨眼界清淨故離生性清淨何

以故若一切智智清淨若眼界清淨若離生性清淨無二無二分無別無斷故一切智智清淨故色界眼識界及眼觸眼觸爲緣所生諸受清淨色界乃至眼觸爲緣所生諸受清淨故離生性清淨何以故若一切智智清淨若色界乃至眼觸爲緣所生諸受清淨若離生性清淨無二無二分無別無斷故善現一切智智清淨故耳界清淨耳界清淨故離生性清淨何以故若一切智智清淨若耳界清淨若離生性清淨無二無二分無別無斷故一切智智清淨故聲界耳識界及耳觸耳觸爲緣所生諸受清淨聲界乃至耳觸爲緣所生諸受清淨故離生性清淨何以故若一切智智清淨若聲界乃至耳觸爲緣所生諸受清淨若離生性清淨無二無二分無別無斷

故善現一切智智清淨故鼻界清淨鼻界清淨故離生性清淨何以故若一切智智清淨若鼻界清淨若離生性清淨無二無二分無別無斷故一切智智清淨故香界鼻識界及鼻觸鼻觸爲緣所生諸受清淨香界乃至鼻觸爲緣所生諸受清淨故離生性清淨何以故若一切智智清淨若香界乃至鼻觸爲緣所生諸受清淨若離生性清淨無二無二分無別無斷故善現一切智智清淨故舌界清淨舌界清淨故離生性清淨何以故若一切智智清淨若舌界清淨若離生性清淨無二無二分無別無斷故一切智智清淨故味界舌識界及舌觸舌觸爲緣所生諸受清淨味界乃至舌觸爲緣所生諸受清淨故離生性清淨何以故若一切智智清淨若味界乃至

舌觸爲緣所生諸受清淨若離生性清淨無二無二分無別無斷故善現一切智智清淨故身界清淨身界清淨故離生性清淨何以故若一切智智清淨若身界清淨若離生性清淨無二無二分無別無斷故一切智智清淨故觸界身識界及身觸身觸爲緣所生諸受清淨觸界乃至身觸爲緣所生諸受清淨故離生性清淨何以故若一切智智清淨若觸界乃至身觸爲緣所生諸受清淨若離生性清淨無二無二分無別無斷故善現一切智智清淨故意界清淨意界清淨故離生性清淨何以故若一切智智清淨若意界清淨若離生性清淨無二無二分無別無斷故一切智智清淨故法界意識界及意觸意觸爲緣所生諸受清淨法界乃至意觸爲緣所生諸受清淨故離生性清淨何以故若一切智智清淨若法界乃至意觸爲緣所生諸受清淨若離生性清淨無二無二分無別無斷故善現一切智智清淨故地界清淨地界清淨故離生性清淨何以故若一切智智清淨若地界清淨若離生性清淨無二無二分無別無斷故一切智智清淨故水火風空識界清淨水火風空識界清淨故離生性清淨何以故若一切智智清淨若水火風空識界清淨若離生性清淨無二無二分無別無斷故善現一切智智清淨故無明清淨無明清淨故離生性清淨何以故若一切智智清淨若無明清淨若離生性清淨無二無二分無別無斷故一切智智清淨故行識名色六處觸受愛取有生老死愁歎苦憂惱清淨行乃至老

死愁歎苦憂惱清淨故離生性清淨何以故若一切智智清淨若行乃至老死愁歎苦憂惱清淨若離生性清淨無二無二分無別無斷故善現一切智智清淨故布施波羅蜜多清淨布施波羅蜜多清淨故離生性清淨何以故若一切智智清淨若布施波羅蜜多清淨若離生性清淨無二無二分無別無斷故一切智智清淨故淨戒安忍精進靜慮般若波羅蜜多清淨淨戒乃至般若波羅蜜多清淨故離生性清淨何以故若一切智智清淨若淨戒乃至般若波羅蜜多清淨若離生性清淨無二無二分無別無斷故善現一切智智清淨故內空清淨內空清淨故離生性清淨何以故若一切智智清淨若內空清淨若離生性清淨無二無二分無別無斷故一切智智清淨故外空內外空空空大空勝義空有爲空無爲空畢竟空無際空散空無變異空本性空自相空共相空一切法空不可得空無性空自性空無性自性空清淨外空乃至無性自性空清淨故離生性清淨何以故若一切智智清淨若外空乃至無性自性空清淨若離生性清淨無二無二分無別無斷故善現一切智智清淨故眞如清淨眞如清淨故離生性清淨何以故若一切智智清淨若眞如清淨若離生性清淨無二無二分無別無斷故一切智智清淨故法界法性不虛妄性不變異性平等性法定法住實際虛空界不思議界清淨法界乃至不思議界清淨故離生性清淨何以故若一切智智清淨若法界乃至不思議界清淨若離生性清淨無

二無二分無別無斷故善現一切智智清淨故苦聖諦清淨苦聖諦清淨故離生性清淨何以故若一切智智清淨若苦聖諦清淨若離生性清淨無二無二分無別無斷故一切智智清淨故集滅道聖諦清淨集滅道聖諦清淨故離生性清淨何以故若一切智智清淨若集滅道聖諦清淨若離生性清淨無二無二分無別無斷故善現一切智智清淨故四靜慮清淨四靜慮清淨故離生性清淨何以故若一切智智清淨若四靜慮清淨若離生性清淨無二無二分無別無斷故一切智智清淨故四無量四無色定清淨四無量四無色定清淨故離生性清淨何以故若一切智智清淨若四無量四無色定清淨若離生性清淨無二無二分無別無斷故善現一切智智清淨故八解脫清淨八解脫清淨故離生性清淨何以故若一切智智清淨若八解脫清淨若離生性清淨無二無二分無別無斷故一切智智清淨故八勝處九次第定十遍處清淨八勝處九次第定十遍處清淨故離生性清淨何以故若一切智智清淨若八勝處九次第定十遍處清淨若離生性清淨無二無二分無別無斷故善現一切智智清淨故四念住清淨四念住清淨故離生性清淨何以故若一切智智清淨若四念住清淨若離生性清淨無二無二分無別無斷故一切智智清淨故四正斷四神足五根五力七等覺支八聖道支清淨四正斷乃至八聖道支清淨故離生性清淨何以故若一切智智清淨若四正斷乃至八聖道支清淨若離生

性清淨無二無二分無別無斷故善現一切智智清淨故空解脱門清淨空解脱門清淨故離生性清淨何以故若一切智智清淨若空解脱門清淨若離生性清淨無二無二分無別無斷故一切智智清淨故無相無願解脱門清淨無相無願解脱門清淨故離生性清淨何以故若一切智智清淨若無相無願解脱門清淨若離生性清淨無二無二分無別無斷故善現一切智智清淨故菩薩十地清淨菩薩十地清淨故離生性清淨何以故若一切智智清淨若菩薩十地清淨若離生性清淨無二無二分無別無斷故善現一切智智清淨故五眼清淨五眼清淨故離生性清淨何以故若一切智智清淨若五眼清淨若離生性清淨無二無二分無別無斷故一切智智清淨故六神通清淨六神通清淨故離生性清淨何以故若一切智智清淨若六神通清淨若離生性清淨無二無二分無別無斷故善現一切智智清淨故佛十力清淨佛十力清淨故離生性清淨何以故若一切智智清淨若佛十力清淨若離生性清淨無二無二分無別無斷故一切智智清淨故四無所畏四無礙解大慈大悲大喜大捨十八佛不共法清淨四無所畏乃至十八佛不共法清淨故離生性清淨何以故若一切智智清淨若四無所畏乃至十八佛不共法清淨若離生性清淨無二無二分無別無斷故善現一切智智清淨故無忘失法清淨無忘失法清淨故離生性清淨何以故若一切智智清淨若無忘失法清淨若離生性清淨無二

無二分無別無斷故一切智智清淨故恒住捨性清淨恒住捨性清淨故離生性清淨何以故若一切智智清淨若恒住捨性清淨若離生性清淨無二無二分無別無斷故善現一切智智清淨故一切智清淨一切智清淨故離生性清淨何以故若一切智智清淨若一切智清淨若離生性清淨無二無二分無別無斷故一切智智清淨故道相智一切相智清淨道相智一切相智清淨故離生性清淨何以故若一切智智清淨若道相智一切相智清淨若離生性清淨無二無二分無別無斷故善現一切智智清淨故一切陀羅尼門清淨一切陀羅尼門清淨故離生性清淨何以故若一切智智清淨若一切陀羅尼門清淨若離生性清淨無二無二分無別無斷

故一切智智清淨故一切三摩地門清淨一切三摩地門清淨故離生性清淨何以故若一切智智清淨若一切三摩地門清淨若離生性清淨無二無二分無別無斷故善現一切智智清淨故預流果清淨預流果清淨故離生性清淨何以故若一切智智清淨若預流果清淨若離生性清淨無二無二分無別無斷故一切智智清淨故一來不還阿羅漢果清淨一來不還阿羅漢果清淨故離生性清淨何以故若一切智智清淨若一來不還阿羅漢果清淨若離生性清淨無二無二分無別無斷故善現一切智智清淨故獨覺菩提清淨獨覺菩提清淨故離生性清淨何以故若一切智智清淨若獨覺菩提清淨若離生性清淨無二無二分無別無斷故善現一

切智智清淨故一切菩薩摩訶薩行清淨一切菩薩摩訶薩行清淨故離生性清淨何以故若一切智智清淨若一切菩薩摩訶薩行清淨若離生性清淨無二無二分無別無斷故善現一切智智清淨故諸佛無上正等菩提清淨諸佛無上正等菩提清淨故離生性清淨何以故若一切智智清淨若諸佛無上正等菩提清淨若離生性清淨無二無二分無別無斷故復次善現一切智智清淨故色清淨色清淨故法定清淨何以故若一切智智清淨若色清淨若法定清淨無二無二分無別無斷故一切智智清淨故受想行識清淨受想行識清淨故法定清淨何以故若一切智智清淨若受想行識清淨若法定清淨無二無二分無別無斷故善現一切智智清淨故眼處清淨眼處清淨故法定清淨何以故若一切智智清淨若眼處清淨若法定清淨無二無二分無別無斷故一切智智清淨故耳鼻舌身意處清淨耳鼻舌身意處清淨故法定清淨何以故若一切智智清淨若耳鼻舌身意處清淨若法定清淨無二無二分無別無斷故善現一切智智清淨故色處清淨色處清淨故法定清淨何以故若一切智智清淨若色處清淨若法定清淨無二無二分無別無斷故一切智智清淨故聲香味觸法處清淨聲香味觸法處清淨故法定清淨何以故若一切智智清淨若聲香味觸法處清淨若法定清淨無二無二分無別無斷故善現一切智智清淨故眼界清淨眼界清淨故法定清淨何以故若一切智智清淨若眼

界清淨若法定清淨無二無二分無别無斷故一切智智清淨故色界眼識界及眼觸眼觸爲緣所生諸受清淨色界乃至眼觸爲緣所生諸受清淨故法定清淨何以故若一切智智清淨若色界乃至眼觸爲緣所生諸受清淨若法定清淨無二無二分無别無斷故善現一切智智清淨故耳界清淨耳界清淨故法定清淨何以故若一切智智清淨若耳界清淨若法定清淨無二無二分無别無斷故一切智智清淨故聲界耳識界及耳觸耳觸爲緣所生諸受清淨聲界乃至耳觸爲緣所生諸受清淨故法定清淨何以故若一切智智清淨若聲界乃至耳觸爲緣所生諸受清淨若法定清淨無二無二分無别無斷故善現一切智智清淨故鼻界清淨鼻界清淨故法定清淨何以故若一切智智清淨若鼻界清淨若法定清淨無二無二分無别無斷故一切智智清淨故香界鼻識界及鼻觸鼻觸爲緣所生諸受清淨香界乃至鼻觸爲緣所生諸受清淨故法定清淨何以故若一切智智清淨若香界乃至鼻觸爲緣所生諸受清淨若法定清淨無二無二分無别無斷故善現一切智智清淨故舌界清淨舌界清淨故法定清淨何以故若一切智智清淨若舌界清淨若法定清淨無二無二分無别無斷故一切智智清淨故味界舌識界及舌觸舌觸爲緣所生諸受清淨味界乃至舌觸爲緣所生諸受清淨故法定清淨何以故若一切智智清淨若味界乃至舌觸爲緣所生諸受清淨若法定清淨無二無二分無别無斷故

善現一切智智清淨故身界清淨身界清淨故法定清淨何以故若一切智智清淨若身界清淨若法定清淨無二無二分無別無斷故一切智智清淨故觸界身識界及身觸身觸爲緣所生諸受清淨觸界乃至身觸爲緣所生諸受清淨故法定清淨何以故若一切智智清淨若觸界乃至身觸爲緣所生諸受清淨若法定清淨無二無二分無別無斷故善現一切智智清淨故意界清淨意界清淨故法定清淨何以故若一切智智清淨若意界清淨若法定清淨無二無二分無別無斷故一切智智清淨故法界意識界及意觸意觸爲緣所生諸受清淨法界乃至意觸爲緣所生諸受清淨故法定清淨何以故若一切智智清淨若法界乃至意觸爲緣所生諸受清淨若法定清淨無二無二分無別無斷故善現一切智智清淨故地界清淨地界清淨故法定清淨何以故若一切智智清淨若地界清淨若法定清淨無二無二分無別無斷故一切智智清淨故水火風空識界清淨水火風空識界清淨故法定清淨何以故若一切智智清淨若水火風空識界清淨若法定清淨無二無二分無別無斷故善現一切智智清淨故無明清淨無明清淨故法定清淨何以故若一切智智清淨若無明清淨若法定清淨無二無二分無別無斷故一切智智清淨故行識名色六處觸受愛取有生老死愁歎苦憂惱清淨行乃至老死愁歎苦憂惱清淨故法定清淨何以故若一切智智清淨若行乃至老死愁歎苦憂惱清淨若法定清

淨無二無二分無別無斷故善現一切智智
清淨故布施波羅蜜多清淨布施波羅蜜多
清淨故法定清淨何以故若一切智智清淨
若布施波羅蜜多清淨若法定清淨無二無
二分無別無斷故一切智智清淨故淨戒安
忍精進靜慮般若波羅蜜多清淨淨戒乃至
般若波羅蜜多清淨故法定清淨何以故若
一切智智清淨若淨戒乃至般若波羅蜜多
清淨若法定清淨無二無二分無別無斷故
大般若波羅蜜多經卷第二百六十

大般若波羅蜜多經卷第二百六十一

唐三藏法師玄奘奉　詔譯

初分難信解品第三十四之八十

善現一切智智清淨故内空清淨內空清淨故法定清淨何以故若一切智智清淨若內空清淨若法定清淨無二無二分無別無斷故一切智智清淨故外空內外空空空大空勝義空有爲空無爲空畢竟空無際空散空無變異空本性空自相空共相空一切法空不可得空無性空自性空無性自性空清淨外空乃至無性自性空清淨故法定清淨何以故若一切智智清淨若外空乃至無性自性空清淨若法定清淨無二無二分無別無斷故善現一切智智清淨故眞如清淨眞如清淨故法定清淨何以故若一切智智清淨若眞如清淨若法定清淨無二無二分無別無斷故一切智智清淨故法界法性不虛妄性不變異性平等性離生性法住實際虛空界不思議界清淨法界乃至不思議界清淨故法定清淨何以故若一切智智清淨若法界乃至不思議界清淨若法定清淨無二無二分無別無斷故善現一切智智清淨故苦聖諦清淨苦聖諦清淨故法定清淨何以故若一切智智清淨若苦聖諦清淨若法定清淨無二無二分無別無斷故一切智智清淨故集滅道聖諦清淨集滅道聖諦清淨故法定清淨何以故若一切智智清淨若集滅道聖諦清淨若法定清淨無二無二分無別無斷故善現一切智智清淨故四靜慮清淨四靜慮清淨故法定清淨何以故若一切智智

清淨若四靜慮清淨若法定清淨無二無二
分無別無斷故一切智智清淨故四無量四
無色定清淨四無量四無色定清淨故法定
清淨何以故若一切智智清淨若四無量四
無色定清淨若法定清淨無二無二分無別
無斷故善現一切智智清淨故八解脫清淨
八解脫清淨故法定清淨何以故若一切智
智清淨若八解脫清淨若法定清淨無二無
二分無別無斷故一切智智清淨故八勝處
九次第定十遍處清淨八勝處九次第定十
遍處清淨故法定清淨何以故若一切智智
清淨若八勝處九次第定十遍處清淨若法
定清淨無二無二分無別無斷故善現一切
智智清淨故四念住清淨四念住清淨故法
定清淨何以故若一切智智清淨若四念住

清淨若法定清淨無二無二分無別無斷故
一切智智清淨故四正斷四神足五根五力
七等覺支八聖道支清淨四正斷乃至八聖
道支清淨故法定清淨何以故若一切智智
清淨若四正斷乃至八聖道支清淨若法定
清淨無二無二分無別無斷故善現一切智
智清淨故空解脫門清淨空解脫門清淨故
法定清淨何以故若一切智智清淨若空解
脫門清淨若法定清淨無二無二分無別無
斷故一切智智清淨故無相無願解脫門清
淨無相無願解脫門清淨故法定清淨何以
故若一切智智清淨若無相無願解脫門清
淨若法定清淨無二無二分無別無斷故善
現一切智智清淨故菩薩十地清淨菩薩十
地清淨故法定清淨何以故若一切智智清

淨若菩薩十地清淨若法定清淨無二無二分無別無斷故善現一切智智清淨故五眼清淨五眼清淨故法定清淨何以故若一切智智清淨若五眼清淨若法定清淨無二無二分無別無斷故一切智智清淨故六神通清淨六神通清淨故法定清淨何以故若一切智智清淨若六神通清淨若法定清淨無二無二分無別無斷故善現一切智智清淨故佛十力清淨佛十力清淨故法定清淨何以故若一切智智清淨若佛十力清淨若法定清淨無二無二分無別無斷故一切智智清淨故四無所畏四無礙解大慈大悲大喜大捨十八佛不共法清淨四無所畏乃至十八佛不共法清淨故法定清淨何以故若一切智智清淨若四無所畏乃至十八佛不共法清淨若法定清淨無二無二分無別無斷故善現一切智智清淨故無忘失法清淨無忘失法清淨故法定清淨何以故若一切智智清淨若無忘失法清淨若法定清淨無二無二分無別無斷故一切智智清淨故恒住捨性清淨恒住捨性清淨故法定清淨何以故若一切智智清淨若恒住捨性清淨若法定清淨無二無二分無別無斷故善現一切智智清淨故一切智清淨一切智清淨故法定清淨何以故若一切智智清淨若一切智清淨若法定清淨無二無二分無別無斷故一切智智清淨故道相智一切相智清淨道相智一切相智清淨故法定清淨何以故若一切智智清淨若道相智一切相智清淨若法定清淨無二無二分無別無斷故善現一

切智智清淨故一切陀羅尼門清淨一切陀羅尼門清淨故法定清淨何以故若一切智智清淨若一切陀羅尼門清淨若法定清淨無二無二分無別無斷故一切智智清淨故一切三摩地門清淨一切三摩地門清淨故法定清淨何以故若一切智智清淨若一切三摩地門清淨若法定清淨無二無二分無別無斷故善現一切智智清淨故預流果清淨預流果清淨故法定清淨何以故若一切智智清淨若預流果清淨若法定清淨無二無二分無別無斷故一切智智清淨故一來不還阿羅漢果清淨一來不還阿羅漢果清淨故法定清淨何以故若一切智智清淨若一來不還阿羅漢果清淨若法定清淨無二無二分無別無斷故善現一切智智清淨故

獨覺菩提清淨獨覺菩提清淨故法定清淨何以故若一切智智清淨若獨覺菩提清淨若法定清淨無二無二分無別無斷故善現一切智智清淨故一切菩薩摩訶薩行清淨一切菩薩摩訶薩行清淨故法定清淨何以故若一切智智清淨若一切菩薩摩訶薩行清淨若法定清淨無二無二分無別無斷故善現一切智智清淨故諸佛無上正等菩提清淨諸佛無上正等菩提清淨故法定清淨何以故若一切智智清淨若諸佛無上正等菩提清淨若法定清淨無二無二分無別無斷故復次善現一切智智清淨故色清淨色清淨故法住清淨何以故若一切智智清淨若色清淨若法住清淨無二無二分無別無斷故一切智智清淨故受想行識清淨受想

行識清淨故法住清淨何以故若一切智智清淨若受想行識清淨若法住清淨無二無二分無別無斷故善現一切智智清淨故眼處清淨眼處清淨故法住清淨何以故若一切智智清淨若眼處清淨若法住清淨無二無二分無別無斷故一切智智清淨故耳鼻舌身意處清淨耳鼻舌身意處清淨故法住清淨何以故若一切智智清淨若耳鼻舌身意處清淨若法住清淨無二無二分無別無斷故善現一切智智清淨故色處清淨色處清淨故法住清淨何以故若一切智智清淨若色處清淨若法住清淨無二無二分無別無斷故一切智智清淨故聲香味觸法處清淨聲香味觸法處清淨故法住清淨何以故若一切智智清淨若聲香味觸法處清淨若法住清淨無二無二分無別無斷故善現一切智智清淨故眼界清淨眼界清淨故法住清淨何以故若一切智智清淨若眼界清淨若法住清淨無二無二分無別無斷故一切智智清淨故色界眼識界及眼觸眼觸爲緣所生諸受清淨色界乃至眼觸爲緣所生諸受清淨故法住清淨何以故若一切智智清淨若色界乃至眼觸爲緣所生諸受清淨若法住清淨無二無二分無別無斷故善現一切智智清淨故耳界清淨耳界清淨故法住清淨何以故若一切智智清淨若耳界清淨若法住清淨無二無二分無別無斷故一切智智清淨故聲界耳識界及耳觸耳觸爲緣所生諸受清淨聲界乃至耳觸爲緣所生諸受清淨故法住清淨何以故若一切智智清

淨若聲界乃至耳觸爲緣所生諸受清淨若法住清淨無二無二分無别無斷故善現一切智智清淨故鼻界清淨鼻界清淨故法住清淨何以故若一切智智清淨若鼻界清淨若法住清淨無二無二分無别無斷故一切智智清淨故香界鼻識界及鼻觸鼻觸爲緣所生諸受清淨香界乃至鼻觸爲緣所生諸受清淨故法住清淨何以故若一切智智清淨若香界乃至鼻觸爲緣所生諸受清淨若法住清淨無二無二分無别無斷故善現一切智智清淨故舌界清淨舌界清淨故法住清淨何以故若一切智智清淨若舌界清淨若法住清淨無二無二分無别無斷故一切智智清淨故味界舌識界及舌觸舌觸爲緣所生諸受清淨味界乃至舌觸爲緣所生諸

受清淨故法住清淨何以故若一切智智清淨若味界乃至舌觸爲緣所生諸受清淨若法住清淨無二無二分無别無斷故善現一切智智清淨故身界清淨身界清淨故法住清淨何以故若一切智智清淨若身界清淨若法住清淨無二無二分無别無斷故一切智智清淨故觸界身識界及身觸身觸爲緣所生諸受清淨觸界乃至身觸爲緣所生諸受清淨故法住清淨何以故若一切智智清淨若觸界乃至身觸爲緣所生諸受清淨若法住清淨無二無二分無别無斷故善現一切智智清淨故意界清淨意界清淨故法住清淨何以故若一切智智清淨若意界清淨若法住清淨無二無二分無别無斷故一切智智清淨故法界意識界及意觸意觸爲緣

所生諸受清淨法界乃至意觸爲緣所生諸受清淨故法住清淨何以故若一切智智清淨若法界乃至意觸爲緣所生諸受清淨若法住清淨無二無二分無別無斷故善現一切智智清淨故地界清淨地界清淨故法住清淨何以故若一切智智清淨若地界清淨若法住清淨無二無二分無別無斷故一切智智清淨故水火風空識界清淨水火風空識界清淨故法住清淨何以故若一切智智清淨若水火風空識界清淨若法住清淨無二無二分無別無斷故善現一切智智清淨故無明清淨無明清淨故法住清淨何以故若一切智智清淨若無明清淨若法住清淨無二無二分無別無斷故一切智智清淨故行識名色六處觸受愛取有生老死愁歎苦憂惱清淨行乃至老死愁歎苦憂惱清淨故法住清淨何以故若一切智智清淨若行乃至老死愁歎苦憂惱清淨若法住清淨無二無二分無別無斷故善現一切智智清淨故布施波羅蜜多清淨布施波羅蜜多清淨故法住清淨何以故若一切智智清淨若布施波羅蜜多清淨若法住清淨無二無二分無別無斷故一切智智清淨故淨戒安忍精進靜慮般若波羅蜜多清淨淨戒乃至般若波羅蜜多清淨故法住清淨何以故若一切智智清淨若淨戒乃至般若波羅蜜多清淨若法住清淨無二無二分無別無斷故善現一切智智清淨故内空清淨内空清淨故法住清淨何以故若一切智智清淨若内空清淨若法住清淨無二無二分無別無斷故一切

智智清淨故外空内外空空空大空勝義空有爲空無爲空畢竟空無際空散空無變異空本性空自相空共相空一切法空不可得空無性空自性空無性自性空清淨外空乃至無性自性空清淨故法住清淨何以故若一切智智清淨若外空乃至無性自性空清淨若法住清淨無二無二分無别無斷故善現一切智智清淨故眞如清淨眞如清淨故法住清淨何以故若一切智智清淨若眞如清淨若法住清淨無二無二分無别無斷故一切智智清淨故法界法性不虚妄性不變異性平等性離生性法定實際虚空界不思議界清淨法界乃至不思議界清淨故法住清淨何以故若一切智智清淨若法界乃至不思議界清淨若法住清淨無二無二分無

别無斷故善現一切智智清淨故苦聖諦清淨苦聖諦清淨故法住清淨何以故若一切智智清淨若苦聖諦清淨若法住清淨無二無二分無别無斷故一切智智清淨故集滅道聖諦清淨集滅道聖諦清淨故法住清淨何以故若一切智智清淨若集滅道聖諦清淨若法住清淨無二無二分無别無斷故善現一切智智清淨故四靜慮清淨四靜慮清淨故法住清淨何以故若一切智智清淨若四靜慮清淨若法住清淨無二無二分無别無斷故一切智智清淨故四無量四無色定清淨四無量四無色定清淨故法住清淨何以故若一切智智清淨若四無量四無色定清淨若法住清淨無二無二分無别無斷故善現一切智智清淨故八解脱清淨八解脱

清淨故法住清淨何以故若一切智智清淨若八解脱清淨若法住清淨無二無二分無别無斷故一切智智清淨故八勝處九次第定十遍處清淨八勝處九次第定十遍處清淨故法住清淨何以故若一切智智清淨若八勝處九次第定十遍處清淨若法住清淨無二無二分無别無斷故善現一切智智清淨故四念住清淨四念住清淨故法住清淨何以故若一切智智清淨若四念住清淨若法住清淨無二無二分無别無斷故一切智智清淨故四正斷四神足五根五力七等覺支八聖道支清淨四正斷乃至八聖道支清淨故法住清淨何以故若一切智智清淨若四正斷乃至八聖道支清淨若法住清淨無二無二分無别無斷故善現一切智智清淨故空解脱門清淨空解脱門清淨故法住清淨何以故若一切智智清淨若空解脱門清淨若法住清淨無二無二分無别無斷故一切智智清淨故無相無願解脱門清淨無相無願解脱門清淨故法住清淨何以故若一切智智清淨若無相無願解脱門清淨若法住清淨無二無二分無别無斷故善現一切智智清淨故菩薩十地清淨菩薩十地清淨故法住清淨何以故若一切智智清淨若菩薩十地清淨若法住清淨無二無二分無别無斷故善現一切智智清淨故五眼清淨五眼清淨故法住清淨何以故若一切智智清淨若五眼清淨若法住清淨無二無二分無别無斷故一切智智清淨故六神通清淨六神通清淨故法住清淨何以故若一切智智

清淨若六神通清淨若法住清淨無二無二分無別無斷故善現一切智智清淨故佛十力清淨佛十力清淨故法住清淨何以故若一切智智清淨若佛十力清淨若法住清淨無二無二分無別無斷故一切智智清淨故四無所畏四無礙解大慈大悲大喜大捨十八佛不共法清淨四無所畏乃至十八佛不共法清淨故法住清淨何以故若一切智智清淨若四無所畏乃至十八佛不共法清淨若法住清淨無二無二分無別無斷故善現一切智智清淨故無忘失法清淨無忘失法清淨故法住清淨何以故若一切智智清淨若無忘失法清淨若法住清淨無二無二分無別無斷故一切智智清淨故恒住捨性清淨恒住捨性清淨故法住清淨何以故若一切智智清淨若恒住捨性清淨若法住清淨無二無二分無別無斷故善現一切智智清淨故一切智清淨一切智清淨故法住清淨何以故若一切智智清淨若一切智清淨若法住清淨無二無二分無別無斷故一切智智清淨故道相智一切相智清淨道相智一切相智清淨故法住清淨何以故若一切智智清淨若道相智一切相智清淨若法住清淨無二無二分無別無斷故善現一切智智清淨故一切陀羅尼門清淨一切陀羅尼門清淨故法住清淨何以故若一切智智清淨若一切陀羅尼門清淨若法住清淨無二無二分無別無斷故一切智智清淨故一切三摩地門清淨一切三摩地門清淨故法住清淨何以故若一切智智清淨若一切三摩地

門清淨若法住清淨無二無二分無別無斷故善現一切智智清淨故預流果清淨預流果清淨故法住清淨何以故若一切智智清淨若預流果清淨若法住清淨無二無二分無別無斷故一切智智清淨故一來不還阿羅漢果清淨一來不還阿羅漢果清淨故法住清淨何以故若一切智智清淨若一來不還阿羅漢果清淨若法住清淨無二無二分無別無斷故善現一切智智清淨故獨覺菩提清淨獨覺菩提清淨故法住清淨何以故若一切智智清淨若獨覺菩提清淨若法住清淨無二無二分無別無斷故善現一切智智清淨故一切菩薩摩訶薩行清淨一切菩薩摩訶薩行清淨故法住清淨何以故若一切智智清淨若一切菩薩摩訶薩行清淨若法住清淨無二無二分無別無斷故善現一切智智清淨故諸佛無上正等菩提清淨諸佛無上正等菩提清淨故法住清淨何以故若一切智智清淨若諸佛無上正等菩提清淨若法住清淨無二無二分無別無斷故復次善現一切智智清淨故色清淨色清淨故實際清淨何以故若一切智智清淨若色清淨若實際清淨無二無二分無別無斷故一切智智清淨故受想行識清淨受想行識清淨故實際清淨何以故若一切智智清淨若受想行識清淨若實際清淨無二無二分無別無斷故善現一切智智清淨故眼處清淨眼處清淨故實際清淨何以故若一切智智清淨若眼處清淨若實際清淨無二無二分無別無斷故一切智智清淨故耳鼻舌身意

處清淨耳鼻舌身意處清淨故實際清淨何以故若一切智智清淨若耳鼻舌身意處清淨若實際清淨無二無二分無別無斷故善現一切智智清淨故色處清淨色處清淨故實際清淨何以故若一切智智清淨若色處清淨若實際清淨無二無二分無別無斷故一切智智清淨故聲香味觸法處清淨聲香味觸法處清淨故實際清淨何以故若一切智智清淨若聲香味觸法處清淨若實際清淨無二無二分無別無斷故善現一切智智清淨故眼界清淨眼界清淨故實際清淨何以故若一切智智清淨若眼界清淨若實際清淨無二無二分無別無斷故一切智智清淨故色界眼識界及眼觸眼觸爲緣所生諸受清淨色界乃至眼觸爲緣所生諸受清淨

故實際清淨何以故若一切智智清淨若色界乃至眼觸爲緣所生諸受清淨若實際清淨無二無二分無別無斷故善現一切智智清淨故耳界清淨耳界清淨故實際清淨何以故若一切智智清淨若耳界清淨若實際清淨無二無二分無別無斷故一切智智清淨故聲界耳識界及耳觸耳觸爲緣所生諸受清淨聲界乃至耳觸爲緣所生諸受清淨故實際清淨何以故若一切智智清淨若聲界乃至耳觸爲緣所生諸受清淨若實際清淨無二無二分無別無斷故善現一切智智清淨故鼻界清淨鼻界清淨故實際清淨何以故若一切智智清淨若鼻界清淨若實際清淨無二無二分無別無斷故一切智智清淨故香界鼻識界及鼻觸鼻觸爲緣所生諸

受清淨香界乃至鼻觸爲縁所生諸受清淨故實際清淨何以故若一切智智清淨若香界乃至鼻觸爲縁所生諸受清淨若實際清淨無二無二分無別無斷故善現一切智智清淨故舌界清淨舌界清淨故實際清淨何以故若一切智智清淨若舌界清淨若實際清淨無二無二分無別無斷故一切智智清淨故味界舌識界及舌觸舌觸爲縁所生諸受清淨味界乃至舌觸爲縁所生諸受清淨故實際清淨何以故若一切智智清淨若味界乃至舌觸爲縁所生諸受清淨若實際清淨無二無二分無別無斷故善現一切智智清淨故身界清淨身界清淨故實際清淨何以故若一切智智清淨若身界清淨若實際清淨無二無二分無別無斷故一切智智清

淨故觸界身識界及身觸身觸爲縁所生諸受清淨觸界乃至身觸爲縁所生諸受清淨故實際清淨何以故若一切智智清淨若觸界乃至身觸爲縁所生諸受清淨若實際清淨無二無二分無別無斷故善現一切智智清淨故意界清淨意界清淨故實際清淨何以故若一切智智清淨若意界清淨若實際清淨無二無二分無別無斷故一切智智清淨故法界意識界及意觸意觸爲縁所生諸受清淨法界乃至意觸爲縁所生諸受清淨故實際清淨何以故若一切智智清淨若法界乃至意觸爲縁所生諸受清淨若實際清淨無二無二分無別無斷故善現一切智智清淨故地界清淨地界清淨故實際清淨何以故若一切智智清淨若地界清淨若實際

清淨無二無二分無別無斷故一切智智清淨故水火風空識界清淨水火風空識界清淨故實際清淨何以故若一切智智清淨若水火風空識界清淨若實際清淨無二無二分無別無斷故善現一切智智清淨故無明清淨無明清淨故實際清淨何以故若一切智智清淨若無明清淨若實際清淨無二無二分無別無斷故一切智智清淨故行識名色六處觸受愛取有生老死愁歎苦憂惱清淨行乃至老死愁歎苦憂惱清淨故實際清淨何以故若一切智智清淨若行乃至老死愁歎苦憂惱清淨若實際清淨無二無二分無別無斷故善現一切智智清淨故布施波羅蜜多清淨布施波羅蜜多清淨故實際清淨何以故若一切智智清淨若布施波羅蜜多清淨若實際清淨無二無二分無別無斷故一切智智清淨故淨戒安忍精進靜慮般若波羅蜜多清淨淨戒乃至般若波羅蜜多清淨故實際清淨何以故若一切智智清淨若淨戒乃至般若波羅蜜多清淨若實際清淨無二無二分無別無斷故善現一切智智清淨故內空清淨內空清淨故實際清淨何以故若一切智智清淨若內空清淨若實際清淨無二無二分無別無斷故一切智智清淨故外空內外空空空大空勝義空有爲空無爲空畢竟空無際空散空無變異空本性空自相空共相空一切法空不可得空無性空自性空無性自性空清淨外空乃至無性自性空清淨故實際清淨何以故若一切智智清淨若外空乃至無性自性空清淨若實

際清淨無二無二分無別無斷故善現一切智智清淨故眞如清淨眞如清淨故實際清淨何以故若一切智智清淨若眞如清淨若實際清淨無二無二分無別無斷故一切智智清淨故法界法性不虛妄性不變異性平等性離生性法定法住虛空界不思議界清淨法界乃至不思議界清淨故實際清淨何以故若一切智智清淨若法界乃至不思議界清淨若實際清淨無二無二分無別無斷故善現一切智智清淨故苦聖諦清淨苦聖諦清淨故實際清淨何以故若一切智智清淨若苦聖諦清淨若實際清淨無二無二分無別無斷故一切智智清淨故集滅道聖諦清淨集滅道聖諦清淨故實際清淨何以故若一切智智清淨若集滅道聖諦清淨若實際清淨無二無二分無別無斷故

大般若波羅蜜多經卷第二百六十一

大般若波羅蜜多經卷第二百六十二

唐三藏法師玄奘奉　詔譯

初分難信解品第三十四之八十一

善現一切智智清淨故四靜慮清淨四靜慮清淨故實際清淨何以故若一切智智清淨若四靜慮清淨若實際清淨無二無二分無別無斷故一切智智清淨故四無量四無色定清淨四無量四無色定清淨故實際清淨何以故若一切智智清淨若四無量四無色定清淨若實際清淨無二無二分無別無斷故善現一切智智清淨故八解脫清淨八解脫清淨故實際清淨何以故若一切智智清淨若八解脫清淨若實際清淨無二無二分無別無斷故一切智智清淨故八勝處九次第定十遍處清淨八勝處九次第定十遍處清淨故實際清淨何以故若一切智智清淨若八勝處九次第定十遍處清淨若實際清淨無二無二分無別無斷故善現一切智智清淨故四念住清淨四念住清淨故實際清淨何以故若一切智智清淨若四念住清淨若實際清淨無二無二分無別無斷故一切智智清淨故四正斷四神足五根五力七等覺支八聖道支清淨四正斷乃至八聖道支清淨故實際清淨何以故若一切智智清淨若四正斷乃至八聖道支清淨若實際清淨無二無二分無別無斷故善現一切智智清淨故空解脫門清淨空解脫門清淨故實際清淨何以故若一切智智清淨若空解脫門清淨若實際清淨無二無二分無別無斷故一切智智清淨故無相無願解脫門清淨無

相無願解脫門清淨故實際清淨何以故若一切智智清淨若無相無願解脫門清淨若實際清淨無二無二分無別無斷故善現一切智智清淨故菩薩十地清淨菩薩十地清淨故實際清淨何以故若一切智智清淨若菩薩十地清淨若實際清淨無二無二分無別無斷故善現一切智智清淨故五眼清淨五眼清淨故實際清淨何以故若一切智智清淨若五眼清淨若實際清淨無二無二分無別無斷故一切智智清淨故六神通清淨六神通清淨故實際清淨何以故若一切智智清淨若六神通清淨若實際清淨無二無二分無別無斷故善現一切智智清淨故佛十力清淨佛十力清淨故實際清淨何以故若一切智智清淨若佛十力清淨若實際清淨無二無二分無別無斷故一切智智清淨故四無所畏四無礙解大慈大悲大喜大捨十八佛不共法清淨四無所畏乃至十八佛不共法清淨故實際清淨何以故若一切智智清淨若四無所畏乃至十八佛不共法清淨若實際清淨無二無二分無別無斷故善現一切智智清淨故無忘失法清淨無忘失法清淨故實際清淨何以故若一切智智清淨若無忘失法清淨若實際清淨無二無二分無別無斷故一切智智清淨故恒住捨性清淨恒住捨性清淨故實際清淨何以故若一切智智清淨若恒住捨性清淨若實際清淨無二無二分無別無斷故善現一切智智清淨故一切智清淨一切智清淨故實際清淨何以故若一切智智清淨若一切智清淨

若實際清淨無二無二分無別無斷故一切智智清淨故道相智一切相智清淨道相智一切相智清淨故實際清淨何以故若一切智智清淨若道相智一切相智清淨若實際清淨無二無二分無別無斷故善現一切智智清淨故一切陀羅尼門清淨一切陀羅尼門清淨故實際清淨何以故若一切智智清淨若一切陀羅尼門清淨若實際清淨無二無二分無別無斷故一切智智清淨故一切三摩地門清淨一切三摩地門清淨故實際清淨何以故若一切智智清淨若一切三摩地門清淨若實際清淨無二無二分無別無斷故善現一切智智清淨故預流果清淨預流果清淨故實際清淨何以故若一切智智清淨若預流果清淨若實際清淨無二無二分無別無斷故一切智智清淨故一來不還阿羅漢果清淨一來不還阿羅漢果清淨故實際清淨何以故若一切智智清淨若一來不還阿羅漢果清淨若實際清淨無二無二分無別無斷故善現一切智智清淨故獨覺菩提清淨獨覺菩提清淨故實際清淨何以故若一切智智清淨若獨覺菩提清淨若實際清淨無二無二分無別無斷故善現一切智智清淨故一切菩薩摩訶薩行清淨一切菩薩摩訶薩行清淨故實際清淨何以故若一切智智清淨若一切菩薩摩訶薩行清淨若實際清淨無二無二分無別無斷故善現一切智智清淨故諸佛無上正等菩提清淨諸佛無上正等菩提清淨故實際清淨何以故若一切智智清淨若諸佛無上正等菩提

清淨若實際清淨無二無二分無別無斷故復次善現一切智智清淨故色清淨色清淨故虛空界清淨何以故若一切智智清淨若色清淨若虛空界清淨無二無二分無別無斷故一切智智清淨故受想行識清淨受想行識清淨故虛空界清淨何以故若一切智智清淨若受想行識清淨若虛空界清淨無二無二分無別無斷故善現一切智智清淨故眼處清淨眼處清淨故虛空界清淨何以故若一切智智清淨若眼處清淨若虛空界清淨無二無二分無別無斷故一切智智清淨故耳鼻舌身意處清淨耳鼻舌身意處清淨故虛空界清淨何以故若一切智智清淨若耳鼻舌身意處清淨若虛空界清淨無二無二分無別無斷故善現一切智智清淨故

色處清淨色處清淨故虛空界清淨何以故若一切智智清淨若色處清淨若虛空界清淨無二無二分無別無斷故一切智智清淨故聲香味觸法處清淨聲香味觸法處清淨故虛空界清淨何以故若一切智智清淨若聲香味觸法處清淨若虛空界清淨無二無二分無別無斷故善現一切智智清淨故眼界清淨眼界清淨故虛空界清淨何以故若一切智智清淨若眼界清淨若虛空界清淨無二無二分無別無斷故一切智智清淨故色界眼識界及眼觸眼觸爲緣所生諸受清淨色界乃至眼觸爲緣所生諸受清淨故虛空界清淨何以故若一切智智清淨若色界乃至眼觸爲緣所生諸受清淨若虛空界清淨無二無二分無別無斷故善現一切智智

清淨故耳界清淨耳界清淨故虛空界清淨何以故若一切智智清淨若耳界清淨若虛空界清淨無二無二分無別無斷故一切智智清淨故聲界耳識界及耳觸耳觸爲緣所生諸受清淨聲界乃至耳觸爲緣所生諸受清淨故虛空界清淨何以故若一切智智清淨若聲界乃至耳觸爲緣所生諸受清淨若虛空界清淨無二無二分無別無斷故善現一切智智清淨故鼻界清淨鼻界清淨故虛空界清淨何以故若一切智智清淨若鼻界清淨若虛空界清淨無二無二分無別無斷故一切智智清淨故香界鼻識界及鼻觸鼻觸爲緣所生諸受清淨香界乃至鼻觸爲緣所生諸受清淨故虛空界清淨何以故若一切智智清淨若香界乃至鼻觸爲緣所生諸受清淨若虛空界清淨無二無二分無別無斷故善現一切智智清淨故舌界清淨舌界清淨故虛空界清淨何以故若一切智智清淨若舌界清淨若虛空界清淨無二無二分無別無斷故一切智智清淨故味界舌識界及舌觸舌觸爲緣所生諸受清淨味界乃至舌觸爲緣所生諸受清淨故虛空界清淨何以故若一切智智清淨若味界乃至舌觸爲緣所生諸受清淨若虛空界清淨無二無二分無別無斷故善現一切智智清淨故身界清淨身界清淨故虛空界清淨何以故若一切智智清淨若身界清淨若虛空界清淨無二無二分無別無斷故一切智智清淨故觸界身識界及身觸身觸爲緣所生諸受清淨觸界乃至身觸爲緣所生諸受清淨故虛空

界清淨何以故若一切智智清淨若觸界乃至身觸爲緣所生諸受清淨若虛空界清淨無二無二分無別無斷故善現一切智智清淨故意界清淨意界清淨故虛空界清淨何以故若一切智智清淨若意界清淨若虛空界清淨無二無二分無別無斷故一切智智清淨故法界意識界及意觸意觸爲緣所生諸受清淨法界乃至意觸爲緣所生諸受清淨故虛空界清淨何以故若一切智智清淨若法界乃至意觸爲緣所生諸受清淨若虛空界清淨無二無二分無別無斷故善現一切智智清淨故地界清淨地界清淨故虛空界清淨何以故若一切智智清淨若地界清淨若虛空界清淨無二無二分無別無斷故一切智智清淨故水火風空識界清淨水火風空識界清淨故虛空界清淨何以故若一切智智清淨若水火風空識界清淨若虛空界清淨無二無二分無別無斷故善現一切智智清淨故無明清淨無明清淨故虛空界清淨何以故若一切智智清淨若無明清淨若虛空界清淨無二無二分無別無斷故一切智智清淨故行識名色六處觸受愛取有生老死愁歎苦憂惱清淨行乃至老死愁歎苦憂惱清淨故虛空界清淨何以故若一切智智清淨若行乃至老死愁歎苦憂惱清淨若虛空界清淨無二無二分無別無斷故善現一切智智清淨故布施波羅蜜多清淨布施波羅蜜多清淨故虛空界清淨何以故若一切智智清淨若布施波羅蜜多清淨若虛空界清淨無二無二分無別無斷故一切智

智清淨故淨戒安忍精進靜慮般若波羅蜜多清淨淨戒乃至般若波羅蜜多清淨故虛空界清淨何以故若一切智智清淨若淨戒乃至般若波羅蜜多清淨若虛空界清淨無二無二分無別無斷故善現一切智智清淨故內空清淨內空清淨故虛空界清淨何以故若一切智智清淨若內空清淨若虛空界清淨無二無二分無別無斷故一切智智清淨故外空內外空空空大空勝義空有爲空無爲空畢竟空無際空散空無變異空本性空自相空共相空一切法空不可得空無性空自性空無性自性空清淨外空乃至無性自性空清淨故虛空界清淨何以故若一切智智清淨若外空乃至無性自性空清淨若虛空界清淨無二無二分無別無斷故善現一切智智清淨故眞如清淨眞如清淨故虛空界清淨何以故若一切智智清淨若眞如清淨若虛空界清淨無二無二分無別無斷故一切智智清淨故法界法性不虛妄性不變異性平等性離生性法定法住實際不思議界清淨法界乃至不思議界清淨故虛空界清淨何以故若一切智智清淨若法界乃至不思議界清淨若虛空界清淨無二無二分無別無斷故善現一切智智清淨故苦聖諦清淨苦聖諦清淨故虛空界清淨何以故若一切智智清淨若苦聖諦清淨若虛空界清淨無二無二分無別無斷故一切智智清淨故集滅道聖諦清淨集滅道聖諦清淨故虛空界清淨何以故若一切智智清淨若集滅道聖諦清淨若虛空界清淨無二無二分

無別無斷故善現一切智智清淨故四靜慮清淨四靜慮清淨故虛空界清淨何以故若一切智智清淨若四靜慮清淨若虛空界清淨無二無二分無別無斷故一切智智清淨故四無量四無色定清淨四無量四無色定清淨故虛空界清淨何以故若一切智智清淨若四無量四無色定清淨若虛空界清淨無二無二分無別無斷故善現一切智智清淨故八解脫清淨八解脫清淨故虛空界清淨何以故若一切智智清淨若八解脫清淨若虛空界清淨無二無二分無別無斷故一切智智清淨故八勝處九次第定十遍處清淨八勝處九次第定十遍處清淨故虛空界清淨何以故若一切智智清淨若八勝處九次第定十遍處清淨若虛空界清淨無二無二分無別無斷故善現一切智智清淨故四念住清淨四念住清淨故虛空界清淨何以故若一切智智清淨若四念住清淨若虛空界清淨無二無二分無別無斷故一切智智清淨故四正斷四神足五根五力七等覺支八聖道支清淨四正斷乃至八聖道支清淨故虛空界清淨何以故若一切智智清淨若四正斷乃至八聖道支清淨若虛空界清淨無二無二分無別無斷故善現一切智智清淨故空解脫門清淨空解脫門清淨故虛空界清淨何以故若一切智智清淨若空解脫門清淨若虛空界清淨無二無二分無別無斷故一切智智清淨故無相無願解脫門清淨無相無願解脫門清淨故虛空界清淨何以故若一切智智清淨若無相無願解脫門

清淨若虛空界清淨無二無二分無別無斷故善現一切智智清淨故菩薩十地清淨菩薩十地清淨故虛空界清淨何以故若一切智智清淨若菩薩十地清淨若虛空界清淨無二無二分無別無斷故善現一切智智清淨故五眼清淨五眼清淨故虛空界清淨何以故若一切智智清淨若五眼清淨若虛空界清淨無二無二分無別無斷故一切智智清淨故六神通清淨六神通清淨故虛空界清淨何以故若一切智智清淨若六神通清淨若虛空界清淨無二無二分無別無斷故善現一切智智清淨故佛十力清淨佛十力清淨故虛空界清淨何以故若一切智智清淨若佛十力清淨若虛空界清淨無二無二分無別無斷故一切智智清淨故四無所畏四無礙解大慈大悲大喜大捨十八佛不共法清淨四無所畏乃至十八佛不共法清淨故虛空界清淨何以故若一切智智清淨若四無所畏乃至十八佛不共法清淨若虛空界清淨無二無二分無別無斷故善現一切智智清淨故無忘失法清淨無忘失法清淨故虛空界清淨何以故若一切智智清淨若無忘失法清淨若虛空界清淨無二無二分無別無斷故一切智智清淨故恒住捨性清淨恒住捨性清淨故虛空界清淨何以故若一切智智清淨若恒住捨性清淨若虛空界清淨無二無二分無別無斷故善現一切智智清淨故一切智清淨一切智清淨故虛空界清淨何以故若一切智智清淨若一切智清淨若虛空界清淨無二無二分無別無斷

故一切智智清淨故道相智一切相智清淨道相智一切相智清淨故虛空界清淨何以故若一切智智清淨若道相智一切相智清淨若虛空界清淨無二無二分無別無斷故善現一切智智清淨故一切陀羅尼門清淨一切陀羅尼門清淨故虛空界清淨何以故若一切智智清淨若一切陀羅尼門清淨若虛空界清淨無二無二分無別無斷故一切智智清淨故一切三摩地門清淨一切三摩地門清淨故虛空界清淨何以故若一切智智清淨若一切三摩地門清淨若虛空界清淨無二無二分無別無斷故善現一切智智清淨故預流果清淨預流果清淨故虛空界清淨何以故若一切智智清淨若預流果清淨若虛空界清淨無二無二分無別無斷故

一切智智清淨故一來不還阿羅漢果清淨一來不還阿羅漢果清淨故虛空界清淨何以故若一切智智清淨若一來不還阿羅漢果清淨若虛空界清淨無二無二分無別無斷故善現一切智智清淨故獨覺菩提清淨獨覺菩提清淨故虛空界清淨何以故若一切智智清淨若獨覺菩提清淨若虛空界清淨無二無二分無別無斷故善現一切智智清淨故一切菩薩摩訶薩行清淨一切菩薩摩訶薩行清淨故虛空界清淨何以故若一切智智清淨若一切菩薩摩訶薩行清淨若虛空界清淨無二無二分無別無斷故善現一切智智清淨故諸佛無上正等菩提清淨諸佛無上正等菩提清淨故虛空界清淨何以故若一切智智清淨若諸佛無上正等菩

提清淨若虚空界清淨無二無二分無別無斷故復次善現一切智智清淨故色清淨色清淨故不思議界清淨何以故若一切智智清淨若色清淨若不思議界清淨無二無二分無別無斷故一切智智清淨故受想行識清淨受想行識清淨故不思議界清淨何以故若一切智智清淨若受想行識清淨若不思議界清淨無二無二分無別無斷故善現一切智智清淨故眼處清淨眼處清淨故不思議界清淨何以故若一切智智清淨若眼處清淨若不思議界清淨無二無二分無別無斷故一切智智清淨故耳鼻舌身意處清淨耳鼻舌身意處清淨故不思議界清淨何以故若一切智智清淨若耳鼻舌身意處清淨若不思議界清淨無二無二分無別無斷

故善現一切智智清淨故色處清淨色處清淨故不思議界清淨何以故若一切智智清淨若色處清淨若不思議界清淨無二無二分無別無斷故一切智智清淨故聲香味觸法處清淨聲香味觸法處清淨故不思議界清淨何以故若一切智智清淨若聲香味觸法處清淨若不思議界清淨無二無二分無別無斷故善現一切智智清淨故眼界清淨眼界清淨故不思議界清淨何以故若一切智智清淨若眼界清淨若不思議界清淨無二無二分無別無斷故一切智智清淨故色界眼識界及眼觸眼觸爲緣所生諸受清淨色界乃至眼觸爲緣所生諸受清淨故不思議界清淨何以故若一切智智清淨若色界乃至眼觸爲緣所生諸受清淨若不思議界

清淨無二無二分無別無斷故善現一切智智清淨故耳界清淨耳界清淨故不思議界清淨何以故若一切智智清淨若耳界清淨若不思議界清淨無二無二分無別無斷故一切智智清淨故聲界耳識界及耳觸耳觸爲縁所生諸受清淨聲界乃至耳觸爲縁所生諸受清淨故不思議界清淨何以故若一切智智清淨若聲界乃至耳觸爲縁所生諸受清淨若不思議界清淨無二無二分無別無斷故善現一切智智清淨故鼻界清淨鼻界清淨故不思議界清淨何以故若一切智智清淨若鼻界清淨若不思議界清淨無二無二分無別無斷故一切智智清淨故香界鼻識界及鼻觸鼻觸爲縁所生諸受清淨香界乃至鼻觸爲縁所生諸受清淨故不思議界清淨何以故若一切智智清淨若香界乃至鼻觸爲縁所生諸受清淨若不思議界清淨無二無二分無別無斷故善現一切智智清淨故舌界清淨舌界清淨故不思議界清淨何以故若一切智智清淨若舌界清淨若不思議界清淨無二無二分無別無斷故一切智智清淨故味界舌識界及舌觸舌觸爲縁所生諸受清淨味界乃至舌觸爲縁所生諸受清淨故不思議界清淨何以故若一切智智清淨若味界乃至舌觸爲縁所生諸受清淨若不思議界清淨無二無二分無別無斷故善現一切智智清淨故身界清淨身界清淨故不思議界清淨何以故若一切智智清淨若身界清淨若不思議界清淨無二無二分無別無斷故一切智智清淨故觸界身

識界及身觸身觸爲緣所生諸受清淨觸界乃至身觸爲緣所生諸受清淨故不思議界清淨何以故若一切智智清淨若觸界乃至身觸爲緣所生諸受清淨若不思議界清淨無二無二分無別無斷故善現一切智智清淨故意界清淨意界清淨故不思議界清淨何以故若一切智智清淨若意界清淨若不思議界清淨無二無二分無別無斷故一切智智清淨故法界意識界及意觸意觸爲緣所生諸受清淨法界乃至意觸爲緣所生諸受清淨故不思議界清淨何以故若一切智智清淨若法界乃至意觸爲緣所生諸受清淨若不思議界清淨無二無二分無別無斷故善現一切智智清淨故地界清淨地界清淨故不思議界清淨何以故若一切智智清淨若地界清淨若不思議界清淨無二無二分無別無斷故一切智智清淨故水火風空識界清淨水火風空識界清淨故不思議界清淨何以故若一切智智清淨若水火風空識界清淨若不思議界清淨無二無二分無別無斷故善現一切智智清淨故無明清淨無明清淨故不思議界清淨何以故若一切智智清淨若無明清淨若不思議界清淨無二無二分無別無斷故一切智智清淨故行識名色六處觸受愛取有生老死愁歎苦憂惱清淨行乃至老死愁歎苦憂惱清淨故不思議界清淨何以故若一切智智清淨若行乃至老死愁歎苦憂惱清淨若不思議界清淨無二無二分無別無斷故善現一切智智清淨故布施波羅蜜多清淨布施波羅蜜多

清淨故不思議界清淨何以故若一切智智清淨若布施波羅蜜多清淨若不思議界清淨無二無二分無別無斷故一切智智清淨故淨戒安忍精進靜慮般若波羅蜜多清淨淨戒乃至般若波羅蜜多清淨故不思議界清淨何以故若一切智智清淨若淨戒乃至般若波羅蜜多清淨若不思議界清淨無二無二分無別無斷故善現一切智智清淨故内空清淨内空清淨故不思議界清淨何以故若一切智智清淨若内空清淨若不思議界清淨無二無二分無別無斷故一切智智清淨故外空内外空空空大空勝義空有爲空無爲空畢竟空無際空散空無變異空本性空自相空共相空一切法空不可得空無性空自性空無性自性空清淨外空乃至無性自性空清淨故不思議界清淨何以故若一切智智清淨若外空乃至無性自性空清淨若不思議界清淨無二無二分無別無斷故善現一切智智清淨故眞如清淨眞如清淨故不思議界清淨何以故若一切智智清淨若眞如清淨若不思議界清淨無二無二分無別無斷故一切智智清淨故法界法性不虛妄性不變異性平等性離生性法定法住實際虛空界清淨法界乃至虛空界清淨故不思議界清淨何以故若一切智智清淨若法界乃至虛空界清淨若不思議界清淨無二無二分無別無斷故善現一切智智清淨故苦聖諦清淨苦聖諦清淨故不思議界清淨何以故若一切智智清淨若苦聖諦清淨若不思議界清淨無二無二分無別無斷

故一切智智清淨故集滅道聖諦清淨集滅道聖諦清淨故不思議界清淨何以故若一切智智清淨若集滅道聖諦清淨若不思議界清淨無二無二分無別無斷故

大般若波羅蜜多經卷第二百六十二

大般若波羅蜜多經卷第二百六十三

唐三藏法師玄奘奉詔譯

初分難信解品第三十四之八十二

善現一切智智清淨故四靜慮清淨四靜慮清淨故不思議界清淨何以故若一切智智清淨若四靜慮清淨若不思議界清淨無二無二分無別無斷故一切智智清淨故四無量四無色定清淨四無量四無色定清淨故不思議界清淨何以故若一切智智清淨若四無量四無色定清淨若不思議界清淨無二無二分無別無斷故善現一切智智清淨故八解脫清淨八解脫清淨故不思議界清淨何以故若一切智智清淨若八解脫清淨若不思議界清淨無二無二分無別無斷故一切智智清淨故八勝處九次第定十遍處清淨八勝處九次第定十遍處清淨故不思議界清淨何以故若一切智智清淨若八勝處九次第定十遍處清淨若不思議界清淨無二無二分無別無斷故善現一切智智清淨故四念住清淨四念住清淨故不思議界清淨何以故若一切智智清淨若四念住清淨若不思議界清淨無二無二分無別無斷故一切智智清淨故四正斷四神足五根五力七等覺支八聖道支清淨四正斷乃至八聖道支清淨故不思議界清淨何以故若一切智智清淨若四正斷乃至八聖道支清淨若不思議界清淨無二無二分無別無斷故善現一切智智清淨故空解脫門清淨空解脫門清淨故不思議界清淨何以故若一切智智清淨若空解脫門清淨若不思議界清

淨無二無二分無別無斷故一切智智清淨故無相無願解脱門清淨無相無願解脱門清淨故不思議界清淨何以故若一切智智清淨若無相無願解脱門清淨若不思議界清淨無二無二分無別無斷故善現一切智智清淨故菩薩十地清淨菩薩十地清淨故不思議界清淨何以故若一切智智清淨若菩薩十地清淨若不思議界清淨無二無二分無別無斷故善現一切智智清淨故五眼清淨五眼清淨故不思議界清淨何以故若一切智智清淨若五眼清淨若不思議界清淨無二無二分無別無斷故一切智智清淨故六神通清淨六神通清淨故不思議界清淨何以故若一切智智清淨若六神通清淨若不思議界清淨無二無二分無別無斷故

善現一切智智清淨故佛十力清淨佛十力清淨故不思議界清淨何以故若一切智智清淨若佛十力清淨若不思議界清淨無二無二分無別無斷故一切智智清淨故四無所畏四無礙解大慈大悲大喜大捨十八佛不共法清淨四無所畏乃至十八佛不共法清淨故不思議界清淨何以故若一切智智清淨若四無所畏乃至十八佛不共法清淨若不思議界清淨無二無二分無別無斷故善現一切智智清淨故無忘失法清淨無忘失法清淨故不思議界清淨何以故若一切智智清淨若無忘失法清淨若不思議界清淨無二無二分無別無斷故一切智智清淨故恒住捨性清淨恒住捨性清淨故不思議界清淨何以故若一切智智清淨若恒住捨

性清淨若不思議界清淨無二無二分無別無斷故善現一切智智清淨故一切智清淨一切智清淨故不思議界清淨何以故若一切智智清淨若一切智清淨若不思議界清淨無二無二分無別無斷故一切智智清淨故道相智一切相智清淨道相智一切相智清淨故不思議界清淨何以故若一切智智清淨若道相智一切相智清淨若不思議界清淨無二無二分無別無斷故善現一切智智清淨故一切陀羅尼門清淨一切陀羅尼門清淨故不思議界清淨何以故若一切智智清淨若一切陀羅尼門清淨若不思議界清淨無二無二分無別無斷故一切智智清淨故一切三摩地門清淨一切三摩地門清淨故不思議界清淨何以故若一切智智清

淨若一切三摩地門清淨若不思議界清淨無二無二分無別無斷故善現一切智智清淨故預流果清淨預流果清淨故不思議界清淨何以故若一切智智清淨若預流果清淨若不思議界清淨無二無二分無別無斷故一切智智清淨故一來不還阿羅漢果清淨一來不還阿羅漢果清淨故不思議界清淨何以故若一切智智清淨若一來不還阿羅漢果清淨若不思議界清淨無二無二分無別無斷故善現一切智智清淨故獨覺菩提清淨獨覺菩提清淨故不思議界清淨何以故若一切智智清淨若獨覺菩提清淨若不思議界清淨無二無二分無別無斷故善現一切智智清淨故一切菩薩摩訶薩行清淨一切菩薩摩訶薩行清淨故不思議界清

淨何以故若一切智智清淨若一切菩薩摩訶薩行清淨若不思議界清淨無二無二分無別無斷故善現一切智智清淨故諸佛無上正等菩提清淨諸佛無上正等菩提清淨故不思議界清淨何以故若一切智智清淨若諸佛無上正等菩提清淨若不思議界清淨無二無二分無別無斷故復次善現一切智智清淨故色清淨色清淨故苦聖諦清淨何以故若一切智智清淨若色清淨若苦聖諦清淨無二無二分無別無斷故一切智智清淨故受想行識清淨受想行識清淨故苦聖諦清淨何以故若一切智智清淨若受想行識清淨若苦聖諦清淨無二無二分無別無斷故善現一切智智清淨故眼處清淨眼處清淨故苦聖諦清淨何以故若一切智智清淨若眼處清淨若苦聖諦清淨無二無二分無別無斷故一切智智清淨故耳鼻舌身意處清淨耳鼻舌身意處清淨故苦聖諦清淨何以故若一切智智清淨若耳鼻舌身意處清淨若苦聖諦清淨無二無二分無別無斷故善現一切智智清淨故色處清淨色處清淨故苦聖諦清淨何以故若一切智智清淨若色處清淨若苦聖諦清淨無二無二分無別無斷故一切智智清淨故聲香味觸法處清淨聲香味觸法處清淨故苦聖諦清淨何以故若一切智智清淨若聲香味觸法處清淨若苦聖諦清淨無二無二分無別無斷故善現一切智智清淨故眼界清淨眼界清淨故苦聖諦清淨何以故若一切智智清淨若眼界清淨若苦聖諦清淨無二無二分無

别無斷故一切智智清淨故色界眼識界及眼觸眼觸爲緣所生諸受清淨色界乃至眼觸爲緣所生諸受清淨故苦聖諦清淨何以故若一切智智清淨若色界乃至眼觸爲緣所生諸受清淨若苦聖諦清淨無二無二分無别無斷故善現一切智智清淨故耳界清淨耳界清淨故苦聖諦清淨何以故若一切智智清淨若耳界清淨若苦聖諦清淨無二無二分無别無斷故一切智智清淨故聲界耳識界及耳觸耳觸爲緣所生諸受清淨聲界乃至耳觸爲緣所生諸受清淨故苦聖諦清淨何以故若一切智智清淨若聲界乃至耳觸爲緣所生諸受清淨若苦聖諦清淨無二無二分無别無斷故善現一切智智清淨故鼻界清淨鼻界清淨故苦聖諦清淨何以

故若一切智智清淨若鼻界清淨若苦聖諦清淨無二無二分無别無斷故一切智智清淨故香界鼻識界及鼻觸鼻觸爲緣所生諸受清淨香界乃至鼻觸爲緣所生諸受清淨故苦聖諦清淨何以故若一切智智清淨若香界乃至鼻觸爲緣所生諸受清淨若苦聖諦清淨無二無二分無别無斷故善現一切智智清淨故舌界清淨舌界清淨故苦聖諦清淨何以故若一切智智清淨若舌界清淨若苦聖諦清淨無二無二分無别無斷故一切智智清淨故味界舌識界及舌觸舌觸爲緣所生諸受清淨味界乃至舌觸爲緣所生諸受清淨故苦聖諦清淨何以故若一切智智清淨若味界乃至舌觸爲緣所生諸受清淨若苦聖諦清淨無二無二分無别無斷故

善現一切智智清淨故身界清淨身界清淨故苦聖諦清淨何以故若一切智智清淨若身界清淨若苦聖諦清淨無二無二分無别無斷故一切智智清淨故觸界身識界及身觸身觸爲緣所生諸受清淨觸界乃至身觸爲緣所生諸受清淨故苦聖諦清淨何以故若一切智智清淨若觸界乃至身觸爲緣所生諸受清淨若苦聖諦清淨無二無二分無别無斷故善現一切智智清淨故意界清淨意界清淨故苦聖諦清淨何以故若一切智智清淨若意界清淨若苦聖諦清淨無二無二分無别無斷故一切智智清淨故法界意識界及意觸意觸爲緣所生諸受清淨法界乃至意觸爲緣所生諸受清淨故苦聖諦清淨何以故若一切智智清淨若法界乃至意觸爲緣所生諸受清淨若苦聖諦清淨無二無二分無别無斷故善現一切智智清淨故地界清淨地界清淨故苦聖諦清淨何以故若一切智智清淨若地界清淨若苦聖諦清淨無二無二分無别無斷故一切智智清淨故水火風空識界清淨水火風空識界清淨故苦聖諦清淨何以故若一切智智清淨若水火風空識界清淨若苦聖諦清淨無二無二分無别無斷故善現一切智智清淨故無明清淨無明清淨故苦聖諦清淨何以故若一切智智清淨若無明清淨若苦聖諦清淨無二無二分無别無斷故一切智智清淨故行識名色六處觸受愛取有生老死愁歎苦憂惱清淨行乃至老死愁歎苦憂惱清淨故苦聖諦清淨何以故若一切智智清淨若行

乃至老死愁歎苦憂惱清淨若苦聖諦清淨無二無二分無别無斷故善現一切智智清淨故布施波羅蜜多清淨布施波羅蜜多清淨故苦聖諦清淨何以故若一切智智清淨若布施波羅蜜多清淨若苦聖諦清淨無二無二分無别無斷故一切智智清淨故淨戒安忍精進靜慮般若波羅蜜多清淨淨戒乃至般若波羅蜜多清淨故苦聖諦清淨何以故若一切智智清淨若淨戒乃至般若波羅蜜多清淨若苦聖諦清淨無二無二分無别無斷故善現一切智智清淨故內空清淨內空清淨故苦聖諦清淨何以故若一切智智清淨若內空清淨若苦聖諦清淨無二無二分無别無斷故一切智智清淨故外空內外空空空大空勝義空有爲空無爲空畢竟空無際空散空無變異空本性空自相空共相空一切法空不可得空無性空自性空無性自性空清淨外空乃至無性自性空清淨故苦聖諦清淨何以故若一切智智清淨若外空乃至無性自性空清淨若苦聖諦清淨無二無二分無别無斷故善現一切智智清淨故眞如清淨眞如清淨故苦聖諦清淨何以故若一切智智清淨若眞如清淨若苦聖諦清淨無二無二分無别無斷故一切智智清淨故法界法性不虛妄性不變異性平等性離生性法定法住實際虛空界不思議界清淨法界乃至不思議界清淨故苦聖諦清淨何以故若一切智智清淨若法界乃至不思議界清淨若苦聖諦清淨無二無二分無别無斷故善現一切智智清淨故集聖諦清淨

集聖諦清淨故苦聖諦清淨何以故若一切智智清淨若集聖諦清淨若苦聖諦清淨無二無二分無別無斷故一切智智清淨故滅道聖諦清淨滅道聖諦清淨故苦聖諦清淨何以故若一切智智清淨若滅道聖諦清淨若苦聖諦清淨無二無二分無別無斷故善現一切智智清淨故四靜慮清淨四靜慮清淨故苦聖諦清淨何以故若一切智智清淨若四靜慮清淨若苦聖諦清淨無二無二分無別無斷故一切智智清淨故四無量四無色定清淨四無量四無色定清淨故苦聖諦清淨何以故若一切智智清淨若四無量四無色定清淨若苦聖諦清淨無二無二分無別無斷故善現一切智智清淨故八解脫清淨八解脫清淨故苦聖諦清淨何以故若一切智智清淨若八解脫清淨若苦聖諦清淨無二無二分無別無斷故一切智智清淨故八勝處九次第定十遍處清淨八勝處九次第定十遍處清淨故苦聖諦清淨何以故若一切智智清淨若八勝處九次第定十遍處清淨若苦聖諦清淨無二無二分無別無斷故善現一切智智清淨故四念住清淨四念住清淨故苦聖諦清淨何以故若一切智智清淨若四念住清淨若苦聖諦清淨無二無二分無別無斷故一切智智清淨故四正斷四神足五根五力七等覺支八聖道支清淨四正斷乃至八聖道支清淨故苦聖諦清淨何以故若一切智智清淨若四正斷乃至八聖道支清淨若苦聖諦清淨無二無二分無別無斷故善現一切智智清淨故空解脫門

清淨空解脫門清淨故苦聖諦清淨何以故若一切智智清淨若空解脫門清淨若苦聖諦清淨無二無二分無別無斷故一切智智清淨故無相無願解脫門清淨無相無願解脫門清淨故苦聖諦清淨何以故若一切智智清淨若無相無願解脫門清淨若苦聖諦清淨無二無二分無別無斷故善現一切智智清淨故菩薩十地清淨菩薩十地清淨故苦聖諦清淨何以故若一切智智清淨若菩薩十地清淨若苦聖諦清淨無二無二分無別無斷故善現一切智智清淨故五眼清淨五眼清淨故苦聖諦清淨何以故若一切智智清淨若五眼清淨若苦聖諦清淨無二無二分無別無斷故一切智智清淨故六神通清淨六神通清淨故苦聖諦清淨何以故若一切智智清淨若六神通清淨若苦聖諦清淨無二無二分無別無斷故善現一切智智清淨故佛十力清淨佛十力清淨故苦聖諦清淨何以故若一切智智清淨若佛十力清淨若苦聖諦清淨無二無二分無別無斷故一切智智清淨故四無所畏四無礙解大慈大悲大喜大捨十八佛不共法清淨四無所畏乃至十八佛不共法清淨故苦聖諦清淨何以故若一切智智清淨若四無所畏乃至十八佛不共法清淨若苦聖諦清淨無二無二分無別無斷故善現一切智智清淨故無忘失法清淨無忘失法清淨故苦聖諦清淨何以故若一切智智清淨若無忘失法清淨若苦聖諦清淨無二無二分無別無斷故一切智智清淨故恒住捨性清淨恒住捨性清

淨故苦聖諦清淨何以故若一切智智清淨若恒住捨性清淨若苦聖諦清淨無二無二分無別無斷故善現一切智智清淨故一切智清淨一切智清淨故苦聖諦清淨何以故若一切智智清淨若一切智清淨若苦聖諦清淨無二無二分無別無斷故一切智智清淨故道相智一切相智清淨道相智一切相智清淨故苦聖諦清淨何以故若一切智智清淨若道相智一切相智清淨若苦聖諦清淨無二無二分無別無斷故善現一切智智清淨故一切陀羅尼門清淨一切陀羅尼門清淨故苦聖諦清淨何以故若一切智智清淨若一切陀羅尼門清淨若苦聖諦清淨無二無二分無別無斷故一切智智清淨故一切三摩地門清淨一切三摩地門清淨故苦聖諦清淨何以故若一切智智清淨若一切三摩地門清淨若苦聖諦清淨無二無二分無別無斷故善現一切智智清淨故預流果清淨預流果清淨故苦聖諦清淨何以故若一切智智清淨若預流果清淨若苦聖諦清淨無二無二分無別無斷故一切智智清淨故一來不還阿羅漢果清淨一來不還阿羅漢果清淨故苦聖諦清淨何以故若一切智智清淨若一來不還阿羅漢果清淨若苦聖諦清淨無二無二分無別無斷故善現一切智智清淨故獨覺菩提清淨獨覺菩提清淨故苦聖諦清淨何以故若一切智智清淨若獨覺菩提清淨若苦聖諦清淨無二無二分無別無斷故善現一切智智清淨故一切菩薩摩訶薩行清淨一切菩薩摩訶薩行清淨

故苦聖諦清淨何以故若一切智智清淨若一切菩薩摩訶薩行清淨若苦聖諦清淨無二無二分無別無斷故善現一切智智清淨故諸佛無上正等菩提清淨諸佛無上正等菩提清淨故苦聖諦清淨何以故若一切智智清淨若諸佛無上正等菩提清淨若苦聖諦清淨無二無二分無別無斷故復次善現一切智智清淨故色清淨色清淨故集聖諦清淨何以故若一切智智清淨若色清淨若集聖諦清淨無二無二分無別無斷故一切智智清淨故受想行識清淨受想行識清淨故集聖諦清淨何以故若一切智智清淨若受想行識清淨若集聖諦清淨無二無二分無別無斷故善現一切智智清淨故眼處清淨眼處清淨故集聖諦清淨何以故若一切智智清淨若眼處清淨若集聖諦清淨無二無二分無別無斷故一切智智清淨故耳鼻舌身意處清淨耳鼻舌身意處清淨故集聖諦清淨何以故若一切智智清淨若耳鼻舌身意處清淨若集聖諦清淨無二無二分無別無斷故善現一切智智清淨故色處清淨色處清淨故集聖諦清淨何以故若一切智智清淨若色處清淨若集聖諦清淨無二無二分無別無斷故一切智智清淨故聲香味觸法處清淨聲香味觸法處清淨故集聖諦清淨何以故若一切智智清淨若聲香味觸法處清淨若集聖諦清淨無二無二分無別無斷故善現一切智智清淨故眼界清淨眼界清淨故集聖諦清淨何以故若一切智智清淨若眼界清淨若集聖諦清淨無二無二

分無別無斷故一切智智清淨故色界眼識界及眼觸眼觸爲緣所生諸受清淨色界乃至眼觸爲緣所生諸受清淨故集聖諦清淨何以故若一切智智清淨若色界乃至眼觸爲緣所生諸受清淨若集聖諦清淨無二無二分無別無斷故善現一切智智清淨故耳界清淨耳界清淨故集聖諦清淨何以故若一切智智清淨若耳界清淨若集聖諦清淨無二無二分無別無斷故一切智智清淨故聲界耳識界及耳觸耳觸爲緣所生諸受清淨聲界乃至耳觸爲緣所生諸受清淨故集聖諦清淨何以故若一切智智清淨若聲界乃至耳觸爲緣所生諸受清淨若集聖諦清淨無二無二分無別無斷故善現一切智智清淨故鼻界清淨鼻界清淨故集聖諦清淨何以故若一切智智清淨若鼻界清淨若集聖諦清淨無二無二分無別無斷故一切智智清淨故香界鼻識界及鼻觸鼻觸爲緣所生諸受清淨香界乃至鼻觸爲緣所生諸受清淨故集聖諦清淨何以故若一切智智清淨若香界乃至鼻觸爲緣所生諸受清淨若集聖諦清淨無二無二分無別無斷故善現一切智智清淨故舌界清淨舌界清淨故集聖諦清淨何以故若一切智智清淨若舌界清淨若集聖諦清淨無二無二分無別無斷故一切智智清淨故味界舌識界及舌觸舌觸爲緣所生諸受清淨味界乃至舌觸爲緣所生諸受清淨故集聖諦清淨何以故若一切智智清淨若味界乃至舌觸爲緣所生諸受清淨若集聖諦清淨無二無二分無別無

斷故善現一切智智清淨故身界清淨身界清淨故集聖諦清淨何以故若一切智智清淨若身界清淨若集聖諦清淨無二無二分無別無斷故一切智智清淨故觸界身識界及身觸身觸爲緣所生諸受清淨觸界乃至身觸爲緣所生諸受清淨故集聖諦清淨何以故若一切智智清淨若觸界乃至身觸爲緣所生諸受清淨若集聖諦清淨無二無二分無別無斷故善現一切智智清淨故意界清淨意界清淨故集聖諦清淨何以故若一切智智清淨若意界清淨若集聖諦清淨無二無二分無別無斷故一切智智清淨故法界意識界及意觸意觸爲緣所生諸受清淨法界乃至意觸爲緣所生諸受清淨故集聖諦清淨何以故若一切智智清淨若法界乃至意觸爲緣所生諸受清淨若集聖諦清淨無二無二分無別無斷故善現一切智智清淨故地界清淨地界清淨故集聖諦清淨何以故若一切智智清淨若地界清淨若集聖諦清淨無二無二分無別無斷故一切智智清淨故水火風空識界清淨水火風空識界清淨故集聖諦清淨何以故若一切智智清淨若水火風空識界清淨若集聖諦清淨無二無二分無別無斷故善現一切智智清淨故無明清淨無明清淨故集聖諦清淨何以故若一切智智清淨若無明清淨若集聖諦清淨無二無二分無別無斷故一切智智清淨故行識名色六處觸受愛取有生老死愁歎苦憂惱清淨行乃至老死愁歎苦憂惱清淨故集聖諦清淨何以故若一切智智清淨

若行乃至老死愁歎苦憂惱清淨若集聖諦清淨無二無二分無別無斷故善現一切智智清淨故布施波羅蜜多清淨布施波羅蜜多清淨故集聖諦清淨何以故若一切智智清淨若布施波羅蜜多清淨若集聖諦清淨無二無二分無別無斷故一切智智清淨故淨戒安忍精進靜慮般若波羅蜜多清淨淨戒乃至般若波羅蜜多清淨故集聖諦清淨何以故若一切智智清淨若淨戒乃至般若波羅蜜多清淨若集聖諦清淨無二無二分無別無斷故善現一切智智清淨故內空清淨內空清淨故集聖諦清淨何以故若一切智智清淨若內空清淨若集聖諦清淨無二無二分無別無斷故一切智智清淨故外空內外空空空大空勝義空有爲空無爲空畢竟空無際空散空無變異空本性空自相空共相空一切法空不可得空無性空自性空無性自性空清淨外空乃至無性自性空清淨故集聖諦清淨何以故若一切智智清淨若外空乃至無性自性空清淨若集聖諦清淨無二無二分無別無斷故善現一切智智清淨故眞如清淨眞如清淨故集聖諦清淨何以故若一切智智清淨若眞如清淨若集聖諦清淨無二無二分無別無斷故一切智智清淨故法界法性不虛妄性不變異性平等性離生性法定法住實際虛空界不思議界清淨法界乃至不思議界清淨故集聖諦清淨何以故若一切智智清淨若法界乃至不思議界清淨若集聖諦清淨無二無二分無別無斷故善現一切智智清淨故苦聖諦

清淨苦聖諦清淨故集聖諦清淨何以故若一切智智清淨若苦聖諦清淨若集聖諦清淨無二無二分無別無斷故一切智智清淨故滅道聖諦清淨滅道聖諦清淨故集聖諦清淨何以故若一切智智清淨若滅道聖諦清淨若集聖諦清淨無二無二分無別無斷故善現一切智智清淨故四靜慮清淨四靜慮清淨故集聖諦清淨何以故若一切智智清淨若四靜慮清淨若集聖諦清淨無二無二分無別無斷故一切智智清淨故四無量四無色定清淨四無色定清淨定清淨故集聖諦清淨何以故若一切智智清淨若四無量四無色定清淨若集聖諦清淨無二無二分無別無斷故善現一切智智清淨故八解脫清淨八解脫清淨故集聖諦清淨何以故

若一切智智清淨若八解脫清淨若集聖諦清淨無二無二分無別無斷故一切智智清淨故八勝處九次第定十遍處清淨八勝處九次第定十遍處清淨故集聖諦清淨何以故若一切智智清淨若八勝處九次第定十遍處清淨若集聖諦清淨無二無二分無別無斷故善現一切智智清淨故四念住清淨四念住清淨故集聖諦清淨何以故若一切智智清淨若四念住清淨若集聖諦清淨無二無二分無別無斷故一切智智清淨故四正斷四神足五根五力七等覺支八聖道支清淨四正斷乃至八聖道支清淨故集聖諦清淨何以故若一切智智清淨若四正斷乃至八聖道支清淨若集聖諦清淨無二無二分無別無斷故善現一切智智清淨故空解

脫門清淨空解脫門清淨故集聖諦清淨何以故若一切智智清淨若空解脫門清淨若集聖諦清淨無二無二分無別無斷故一切智智清淨故無相無願解脫門清淨無相無願解脫門清淨故集聖諦清淨何以故若一切智智清淨若無相無願解脫門清淨若集聖諦清淨無二無二分無別無斷故善現一切智智清淨故菩薩十地清淨菩薩十地清淨故集聖諦清淨何以故若一切智智清淨若菩薩十地清淨若集聖諦清淨無二無二分無別無斷故

大般若波羅蜜多經卷第二百六十三

大般若波羅蜜多經卷第二百六十四

唐三藏法師玄奘奉　詔譯

初分難信解品第三十四之八十三

善現一切智智清淨故五眼清淨五眼清淨故集聖諦清淨何以故若一切智智清淨若五眼清淨若集聖諦清淨無二無二分無別無斷故一切智智清淨故六神通清淨六神通清淨故集聖諦清淨何以故若一切智智清淨若六神通清淨若集聖諦清淨無二無二分無別無斷故善現一切智智清淨故佛十力清淨佛十力清淨故集聖諦清淨何以故若一切智智清淨若佛十力清淨若集聖諦清淨無二無二分無別無斷故一切智智清淨故四無所畏四無礙解大慈大悲大喜大捨十八佛不共法清淨四無所畏乃至十八佛不共法清淨故集聖諦清淨何以故若一切智智清淨若四無所畏乃至十八佛不共法清淨若集聖諦清淨無二無二分無別無斷故善現一切智智清淨故無忘失法清淨無忘失法清淨故集聖諦清淨何以故若一切智智清淨若無忘失法清淨若集聖諦清淨無二無二分無別無斷故一切智智清淨故恒住捨性清淨恒住捨性清淨故集聖諦清淨何以故若一切智智清淨若恒住捨性清淨若集聖諦清淨無二無二分無別無斷故善現一切智智清淨故一切智清淨一切智清淨故集聖諦清淨何以故若一切智智清淨若一切智清淨若集聖諦清淨無二無二分無別無斷故一切智智清淨故道相智一切相智清淨道相智一切相智清淨故

集聖諦清淨何以故若一切智智清淨若道
相智一切相智清淨若集聖諦清淨無二無
二分無別無斷故善現一切智智清淨故一
切陀羅尼門清淨一切陀羅尼門清淨故集
聖諦清淨何以故若一切智智清淨若一切
陀羅尼門清淨若集聖諦清淨無二無二分
無別無斷故一切智智清淨故一切三摩地
門清淨一切三摩地門清淨故集聖諦清淨
何以故若一切智智清淨若一切三摩地門
清淨若集聖諦清淨無二無二分無別無斷
故善現一切智智清淨故預流果清淨預流
果清淨故集聖諦清淨何以故若一切智智
清淨若預流果清淨若集聖諦清淨無二無
二分無別無斷故一切智智清淨故一來不
還阿羅漢果清淨一來不還阿羅漢果清淨
故集聖諦清淨何以故若一切智智清淨若
一來不還阿羅漢果清淨若集聖諦清淨無
二無二分無別無斷故善現一切智智清淨
故獨覺菩提清淨獨覺菩提清淨故集聖諦
清淨何以故若一切智智清淨若獨覺菩提
清淨若集聖諦清淨無二無二分無別無斷
故善現一切智智清淨故一切菩薩摩訶薩
行清淨一切菩薩摩訶薩行清淨故集聖諦
清淨何以故若一切智智清淨若一切菩薩
摩訶薩行清淨若集聖諦清淨無二無二分
無別無斷故善現一切智智清淨故諸佛無
上正等菩提清淨諸佛無上正等菩提清淨
故集聖諦清淨何以故若一切智智清淨若
諸佛無上正等菩提清淨若集聖諦清淨無
二無二分無別無斷故復次善現一切智智

清淨故色清淨色清淨故滅聖諦清淨何以故若一切智智清淨若色清淨若滅聖諦清淨無二無二分無別無斷故一切智智清淨故受想行識清淨受想行識清淨故滅聖諦清淨何以故若一切智智清淨若受想行識清淨若滅聖諦清淨無二無二分無別無斷故善現一切智智清淨故眼處清淨眼處清淨故滅聖諦清淨何以故若一切智智清淨若眼處清淨若滅聖諦清淨無二無二分無別無斷故一切智智清淨故耳鼻舌身意處清淨耳鼻舌身意處清淨故滅聖諦清淨何以故若一切智智清淨若耳鼻舌身意處清淨若滅聖諦清淨無二無二分無別無斷故善現一切智智清淨故色處清淨色處清淨故滅聖諦清淨何以故若一切智智清淨若

色處清淨若滅聖諦清淨無二無二分無別無斷故一切智智清淨故聲香味觸法處清淨聲香味觸法處清淨故滅聖諦清淨何以故若一切智智清淨若聲香味觸法處清淨若滅聖諦清淨無二無二分無別無斷故善現一切智智清淨故眼界清淨眼界清淨故滅聖諦清淨何以故若一切智智清淨若眼界清淨若滅聖諦清淨無二無二分無別無斷故一切智智清淨故色界眼識界及眼觸眼觸爲緣所生諸受清淨色界乃至眼觸爲緣所生諸受清淨故滅聖諦清淨何以故若一切智智清淨若色界乃至眼觸爲緣所生諸受清淨若滅聖諦清淨無二無二分無別無斷故善現一切智智清淨故耳界清淨耳界清淨故滅聖諦清淨何以故若一切智智

清淨若耳界清淨若滅聖諦清淨無二無二分無別無斷故一切智智清淨故聲界耳識界及耳觸耳觸爲緣所生諸受清淨聲界乃至耳觸爲緣所生諸受清淨故滅聖諦清淨何以故若一切智智清淨若聲界乃至耳觸爲緣所生諸受清淨若滅聖諦清淨無二無二分無別無斷故善現一切智智清淨故鼻界清淨鼻界清淨故滅聖諦清淨何以故若一切智智清淨若鼻界清淨若滅聖諦清淨無二無二分無別無斷故一切智智清淨故香界鼻識界及鼻觸鼻觸爲緣所生諸受清淨香界乃至鼻觸爲緣所生諸受清淨故滅聖諦清淨何以故若一切智智清淨若香界乃至鼻觸爲緣所生諸受清淨若滅聖諦清淨無二無二分無別無斷故善現一切智智清淨故舌界清淨舌界清淨故滅聖諦清淨何以故若一切智智清淨若舌界清淨若滅聖諦清淨無二無二分無別無斷故一切智智清淨故味界舌識界及舌觸舌觸爲緣所生諸受清淨味界乃至舌觸爲緣所生諸受清淨故滅聖諦清淨何以故若一切智智清淨若味界乃至舌觸爲緣所生諸受清淨若滅聖諦清淨無二無二分無別無斷故善現一切智智清淨故身界清淨身界清淨故滅聖諦清淨何以故若一切智智清淨若身界清淨若滅聖諦清淨無二無二分無別無斷故一切智智清淨故觸界身識界及身觸身觸爲緣所生諸受清淨觸界乃至身觸爲緣所生諸受清淨故滅聖諦清淨何以故若一切智智清淨若觸界乃至身觸爲緣所生諸

受清淨若滅聖諦清淨無二無二分無别無斷故善現一切智智清淨故意界清淨意界清淨故滅聖諦清淨何以故若一切智智清淨若意界清淨若滅聖諦清淨無二無二分無别無斷故一切智智清淨故法界意識界及意觸意觸爲緣所生諸受清淨法界乃至意觸爲緣所生諸受清淨故滅聖諦清淨何以故若一切智智清淨若法界乃至意觸爲緣所生諸受清淨若滅聖諦清淨無二無二分無别無斷故善現一切智智清淨故地界清淨地界清淨故滅聖諦清淨何以故若一切智智清淨若地界清淨若滅聖諦清淨無二無二分無别無斷故一切智智清淨故水火風空識界清淨水火風空識界清淨故滅聖諦清淨何以故若一切智智清淨若水火風空識界清淨若滅聖諦清淨無二無二分無别無斷故善現一切智智清淨故無明清淨無明清淨故滅聖諦清淨何以故若一切智智清淨若無明清淨若滅聖諦清淨無二無二分無别無斷故一切智智清淨故行識名色六處觸受愛取有生老死愁歎苦憂惱清淨行乃至老死愁歎苦憂惱清淨故滅聖諦清淨何以故若一切智智清淨若行乃至老死愁歎苦憂惱清淨若滅聖諦清淨無二無二分無别無斷故善現一切智智清淨故布施波羅蜜多清淨布施波羅蜜多清淨故滅聖諦清淨何以故若一切智智清淨若布施波羅蜜多清淨若滅聖諦清淨無二無二分無别無斷故一切智智清淨故淨戒安忍精進靜慮般若波羅蜜多清淨淨戒乃至般

若波羅蜜多清淨故滅聖諦清淨何以故若一切智智清淨若淨戒乃至般若波羅蜜多清淨若滅聖諦清淨無二無二分無別無斷故善現一切智智清淨故内空清淨内空清淨故滅聖諦清淨何以故若一切智智清淨若内空清淨若滅聖諦清淨無二無二分無別無斷故一切智智清淨故外空内外空空空大空勝義空有爲空無爲空畢竟空無際空散空無變異空本性空自相空共相空一切法空不可得空無性空自性空無性自性空清淨外空乃至無性自性空清淨故滅聖諦清淨何以故若一切智智清淨若外空乃至無性自性空清淨若滅聖諦清淨無二無二分無別無斷故善現一切智智清淨故眞如清淨眞如清淨故滅聖諦清淨何以故若一切智智清淨若眞如清淨若滅聖諦清淨無二無二分無別無斷故一切智智清淨故法界法性不虛妄性不變異性平等性離生性法定法住實際虛空界不思議界清淨法界乃至不思議界清淨故滅聖諦清淨何以故若一切智智清淨若法界乃至不思議界清淨若滅聖諦清淨無二無二分無別無斷故善現一切智智清淨故苦聖諦清淨苦聖諦清淨故滅聖諦清淨何以故若一切智智清淨若苦聖諦清淨若滅聖諦清淨無二無二分無別無斷故一切智智清淨故集道聖諦清淨集道聖諦清淨故滅聖諦清淨何以故若一切智智清淨若集道聖諦清淨若滅聖諦清淨無二無二分無別無斷故善現一切智智清淨故四靜慮清淨四靜慮清淨故

滅聖諦清淨何以故若一切智智清淨若四靜慮清淨若滅聖諦清淨無二無二分無別無斷故一切智智清淨故四無量四無色定清淨四無量四無色定清淨故滅聖諦清淨何以故若一切智智清淨若四無量四無色定清淨若滅聖諦清淨無二無二分無別無斷故善現一切智智清淨故八解脫清淨八解脫清淨故滅聖諦清淨何以故若一切智智清淨若八解脫清淨若滅聖諦清淨無二無二分無別無斷故一切智智清淨故八勝處九次第定十遍處清淨八勝處九次第定十遍處清淨故滅聖諦清淨何以故若一切智智清淨若八勝處九次第定十遍處清淨若滅聖諦清淨無二無二分無別無斷故善現一切智智清淨故四念住清淨四念住清淨故滅聖諦清淨何以故若一切智智清淨若四念住清淨若滅聖諦清淨無二無二分無別無斷故一切智智清淨故四正斷四神足五根五力七等覺支八聖道支清淨四正斷乃至八聖道支清淨故滅聖諦清淨何以故若一切智智清淨若四正斷乃至八聖道支清淨若滅聖諦清淨無二無二分無別無斷故善現一切智智清淨故空解脫門清淨空解脫門清淨故滅聖諦清淨何以故若一切智智清淨若空解脫門清淨若滅聖諦清淨無二無二分無別無斷故一切智智清淨故無相無願解脫門清淨無相無願解脫門清淨故滅聖諦清淨何以故若一切智智清淨若無相無願解脫門清淨若滅聖諦清淨無二無二分無別無斷故善現一切智智清

淨故菩薩十地清淨菩薩十地清淨故滅聖諦清淨何以故若一切智智清淨若菩薩十地清淨若滅聖諦清淨無二無二分無别無斷故善現一切智智清淨故五眼清淨五眼清淨故滅聖諦清淨何以故若一切智智清淨若五眼清淨若滅聖諦清淨無二無二分無别無斷故一切智智清淨故六神通清淨六神通清淨故滅聖諦清淨何以故若一切智智清淨若六神通清淨若滅聖諦清淨無二無二分無别無斷故善現一切智智清淨故佛十力清淨佛十力清淨故滅聖諦清淨何以故若一切智智清淨若佛十力清淨若滅聖諦清淨無二無二分無别無斷故一切智智清淨故四無所畏四無礙解大慈大悲大喜大捨十八佛不共法清淨四無所畏乃

至十八佛不共法清淨故滅聖諦清淨何以故若一切智智清淨若四無所畏乃至十八佛不共法清淨若滅聖諦清淨無二無二分無别無斷故善現一切智智清淨故無忘失法清淨無忘失法清淨故滅聖諦清淨何以故若一切智智清淨若無忘失法清淨若滅聖諦清淨無二無二分無别無斷故一切智智清淨故恒住捨性清淨恒住捨性清淨故滅聖諦清淨何以故若一切智智清淨若恒住捨性清淨若滅聖諦清淨無二無二分無别無斷故善現一切智智清淨故一切智清淨一切智清淨故滅聖諦清淨何以故若一切智智清淨若一切智清淨若滅聖諦清淨無二無二分無别無斷故一切智智清淨故道相智一切相智清淨道相智一切相智清

淨故滅聖諦清淨何以故若一切智智清淨若道相智一切相智清淨若滅聖諦清淨無二無二分無别無斷故善現一切智智清淨故一切陀羅尼門清淨一切陀羅尼門清淨故滅聖諦清淨何以故若一切智智清淨若一切陀羅尼門清淨若滅聖諦清淨無二無二分無别無斷故一切智智清淨故一切三摩地門清淨一切三摩地門清淨故滅聖諦清淨何以故若一切智智清淨若一切三摩地門清淨若滅聖諦清淨無二無二分無别無斷故善現一切智智清淨故預流果清淨預流果清淨故滅聖諦清淨何以故若一切智智清淨若預流果清淨若滅聖諦清淨無二無二分無别無斷故一切智智清淨故一來不還阿羅漢果清淨一來不還阿羅漢果清淨故滅聖諦清淨何以故若一切智智清淨若一來不還阿羅漢果清淨若滅聖諦清淨無二無二分無别無斷故善現一切智智清淨故獨覺菩提清淨獨覺菩提清淨故滅聖諦清淨何以故若一切智智清淨若獨覺菩提清淨若滅聖諦清淨無二無二分無别無斷故善現一切智智清淨故一切菩薩摩訶薩行清淨一切菩薩摩訶薩行清淨故滅聖諦清淨何以故若一切智智清淨若一切菩薩摩訶薩行清淨若滅聖諦清淨無二無二分無别無斷故善現一切智智清淨故諸佛無上正等菩提清淨諸佛無上正等菩提清淨故滅聖諦清淨何以故若一切智智清淨若諸佛無上正等菩提清淨若滅聖諦清淨無二無二分無别無斷故復次善現一切

智智清淨故色清淨色清淨故道聖諦清淨何以故若一切智智清淨若色清淨若道聖諦清淨無二無二分無別無斷故一切智智清淨故受想行識清淨受想行識清淨故道聖諦清淨何以故若一切智智清淨若受想行識清淨若道聖諦清淨無二無二分無別無斷故善現一切智智清淨故眼處清淨眼處清淨故道聖諦清淨何以故若一切智智清淨若眼處清淨若道聖諦清淨無二無二分無別無斷故一切智智清淨故耳鼻舌身意處清淨耳鼻舌身意處清淨故道聖諦清淨何以故若一切智智清淨若耳鼻舌身意處清淨若道聖諦清淨無二無二分無別無斷故善現一切智智清淨故色處清淨色處清淨故道聖諦清淨何以故若一切智智清

淨若色處清淨若道聖諦清淨無二無二分無別無斷故一切智智清淨故聲香味觸法處清淨聲香味觸法處清淨故道聖諦清淨何以故若一切智智清淨若聲香味觸法處清淨若道聖諦清淨無二無二分無別無斷故善現一切智智清淨故眼界清淨眼界清淨故道聖諦清淨何以故若一切智智清淨若眼界清淨若道聖諦清淨無二無二分無別無斷故一切智智清淨故色界眼識界及眼觸眼觸爲緣所生諸受清淨色界乃至眼觸爲緣所生諸受清淨故道聖諦清淨何以故若一切智智清淨若色界乃至眼觸爲緣所生諸受清淨若道聖諦清淨無二無二分無別無斷故善現一切智智清淨故耳界清淨耳界清淨故道聖諦清淨何以故若一切

智智清淨若耳界清淨若道聖諦清淨無二無二分無別無斷故一切智智清淨故聲界耳識界及耳觸耳觸爲緣所生諸受清淨聲界乃至耳觸爲緣所生諸受清淨故道聖諦清淨何以故若一切智智清淨若聲界乃至耳觸爲緣所生諸受清淨若道聖諦清淨無二無二分無別無斷故善現一切智智清淨故鼻界清淨鼻界清淨故道聖諦清淨何以故若一切智智清淨若鼻界清淨若道聖諦清淨無二無二分無別無斷故一切智智清淨故香界鼻識界及鼻觸鼻觸爲緣所生諸受清淨香界乃至鼻觸爲緣所生諸受清淨故道聖諦清淨何以故若一切智智清淨若香界乃至鼻觸爲緣所生諸受清淨若道聖諦清淨無二無二分無別無斷故善現一切智智清淨故舌界清淨舌界清淨故道聖諦清淨何以故若一切智智清淨若舌界清淨若道聖諦清淨無二無二分無別無斷故一切智智清淨故味界舌識界及舌觸舌觸爲緣所生諸受清淨味界乃至舌觸爲緣所生諸受清淨故道聖諦清淨何以故若一切智智清淨若味界乃至舌觸爲緣所生諸受清淨若道聖諦清淨無二無二分無別無斷故善現一切智智清淨故身界清淨身界清淨故道聖諦清淨何以故若一切智智清淨若身界清淨若道聖諦清淨無二無二分無別無斷故一切智智清淨故觸界身識界及身觸身觸爲緣所生諸受清淨觸界乃至身觸爲緣所生諸受清淨故道聖諦清淨何以故若一切智智清淨若觸界乃至身觸爲緣所

生諸受清淨若道聖諦清淨無二無二分無别無斷故善現一切智智清淨故意界清淨意界清淨故道聖諦清淨何以故若一切智智清淨若意界清淨若道聖諦清淨無二無二分無别無斷故一切智智清淨故法界意識界及意觸意觸爲緣所生諸受清淨法界乃至意觸爲緣所生諸受清淨故道聖諦清淨何以故若一切智智清淨若法界乃至意觸爲緣所生諸受清淨若道聖諦清淨無二無二分無别無斷故善現一切智智清淨故地界清淨地界清淨故道聖諦清淨何以故若一切智智清淨若地界清淨若道聖諦清淨無二無二分無别無斷故一切智智清淨故水火風空識界清淨水火風空識界清淨故道聖諦清淨何以故若一切智智清淨若

水火風空識界清淨若道聖諦清淨無二無二分無别無斷故善現一切智智清淨故無明清淨無明清淨故道聖諦清淨何以故若一切智智清淨若無明清淨若道聖諦清淨無二無二分無别無斷故一切智智清淨故行識名色六處觸受愛取有生老死愁歎苦憂惱清淨行乃至老死愁歎苦憂惱清淨故道聖諦清淨何以故若一切智智清淨若行乃至老死愁歎苦憂惱清淨若道聖諦清淨無二無二分無别無斷故善現一切智智清淨故布施波羅蜜多清淨布施波羅蜜多清淨故道聖諦清淨何以故若一切智智清淨若布施波羅蜜多清淨若道聖諦清淨無二無二分無别無斷故一切智智清淨故淨戒安忍精進靜慮般若波羅蜜多清淨淨戒乃

至般若波羅蜜多清淨故道聖諦清淨何以故若一切智智清淨若淨戒乃至般若波羅蜜多清淨若道聖諦清淨無二無二分無别無斷故善現一切智智清淨故內空清淨內空清淨故道聖諦清淨何以故若一切智智清淨若內空清淨若道聖諦清淨無二無二分無别無斷故一切智智清淨故外空內外空空空大空勝義空有爲空無爲空畢竟空無際空散空無變異空本性空自相空共相空一切法空不可得空無性空自性空無性自性空清淨外空乃至無性自性空清淨故道聖諦清淨何以故若一切智智清淨若外空乃至無性自性空清淨若道聖諦清淨無二無二分無别無斷故善現一切智智清淨故真如清淨真如清淨故道聖諦清淨何以故若一切智智清淨若真如清淨若道聖諦清淨無二無二分無别無斷故一切智智清淨故法界法性不虛妄性不變異性平等性離生性法定法住實際虛空界不思議界清淨法界乃至不思議界清淨故道聖諦清淨何以故若一切智智清淨若法界乃至不思議界清淨若道聖諦清淨無二無二分無别無斷故善現一切智智清淨故苦聖諦清淨苦聖諦清淨故道聖諦清淨何以故若一切智智清淨若苦聖諦清淨若道聖諦清淨無二無二分無别無斷故一切智智清淨故集滅聖諦清淨集滅聖諦清淨故道聖諦清淨何以故若一切智智清淨若集滅聖諦清淨若道聖諦清淨無二無二分無别無斷故善現一切智智清淨故四靜慮清淨四靜慮清

淨故道聖諦清淨何以故若一切智智清淨若四靜慮清淨若道聖諦清淨無二無二分無別無斷故一切智智清淨故四無量四無色定清淨四無量四無色定清淨故道聖諦清淨何以故若一切智智清淨若四無量四無色定清淨若道聖諦清淨無二無二分無別無斷故善現一切智智清淨故八解脱清淨八解脱清淨故道聖諦清淨何以故若一切智智清淨若八解脱清淨若道聖諦清淨無二無二分無別無斷故一切智智清淨故八勝處九次第定十遍處清淨八勝處九次第定十遍處清淨故道聖諦清淨何以故若一切智智清淨若八勝處九次第定十遍處清淨若道聖諦清淨無二無二分無別無斷故善現一切智智清淨故四念住清淨四念住清淨故道聖諦清淨何以故若一切智智清淨若四念住清淨若道聖諦清淨無二無二分無別無斷故一切智智清淨故四正斷四神足五根五力七等覺支八聖道支清淨四正斷乃至八聖道支清淨故道聖諦清淨何以故若一切智智清淨若四正斷乃至八聖道支清淨若道聖諦清淨無二無二分無別無斷故善現一切智智清淨故空解脱門清淨空解脱門清淨故道聖諦清淨何以故若一切智智清淨若空解脱門清淨若道聖諦清淨無二無二分無別無斷故一切智智清淨故無相無願解脱門清淨無相無願解脱門清淨故道聖諦清淨何以故若一切智智清淨若無相無願解脱門清淨若道聖諦清淨無二無二分無別無斷故善現一切智

智清淨故菩薩十地清淨菩薩十地清淨故道聖諦清淨何以故若一切智智清淨若菩薩十地清淨若道聖諦清淨無二無二分無別無斷故

大般若波羅蜜多經卷第二百六十四

大般若波羅蜜多經卷第二百六十五

唐三藏法師玄奘奉　詔譯

初分難信解品第三十四之八十四

善現一切智智清淨故五眼清淨五眼清淨故道聖諦清淨何以故若一切智智清淨若五眼清淨若道聖諦清淨無二無二分無別無斷故一切智智清淨故六神通清淨六神通清淨故道聖諦清淨何以故若一切智智清淨若六神通清淨若道聖諦清淨無二無二分無別無斷故善現一切智智清淨故佛十力清淨佛十力清淨故道聖諦清淨何以故若一切智智清淨若佛十力清淨若道聖諦清淨無二無二分無別無斷故一切智智清淨故四無所畏四無礙解大慈大悲大喜大捨十八佛不共法清淨四無所畏乃至十八佛不共法清淨故道聖諦清淨何以故若一切智智清淨若四無所畏乃至十八佛不共法清淨若道聖諦清淨無二無二分無別無斷故善現一切智智清淨故無忘失法清淨無忘失法清淨故道聖諦清淨何以故若一切智智清淨若無忘失法清淨若道聖諦清淨無二無二分無別無斷故一切智智清淨故恒住捨性清淨恒住捨性清淨故道聖諦清淨何以故若一切智智清淨若恒住捨性清淨若道聖諦清淨無二無二分無別無斷故善現一切智智清淨故一切智清淨一切智清淨故道聖諦清淨何以故若一切智智清淨若一切智清淨若道聖諦清淨無二無二分無別無斷故一切智智清淨故道相智一切相智清淨道相智一切相智清淨故

道聖諦清淨何以故若一切智智清淨若道相智一切相智清淨若道聖諦清淨無二無二分無別無斷故善現一切智智清淨故一切陀羅尼門清淨一切陀羅尼門清淨故道聖諦清淨何以故若一切智智清淨若一切陀羅尼門清淨若道聖諦清淨無二無二分無別無斷故一切智智清淨故一切三摩地門清淨一切三摩地門清淨故道聖諦清淨何以故若一切智智清淨若一切三摩地門清淨若道聖諦清淨無二無二分無別無斷故善現一切智智清淨故預流果清淨預流果清淨故道聖諦清淨何以故若一切智智清淨若預流果清淨若道聖諦清淨無二無二分無別無斷故一切智智清淨故一來不還阿羅漢果清淨一來不還阿羅漢果清淨故道聖諦清淨何以故若一切智智清淨若一來不還阿羅漢果清淨若道聖諦清淨無二無二分無別無斷故善現一切智智清淨故獨覺菩提清淨獨覺菩提清淨故道聖諦清淨何以故若一切智智清淨若獨覺菩提清淨若道聖諦清淨無二無二分無別無斷故善現一切智智清淨故一切菩薩摩訶薩行清淨一切菩薩摩訶薩行清淨故道聖諦清淨何以故若一切智智清淨若一切菩薩摩訶薩行清淨若道聖諦清淨無二無二分無別無斷故善現一切智智清淨故諸佛無上正等菩提清淨諸佛無上正等菩提清淨故道聖諦清淨何以故若一切智智清淨若諸佛無上正等菩提清淨若道聖諦清淨無二無二分無別無斷故復次善現一切智智

清淨故色清淨色清淨故四靜慮清淨何以故若一切智智清淨若色清淨若四靜慮清淨無二無二分無別無斷故一切智智清淨故受想行識清淨受想行識清淨故四靜慮清淨何以故若一切智智清淨若受想行識清淨若四靜慮清淨無二無二分無別無斷故善現一切智智清淨故眼處清淨眼處清淨故四靜慮清淨何以故若一切智智清淨若眼處清淨若四靜慮清淨無二無二分無別無斷故一切智智清淨故耳鼻舌身意處清淨耳鼻舌身意處清淨故四靜慮清淨何以故若一切智智清淨若耳鼻舌身意處清淨若四靜慮清淨無二無二分無別無斷故善現一切智智清淨故色處清淨色處清淨故四靜慮清淨何以故若一切智智清淨若

色處清淨若四靜慮清淨無二無二分無別無斷故一切智智清淨故聲香味觸法處清淨聲香味觸法處清淨故四靜慮清淨何以故若一切智智清淨若聲香味觸法處清淨若四靜慮清淨無二無二分無別無斷故善現一切智智清淨故眼界清淨眼界清淨故四靜慮清淨何以故若一切智智清淨若眼界清淨若四靜慮清淨無二無二分無別無斷故一切智智清淨故色界眼識界及眼觸眼觸爲緣所生諸受清淨色界乃至眼觸爲緣所生諸受清淨故四靜慮清淨何以故若一切智智清淨若色界乃至眼觸爲緣所生諸受清淨若四靜慮清淨無二無二分無別無斷故善現一切智智清淨故耳界清淨耳界清淨故四靜慮清淨何以故若一切智智

清淨若耳界清淨若四靜慮清淨無二無二分無別無斷故一切智智清淨故聲界耳識界及耳觸耳觸爲緣所生諸受清淨聲界乃至耳觸爲緣所生諸受清淨故四靜慮清淨何以故若一切智智清淨若聲界乃至耳觸爲緣所生諸受清淨若四靜慮清淨無二無二分無別無斷故善現一切智智清淨故鼻界清淨鼻界清淨故四靜慮清淨何以故若一切智智清淨若鼻界清淨若四靜慮清淨無二無二分無別無斷故一切智智清淨故香界鼻識界及鼻觸鼻觸爲緣所生諸受清淨香界乃至鼻觸爲緣所生諸受清淨故四靜慮清淨何以故若一切智智清淨若香界乃至鼻觸爲緣所生諸受清淨若四靜慮清淨無二無二分無別無斷故善現一切智智清淨故舌界清淨舌界清淨故四靜慮清淨何以故若一切智智清淨若舌界清淨若四靜慮清淨無二無二分無別無斷故一切智智清淨故味界舌識界及舌觸舌觸爲緣所生諸受清淨味界乃至舌觸爲緣所生諸受清淨故四靜慮清淨何以故若一切智智清淨若味界乃至舌觸爲緣所生諸受清淨若四靜慮清淨無二無二分無別無斷故善現一切智智清淨故身界清淨身界清淨故四靜慮清淨何以故若一切智智清淨若身界清淨若四靜慮清淨無二無二分無別無斷故一切智智清淨故觸界身識界及身觸身觸爲緣所生諸受清淨觸界乃至身觸爲緣所生諸受清淨故四靜慮清淨何以故若一切智智清淨若觸界乃至身觸爲緣所生諸

受清淨若四靜慮清淨無二無二分無別無斷故善現一切智智清淨故意界清淨意界清淨故四靜慮清淨何以故若一切智智清淨若意界清淨若四靜慮清淨無二無二分無別無斷故一切智智清淨故法界意識界及意觸意觸爲緣所生諸受清淨法界乃至意觸爲緣所生諸受清淨故四靜慮清淨何以故若一切智智清淨若法界乃至意觸爲緣所生諸受清淨若四靜慮清淨無二無二分無別無斷故善現一切智智清淨故地界清淨地界清淨故四靜慮清淨何以故若一切智智清淨若地界清淨若四靜慮清淨無二無二分無別無斷故一切智智清淨故水火風空識界清淨水火風空識界清淨故四靜慮清淨何以故若一切智智清淨若水火風空識界清淨若四靜慮清淨無二無二分無別無斷故善現一切智智清淨故無明清淨無明清淨故四靜慮清淨何以故若一切智智清淨若無明清淨若四靜慮清淨無二無二分無別無斷故一切智智清淨故行識名色六處觸受愛取有生老死愁歎苦憂惱清淨行乃至老死愁歎苦憂惱清淨故四靜慮清淨何以故若一切智智清淨若行乃至老死愁歎苦憂惱清淨若四靜慮清淨無二無二分無別無斷故善現一切智智清淨故布施波羅蜜多清淨布施波羅蜜多清淨故四靜慮清淨何以故若一切智智清淨若布施波羅蜜多清淨若四靜慮清淨無二無二分無別無斷故一切智智清淨故淨戒安忍精進靜慮般若波羅蜜多清淨淨戒乃至般

若波羅蜜多清淨故四靜慮清淨何以故若一切智智清淨若淨戒乃至般若波羅蜜多清淨若四靜慮清淨無二無二分無別無斷故善現一切智智清淨故內空清淨內空清淨故四靜慮清淨何以故若一切智智清淨若內空清淨若四靜慮清淨無二無二分無別無斷故一切智智清淨故外空內外空空空大空勝義空有爲空無爲空畢竟空無際空散空無變異空本性空自相空共相空一切法空不可得空無性空自性空無性自性空清淨外空乃至無性自性空清淨故四靜慮清淨何以故若一切智智清淨若外空乃至無性自性空清淨若四靜慮清淨無二無二分無別無斷故善現一切智智清淨故眞如清淨眞如清淨故四靜慮清淨何以故若一切智智清淨若眞如清淨若四靜慮清淨無二無二分無別無斷故一切智智清淨故法界法性不虛妄性不變異性平等性離生性法定法住實際虛空界不思議界清淨法界乃至不思議界清淨故四靜慮清淨何以故若一切智智清淨若法界乃至不思議界清淨若四靜慮清淨無二無二分無別無斷故善現一切智智清淨故苦聖諦清淨苦聖諦清淨故四靜慮清淨何以故若一切智智清淨若苦聖諦清淨若四靜慮清淨無二無二分無別無斷故一切智智清淨故集滅道聖諦清淨集滅道聖諦清淨故四靜慮清淨何以故若一切智智清淨若集滅道聖諦清淨若四靜慮清淨無二無二分無別無斷故善現一切智智清淨故四無量清淨四無量

清淨故四靜慮清淨何以故若一切智智清淨若四無量清淨若四靜慮清淨無二無二分無別無斷故一切智智清淨故四無色定清淨四無色定清淨故四靜慮清淨何以故若一切智智清淨若四無色定清淨若四靜慮清淨無二無二分無別無斷故善現一切智智清淨故八解脫清淨八解脫清淨故四靜慮清淨何以故若一切智智清淨若八解脫清淨若四靜慮清淨無二無二分無別無斷故一切智智清淨故八勝處九次第定十遍處清淨八勝處九次第定十遍處清淨故四靜慮清淨何以故若一切智智清淨若八勝處九次第定十遍處清淨若四靜慮清淨無二無二分無別無斷故善現一切智智清淨故四念住清淨四念住清淨故四靜慮清淨何以故若一切智智清淨若四念住清淨若四靜慮清淨無二無二分無別無斷故一切智智清淨故四正斷四神足五根五力七等覺支八聖道支清淨四正斷乃至八聖道支清淨故四靜慮清淨何以故若一切智智清淨若四正斷乃至八聖道支清淨若四靜慮清淨無二無二分無別無斷故善現一切智智清淨故空解脫門清淨空解脫門清淨故四靜慮清淨何以故若一切智智清淨若空解脫門清淨若四靜慮清淨無二無二分無別無斷故一切智智清淨故無相無願解脫門清淨無相無願解脫門清淨故四靜慮清淨何以故若一切智智清淨若無相無願解脫門清淨若四靜慮清淨無二無二分無別無斷故善現一切智智清淨故菩薩十地

清淨菩薩十地清淨故四靜慮清淨何以故若一切智智清淨若菩薩十地清淨若四靜慮清淨無二無二分無别無斷故善現一切智智清淨故五眼清淨五眼清淨故四靜慮清淨何以故若一切智智清淨若五眼清淨若四靜慮清淨無二無二分無别無斷故一切智智清淨故六神通清淨六神通清淨故四靜慮清淨何以故若一切智智清淨若六神通清淨若四靜慮清淨無二無二分無别無斷故善現一切智智清淨故佛十力清淨佛十力清淨故四靜慮清淨何以故若一切智智清淨若佛十力清淨若四靜慮清淨無二無二分無别無斷故一切智智清淨故四無所畏四無礙解大慈大悲大喜大捨十八佛不共法清淨四無所畏乃至十八佛不共法清淨故四靜慮清淨何以故若一切智智清淨若四無所畏乃至十八佛不共法清淨若四靜慮清淨無二無二分無别無斷故善現一切智智清淨故無忘失法清淨無忘失法清淨故四靜慮清淨何以故若一切智智清淨若無忘失法清淨若四靜慮清淨無二無二分無别無斷故一切智智清淨故恒住捨性清淨恒住捨性清淨故四靜慮清淨何以故若一切智智清淨若恒住捨性清淨若四靜慮清淨無二無二分無别無斷故善現一切智智清淨故一切智清淨一切智清淨故四靜慮清淨何以故若一切智智清淨若一切智清淨若四靜慮清淨無二無二分無别無斷故一切智智清淨故道相智一切相智清淨道相智一切相智清淨故四靜慮清

淨何以故若一切智智清淨若道相智一切相智清淨若四靜慮清淨無二無二分無別無斷故善現一切智智清淨故一切陀羅尼門清淨一切陀羅尼門清淨故四靜慮清淨何以故若一切智智清淨若一切陀羅尼門清淨若四靜慮清淨無二無二分無別無斷故一切智智清淨故一切三摩地門清淨一切三摩地門清淨故四靜慮清淨何以故若一切智智清淨若一切三摩地門清淨若四靜慮清淨無二無二分無別無斷故善現一切智智清淨故預流果清淨預流果清淨故四靜慮清淨何以故若一切智智清淨若預流果清淨若四靜慮清淨無二無二分無別無斷故一切智智清淨故一來不還阿羅漢果清淨一來不還阿羅漢果清淨故四靜慮

清淨何以故若一切智智清淨若一來不還阿羅漢果清淨若四靜慮清淨無二無二分無別無斷故善現一切智智清淨故獨覺菩提清淨獨覺菩提清淨故四靜慮清淨何以故若一切智智清淨若獨覺菩提清淨若四靜慮清淨無二無二分無別無斷故善現一切智智清淨故一切菩薩摩訶薩行清淨一切菩薩摩訶薩行清淨故四靜慮清淨何以故若一切智智清淨若一切菩薩摩訶薩行清淨若四靜慮清淨無二無二分無別無斷故善現一切智智清淨故諸佛無上正等菩提清淨諸佛無上正等菩提清淨故四靜慮清淨何以故若一切智智清淨若諸佛無上正等菩提清淨若四靜慮清淨無二無二分無別無斷故復次善現一切智智清淨故色

清淨色清淨故四無量清淨何以故若一切智智清淨若色清淨若四無量清淨無二無二分無別無斷故一切智智清淨故受想行識清淨受想行識清淨故四無量清淨何以故若一切智智清淨若受想行識清淨若四無量清淨無二無二分無別無斷故善現一切智智清淨故眼處清淨眼處清淨故四無量清淨何以故若一切智智清淨若眼處清淨若四無量清淨無二無二分無別無斷故一切智智清淨故耳鼻舌身意處清淨耳鼻舌身意處清淨故四無量清淨何以故若一切智智清淨若耳鼻舌身意處清淨若四無量清淨無二無二分無別無斷故善現一切智智清淨故色處清淨色處清淨故四無量清淨何以故若一切智智清淨若色處清淨若四無量清淨無二無二分無別無斷故一切智智清淨故聲香味觸法處清淨聲香味觸法處清淨故四無量清淨何以故若一切智智清淨若聲香味觸法處清淨若四無量清淨無二無二分無別無斷故善現一切智智清淨故眼界清淨眼界清淨故四無量清淨何以故若一切智智清淨若眼界清淨若四無量清淨無二無二分無別無斷故一切智智清淨故色界眼識界及眼觸眼觸爲緣所生諸受清淨色界乃至眼觸爲緣所生諸受清淨故四無量清淨何以故若一切智智清淨若色界乃至眼觸爲緣所生諸受清淨若四無量清淨無二無二分無別無斷故善現一切智智清淨故耳界清淨耳界清淨故四無量清淨何以故若一切智智清淨若耳

界清淨若四無量清淨無二無二分無別無斷故一切智智清淨故聲界耳識界及耳觸耳觸爲緣所生諸受清淨聲界乃至耳觸爲緣所生諸受清淨故四無量清淨何以故若一切智智清淨若聲界乃至耳觸爲緣所生諸受清淨若四無量清淨無二無二分無別無斷故善現一切智智清淨故鼻界清淨鼻界清淨故四無量清淨何以故若一切智智清淨若鼻界清淨若四無量清淨無二無二分無別無斷故一切智智清淨故香界鼻識界及鼻觸鼻觸爲緣所生諸受清淨香界乃至鼻觸爲緣所生諸受清淨故四無量清淨何以故若一切智智清淨若香界乃至鼻觸爲緣所生諸受清淨若四無量清淨無二無二分無別無斷故善現一切智智清淨故舌

界清淨舌界清淨故四無量清淨何以故若一切智智清淨若舌界清淨若四無量清淨無二無二分無別無斷故一切智智清淨故味界舌識界及舌觸舌觸爲緣所生諸受清淨味界乃至舌觸爲緣所生諸受清淨故四無量清淨何以故若一切智智清淨若味界乃至舌觸爲緣所生諸受清淨若四無量清淨無二無二分無別無斷故善現一切智智清淨故身界清淨身界清淨故四無量清淨何以故若一切智智清淨若身界清淨若四無量清淨無二無二分無別無斷故一切智智清淨故觸界身識界及身觸身觸爲緣所生諸受清淨觸界乃至身觸爲緣所生諸受清淨故四無量清淨何以故若一切智智清淨若觸界乃至身觸爲緣所生諸受清淨若

四無量清淨無二無二分無別無斷故善現一切智智清淨故意界清淨意界清淨故四無量清淨何以故若一切智智清淨若意界清淨若四無量清淨無二無二分無別無斷故一切智智清淨故法界意識界及意觸意觸爲緣所生諸受清淨法界乃至意觸爲緣所生諸受清淨故四無量清淨何以故若一切智智清淨若法界乃至意觸爲緣所生諸受清淨若四無量清淨無二無二分無別無斷故善現一切智智清淨故地界清淨地界清淨故四無量清淨何以故若一切智智清淨若地界清淨若四無量清淨無二無二分無別無斷故一切智智清淨故水火風空識界清淨水火風空識界清淨故四無量清淨何以故若一切智智清淨若水火風空識界

清淨若四無量清淨無二無二分無別無斷故善現一切智智清淨故無明清淨無明清淨故四無量清淨何以故若一切智智清淨若無明清淨若四無量清淨無二無二分無別無斷故一切智智清淨故行識名色六處觸受愛取有生老死愁歎苦憂惱清淨行乃至老死愁歎苦憂惱清淨故四無量清淨何以故若一切智智清淨若行乃至老死愁歎苦憂惱清淨若四無量清淨無二無二分無別無斷故善現一切智智清淨故布施波羅蜜多清淨布施波羅蜜多清淨故四無量清淨何以故若一切智智清淨若布施波羅蜜多清淨若四無量清淨無二無二分無別無斷故一切智智清淨故淨戒安忍精進靜慮般若波羅蜜多清淨淨戒乃至般若波羅蜜

多清淨故四無量清淨何以故若一切智智清淨若淨戒乃至般若波羅蜜多清淨若四無量清淨無二無二分無別無斷故善現一切智智清淨故内空清淨内空清淨故四無量清淨何以故若一切智智清淨若内空清淨若四無量清淨無二無二分無別無斷故一切智智清淨故外空内外空空空大空勝義空有爲空無爲空畢竟空無際空散空無變異空本性空自相空共相空一切法空不可得空無性空自性空無性自性空清淨外空乃至無性自性空清淨故四無量清淨何以故若一切智智清淨若外空乃至無性自性空清淨若四無量清淨無二無二分無別無斷故善現一切智智清淨故眞如清淨眞如清淨故四無量清淨何以故若一切智智清淨若眞如清淨若四無量清淨無二無二分無別無斷故一切智智清淨故法界法性不虚妄性不變異性平等性離生性法定法住實際虚空界不思議界清淨法界乃至不思議界清淨故四無量清淨何以故若一切智智清淨若法界乃至不思議界清淨若四無量清淨無二無二分無別無斷故善現一切智智清淨故苦聖諦清淨苦聖諦清淨故四無量清淨何以故若一切智智清淨若苦聖諦清淨若四無量清淨無二無二分無別無斷故一切智智清淨故集滅道聖諦清淨集滅道聖諦清淨故四無量清淨何以故若一切智智清淨若集滅道聖諦清淨若四無量清淨無二無二分無別無斷故善現一切智智清淨故四靜慮清淨四靜慮清淨故四

無量清淨何以故若一切智智清淨若四靜
慮清淨若四無量清淨無二無二分無別無
斷故一切智智清淨故四無色定清淨四無
色定清淨故四無量清淨何以故若一切智
智清淨若四無色定清淨若四無量清淨無
二無二分無別無斷故善現一切智智清淨
故八解脫清淨八解脫清淨故四無量清淨
何以故若一切智智清淨若八解脫清淨若
四無量清淨無二無二分無別無斷故一切
智智清淨故八勝處九次第定十遍處清淨
八勝處九次第定十遍處清淨故四無量清
淨何以故若一切智智清淨若八勝處九次
第定十遍處清淨若四無量清淨無二無二
分無別無斷故善現一切智智清淨故四念
住清淨四念住清淨故四無量清淨何以故
若一切智智清淨若四念住清淨若四無量
清淨無二無二分無別無斷故一切智智清
淨故四正斷四神足五根五力七等覺支八
聖道支清淨四正斷乃至八聖道支清淨故
四無量清淨何以故若一切智智清淨若四
正斷乃至八聖道支清淨若四無量清淨無
二無二分無別無斷故善現一切智智清淨
故空解脫門清淨空解脫門清淨故四無量
清淨何以故若一切智智清淨若空解脫門
清淨若四無量清淨無二無二分無別無斷
故一切智智清淨故無相無願解脫門清淨
無相無願解脫門清淨故四無量清淨何以
故若一切智智清淨若無相無願解脫門清
淨若四無量清淨無二無二分無別無斷故
善現一切智智清淨故菩薩十地清淨菩薩

十地清淨故四無量清淨何以故若一切智智清淨若菩薩十地清淨若四無量清淨無二無二分無別無斷故

大般若波羅蜜多經卷第二百六十五

大般若波羅蜜多經卷第二百六十六

唐三藏法師玄奘奉　詔譯

初分難信解品第三十四之八十五

善現一切智智清淨故五眼清淨五眼清淨故四無量清淨何以故若一切智智清淨若五眼清淨若四無量清淨無二無二分無別無斷故善現一切智智清淨故六神通清淨六神通清淨故四無量清淨何以故若一切智智清淨若六神通清淨若四無量清淨無二無二分無別無斷故善現一切智智清淨故佛十力清淨佛十力清淨故四無量清淨何以故若一切智智清淨若佛十力清淨若四無量清淨無二無二分無別無斷故一切智智清淨故四無所畏四無礙解大慈大悲大喜大捨十八佛不共法清淨四無所畏乃至十八佛不共法清淨故四無量清淨何以故若一切智智清淨若四無所畏乃至十八佛不共法清淨若四無量清淨無二無二分無別無斷故善現一切智智清淨故無忘失法清淨無忘失法清淨故四無量清淨何以故若一切智智清淨若無忘失法清淨若四無量清淨無二無二分無別無斷故一切智智清淨故恒住捨性清淨恒住捨性清淨故四無量清淨何以故若一切智智清淨若恒住捨性清淨若四無量清淨無二無二分無別無斷故善現一切智智清淨故一切智清淨一切智清淨故四無量清淨何以故若一切智智清淨若一切智清淨若四無量清淨無二無二分無別無斷故一切智智清淨故道相智一切相智清淨道相智一切相智清

淨故四無量清淨何以故若一切智智清淨若道相智一切相智清淨若四無量清淨無二無二分無別無斷故善現一切智智清淨故一切陀羅尼門清淨一切陀羅尼門清淨故四無量清淨何以故若一切智智清淨若一切陀羅尼門清淨若四無量清淨無二無二分無別無斷故一切智智清淨故一切三摩地門清淨一切三摩地門清淨故四無量清淨何以故若一切智智清淨若一切三摩地門清淨若四無量清淨無二無二分無別無斷故善現一切智智清淨故預流果清淨預流果清淨故四無量清淨何以故若一切智智清淨若預流果清淨若四無量清淨無二無二分無別無斷故一切智智清淨故一來不還阿羅漢果清淨一來不還阿羅漢果清淨故四無量清淨何以故若一切智智清淨若一來不還阿羅漢果清淨若四無量清淨無二無二分無別無斷故善現一切智智清淨故獨覺菩提清淨獨覺菩提清淨故四無量清淨何以故若一切智智清淨若獨覺菩提清淨若四無量清淨無二無二分無別無斷故善現一切智智清淨故一切菩薩摩訶薩行清淨一切菩薩摩訶薩行清淨故四無量清淨何以故若一切智智清淨若一切菩薩摩訶薩行清淨若四無量清淨無二無二分無別無斷故善現一切智智清淨故諸佛無上正等菩提清淨諸佛無上正等菩提清淨故四無量清淨何以故若一切智智清淨若諸佛無上正等菩提清淨若四無量清淨無二無二分無別無斷故復次善現一切

智智清淨故色清淨色清淨故四無色定清淨何以故若一切智智清淨若色清淨若四無色定清淨無二無二分無別無斷故一切智智清淨故受想行識清淨受想行識清淨故四無色定清淨何以故若一切智智清淨若受想行識清淨若四無色定清淨無二無二分無別無斷故善現一切智智清淨故眼處清淨眼處清淨故四無色定清淨何以故若一切智智清淨若眼處清淨若四無色定清淨無二無二分無別無斷故一切智智清淨故耳鼻舌身意處清淨耳鼻舌身意處清淨故四無色定清淨何以故若一切智智清淨若耳鼻舌身意處清淨若四無色定清淨無二無二分無別無斷故善現一切智智清淨故色處清淨色處清淨故四無色定清淨何以故若一切智智清淨若色處清淨若四無色定清淨無二無二分無別無斷故一切智智清淨故聲香味觸法處清淨聲香味觸法處清淨故四無色定清淨何以故若一切智智清淨若聲香味觸法處清淨若四無色定清淨無二無二分無別無斷故善現一切智智清淨故眼界清淨眼界清淨故四無色定清淨何以故若一切智智清淨若眼界清淨若四無色定清淨無二無二分無別無斷故一切智智清淨故色界眼識界及眼觸眼觸爲緣所生諸受清淨色界乃至眼觸爲緣所生諸受清淨故四無色定清淨何以故若一切智智清淨若色界乃至眼觸爲緣所生諸受清淨若四無色定清淨無二無二分無別無斷故善現一切智智清淨故耳界清淨

耳界清淨故四無色定清淨何以故若一切智智清淨若耳界清淨若四無色定清淨無二無二分無別無斷故一切智智清淨故聲界耳識界及耳觸耳觸爲緣所生諸受清淨聲界乃至耳觸爲緣所生諸受清淨故四無色定清淨何以故若一切智智清淨若聲界乃至耳觸爲緣所生諸受清淨若四無色定清淨無二無二分無別無斷故善現一切智智清淨故鼻界清淨鼻界清淨故四無色定清淨何以故若一切智智清淨若鼻界清淨若四無色定清淨無二無二分無別無斷故一切智智清淨故香界鼻識界及鼻觸鼻觸爲緣所生諸受清淨香界乃至鼻觸爲緣所生諸受清淨故四無色定清淨何以故若一切智智清淨若香界乃至鼻觸爲緣所生諸受清淨若四無色定清淨無二無二分無別無斷故善現一切智智清淨故舌界清淨舌界清淨故四無色定清淨何以故若一切智智清淨若舌界清淨若四無色定清淨無二無二分無別無斷故一切智智清淨故味界舌識界及舌觸舌觸爲緣所生諸受清淨味界乃至舌觸爲緣所生諸受清淨故四無色定清淨何以故若一切智智清淨若味界乃至舌觸爲緣所生諸受清淨若四無色定清淨無二無二分無別無斷故善現一切智智清淨故身界清淨身界清淨故四無色定清淨何以故若一切智智清淨若身界清淨若四無色定清淨無二無二分無別無斷故一切智智清淨故觸界身識界及身觸身觸爲緣所生諸受清淨觸界乃至身觸爲緣所生

諸受清淨故四無色定清淨何以故若一切智智清淨若觸界乃至身觸爲緣所生諸受清淨若四無色定清淨無二無二分無別無斷故善現一切智智清淨故意界清淨意界清淨故四無色定清淨何以故若一切智智清淨若意界清淨若四無色定清淨無二無二分無別無斷故一切智智清淨故法界意識界及意觸意觸爲緣所生諸受清淨法界乃至意觸爲緣所生諸受清淨故四無色定清淨何以故若一切智智清淨若法界乃至意觸爲緣所生諸受清淨若四無色定清淨無二無二分無別無斷故善現一切智智清淨故地界清淨地界清淨故四無色定清淨何以故若一切智智清淨若地界清淨若四無色定清淨無二無二分無別無斷故一切智智清淨故水火風空識界清淨水火風空識界清淨故四無色定清淨何以故若一切智智清淨若水火風空識界清淨若四無色定清淨無二無二分無別無斷故善現一切智智清淨故無明清淨無明清淨故四無色定清淨何以故若一切智智清淨若無明清淨若四無色定清淨無二無二分無別無斷故一切智智清淨故行識名色六處觸受愛取有生老死愁歎苦憂惱清淨行乃至老死愁歎苦憂惱清淨故四無色定清淨何以故若一切智智清淨若行乃至老死愁歎苦憂惱清淨若四無色定清淨無二無二分無別無斷故善現一切智智清淨故布施波羅蜜多清淨布施波羅蜜多清淨故四無色定清淨何以故若一切智智清淨若布施波羅蜜

多清淨若四無色定清淨無二無二分無別
無斷故一切智智清淨故淨戒安忍精進靜
慮般若波羅蜜多清淨淨戒乃至般若波羅
蜜多清淨故四無色定清淨何以故若一切
智智清淨若淨戒乃至般若波羅蜜多清淨
若四無色定清淨無二無二分無別無斷故
善現一切智智清淨故内空清淨内空清淨
故四無色定清淨何以故若一切智智清淨
若内空清淨若四無色定清淨無二無二分
無別無斷故一切智智清淨故外空内外空
空空大空勝義空有爲空無爲空畢竟空無
際空散空無變異空本性空自相空共相空
一切法空不可得空無性空自性空無性自
性空清淨外空乃至無性自性空清淨故四
無色定清淨何以故若一切智智清淨若外
空乃至無性自性空清淨若四無色定清淨
無二無二分無別無斷故善現一切智智清
淨故眞如清淨眞如清淨故四無色定清淨
何以故若一切智智清淨若眞如清淨若四
無色定清淨無二無二分無別無斷故一切
智智清淨故法界法性不虚妄性不變異性
平等性離生性法定法住實際虚空界不思
議界清淨法界乃至不思議界清淨故四無
色定清淨何以故若一切智智清淨若法界
乃至不思議界清淨若四無色定清淨無二
無二分無別無斷故善現一切智智清淨故
苦聖諦清淨苦聖諦清淨故四無色定清淨
何以故若一切智智清淨若苦聖諦清淨若
四無色定清淨無二無二分無別無斷故一
切智智清淨故集滅道聖諦清淨集滅道聖

諦清淨故四無色定清淨何以故若一切智智清淨若集滅道聖諦清淨若四無色定清淨無二無二分無別無斷故善現一切智智清淨故四靜慮清淨四靜慮清淨故四無色定清淨何以故若一切智智清淨若四靜慮清淨若四無色定清淨無二無二分無別無斷故一切智智清淨故四無量清淨四無量清淨故四無色定清淨何以故若一切智智清淨若四無量清淨若四無色定清淨無二無二分無別無斷故善現一切智智清淨故八解脫清淨八解脫清淨故四無色定清淨何以故若一切智智清淨若八解脫清淨若四無色定清淨無二無二分無別無斷故一切智智清淨故八勝處九次第定十遍處清淨八勝處九次第定十遍處清淨故四無色定清淨何以故若一切智智清淨若八勝處九次第定十遍處清淨若四無色定清淨無二無二分無別無斷故善現一切智智清淨故四念住清淨四念住清淨故四無色定清淨何以故若一切智智清淨若四念住清淨若四無色定清淨無二無二分無別無斷故一切智智清淨故四正斷四神足五根五力七等覺支八聖道支清淨四正斷乃至八聖道支清淨故四無色定清淨何以故若一切智智清淨若四正斷乃至八聖道支清淨若四無色定清淨無二無二分無別無斷故善現一切智智清淨故空解脫門清淨空解脫門清淨故四無色定清淨何以故若一切智智清淨若空解脫門清淨若四無色定清淨無二無二分無別無斷故一切智智清淨故

無相無願解脫門清淨無相無願解脫門清淨故四無色定清淨何以故若一切智智清淨若無相無願解脫門清淨若四無色定清淨無二無二分無別無斷故善現一切智智清淨故菩薩十地清淨菩薩十地清淨故四無色定清淨何以故若一切智智清淨若菩薩十地清淨若四無色定清淨無二無二分無別無斷故善現一切智智清淨故五眼清淨五眼清淨故四無色定清淨何以故若一切智智清淨若五眼清淨若四無色定清淨無二無二分無別無斷故善現一切智智清淨故六神通清淨六神通清淨故四無色定清淨何以故若一切智智清淨若六神通清淨若四無色定清淨無二無二分無別無斷故善現一切智智清淨故佛十力清淨佛十力清淨故四無色定清淨何以故若一切智智清淨若佛十力清淨若四無色定清淨無二無二分無別無斷故一切智智清淨故四無所畏四無礙解大慈大悲大喜大捨十八佛不共法清淨四無所畏乃至十八佛不共法清淨故四無色定清淨何以故若一切智智清淨若四無所畏乃至十八佛不共法清淨若四無色定清淨無二無二分無別無斷故善現一切智智清淨故無忘失法清淨無忘失法清淨故四無色定清淨何以故若一切智智清淨若無忘失法清淨若四無色定清淨無二無二分無別無斷故一切智智清淨故恒住捨性清淨恒住捨性清淨故四無色定清淨何以故若一切智智清淨若恒住捨性清淨若四無色定清淨無二無二分無

別無斷故善現一切智智清淨故一切智清淨一切智清淨故四無色定清淨何以故若一切智智清淨若一切智清淨若四無色定清淨無二無二分無別無斷故一切智智清淨故道相智一切相智清淨道相智一切相智清淨故四無色定清淨何以故若一切智智清淨若道相智一切相智清淨若四無色定清淨無二無二分無別無斷故善現一切智智清淨故一切陀羅尼門清淨一切陀羅尼門清淨故四無色定清淨何以故若一切智智清淨若一切陀羅尼門清淨若四無色定清淨無二無二分無別無斷故一切智智清淨故一切三摩地門清淨一切三摩地門清淨故四無色定清淨何以故若一切智智清淨若一切三摩地門清淨若四無色定清

淨無二無二分無別無斷故善現一切智智清淨故預流果清淨預流果清淨故四無色定清淨何以故若一切智智清淨若預流果清淨若四無色定清淨無二無二分無別無斷故一切智智清淨故一來不還阿羅漢果清淨一來不還阿羅漢果清淨故四無色定清淨何以故若一切智智清淨若一來不還阿羅漢果清淨若四無色定清淨無二無二分無別無斷故善現一切智智清淨故獨覺菩提清淨獨覺菩提清淨故四無色定清淨何以故若一切智智清淨若獨覺菩提清淨若四無色定清淨無二無二分無別無斷故善現一切智智清淨故一切菩薩摩訶薩行清淨一切菩薩摩訶薩行清淨故四無色定清淨何以故若一切智智清淨若一切菩薩

摩訶薩行清淨若四無色定清淨無二無二分無別無斷故善現一切智智清淨故諸佛無上正等菩提清淨諸佛無上正等菩提清淨故四無色定清淨何以故若一切智智清淨若諸佛無上正等菩提清淨若四無色定清淨無二無二分無別無斷故復次善現一切智智清淨故色清淨色清淨故八解脫清淨何以故若一切智智清淨若色清淨若八解脫清淨無二無二分無別無斷故一切智智清淨故受想行識清淨受想行識清淨故八解脫清淨何以故若一切智智清淨若受想行識清淨若八解脫清淨無二無二分無別無斷故善現一切智智清淨故眼處清淨眼處清淨故八解脫清淨何以故若一切智智清淨若眼處清淨若八解脫清淨無二無二分無別無斷故一切智智清淨故耳鼻舌身意處清淨耳鼻舌身意處清淨故八解脫清淨何以故若一切智智清淨若耳鼻舌身意處清淨若八解脫清淨無二無二分無別無斷故善現一切智智清淨故色處清淨色處清淨故八解脫清淨何以故若一切智智清淨若色處清淨若八解脫清淨無二無二分無別無斷故一切智智清淨故聲香味觸法處清淨聲香味觸法處清淨故八解脫清淨何以故若一切智智清淨若聲香味觸法處清淨若八解脫清淨無二無二分無別無斷故善現一切智智清淨故眼界清淨眼界清淨故八解脫清淨何以故若一切智智清淨若眼界清淨若八解脫清淨無二無二分無別無斷故一切智智清淨故色界眼識界

及眼觸眼觸爲緣所生諸受清淨色界乃至眼觸爲緣所生諸受清淨故八解脫清淨何以故若一切智智清淨若色界乃至眼觸爲緣所生諸受清淨若八解脫清淨無二無二分無別無斷故善現一切智智清淨故耳界清淨耳界清淨故八解脫清淨何以故若一切智智清淨若耳界清淨若八解脫清淨無二無二分無別無斷故一切智智清淨故聲界耳識界及耳觸耳觸爲緣所生諸受清淨聲界乃至耳觸爲緣所生諸受清淨故八解脫清淨何以故若一切智智清淨若聲界乃至耳觸爲緣所生諸受清淨若八解脫清淨無二無二分無別無斷故善現一切智智清淨故鼻界清淨鼻界清淨故八解脫清淨何以故若一切智智清淨若鼻界清淨若八解脫清淨無二無二分無別無斷故一切智智清淨故香界鼻識界及鼻觸鼻觸爲緣所生諸受清淨香界乃至鼻觸爲緣所生諸受清淨故八解脫清淨何以故若一切智智清淨若香界乃至鼻觸爲緣所生諸受清淨若八解脫清淨無二無二分無別無斷故善現一切智智清淨故舌界清淨舌界清淨故八解脫清淨何以故若一切智智清淨若舌界清淨若八解脫清淨無二無二分無別無斷故一切智智清淨故味界舌識界及舌觸舌觸爲緣所生諸受清淨味界乃至舌觸爲緣所生諸受清淨故八解脫清淨何以故若一切智智清淨若味界乃至舌觸爲緣所生諸受清淨若八解脫清淨無二無二分無別無斷故善現一切智智清淨故身界清淨身界清

淨故八解脫清淨何以故若一切智智清淨若身界清淨若八解脫清淨無二無二分無別無斷故一切智智清淨故觸界身識界及身觸身觸爲緣所生諸受清淨觸界乃至身觸爲緣所生諸受清淨故八解脫清淨何以故若一切智智清淨若觸界乃至身觸爲緣所生諸受清淨若八解脫清淨無二無二分無別無斷故善現一切智智清淨故意界清淨意界清淨故八解脫清淨何以故若一切智智清淨若意界清淨若八解脫清淨無二無二分無別無斷故一切智智清淨故法界意識界及意觸意觸爲緣所生諸受清淨法界乃至意觸爲緣所生諸受清淨故八解脫清淨何以故若一切智智清淨若法界乃至意觸爲緣所生諸受清淨若八解脫清淨無二無二分無別無斷故善現一切智智清淨故地界清淨地界清淨故八解脫清淨何以故若一切智智清淨若地界清淨若八解脫清淨無二無二分無別無斷故一切智智清淨故水火風空識界清淨水火風空識界清淨故八解脫清淨何以故若一切智智清淨若水火風空識界清淨若八解脫清淨無一無二分無別無斷故善現一切智智清淨故無明清淨無明清淨故八解脫清淨何以故若一切智智清淨若無明清淨若八解脫清淨無二無二分無別無斷故一切智智清淨故行識名色六處觸受愛取有生老死愁歎苦憂惱清淨行乃至老死愁歎苦憂惱清淨故八解脫清淨何以故若一切智智清淨若行乃至老死愁歎苦憂惱清淨若八解脫清

淨無二無二分無別無斷故善現一切智智清淨故布施波羅蜜多清淨布施波羅蜜多清淨故八解脫清淨何以故若一切智智清淨若布施波羅蜜多清淨若八解脫清淨無二無二分無別無斷故一切智智清淨故淨戒安忍精進靜慮般若波羅蜜多清淨淨戒乃至般若波羅蜜多清淨故八解脫清淨何以故若一切智智清淨若淨戒乃至般若波羅蜜多清淨若八解脫清淨無二無二分無別無斷故善現一切智智清淨故內空清淨內空清淨故八解脫清淨何以故若一切智智清淨若內空清淨若八解脫清淨無二無二分無別無斷故一切智智清淨故外空內外空空空大空勝義空有爲空無爲空畢竟空無際空散空無變異空本性空自相空共相空一切法空不可得空無性空自性空無性自性空清淨外空乃至無性自性空清淨故八解脫清淨何以故若一切智智清淨若外空乃至無性自性空清淨若八解脫清淨無二無二分無別無斷故善現一切智智清淨故眞如清淨眞如清淨故八解脫清淨何以故若一切智智清淨若眞如清淨若八解脫清淨無二無二分無別無斷故一切智智清淨故法界法性不虛妄性不變異性平等性離生性法定法住實際虛空界不思議界清淨法界乃至不思議界清淨故八解脫清淨何以故若一切智智清淨若法界乃至不思議界清淨若八解脫清淨無二無二分無別無斷故善現一切智智清淨故苦聖諦清淨苦聖諦清淨故八解脫清淨何以故若一

切智智清淨若苦聖諦清淨若八解脫清淨無二無二分無別無斷故一切智智清淨故集滅道聖諦清淨集滅道聖諦清淨故八解脫清淨何以故若一切智智清淨若集滅道聖諦清淨若八解脫清淨無二無二分無別無斷故善現一切智智清淨故四靜慮清淨四靜慮清淨故八解脫清淨何以故若一切智智清淨若四靜慮清淨若八解脫清淨無二無二分無別無斷故一切智智清淨故四無量四無色定清淨四無量四無色定清淨故八解脫清淨何以故若一切智智清淨若四無量四無色定清淨若八解脫清淨無二無二分無別無斷故善現一切智智清淨故八勝處清淨八勝處清淨故八解脫清淨何以故若一切智智清淨若八勝處清淨若八解脫清淨無二無二分無別無斷故一切智智清淨故九次第定十遍處清淨九次第定十遍處清淨故八解脫清淨何以故若一切智智清淨若九次第定十遍處清淨若八解脫清淨無二無二分無別無斷故善現一切智智清淨故四念住清淨四念住清淨故八解脫清淨何以故若一切智智清淨若四念住清淨若八解脫清淨無二無二分無別無斷故一切智智清淨故四正斷四神足五根五力七等覺支八聖道支清淨四正斷乃至八聖道支清淨故八解脫清淨何以故若一切智智清淨若四正斷乃至八聖道支清淨若八解脫清淨無二無二分無別無斷故善現一切智智清淨故空解脫門清淨空解脫門清淨故八解脫清淨何以故若一切智智

清淨若空解脫門清淨若八解脫清淨無二無二分無別無斷故一切智智清淨故無相無願解脫門清淨無相無願解脫門清淨故八解脫清淨何以故若一切智智清淨若無相無願解脫門清淨若八解脫清淨無二無二分無別無斷故善現一切智智清淨故菩薩十地清淨菩薩十地清淨故八解脫清淨何以故若一切智智清淨若菩薩十地清淨若八解脫清淨無二無二分無別無斷故善現一切智智清淨故五眼清淨五眼清淨故八解脫清淨何以故若一切智智清淨若五眼清淨若八解脫清淨無二無二分無別無斷故一切智智清淨故六神通清淨六神通清淨故八解脫清淨何以故若一切智智清淨若六神通清淨若八解脫清淨無二無二

分無別無斷故善現一切智智清淨故佛十力清淨佛十力清淨故八解脫清淨何以故若一切智智清淨若佛十力清淨若八解脫清淨無二無二分無別無斷故一切智智清淨故四無所畏四無礙解大慈大悲大喜大捨十八佛不共法清淨四無所畏乃至十八佛不共法清淨故八解脫清淨何以故若一切智智清淨若四無所畏乃至十八佛不共法清淨若八解脫清淨無二無二分無別無斷故善現一切智智清淨故無忘失法清淨無忘失法清淨故八解脫清淨何以故若一切智智清淨若無忘失法清淨若八解脫清淨無二無二分無別無斷故一切智智清淨故恒住捨性清淨恒住捨性清淨故八解脫清淨何以故若一切智智清淨若恒住捨性

清淨若八解脱清淨無二無二分無别無斷故善現一切智智清淨故一切智清淨一切智清淨故八解脱清淨何以故若一切智智清淨若一切智清淨若八解脱清淨無二無二分無别無斷故一切智智清淨故道相智一切相智清淨道相智一切相智清淨故八解脱清淨何以故若一切智智清淨若道相智一切相智清淨若八解脱清淨無二無二分無别無斷故善現一切智智清淨故一切陀羅尼門清淨一切陀羅尼門清淨故八解脱清淨何以故若一切智智清淨若一切陀羅尼門清淨若八解脱清淨無二無二分無别無斷故一切智智清淨故一切三摩地門清淨一切三摩地門清淨故八解脱清淨何以故若一切智智清淨若一切三摩地門清淨若八解脱清淨無二無二分無别無斷故善現一切智智清淨故預流果清淨預流果清淨故八解脱清淨何以故若一切智智清淨若預流果清淨若八解脱清淨無二無二分無别無斷故一切智智清淨故一來不還阿羅漢果清淨一來不還阿羅漢果清淨故八解脱清淨何以故若一切智智清淨若一來不還阿羅漢果清淨若八解脱清淨無二無二分無别無斷故善現一切智智清淨故獨覺菩提清淨獨覺菩提清淨故八解脱清淨何以故若一切智智清淨若獨覺菩提清淨若八解脱清淨無二無二分無别無斷故善現一切智智清淨故一切菩薩摩訶薩行清淨一切菩薩摩訶薩行清淨故八解脱清淨何以故若一切智智清淨若一切菩薩摩

訶薩行清淨若八解脫清淨無二無二分無別無斷故善現一切智智清淨故諸佛無上正等菩提清淨諸佛無上正等菩提清淨故八解脫清淨何以故若一切智智清淨若諸佛無上正等菩提清淨若八解脫清淨無二無二分無別無斷故

大般若波羅蜜多經卷第二百六十六

大般若波羅蜜多經卷第二百六十七

唐三藏法師玄奘奉　詔譯

初分難信解品第三十四之八十六

復次善現一切智智清淨故色清淨色清淨故八勝處清淨何以故若一切智智清淨若色清淨若八勝處清淨無二無二分無別無斷故一切智智清淨故受想行識清淨受想行識清淨故八勝處清淨何以故若一切智智清淨若受想行識清淨若八勝處清淨無二無二分無別無斷故善現一切智智清淨故眼處清淨眼處清淨故八勝處清淨何以故若一切智智清淨若眼處清淨若八勝處清淨無二無二分無別無斷故一切智智清淨故耳鼻舌身意處清淨耳鼻舌身意處清淨故八勝處清淨何以故若一切智智清淨若耳鼻舌身意處清淨若八勝處清淨無二無二分無別無斷故善現一切智智清淨故色處清淨色處清淨故八勝處清淨何以故若一切智智清淨若色處清淨若八勝處清淨無二無二分無別無斷故一切智智清淨故聲香味觸法處清淨聲香味觸法處清淨故八勝處清淨何以故若一切智智清淨若聲香味觸法處清淨若八勝處清淨無二無二分無別無斷故善現一切智智清淨故眼界清淨眼界清淨故八勝處清淨何以故若一切智智清淨若眼界清淨若八勝處清淨無二無二分無別無斷故一切智智清淨故色界眼識界及眼觸眼觸爲緣所生諸受清淨色界乃至眼觸爲緣所生諸受清淨故八勝處清淨何以故若一切智智清淨若色界

乃至眼觸爲緣所生諸受清淨若八勝處清淨無二無二分無別無斷故善現一切智智清淨故耳界清淨耳界清淨故八勝處清淨何以故若一切智智清淨若耳界清淨若八勝處清淨無二無二分無別無斷故一切智智清淨故聲界耳識界及耳觸耳觸爲緣所生諸受清淨聲界乃至耳觸爲緣所生諸受清淨故八勝處清淨何以故若一切智智清淨若聲界乃至耳觸爲緣所生諸受清淨若八勝處清淨無二無二分無別無斷故善現一切智智清淨故鼻界清淨鼻界清淨故八勝處清淨何以故若一切智智清淨若鼻界清淨若八勝處清淨無二無二分無別無斷故一切智智清淨故香界鼻識界及鼻觸鼻觸爲緣所生諸受清淨香界乃至鼻觸爲緣所生諸受清淨故八勝處清淨何以故若一切智智清淨若香界乃至鼻觸爲緣所生諸受清淨若八勝處清淨無二無二分無別無斷故善現一切智智清淨故舌界清淨舌界清淨故八勝處清淨何以故若一切智智清淨若舌界清淨若八勝處清淨無二無二分無別無斷故一切智智清淨故味界舌識界及舌觸舌觸爲緣所生諸受清淨味界乃至舌觸爲緣所生諸受清淨故八勝處清淨何以故若一切智智清淨若味界乃至舌觸爲緣所生諸受清淨若八勝處清淨無二無二分無別無斷故善現一切智智清淨故身界清淨身界清淨故八勝處清淨何以故若一切智智清淨若身界清淨若八勝處清淨無二無二分無別無斷故一切智智清淨故觸

界身識界及身觸身觸爲緣所生諸受清淨觸界乃至身觸爲緣所生諸受清淨故八勝處清淨何以故若一切智智清淨若觸界乃至身觸爲緣所生諸受清淨若八勝處清淨無二無二分無別無斷故善現一切智智清淨故意界清淨意界清淨故八勝處清淨何以故若一切智智清淨若意界清淨若八勝處清淨無二無二分無別無斷故一切智智清淨故法界意識界及意觸意觸爲緣所生諸受清淨法界乃至意觸爲緣所生諸受清淨故八勝處清淨何以故若一切智智清淨若法界乃至意觸爲緣所生諸受清淨若八勝處清淨無二無二分無別無斷故善現一切智智清淨故地界清淨地界清淨故八勝處清淨何以故若一切智智清淨若地界清淨若八勝處清淨無二無二分無別無斷故一切智智清淨故水火風空識界清淨水火風空識界清淨故八勝處清淨何以故若一切智智清淨若水火風空識界清淨若八勝處清淨無二無二分無別無斷故善現一切智智清淨故無明清淨無明清淨故八勝處清淨何以故若一切智智清淨若無明清淨若八勝處清淨無二無二分無別無斷故一切智智清淨故行識名色六處觸受愛取有生老死愁歎苦憂惱清淨行乃至老死愁歎苦憂惱清淨故八勝處清淨何以故若一切智智清淨若行乃至老死愁歎苦憂惱清淨若八勝處清淨無二無二分無別無斷故善現一切智智清淨故布施波羅蜜多清淨布施波羅蜜多清淨故八勝處清淨何以故若

一切智智清淨若布施波羅蜜多清淨若八勝處清淨無二無二分無別無斷故一切智智清淨故淨戒安忍精進靜慮般若波羅蜜多清淨淨戒乃至般若波羅蜜多清淨故八勝處清淨何以故若一切智智清淨若淨戒乃至般若波羅蜜多清淨若八勝處清淨無二無二分無別無斷故善現一切智智清淨故內空清淨內空清淨故八勝處清淨何以故若一切智智清淨若內空清淨若八勝處清淨無二無二分無別無斷故一切智智清淨故外空內外空空空大空勝義空有爲空無爲空畢竟空無際空散空無變異空本性空自相空共相空一切法空不可得空無性空自性空無性自性空清淨外空乃至無性自性空清淨故八勝處清淨何以故若一切智智清淨若外空乃至無性自性空清淨若八勝處清淨無二無二分無別無斷故善現一切智智清淨故真如清淨真如清淨故八勝處清淨何以故若一切智智清淨若真如清淨若八勝處清淨無二無二分無別無斷故一切智智清淨故法界法性不虛妄性不變異性平等性離生性法定法住實際虛空界不思議界清淨法界乃至不思議界清淨故八勝處清淨何以故若一切智智清淨若法界乃至不思議界清淨若八勝處清淨無二無二分無別無斷故善現一切智智清淨故苦聖諦清淨苦聖諦清淨故八勝處清淨何以故若一切智智清淨若苦聖諦清淨若八勝處清淨無二無二分無別無斷故一切智智清淨故集滅道聖諦清淨集滅道聖諦

清淨故八勝處清淨何以故若一切智智清淨若集滅道聖諦清淨若八勝處清淨無二無二分無別無斷故善現一切智智清淨故四靜慮清淨四靜慮清淨故八勝處清淨何以故若一切智智清淨若四靜慮清淨若八勝處清淨無二無二分無別無斷故一切智智清淨故四無量四無色定清淨四無量四無色定清淨故八勝處清淨何以故若一切智智清淨若四無量四無色定清淨若八勝處清淨無二無二分無別無斷故善現一切智智清淨故八解脫清淨八解脫清淨故八勝處清淨何以故若一切智智清淨若八解脫清淨若八勝處清淨無二無二分無別無斷故一切智智清淨故九次第定十遍處清淨九次第定十遍處清淨故八勝處清淨何以故若一切智智清淨若九次第定十遍處清淨若八勝處清淨無二無二分無別無斷故善現一切智智清淨故四念住清淨四念住清淨故八勝處清淨何以故若一切智智清淨若四念住清淨若八勝處清淨無二無二分無別無斷故一切智智清淨故四正斷四神足五根五力七等覺支八聖道支清淨四正斷乃至八聖道支清淨故八勝處清淨何以故若一切智智清淨若四正斷乃至八聖道支清淨若八勝處清淨無二無二分無別無斷故善現一切智智清淨故空解脫門清淨空解脫門清淨故八勝處清淨何以故若一切智智清淨若空解脫門清淨若八勝處清淨無二無二分無別無斷故一切智智清淨故無相無願解脫門清淨無相無願解

脱門清淨故八勝處清淨何以故若一切智智清淨若無相無願解脱門清淨若八勝處清淨無二無二分無別無斷故善現一切智智清淨故菩薩十地清淨菩薩十地清淨故八勝處清淨何以故若一切智智清淨若菩薩十地清淨若八勝處清淨無二無二分無別無斷故善現一切智智清淨故五眼清淨五眼清淨故八勝處清淨何以故若一切智智清淨若五眼清淨若八勝處清淨無二無二分無別無斷故一切智智清淨故六神通清淨六神通清淨故八勝處清淨何以故若一切智智清淨若六神通清淨若八勝處清淨無二無二分無別無斷故善現一切智智清淨故佛十力清淨佛十力清淨故八勝處清淨何以故若一切智智清淨若佛十力清淨若八勝處清淨無二無二分無別無斷故一切智智清淨故四無所畏四無礙解大慈大悲大喜大捨十八佛不共法清淨四無所畏乃至十八佛不共法清淨故八勝處清淨何以故若一切智智清淨若四無所畏乃至十八佛不共法清淨若八勝處清淨無二無二分無別無斷故善現一切智智清淨故無忘失法清淨無忘失法清淨故八勝處清淨何以故若一切智智清淨若無忘失法清淨若八勝處清淨無二無二分無別無斷故一切智智清淨故恒住捨性清淨恒住捨性清淨故八勝處清淨何以故若一切智智清淨若恒住捨性清淨若八勝處清淨無二無二分無別無斷故善現一切智智清淨故一切智清淨一切智清淨故八勝處清淨何以故

若一切智智清淨若一切智清淨若八勝處清淨無二無二分無別無斷故一切智智清淨故道相智一切相智清淨道相智一切相智清淨故八勝處清淨何以故若一切智智清淨若道相智一切相智清淨若八勝處清淨無二無二分無別無斷故善現一切智智清淨故一切陀羅尼門清淨一切陀羅尼門清淨故八勝處清淨何以故若一切智智清淨若一切陀羅尼門清淨若八勝處清淨無二無二分無別無斷故一切智智清淨故一切三摩地門清淨一切三摩地門清淨故八勝處清淨何以故若一切智智清淨若一切三摩地門清淨若八勝處清淨無二無二分無別無斷故善現一切智智清淨故預流果清淨預流果清淨故八勝處清淨何以故若一切智智清淨若預流果清淨若八勝處清淨無二無二分無別無斷故一切智智清淨故一來不還阿羅漢果清淨一來不還阿羅漢果清淨故八勝處清淨何以故若一切智智清淨若一來不還阿羅漢果清淨若八勝處清淨無二無二分無別無斷故善現一切智智清淨故獨覺菩提清淨獨覺菩提清淨故八勝處清淨何以故若一切智智清淨若獨覺菩提清淨若八勝處清淨無二無二分無別無斷故善現一切智智清淨故一切菩薩摩訶薩行清淨一切菩薩摩訶薩行清淨故八勝處清淨何以故若一切智智清淨若一切菩薩摩訶薩行清淨若八勝處清淨無二無二分無別無斷故善現一切智智清淨故諸佛無上正等菩提清淨諸佛無上正等

菩提清淨故八勝處清淨何以故若一切智智清淨若諸佛無上正等菩提清淨若八勝處清淨無二無二分無別無斷故復次善現一切智智清淨故色清淨色清淨故九次第定清淨何以故若一切智智清淨若色清淨若九次第定清淨無二無二分無別無斷故一切智智清淨故受想行識清淨受想行識清淨故九次第定清淨何以故若一切智智清淨若受想行識清淨若九次第定清淨無二無二分無別無斷故善現一切智智清淨故眼處清淨眼處清淨故九次第定清淨何以故若一切智智清淨若眼處清淨若九次第定清淨無二無二分無別無斷故一切智智清淨故耳鼻舌身意處清淨耳鼻舌身意處清淨故九次第定清淨何以故若一切智智清淨若耳鼻舌身意處清淨若九次第定清淨無二無二分無別無斷故善現一切智智清淨故色處清淨色處清淨故九次第定清淨何以故若一切智智清淨若色處清淨若九次第定清淨無二無二分無別無斷故一切智智清淨故聲香味觸法處清淨聲香味觸法處清淨故九次第定清淨何以故若一切智智清淨若聲香味觸法處清淨若九次第定清淨無二無二分無別無斷故善現一切智智清淨故眼界清淨眼界清淨故九次第定清淨何以故若一切智智清淨若眼界清淨若九次第定清淨無二無二分無別無斷故一切智智清淨故色界眼識界及眼觸眼觸爲緣所生諸受清淨色界乃至眼觸爲緣所生諸受清淨故九次第定清淨何以

故若一切智智清淨若色界乃至眼觸爲緣所生諸受清淨若九次第定清淨無二無二分無別無斷故善現一切智智清淨故耳界清淨耳界清淨故九次第定清淨何以故若一切智智清淨若耳界清淨若九次第定清淨無二無二分無別無斷故一切智智清淨故聲界耳識界及耳觸耳觸爲緣所生諸受清淨聲界乃至耳觸爲緣所生諸受清淨故九次第定清淨何以故若一切智智清淨若聲界乃至耳觸爲緣所生諸受清淨若九次第定清淨無二無二分無別無斷故善現一切智智清淨故鼻界清淨鼻界清淨故九次第定清淨何以故若一切智智清淨若鼻界清淨若九次第定清淨無二無二分無別無斷故一切智智清淨故香界鼻識界及鼻觸鼻觸爲緣所生諸受清淨香界乃至鼻觸爲緣所生諸受清淨故九次第定清淨何以故若一切智智清淨若香界乃至鼻觸爲緣所生諸受清淨若九次第定清淨無二無二分無別無斷故善現一切智智清淨故舌界清淨舌界清淨故九次第定清淨何以故若一切智智清淨若舌界清淨若九次第定清淨無二無二分無別無斷故一切智智清淨故味界舌識界及舌觸舌觸爲緣所生諸受清淨味界乃至舌觸爲緣所生諸受清淨故九次第定清淨何以故若一切智智清淨若味界乃至舌觸爲緣所生諸受清淨若九次第定清淨無二無二分無別無斷故善現一切智智清淨故身界清淨身界清淨故九次第定清淨何以故若一切智智清淨若身界清

淨若九次第定清淨無二無二分無別無斷
故一切智智清淨故觸界身識界及身觸身
觸爲緣所生諸受清淨觸界乃至身觸爲緣
所生諸受清淨故九次第定清淨何以故若
一切智智清淨若觸界乃至身觸爲緣所生
諸受清淨若九次第定清淨無二無二分無
別無斷故善現一切智智清淨故意界清淨
意界清淨故九次第定清淨何以故若一切
智智清淨若意界清淨若九次第定清淨無
二無二分無別無斷故一切智智清淨故法
界意識界及意觸意觸爲緣所生諸受清淨
法界乃至意觸爲緣所生諸受清淨故九次
第定清淨何以故若一切智智清淨若法界
乃至意觸爲緣所生諸受清淨若九次第定
清淨無二無二分無別無斷故善現一切智
智清淨故地界清淨地界清淨故九次第定
清淨何以故若一切智智清淨若地界清淨
若九次第定清淨無二無二分無別無斷故
一切智智清淨故水火風空識界清淨水火
風空識界清淨故九次第定清淨何以故若
一切智智清淨若水火風空識界清淨若九
次第定清淨無二無二分無別無斷故善現
一切智智清淨故無明清淨無明清淨故九
次第定清淨何以故若一切智智清淨若無
明清淨若九次第定清淨無二無二分無別
無斷故一切智智清淨故行識名色六處觸
受愛取有生老死愁歎苦憂惱清淨行乃至
老死愁歎苦憂惱清淨故九次第定清淨何
以故若一切智智清淨若行乃至老死愁歎
苦憂惱清淨若九次第定清淨無二無二分

無别無斷故善現一切智智清淨故布施波羅蜜多清淨布施波羅蜜多清淨故九次第定清淨何以故若一切智智清淨若布施波羅蜜多清淨若九次第定清淨無二無二分無别無斷故一切智智清淨故淨戒安忍精進靜慮般若波羅蜜多清淨淨戒乃至般若波羅蜜多清淨故九次第定清淨何以故若一切智智清淨若淨戒乃至般若波羅蜜多清淨若九次第定清淨無二無二分無别無斷故善現一切智智清淨故内空清淨内空清淨故九次第定清淨何以故若一切智智清淨若内空清淨若九次第定清淨無二無二分無别無斷故一切智智清淨故外空内外空空空大空勝義空有爲空無爲空畢竟空無際空散空無變異空本性空自相空共相空一切法空不可得空無性空自性空無性自性空清淨外空乃至無性自性空清淨故九次第定清淨何以故若一切智智清淨若外空乃至無性自性空清淨若九次第定清淨無二無二分無别無斷故善現一切智智清淨故眞如清淨眞如清淨故九次第定清淨何以故若一切智智清淨若眞如清淨若九次第定清淨無二無二分無别無斷故一切智智清淨故法界法性不虚妄性不變異性平等性離生性法定法住實際虚空界不思議界清淨法界乃至不思議界清淨故九次第定清淨何以故若一切智智清淨若法界乃至不思議界清淨若九次第定清淨無二無二分無别無斷故善現一切智智清淨故苦聖諦清淨苦聖諦清淨故九次第定

清淨何以故若一切智智清淨若苦聖諦清淨若九次第定清淨無二無二分無別無斷故一切智智清淨故集滅道聖諦清淨集滅道聖諦清淨故九次第定清淨何以故若一切智智清淨若集滅道聖諦清淨若九次第定清淨無二無二分無別無斷故善現一切智智清淨故四靜慮清淨四靜慮清淨故九次第定清淨何以故若一切智智清淨若四靜慮清淨若九次第定清淨無二無二分無別無斷故一切智智清淨故四無量四無色定清淨四無量四無色定清淨故九次第定清淨何以故若一切智智清淨若四無量四無色定清淨若九次第定清淨無二無二分無別無斷故善現一切智智清淨故八解脫清淨八解脫清淨故九次第定清淨何以故若一切智智清淨若八解脫清淨若九次第定清淨無二無二分無別無斷故一切智智清淨故八勝處十遍處清淨八勝處十遍處清淨故九次第定清淨何以故若一切智智清淨若八勝處十遍處清淨若九次第定清淨無二無二分無別無斷故善現一切智智清淨故四念住清淨四念住清淨故九次第定清淨何以故若一切智智清淨若四念住清淨若九次第定清淨無二無二分無別無斷故一切智智清淨故四正斷四神足五根五力七等覺支八聖道支清淨四正斷乃至八聖道支清淨故九次第定清淨何以故若一切智智清淨若四正斷乃至八聖道支清淨若九次第定清淨無二無二分無別無斷故善現一切智智清淨故空解脫門清淨空

解脫門清淨故九次第定清淨何以故若一切智智清淨若空解脫門清淨若九次第定清淨無二無二分無別無斷故一切智智清淨故無相無願解脫門清淨無相無願解脫門清淨故九次第定清淨何以故若一切智智清淨若無相無願解脫門清淨若九次第定清淨無二無二分無別無斷故善現一切智智清淨故菩薩十地清淨菩薩十地清淨故九次第定清淨何以故若一切智智清淨若菩薩十地清淨若九次第定清淨無二無二分無別無斷故善現一切智智清淨故五眼清淨五眼清淨故九次第定清淨何以故若一切智智清淨若五眼清淨若九次第定清淨無二無二分無別無斷故一切智智清淨故六神通清淨六神通清淨故九次第定清淨何以故若一切智智清淨若六神通清淨若九次第定清淨無二無二分無別無斷故善現一切智智清淨故佛十力清淨佛十力清淨故九次第定清淨何以故若一切智智清淨若佛十力清淨若九次第定清淨無二無二分無別無斷故一切智智清淨故四無所畏四無礙解大慈大悲大喜大捨十八佛不共法清淨四無所畏乃至十八佛不共法清淨故九次第定清淨何以故若一切智智清淨若四無所畏乃至十八佛不共法清淨若九次第定清淨無二無二分無別無斷故善現一切智智清淨故無忘失法清淨無忘失法清淨故九次第定清淨何以故若一切智智清淨若無忘失法清淨若九次第定清淨無二無二分無別無斷故善現一切智

智清淨故恒住捨性清淨恒住捨性清淨故九次第定清淨何以故若一切智智清淨若恒住捨性清淨若九次第定清淨無二無二分無別無斷故善現一切智智清淨故一切智清淨一切智清淨故九次第定清淨何以故若一切智智清淨若一切智清淨若九次第定清淨無二無二分無別無斷故一切智智清淨故道相智一切相智清淨道相智一切相智清淨故九次第定清淨何以故若一切相智清淨若道相智一切相智清淨若九次第定清淨無二無二分無別無斷故善現一切智智清淨故一切陀羅尼門清淨一切陀羅尼門清淨故九次第定清淨何以故若一切智智清淨若一切陀羅尼門清淨若九次第定清淨無二無二分無別無斷故一切智智清淨故一切三摩地門清淨一切三摩地門清淨故九次第定清淨何以故若一切智智清淨若一切三摩地門清淨若九次第定清淨無二無二分無別無斷故善現一切智智清淨故預流果清淨預流果清淨故九次第定清淨何以故若一切智智清淨若預流果清淨若九次第定清淨無二無二分無別無斷故一切智智清淨故一來不還阿羅漢果清淨一來不還阿羅漢果清淨故九次第定清淨何以故若一切智智清淨若一來不還阿羅漢果清淨若九次第定清淨無二無二分無別無斷故善現一切智智清淨故獨覺菩提清淨獨覺菩提清淨故九次第定清淨何以故若一切智智清淨若獨覺菩提清淨若九次第定清淨無二無二分無別無

斷故善現一切智智清淨故一切菩薩摩訶薩行清淨一切菩薩摩訶薩行清淨故九次第定清淨何以故若一切智智清淨若一切菩薩摩訶薩行清淨若九次第定清淨無二無二分無別無斷故善現一切智智清淨故諸佛無上正等菩提清淨諸佛無上正等菩提清淨故九次第定清淨何以故若一切智智清淨若諸佛無上正等菩提清淨若九次第定清淨無二無二分無別無斷故

大般若波羅蜜多經卷第二百六十七

大般若波羅蜜多經卷第二百六十八

唐三藏法師玄奘奉　詔譯

初分難信解品第三十四之八十七

復次善現一切智智清淨故色清淨色清淨故十遍處清淨何以故若一切智智清淨若色清淨若十遍處清淨無二無二分無別無斷故一切智智清淨故受想行識清淨受想行識清淨故十遍處清淨何以故若一切智智清淨若受想行識清淨若十遍處清淨無二無二分無別無斷故善現一切智智清淨故眼處清淨眼處清淨故十遍處清淨何以故若一切智智清淨若眼處清淨若十遍處清淨無二無二分無別無斷故一切智智清淨故耳鼻舌身意處清淨耳鼻舌身意處清淨故十遍處清淨何以故若一切智智清淨若耳鼻舌身意處清淨若十遍處清淨無二無二分無別無斷故善現一切智智清淨故色處清淨色處清淨故十遍處清淨何以故若一切智智清淨若色處清淨若十遍處清淨無二無二分無別無斷故一切智智清淨故聲香味觸法處清淨聲香味觸法處清淨故十遍處清淨何以故若一切智智清淨若聲香味觸法處清淨若十遍處清淨無二無二分無別無斷故善現一切智智清淨故眼界清淨眼界清淨故十遍處清淨何以故若一切智智清淨若眼界清淨若十遍處清淨無二無二分無別無斷故一切智智清淨故色界眼識界及眼觸眼觸爲緣所生諸受清淨色界乃至眼觸爲緣所生諸受清淨故十遍處清淨何以故若一切智智清淨若色界

乃至眼觸爲緣所生諸受清淨若十遍處清淨無二無二分無別無斷故善現一切智智清淨故耳界清淨耳界清淨故十遍處清淨何以故若一切智智清淨若耳界清淨若十遍處清淨無二無二分無別無斷故一切智智清淨故聲界耳識界及耳觸耳觸爲緣所生諸受清淨聲界乃至耳觸爲緣所生諸受清淨故十遍處清淨何以故若一切智智清淨若聲界乃至耳觸爲緣所生諸受清淨若十遍處清淨無二無二分無別無斷故善現一切智智清淨故鼻界清淨鼻界清淨故十遍處清淨何以故若一切智智清淨若鼻界清淨若十遍處清淨無二無二分無別無斷故一切智智清淨故香界鼻識界及鼻觸鼻觸爲緣所生諸受清淨香界乃至鼻觸爲緣

所生諸受清淨故十遍處清淨何以故若一切智智清淨若香界乃至鼻觸爲緣所生諸受清淨若十遍處清淨無二無二分無別無斷故善現一切智智清淨故舌界清淨舌界清淨故十遍處清淨何以故若一切智智清淨若舌界清淨若十遍處清淨無二無二分無別無斷故一切智智清淨故味界舌識界及舌觸舌觸爲緣所生諸受清淨味界乃至舌觸爲緣所生諸受清淨故十遍處清淨何以故若一切智智清淨若味界乃至舌觸爲緣所生諸受清淨若十遍處清淨無二無二分無別無斷故善現一切智智清淨故身界清淨身界清淨故十遍處清淨何以故若一切智智清淨若身界清淨若十遍處清淨無二無二分無別無斷故一切智智清淨故觸

界身識界及身觸身觸爲緣所生諸受清淨觸界乃至身觸爲緣所生諸受清淨故十遍處清淨何以故若一切智智清淨若觸界乃至身觸爲緣所生諸受清淨若十遍處清淨無二無二分無別無斷故善現一切智智清淨故意界清淨意界清淨故十遍處清淨何以故若一切智智清淨若意界清淨若十遍處清淨無二無二分無別無斷故一切智智清淨故法界意識界及意觸意觸爲緣所生諸受清淨法界乃至意觸爲緣所生諸受清淨故十遍處清淨何以故若一切智智清淨若法界乃至意觸爲緣所生諸受清淨若十遍處清淨無二無二分無別無斷故善現一切智智清淨故地界清淨地界清淨故十遍處清淨何以故若一切智智清淨若地界清

淨若十遍處清淨無二無二分無別無斷故一切智智清淨故水火風空識界清淨水火風空識界清淨故十遍處清淨何以故若一切智智清淨若水火風空識界清淨若十遍處清淨無二無二分無別無斷故善現一切智智清淨故無明清淨無明清淨故十遍處清淨何以故若一切智智清淨若無明清淨若十遍處清淨無二無二分無別無斷故一切智智清淨故行識名色六處觸受愛取有生老死愁歎苦憂惱清淨行乃至老死愁歎苦憂惱清淨故十遍處清淨何以故若一切智智清淨若行乃至老死愁歎苦憂惱清淨若十遍處清淨無二無二分無別無斷故善現一切智智清淨故布施波羅蜜多清淨布施波羅蜜多清淨故十遍處清淨何以故若

一切智智清淨若布施波羅蜜多清淨若十遍處清淨無二無二分無別無斷故一切智智清淨故淨戒安忍精進靜慮般若波羅蜜多清淨淨戒乃至般若波羅蜜多清淨故十遍處清淨何以故若一切智智清淨若淨戒乃至般若波羅蜜多清淨若十遍處清淨無二無二分無別無斷故善現一切智智清淨故內空清淨內空清淨故十遍處清淨何以故若一切智智清淨若內空清淨若十遍處清淨無二無二分無別無斷故一切智智清淨故外空內外空空空大空勝義空有爲空無爲空畢竟空無際空散空無變異空本性空自相空共相空一切法空不可得空無性空自性空無性自性空清淨外空乃至無性自性空清淨故十遍處清淨何以故若一切智智清淨若外空乃至無性自性空清淨若十遍處清淨無二無二分無別無斷故善現一切智智清淨故眞如清淨眞如清淨故十遍處清淨何以故若一切智智清淨若眞如清淨若十遍處清淨無二無二分無別無斷故一切智智清淨故法界法性不虛妄性不變異性平等性離生性法定法住實際虛空界不思議界清淨法界乃至不思議界清淨故十遍處清淨何以故若一切智智清淨若法界乃至不思議界清淨若十遍處清淨無二無二分無別無斷故善現一切智智清淨故苦聖諦清淨苦聖諦清淨故十遍處清淨何以故若一切智智清淨若苦聖諦清淨若十遍處清淨無二無二分無別無斷故一切智智清淨故集滅道聖諦清淨集滅道聖諦

清淨故十遍處清淨何以故若一切智智清淨若集滅道聖諦清淨若十遍處清淨無二無二分無別無斷故善現一切智智清淨故四靜慮清淨四靜慮清淨故十遍處清淨何以故若一切智智清淨若四靜慮清淨若十遍處清淨無二無二分無別無斷故一切智智清淨故四無量四無色定清淨四無量四無色定清淨故十遍處清淨何以故若一切智智清淨若四無量四無色定清淨若十遍處清淨無二無二分無別無斷故善現一切智智清淨故八解脫清淨八解脫清淨故十遍處清淨何以故若一切智智清淨若八解脫清淨若十遍處清淨無二無二分無別無斷故一切智智清淨故八勝處九次第定清淨八勝處九次第定清淨故十遍處清淨何

以故若一切智智清淨若八勝處九次第定清淨若十遍處清淨無二無二分無別無斷故善現一切智智清淨故四念住清淨四念住清淨故十遍處清淨何以故若一切智智清淨若四念住清淨若十遍處清淨無二無二分無別無斷故一切智智清淨故四正斷四神足五根五力七等覺支八聖道支清淨四正斷乃至八聖道支清淨故十遍處清淨何以故若一切智智清淨若四正斷乃至八聖道支清淨若十遍處清淨無二無二分無別無斷故善現一切智智清淨故空解脫門清淨空解脫門清淨故十遍處清淨何以故若一切智智清淨若空解脫門清淨若十遍處清淨無二無二分無別無斷故一切智智清淨故無相無願解脫門清淨無相無願解

脫門清淨故十遍處清淨何以故若一切智智清淨若無相無願解脫門清淨若十遍處清淨無二無二分無别無斷故善現一切智智清淨故菩薩十地清淨菩薩十地清淨故十遍處清淨何以故若一切智智清淨若菩薩十地清淨若十遍處清淨無二無二分無别無斷故善現一切智智清淨故五眼清淨五眼清淨故十遍處清淨何以故若一切智智清淨若五眼清淨若十遍處清淨無二無二分無别無斷故一切智智清淨故六神通清淨六神通清淨故十遍處清淨何以故若一切智智清淨若六神通清淨若十遍處清淨無二無二分無别無斷故善現一切智智清淨故佛十力清淨佛十力清淨故十遍處清淨何以故若一切智智清淨若佛十力清淨若十遍處清淨無二無二分無别無斷故一切智智清淨故四無所畏四無礙解大慈大悲大喜大捨十八佛不共法清淨四無所畏乃至十八佛不共法清淨故十遍處清淨何以故若一切智智清淨若四無所畏乃至十八佛不共法清淨若十遍處清淨無二無二分無别無斷故善現一切智智清淨故無忘失法清淨無忘失法清淨故十遍處清淨何以故若一切智智清淨若無忘失法清淨若十遍處清淨無二無二分無别無斷故一切智智清淨故恒住捨性清淨恒住捨性清淨故十遍處清淨何以故若一切智智清淨若恒住捨性清淨若十遍處清淨無二無二分無别無斷故善現一切智智清淨故一切智清淨一切智清淨故十遍處清淨何以故

若一切智智清淨若一切智清淨若十遍處清淨無二無二分無別無斷故一切智智清淨故道相智一切相智清淨道相智一切相智清淨故十遍處清淨何以故若一切智智清淨若道相智一切相智清淨若十遍處清淨無二無二分無別無斷故善現一切智智清淨故一切陀羅尼門清淨一切陀羅尼門清淨故十遍處清淨何以故若一切智智清淨若一切陀羅尼門清淨若十遍處清淨無二無二分無別無斷故一切智智清淨故一切三摩地門清淨一切三摩地門清淨故十遍處清淨何以故若一切智智清淨若一切三摩地門清淨若十遍處清淨無二無二分無別無斷故善現一切智智清淨故預流果清淨預流果清淨故十遍處清淨何以故若

一切智智清淨若預流果清淨若十遍處清淨無二無二分無別無斷故一切智智清淨故一來不還阿羅漢果清淨一來不還阿羅漢果清淨故十遍處清淨何以故若一切智智清淨若一來不還阿羅漢果清淨若十遍處清淨無二無二分無別無斷故善現一切智智清淨故獨覺菩提清淨獨覺菩提清淨故十遍處清淨何以故若一切智智清淨若獨覺菩提清淨若十遍處清淨無二無二分無別無斷故善現一切智智清淨故一切菩薩摩訶薩行清淨一切菩薩摩訶薩行清淨故十遍處清淨何以故若一切智智清淨若一切菩薩摩訶薩行清淨若十遍處清淨無二無二分無別無斷故善現一切智智清淨故諸佛無上正等菩提清淨諸佛無上正等

菩提清淨故十遍處清淨何以故若一切智智清淨若諸佛無上正等菩提清淨若十遍處清淨無二無二分無別無斷故復次善現一切智智清淨故色清淨色清淨故四念住清淨何以故若一切智智清淨若色清淨若四念住清淨無二無二分無別無斷故一切智智清淨故受想行識清淨受想行識清淨故四念住清淨何以故若一切智智清淨若受想行識清淨若四念住清淨無二無二分無別無斷故善現一切智智清淨故眼處清淨眼處清淨故四念住清淨何以故若一切智智清淨若眼處清淨若四念住清淨無二無二分無別無斷故一切智智清淨故耳鼻舌身意處清淨耳鼻舌身意處清淨故四念住清淨何以故若一切智智清淨若耳鼻舌身意處清淨若四念住清淨無二無二分無別無斷故善現一切智智清淨故色處清淨色處清淨故四念住清淨何以故若一切智智清淨若色處清淨若四念住清淨無二無二分無別無斷故一切智智清淨故聲香味觸法處清淨聲香味觸法處清淨故四念住清淨何以故若一切智智清淨若聲香味觸法處清淨若四念住清淨無二無二分無別無斷故善現一切智智清淨故眼界清淨眼界清淨故四念住清淨何以故若一切智智清淨若眼界清淨若四念住清淨無二無二分無別無斷故一切智智清淨故色界眼識界及眼觸眼觸爲緣所生諸受清淨色界乃至眼觸爲緣所生諸受清淨故四念住清淨何以故若一切智智清淨若色界乃至眼觸

爲緣所生諸受清淨若四念住清淨無二無二分無別無斷故善現一切智智清淨故耳界清淨耳界清淨故四念住清淨何以故若一切智智清淨若耳界清淨若四念住清淨無二無二分無別無斷故一切智智清淨故聲界耳識界及耳觸耳觸爲緣所生諸受清淨聲界乃至耳觸爲緣所生諸受清淨故四念住清淨何以故若一切智智清淨若聲界乃至耳觸爲緣所生諸受清淨若四念住清淨無二無二分無別無斷故善現一切智智清淨故鼻界清淨鼻界清淨故四念住清淨何以故若一切智智清淨若鼻界清淨若四念住清淨無二無二分無別無斷故一切智智清淨故香界鼻識界及鼻觸鼻觸爲緣所生諸受清淨香界乃至鼻觸爲緣所生諸受清淨故四念住清淨何以故若一切智智清淨若香界乃至鼻觸爲緣所生諸受清淨若四念住清淨無二無二分無別無斷故善現一切智智清淨故舌界清淨舌界清淨故四念住清淨何以故若一切智智清淨若舌界清淨若四念住清淨無二無二分無別無斷故一切智智清淨故味界舌識界及舌觸舌觸爲緣所生諸受清淨味界乃至舌觸爲緣所生諸受清淨故四念住清淨何以故若一切智智清淨若味界乃至舌觸爲緣所生諸受清淨若四念住清淨無二無二分無別無斷故善現一切智智清淨故身界清淨身界清淨故四念住清淨何以故若一切智智清淨若身界清淨若四念住清淨無二無二分無別無斷故一切智智清淨故觸界身識界

及身觸身觸爲緣所生諸受清淨觸界乃至身觸爲緣所生諸受清淨故四念住清淨何以故若一切智智清淨若觸界乃至身觸爲緣所生諸受清淨若四念住清淨無二無二分無別無斷故善現一切智智清淨故意界清淨意界清淨故四念住清淨何以故若一切智智清淨若意界清淨若四念住清淨無二無二分無別無斷故一切智智清淨故法界意識界及意觸意觸爲緣所生諸受清淨法界乃至意觸爲緣所生諸受清淨故四念住清淨何以故若一切智智清淨若法界乃至意觸爲緣所生諸受清淨若四念住清淨無二無二分無別無斷故善現一切智智清淨故地界清淨地界清淨故四念住清淨何以故若一切智智清淨若地界清淨若四念住清淨無二無二分無別無斷故一切智智清淨故水火風空識界清淨水火風空識界清淨故四念住清淨何以故若一切智智清淨若水火風空識界清淨若四念住清淨無二無二分無別無斷故善現一切智智清淨故無明清淨無明清淨故四念住清淨何以故若一切智智清淨若無明清淨若四念住清淨無二無二分無別無斷故一切智智清淨故行識名色六處觸受愛取有生老死愁歎苦憂惱清淨行乃至老死愁歎苦憂惱清淨故四念住清淨何以故若一切智智清淨若行乃至老死愁歎苦憂惱清淨若四念住清淨無二無二分無別無斷故善現一切智智清淨故布施波羅蜜多清淨布施波羅蜜多清淨故四念住清淨何以故若一切智智

清淨若布施波羅蜜多清淨若四念住清淨無二無二分無別無斷故一切智智清淨故淨戒安忍精進靜慮般若波羅蜜多清淨淨戒乃至般若波羅蜜多清淨故四念住清淨何以故若一切智智清淨若淨戒乃至般若波羅蜜多清淨若四念住清淨無二無二分無別無斷故善現一切智智清淨故內空清淨內空清淨故四念住清淨何以故若一切智智清淨若內空清淨若四念住清淨無二無二分無別無斷故一切智智清淨故外空內外空空空大空勝義空有爲空無爲空畢竟空無際空散空無變異空本性空自相空共相空一切法空不可得空無性空自性空無性自性空清淨外空乃至無性自性空清淨故四念住清淨何以故若一切智智清淨若外空乃至無性自性空清淨若四念住清淨無二無二分無別無斷故善現一切智智清淨故眞如清淨眞如清淨故四念住清淨何以故若一切智智清淨若眞如清淨若四念住清淨無二無二分無別無斷故一切智智清淨故法界法性不虛妄性不變異性平等性離生性法定法住實際虛空界不思議界清淨法界乃至不思議界清淨故四念住清淨何以故若一切智智清淨若法界乃至不思議界清淨若四念住清淨無二無二分無別無斷故善現一切智智清淨故苦聖諦清淨苦聖諦清淨故四念住清淨何以故若一切智智清淨若苦聖諦清淨若四念住清淨無二無二分無別無斷故一切智智清淨故集滅道聖諦清淨集滅道聖諦清淨故四

念住清淨何以故若一切智智清淨若集滅道聖諦清淨若四念住清淨無二無二分無別無斷故善現一切智智清淨故四靜慮清淨四靜慮清淨故四念住清淨何以故若一切智智清淨若四靜慮清淨若四念住清淨無二無二分無別無斷故一切智智清淨故四無量四無色定清淨四無量四無色定清淨故四念住清淨何以故若一切智智清淨若四無量四無色定清淨若四念住清淨無二無二分無別無斷故善現一切智智清淨故八解脫清淨八解脫清淨故四念住清淨何以故若一切智智清淨若八解脫清淨若四念住清淨無二無二分無別無斷故一切智智清淨故八勝處九次第定十遍處清淨八勝處九次第定十遍處清淨故四念住清淨何以故若一切智智清淨若八勝處九次第定十遍處清淨若四念住清淨無二無二分無別無斷故善現一切智智清淨故四正斷清淨四正斷清淨故四念住清淨何以故若一切智智清淨若四正斷清淨若四念住清淨無二無二分無別無斷故一切智智清淨故四神足五根五力七等覺支八聖道支清淨四神足乃至八聖道支清淨故四念住清淨何以故若一切智智清淨若四神足乃至八聖道支清淨若四念住清淨無二無二分無別無斷故善現一切智智清淨故空解脫門清淨空解脫門清淨故四念住清淨何以故若一切智智清淨若空解脫門清淨若四念住清淨無二無二分無別無斷故一切智智清淨故無相無願解脫門清淨無相無

願解脫門清淨故四念住清淨何以故若一切智智清淨若無相無願解脫門清淨若四念住清淨無二無二分無別無斷故善現一切智智清淨故菩薩十地清淨菩薩十地清淨故四念住清淨何以故若一切智智清淨若菩薩十地清淨若四念住清淨無二無二分無別無斷故善現一切智智清淨故五眼清淨五眼清淨故四念住清淨何以故若一切智智清淨若五眼清淨若四念住清淨無二無二分無別無斷故一切智智清淨故六神通清淨六神通清淨故四念住清淨何以故若一切智智清淨若六神通清淨若四念住清淨無二無二分無別無斷故善現一切智智清淨故佛十力清淨佛十力清淨故四念住清淨何以故若一切智智清淨若佛十力清淨若四念住清淨無二無二分無別無斷故一切智智清淨故四無所畏四無礙解大慈大悲大喜大捨十八佛不共法清淨四無所畏乃至十八佛不共法清淨故四念住清淨何以故若一切智智清淨若四無所畏乃至十八佛不共法清淨若四念住清淨無二無二分無別無斷故善現一切智智清淨故無忘失法清淨無忘失法清淨故四念住清淨何以故若一切智智清淨若無忘失法清淨若四念住清淨無二無二分無別無斷故一切智智清淨故恒住捨性清淨恒住捨性清淨故四念住清淨何以故若一切智智清淨若恒住捨性清淨若四念住清淨無二無二分無別無斷故善現一切智智清淨故一切智清淨一切智清淨故四念住清淨何

以故若一切智智清淨若一切智清淨若四念住清淨無二無二分無別無斷故一切智智清淨故道相智一切相智清淨道相智一切相智清淨故四念住清淨何以故若一切智智清淨若道相智一切相智清淨若四念住清淨無二無二分無別無斷故善現一切智智清淨故一切陀羅尼門清淨一切陀羅尼門清淨故四念住清淨何以故若一切智智清淨若一切陀羅尼門清淨若四念住清淨無二無二分無別無斷故一切智智清淨故一切三摩地門清淨一切三摩地門清淨故四念住清淨何以故若一切智智清淨若一切三摩地門清淨若四念住清淨無二無二分無別無斷故善現一切智智清淨故預流果清淨預流果清淨故四念住清淨何以

故若一切智智清淨若預流果清淨若四念住清淨無二無二分無別無斷故一切智智清淨故一來不還阿羅漢果清淨一來不還阿羅漢果清淨故四念住清淨何以故若一切智智清淨若一來不還阿羅漢果清淨若四念住清淨無二無二分無別無斷故善現一切智智清淨故獨覺菩提清淨獨覺菩提清淨故四念住清淨何以故若一切智智清淨若獨覺菩提清淨若四念住清淨無二無二分無別無斷故善現一切智智清淨故一切菩薩摩訶薩行清淨一切菩薩摩訶薩行清淨故四念住清淨何以故若一切智智清淨若一切菩薩摩訶薩行清淨若四念住清淨無二無二分無別無斷故善現一切智智清淨故諸佛無上正等菩提清淨諸佛無上

正等菩提清淨故四念住清淨何以故若一切智智清淨若諸佛無上正等菩提清淨若四念住清淨無二無二分無别無斷故復次善現一切智智清淨故色清淨色清淨故四正斷清淨何以故若一切智智清淨若色清淨若四正斷清淨無二無二分無别無斷故一切智智清淨故受想行識清淨受想行識清淨故四正斷清淨何以故若一切智智清淨若受想行識清淨若四正斷清淨無二無二分無别無斷故善現一切智智清淨故眼處清淨眼處清淨故四正斷清淨何以故若一切智智清淨若眼處清淨若四正斷清淨無二無二分無别無斷故一切智智清淨故耳鼻舌身意處清淨耳鼻舌身意處清淨故四正斷清淨何以故若一切智智清淨若耳鼻舌身意處清淨若四正斷清淨無二無二分無别無斷故善現一切智智清淨故色處清淨色處清淨故四正斷清淨何以故若一切智智清淨若色處清淨若四正斷清淨無二無二分無别無斷故一切智智清淨故聲香味觸法處清淨聲香味觸法處清淨故四正斷清淨何以故若一切智智清淨若聲香味觸法處清淨若四正斷清淨無二無二分無别無斷故

大般若波羅蜜多經卷第二百六十八

大般若波羅蜜多經卷第二百六十九

唐三藏法師玄奘奉詔譯

初分難信解品第三十四之八十八

善現一切智智清淨故眼界清淨眼界清淨故四正斷清淨何以故若一切智智清淨若眼界清淨若四正斷清淨無二無二分無別無斷故一切智智清淨故色界眼識界及眼觸眼觸爲緣所生諸受清淨色界乃至眼觸爲緣所生諸受清淨故四正斷清淨何以故若一切智智清淨若色界乃至眼觸爲緣所生諸受清淨若四正斷清淨無二無二分無別無斷故善現一切智智清淨故耳界清淨耳界清淨故四正斷清淨何以故若一切智智清淨若耳界清淨若四正斷清淨無二無二分無別無斷故一切智智清淨故聲界耳識界及耳觸耳觸爲緣所生諸受清淨聲界乃至耳觸爲緣所生諸受清淨故四正斷清淨何以故若一切智智清淨若聲界乃至耳觸爲緣所生諸受清淨若四正斷清淨無二無二分無別無斷故善現一切智智清淨故鼻界清淨鼻界清淨故四正斷清淨何以故若一切智智清淨若鼻界清淨若四正斷清淨無二無二分無別無斷故一切智智清淨故香界鼻識界及鼻觸鼻觸爲緣所生諸受清淨香界乃至鼻觸爲緣所生諸受清淨故四正斷清淨何以故若一切智智清淨若香界乃至鼻觸爲緣所生諸受清淨若四正斷清淨無二無二分無別無斷故善現一切智智清淨故舌界清淨舌界清淨故四正斷清淨何以故若一切智智清淨若舌界清淨若

四正斷清淨無二無二分無別無斷故一切智智清淨故味界舌識界及舌觸舌觸爲緣所生諸受清淨味界乃至舌觸爲緣所生諸受清淨故四正斷清淨何以故若一切智智清淨若味界乃至舌觸爲緣所生諸受清淨若四正斷清淨無二無二分無別無斷故善現一切智智清淨故身界清淨身界清淨故四正斷清淨何以故若一切智智清淨若身界清淨若四正斷清淨無二無二分無別無斷故一切智智清淨故觸界身識界及身觸身觸爲緣所生諸受清淨觸界乃至身觸爲緣所生諸受清淨故四正斷清淨何以故若一切智智清淨若觸界乃至身觸爲緣所生諸受清淨若四正斷清淨無二無二分無別無斷故善現一切智智清淨故意界清淨意界清淨故四正斷清淨何以故若一切智智清淨若意界清淨若四正斷清淨無二無二分無別無斷故一切智智清淨故法界意識界及意觸意觸爲緣所生諸受清淨法界乃至意觸爲緣所生諸受清淨故四正斷清淨何以故若一切智智清淨若法界乃至意觸爲緣所生諸受清淨若四正斷清淨無二無二分無別無斷故善現一切智智清淨故地界清淨地界清淨故四正斷清淨何以故若一切智智清淨若地界清淨若四正斷清淨無二無二分無別無斷故一切智智清淨故水火風空識界清淨水火風空識界清淨故四正斷清淨何以故若一切智智清淨若水火風空識界清淨若四正斷清淨無二無二分無別無斷故善現一切智智清淨故無明

清淨無明清淨故四正斷清淨何以故若一切智智清淨若無明清淨若四正斷清淨無二無二分無別無斷故一切智智清淨故行識名色六處觸受愛取有生老死愁歎苦憂惱清淨行乃至老死愁歎苦憂惱清淨故四正斷清淨何以故若一切智智清淨若行乃至老死愁歎苦憂惱清淨若四正斷清淨無二無二分無別無斷故善現一切智智清淨故布施波羅蜜多清淨布施波羅蜜多清淨故四正斷清淨何以故若一切智智清淨若布施波羅蜜多清淨若四正斷清淨無二無二分無別無斷故一切智智清淨故淨戒安忍精進靜慮般若波羅蜜多清淨淨戒乃至般若波羅蜜多清淨故四正斷清淨何以故若一切智智清淨若淨戒乃至般若波羅蜜多清淨若四正斷清淨無二無二分無別無斷故善現一切智智清淨故內空清淨內空清淨故四正斷清淨何以故若一切智智清淨若內空清淨若四正斷清淨無二無二分無別無斷故一切智智清淨故外空內外空空空大空勝義空有爲空無爲空畢竟空無際空散空無變異空本性空自相空共相空一切法空不可得空無性空自性空無性自性空清淨外空乃至無性自性空清淨故四正斷清淨何以故若一切智智清淨若外空乃至無性自性空清淨若四正斷清淨無二無二分無別無斷故善現一切智智清淨故眞如清淨眞如清淨故四正斷清淨何以故若一切智智清淨若眞如清淨若四正斷清淨無二無二分無別無斷故一切智智清淨

故法界法性不虛妄性不變異性平等性離生性法定法住實際虛空界不思議界清淨法界乃至不思議界清淨故四正斷清淨何以故若一切智智清淨若法界乃至不思議界清淨若四正斷清淨無二無二分無別無斷故善現一切智智清淨故苦聖諦清淨苦聖諦清淨故四正斷清淨何以故若一切智智清淨若苦聖諦清淨若四正斷清淨無二無二分無別無斷故一切智智清淨故集滅道聖諦清淨集滅道聖諦清淨故四正斷清淨何以故若一切智智清淨若集滅道聖諦清淨若四正斷清淨無二無二分無別無斷故善現一切智智清淨故四靜慮清淨四靜慮清淨故四正斷清淨何以故若一切智智清淨若四靜慮清淨若四正斷清淨無二無

二分無別無斷故一切智智清淨故四無量四無色定清淨四無量四無色定清淨故四正斷清淨何以故若一切智智清淨若四無量四無色定清淨若四正斷清淨無二無二分無別無斷故善現一切智智清淨故八解脫清淨八解脫清淨故四正斷清淨何以故若一切智智清淨若八解脫清淨若四正斷清淨無二無二分無別無斷故一切智智清淨故八勝處九次第定十遍處清淨八勝處九次第定十遍處清淨故四正斷清淨何以故若一切智智清淨若八勝處九次第定十遍處清淨若四正斷清淨無二無二分無別無斷故善現一切智智清淨故四念住清淨四念住清淨故四正斷清淨何以故若一切智智清淨若四念住清淨若四正斷清淨無

二無二分無別無斷故一切智智清淨故四神足五根五力七等覺支八聖道支清淨四神足乃至八聖道支清淨故四正斷清淨何以故若一切智智清淨若四神足乃至八聖道支清淨若四正斷清淨無二無二分無別無斷故善現一切智智清淨故空解脫門清淨空解脫門清淨故四正斷清淨何以故若一切智智清淨若空解脫門清淨若四正斷清淨無二無二分無別無斷故一切智智清淨故無相無願解脫門清淨無相無願解脫門清淨故四正斷清淨何以故若一切智智清淨若無相無願解脫門清淨若四正斷清淨無二無二分無別無斷故善現一切智智清淨故菩薩十地清淨菩薩十地清淨故四正斷清淨何以故若一切智智清淨若菩薩十地清淨若四正斷清淨無二無二分無別無斷故善現一切智智清淨故五眼清淨五眼清淨故四正斷清淨何以故若一切智智清淨若五眼清淨若四正斷清淨無二無二分無別無斷故一切智智清淨故六神通清淨六神通清淨故四正斷清淨何以故若一切智智清淨若六神通清淨若四正斷清淨無二無二分無別無斷故善現一切智智清淨故佛十力清淨佛十力清淨故四正斷清淨何以故若一切智智清淨若佛十力清淨若四正斷清淨無二無二分無別無斷故一切智智清淨故四無所畏四無礙解大慈大悲大喜大捨十八佛不共法清淨四無所畏乃至十八佛不共法清淨故四正斷清淨何以故若一切智智清淨若四無所畏乃至十

八佛不共法清淨若四正斷清淨無二無二分無別無斷故善現一切智智清淨故無忘失法清淨無忘失法清淨故四正斷清淨何以故若一切智智清淨若無忘失法清淨若四正斷清淨無二無二分無別無斷故一切智智清淨故恒住捨性清淨恒住捨性清淨故四正斷清淨何以故若一切智智清淨若恒住捨性清淨若四正斷清淨無二無二分無別無斷故善現一切智智清淨故一切智清淨一切智清淨故四正斷清淨何以故若一切智智清淨若一切智清淨若四正斷清淨無二無二分無別無斷故一切智智清淨故道相智一切相智清淨道相智一切相智清淨故四正斷清淨何以故若一切智智清淨若道相智一切相智清淨若四正斷清淨無二無二分無別無斷故善現一切智智清淨故一切陀羅尼門清淨一切陀羅尼門清淨故四正斷清淨何以故若一切智智清淨若一切陀羅尼門清淨若四正斷清淨無二無二分無別無斷故一切智智清淨故一切三摩地門清淨一切三摩地門清淨故四正斷清淨何以故若一切智智清淨若一切三摩地門清淨若四正斷清淨無二無二分無別無斷故善現一切智智清淨故預流果清淨預流果清淨故四正斷清淨何以故若一切智智清淨若預流果清淨若四正斷清淨無二無二分無別無斷故一切智智清淨故一來不還阿羅漢果清淨一來不還阿羅漢果清淨故四正斷清淨何以故若一切智智清淨若一來不還阿羅漢果清淨若四正斷

清淨無二無二分無別無斷故善現一切智智清淨故獨覺菩提清淨獨覺菩提清淨故四正斷清淨何以故若一切智智清淨若獨覺菩提清淨若四正斷清淨無二無二分無別無斷故善現一切智智清淨故一切菩薩摩訶薩行清淨一切菩薩摩訶薩行清淨故四正斷清淨何以故若一切智智清淨若一切菩薩摩訶薩行清淨若四正斷清淨無二無二分無別無斷故善現一切智智清淨故諸佛無上正等菩提清淨諸佛無上正等菩提清淨故四正斷清淨何以故若一切智智清淨若諸佛無上正等菩提清淨若四正斷清淨無二無二分無別無斷故復次善現一切智智清淨故色清淨色清淨故四神足清淨何以故若一切智智清淨若色清淨若四神足清淨無二無二分無別無斷故一切智智清淨故受想行識清淨受想行識清淨故四神足清淨何以故若一切智智清淨若受想行識清淨若四神足清淨無二無二分無別無斷故善現一切智智清淨故眼處清淨眼處清淨故四神足清淨何以故若一切智智清淨若眼處清淨若四神足清淨無二無二分無別無斷故一切智智清淨故耳鼻舌身意處清淨耳鼻舌身意處清淨故四神足清淨何以故若一切智智清淨若耳鼻舌身意處清淨若四神足清淨無二無二分無別無斷故善現一切智智清淨故色處清淨色處清淨故四神足清淨何以故若一切智智清淨若色處清淨若四神足清淨無二無二分無別無斷故一切智智清淨故聲香味觸

法處清淨聲香味觸法處清淨故四神足清淨何以故若一切智智清淨若聲香味觸法處清淨若四神足清淨無二無二分無別無斷故善現一切智智清淨故眼界清淨眼界清淨故四神足清淨何以故若一切智智清淨若眼界清淨若四神足清淨無二無二分無別無斷故一切智智清淨故色界眼識界及眼觸眼觸爲緣所生諸受清淨色界乃至眼觸爲緣所生諸受清淨故四神足清淨何以故若一切智智清淨若色界乃至眼觸爲緣所生諸受清淨若四神足清淨無二無二分無別無斷故善現一切智智清淨故耳界清淨耳界清淨故四神足清淨何以故若一切智智清淨若耳界清淨若四神足清淨無二無二分無別無斷故一切智智清淨故聲界耳識界及耳觸耳觸爲緣所生諸受清淨聲界乃至耳觸爲緣所生諸受清淨故四神足清淨何以故若一切智智清淨若聲界乃至耳觸爲緣所生諸受清淨若四神足清淨無二無二分無別無斷故善現一切智智清淨故鼻界清淨鼻界清淨故四神足清淨何以故若一切智智清淨若鼻界清淨若四神足清淨無二無二分無別無斷故一切智智清淨故香界鼻識界及鼻觸鼻觸爲緣所生諸受清淨香界乃至鼻觸爲緣所生諸受清淨故四神足清淨何以故若一切智智清淨若香界乃至鼻觸爲緣所生諸受清淨若四神足清淨無二無二分無別無斷故善現一切智智清淨故舌界清淨舌界清淨故四神足清淨何以故若一切智智清淨若舌界清

淨若四神足清淨無二無二分無別無斷故一切智智清淨故味界舌識界及舌觸舌觸爲緣所生諸受清淨味界乃至舌觸爲緣所生諸受清淨故四神足清淨何以故若一切智智清淨若味界乃至舌觸爲緣所生諸受清淨若四神足清淨無二無二分無別無斷故善現一切智智清淨故身界清淨身界清淨故四神足清淨何以故若一切智智清淨若身界清淨若四神足清淨無二無二分無別無斷故一切智智清淨故觸界身識界及身觸身觸爲緣所生諸受清淨觸界乃至身觸爲緣所生諸受清淨故四神足清淨何以故若一切智智清淨若觸界乃至身觸爲緣所生諸受清淨若四神足清淨無二無二分無別無斷故善現一切智智清淨故意界清淨意界清淨故四神足清淨何以故若一切智智清淨若意界清淨若四神足清淨無二無二分無別無斷故一切智智清淨故法界意識界及意觸意觸爲緣所生諸受清淨法界乃至意觸爲緣所生諸受清淨故四神足清淨何以故若一切智智清淨若法界乃至意觸爲緣所生諸受清淨若四神足清淨無二無二分無別無斷故善現一切智智清淨故地界清淨地界清淨故四神足清淨何以故若一切智智清淨若地界清淨若四神足清淨無二無二分無別無斷故一切智智清淨故水火風空識界清淨水火風空識界清淨故四神足清淨何以故若一切智智清淨若水火風空識界清淨若四神足清淨無二無二分無別無斷故善現一切智智清淨故

無明清淨無明清淨故四神足清淨何以故若一切智智清淨若無明清淨若四神足清淨無二無二分無別無斷故一切智智清淨故行識名色六處觸受愛取有生老死愁歎苦憂惱清淨行乃至老死愁歎苦憂惱清淨故四神足清淨何以故若一切智智清淨若行乃至老死愁歎苦憂惱清淨若四神足清淨無二無二分無別無斷故善現一切智智清淨故布施波羅蜜多清淨布施波羅蜜多清淨故四神足清淨何以故若一切智智清淨若布施波羅蜜多清淨若四神足清淨無二無二分無別無斷故一切智智清淨故淨戒安忍精進靜慮般若波羅蜜多清淨淨戒乃至般若波羅蜜多清淨故四神足清淨何以故若一切智智清淨若淨戒乃至般若波羅蜜多清淨若四神足清淨無二無二分無別無斷故善現一切智智清淨故內空清淨內空清淨故四神足清淨何以故若一切智智清淨若內空清淨若四神足清淨無二無二分無別無斷故一切智智清淨故外空內外空空空大空勝義空有爲空無爲空畢竟空無際空散空無變異空本性空自相空共相空一切法空不可得空無性空自性空無性自性空清淨外空乃至無性自性空清淨故四神足清淨何以故若一切智智清淨若外空乃至無性自性空清淨若四神足清淨無二無二分無別無斷故善現一切智智清淨故眞如清淨眞如清淨故四神足清淨何以故若一切智智清淨若眞如清淨若四神足清淨無二無二分無別無斷故一切智智

清淨故法界法性不虛妄性不變異性平等性離生性法定法住實際虛空界不思議界清淨法界乃至不思議界清淨故四神足清淨何以故若一切智智清淨若法界乃至不思議界清淨若四神足清淨無二無二分無別無斷故善現一切智智清淨故苦聖諦清淨苦聖諦清淨故四神足清淨何以故若一切智智清淨若苦聖諦清淨若四神足清淨無二無二分無別無斷故一切智智清淨故集滅道聖諦清淨集滅道聖諦清淨故四神足清淨何以故若一切智智清淨若集滅道聖諦清淨若四神足清淨無二無二分無別無斷故善現一切智智清淨故四靜慮清淨四靜慮清淨故四神足清淨何以故若一切智智清淨若四靜慮清淨若四神足清淨無二無二分無別無斷故一切智智清淨故四無量四無色定清淨四無量四無色定清淨故四神足清淨何以故若一切智智清淨若四無量四無色定清淨若四神足清淨無二無二分無別無斷故善現一切智智清淨故八解脫清淨八解脫清淨故四神足清淨何以故若一切智智清淨若八解脫清淨若四神足清淨無二無二分無別無斷故一切智智清淨故八勝處九次第定十遍處清淨八勝處九次第定十遍處清淨故四神足清淨何以故若一切智智清淨若八勝處九次第定十遍處清淨若四神足清淨無二無二分無別無斷故善現一切智智清淨故四念住清淨四念住清淨故四神足清淨何以故若一切智智清淨若四念住清淨若四神足清

淨無二無二分無別無斷故一切智智清淨故四正斷五根五力七等覺支八聖道支清淨四正斷乃至八聖道支清淨故四神足清淨何以故若一切智智清淨若四正斷乃至八聖道支清淨若四神足清淨無二無二分無別無斷故善現一切智智清淨故空解脫門清淨空解脫門清淨故四神足清淨何以故若一切智智清淨若空解脫門清淨若四神足清淨無二無二分無別無斷故一切智智清淨故無相無願解脫門清淨無相無願解脫門清淨故四神足清淨何以故若一切智智清淨若無相無願解脫門清淨若四神足清淨無二無二分無別無斷故善現一切智智清淨故菩薩十地清淨菩薩十地清淨故四神足清淨何以故若一切智智清淨若菩薩十地清淨若四神足清淨無二無二分無別無斷故善現一切智智清淨故五眼清淨五眼清淨故四神足清淨何以故若一切智智清淨若五眼清淨若四神足清淨無二無二分無別無斷故一切智智清淨故六神通清淨六神通清淨故四神足清淨何以故若一切智智清淨若六神通清淨若四神足清淨無二無二分無別無斷故善現一切智智清淨故佛十力清淨佛十力清淨故四神足清淨何以故若一切智智清淨若佛十力清淨若四神足清淨無二無二分無別無斷故一切智智清淨故四無所畏四無礙解大慈大悲大喜大捨十八佛不共法清淨四無所畏乃至十八佛不共法清淨故四神足清淨何以故若一切智智清淨若四無所畏乃

至十八佛不共法清淨若四神足清淨無二無二分無別無斷故善現一切智智清淨故無忘失法清淨無忘失法清淨故四神足清淨何以故若一切智智清淨若無忘失法清淨若四神足清淨無二無二分無別無斷故一切智智清淨故恒住捨性清淨恒住捨性清淨故四神足清淨何以故若一切智智清淨若恒住捨性清淨若四神足清淨無二無二分無別無斷故善現一切智智清淨故一切智清淨一切智清淨故四神足清淨何以故若一切智智清淨若一切智清淨若四神足清淨無二無二分無別無斷故一切智智清淨故道相智一切相智清淨道相智一切相智清淨故四神足清淨何以故若一切智智清淨若道相智一切相智清淨若四神足清淨無二無二分無別無斷故善現一切智智清淨故一切陀羅尼門清淨一切陀羅尼門清淨故四神足清淨何以故若一切智智清淨若一切陀羅尼門清淨若四神足清淨無二無二分無別無斷故善現一切智智清淨故一切三摩地門清淨一切三摩地門清淨故四神足清淨何以故若一切智智清淨若一切三摩地門清淨若四神足清淨無二無二分無別無斷故善現一切智智清淨故預流果清淨預流果清淨故四神足清淨何以故若一切智智清淨若預流果清淨若四神足清淨無二無二分無別無斷故一切智智清淨故一來不還阿羅漢果清淨一來不還阿羅漢果清淨故四神足清淨何以故若一切智智清淨若一來不還阿羅漢果清淨

若四神足清淨無二無二分無別無斷故善現一切智智清淨故獨覺菩提清淨獨覺菩提清淨故四神足清淨何以故若一切智智清淨若獨覺菩提清淨若四神足清淨無二無二分無別無斷故善現一切智智清淨故一切菩薩摩訶薩行清淨一切菩薩摩訶薩行清淨故四神足清淨何以故若一切智智清淨若一切菩薩摩訶薩行清淨若四神足清淨無二無二分無別無斷故善現一切智智清淨故諸佛無上正等菩提清淨諸佛無上正等菩提清淨故四神足清淨何以故若一切智智清淨若諸佛無上正等菩提清淨若四神足清淨無二無二分無別無斷故復次善現一切智智清淨故色清淨色清淨故五根清淨何以故若一切智智清淨若色清淨若五根清淨無二無二分無別無斷故一切智智清淨故受想行識清淨受想行識清淨故五根清淨何以故若一切智智清淨若受想行識清淨若五根清淨無二無二分無別無斷故善現一切智智清淨故眼處清淨眼處清淨故五根清淨何以故若一切智智清淨若眼處清淨若五根清淨無二無二分無別無斷故一切智智清淨故耳鼻舌身意處清淨耳鼻舌身意處清淨故五根清淨何以故若一切智智清淨若耳鼻舌身意處清淨若五根清淨無二無二分無別無斷故善現一切智智清淨故色處清淨色處清淨故五根清淨何以故若一切智智清淨若色處清淨若五根清淨無二無二分無別無斷故一切智智清淨故聲香味觸法處清淨聲香

味觸法處清淨故五根清淨何以故若一切智智清淨若聲香味觸法處清淨若五根清淨無二無二分無別無斷故善現一切智智清淨故眼界清淨眼界清淨故五根清淨何以故若一切智智清淨若眼界清淨若五根清淨無二無二分無別無斷故一切智智清淨故色界眼識界及眼觸眼觸爲緣所生諸受清淨色界乃至眼觸爲緣所生諸受清淨故五根清淨何以故若一切智智清淨若色界乃至眼觸爲緣所生諸受清淨若五根清淨無二無二分無別無斷故善現一切智智清淨故耳界清淨耳界清淨故五根清淨何以故若一切智智清淨若耳界清淨若五根清淨無二無二分無別無斷故一切智智清淨故聲界耳識界及耳觸耳觸爲緣所生諸受清淨聲界乃至耳觸爲緣所生諸受清淨故五根清淨何以故若一切智智清淨若聲界乃至耳觸爲緣所生諸受清淨若五根清淨無二無二分無別無斷故善現一切智智清淨故鼻界清淨鼻界清淨故五根清淨何以故若一切智智清淨若鼻界清淨若五根清淨無二無二分無別無斷故一切智智清淨故香界鼻識界及鼻觸鼻觸爲緣所生諸受清淨香界乃至鼻觸爲緣所生諸受清淨故五根清淨何以故若一切智智清淨若香界乃至鼻觸爲緣所生諸受清淨若五根清淨無二無二分無別無斷故善現一切智智清淨故舌界清淨舌界清淨故五根清淨何以故若一切智智清淨若舌界清淨若五根清淨無二無二分無別無斷故一切智智清

淨故味界舌識界及舌觸舌觸爲緣所生諸受清淨味界乃至舌觸爲緣所生諸受清淨故五根清淨何以故若一切智智清淨若味界乃至舌觸爲緣所生諸受清淨若五根清淨無二無二分無別無斷故

大般若波羅蜜多經卷第二百六十九

大般若波羅蜜多經卷第二百七十

唐三藏法師玄奘奉詔譯

初分難信解品第三十四之八十九

善現一切智智清淨故身界清淨身界清淨故五根清淨何以故若一切智智清淨若身界清淨若五根清淨無二無二分無別無斷故一切智智清淨故觸界身識界及身觸身觸爲縁所生諸受清淨觸界乃至身觸爲縁所生諸受清淨故五根清淨何以故若一切智智清淨若觸界乃至身觸爲縁所生諸受清淨若五根清淨無二無二分無別無斷故善現一切智智清淨故意界清淨意界清淨故五根清淨何以故若一切智智清淨若意界清淨若五根清淨無二無二分無別無斷故一切智智清淨故法界意識界及意觸意觸爲縁所生諸受清淨法界乃至意觸爲縁所生諸受清淨故五根清淨何以故若一切智智清淨若法界乃至意觸爲縁所生諸受清淨若五根清淨無二無二分無別無斷故善現一切智智清淨故地界清淨地界清淨故五根清淨何以故若一切智智清淨若地界清淨若五根清淨無二無二分無別無斷故一切智智清淨故水火風空識界清淨水火風空識界清淨故五根清淨何以故若一切智智清淨若水火風空識界清淨若五根清淨無二無二分無別無斷故善現一切智智清淨故無明清淨無明清淨故五根清淨何以故若一切智智清淨若無明清淨若五根清淨無二無二分無別無斷故一切智智清淨故行識名色六處觸受愛取有生老死

愁歎苦憂惱清淨行乃至老死愁歎苦憂惱清淨故五根清淨何以故若一切智智清淨若行乃至老死愁歎苦憂惱清淨若五根清淨無二無二分無別無斷故善現一切智智清淨故布施波羅蜜多清淨布施波羅蜜多清淨故五根清淨何以故若一切智智清淨若布施波羅蜜多清淨若五根清淨無二無二分無別無斷故一切智智清淨故淨戒安忍精進靜慮般若波羅蜜多清淨淨戒乃至般若波羅蜜多清淨故五根清淨何以故若一切智智清淨若淨戒乃至般若波羅蜜多清淨若五根清淨無二無二分無別無斷故善現一切智智清淨故內空清淨內空清淨故五根清淨何以故若一切智智清淨若內空清淨若五根清淨無二無二分無別無斷故一切智智清淨故外空內外空空空大空勝義空有爲空無爲空畢竟空無際空散空無變異空本性空自相空共相空一切法空不可得空無性空自性空無性自性空清淨外空乃至無性自性空清淨故五根清淨何以故若一切智智清淨若外空乃至無性自性空清淨若五根清淨無二無二分無別無斷故善現一切智智清淨故眞如清淨眞如清淨故五根清淨何以故若一切智智清淨若眞如清淨若五根清淨無二無二分無別無斷故一切智智清淨故法界法性不虛妄性不變異性平等性離生性法定法住實際虛空界不思議界清淨法界乃至不思議界清淨故五根清淨何以故若一切智智清淨若法界乃至不思議界清淨若五根清淨無

二無二分無別無斷故善現一切智智清淨故苦聖諦清淨苦聖諦清淨故五根清淨何以故若一切智智清淨若苦聖諦清淨若五根清淨無二無二分無別無斷故一切智智清淨故集滅道聖諦清淨集滅道聖諦清淨故五根清淨何以故若一切智智清淨若集滅道聖諦清淨若五根清淨無二無二分無別無斷故善現一切智智清淨故四靜慮清淨四靜慮清淨故五根清淨何以故若一切智智清淨若四靜慮清淨若五根清淨無二無二分無別無斷故一切智智清淨故四無量四無色定清淨四無量四無色定清淨故五根清淨何以故若一切智智清淨若四無量四無色定清淨若五根清淨無二無二分無別無斷故善現一切智智清淨故八解脫清淨八解脫清淨故五根清淨何以故若一切智智清淨若八解脫清淨若五根清淨無二無二分無別無斷故一切智智清淨故八勝處九次第定十遍處清淨八勝處九次第定十遍處清淨故五根清淨何以故若一切智智清淨若八勝處九次第定十遍處清淨若五根清淨無二無二分無別無斷故善現一切智智清淨故四念住清淨四念住清淨故五根清淨何以故若一切智智清淨若四念住清淨若五根清淨無二無二分無別無斷故一切智智清淨故四正斷四神足五力七等覺支八聖道支清淨四正斷乃至八聖道支清淨故五根清淨何以故若一切智智清淨若四正斷乃至八聖道支清淨若五根清淨無二無二分無別無斷故善現一切智

智清淨故空解脫門清淨空解脫門清淨故五根清淨何以故若一切智智清淨若空解脫門清淨若五根清淨無二無二分無別無斷故一切智智清淨故無相無願解脫門清淨無相無願解脫門清淨故五根清淨何以故若一切智智清淨若無相無願解脫門清淨若五根清淨無二無二分無別無斷故善現一切智智清淨故菩薩十地清淨菩薩十地清淨故五根清淨何以故若一切智智清淨若菩薩十地清淨若五根清淨無二無二分無別無斷故善現一切智智清淨故五眼清淨五眼清淨故五根清淨何以故若一切智智清淨若五眼清淨若五根清淨無二無二分無別無斷故一切智智清淨故六神通清淨六神通清淨故五根清淨何以故若一切智智清淨若六神通清淨若五根清淨無二無二分無別無斷故善現一切智智清淨故佛十力清淨佛十力清淨故五根清淨何以故若一切智智清淨若佛十力清淨若五根清淨無二無二分無別無斷故一切智智清淨故四無所畏四無礙解大慈大悲大喜大捨十八佛不共法清淨四無所畏乃至十八佛不共法清淨故五根清淨何以故若一切智智清淨若四無所畏乃至十八佛不共法清淨若五根清淨無二無二分無別無斷故善現一切智智清淨故無忘失法清淨無忘失法清淨故五根清淨何以故若一切智智清淨若無忘失法清淨若五根清淨無二無二分無別無斷故一切智智清淨故恒住捨性清淨恒住捨性清淨故五根清淨何以

故若一切智智清淨若恒住捨性清淨若五根清淨無二無二分無別無斷故善現一切智智清淨故一切智清淨一切智清淨故五根清淨何以故若一切智智清淨若一切智清淨若五根清淨無二無二分無別無斷故一切智智清淨故道相智一切相智清淨道相智一切相智清淨故五根清淨何以故若一切智智清淨若道相智一切相智清淨若五根清淨無二無二分無別無斷故善現一切智智清淨故一切陀羅尼門清淨一切陀羅尼門清淨故五根清淨何以故若一切智智清淨若一切陀羅尼門清淨若五根清淨無二無二分無別無斷故一切智智清淨故一切三摩地門清淨一切三摩地門清淨故五根清淨何以故若一切智智清淨若一切三摩地門清淨若五根清淨無二無二分無別無斷故善現一切智智清淨故預流果清淨預流果清淨故五根清淨何以故若一切智智清淨若預流果清淨若五根清淨無二無二分無別無斷故一切智智清淨故一來不還阿羅漢果清淨一來不還阿羅漢果清淨故五根清淨何以故若一切智智清淨若一來不還阿羅漢果清淨若五根清淨無二無二分無別無斷故善現一切智智清淨故獨覺菩提清淨獨覺菩提清淨故五根清淨何以故若一切智智清淨若獨覺菩提清淨若五根清淨無二無二分無別無斷故善現一切智智清淨故一切菩薩摩訶薩行清淨一切菩薩摩訶薩行清淨故五根清淨何以故若一切智智清淨若一切菩薩摩訶薩行

清淨若五根清淨無二無二分無別無斷故善現一切智智清淨故諸佛無上正等菩提清淨諸佛無上正等菩提清淨故五根清淨何以故若一切智智清淨若諸佛無上正等菩提清淨若五根清淨無二無二分無別無斷故復次善現一切智智清淨故色清淨色清淨故五力清淨何以故若一切智智清淨若色清淨若五力清淨無二無二分無別無斷故一切智智清淨故受想行識清淨受想行識清淨故五力清淨何以故若一切智智清淨若受想行識清淨若五力清淨無二無二分無別無斷故善現一切智智清淨故眼處清淨眼處清淨故五力清淨何以故若一切智智清淨若眼處清淨若五力清淨無二無二分無別無斷故一切智智清淨故耳鼻舌身意處清淨耳鼻舌身意處清淨故五力清淨何以故若一切智智清淨若耳鼻舌身意處清淨若五力清淨無二無二分無別無斷故善現一切智智清淨故色處清淨色處清淨故五力清淨何以故若一切智智清淨若色處清淨若五力清淨無二無二分無別無斷故一切智智清淨故聲香味觸法處清淨聲香味觸法處清淨故五力清淨何以故若一切智智清淨若聲香味觸法處清淨若五力清淨無二無二分無別無斷故善現一切智智清淨故眼界清淨眼界清淨故五力清淨何以故若一切智智清淨若眼界清淨若五力清淨無二無二分無別無斷故一切智智清淨故色界眼識界及眼觸眼觸爲緣所生諸受清淨色界乃至眼觸爲緣所生諸

受清淨故五力清淨何以故若一切智智清淨若色界乃至眼觸爲緣所生諸受清淨若五力清淨無二無二分無别無斷故善現一切智智清淨故耳界清淨耳界清淨故五力清淨何以故若一切智智清淨若耳界清淨若五力清淨無二無二分無别無斷故一切智智清淨故聲界耳識界及耳觸耳觸爲緣所生諸受清淨聲界乃至耳觸爲緣所生諸受清淨故五力清淨何以故若一切智智清淨若聲界乃至耳觸爲緣所生諸受清淨若五力清淨無二無二分無别無斷故善現一切智智清淨故鼻界清淨鼻界清淨故五力清淨何以故若一切智智清淨若鼻界清淨若五力清淨無二無二分無别無斷故一切智智清淨故香界鼻識界及鼻觸鼻觸爲緣所生諸受清淨香界乃至鼻觸爲緣所生諸受清淨故五力清淨何以故若一切智智清淨若香界乃至鼻觸爲緣所生諸受清淨若五力清淨無二無二分無别無斷故善現一切智智清淨故舌界清淨舌界清淨故五力清淨何以故若一切智智清淨若舌界清淨若五力清淨無二無二分無别無斷故一切智智清淨故味界舌識界及舌觸舌觸爲緣所生諸受清淨味界乃至舌觸爲緣所生諸受清淨故五力清淨何以故若一切智智清淨若味界乃至舌觸爲緣所生諸受清淨若五力清淨無二無二分無别無斷故善現一切智智清淨故身界清淨身界清淨故五力清淨何以故若一切智智清淨若身界清淨若五力清淨無二無二分無别無斷故一切

智智清淨故觸界身識界及身觸身觸爲緣所生諸受清淨觸界乃至身觸爲緣所生諸受清淨故五力清淨何以故若一切智智清淨若觸界乃至身觸爲緣所生諸受清淨若五力清淨無二無二分無别無斷故善現一切智智清淨故意界清淨意界清淨故五力清淨何以故若一切智智清淨若意界清淨若五力清淨無二無二分無别無斷故一切智智清淨故法界意識界及意觸意觸爲緣所生諸受清淨法界乃至意觸爲緣所生諸受清淨故五力清淨何以故若一切智智清淨若法界乃至意觸爲緣所生諸受清淨若五力清淨無二無二分無别無斷故善現一切智智清淨故地界清淨地界清淨故五力清淨何以故若一切智智清淨若地界清淨若五力清淨無二無二分無别無斷故一切智智清淨故水火風空識界清淨水火風空識界清淨故五力清淨何以故若一切智智清淨若水火風空識界清淨若五力清淨無二無二分無别無斷故善現一切智智清淨故無明清淨無明清淨故五力清淨何以故若一切智智清淨若無明清淨若五力清淨無二無二分無别無斷故一切智智清淨故行識名色六處觸受愛取有生老死愁歎苦憂惱清淨行乃至老死愁歎苦憂惱清淨故五力清淨何以故若一切智智清淨若行乃至老死愁歎苦憂惱清淨若五力清淨無二無二分無别無斷故善現一切智智清淨故布施波羅蜜多清淨布施波羅蜜多清淨故五力清淨何以故若一切智智清淨若布施

波羅蜜多清淨若五力清淨無二無二分無別無斷故一切智智清淨故淨戒安忍精進靜慮般若波羅蜜多清淨淨戒乃至般若波羅蜜多清淨故五力清淨何以故若一切智智清淨若淨戒乃至般若波羅蜜多清淨若五力清淨無二無二分無別無斷故善現一切智智清淨故內空清淨內空清淨故五力清淨何以故若一切智智清淨若內空清淨若五力清淨無二無二分無別無斷故一切智智清淨故外空內外空空空大空勝義空有爲空無爲空畢竟空無際空散空無變異空本性空自相空共相空一切法空不可得空無性空自性空無性自性空清淨外空乃至無性自性空清淨故五力清淨何以故若一切智智清淨若外空乃至無性自性空清淨若五力清淨無二無二分無別無斷故善現一切智智清淨故眞如清淨眞如清淨故五力清淨何以故若一切智智清淨若眞如清淨若五力清淨無二無二分無別無斷故一切智智清淨故法界法性不虛妄性不變異性平等性離生性法定法住實際虛空界不思議界清淨法界乃至不思議界清淨故五力清淨何以故若一切智智清淨若法界乃至不思議界清淨若五力清淨無二無二分無別無斷故善現一切智智清淨故苦聖諦清淨苦聖諦清淨故五力清淨何以故若一切智智清淨若苦聖諦清淨若五力清淨無二無二分無別無斷故一切智智清淨故集滅道聖諦清淨集滅道聖諦清淨故五力清淨何以故若一切智智清淨若集滅道聖

諦清淨若五力清淨無二無二分無別無斷故善現一切智智清淨故四靜慮清淨四靜慮清淨故五力清淨何以故若一切智智清淨若四靜慮清淨若五力清淨無二無二分無別無斷故一切智智清淨故四無量四無色定清淨四無量四無色定清淨故五力清淨何以故若一切智智清淨若四無量四無色定清淨若五力清淨無二無二分無別無斷故善現一切智智清淨故八解脫清淨八解脫清淨故五力清淨何以故若一切智智清淨若八解脫清淨若五力清淨無二無二分無別無斷故一切智智清淨故八勝處九次第定十遍處清淨八勝處九次第定十遍處清淨故五力清淨何以故若一切智智清淨若八勝處九次第定十遍處清淨若五力清淨無二無二分無別無斷故善現一切智智清淨故四念住清淨四念住清淨故五力清淨何以故若一切智智清淨若四念住清淨若五力清淨無二無二分無別無斷故一切智智清淨故四正斷四神足五根七等覺支八聖道支清淨四正斷乃至八聖道支清淨故五力清淨何以故若一切智智清淨若四正斷乃至八聖道支清淨若五力清淨無二無二分無別無斷故善現一切智智清淨故空解脫門清淨空解脫門清淨故五力清淨何以故若一切智智清淨若空解脫門清淨若五力清淨無二無二分無別無斷故一切智智清淨故無相無願解脫門清淨無相無願解脫門清淨故五力清淨何以故若一切智智清淨若無相無願解脫門清淨若五

力清淨無二無二分無別無斷故善現一切智智清淨故菩薩十地清淨菩薩十地清淨故五力清淨何以故若一切智智清淨若菩薩十地清淨若五力清淨無二無二分無別無斷故善現一切智智清淨故五眼清淨五眼清淨故五力清淨何以故若一切智智清淨若五眼清淨若五力清淨無二無二分無別無斷故一切智智清淨故六神通清淨六神通清淨故五力清淨何以故若一切智智清淨若六神通清淨若五力清淨無二無二分無別無斷故善現一切智智清淨故佛十力清淨佛十力清淨故五力清淨何以故若一切智智清淨若佛十力清淨若五力清淨無二無二分無別無斷故一切智智清淨故四無所畏四無礙解大慈大悲大喜大捨十八佛不共法清淨四無所畏乃至十八佛不共法清淨故五力清淨何以故若一切智智清淨若四無所畏乃至十八佛不共法清淨若五力清淨無二無二分無別無斷故善現一切智智清淨故無忘失法清淨無忘失法清淨故五力清淨何以故若一切智智清淨若無忘失法清淨若五力清淨無二無二分無別無斷故一切智智清淨故恒住捨性清淨恒住捨性清淨故五力清淨何以故若一切智智清淨若恒住捨性清淨若五力清淨無二無二分無別無斷故善現一切智智清淨故一切智清淨一切智清淨故五力清淨何以故若一切智智清淨若一切智清淨若五力清淨無二無二分無別無斷故一切智智清淨故道相智一切相智清淨道相智一

切相智清淨故五力清淨何以故若一切智智清淨若道相智一切相智清淨若五力清淨無二無二分無別無斷故善現一切智智清淨故一切陀羅尼門清淨一切陀羅尼門清淨故五力清淨何以故若一切智智清淨若一切陀羅尼門清淨若五力清淨無二無二分無別無斷故一切智智清淨故一切三摩地門清淨一切三摩地門清淨故五力清淨何以故若一切智智清淨若一切三摩地門清淨若五力清淨無二無二分無別無斷故善現一切智智清淨故預流果清淨預流果清淨故五力清淨何以故若一切智智清淨若預流果清淨若五力清淨無二無二分無別無斷故一切智智清淨故一來不還阿羅漢果清淨一來不還阿羅漢果清淨故五力清淨何以故若一切智智清淨若一來不還阿羅漢果清淨若五力清淨無二無二分無別無斷故善現一切智智清淨故獨覺菩提清淨獨覺菩提清淨故五力清淨何以故若一切智智清淨若獨覺菩提清淨若五力清淨無二無二分無別無斷故善現一切智智清淨故一切菩薩摩訶薩行清淨一切菩薩摩訶薩行清淨故五力清淨何以故若一切智智清淨若一切菩薩摩訶薩行清淨若五力清淨無二無二分無別無斷故善現一切智智清淨故諸佛無上正等菩提清淨諸佛無上正等菩提清淨故五力清淨何以故若一切智智清淨若諸佛無上正等菩提清淨若五力清淨無二無二分無別無斷故復次善現一切智智清淨故色清淨色清淨故

七等覺支清淨何以故若一切智智清淨若色清淨若七等覺支清淨無二無二分無別無斷故一切智智清淨故受想行識清淨受想行識清淨故七等覺支清淨何以故若一切智智清淨若受想行識清淨若七等覺支清淨無二無二分無別無斷故善現一切智智清淨故眼處清淨眼處清淨故七等覺支清淨何以故若一切智智清淨若眼處清淨若七等覺支清淨無二無二分無別無斷故一切智智清淨故耳鼻舌身意處清淨耳鼻舌身意處清淨故七等覺支清淨何以故若一切智智清淨若耳鼻舌身意處清淨若七等覺支清淨無二無二分無別無斷故善現一切智智清淨故色處清淨色處清淨故七等覺支清淨何以故若一切智智清淨若色處清淨若七等覺支清淨無二無二分無別無斷故一切智智清淨故聲香味觸法處清淨聲香味觸法處清淨故七等覺支清淨何以故若一切智智清淨若聲香味觸法處清淨若七等覺支清淨無二無二分無別無斷故善現一切智智清淨故眼界清淨眼界清淨故七等覺支清淨何以故若一切智智清淨若眼界清淨若七等覺支清淨無二無二分無別無斷故一切智智清淨故色界眼識界及眼觸眼觸爲緣所生諸受清淨色界乃至眼觸爲緣所生諸受清淨故七等覺支清淨何以故若一切智智清淨若色界乃至眼觸爲緣所生諸受清淨若七等覺支清淨無二無二分無別無斷故善現一切智智清淨故耳界清淨耳界清淨故七等覺支清淨何

以故若一切智智清淨若耳界清淨若七等覺支清淨無二無二分無別無斷故一切智智清淨故聲界耳識界及耳觸耳觸爲緣所生諸受清淨聲界乃至耳觸爲緣所生諸受清淨故七等覺支清淨何以故若一切智智清淨若聲界乃至耳觸爲緣所生諸受清淨若七等覺支清淨無二無二分無別無斷故善現一切智智清淨故鼻界清淨鼻界清淨故七等覺支清淨何以故若一切智智清淨若鼻界清淨若七等覺支清淨無二無二分無別無斷故一切智智清淨故香界鼻識界及鼻觸鼻觸爲緣所生諸受清淨香界乃至鼻觸爲緣所生諸受清淨故七等覺支清淨何以故若一切智智清淨若香界乃至鼻觸爲緣所生諸受清淨若七等覺支清淨無二無二分無別無斷故善現一切智智清淨故舌界清淨舌界清淨故七等覺支清淨何以故若一切智智清淨若舌界清淨若七等覺支清淨無二無二分無別無斷故一切智智清淨故味界舌識界及舌觸舌觸爲緣所生諸受清淨味界乃至舌觸爲緣所生諸受清淨故七等覺支清淨何以故若一切智智清淨若味界乃至舌觸爲緣所生諸受清淨若七等覺支清淨無二無二分無別無斷故善現一切智智清淨故身界清淨身界清淨故七等覺支清淨何以故若一切智智清淨若身界清淨若七等覺支清淨無二無二分無別無斷故一切智智清淨故觸界身識界及身觸身觸爲緣所生諸受清淨觸界乃至身觸爲緣所生諸受清淨故七等覺支清淨何

以故若一切智智清淨若觸界乃至身觸爲緣所生諸受清淨若七等覺支清淨無二無二分無別無斷故善現一切智智清淨故意界清淨意界清淨故七等覺支清淨何以故若一切智智清淨若意界清淨若七等覺支清淨無二無二分無別無斷故一切智智清淨故法界意識界及意觸意觸爲緣所生諸受清淨法界乃至意觸爲緣所生諸受清淨故七等覺支清淨何以故若一切智智清淨若法界乃至意觸爲緣所生諸受清淨若七等覺支清淨無二無二分無別無斷故善現一切智智清淨故地界清淨地界清淨故七等覺支清淨何以故若一切智智清淨若地界清淨若七等覺支清淨無二無二分無別無斷故一切智智清淨故水火風空識界清淨水火風空識界清淨故七等覺支清淨何以故若一切智智清淨若水火風空識界清淨若七等覺支清淨無二無二分無別無斷故善現一切智智清淨故無明清淨無明清淨故七等覺支清淨何以故若一切智智清淨若無明清淨若七等覺支清淨無二無二分無別無斷故一切智智清淨故行識名色六處觸受愛取有生老死愁歎苦憂惱清淨行乃至老死愁歎苦憂惱清淨故七等覺支清淨何以故若一切智智清淨若行乃至老死愁歎苦憂惱清淨若七等覺支清淨無二無二分無別無斷故

大般若波羅蜜多經卷第二百七十

大般若波羅蜜多經卷第二百七十一

唐三藏法師玄奘奉　詔譯

初分難信解品第三十四之九十

善現一切智智清淨故布施波羅蜜多清淨布施波羅蜜多清淨故七等覺支清淨何以故若一切智智清淨若布施波羅蜜多清淨若七等覺支清淨無二無二分無別無斷故一切智智清淨故淨戒安忍精進靜慮般若波羅蜜多清淨淨戒乃至般若波羅蜜多清淨故七等覺支清淨何以故若一切智智清淨若淨戒乃至般若波羅蜜多清淨若七等覺支清淨無二無二分無別無斷故善現一切智智清淨故內空清淨內空清淨故七等覺支清淨何以故若一切智智清淨若內空清淨若七等覺支清淨無二無二分無別無斷故一切智智清淨故外空內外空空空大空勝義空有爲空無爲空畢竟空無際空散空無變異空本性空自相空共相空一切法空不可得空無性空自性空無性自性空清淨外空乃至無性自性空清淨故七等覺支清淨何以故若一切智智清淨若外空乃至無性自性空清淨若七等覺支清淨無二無二分無別無斷故善現一切智智清淨故真如清淨真如清淨故七等覺支清淨何以故若一切智智清淨若真如清淨若七等覺支清淨無二無二分無別無斷故一切智智清淨故法界法性不虛妄性不變異性平等性離生性法定法性實際虛空界不思議界清淨法界乃至不思議界清淨故七等覺支清淨何以故若一切智智清淨若法界乃至不

思議界清淨若七等覺支清淨無二無二分無別無斷故善現一切智智清淨故苦聖諦清淨苦聖諦清淨故七等覺支清淨何以故若一切智智清淨若苦聖諦清淨若七等覺支清淨無二無二分無別無斷故一切智智清淨故集滅道聖諦清淨集滅道聖諦清淨故七等覺支清淨何以故若一切智智清淨若集滅道聖諦清淨若七等覺支清淨無二無二分無別無斷故善現一切智智清淨故四靜慮清淨四靜慮清淨故七等覺支清淨何以故若一切智智清淨若四靜慮清淨若七等覺支清淨無二無二分無別無斷故一切智智清淨故四無量四無色定清淨四無量四無色定清淨故七等覺支清淨何以故若一切智智清淨若四無量四無色定清淨

若七等覺支清淨無二無二分無別無斷故善現一切智智清淨故八解脫清淨八解脫清淨故七等覺支清淨何以故若一切智智清淨若八解脫清淨若七等覺支清淨無二無二分無別無斷故一切智智清淨故八勝處九次第定十遍處清淨八勝處九次第定十遍處清淨故七等覺支清淨何以故若一切智智清淨若八勝處九次第定十徧處清淨若七等覺支清淨無二無二分無別無斷故善現一切智智清淨故四念住清淨四念住清淨故七等覺支清淨何以故若一切智智清淨若四念住清淨若七等覺支清淨無二無二分無別無斷故一切智智清淨故四正斷四神足五根五力八聖道支清淨四正斷乃至八聖道支清淨故七等覺支清淨何

以故若一切智智清淨若四正斷乃至八聖道支清淨若七等覺支清淨無二無二分無別無斷故善現一切智智清淨故空解脫門清淨空解脫門清淨故七等覺支清淨何以故若一切智智清淨若空解脫門清淨若七等覺支清淨無二無二分無別無斷故一切智智清淨故無相無願解脫門清淨無相無願解脫門清淨故七等覺支清淨何以故若一切智智清淨若無相無願解脫門清淨若七等覺支清淨無二無二分無別無斷故善現一切智智清淨故菩薩十地清淨菩薩十地清淨故七等覺支清淨何以故若一切智智清淨若菩薩十地清淨若七等覺支清淨無二無二分無別無斷故善現一切智智清淨故五眼清淨五眼清淨故七等覺支清淨何以故若一切智智清淨若五眼清淨若七等覺支清淨無二無二分無別無斷故一切智智清淨故六神通清淨六神通清淨故七等覺支清淨何以故若一切智智清淨若六神通清淨若七等覺支清淨無二無二分無別無斷故善現一切智智清淨故佛十力清淨佛十力清淨故七等覺支清淨何以故若一切智智清淨若佛十力清淨若七等覺支清淨無二無二分無別無斷故一切智智清淨故四無所畏四無礙解大慈大悲大喜大捨十八佛不共法清淨四無所畏乃至十八佛不共法清淨故七等覺支清淨何以故若一切智智清淨若四無所畏乃至十八佛不共法清淨若七等覺支清淨無二無二分無別無斷故善現一切智智清淨故無忘失法

清淨無忘失法清淨故七等覺支清淨何以故若一切智智清淨若無忘失法清淨若七等覺支清淨無二無二分無別無斷故一切智智清淨故恒住捨性清淨恒住捨性清淨故七等覺支清淨何以故若一切智智清淨若恒住捨性清淨若七等覺支清淨無二無二分無別無斷故善現一切智智清淨故一切智清淨一切智清淨故七等覺支清淨何以故若一切智智清淨若一切智清淨若七等覺支清淨無二無二分無別無斷故一切智智清淨故道相智一切相智清淨道相智一切相智清淨故七等覺支清淨何以故若一切智智清淨若道相智一切相智清淨若七等覺支清淨無二無二分無別無斷故善現一切智智清淨故一切陀羅尼門清淨一切陀羅尼門清淨故七等覺支清淨何以故若一切智智清淨若一切陀羅尼門清淨若七等覺支清淨無二無二分無別無斷故一切智智清淨故一切三摩地門清淨一切三摩地門清淨故七等覺支清淨何以故若一切智智清淨若一切三摩地門清淨若七等覺支清淨無二無二分無別無斷故善現一切智智清淨故預流果清淨預流果清淨故七等覺支清淨何以故若一切智智清淨若預流果清淨若七等覺支清淨無二無二分無別無斷故一切智智清淨故一來不還阿羅漢果清淨一來不還阿羅漢果清淨故七等覺支清淨何以故若一切智智清淨若一來不還阿羅漢果清淨若七等覺支清淨無二無二分無別無斷故善現一切智智清淨

故獨覺菩提清淨獨覺菩提清淨故七等覺支清淨何以故若一切智智清淨若獨覺菩提清淨若七等覺支清淨無二無二分無別無斷故善現一切智智清淨故一切菩薩摩訶薩行清淨一切菩薩摩訶薩行清淨故七等覺支清淨何以故若一切智智清淨若一切菩薩摩訶薩行清淨若七等覺支清淨無二無二分無別無斷故善現一切智智清淨故諸佛無上正等菩提清淨諸佛無上正等菩提清淨故七等覺支清淨何以故若一切智智清淨若諸佛無上正等菩提清淨若七等覺支清淨無二無二分無別無斷故

復次善現一切智智清淨故色清淨色清淨故八聖道支清淨何以故若一切智智清淨若色清淨若八聖道支清淨無二無二分無別無斷故一切智智清淨故受想行識清淨受想行識清淨故八聖道支清淨何以故若一切智智清淨若受想行識清淨若八聖道支清淨無二無二分無別無斷故善現一切智智清淨故眼處清淨眼處清淨故八聖道支清淨何以故若一切智智清淨若眼處清淨若八聖道支清淨無二無二分無別無斷故一切智智清淨故耳鼻舌身意處清淨耳鼻舌身意處清淨故八聖道支清淨何以故若一切智智清淨若耳鼻舌身意處清淨若八聖道支清淨無二無二分無別無斷故善現一切智智清淨故色處清淨色處清淨故八聖道支清淨何以故若一切智智清淨若色處清淨若八聖道支清淨無二無二分無別無斷故一切智智清淨故聲香味觸法處

清淨聲香味觸法處清淨故八聖道支清淨何以故若一切智智清淨若聲香味觸法處清淨若八聖道支清淨無二無二分無別無斷故善現一切智智清淨故眼界清淨眼界清淨故八聖道支清淨何以故若一切智智清淨若眼界清淨若八聖道支清淨無二無二分無別無斷故一切智智清淨故色界眼識界及眼觸眼觸爲緣所生諸受清淨色界乃至眼觸爲緣所生諸受清淨故八聖道支清淨何以故若一切智智清淨若色界乃至眼觸爲緣所生諸受清淨若八聖道支清淨無二無二分無別無斷故善現一切智智清淨故耳界清淨耳界清淨若八聖道支清淨何以故若一切智智清淨若耳界清淨若八聖道支清淨無二無二分無別無斷故一切智智清淨故聲界耳識界及耳觸耳觸爲緣所生諸受清淨聲界乃至耳觸爲緣所生諸受清淨故八聖道支清淨何以故若一切智智清淨若聲界乃至耳觸爲緣所生諸受清淨若八聖道支清淨無二無二分無別無斷故善現一切智智清淨故鼻界清淨鼻界清淨故八聖道支清淨何以故若一切智智清淨若鼻界清淨若八聖道支清淨無二無二分無別無斷故一切智智清淨故香界鼻識界及鼻觸鼻觸爲緣所生諸受清淨香界乃至鼻觸爲緣所生諸受清淨故八聖道支清淨何以故若一切智智清淨若香界乃至鼻觸爲緣所生諸受清淨若八聖道支清淨無二無二分無別無斷故善現一切智智清淨故舌界清淨舌界清淨故八聖道支清淨何

以故若一切智智清淨若舌界清淨若八聖道支清淨無二無二分無別無斷故一切智智清淨故味界舌識界及舌觸舌觸爲緣所生諸受清淨味界乃至舌觸爲緣所生諸受清淨故八聖道支清淨何以故若一切智智清淨若味界乃至舌觸爲緣所生諸受清淨若八聖道支清淨無二無二分無別無斷故善現一切智智清淨故身界清淨身界清淨故八聖道支清淨何以故若一切智智清淨若身界清淨若八聖道支清淨無二無二分無別無斷故一切智智清淨故觸界身識界及身觸身觸爲緣所生諸受清淨觸界乃至身觸爲緣所生諸受清淨故八聖道支清淨何以故若一切智智清淨若觸界乃至身觸爲緣所生諸受清淨若八聖道支清淨無二無二分無別無斷故善現一切智智清淨故意界清淨意界清淨故八聖道支清淨何以故若一切智智清淨若意界清淨若八聖道支清淨無二無二分無別無斷故一切智智清淨故法界意識界及意觸意觸爲緣所生諸受清淨法界乃至意觸爲緣所生諸受清淨故八聖道支清淨何以故若一切智智清淨若法界乃至意觸爲緣所生諸受清淨若八聖道支清淨無二無二分無別無斷故善現一切智智清淨故地界清淨地界清淨故八聖道支清淨何以故若一切智智清淨若地界清淨若八聖道支清淨無二無二分無別無斷故一切智智清淨故水火風空識界清淨水火風空識界清淨故八聖道支清淨何以故若一切智智清淨若水火風空識界

清淨若八聖道支清淨無二無二分無別無斷故善現一切智智清淨故無明清淨無明清淨故八聖道支清淨何以故若一切智智清淨若無明清淨若八聖道支清淨無二無二分無別無斷故一切智智清淨故行識名色六處觸受愛取有生老死愁歎苦憂惱清淨行乃至老死愁歎苦憂惱清淨故八聖道支清淨何以故若一切智智清淨若行乃至老死愁歎苦憂惱清淨若八聖道支清淨無二無二分無別無斷故善現一切智智清淨故布施波羅蜜多清淨布施波羅蜜多清淨故八聖道支清淨何以故若一切智智清淨若布施波羅蜜多清淨若八聖道支清淨無二無二分無別無斷故一切智智清淨故淨戒安忍精進靜慮般若波羅蜜多清淨淨戒乃至般若波羅蜜多清淨故八聖道支清淨何以故若一切智智清淨若淨戒乃至般若波羅蜜多清淨若八聖道支清淨無二無二分無別無斷故善現一切智智清淨故內空清淨內空清淨故八聖道支清淨何以故若一切智智清淨若內空清淨若八聖道支清淨無二無二分無別無斷故一切智智清淨故外空內外空空空大空勝義空有爲空無爲空畢竟空無際空散空無變異空本性空自相空共相空一切法空不可得空無性空自性空無性自性空清淨外空乃至無性自性空清淨故八聖道支清淨何以故若一切智智清淨若外空乃至無性自性空清淨若八聖道支清淨無二無二分無別無斷故善現一切智智清淨故眞如清淨眞如清淨故

八聖道支清淨何以故若一切智智清淨若眞如清淨若八聖道支清淨無二無二分無別無斷故一切智智清淨故法界法性不虛妄性不變異性平等性離生性法定法住實際虛空界不思議界清淨法界乃至不思議界清淨故八聖道支清淨何以故若一切智智清淨若法界乃至不思議界清淨若八聖道支清淨無二無二分無別無斷故善現一切智智清淨故苦聖諦清淨苦聖諦清淨故八聖道支清淨何以故若一切智智清淨若苦聖諦清淨若八聖道支清淨無二無二分無別無斷故一切智智清淨故集滅道聖諦清淨集滅道聖諦清淨故八聖道支清淨何以故若一切智智清淨若集滅道聖諦清淨若八聖道支清淨無二無二分無別無斷故

善現一切智智清淨故四靜慮清淨四靜慮清淨故八聖道支清淨何以故若一切智智清淨若四靜慮清淨若八聖道支清淨無二無二分無別無斷故一切智智清淨故四無量四無色定清淨四無量四無色定清淨故八聖道支清淨何以故若一切智智清淨若四無量四無色定清淨若八聖道支清淨無二無二分無別無斷故善現一切智智清淨故八解脫清淨八解脫清淨故八聖道支清淨何以故若一切智智清淨若八解脫清淨若八聖道支清淨無二無二分無別無斷故一切智智清淨故八勝處九次第定十遍處清淨八勝處九次第定十遍處清淨故八聖道支清淨何以故若一切智智清淨若八勝處九次第定十遍處清淨若八聖道支清淨

無二無二分無別無斷故善現一切智智清淨故四念住清淨四念住清淨故八聖道支清淨何以故若一切智智清淨若四念住清淨若八聖道支清淨無二無二分無別無斷故一切智智清淨故四正斷四神足五根五力七等覺支清淨四正斷乃至七等覺支清淨故八聖道支清淨何以故若一切智智清淨若四正斷乃至七等覺支清淨若八聖道支清淨無二無二分無別無斷故善現一切智智清淨故空解脫門清淨空解脫門清淨故八聖道支清淨何以故若一切智智清淨若空解脫門清淨若八聖道支清淨無二無二分無別無斷故一切智智清淨故無相無願解脫門清淨無相無願解脫門清淨故八聖道支清淨何以故若一切智智清淨若無相無願解脫門清淨若八聖道支清淨無二無二分無別無斷故善現一切智智清淨故菩薩十地清淨菩薩十地清淨故八聖道支清淨何以故若一切智智清淨若菩薩十地清淨若八聖道支清淨無二無二分無別無斷故善現一切智智清淨故五眼清淨五眼清淨故八聖道支清淨何以故若一切智智清淨若五眼清淨若八聖道支清淨無二無二分無別無斷故一切智智清淨故六神通清淨六神通清淨故八聖道支清淨何以故若一切智智清淨若六神通清淨若八聖道支清淨無二無二分無別無斷故善現一切智智清淨故佛十力清淨佛十力清淨故八聖道支清淨何以故若一切智智清淨若佛十力清淨若八聖道支清淨無二無二分無

別無斷故一切智智清淨故四無所畏四無礙解大慈大悲大喜大捨十八佛不共法清淨四無所畏乃至十八佛不共法清淨故八聖道支清淨何以故若一切智智清淨若四無所畏乃至十八佛不共法清淨若八聖道支清淨無二無二分無別無斷故善現一切智智清淨故無忘失法清淨無忘失法清淨故八聖道支清淨何以故若一切智智清淨若無忘失法清淨若八聖道支清淨無二無二分無別無斷故一切智智清淨故恒住捨性清淨恒住捨性清淨故八聖道支清淨何以故若一切智智清淨若恒住捨性清淨若八聖道支清淨無二無二分無別無斷故善現一切智智清淨故一切智清淨一切智清淨故八聖道支清淨何以故若一切智智清淨若一切智清淨若八聖道支清淨無二無二分無別無斷故一切智智清淨故道相智一切相智清淨道相智一切相智清淨故八聖道支清淨何以故若一切智智清淨若道相智一切相智清淨若八聖道支清淨無二無二分無別無斷故善現一切智智清淨故一切陀羅尼門清淨一切陀羅尼門清淨故八聖道支清淨何以故若一切智智清淨若一切陀羅尼門清淨若八聖道支清淨無二無二分無別無斷故一切智智清淨故一切三摩地門清淨一切三摩地門清淨故八聖道支清淨何以故若一切智智清淨若一切三摩地門清淨若八聖道支清淨無二無二分無別無斷故善現一切智智清淨故預流果清淨預流果清淨故八聖道支清淨何以

故若一切智智清淨若預流果清淨若八聖道支清淨無二無二分無別無斷故一切智智清淨故一來不還阿羅漢果清淨一來不還阿羅漢果清淨故八聖道支清淨何以故若一切智智清淨若一來不還阿羅漢果清淨若八聖道支清淨無二無二分無別無斷故善現一切智智清淨故獨覺菩提清淨獨覺菩提清淨故八聖道支清淨何以故若一切智智清淨若獨覺菩提清淨若八聖道支清淨無二無二分無別無斷故善現一切智智清淨故一切菩薩摩訶薩行清淨一切菩薩摩訶薩行清淨故八聖道支清淨何以故若一切智智清淨若一切菩薩摩訶薩行清淨若八聖道支清淨無二無二分無別無斷故善現一切智智清淨故諸佛無上正等菩提清淨諸佛無上正等菩提清淨故八聖道支清淨何以故若一切智智清淨若諸佛無上正等菩提清淨若八聖道支清淨無二無二分無別無斷故復次善現一切智智清淨故色清淨色清淨故空解脫門清淨何以故若一切智智清淨若色清淨若空解脫門清淨無二無二分無別無斷故一切智智清淨故受想行識清淨受想行識清淨故空解脫門清淨何以故若一切智智清淨若受想行識清淨若空解脫門清淨無二無二分無別無斷故善現一切智智清淨故眼處清淨眼處清淨故空解脫門清淨何以故若一切智智清淨若眼處清淨若空解脫門清淨無二無二分無別無斷故一切智智清淨故耳鼻舌身意處清淨耳鼻舌身意處清淨故空解

脱門清淨何以故若一切智智清淨若耳鼻舌身意處清淨若空解脱門清淨無二無二分無別無斷故善現一切智智清淨故色處清淨色處清淨故空解脱門清淨何以故若一切智智清淨若色處清淨若空解脱門清淨無二無二分無別無斷故一切智智清淨故聲香味觸法處清淨聲香味觸法處清淨故空解脱門清淨何以故若一切智智清淨若聲香味觸法處清淨若空解脱門清淨無二無二分無別無斷故善現一切智智清淨故眼界清淨眼界清淨故空解脱門清淨何以故若一切智智清淨若眼界清淨若空解脱門清淨無二無二分無別無斷故一切智智清淨故色界眼識界及眼觸眼觸爲緣所生諸受清淨色界乃至眼觸爲緣所生諸受清淨故空解脱門清淨何以故若一切智智清淨若色界乃至眼觸爲緣所生諸受清淨若空解脱門清淨無二無二分無別無斷故善現一切智智清淨故耳界清淨耳界清淨故空解脱門清淨何以故若一切智智清淨若耳界清淨若空解脱門清淨無二無二分無別無斷故一切智智清淨故聲界耳識界及耳觸耳觸爲緣所生諸受清淨聲界乃至耳觸爲緣所生諸受清淨故空解脱門清淨何以故若一切智智清淨若聲界乃至耳觸爲緣所生諸受清淨若空解脱門清淨無二無二分無別無斷故善現一切智智清淨故鼻界清淨鼻界清淨故空解脱門清淨何以故若一切智智清淨若鼻界清淨若空解脱門清淨無二無二分無別無斷故一切智智

清淨故香界鼻識界及鼻觸鼻觸爲緣所生諸受清淨香界乃至鼻觸爲緣所生諸受清淨故空解脫門清淨何以故若一切智智清淨若香界乃至鼻觸爲緣所生諸受清淨若空解脫門清淨無二無二分無別無斷故善現一切智智清淨故舌界清淨舌界清淨故空解脫門清淨何以故若一切智智清淨若舌界清淨若空解脫門清淨無二無二分無別無斷故一切智智清淨故味界舌識界及舌觸舌觸爲緣所生諸受清淨味界乃至舌觸爲緣所生諸受清淨故空解脫門清淨何以故若一切智智清淨若味界乃至舌觸爲緣所生諸受清淨若空解脫門清淨無二無二分無別無斷故善現一切智智清淨故身界清淨身界清淨故空解脫門清淨何以故若一切智智清淨若身界清淨若空解脫門清淨無二無二分無別無斷故一切智智清淨故觸界身識界及身觸身觸爲緣所生諸受清淨觸界乃至身觸爲緣所生諸受清淨故空解脫門清淨何以故若一切智智清淨若觸界乃至身觸爲緣所生諸受清淨若空解脫門清淨無二無二分無別無斷故善現一切智智清淨故意界清淨意界清淨故空解脫門清淨何以故若一切智智清淨若意界清淨若空解脫門清淨無二無二分無別無斷故一切智智清淨故法界意識界及意觸意觸爲緣所生諸受清淨法界乃至意觸爲緣所生諸受清淨故空解脫門清淨何以故若一切智智清淨若法界乃至意觸爲緣所生諸受清淨若空解脫門清淨無二無二

分無別無斷故善現一切智智清淨故地界清淨地界清淨故空解脫門清淨何以故若一切智智清淨若地界清淨若空解脫門清淨無二無二分無別無斷故一切智智清淨故水火風空識界清淨水火風空識界清淨故空解脫門清淨何以故若一切智智清淨若水火風空識界清淨若空解脫門清淨無二無二分無別無斷故善現一切智智清淨故無明清淨無明清淨故空解脫門清淨何以故若一切智智清淨若無明清淨若空解脫門清淨無二無二分無別無斷故一切智智清淨故行識名色六處觸受愛取有生老死愁歎苦憂惱清淨行乃至老死愁歎苦憂惱清淨故空解脫門清淨何以故若一切智智清淨若行乃至老死愁歎苦憂惱清淨若空解脫門清淨無二無二分無別無斷故善現一切智智清淨故布施波羅蜜多清淨布施波羅蜜多清淨故空解脫門清淨何以故若一切智智清淨若布施波羅蜜多清淨若空解脫門清淨無二無二分無別無斷故一切智智清淨故淨戒安忍精進靜慮般若波羅蜜多清淨淨戒乃至般若波羅蜜多清淨故空解脫門清淨何以故若一切智智清淨若淨戒乃至般若波羅蜜多清淨若空解脫門清淨無二無二分無別無斷故

大般若波羅蜜多經卷第二百七十一

大般若波羅蜜多經卷第二百七十二

唐三藏法師玄奘奉　詔譯

初分難信解品第三十四之九十一

善現一切智智清淨故內空清淨內空清淨故空解脫門清淨何以故若一切智智清淨若內空清淨若空解脫門清淨無二無二分無別無斷故一切智智清淨故外空內外空空空大空勝義空有爲空無爲空畢竟空無際空散空無變異空本性空自相空共相空一切法空不可得空無性空自性空無性自性空清淨外空乃至無性自性空清淨故空解脫門清淨何以故若一切智智清淨若外空乃至無性自性空清淨若空解脫門清淨無二無二分無別無斷故善現一切智智清淨故眞如清淨眞如清淨故空解脫門清淨何以故若一切智智清淨若眞如清淨若空解脫門清淨無二無二分無別無斷故一切智智清淨故法界法性不虛妄性不變異性平等性離生性法定法住實際虛空界不思議界清淨法界乃至不思議界清淨故空解脫門清淨何以故若一切智智清淨若法界乃至不思議界清淨若空解脫門清淨無二無二分無別無斷故善現一切智智清淨故苦聖諦清淨苦聖諦清淨故空解脫門清淨何以故若一切智智清淨若苦聖諦清淨若空解脫門清淨無二無二分無別無斷故一切智智清淨故集滅道聖諦清淨集滅道聖諦清淨故空解脫門清淨何以故若一切智智清淨若集滅道聖諦清淨若空解脫門清淨無二無二分無別無斷故善現一切智智

清淨故四靜慮清淨四靜慮清淨故空解脫門清淨何以故若一切智智清淨若四靜慮清淨若空解脫門清淨無二無二分無別無斷故一切智智清淨故四無量四無色定清淨四無量四無色定清淨故空解脫門清淨何以故若一切智智清淨若四無量四無色定清淨若空解脫門清淨無二無二分無別無斷故善現一切智智清淨故八解脫清淨八解脫清淨故空解脫門清淨何以故若一切智智清淨若八解脫清淨若空解脫門清淨無二無二分無別無斷故一切智智清淨故八勝處九次第定十遍處清淨八勝處九次第定十遍處清淨故空解脫門清淨何以故若一切智智清淨若八勝處九次第定十遍處清淨若空解脫門清淨無二無二分無別無斷故善現一切智智清淨故四念住清淨四念住清淨故空解脫門清淨何以故若一切智智清淨若四念住清淨若空解脫門清淨無二無二分無別無斷故一切智智清淨故四正斷四神足五根五力七等覺支八聖道支清淨四正斷乃至八聖道支清淨故空解脫門清淨何以故若一切智智清淨若四正斷乃至八聖道支清淨若空解脫門清淨無二無二分無別無斷故善現一切智智清淨故無相解脫門清淨無相解脫門清淨故空解脫門清淨何以故若一切智智清淨若無相解脫門清淨若空解脫門清淨無二無二分無別無斷故一切智智清淨故無願解脫門清淨無願解脫門清淨故空解脫門清淨何以故若一切智智清淨若無願解脫

門清淨若空解脫門清淨無二無二分無別無斷故善現一切智智清淨故菩薩十地清淨菩薩十地清淨故空解脫門清淨何以故若一切智智清淨若菩薩十地清淨若空解脫門清淨無二無二分無別無斷故善現一切智智清淨故五眼清淨五眼清淨故空解脫門清淨何以故若一切智智清淨若五眼清淨若空解脫門清淨無二無二分無別無斷故一切智智清淨故六神通清淨六神通清淨故空解脫門清淨何以故若一切智智清淨若六神通清淨若空解脫門清淨無二無二分無別無斷故善現一切智智清淨故佛十力清淨佛十力清淨故空解脫門清淨何以故若一切智智清淨若佛十力清淨若空解脫門清淨無二無二分無別無斷故一切智智清淨故四無所畏四無礙解大慈大悲大喜大捨十八佛不共法清淨四無所畏乃至十八佛不共法清淨故空解脫門清淨何以故若一切智智清淨若四無所畏乃至十八佛不共法清淨若空解脫門清淨無二無二分無別無斷故善現一切智智清淨故無忘失法清淨無忘失法清淨故空解脫門清淨何以故若一切智智清淨若無忘失法清淨若空解脫門清淨無二無二分無別無斷故一切智智清淨故恒住捨性清淨恒住捨性清淨故空解脫門清淨何以故若一切智智清淨若恒住捨性清淨若空解脫門清淨無二無二分無別無斷故善現一切智智清淨故一切智清淨一切智清淨故空解脫門清淨何以故若一切智智清淨若一切智

清淨若空解脫門清淨無二無二分無別無斷故一切智智清淨故一切相智清淨道相智一切相智清淨故空解脫門清淨何以故若一切智智清淨若道相智一切相智清淨若空解脫門清淨無二無二分無別無斷故善現一切智智清淨故一切陀羅尼門清淨一切陀羅尼門清淨故空解脫門清淨何以故若一切智智清淨若一切陀羅尼門清淨若空解脫門清淨無二無二分無別無斷故一切智智清淨故一切三摩地門清淨一切三摩地門清淨故空解脫門清淨何以故若一切智智清淨若一切三摩地門清淨若空解脫門清淨無二無二分無別無斷故善現一切智智清淨故預流果清淨預流果清淨故空解脫門清淨何以故若一切智智清淨若預流果清淨若空解脫門清淨無二無二分無別無斷故一切智智清淨故一來不還阿羅漢果清淨一來不還阿羅漢果清淨故空解脫門清淨何以故若一切智智清淨若一來不還阿羅漢果清淨若空解脫門清淨無二無二分無別無斷故善現一切智智清淨故獨覺菩提清淨獨覺菩提清淨故空解脫門清淨何以故若一切智智清淨若獨覺菩提清淨若空解脫門清淨無二無二分無別無斷故善現一切智智清淨故一切菩薩摩訶薩行清淨一切菩薩摩訶薩行清淨故空解脫門清淨何以故若一切智智清淨若一切菩薩摩訶薩行清淨若空解脫門清淨無二無二分無別無斷故善現一切智智清淨故諸佛無上正等菩提清淨諸佛

無上正等菩提清淨故空解脫門清淨何以故若一切智智清淨若諸佛無上正等菩提清淨若空解脫門清淨無二無二分無別無斷故復次善現一切智智清淨故色清淨色清淨故無相解脫門清淨何以故若一切智智清淨若色清淨若無相解脫門清淨無二無二分無別無斷故一切智智清淨故受想行識清淨受想行識清淨故無相解脫門清淨何以故若一切智智清淨若受想行識清淨若無相解脫門清淨無二無二分無別無斷故善現一切智智清淨故眼處清淨眼處清淨故無相解脫門清淨何以故若一切智智清淨若眼處清淨若無相解脫門清淨無二無二分無別無斷故一切智智清淨故耳鼻舌身意處清淨耳鼻舌身意處清淨故無相解脫門清淨何以故若一切智智清淨若耳鼻舌身意處清淨若無相解脫門清淨無二無二分無別無斷故善現一切智智清淨故色處清淨色處清淨故無相解脫門清淨何以故若一切智智清淨若色處清淨若無相解脫門清淨無二無二分無別無斷故一切智智清淨故聲香味觸法處清淨聲香味觸法處清淨故無相解脫門清淨何以故若一切智智清淨若聲香味觸法處清淨若無相解脫門清淨無二無二分無別無斷故善現一切智智清淨故眼界清淨眼界清淨故無相解脫門清淨何以故若一切智智清淨若眼界清淨若無相解脫門清淨無二無二分無別無斷故一切智智清淨故色界眼識界及眼觸眼觸爲緣所生諸受清淨色界乃

至眼觸爲緣所生諸受清淨故無相解脫門清淨何以故若一切智智清淨若色界乃至眼觸爲緣所生諸受清淨若無相解脫門清淨無二無二分無別無斷故善現一切智智清淨故耳界清淨耳界清淨故無相解脫門清淨何以故若一切智智清淨若耳界清淨若無相解脫門清淨無二無二分無別無斷故一切智智清淨故聲界耳識界及耳觸耳觸爲緣所生諸受清淨聲界乃至耳觸爲緣所生諸受清淨故無相解脫門清淨何以故若一切智智清淨若聲界乃至耳觸爲緣所生諸受清淨若無相解脫門清淨無二無二分無別無斷故善現一切智智清淨故鼻界清淨鼻界清淨故無相解脫門清淨何以故若一切智智清淨若鼻界清淨若無相解脫門清淨無二無二分無別無斷故一切智智清淨故香界鼻識界及鼻觸鼻觸爲緣所生諸受清淨香界乃至鼻觸爲緣所生諸受清淨故無相解脫門清淨何以故若一切智智清淨若香界乃至鼻觸爲緣所生諸受清淨若無相解脫門清淨無二無二分無別無斷故善現一切智智清淨故舌界清淨舌界清淨故無相解脫門清淨何以故若一切智智清淨若舌界清淨若無相解脫門清淨無二無二分無別無斷故一切智智清淨故味界舌識界及舌觸舌觸爲緣所生諸受清淨味界乃至舌觸爲緣所生諸受清淨故無相解脫門清淨何以故若一切智智清淨若味界乃至舌觸爲緣所生諸受清淨若無相解脫門清淨無二無二分無別無斷故善現一切

智智清淨故身界清淨身界清淨故無相解
脫門清淨何以故若一切智智清淨若身界
清淨若無相解脫門清淨無二無二分無別
無斷故一切智智清淨故觸界身識界及身
觸身觸爲緣所生諸受清淨觸界乃至身觸
爲緣所生諸受清淨故無相解脫門清淨何
以故若一切智智清淨若觸界乃至身觸爲
緣所生諸受清淨若無相解脫門清淨無二
無二分無別無斷故善現一切智智清淨故
意界清淨意界清淨故無相解脫門清淨何
以故若一切智智清淨若意界清淨若無相
解脫門清淨無二無二分無別無斷故一切
智智清淨故法界意識界及意觸意觸爲緣
所生諸受清淨法界乃至意觸爲緣所生諸
受清淨故無相解脫門清淨何以故若一切

智智清淨若法界乃至意觸爲緣所生諸受
清淨若無相解脫門清淨無二無二分無別
無斷故善現一切智智清淨故地界清淨地
界清淨故無相解脫門清淨何以故若一切
智智清淨若地界清淨若無相解脫門清淨
無二無二分無別無斷故一切智智清淨故
水火風空識界清淨水火風空識界清淨故
無相解脫門清淨何以故若一切智智清淨
若水火風空識界清淨若無相解脫門清淨
無二無二分無別無斷故善現一切智智清
淨故無明清淨無明清淨故無相解脫門清
淨何以故若一切智智清淨若無明清淨若
無相解脫門清淨無二無二分無別無斷故
一切智智清淨故行識名色六處觸受愛取
有生老死愁歎苦憂惱清淨行乃至老死愁

歎苦憂惱清淨故無相解脱門清淨何以故若一切智智清淨若行乃至老死愁歎苦憂惱清淨若無相解脱門清淨無二無二分無別無斷故善現一切智智清淨故布施波羅蜜多清淨布施波羅蜜多清淨故無相解脱門清淨何以故若一切智智清淨若布施波羅蜜多清淨若無相解脱門清淨無二無二分無別無斷故一切智智清淨故淨戒安忍精進靜慮般若波羅蜜多清淨淨戒乃至般若波羅蜜多清淨故無相解脱門清淨何以故若一切智智清淨若淨戒乃至般若波羅蜜多清淨若無相解脱門清淨無二無二分無別無斷故善現一切智智清淨故內空清淨內空清淨故無相解脱門清淨何以故若一切智智清淨若內空清淨若無相解脱門

清淨無二無二分無別無斷故一切智智清淨故外空內外空空空大空勝義空有爲空無爲空畢竟空無際空散空無變異空本性空自相空共相空一切法空不可得空無性空自性空無性自性空清淨外空乃至無性自性空清淨故無相解脱門清淨何以故若一切智智清淨若外空乃至無性自性空清淨若無相解脱門清淨無二無二分無別無斷故善現一切智智清淨故眞如清淨眞如清淨故無相解脱門清淨何以故若一切智智清淨若眞如清淨若無相解脱門清淨無二無二分無別無斷故一切智智清淨故法界法性不虛妄性不變異性平等性離生性法定法住實際虛空界不思議界清淨法界乃至不思議界清淨故無相解脱門清淨何

以故若一切智智清淨若法界乃至不思議界清淨若無相解脱門清淨無二無二分無別無斷故善現一切智智清淨故苦聖諦清淨苦聖諦清淨故無相解脱門清淨何以故若一切智智清淨若苦聖諦清淨若無相解脱門清淨無二無二分無別無斷故一切智智清淨故集滅道聖諦清淨集滅道聖諦清淨故無相解脱門清淨何以故若一切智智清淨若集滅道聖諦清淨若無相解脱門清淨無二無二分無別無斷故善現一切智智清淨故四靜慮清淨四靜慮清淨故無相解脱門清淨何以故若一切智智清淨若四靜慮清淨若無相解脱門清淨無二無二分無別無斷故一切智智清淨故四無量四無色定清淨四無量四無色定清淨故無相解脱門清淨何以故若一切智智清淨若四無量四無色定清淨若無相解脱門清淨無二無二分無別無斷故善現一切智智清淨故八解脱清淨八解脱清淨故無相解脱門清淨何以故若一切智智清淨若八解脱清淨若無相解脱門清淨無二無二分無別無斷故一切智智清淨故八勝處九次第定十遍處清淨八勝處九次第定十遍處清淨故無相解脱門清淨何以故若一切智智清淨若八勝處九次第定十遍處清淨若無相解脱門清淨無二無二分無別無斷故善現一切智智清淨故四念住清淨四念住清淨故無相解脱門清淨何以故若一切智智清淨若四念住清淨若無相解脱門清淨無二無二分無別無斷故一切智智清淨故四正斷四神

足五根五力七等覺支八聖道支清淨四正斷乃至八聖道支清淨故無相解脫門清淨何以故若一切智智清淨若四正斷乃至八聖道支清淨若無相解脫門清淨無二無二分無別無斷故善現一切智智清淨故空解脫門清淨空解脫門清淨故無相解脫門清淨何以故若一切智智清淨若空解脫門清淨若無相解脫門清淨無二無二分無別無斷故一切智智清淨故無願解脫門清淨無願解脫門清淨故無相解脫門清淨何以故若一切智智清淨若無願解脫門清淨若無相解脫門清淨無二無二分無別無斷故善現一切智智清淨故菩薩十地清淨菩薩十地清淨故無相解脫門清淨何以故若一切智智清淨若菩薩十地清淨若無相解脫門清淨無二無二分無別無斷故善現一切智智清淨故五眼清淨五眼清淨故無相解脫門清淨何以故若一切智智清淨若五眼清淨若無相解脫門清淨無二無二分無別無斷故一切智智清淨故六神通清淨六神通清淨故無相解脫門清淨何以故若一切智智清淨若六神通清淨若無相解脫門清淨無二無二分無別無斷故善現一切智智清淨故佛十力清淨佛十力清淨故無相解脫門清淨何以故若一切智智清淨若佛十力清淨若無相解脫門清淨無二無二分無別無斷故一切智智清淨故四無所畏四無礙解大慈大悲大喜大捨十八佛不共法清淨四無所畏乃至十八佛不共法清淨故無相解脫門清淨何以故若一切智智清淨若四

無所畏乃至十八佛不共法清淨若無相解脫門清淨無二無二分無別無斷故善現一切智智清淨故無忘失法清淨無忘失法清淨故無相解脫門清淨何以故若一切智智清淨若無忘失法清淨若無相解脫門清淨無二無二分無別無斷故一切智智清淨故恒住捨性清淨恒住捨性清淨故無相解脫門清淨何以故若一切智智清淨若恒住捨性清淨若無相解脫門清淨無二無二分無別無斷故善現一切智智清淨故一切智清淨一切智清淨故無相解脫門清淨何以故若一切智智清淨若一切智清淨若無相解脫門清淨無二無二分無別無斷故一切智智清淨故道相智一切相智清淨道相智一切相智清淨故無相解脫門清淨何以故若

一切智智清淨若道相智一切相智清淨若無相解脫門清淨無二無二分無別無斷故善現一切智智清淨故一切陀羅尼門清淨一切陀羅尼門清淨故無相解脫門清淨何以故若一切智智清淨若一切陀羅尼門清淨若無相解脫門清淨無二無二分無別無斷故一切智智清淨故一切三摩地門清淨一切三摩地門清淨故無相解脫門清淨何以故若一切智智清淨若一切三摩地門清淨若無相解脫門清淨無二無二分無別無斷故善現一切智智清淨故預流果清淨預流果清淨故無相解脫門清淨何以故若一切智智清淨若預流果清淨若無相解脫門清淨無二無二分無別無斷故一切智智清淨故一來不還阿羅漢果清淨一來不還阿

羅漢果清淨故無相解脫門清淨何以故若一切智智清淨若一來不還阿羅漢果清淨若無相解脫門清淨無二無二分無別無斷故善現一切智智清淨故獨覺菩提清淨獨覺菩提清淨故無相解脫門清淨何以故若一切智智清淨若獨覺菩提清淨若無相解脫門清淨無二無二分無別無斷故善現一切智智清淨故一切菩薩摩訶薩行清淨一切菩薩摩訶薩行清淨故無相解脫門清淨何以故若一切智智清淨若一切菩薩摩訶薩行清淨若無相解脫門清淨無二無二分無別無斷故善現一切智智清淨故諸佛無上正等菩提清淨諸佛無上正等菩提清淨故無相解脫門清淨何以故若一切智智清淨若諸佛無上正等菩提清淨若無相解脫門清淨無二無二分無別無斷故復次善現一切智智清淨故色清淨色清淨故無願解脫門清淨何以故若一切智智清淨若色清淨若無願解脫門清淨無二無二分無別無斷故一切智智清淨故受想行識清淨受想行識清淨故無願解脫門清淨何以故若一切智智清淨若受想行識清淨若無願解脫門清淨無二無二分無別無斷故善現一切智智清淨故眼處清淨眼處清淨故無願解脫門清淨何以故若一切智智清淨若眼處清淨若無願解脫門清淨無二無二分無別無斷故一切智智清淨故耳鼻舌身意處清淨耳鼻舌身意處清淨故無願解脫門清淨何以故若一切智智清淨若耳鼻舌身意處清淨若無願解脫門清淨無二無二分無別

無斷故善現一切智智清淨故色處清淨色處清淨故無願解脫門清淨何以故若一切智智清淨若色處清淨若無願解脫門清淨無二無二分無別無斷故一切智智清淨故聲香味觸法處清淨聲香味觸法處清淨故無願解脫門清淨何以故若一切智智清淨若聲香味觸法處清淨若無願解脫門清淨無二無二分無別無斷故善現一切智智清淨故眼界清淨眼界清淨故無願解脫門清淨何以故若一切智智清淨若眼界清淨若無願解脫門清淨無二無二分無別無斷故一切智智清淨故色界眼識界及眼觸眼觸爲緣所生諸受清淨色界乃至眼觸爲緣所生諸受清淨故無願解脫門清淨何以故若一切智智清淨若色界乃至眼觸爲緣所生諸受清淨若無願解脫門清淨無二無二分無別無斷故善現一切智智清淨故耳界清淨耳界清淨故無願解脫門清淨何以故若一切智智清淨若耳界清淨若無願解脫門清淨無二無二分無別無斷故一切智智清淨故聲界耳識界及耳觸耳觸爲緣所生諸受清淨聲界乃至耳觸爲緣所生諸受清淨故無願解脫門清淨何以故若一切智智清淨若聲界乃至耳觸爲緣所生諸受清淨若無願解脫門清淨無二無二分無別無斷故善現一切智智清淨故鼻界清淨鼻界清淨故無願解脫門清淨何以故若一切智智清淨若鼻界清淨若無願解脫門清淨無二無二分無別無斷故一切智智清淨故香界鼻識界及鼻觸鼻觸爲緣所生諸受清淨香界

乃至鼻觸爲緣所生諸受清淨故無願解脫門清淨何以故若一切智智清淨若香界乃至鼻觸爲緣所生諸受清淨若無願解脫門清淨無二無二分無別無斷故善現一切智智清淨故舌界清淨舌界清淨故無願解脫門清淨何以故若一切智智清淨若舌界清淨若無願解脫門清淨無二無二分無別無斷故一切智智清淨故味界舌識界及舌觸舌觸爲緣所生諸受清淨味界乃至舌觸爲緣所生諸受清淨故無願解脫門清淨何以故若一切智智清淨若味界乃至舌觸爲緣所生諸受清淨若無願解脫門清淨無二無二分無別無斷故善現一切智智清淨故身界清淨身界清淨故無願解脫門清淨何以故若一切智智清淨若身界清淨若無願解脫門清淨無二無二分無別無斷故一切智智清淨故觸界身識界及身觸身觸爲緣所生諸受清淨觸界乃至身觸爲緣所生諸受清淨故無願解脫門清淨何以故若一切智智清淨若觸界乃至身觸爲緣所生諸受清淨若無願解脫門清淨無二無二分無別無斷故善現一切智智清淨故意界清淨意界清淨故無願解脫門清淨何以故若一切智智清淨若意界清淨若無願解脫門清淨無二無二分無別無斷故一切智智清淨故法界意識界及意觸意觸爲緣所生諸受清淨法界乃至意觸爲緣所生諸受清淨故無願解脫門清淨何以故若一切智智清淨若法界乃至意觸爲緣所生諸受清淨若無願解脫門清淨無二無二分無別無斷故

大般若波羅蜜多經卷第二百七十二

大般若波羅蜜多經卷第二百七十三

唐三藏法師玄奘奉　詔譯

初分難信解品第三十四之九十二

善現一切智智清淨故地界清淨地界清淨故無願解脫門清淨何以故若一切智智清淨若地界清淨若無願解脫門清淨無二無二分無別無斷故一切智智清淨故水火風空識界清淨水火風空識界清淨故無願解脫門清淨何以故若一切智智清淨若水火風空識界清淨若無願解脫門清淨無二無二分無別無斷故善現一切智智清淨故無明清淨無明清淨故無願解脫門清淨何以故若一切智智清淨若無明清淨若無願解脫門清淨無二無二分無別無斷故一切智智清淨故行識名色六處觸受愛取有生老死愁歎苦憂惱清淨行乃至老死愁歎苦憂惱清淨故無願解脫門清淨何以故若一切智智清淨若行乃至老死愁歎苦憂惱清淨若無願解脫門清淨無二無二分無別無斷故善現一切智智清淨故布施波羅蜜多清淨布施波羅蜜多清淨故無願解脫門清淨何以故若一切智智清淨若布施波羅蜜多清淨若無願解脫門清淨無二無二分無別無斷故一切智智清淨故淨戒安忍精進靜慮般若波羅蜜多清淨淨戒乃至般若波羅蜜多清淨故無願解脫門清淨何以故若一切智智清淨若淨戒乃至般若波羅蜜多清淨若無願解脫門清淨無二無二分無別無斷故善現一切智智清淨故內空清淨內空清淨故無願解脫門清淨何以故若一切智

智清淨若內空清淨若無願解脫門清淨無二無二分無別無斷故一切智智清淨故外空內外空空空大空勝義空有爲空無爲空畢竟空無際空散空無變異空本性空自相空共相空一切法空不可得空無性空自性空無性自性空清淨外空乃至無性自性空清淨故無願解脫門清淨何以故若一切智智清淨若外空乃至無性自性空清淨若無願解脫門清淨無二無二分無別無斷故善現一切智智清淨故眞如清淨眞如清淨故無願解脫門清淨何以故若一切智智清淨若眞如清淨若無願解脫門清淨無二無二分無別無斷故一切智智清淨故法界法性不虛妄性不變異性平等性離生性法定法住實際虛空界不思議界清淨法界乃至不思議界清淨故無願解脫門清淨何以故若一切智智清淨若法界乃至不思議界清淨若無願解脫門清淨無二無二分無別無斷故善現一切智智清淨故苦聖諦清淨苦聖諦清淨故無願解脫門清淨何以故若一切智智清淨若苦聖諦清淨若無願解脫門清淨無二無二分無別無斷故一切智智清淨故集滅道聖諦清淨集滅道聖諦清淨故無願解脫門清淨何以故若一切智智清淨若集滅道聖諦清淨集滅道聖諦門清淨無二無二分無別無斷故善現一切智智清淨故四靜慮清淨四靜慮清淨故無願解脫門清淨何以故若一切智智清淨若四靜慮清淨若無願解脫門清淨無二無二分無別無斷故一切智智清淨故四無量四無色定清淨

四無量四無色定清淨故無願解脫門清淨何以故若一切智智清淨若四無量四無色定清淨若無願解脫門清淨無二無二分無別無斷故善現一切智智清淨故八解脫清淨八解脫清淨故無願解脫門清淨何以故若一切智智清淨若八解脫清淨若無願解脫門清淨無二無二分無別無斷故一切智智清淨故八勝處九次第定十遍處清淨八勝處九次第定十遍處清淨故無願解脫門清淨何以故若一切智智清淨若八勝處九次第定十遍處清淨若無願解脫門清淨無二無二分無別無斷故善現一切智智清淨故四念住清淨四念住清淨故無願解脫門清淨何以故若一切智智清淨若四念住清淨若無願解脫門清淨無二無二分無別無

斷故一切智智清淨故四正斷四神足五根五力七等覺支八聖道支清淨四正斷乃至八聖道支清淨故無願解脫門清淨何以故若一切智智清淨若四正斷乃至八聖道支清淨若無願解脫門清淨無二無二分無別無斷故善現一切智智清淨故空解脫門清淨空解脫門清淨故無願解脫門清淨何以故若一切智智清淨若空解脫門清淨若無願解脫門清淨無二無二分無別無斷故一切智智清淨故無相解脫門清淨無相解脫門清淨故無願解脫門清淨何以故若一切智智清淨若無相解脫門清淨若無願解脫門清淨無二無二分無別無斷故善現一切智智清淨故菩薩十地清淨菩薩十地清淨故無願解脫門清淨何以故若一切智智清

淨若菩薩十地清淨若無願解脫門清淨無二無二分無別無斷故善現一切智智清淨故五眼清淨五眼清淨故無願解脫門清淨何以故若一切智智清淨若五眼清淨若無願解脫門清淨無二無二分無別無斷故一切智智清淨故六神通清淨六神通清淨故無願解脫門清淨何以故若一切智智清淨若六神通清淨若無願解脫門清淨無二無二分無別無斷故善現一切智智清淨故佛十力清淨佛十力清淨故無願解脫門清淨何以故若一切智智清淨若佛十力清淨若無願解脫門清淨無二無二分無別無斷故一切智智清淨故四無所畏四無礙解大慈大悲大喜大捨十八佛不共法清淨四無所畏乃至十八佛不共法清淨故無願解脫門清淨何以故若一切智智清淨若四無所畏乃至十八佛不共法清淨若無願解脫門清淨無二無二分無別無斷故善現一切智智清淨故無忘失法清淨無忘失法清淨故無願解脫門清淨何以故若一切智智清淨若無忘失法清淨若無願解脫門清淨無二無二分無別無斷故一切智智清淨故恒住捨性清淨恒住捨性清淨故無願解脫門清淨何以故若一切智智清淨若恒住捨性清淨若無願解脫門清淨無二無二分無別無斷故善現一切智智清淨故一切智清淨一切智清淨故無願解脫門清淨何以故若一切智智清淨若一切智清淨若無願解脫門清淨無二無二分無別無斷故一切智智清淨故道相智一切相智清淨道相智一切相智

清淨故無願解脫門清淨何以故若一切智智清淨若道相智一切相智清淨若無願解脫門清淨無二無二分無別無斷故善現一切智智清淨故一切陀羅尼門清淨一切陀羅尼門清淨故無願解脫門清淨何以故若一切智智清淨若一切陀羅尼門清淨若無願解脫門清淨無二無二分無別無斷故一切智智清淨故一切三摩地門清淨一切三摩地門清淨故無願解脫門清淨何以故若一切智智清淨若一切三摩地門清淨若無願解脫門清淨無二無二分無別無斷故善現一切智智清淨故預流果清淨預流果清淨故無願解脫門清淨何以故若一切智智清淨若預流果清淨若無願解脫門清淨無二無二分無別無斷故一切智智清淨故一來不還阿羅漢果清淨一來不還阿羅漢果清淨故無願解脫門清淨何以故若一切智智清淨若一來不還阿羅漢果清淨若無願解脫門清淨無二無二分無別無斷故善現一切智智清淨故獨覺菩提清淨獨覺菩提清淨故無願解脫門清淨何以故若一切智智清淨若獨覺菩提清淨若無願解脫門清淨無二無二分無別無斷故善現一切智智清淨故一切菩薩摩訶薩行清淨一切菩薩摩訶薩行清淨故無願解脫門清淨何以故若一切智智清淨若一切菩薩摩訶薩行清淨若無願解脫門清淨無二無二分無別無斷故善現一切智智清淨故諸佛無上正等菩提清淨諸佛無上正等菩提清淨故無願解脫門清淨何以故若一切智智清淨若諸

佛無上正等菩提清淨若無願解脫門清淨無二無二分無別無斷故復次善現一切智智清淨故色清淨色清淨故菩薩十地清淨何以故若一切智智清淨若色清淨若菩薩十地清淨無二無二分無別無斷故一切智智清淨故受想行識清淨受想行識清淨故菩薩十地清淨何以故若一切智智清淨若受想行識清淨若菩薩十地清淨無二無二分無別無斷故善現一切智智清淨故眼處清淨眼處清淨故菩薩十地清淨何以故若一切智智清淨若眼處清淨若菩薩十地清淨無二無二分無別無斷故一切智智清淨故耳鼻舌身意處清淨耳鼻舌身意處清淨故菩薩十地清淨何以故若一切智智清淨若耳鼻舌身意處清淨若菩薩十地清淨無二無二分無別無斷故善現一切智智清淨故色處清淨色處清淨故菩薩十地清淨何以故若一切智智清淨若色處清淨若菩薩十地清淨無二無二分無別無斷故一切智智清淨故聲香味觸法處清淨聲香味觸法處清淨故菩薩十地清淨何以故若一切智智清淨若聲香味觸法處清淨若菩薩十地清淨無二無二分無別無斷故善現一切智智清淨故眼界清淨眼界清淨故菩薩十地清淨何以故若一切智智清淨若眼界清淨若菩薩十地清淨無二無二分無別無斷故一切智智清淨故色界眼識界及眼觸眼觸爲緣所生諸受清淨色界乃至眼觸爲緣所生諸受清淨故菩薩十地清淨何以故若一切智智清淨若色界乃至眼觸爲緣所生諸

受清淨若菩薩十地清淨無二無二分無別無斷故善現一切智智清淨故耳界清淨耳界清淨故菩薩十地清淨何以故若一切智智清淨若耳界清淨若菩薩十地清淨無二無二分無別無斷故一切智智清淨故聲界耳識界及耳觸耳觸爲緣所生諸受清淨聲界乃至耳觸爲緣所生諸受清淨故菩薩十地清淨何以故若一切智智清淨若聲界乃至耳觸爲緣所生諸受清淨若菩薩十地清淨無二無二分無別無斷故善現一切智智清淨故鼻界清淨鼻界清淨故菩薩十地清淨何以故若一切智智清淨若鼻界清淨若菩薩十地清淨無二無二分無別無斷故一切智智清淨故香界鼻識界及鼻觸鼻觸爲緣所生諸受清淨香界乃至鼻觸爲緣所生諸受清淨故菩薩十地清淨何以故若一切智智清淨若香界乃至鼻觸爲緣所生諸受清淨若菩薩十地清淨無二無二分無別無斷故善現一切智智清淨故舌界清淨舌界清淨故菩薩十地清淨何以故若一切智智清淨若舌界清淨若菩薩十地清淨無二無二分無別無斷故一切智智清淨故味界舌識界及舌觸舌觸爲緣所生諸受清淨味界乃至舌觸爲緣所生諸受清淨故菩薩十地清淨何以故若一切智智清淨若味界乃至舌觸爲緣所生諸受清淨若菩薩十地清淨無二無二分無別無斷故善現一切智智清淨故身界清淨身界清淨故菩薩十地清淨何以故若一切智智清淨若身界清淨若菩薩十地清淨無二無二分無別無斷故一切

智智清淨故觸界身識界及身觸身觸爲緣所生諸受清淨觸界乃至身觸爲緣所生諸受清淨故菩薩十地清淨何以故若一切智智清淨若觸界乃至身觸爲緣所生諸受清淨若菩薩十地清淨無二無二分無別無斷故善現一切智智清淨故意界清淨意界清淨故菩薩十地清淨何以故若一切智智清淨若意界清淨若菩薩十地清淨無二無二分無別無斷故一切智智清淨故法界意識界及意觸意觸爲緣所生諸受清淨法界乃至意觸爲緣所生諸受清淨故菩薩十地清淨何以故若一切智智清淨若法界乃至意觸爲緣所生諸受清淨若菩薩十地清淨無二無二分無別無斷故善現一切智智清淨故地界清淨地界清淨故菩薩十地清淨何以故若一切智智清淨若地界清淨若菩薩十地清淨無二無二分無別無斷故一切智智清淨故水火風空識界清淨水火風空識界清淨故菩薩十地清淨何以故若一切智智清淨若水火風空識界清淨若菩薩十地清淨無二無二分無別無斷故善現一切智智清淨故無明清淨無明清淨故菩薩十地清淨何以故若一切智智清淨若無明清淨若菩薩十地清淨無二無二分無別無斷故一切智智清淨故行識名色六處觸受愛取有生老死愁歎苦憂惱清淨行乃至老死愁歎苦憂惱清淨故菩薩十地清淨何以故若一切智智清淨若行乃至老死愁歎苦憂惱清淨若菩薩十地清淨無二無二分無別無斷故善現一切智智清淨故布施波羅蜜多

清淨布施波羅蜜多清淨故菩薩十地清淨何以故若一切智智清淨若布施波羅蜜多清淨若菩薩十地清淨無二無二分無别無斷故一切智智清淨故淨戒安忍精進靜慮般若波羅蜜多清淨淨戒乃至般若波羅蜜多清淨故菩薩十地清淨何以故若一切智智清淨若淨戒乃至般若波羅蜜多清淨若菩薩十地清淨無二無二分無别無斷故善現一切智智清淨故內空清淨內空清淨故菩薩十地清淨何以故若一切智智清淨若內空清淨若菩薩十地清淨無二無二分無别無斷故一切智智清淨故外空內外空空空大空勝義空有爲空無爲空畢竟空無際空散空無變異空本性空自相空共相空一切法空不可得空無性空自性空無性自性空清淨外空乃至無性自性空清淨故菩薩十地清淨何以故若一切智智清淨若外空乃至無性自性空清淨若菩薩十地清淨無二無二分無别無斷故善現一切智智清淨故真如清淨真如清淨故菩薩十地清淨何以故若一切智智清淨若真如清淨若菩薩十地清淨無二無二分無别無斷故一切智智清淨故法界法性不虛妄性不變異性平等性離生性法定法住實際虛空界不思議界清淨法界乃至不思議界清淨故菩薩十地清淨何以故若一切智智清淨若法界乃至不思議界清淨若菩薩十地清淨無二無二分無别無斷故善現一切智智清淨故苦聖諦清淨苦聖諦清淨故菩薩十地清淨何以故若一切智智清淨若苦聖諦清淨若菩

薩十地清淨無二無二分無別無斷故一切智智清淨故集滅道聖諦清淨集滅道聖諦清淨故菩薩十地清淨何以故若一切智智清淨若集滅道聖諦清淨若菩薩十地清淨無二無二分無別無斷故善現一切智智清淨故四靜慮清淨四靜慮清淨故菩薩十地清淨何以故若一切智智清淨若四靜慮清淨若菩薩十地清淨無二無二分無別無斷故一切智智清淨故四無量四無色定清淨四無量四無色定清淨故菩薩十地清淨何以故若一切智智清淨若四無量四無色定清淨若菩薩十地清淨無二無二分無別無斷故善現一切智智清淨故八解脫清淨八解脫清淨故菩薩十地清淨何以故若一切智智清淨若八解脫清淨若菩薩十地清淨

無二無二分無別無斷故一切智智清淨故八勝處九次第定十遍處清淨八勝處九次第定十遍處清淨故菩薩十地清淨何以故若一切智智清淨若八勝處九次第定十遍處清淨若菩薩十地清淨無二無二分無別無斷故善現一切智智清淨故四念住清淨四念住清淨故菩薩十地清淨何以故若一切智智清淨若四念住清淨若菩薩十地清淨無二無二分無別無斷故一切智智清淨故四正斷四神足五根五力七等覺支八聖道支清淨四正斷乃至八聖道支清淨故菩薩十地清淨何以故若一切智智清淨若四正斷乃至八聖道支清淨若菩薩十地清淨無二無二分無別無斷故善現一切智智清淨故空解脫門清淨空解脫門清淨故菩薩

十地清淨何以故若一切智智清淨若空解脱門清淨若菩薩十地清淨無二無二分無別無斷故一切智智清淨故無相無願解脱門清淨無相無願解脱門清淨故菩薩十地清淨何以故若一切智智清淨若無相無願解脱門清淨若菩薩十地清淨無二無二分無別無斷故善現一切智智清淨故五眼清淨五眼清淨故菩薩十地清淨何以故若一切智智清淨若五眼清淨若菩薩十地清淨無二無二分無別無斷故一切智智清淨故六神通清淨六神通清淨故菩薩十地清淨何以故若一切智智清淨若六神通清淨若菩薩十地清淨無二無二分無別無斷故善現一切智智清淨故佛十力清淨佛十力清淨故菩薩十地清淨何以故若一切智智清淨若佛十力清淨若菩薩十地清淨無二無二分無別無斷故一切智智清淨故四無所畏四無礙解大慈大悲大喜大捨十八佛不共法清淨四無所畏乃至十八佛不共法清淨故菩薩十地清淨何以故若一切智智清淨若四無所畏乃至十八佛不共法清淨若菩薩十地清淨無二無二分無別無斷故善現一切智智清淨故無忘失法清淨無忘失法清淨故菩薩十地清淨何以故若一切智智清淨若無忘失法清淨若菩薩十地清淨無二無二分無別無斷故一切智智清淨故恒住捨性清淨恒住捨性清淨故菩薩十地清淨何以故若一切智智清淨若恒住捨性清淨若菩薩十地清淨無二無二分無別無斷故善現一切智智清淨故一切智清淨一

切智清淨故菩薩十地清淨何以故若一切智智清淨若一切智清淨若菩薩十地清淨無二無二分無別無斷故一切智智清淨故道相智一切相智清淨道相智一切相智清淨故菩薩十地清淨何以故若一切智智清淨若道相智一切相智清淨若菩薩十地清淨無二無二分無別無斷故善現一切智智清淨故一切陀羅尼門清淨一切陀羅尼門清淨故菩薩十地清淨何以故若一切智智清淨若一切陀羅尼門清淨若菩薩十地清淨無二無二分無別無斷故一切智智清淨故一切三摩地門清淨一切三摩地門清淨故菩薩十地清淨何以故若一切智智清淨若一切三摩地門清淨若菩薩十地清淨無二無二分無別無斷故善現一切智智清淨

故預流果清淨預流果清淨故菩薩十地清淨何以故若一切智智清淨若預流果清淨若菩薩十地清淨無二無二分無別無斷故一切智智清淨故一來不還阿羅漢果清淨一來不還阿羅漢果清淨故菩薩十地清淨何以故若一切智智清淨若一來不還阿羅漢果清淨若菩薩十地清淨無二無二分無別無斷故善現一切智智清淨故獨覺菩提清淨獨覺菩提清淨故菩薩十地清淨何以故若一切智智清淨若獨覺菩提清淨若菩薩十地清淨無二無二分無別無斷故善現一切智智清淨故一切菩薩摩訶薩行清淨一切菩薩摩訶薩行清淨故菩薩十地清淨何以故若一切智智清淨若一切菩薩摩訶薩行清淨若菩薩十地清淨無二無二分無

別無斷故善現一切智智清淨故諸佛無上正等菩提清淨諸佛無上正等菩提清淨故菩薩十地清淨何以故若一切智智清淨若諸佛無上正等菩提清淨若菩薩十地清淨無二無二分無別無斷故復次善現一切智清淨故色清淨色清淨故五眼清淨何以故若一切智智清淨若色清淨若五眼清淨無二無二分無別無斷故一切智智清淨故受想行識清淨受想行識清淨故五眼清淨何以故若一切智智清淨若受想行識清淨若五眼清淨無二無二分無別無斷故善現一切智智清淨故眼處清淨眼處清淨故五眼清淨何以故若一切智智清淨若眼處清淨若五眼清淨無二無二分無別無斷故一切智智清淨故耳鼻舌身意處清淨耳鼻舌身意處清淨故五眼清淨何以故若一切智智清淨若耳鼻舌身意處清淨若五眼清淨無二無二分無別無斷故善現一切智智清淨故色處清淨色處清淨故五眼清淨何以故若一切智智清淨若色處清淨若五眼清淨無二無二分無別無斷故一切智智清淨故聲香味觸法處清淨聲香味觸法處清淨故五眼清淨何以故若一切智智清淨若聲香味觸法處清淨若五眼清淨無二無二分無別無斷故善現一切智智清淨故眼界清淨眼界清淨故五眼清淨何以故若一切智智清淨若眼界清淨若五眼清淨無二無二分無別無斷故一切智智清淨故色界眼識界及眼觸眼觸爲緣所生諸受清淨色界乃至眼觸爲緣所生諸受清淨故五眼清淨何

以故若一切智智清淨若色界乃至眼觸爲緣所生諸受清淨若五眼清淨無二無二分無別無斷故善現一切智智清淨故耳界清淨耳界清淨故五眼清淨何以故若一切智智清淨若耳界清淨若五眼清淨無二無二分無別無斷故一切智智清淨故聲界耳識界及耳觸耳觸爲緣所生諸受清淨聲界乃至耳觸爲緣所生諸受清淨故五眼清淨何以故若一切智智清淨若聲界乃至耳觸爲緣所生諸受清淨若五眼清淨無二無二分無別無斷故善現一切智智清淨故鼻界清淨鼻界清淨故五眼清淨何以故若一切智智清淨若鼻界清淨若五眼清淨無二無二分無別無斷故一切智智清淨故香界鼻識界及鼻觸鼻觸爲緣所生諸受清淨香界乃至鼻觸爲緣所生諸受清淨故五眼清淨何以故若一切智智清淨若香界乃至鼻觸爲緣所生諸受清淨若五眼清淨無二無二分無別無斷故善現一切智智清淨故舌界清淨舌界清淨故五眼清淨何以故若一切智智清淨若舌界清淨若五眼清淨無二無二分無別無斷故一切智智清淨故味界舌識界及舌觸舌觸爲緣所生諸受清淨味界乃至舌觸爲緣所生諸受清淨故五眼清淨何以故若一切智智清淨若味界乃至舌觸爲緣所生諸受清淨若五眼清淨無二無二分無別無斷故善現一切智智清淨故身界清淨身界清淨故五眼清淨何以故若一切智智清淨若身界清淨若五眼清淨無二無二分無別無斷故一切智智清淨故觸界身識

界及身觸身觸爲縁所生諸受清淨身界乃至身觸爲縁所生諸受清淨故五眼清淨何以故若一切智智清淨若觸界乃至身觸爲縁所生諸受清淨若五眼清淨無二無二分無別無斷故善現一切智智清淨故意界清淨意界清淨故五眼清淨何以故若一切智智清淨若意界清淨若五眼清淨無二無二分無別無斷故一切智智清淨故法界意識界及意觸意觸爲縁所生諸受清淨法界乃至意觸爲縁所生諸受清淨故五眼清淨何以故若一切智智清淨若法界乃至意觸爲縁所生諸受清淨若五眼清淨無二無二分無別無斷故善現一切智智清淨故地界清淨地界清淨故五眼清淨何以故若一切智智清淨若地界清淨若五眼清淨無二無二分無別無斷故一切智智清淨故水火風空識界清淨水火風空識界清淨故五眼清淨何以故若一切智智清淨若水火風空識界清淨若五眼清淨無二無二分無別無斷故

大般若波羅蜜多經卷第二百七十三

大般若波羅蜜多經卷第二百七十四

唐三藏法師玄奘奉　詔譯

初分難信解品第三十四之九十三

善現一切智智清淨故無明清淨無明清淨故五眼清淨何以故若一切智智清淨若無明清淨若五眼清淨無二無二分無別無斷故一切智智清淨故行識名色六處觸受愛取有生老死愁歎苦憂惱清淨行乃至老死愁歎苦憂惱清淨故五眼清淨何以故若一切智智清淨若行乃至老死愁歎苦憂惱清淨若五眼清淨無二無二分無別無斷故善現一切智智清淨故布施波羅蜜多清淨布施波羅蜜多清淨故五眼清淨何以故若一切智智清淨若布施波羅蜜多清淨若五眼清淨無二無二分無別無斷故一切智智清淨故淨戒安忍精進靜慮般若波羅蜜多清淨淨戒乃至般若波羅蜜多清淨故五眼清淨何以故若一切智智清淨若淨戒乃至般若波羅蜜多清淨若五眼清淨無二無二分無別無斷故善現一切智智清淨故內空清淨內空清淨故五眼清淨何以故若一切智智清淨若內空清淨若五眼清淨無二無二分無別無斷故一切智智清淨故外空內外空空空大空勝義空有爲空無爲空畢竟空無際空散空無變異空本性空自相空共相空一切法空不可得空無性空自性空無性自性空清淨外空乃至無性自性空清淨故五眼清淨何以故若一切智智清淨若外空乃至無性自性空清淨若五眼清淨無二無二分無別無斷故善現一切智智清淨故真

如清淨真如清淨故五眼清淨何以故若一切智智清淨若真如清淨若五眼清淨無二無二分無別無斷故一切智智清淨故法界法性不虛妄性不變異性平等性離生性法定法住實際虛空界不思議界清淨法界乃至不思議界清淨故五眼清淨何以故若一切智智清淨若法界乃至不思議界清淨若五眼清淨無二無二分無別無斷故善現一切智智清淨故苦聖諦清淨苦聖諦清淨故五眼清淨何以故若一切智智清淨若苦聖諦清淨若五眼清淨無二無二分無別無斷故一切智智清淨故集滅道聖諦清淨集滅道聖諦清淨故五眼清淨何以故若一切智智清淨若集滅道聖諦清淨若五眼清淨無二無二分無別無斷故善現一切智智清淨故四靜慮清淨四靜慮清淨故五眼清淨何以故若一切智智清淨若四靜慮清淨若五眼清淨無二無二分無別無斷故一切智智清淨故四無量四無色定清淨四無量四無色定清淨故五眼清淨何以故若一切智智清淨若四無量四無色定清淨若五眼清淨無二無二分無別無斷故善現一切智智清淨故八解脫清淨八解脫清淨故五眼清淨何以故若一切智智清淨若八解脫清淨若五眼清淨無二無二分無別無斷故一切智智清淨故八勝處九次第定十遍處清淨八勝處九次第定十遍處清淨故五眼清淨何以故若一切智智清淨若八勝處九次第定十遍處清淨若五眼清淨無二無二分無別無斷故善現一切智智清淨故四念住清淨

四念住清淨故五眼清淨何以故若一切智智清淨若四念住清淨若五眼清淨無二無二分無別無斷故一切智智清淨故四正斷四神足五根五力七等覺支八聖道支清淨四正斷乃至八聖道支清淨故五眼清淨何以故若一切智智清淨若四正斷乃至八聖道支清淨若五眼清淨無二無二分無別無斷故善現一切智智清淨故空解脱門清淨空解脱門清淨故五眼清淨何以故若一切智智清淨若空解脱門清淨若五眼清淨無二無二分無別無斷故一切智智清淨故無相無願解脱門清淨無相無願解脱門清淨故五眼清淨何以故若一切智智清淨若無相無願解脱門清淨若五眼清淨無二無二分無別無斷故善現一切智智清淨故菩薩

十地清淨菩薩十地清淨故五眼清淨何以故若一切智智清淨若菩薩十地清淨若五眼清淨無二無二分無別無斷故善現一切智智清淨故六神通清淨六神通清淨故五眼清淨何以故若一切智智清淨若六神通清淨若五眼清淨無二無二分無別無斷故善現一切智智清淨故佛十力清淨佛十力清淨故五眼清淨何以故若一切智智清淨若佛十力清淨若五眼清淨無二無二分無別無斷故一切智智清淨故四無所畏四無礙解大慈大悲大喜大捨十八佛不共法清淨四無所畏乃至十八佛不共法清淨故五眼清淨何以故若一切智智清淨若四無所畏乃至十八佛不共法清淨若五眼清淨無二無二分無別無斷故善現一切智智清淨

故無忘失法清淨無忘失法清淨故五眼清淨何以故若一切智智清淨若無忘失法清淨若五眼清淨無二無二分無別無斷故一切智智清淨故恒住捨性清淨恒住捨性清淨故五眼清淨何以故若一切智智清淨若恒住捨性清淨若五眼清淨無二無二分無別無斷故善現一切智智清淨故一切智清淨一切智清淨故五眼清淨何以故若一切智智清淨若一切智清淨若五眼清淨無二無二分無別無斷故一切智智清淨故道相智一切相智清淨道相智一切相智清淨故五眼清淨何以故若一切智智清淨若道相智一切相智清淨若五眼清淨無二無二分無別無斷故善現一切智智清淨故一切陀羅尼門清淨一切陀羅尼門清淨故五眼清淨何以故若一切智智清淨若一切陀羅尼門清淨若五眼清淨無二無二分無別無斷故一切智智清淨故一切三摩地門清淨一切三摩地門清淨故五眼清淨何以故若一切智智清淨若一切三摩地門清淨若五眼清淨無二無二分無別無斷故善現一切智智清淨故預流果清淨預流果清淨故五眼清淨何以故若一切智智清淨若預流果清淨若五眼清淨無二無二分無別無斷故一切智智清淨故一來不還阿羅漢果清淨一來不還阿羅漢果清淨故五眼清淨何以故若一切智智清淨若一來不還阿羅漢果清淨若五眼清淨無二無二分無別無斷故善現一切智智清淨故獨覺菩提清淨獨覺菩提清淨故五眼清淨何以故若一切智智清

淨若獨覺菩提清淨若五眼清淨無二無二分無別無斷故善現一切智智清淨故一切菩薩摩訶薩行清淨一切菩薩摩訶薩行清淨故五眼清淨何以故若一切智智清淨若一切菩薩摩訶薩行清淨若五眼清淨無二無二分無別無斷故善現一切智智清淨故諸佛無上正等菩提清淨諸佛無上正等菩提清淨故五眼清淨何以故若一切智智清淨若諸佛無上正等菩提清淨若五眼清淨無二無二分無別無斷故復次善現一切智智清淨故色清淨色清淨故六神通清淨何以故若一切智智清淨若色清淨若六神通清淨無二無二分無別無斷故一切智智清淨故受想行識清淨受想行識清淨故六神通清淨何以故若一切智智清淨若受想行識清淨若六神通清淨無二無二分無別無斷故善現一切智智清淨故眼處清淨眼處清淨故六神通清淨何以故若一切智智清淨若眼處清淨若六神通清淨無二無二分無別無斷故一切智智清淨故耳鼻舌身意處清淨耳鼻舌身意處清淨故六神通清淨何以故若一切智智清淨若耳鼻舌身意處清淨若六神通清淨無二無二分無別無斷故善現一切智智清淨故色處清淨色處清淨故六神通清淨何以故若一切智智清淨若色處清淨若六神通清淨無二無二分無別無斷故一切智智清淨故聲香味觸法處清淨聲香味觸法處清淨故六神通清淨何以故若一切智智清淨若聲香味觸法處清淨若六神通清淨無二無二分無別無斷故

善現一切智智清淨故眼界清淨眼界清淨故六神通清淨何以故若一切智智清淨若眼界清淨若六神通清淨無二無二分無別無斷故一切智智清淨故色界眼識界乃眼觸眼觸爲緣所生諸受清淨色界乃至眼觸爲緣所生諸受清淨故六神通清淨何以故若一切智智清淨若色界乃至眼觸爲緣所生諸受清淨若六神通清淨無二無二分無別無斷故善現一切智智清淨故耳界清淨耳界清淨故六神通清淨何以故若一切智智清淨若耳界清淨若六神通清淨無二無二分無別無斷故一切智智清淨故聲界耳識界及耳觸耳觸爲緣所生諸受清淨聲界乃至耳觸爲緣所生諸受清淨故六神通清淨何以故若一切智智清淨若聲界乃至耳觸爲緣所生諸受清淨若六神通清淨無二無二分無別無斷故善現一切智智清淨故鼻界清淨鼻界清淨故六神通清淨何以故若一切智智清淨若鼻界清淨若六神通清淨無二無二分無別無斷故一切智智清淨故香界鼻識界及鼻觸鼻觸爲緣所生諸受清淨香界乃至鼻觸爲緣所生諸受清淨故六神通清淨何以故若一切智智清淨若香界乃至鼻觸爲緣所生諸受清淨若六神通清淨無二無二分無別無斷故善現一切智智清淨故舌界清淨舌界清淨故六神通清淨何以故若一切智智清淨若舌界清淨若六神通清淨無二無二分無別無斷故一切智智清淨故味界舌識界及舌觸舌觸爲緣所生諸受清淨味界乃至舌觸爲緣所生諸

受清淨故六神通清淨何以故若一切智智清淨若味界乃至舌觸爲緣所生諸受清淨若六神通清淨無二無二分無别無斷故善現一切智智清淨故身界清淨身界清淨故六神通清淨何以故若一切智智清淨若身界清淨若六神通清淨無二無二分無别無斷故一切智智清淨故觸界身識界及身觸身觸爲緣所生諸受清淨觸界乃至身觸爲緣所生諸受清淨故六神通清淨何以故若一切智智清淨若觸界乃至身觸爲緣所生諸受清淨若六神通清淨無二無二分無别無斷故善現一切智智清淨故意界清淨意界清淨故六神通清淨何以故若一切智智清淨若意界清淨若六神通清淨無二無二分無别無斷故一切智智清淨故法界意識界及意觸意觸爲緣所生諸受清淨法界乃至意觸爲緣所生諸受清淨故六神通清淨何以故若一切智智清淨若法界乃至意觸爲緣所生諸受清淨若六神通清淨無二無二分無别無斷故善現一切智智清淨故地界清淨地界清淨故六神通清淨何以故若一切智智清淨若地界清淨若六神通清淨無二無二分無别無斷故一切智智清淨故水火風空識界清淨水火風空識界清淨故六神通清淨何以故若一切智智清淨若水火風空識界清淨若六神通清淨無二無二分無别無斷故善現一切智智清淨故無明清淨無明清淨故六神通清淨何以故若一切智智清淨若無明清淨若六神通清淨無二無二分無别無斷故一切智智清淨故行

識名色六處觸受愛取有生老死愁歎苦憂惱清淨行乃至老死愁歎苦憂惱清淨故六神通清淨何以故若一切智智清淨若行乃至老死愁歎苦憂惱清淨若六神通清淨無二無二分無別無斷故善現一切智智清淨故布施波羅蜜多清淨布施波羅蜜多清淨故六神通清淨何以故若一切智智清淨若布施波羅蜜多清淨若六神通清淨無二無二分無別無斷故一切智智清淨故淨戒安忍精進靜慮般若波羅蜜多清淨淨戒乃至般若波羅蜜多清淨故六神通清淨何以故若一切智智清淨若淨戒乃至般若波羅蜜多清淨若六神通清淨無二無二分無別無斷故善現一切智智清淨故內空清淨內空清淨故六神通清淨何以故若一切智智清淨若內空清淨若六神通清淨無二無二分無別無斷故一切智智清淨故外空內外空空空大空勝義空有爲空無爲空畢竟空無際空散空無變異空本性空自相空共相空一切法空不可得空無性空自性空無性自性空清淨外空乃至無性自性空清淨故六神通清淨何以故若一切智智清淨若外空乃至無性自性空清淨若六神通清淨無二無二分無別無斷故善現一切智智清淨故真如清淨真如清淨故六神通清淨何以故若一切智智清淨若真如清淨若六神通清淨無二無二分無別無斷故一切智智清淨故法界法性不虛妄性不變異性平等性離生性法定法住實際虛空界不思議界清淨法界乃至不思議界清淨故六神通清淨何

以故若一切智智清淨若法界乃至不思議界清淨若六神通清淨無二無二分無別無斷故善現一切智智清淨故苦聖諦清淨苦聖諦清淨故六神通清淨何以故若一切智智清淨若苦聖諦清淨若六神通清淨無二無二分無別無斷故一切智智清淨故集滅道聖諦清淨集滅道聖諦清淨故六神通清淨何以故若一切智智清淨若集滅道聖諦清淨若六神通清淨無二無二分無別無斷故善現一切智智清淨故四靜慮清淨四靜慮清淨故六神通清淨何以故若一切智智清淨若四靜慮清淨若六神通清淨無二無二分無別無斷故一切智智清淨故四無量四無色定清淨四無量四無色定清淨故六神通清淨何以故若一切智智清淨若四無量四無色定清淨若六神通清淨無二無二分無別無斷故善現一切智智清淨故八解脫清淨八解脫清淨故六神通清淨何以故若一切智智清淨若八解脫清淨若六神通清淨無二無二分無別無斷故一切智智清淨故八勝處九次第定十遍處清淨八勝處九次第定十遍處清淨故六神通清淨何以故若一切智智清淨若八勝處九次第定十遍處清淨若六神通清淨無二無二分無別無斷故善現一切智智清淨故四念住清淨四念住清淨故六神通清淨何以故若一切智智清淨若四念住清淨若六神通清淨無二無二分無別無斷故一切智智清淨故四正斷四神足五根五力七等覺支八聖道支清淨四正斷乃至八聖道支清淨故六神通

清淨何以故若一切智智清淨若四正斷乃至八聖道支清淨若六神通清淨無二無二分無別無斷故善現一切智智清淨故空解脫門清淨空解脫門清淨故六神通清淨何以故若一切智智清淨若空解脫門清淨若六神通清淨無二無二分無別無斷故一切智智清淨故無相無願解脫門清淨無相無願解脫門清淨故六神通清淨何以故若一切智智清淨若無相無願解脫門清淨若六神通清淨無二無二分無別無斷故善現一切智智清淨故菩薩十地清淨菩薩十地清淨故六神通清淨何以故若一切智智清淨若菩薩十地清淨若六神通清淨無二無二分無別無斷故善現一切智智清淨故五眼清淨五眼清淨故六神通清淨何以故若一

切智智清淨若五眼清淨若六神通清淨無二無二分無別無斷故善現一切智智清淨故佛十力清淨佛十力清淨故六神通清淨何以故若一切智智清淨若佛十力清淨若六神通清淨無二無二分無別無斷故一切智智清淨故四無所畏四無礙解大慈大悲大喜大捨十八佛不共法清淨四無所畏乃至十八佛不共法清淨故六神通清淨何以故若一切智智清淨若四無所畏乃至十八佛不共法清淨若六神通清淨無二無二分無別無斷故善現一切智智清淨故無忘失法清淨無忘失法清淨故六神通清淨何以故若一切智智清淨若無忘失法清淨若六神通清淨無二無二分無別無斷故一切智智清淨故恒住捨性清淨恒住捨性清淨故

六神通清淨何以故若一切智智清淨若恒住捨性清淨若六神通清淨無二無二分無別無斷故善現一切智智清淨故一切智清淨一切智清淨故六神通清淨何以故若一切智智清淨若一切智清淨若六神通清淨無二無二分無別無斷故一切智智清淨故道相智一切相智清淨道相智一切相智清淨故六神通清淨何以故若一切智智清淨若道相智一切相智清淨若六神通清淨無二無二分無別無斷故善現一切智智清淨故一切陀羅尼門清淨一切陀羅尼門清淨故六神通清淨何以故若一切智智清淨若一切陀羅尼門清淨若六神通清淨無二無二分無別無斷故一切智智清淨故一切三摩地門清淨一切三摩地門清淨故六神通清淨何以故若一切智智清淨若一切三摩地門清淨若六神通清淨無二無二分無別無斷故善現一切智智清淨故預流果清淨預流果清淨故六神通清淨何以故若一切智智清淨若預流果清淨若六神通清淨無二無二分無別無斷故一切智智清淨故一來不還阿羅漢果清淨一來不還阿羅漢果清淨故六神通清淨何以故若一切智智清淨若一來不還阿羅漢果清淨若六神通清淨無二無二分無別無斷故善現一切智智清淨故獨覺菩提清淨獨覺菩提清淨故六神通清淨何以故若一切智智清淨若獨覺菩提清淨若六神通清淨無二無二分無別無斷故善現一切智智清淨故一切菩薩摩訶薩行清淨一切菩薩摩訶薩行清淨故六

神通清淨何以故若一切智智清淨若一切菩薩摩訶薩行清淨若六神通清淨無二無二分無別無斷故善現一切智智清淨故諸佛無上正等菩提清淨諸佛無上正等菩提清淨故六神通清淨何以故若一切智智清淨若諸佛無上正等菩提清淨若六神通清淨無二無二分無別無斷故復次善現一切智智清淨故色清淨色清淨故佛十力清淨何以故若一切智智清淨若色清淨若佛十力清淨無二無二分無別無斷故一切智智清淨故受想行識清淨受想行識清淨故佛十力清淨何以故若一切智智清淨若受想行識清淨若佛十力清淨無二無二分無別無斷故善現一切智智清淨故眼處清淨眼處清淨故佛十力清淨何以故若一切智智清淨若眼處清淨若佛十力清淨無二無二分無別無斷故一切智智清淨故耳鼻舌身意處清淨耳鼻舌身意處清淨故佛十力清淨何以故若一切智智清淨若耳鼻舌身意處清淨若佛十力清淨無二無二分無別無斷故善現一切智智清淨故色處清淨色處清淨故佛十力清淨何以故若一切智智清淨若色處清淨若佛十力清淨無二無二分無別無斷故一切智智清淨故聲香味觸法處清淨聲香味觸法處清淨故佛十力清淨何以故若一切智智清淨若聲香味觸法處清淨若佛十力清淨無二無二分無別無斷故善現一切智智清淨故眼界清淨眼界清淨故佛十力清淨何以故若一切智智清淨若眼界清淨若佛十力清淨無二無二分無

別無斷故一切智智清淨故色界眼識界及眼觸眼觸爲縁所生諸受清淨色界乃至眼觸爲縁所生諸受清淨故佛十力清淨何以故若一切智智清淨若色界乃至眼觸爲縁所生諸受清淨若佛十力清淨無二無二分無別無斷故善現一切智智清淨故耳界清淨耳界清淨故佛十力清淨何以故若一切智智清淨若耳界清淨若佛十力清淨無二無二分無別無斷故一切智智清淨故聲界耳識界及耳觸耳觸爲縁所生諸受清淨聲界乃至耳觸爲縁所生諸受清淨故佛十力清淨何以故若一切智智清淨若聲界乃至耳觸爲縁所生諸受清淨若佛十力清淨無二無二分無別無斷故善現一切智智清淨故鼻界清淨鼻界清淨故佛十力清淨何以

故若一切智智清淨若鼻界清淨若佛十力清淨無二無二分無別無斷故一切智智清淨故香界鼻識界及鼻觸鼻觸爲縁所生諸受清淨香界乃至鼻觸爲縁所生諸受清淨故佛十力清淨何以故若一切智智清淨若香界乃至鼻觸爲縁所生諸受清淨若佛十力清淨無二無二分無別無斷故善現一切智智清淨故舌界清淨舌界清淨故佛十力清淨何以故若一切智智清淨若舌界清淨若佛十力清淨無二無二分無別無斷故一切智智清淨故味界舌識界及舌觸舌觸爲縁所生諸受清淨味界乃至舌觸爲縁所生諸受清淨故佛十力清淨何以故若一切智智清淨若味界乃至舌觸爲縁所生諸受清淨若佛十力清淨無二無二分無別無斷故

善現一切智智清淨故身界清淨身界清淨故佛十力清淨何以故若一切智智清淨若身界清淨若佛十力清淨無二無二分無别無斷故一切智智清淨故觸界身識界及身觸身觸爲緣所生諸受清淨觸界乃至身觸爲緣所生諸受清淨故佛十力清淨何以故若一切智智清淨若觸界乃至身觸爲緣所生諸受清淨若佛十力清淨無二無二分無别無斷故善現一切智智清淨故意界清淨意界清淨故佛十力清淨何以故若一切智智清淨若意界清淨若佛十力清淨無二無二分無别無斷故一切智智清淨故法界意識界及意觸意觸爲緣所生諸受清淨法界乃至意觸爲緣所生諸受清淨故佛十力清淨何以故若一切智智清淨若法界乃至意觸爲緣所生諸受清淨若佛十力清淨無二無二分無别無斷故善現一切智智清淨故地界清淨地界清淨故佛十力清淨何以故若一切智智清淨若地界清淨若佛十力清淨無二無二分無别無斷故一切智智清淨故水火風空識界清淨水火風空識界清淨故佛十力清淨何以故若一切智智清淨若水火風空識界清淨若佛十力清淨無二無二分無别無斷故善現一切智智清淨故無明清淨無明清淨故佛十力清淨何以故若一切智智清淨若無明清淨若佛十力清淨無二無二分無别無斷故一切智智清淨故行識名色六處觸受愛取有生老死愁歎苦憂惱清淨行乃至老死愁歎苦憂惱清淨故佛十力清淨何以故若一切智智清淨若行

乃至老死愁歎苦憂惱清淨若佛十力清淨無二無二分無別無斷故善現一切智智清淨故布施波羅蜜多清淨布施波羅蜜多清淨故佛十力清淨何以故若一切智智清淨若布施波羅蜜多清淨若佛十力清淨無二無二分無別無斷故一切智智清淨故淨戒安忍精進靜慮般若波羅蜜多清淨淨戒乃至般若波羅蜜多清淨故佛十力清淨何以故若一切智智清淨若淨戒乃至般若波羅蜜多清淨若佛十力清淨無二無二分無別無斷故善現一切智智清淨故內空清淨內空清淨故佛十力清淨何以故若一切智智清淨若內空清淨若佛十力清淨無二無二分無別無斷故一切智智清淨故外空內外空空空大空勝義空有爲空無爲空畢竟空無際空散空無變異空本性空自相空共相空一切法空不可得空無性空自性空無性自性空清淨外空乃至無性自性空清淨故佛十力清淨何以故若一切智智清淨若外空乃至無性自性空清淨若佛十力清淨無二無二分無別無斷故

大般若波羅蜜多經卷第二百七十四

大般若波羅蜜多經卷第二百七十五

唐三藏法師玄奘奉　詔譯

初分難信解品第三十四之九十四

善現一切智智清淨故真如清淨真如清淨故佛十力清淨何以故若一切智智清淨若真如清淨若佛十力清淨無二無二分無別無斷故一切智智清淨故法界法性不虛妄性不變異性平等性離生性法定法住實際虛空界不思議界清淨法界乃至不思議界清淨故佛十力清淨何以故若一切智智清淨若法界乃至不思議界清淨若佛十力清淨無二無二分無別無斷故善現一切智智清淨故苦聖諦清淨苦聖諦清淨故佛十力清淨何以故若一切智智清淨若苦聖諦清淨若佛十力清淨無二無二分無別無斷故一切智智清淨故集滅道聖諦清淨集滅道聖諦清淨故佛十力清淨何以故若一切智智清淨若集滅道聖諦清淨若佛十力清淨無二無二分無別無斷故善現一切智智清淨故四靜慮清淨四靜慮清淨故佛十力清淨何以故若一切智智清淨若四靜慮清淨若佛十力清淨無二無二分無別無斷故一切智智清淨故四無量四無色定清淨四無量四無色定清淨故佛十力清淨何以故若一切智智清淨若四無量四無色定清淨若佛十力清淨無二無二分無別無斷故善現一切智智清淨故八解脫清淨八解脫清淨故佛十力清淨何以故若一切智智清淨若八解脫清淨若佛十力清淨無二無二分無別無斷故一切智智清淨故八勝處九次第

定十遍處清淨八勝處九次第定十遍處清淨故佛十力清淨何以故若一切智智清淨若八勝處九次第定十遍處清淨若佛十力清淨無二無二分無別無斷故善現一切智智清淨故四念住清淨四念住清淨故佛十力清淨何以故若一切智智清淨若四念住清淨若佛十力清淨無二無二分無別無斷故一切智智清淨故四正斷四神足五根五力七等覺支八聖道支清淨四正斷乃至八聖道支清淨故佛十力清淨何以故若一切智智清淨若四正斷乃至八聖道支清淨若佛十力清淨無二無二分無別無斷故善現一切智智清淨故空解脫門清淨空解脫門清淨故佛十力清淨何以故若一切智智清淨若空解脫門清淨若佛十力清淨無二無二分無別無斷故一切智智清淨故無相無願解脫門清淨無相無願解脫門清淨故佛十力清淨何以故若一切智智清淨若無相無願解脫門清淨若佛十力清淨無二無二分無別無斷故善現一切智智清淨故菩薩十地清淨菩薩十地清淨故佛十力清淨何以故若一切智智清淨若菩薩十地清淨若佛十力清淨無二無二分無別無斷故善現一切智智清淨故五眼清淨五眼清淨故佛十力清淨何以故若一切智智清淨若五眼清淨若佛十力清淨無二無二分無別無斷故一切智智清淨故六神通清淨六神通清淨故佛十力清淨何以故若一切智智清淨若六神通清淨若佛十力清淨無二無二分無別無斷故善現一切智智清淨故四無所

畏清淨四無所畏清淨故佛十力清淨何以故若一切智智清淨若四無所畏清淨若佛十力清淨無二無二分無別無斷故一切智智清淨故四無礙解大慈大悲大喜大捨十八佛不共法清淨四無礙解乃至十八佛不共法清淨故佛十力清淨何以故若一切智智清淨若四無礙解乃至十八佛不共法清淨若佛十力清淨無二無二分無別無斷故善現一切智智清淨故無忘失法清淨無忘失法清淨故佛十力清淨何以故若一切智智清淨若無忘失法清淨若佛十力清淨無二無二分無別無斷故一切智智清淨故恒住捨性清淨恒住捨性清淨故佛十力清淨何以故若一切智智清淨若恒住捨性清淨若佛十力清淨無二無二分無別無斷故善

現一切智智清淨故一切智清淨一切智清淨故佛十力清淨何以故若一切智智清淨若一切智清淨若佛十力清淨無二無二分無別無斷故一切智智清淨故道相智一切相智清淨道相智一切相智清淨故佛十力清淨何以故若一切智智清淨若道相智一切相智清淨若佛十力清淨無二無二分無別無斷故善現一切智智清淨故一切陀羅尼門清淨一切陀羅尼門清淨故佛十力清淨何以故若一切智智清淨若一切陀羅尼門清淨若佛十力清淨無二無二分無別無斷故一切智智清淨故一切三摩地門清淨一切三摩地門清淨故佛十力清淨何以故若一切智智清淨若一切三摩地門清淨若佛十力清淨無二無二分無別無斷故善現

一切智智清淨故預流果清淨預流果清淨故佛十力清淨何以故若一切智智清淨若預流果清淨若佛十力清淨無二無二分無別無斷故一切智智清淨故一來不還阿羅漢果清淨一來不還阿羅漢果清淨故佛十力清淨何以故若一切智智清淨若一來不還阿羅漢果清淨若佛十力清淨無二無二分無別無斷故善現一切智智清淨故獨覺菩提清淨獨覺菩提清淨故佛十力清淨何以故若一切智智清淨若獨覺菩提清淨若佛十力清淨無二無二分無別無斷故善現一切智智清淨故一切菩薩摩訶薩行清淨一切菩薩摩訶薩行清淨故佛十力清淨何以故若一切智智清淨若一切菩薩摩訶薩行清淨若佛十力清淨無二無二分無別無斷故善現一切智智清淨故諸佛無上正等菩提清淨諸佛無上正等菩提清淨故佛十力清淨何以故若一切智智清淨若諸佛無上正等菩提清淨若佛十力清淨無二無二分無別無斷故復次善現一切智智清淨故色清淨色清淨故四無所畏清淨何以故若一切智智清淨若色清淨若四無所畏清淨無二無二分無別無斷故一切智智清淨故受想行識清淨受想行識清淨故四無所畏清淨何以故若一切智智清淨若受想行識清淨若四無所畏清淨無二無二分無別無斷故善現一切智智清淨故眼處清淨眼處清淨故四無所畏清淨何以故若一切智智清淨若眼處清淨若四無所畏清淨無二無二分無別無斷故一切智智清淨故耳鼻舌

身意處清淨耳鼻舌身意處清淨故四無所
畏清淨何以故若一切智智清淨若耳鼻舌
身意處清淨若四無所畏清淨無二無二分
無別無斷故善現一切智智清淨故色處清
淨色處清淨故四無所畏清淨何以故若一
切智智清淨若色處清淨若四無所畏清淨
無二無二分無別無斷故一切智智清淨故
聲香味觸法處清淨聲香味觸法處清淨故
四無所畏清淨何以故若一切智智清淨若
聲香味觸法處清淨若四無所畏清淨無二
無二分無別無斷故善現一切智智清淨故
眼界清淨眼界清淨故四無所畏清淨何以
故若一切智智清淨若眼界清淨若四無所
畏清淨無二無二分無別無斷故一切智智
清淨故色界眼識界及眼觸眼觸爲緣所生
諸受清淨色界乃至眼觸爲緣所生諸受清
淨故四無所畏清淨何以故若一切智智清
淨若色界乃至眼觸爲緣所生諸受清淨若
四無所畏清淨無二無二分無別無斷故善
現一切智智清淨故耳界清淨耳界清淨故
四無所畏清淨何以故若一切智智清淨若
耳界清淨若四無所畏清淨無二無二分無
別無斷故一切智智清淨故聲界耳識界及
耳觸耳觸爲緣所生諸受清淨聲界乃至耳
觸爲緣所生諸受清淨故四無所畏清淨何
以故若一切智智清淨若聲界乃至耳觸爲
緣所生諸受清淨若四無所畏清淨無二無
二分無別無斷故善現一切智智清淨故鼻
界清淨鼻界清淨故四無所畏清淨何以故
若一切智智清淨若鼻界清淨若四無所畏

清淨無二無二分無別無斷故一切智智清淨故香界鼻識界及鼻觸鼻觸爲緣所生諸受清淨香界乃至鼻觸爲緣所生諸受清淨故四無所畏清淨何以故若一切智智清淨若香界乃至鼻觸爲緣所生諸受清淨若四無所畏清淨無二無二分無別無斷故善現一切智智清淨故舌界清淨舌界清淨故四無所畏清淨何以故若一切智智清淨若舌界清淨若四無所畏清淨無二無二分無別無斷故一切智智清淨故味界舌識界及舌觸舌觸爲緣所生諸受清淨味界乃至舌觸爲緣所生諸受清淨故四無所畏清淨何以故若一切智智清淨若味界乃至舌觸爲緣所生諸受清淨若四無所畏清淨無二無二分無別無斷故善現一切智智清淨故身界清淨身界清淨故四無所畏清淨何以故若一切智智清淨若身界清淨若四無所畏清淨無二無二分無別無斷故一切智智清淨故觸界身識界及身觸身觸爲緣所生諸受清淨觸界乃至身觸爲緣所生諸受清淨故四無所畏清淨何以故若一切智智清淨若觸界乃至身觸爲緣所生諸受清淨若四無所畏清淨無二無二分無別無斷故善現一切智智清淨故意界清淨意界清淨故四無所畏清淨何以故若一切智智清淨若意界清淨若四無所畏清淨無二無二分無別無斷故一切智智清淨故法界意識界及意觸意觸爲緣所生諸受清淨法界乃至意觸爲緣所生諸受清淨故四無所畏清淨何以故若一切智智清淨若法界乃至意觸爲緣所

生諸受清淨若四無所畏清淨無二無二分無別無斷故善現一切智智清淨故地界清淨地界清淨故四無所畏清淨何以故若一切智智清淨若地界清淨若四無所畏清淨無二無二分無別無斷故一切智智清淨故水火風空識界清淨水火風空識界清淨故四無所畏清淨何以故若一切智智清淨若水火風空識界清淨若四無所畏清淨無二無二分無別無斷故善現一切智智清淨故無明清淨無明清淨故四無所畏清淨何以故若一切智智清淨若無明清淨若四無所畏清淨無二無二分無別無斷故一切智智清淨故行識名色六處觸受愛取有生老死愁歎苦憂惱清淨行乃至老死愁歎苦憂惱清淨故四無所畏清淨何以故若一切智智清淨若行乃至老死愁歎苦憂惱清淨若四無所畏清淨無二無二分無別無斷故善現一切智智清淨故布施波羅蜜多清淨布施波羅蜜多清淨故四無所畏清淨何以故若一切智智清淨若布施波羅蜜多清淨若四無所畏清淨無二無二分無別無斷故一切智智清淨故淨戒安忍精進靜慮般若波羅蜜多清淨淨戒乃至般若波羅蜜多清淨故四無所畏清淨何以故若一切智智清淨若淨戒乃至般若波羅蜜多清淨若四無所畏清淨無二無二分無別無斷故善現一切智智清淨故內空清淨內空清淨故四無所畏清淨何以故若一切智智清淨若內空清淨若四無所畏清淨無二無二分無別無斷故一切智智清淨故外空內外空空空大空勝

義空有爲空無爲空畢竟空無際空散空無變異空本性空自相空共相空一切法空不可得空無性空自性空無性自性空清淨外空乃至無性自性空清淨故四無所畏清淨何以故若一切智智清淨若外空乃至無性自性空清淨若四無所畏清淨無二無二分無別無斷故善現一切智智清淨故眞如清淨眞如清淨故四無所畏清淨何以故若一切智智清淨若眞如清淨若四無所畏清淨無二無二分無別無斷故一切智智清淨故法界法性不虛妄性不變異性平等性離生性法定法住實際虛空界不思議界清淨法界乃至不思議界清淨故四無所畏清淨何以故若一切智智清淨若法界乃至不思議界清淨若四無所畏清淨無二無二分無別無斷故善現一切智智清淨故苦聖諦清淨苦聖諦清淨故四無所畏清淨何以故若一切智智清淨若苦聖諦清淨若四無所畏清淨無二無二分無別無斷故一切智智清淨故集滅道聖諦清淨集滅道聖諦清淨故四無所畏清淨何以故若一切智智清淨若集滅道聖諦清淨若四無所畏清淨無二無二分無別無斷故善現一切智智清淨故四靜慮清淨四靜慮清淨故四無所畏清淨何以故若一切智智清淨若四靜慮清淨若四無所畏清淨無二無二分無別無斷故一切智智清淨故四無量四無色定清淨四無量四無色定清淨故四無所畏清淨何以故若一切智智清淨若四無量四無色定清淨若四無所畏清淨無二無二分無別無斷故善現

一切智智清淨故八解脱清淨八解脱清淨故四無所畏清淨何以故若一切智智清淨若八解脱清淨若四無所畏清淨無二無二分無别無斷故一切智智清淨故八勝處九次第定十遍處清淨八勝處九次第定十遍處清淨故四無所畏清淨何以故若一切智智清淨若八勝處九次第定十遍處清淨若四無所畏清淨無二無二分無别無斷故善現一切智智清淨故四念住清淨四念住清淨故四無所畏清淨何以故若一切智智清淨若四念住清淨若四無所畏清淨無二無二分無别無斷故一切智智清淨故四正斷四神足五根五力七等覺支八聖道支清淨四正斷乃至八聖道支清淨故四無所畏清淨何以故若一切智智清淨若四正斷乃至八聖道支清淨若四無所畏清淨無二無二分無别無斷故善現一切智智清淨故空解脱門清淨空解脱門清淨故四無所畏清淨何以故若一切智智清淨若空解脱門清淨若四無所畏清淨無二無二分無别無斷故一切智智清淨故無相無願解脱門清淨無相無願解脱門清淨故四無所畏清淨何以故若一切智智清淨若無相無願解脱門清淨若四無所畏清淨無二無二分無别無斷故善現一切智智清淨故菩薩十地清淨菩薩十地清淨故四無所畏清淨何以故若一切智智清淨若菩薩十地清淨若四無所畏清淨無二無二分無别無斷故善現一切智智清淨故五眼清淨五眼清淨故四無所畏清淨何以故若一切智智清淨若五眼清淨

若四無所畏清淨無二無二分無別無斷故一切智智清淨故六神通清淨六神通清淨故四無所畏清淨何以故若一切智智清淨若六神通清淨若四無所畏清淨無二無二分無別無斷故善現一切智智清淨故佛十力清淨佛十力清淨故四無所畏清淨何以故若一切智智清淨若佛十力清淨若四無所畏清淨無二無二分無別無斷故一切智智清淨故四無礙解大慈大悲大喜大捨十八佛不共法清淨四無礙解乃至十八佛不共法清淨故四無所畏清淨何以故若一切智智清淨若四無礙解乃至十八佛不共法清淨若四無所畏清淨無二無二分無別無斷故善現一切智智清淨故無忘失法清淨無忘失法清淨故四無所畏清淨何以故若一切智智清淨若無忘失法清淨若四無所畏清淨無二無二分無別無斷故一切智智清淨故恒住捨性清淨恒住捨性清淨故四無所畏清淨何以故若一切智智清淨若恒住捨性清淨若四無所畏清淨無二無二分無別無斷故善現一切智智清淨故一切智清淨一切智清淨故四無所畏清淨何以故若一切智智清淨若一切智清淨若四無所畏清淨無二無二分無別無斷故一切智智清淨故道相智一切相智清淨道相智一切相智清淨故四無所畏清淨何以故若一切智智清淨若道相智一切相智清淨若四無所畏清淨無二無二分無別無斷故善現一切智智清淨故一切陀羅尼門清淨一切陀羅尼門清淨故四無所畏清淨何以故若一

切智智清淨若一切陀羅尼門清淨若四無所畏清淨無二無二分無別無斷故一切智智清淨故一切三摩地門清淨一切三摩地門清淨故四無所畏清淨何以故若一切智智清淨若一切三摩地門清淨若四無所畏清淨無二無二分無別無斷故善現一切智智清淨故預流果清淨預流果清淨故四無所畏清淨何以故若一切智智清淨若預流果清淨若四無所畏清淨無二無二分無別無斷故一切智智清淨故一來不還阿羅漢果清淨一來不還阿羅漢果清淨故四無所畏清淨何以故若一切智智清淨若一來不還阿羅漢果清淨若四無所畏清淨無二無二分無別無斷故善現一切智智清淨故獨覺菩提清淨獨覺菩提清淨故四無所畏清淨何以故若一切智智清淨若獨覺菩提清淨若四無所畏清淨無二無二分無別無斷故善現一切智智清淨故一切菩薩摩訶薩行清淨一切菩薩摩訶薩行清淨故四無所畏清淨何以故若一切智智清淨若一切菩薩摩訶薩行清淨若四無所畏清淨無二無二分無別無斷故善現一切智智清淨故諸佛無上正等菩提清淨諸佛無上正等菩提清淨故四無所畏清淨何以故若一切智智清淨若諸佛無上正等菩提清淨若四無所畏清淨無二無二分無別無斷故復次善現一切智智清淨故色清淨色清淨故四無礙解清淨何以故若一切智智清淨若色清淨若四無礙解清淨無二無二分無別無斷故一切智智清淨故受想行識清淨受想行識

清淨故四無礙解清淨何以故若一切智智清淨若受想行識清淨若四無礙解清淨無二無二分無別無斷故善現一切智智清淨故眼處清淨眼處清淨故四無礙解清淨何以故若一切智智清淨若眼處清淨若四無礙解清淨無二無二分無別無斷故一切智智清淨故耳鼻舌身意處清淨耳鼻舌身意處清淨故四無礙解清淨何以故若一切智智清淨若耳鼻舌身意處清淨若四無礙解清淨無二無二分無別無斷故善現一切智智清淨故色處清淨色處清淨故四無礙解清淨何以故若一切智智清淨若色處清淨若四無礙解清淨無二無二分無別無斷故一切智智清淨故聲香味觸法處清淨聲香味觸法處清淨故四無礙解清淨何以故若一切智智清淨若聲香味觸法處清淨若四無礙解清淨無二無二分無別無斷故善現一切智智清淨故眼界清淨眼界清淨故四無礙解清淨何以故若一切智智清淨若眼界清淨若四無礙解清淨無二無二分無別無斷故一切智智清淨故色界眼識界及眼觸眼觸爲緣所生諸受清淨色界乃至眼觸爲緣所生諸受清淨故四無礙解清淨何以故若一切智智清淨若色界乃至眼觸爲緣所生諸受清淨若四無礙解清淨無二無二分無別無斷故善現一切智智清淨故耳界清淨耳界清淨故四無礙解清淨何以故若一切智智清淨若耳界清淨若四無礙解清淨無二無二分無別無斷故一切智智清淨故聲界耳識界及耳觸耳觸爲緣所生諸受

清淨聲界乃至耳觸爲緣所生諸受清淨故四無礙解清淨何以故若一切智智清淨若聲界乃至耳觸爲緣所生諸受清淨若四無礙解清淨無二無二分無別無斷故善現一切智智清淨故鼻界清淨鼻界清淨故四無礙解清淨何以故若一切智智清淨若鼻界清淨若四無礙解清淨無二無二分無別無斷故一切智智清淨故香界鼻識界及鼻觸鼻觸爲緣所生諸受清淨香界乃至鼻觸爲緣所生諸受清淨故四無礙解清淨何以故若一切智智清淨若香界乃至鼻觸爲緣所生諸受清淨若四無礙解清淨無二無二分無別無斷故善現一切智智清淨故舌界清淨舌界清淨故四無礙解清淨何以故若一切智智清淨若舌界清淨若四無礙解清淨無二無二分無別無斷故一切智智清淨故味界舌識界及舌觸舌觸爲緣所生諸受清淨味界乃至舌觸爲緣所生諸受清淨故四無礙解清淨何以故若一切智智清淨若味界乃至舌觸爲緣所生諸受清淨若四無礙解清淨無二無二分無別無斷故善現一切智智清淨故身界清淨身界清淨故四無礙解清淨何以故若一切智智清淨若身界清淨若四無礙解清淨無二無二分無別無斷故一切智智清淨故觸界身識界及身觸身觸爲緣所生諸受清淨觸界乃至身觸爲緣所生諸受清淨故四無礙解清淨何以故若一切智智清淨若觸界乃至身觸爲緣所生諸受清淨若四無礙解清淨無二無二分無別無斷故善現一切智智清淨故意界清淨

意界清淨故四無礙解清淨何以故若一切智智清淨若意界清淨若四無礙解清淨無二無二分無別無斷故一切智智清淨故法界意識界及意觸意觸爲緣所生諸受清淨法界乃至意觸爲緣所生諸受清淨故四無礙解清淨何以故若一切智智清淨若法界乃至意觸爲緣所生諸受清淨若四無礙解清淨無二無二分無別無斷故善現一切智智清淨故地界清淨地界清淨故四無礙解清淨何以故若一切智智清淨若地界清淨若四無礙解清淨無二無二分無別無斷故一切智智清淨故水火風空識界清淨水火風空識界清淨故四無礙解清淨何以故若一切智智清淨若水火風空識界清淨若四無礙解清淨無二無二分無別無斷故善現

一切智智清淨故無明清淨無明清淨故四無礙解清淨何以故若一切智智清淨若無明清淨若四無礙解清淨無二無二分無別無斷故一切智智清淨故行識名色六處觸受愛取有生老死愁歎苦憂惱清淨行乃至老死愁歎苦憂惱清淨故四無礙解清淨何以故若一切智智清淨若行乃至老死愁歎苦憂惱清淨若四無礙解清淨無二無二分無別無斷故善現一切智智清淨故布施波羅蜜多清淨布施波羅蜜多清淨故四無礙解清淨何以故若一切智智清淨若布施波羅蜜多清淨若四無礙解清淨無二無二分無別無斷故一切智智清淨故淨戒安忍精進靜慮般若波羅蜜多清淨淨戒乃至般若波羅蜜多清淨故四無礙解清淨何以故若

一切智智清淨若淨戒乃至般若波羅蜜多清淨若四無礙解清淨無二無二分無別無斷故善現一切智智清淨故內空清淨內空清淨故四無礙解清淨何以故若一切智智清淨若內空清淨若四無礙解清淨無二無二分無別無斷故一切智智清淨故外空內外空空空大空勝義空有爲空無爲空畢竟空無際空散空無變異空本性空自相空共相空一切法空不可得空無性空自性空無性自性空清淨外空乃至無性自性空清淨故四無礙解清淨何以故若一切智智清淨若外空乃至無性自性空清淨若四無礙解清淨無二無二分無別無斷故善現一切智智清淨故眞如清淨眞如清淨故四無礙解清淨何以故若一切智智清淨若眞如清淨若四無礙解清淨無二無二分無別無斷故一切智智清淨故法界法性不虛妄性不變異性平等性離生性法定法住實際虛空界不思議界清淨法界乃至不思議界清淨故四無礙解清淨何以故若一切智智清淨若法界乃至不思議界清淨若四無礙解清淨無二無二分無別無斷故

大般若波羅蜜多經卷第二百七十五

大般若波羅蜜多經卷第二百七十六

唐三藏法師玄奘奉　詔譯

初分難信解品第三十四之九十五

善現一切智智清淨故苦聖諦清淨苦聖諦清淨故四無礙解清淨何以故若一切智智清淨若苦聖諦清淨若四無礙解清淨無二無二分無別無斷故一切智智清淨故集滅道聖諦清淨集滅道聖諦清淨故四無礙解清淨何以故若一切智智清淨若集滅道聖諦清淨若四無礙解清淨無二無二分無別無斷故善現一切智智清淨故四靜慮清淨四靜慮清淨故四無礙解清淨何以故若一切智智清淨若四靜慮清淨若四無礙解清淨無二無二分無別無斷故一切智智清淨故四無量四無色定清淨四無量四無色定清淨故四無礙解清淨何以故若一切智智清淨若四無量四無色定清淨若四無礙解清淨無二無二分無別無斷故善現一切智智清淨故八解脫清淨八解脫清淨故四無礙解清淨何以故若一切智智清淨若八解脫清淨若四無礙解清淨無二無二分無別無斷故一切智智清淨故八勝處九次第定十遍處清淨八勝處九次第定十遍處清淨故四無礙解清淨何以故若一切智智清淨若八勝處九次第定十遍處清淨若四無礙解清淨無二無二分無別無斷故善現一切智智清淨故四念住清淨四念住清淨故四無礙解清淨何以故若一切智智清淨若四念住清淨若四無礙解清淨無二無二分無別無斷故一切智智清淨故四正斷四神足

五根五力七等覺支八聖道支清淨四正斷乃至八聖道支清淨故四無礙解清淨何以故若一切智智清淨若四正斷乃至八聖道支清淨若四無礙解清淨無二無二分無別無斷故善現一切智智清淨故空解脫門清淨空解脫門清淨故四無礙解清淨何以故若一切智智清淨若空解脫門清淨若四無礙解清淨無二無二分無別無斷故一切智智清淨故無相無願解脫門清淨無相無願解脫門清淨故四無礙解清淨何以故若一切智智清淨若無相無願解脫門清淨若四無礙解清淨無二無二分無別無斷故善現一切智智清淨故菩薩十地清淨菩薩十地清淨故四無礙解清淨何以故若一切智智清淨若菩薩十地清淨若四無礙解清淨無二無二分無別無斷故善現一切智智清淨故五眼清淨五眼清淨故四無礙解清淨何以故若一切智智清淨若五眼清淨若四無礙解清淨無二無二分無別無斷故一切智智清淨故六神通清淨六神通清淨故四無礙解清淨何以故若一切智智清淨若六神通清淨若四無礙解清淨無二無二分無別無斷故善現一切智智清淨故佛十力清淨佛十力清淨故四無礙解清淨何以故若一切智智清淨若佛十力清淨若四無礙解清淨無二無二分無別無斷故一切智智清淨故四無所畏大慈大悲大喜大捨十八佛不共法清淨四無所畏乃至十八佛不共法清淨故四無礙解清淨何以故若一切智智清淨若四無所畏乃至十八佛不共法清淨若

四無礙解清淨無二無二分無別無斷故善現一切智智清淨故無忘失法清淨無忘失法清淨故四無礙解清淨何以故若一切智智清淨若無忘失法清淨若四無礙解清淨無二無二分無別無斷故一切智智清淨故恒住捨性清淨恒住捨性清淨故四無礙解清淨何以故若一切智智清淨若恒住捨性清淨若四無礙解清淨無二無二分無別無斷故善現一切智智清淨故一切智清淨一切智清淨故四無礙解清淨何以故若一切智智清淨若一切智清淨若四無礙解清淨無二無二分無別無斷故一切智智清淨故道相智一切相智清淨道相智一切相智清淨故四無礙解清淨何以故若一切智智清淨若道相智一切相智清淨若四無礙解清淨無二無二分無別無斷故善現一切智智清淨故一切陀羅尼門清淨一切陀羅尼門清淨故四無礙解清淨何以故若一切智智清淨若一切陀羅尼門清淨若四無礙解清淨無二無二分無別無斷故一切智智清淨故一切三摩地門清淨一切三摩地門清淨故四無礙解清淨何以故若一切智智清淨若一切三摩地門清淨若四無礙解清淨無二無二分無別無斷故善現一切智智清淨故預流果清淨預流果清淨故四無礙解清淨何以故若一切智智清淨若預流果清淨若四無礙解清淨無二無二分無別無斷故一切智智清淨故一來不還阿羅漢果清淨一來不還阿羅漢果清淨故四無礙解清淨何以故若一切智智清淨若一來不還阿羅

漢果清淨若四無礙解清淨無二無二分無別無斷故善現一切智智清淨故獨覺菩提清淨獨覺菩提清淨故四無礙解清淨何以故若一切智智清淨若獨覺菩提清淨若四無礙解清淨無二無二分無別無斷故善現一切智智清淨故一切菩薩摩訶薩行清淨一切菩薩摩訶薩行清淨故四無礙解清淨何以故若一切智智清淨若一切菩薩摩訶薩行清淨若四無礙解清淨無二無二分無別無斷故善現一切智智清淨故諸佛無上正等菩提清淨諸佛無上正等菩提清淨故四無礙解清淨何以故若一切智智清淨若諸佛無上正等菩提清淨若四無礙解清淨無二無二分無別無斷故復次善現一切智智清淨故色清淨色清淨故大慈清淨何以

故若一切智智清淨若色清淨若大慈清淨無二無二分無別無斷故一切智智清淨故受想行識清淨受想行識清淨故大慈清淨何以故若一切智智清淨若受想行識清淨若大慈清淨無二無二分無別無斷故善現一切智智清淨故眼處清淨眼處清淨故大慈清淨何以故若一切智智清淨若眼處清淨若大慈清淨無二無二分無別無斷故一切智智清淨故耳鼻舌身意處清淨耳鼻舌身意處清淨故大慈清淨何以故若一切智智清淨若耳鼻舌身意處清淨若大慈清淨無二無二分無別無斷故善現一切智智清淨故色處清淨色處清淨故大慈清淨何以故若一切智智清淨若色處清淨若大慈清淨無二無二分無別無斷故一切智智清淨

故聲香味觸法處清淨聲香味觸法處清淨故大慈清淨何以故若一切智智清淨若聲香味觸法處清淨若大慈清淨無二無二分無別無斷故善現一切智智清淨故眼界清淨眼界清淨故大慈清淨何以故若一切智智清淨若眼界清淨若大慈清淨無二無二分無別無斷故一切智智清淨故色界眼識界及眼觸眼觸爲緣所生諸受清淨色界乃至眼觸爲緣所生諸受清淨故大慈清淨何以故若一切智智清淨若色界乃至眼觸爲緣所生諸受清淨若大慈清淨無二無二分無別無斷故善現一切智智清淨故耳界清淨耳界清淨故大慈清淨何以故若一切智智清淨若耳界清淨若大慈清淨無二無二分無別無斷故一切智智清淨故聲界耳識界及耳觸耳觸爲緣所生諸受清淨聲界乃至耳觸爲緣所生諸受清淨故大慈清淨何以故若一切智智清淨若聲界乃至耳觸爲緣所生諸受清淨若大慈清淨無二無二分無別無斷故善現一切智智清淨故鼻界清淨鼻界清淨故大慈清淨何以故若一切智智清淨若鼻界清淨若大慈清淨無二無二分無別無斷故一切智智清淨故香界鼻識界及鼻觸鼻觸爲緣所生諸受清淨香界乃至鼻觸爲緣所生諸受清淨故大慈清淨何以故若一切智智清淨若香界乃至鼻觸爲緣所生諸受清淨若大慈清淨無二無二分無別無斷故善現一切智智清淨故舌界清淨舌界清淨故大慈清淨何以故若一切智智清淨若舌界清淨若大慈清淨無二無二

分無別無斷故一切智智清淨故味界舌識界及舌觸舌觸爲緣所生諸受清淨味界乃至舌觸爲緣所生諸受清淨故大慈清淨何以故若一切智智清淨若味界乃至舌觸爲緣所生諸受清淨若大慈清淨無二無二分無別無斷故善現一切智智清淨故身界清淨身界清淨故大慈清淨何以故若一切智智清淨若身界清淨若大慈清淨無二無二分無別無斷故一切智智清淨故觸界身識界及身觸身觸爲緣所生諸受清淨觸界乃至身觸爲緣所生諸受清淨故大慈清淨何以故若一切智智清淨若觸界乃至身觸爲緣所生諸受清淨若大慈清淨無二無二分無別無斷故善現一切智智清淨故意界清淨意界清淨故大慈清淨何以故若一切智智清淨若意界清淨若大慈清淨無二無二分無別無斷故一切智智清淨故法界意識界及意觸意觸爲緣所生諸受清淨法界乃至意觸爲緣所生諸受清淨故大慈清淨何以故若一切智智清淨若法界乃至意觸爲緣所生諸受清淨若大慈清淨無二無二分無別無斷故善現一切智智清淨故地界清淨地界清淨故大慈清淨何以故若一切智智清淨若地界清淨若大慈清淨無二無二分無別無斷故一切智智清淨故水火風空識界清淨水火風空識界清淨故大慈清淨何以故若一切智智清淨若水火風空識界清淨若大慈清淨無二無二分無別無斷故善現一切智智清淨故無明清淨無明清淨故大慈清淨何以故若一切智智清淨若無

明清淨若大慈清淨無二無二分無別無斷故一切智智清淨故行識名色六處觸受愛取有生老死愁歎苦憂惱清淨行乃至老死愁歎苦憂惱清淨故大慈清淨何以故若一切智智清淨若行乃至老死愁歎苦憂惱清淨若大慈清淨無二無二分無別無斷故善現一切智智清淨故布施波羅蜜多清淨布施波羅蜜多清淨故大慈清淨何以故若一切智智清淨若布施波羅蜜多清淨若大慈清淨無二無二分無別無斷故一切智智清淨故淨戒安忍精進靜慮般若波羅蜜多清淨淨戒乃至般若波羅蜜多清淨故大慈清淨何以故若一切智智清淨若淨戒乃至般若波羅蜜多清淨若大慈清淨無二無二分無別無斷故善現一切智智清淨故內空清淨內空清淨故大慈清淨何以故若一切智智清淨若內空清淨若大慈清淨無二無二分無別無斷故一切智智清淨故外空內外空空空大空勝義空有爲空無爲空畢竟空無際空散空無變異空本性空自相空共相空一切法空不可得空無性空自性空無性自性空清淨外空乃至無性自性空清淨故大慈清淨何以故若一切智智清淨若外空乃至無性自性空清淨若大慈清淨無二無二分無別無斷故善現一切智智清淨故眞如清淨眞如清淨故大慈清淨何以故若一切智智清淨若眞如清淨若大慈清淨無二無二分無別無斷故一切智智清淨故法界法性不虛妄性不變異性平等性離生性法定法住實際虛空界不思議界清淨法界乃

至不思議界清淨故大慈清淨何以故若一切智智清淨若法界乃至不思議界清淨若大慈清淨無二無二分無別無斷故善現一切智智清淨故苦聖諦清淨苦聖諦清淨故大慈清淨何以故若一切智智清淨若苦聖諦清淨若大慈清淨無二無二分無別無斷故一切智智清淨故集滅道聖諦清淨集滅道聖諦清淨故大慈清淨何以故若一切智智清淨若集滅道聖諦清淨若大慈清淨無二無二分無別無斷故善現一切智智清淨故四靜慮清淨四靜慮清淨故大慈清淨何以故若一切智智清淨若四靜慮清淨若大慈清淨無二無二分無別無斷故一切智智清淨故四無量四無色定清淨四無量四無色定清淨故大慈清淨何以故若一切智智清淨若四無量四無色定清淨若大慈清淨無二無二分無別無斷故善現一切智智清淨故八解脫清淨八解脫清淨故大慈清淨何以故若一切智智清淨若八解脫清淨若大慈清淨無二無二分無別無斷故一切智智清淨故八勝處九次第定十遍處清淨八勝處九次第定十遍處清淨故大慈清淨何以故若一切智智清淨若八勝處九次第定十遍處清淨若大慈清淨無二無二分無別無斷故善現一切智智清淨故四念住清淨四念住清淨故大慈清淨何以故若一切智智清淨若四念住清淨若大慈清淨無二無二分無別無斷故一切智智清淨故四正斷四神足五根五力七等覺支八聖道支清淨四正斷乃至八聖道支清淨故大慈清淨何

以故若一切智智清淨若四正斷乃至八聖道支清淨若大慈清淨無二無二分無別無斷故善現一切智智清淨故空解脫門清淨空解脫門清淨故大慈清淨何以故若一切智智清淨若空解脫門清淨若大慈清淨無二無二分無別無斷故一切智智清淨故無相無願解脫門清淨無相無願解脫門清淨故大慈清淨何以故若一切智智清淨若無相無願解脫門清淨若大慈清淨無二無二分無別無斷故善現一切智智清淨故菩薩十地清淨菩薩十地清淨故大慈清淨何以故若一切智智清淨若菩薩十地清淨若大慈清淨無二無二分無別無斷故善現一切智智清淨故五眼清淨五眼清淨故大慈清淨何以故若一切智智清淨若五眼清淨若大慈清淨無二無二分無別無斷故一切智智清淨故六神通清淨六神通清淨故大慈清淨何以故若一切智智清淨若六神通清淨若大慈清淨無二無二分無別無斷故善現一切智智清淨故佛十力清淨佛十力清淨故大慈清淨何以故若一切智智清淨若佛十力清淨若大慈清淨無二無二分無別無斷故一切智智清淨故四無所畏四無礙解大悲大喜大捨十八佛不共法清淨四無所畏乃至十八佛不共法清淨故大慈清淨何以故若一切智智清淨若四無所畏乃至十八佛不共法清淨若大慈清淨無二無二分無別無斷故善現一切智智清淨故無忘失法清淨無忘失法清淨故大慈清淨何以故若一切智智清淨若無忘失法清淨若大

慈清淨無二無二分無別無斷故一切智智清淨故恒住捨性清淨恒住捨性清淨故大慈清淨何以故若一切智智清淨若恒住捨性清淨若大慈清淨無二無二分無別無斷故善現一切智智清淨故一切智清淨一切智清淨故大慈清淨何以故若一切智智清淨若一切智清淨若大慈清淨無二無二分無別無斷故一切智智清淨故道相智一切相智清淨道相智一切相智清淨故大慈清淨何以故若一切智智清淨若道相智一切相智清淨若大慈清淨無二無二分無別無斷故善現一切智智清淨故一切陀羅尼門清淨一切陀羅尼門清淨故大慈清淨何以故若一切智智清淨若一切陀羅尼門清淨若大慈清淨無二無二分無別無斷故一切

智智清淨故一切三摩地門清淨一切三摩地門清淨故大慈清淨何以故若一切智智清淨若一切三摩地門清淨若大慈清淨無二無二分無別無斷故善現一切智智清淨故預流果清淨預流果清淨故大慈清淨何以故若一切智智清淨若預流果清淨若大慈清淨無二無二分無別無斷故一切智智清淨故一來不還阿羅漢果清淨一來不還阿羅漢果清淨故大慈清淨何以故若一切智智清淨若一來不還阿羅漢果清淨若大慈清淨無二無二分無別無斷故善現一切智智清淨故獨覺菩提清淨獨覺菩提清淨故大慈清淨何以故若一切智智清淨若獨覺菩提清淨若大慈清淨無二無二分無別無斷故善現一切智智清淨故一切菩薩摩

訶薩行清淨一切菩薩摩訶薩行清淨故大慈清淨何以故若一切智智清淨若一切菩薩摩訶薩行清淨若大慈清淨無二無二分無別無斷故善現一切智智清淨故諸佛無上正等菩提清淨諸佛無上正等菩提清淨故大慈清淨何以故若一切智智清淨若諸佛無上正等菩提清淨若大慈清淨無二無二分無別無斷故復次善現一切智智清淨故色清淨色清淨故大悲清淨何以故若一切智智清淨若色清淨若大悲清淨無二無二分無別無斷故一切智智清淨故受想行識清淨受想行識清淨故大悲清淨何以故若一切智智清淨若受想行識清淨若大悲清淨無二無二分無別無斷故善現一切智智清淨故眼處清淨眼處清淨故大悲清淨

何以故若一切智智清淨若眼處清淨若大悲清淨無二無二分無別無斷故一切智智清淨故耳鼻舌身意處清淨耳鼻舌身意處清淨故大悲清淨何以故若一切智智清淨若耳鼻舌身意處清淨若大悲清淨無二無二分無別無斷故善現一切智智清淨故色處清淨色處清淨故大悲清淨何以故若一切智智清淨若色處清淨若大悲清淨無二無二分無別無斷故一切智智清淨故聲香味觸法處清淨聲香味觸法處清淨故大悲清淨何以故若一切智智清淨若聲香味觸法處清淨若大悲清淨無二無二分無別無斷故善現一切智智清淨故眼界清淨眼界清淨故大悲清淨何以故若一切智智清淨若眼界清淨若大悲清淨無二無二分無別

無斷故一切智智清淨故色界眼識界及眼觸眼觸爲緣所生諸受清淨色界乃至眼觸爲緣所生諸受清淨故大悲清淨何以故若一切智智清淨若色界乃至眼觸爲緣所生諸受清淨若大悲清淨無二無二分無別無斷故善現一切智智清淨故耳界清淨耳界清淨故大悲清淨何以故若一切智智清淨若耳界清淨若大悲清淨無二無二分無別無斷故一切智智清淨故聲界耳識界及耳觸耳觸爲緣所生諸受清淨聲界乃至耳觸爲緣所生諸受清淨故大悲清淨何以故若一切智智清淨若聲界乃至耳觸爲緣所生諸受清淨若大悲清淨無二無二分無別無斷故善現一切智智清淨故鼻界清淨鼻界清淨故大悲清淨何以故若一切智智清淨若鼻界清淨若大悲清淨無二無二分無別無斷故一切智智清淨故香界鼻識界及鼻觸鼻觸爲緣所生諸受清淨香界乃至鼻觸爲緣所生諸受清淨故大悲清淨何以故若一切智智清淨若香界乃至鼻觸爲緣所生諸受清淨若大悲清淨無二無二分無別無斷故善現一切智智清淨故舌界清淨舌界清淨故大悲清淨何以故若一切智智清淨若舌界清淨若大悲清淨無二無二分無別無斷故一切智智清淨故味界舌識界及舌觸舌觸爲緣所生諸受清淨味界乃至舌觸爲緣所生諸受清淨故大悲清淨何以故若一切智智清淨若味界乃至舌觸爲緣所生諸受清淨若大悲清淨無二無二分無別無斷故善現一切智智清淨故身界清淨身界

清淨故大悲清淨何以故若一切智智清淨若身界清淨若大悲清淨無二無二分無別無斷故一切智智清淨故觸界身識界及身觸身觸爲緣所生諸受清淨觸界乃至身觸爲緣所生諸受清淨故大悲清淨何以故若一切智智清淨若觸界乃至身觸爲緣所生諸受清淨若大悲清淨無二無二分無別無斷故善現一切智智清淨故意界清淨意界清淨故大悲清淨何以故若一切智智清淨若意界清淨若大悲清淨無二無二分無別無斷故一切智智清淨故法界意識界及意觸意觸爲緣所生諸受清淨法界乃至意觸爲緣所生諸受清淨故大悲清淨何以故若一切智智清淨若法界乃至意觸爲緣所生諸受清淨若大悲清淨無二無二分無別無

斷故善現一切智智清淨故地界清淨地界清淨故大悲清淨何以故若一切智智清淨若地界清淨若大悲清淨無二無二分無別無斷故一切智智清淨故水火風空識界清淨水火風空識界清淨故大悲清淨何以故若一切智智清淨若水火風空識界清淨若大悲清淨無二無二分無別無斷故善現一切智智清淨故無明清淨無明清淨故大悲清淨何以故若一切智智清淨若無明清淨若大悲清淨無二無二分無別無斷故一切智智清淨故行識名色六處觸受愛取有生老死愁歎苦憂惱清淨行乃至老死愁歎苦憂惱清淨故大悲清淨何以故若一切智智清淨若行乃至老死愁歎苦憂惱清淨若大悲清淨無二無二分無別無斷故善現一切

智智清淨故布施波羅蜜多清淨布施波羅蜜多清淨故大悲清淨何以故若一切智智清淨若布施波羅蜜多清淨若大悲清淨無二無二分無別無斷故一切智智清淨故淨戒安忍精進靜慮般若波羅蜜多清淨淨戒乃至般若波羅蜜多清淨故大悲清淨何以故若一切智智清淨若淨戒乃至般若波羅蜜多清淨若大悲清淨無二無二分無別無斷故善現一切智智清淨故內空清淨內空清淨故大悲清淨何以故若一切智智清淨若內空清淨若大悲清淨無二無二分無別無斷故一切智智清淨故外空內外空空空大空勝義空有爲空無爲空畢竟空無際空散空無變異空本性空自相空共相空一切法空不可得空無性空自性空無性自性空清淨外空乃至無性自性空清淨故大悲清淨何以故若一切智智清淨若外空乃至無性自性空清淨若大悲清淨無二無二分無別無斷故善現一切智智清淨故真如清淨真如清淨故大悲清淨何以故若一切智智清淨若真如清淨若大悲清淨無二無二分無別無斷故一切智智清淨故法界法性不虛妄性不變異性平等性離生性法定法住實際虛空界不思議界清淨法界乃至不思議界清淨故大悲清淨何以故若一切智智清淨若法界乃至不思議界清淨若大悲清淨無二無二分無別無斷故善現一切智智清淨故苦聖諦清淨苦聖諦清淨故大悲清淨何以故若一切智智清淨若苦聖諦清淨若大悲清淨無二無二分無別無斷故一切

智智清淨故集滅道聖諦清淨集滅道聖諦清淨故大悲清淨何以故若一切智智清淨若集滅道聖諦清淨若大悲清淨無二無二分無別無斷故善現一切智智清淨故四靜慮清淨四靜慮清淨故大悲清淨何以故若一切智智清淨若四靜慮清淨若大悲清淨無二無二分無別無斷故一切智智清淨故四無量四無色定清淨四無量四無色定清淨故大悲清淨何以故若一切智智清淨若四無量四無色定清淨若大悲清淨無二無二分無別無斷故

大般若波羅蜜多經卷第二百七十六

大般若波羅蜜多經卷第二百七十七

唐三藏法師玄奘奉　詔譯

初分難信解品第三十四之九十六

善現一切智智清淨故八解脫清淨八解脫清淨故大悲清淨何以故若一切智智清淨若八解脫清淨若大悲清淨無二無二分無別無斷故一切智智清淨故八勝處九次第定十遍處清淨八勝處九次第定十遍處清淨故大悲清淨何以故若一切智智清淨若八勝處九次第定十遍處清淨若大悲清淨無二無二分無別無斷故善現一切智智清淨故四念住清淨四念住清淨故大悲清淨何以故若一切智智清淨若四念住清淨若大悲清淨無二無二分無別無斷故一切智智清淨故四正斷四神足五根五力七等覺支八聖道支清淨四正斷乃至八聖道支清淨故大悲清淨何以故若一切智智清淨若四正斷乃至八聖道支清淨若大悲清淨無二無二分無別無斷故善現一切智智清淨故空解脫門清淨空解脫門清淨故大悲清淨何以故若一切智智清淨若空解脫門清淨若大悲清淨無二無二分無別無斷故一切智智清淨故無相無願解脫門清淨無相無願解脫門清淨故大悲清淨何以故若一切智智清淨若無相無願解脫門清淨若大悲清淨無二無二分無別無斷故善現一切智智清淨故菩薩十地清淨菩薩十地清淨故大悲清淨何以故若一切智智清淨若菩薩十地清淨若大悲清淨無二無二分無別無斷故善現一切智智清淨故五眼清淨五

眼清淨故大悲清淨何以故若一切智智清淨若五眼清淨若大悲清淨無二無二分無別無斷故一切智智清淨故六神通清淨六神通清淨故大悲清淨何以故若一切智智清淨若六神通清淨若大悲清淨無二無二分無別無斷故善現一切智智清淨故佛十力清淨佛十力清淨故大悲清淨何以故若一切智智清淨若佛十力清淨若大悲清淨無二無二分無別無斷故一切智智清淨故四無所畏四無礙解大慈大喜大捨十八佛不共法清淨四無所畏乃至十八佛不共法清淨故大悲清淨何以故若一切智智清淨若四無所畏乃至十八佛不共法清淨若大悲清淨無二無二分無別無斷故善現一切智智清淨故無忘失法清淨無忘失法清淨故大悲清淨何以故若一切智智清淨若無忘失法清淨若大悲清淨無二無二分無別無斷故一切智智清淨故恒住捨性清淨恒住捨性清淨故大悲清淨何以故若一切智智清淨若恒住捨性清淨若大悲清淨無二無二分無別無斷故善現一切智智清淨故一切智清淨一切智清淨故大悲清淨何以故若一切智智清淨若一切智清淨若大悲清淨無二無二分無別無斷故一切智智清淨故道相智一切相智清淨道相智一切相智清淨故大悲清淨何以故若一切智智清淨若道相智一切相智清淨若大悲清淨無二無二分無別無斷故善現一切智智清淨故一切陀羅尼門清淨一切陀羅尼門清淨故大悲清淨何以故若一切智智清淨若一

切陀羅尼門清淨若大悲清淨無二無二分無別無斷故一切智智清淨故一切三摩地門清淨一切三摩地門清淨故大悲清淨何以故若一切智智清淨若一切三摩地門清淨若大悲清淨無二無二分無別無斷故善現一切智智清淨故預流果清淨預流果清淨故大悲清淨何以故若一切智智清淨若預流果清淨若大悲清淨無二無二分無別無斷故一切智智清淨故一來不還阿羅漢果清淨一來不還阿羅漢果清淨故大悲清淨何以故若一切智智清淨若一來不還阿羅漢果清淨若大悲清淨無二無二分無別無斷故善現一切智智清淨故獨覺菩提清淨獨覺菩提清淨故大悲清淨何以故若一切智智清淨若獨覺菩提清淨若大悲清淨

無二無二分無別無斷故善現一切智智清淨故一切菩薩摩訶薩行清淨一切菩薩摩訶薩行清淨故大悲清淨何以故若一切智智清淨若一切菩薩摩訶薩行清淨若大悲清淨無二無二分無別無斷故善現一切智智清淨故諸佛無上正等菩提清淨諸佛無上正等菩提清淨故大悲清淨何以故若一切智智清淨若諸佛無上正等菩提清淨若大悲清淨無二無二分無別無斷故復次善現一切智智清淨故色清淨色清淨故大喜清淨何以故若一切智智清淨若色清淨若大喜清淨無二無二分無別無斷故一切智智清淨故受想行識清淨受想行識清淨故大喜清淨何以故若一切智智清淨若受想行識清淨若大喜清淨無二無二分無別無

斷故善現一切智智清淨故眼處清淨眼處清淨故大喜清淨何以故若一切智智清淨若眼處清淨若大喜清淨無二無二分無別無斷故一切智智清淨故耳鼻舌身意處清淨耳鼻舌身意處清淨故大喜清淨何以故若一切智智清淨若耳鼻舌身意處清淨若大喜清淨無二無二分無別無斷故善現一切智智清淨故色處清淨色處清淨故大喜清淨何以故若一切智智清淨若色處清淨若大喜清淨無二無二分無別無斷故一切智智清淨故聲香味觸法處清淨聲香味觸法處清淨故大喜清淨何以故若一切智智清淨若聲香味觸法處清淨若大喜清淨無二無二分無別無斷故善現一切智智清淨故眼界清淨眼界清淨故大喜清淨何以故

若一切智智清淨若眼界清淨若大喜清淨無二無二分無別無斷故一切智智清淨故色界眼識界及眼觸眼觸爲緣所生諸受清淨色界乃至眼觸爲緣所生諸受清淨故大喜清淨何以故若一切智智清淨若色界乃至眼觸爲緣所生諸受清淨若大喜清淨無二無二分無別無斷故善現一切智智清淨故耳界清淨耳界清淨故大喜清淨何以故若一切智智清淨若耳界清淨若大喜清淨無二無二分無別無斷故一切智智清淨故聲界耳識界及耳觸耳觸爲緣所生諸受清淨聲界乃至耳觸爲緣所生諸受清淨故大喜清淨何以故若一切智智清淨若聲界乃至耳觸爲緣所生諸受清淨若大喜清淨無二無二分無別無斷故善現一切智智清淨

故鼻界清淨鼻界清淨故大喜清淨何以故若一切智智清淨若鼻界清淨若大喜清淨無二無二分無別無斷故一切智智清淨故香界鼻識界及鼻觸鼻觸爲緣所生諸受清淨香界乃至鼻觸爲緣所生諸受清淨故大喜清淨何以故若一切智智清淨若香界乃至鼻觸爲緣所生諸受清淨若大喜清淨無二無二分無別無斷故善現一切智智清淨故舌界清淨舌界清淨故大喜清淨何以故若一切智智清淨若舌界清淨若大喜清淨無二無二分無別無斷故一切智智清淨故味界舌識界及舌觸舌觸爲緣所生諸受清淨味界乃至舌觸爲緣所生諸受清淨故大喜清淨何以故若一切智智清淨若味界乃至舌觸爲緣所生諸受清淨若大喜清淨無二無二分無別無斷故善現一切智智清淨故身界清淨身界清淨故大喜清淨何以故若一切智智清淨若身界清淨若大喜清淨無二無二分無別無斷故一切智智清淨故觸界身識界及身觸身觸爲緣所生諸受清淨觸界乃至身觸爲緣所生諸受清淨故大喜清淨何以故若一切智智清淨若觸界乃至身觸爲緣所生諸受清淨若大喜清淨無二無二分無別無斷故善現一切智智清淨故意界清淨意界清淨故大喜清淨何以故若一切智智清淨若意界清淨若大喜清淨無二無二分無別無斷故一切智智清淨故法界意識界及意觸意觸爲緣所生諸受清淨法界乃至意觸爲緣所生諸受清淨故大喜清淨何以故若一切智智清淨若法界乃

至意觸爲緣所生諸受清淨若大喜清淨無二無二分無別無斷故善現一切智智清淨故地界清淨地界清淨故大喜清淨何以故若一切智智清淨若地界清淨若大喜清淨無二無二分無別無斷故一切智智清淨故水火風空識界清淨水火風空識界清淨故大喜清淨何以故若一切智智清淨若水火風空識界清淨若大喜清淨無二無二分無別無斷故善現一切智智清淨故無明清淨無明清淨故大喜清淨何以故若一切智智清淨若無明清淨若大喜清淨無二無二分無別無斷故一切智智清淨故行識名色六處觸受愛取有生老死愁歎苦憂惱清淨行乃至老死愁歎苦憂惱清淨故大喜清淨何以故若一切智智清淨若行乃至老死愁歎苦憂惱清淨若大喜清淨無二無二分無別無斷故善現一切智智清淨故布施波羅蜜多清淨布施波羅蜜多清淨故大喜清淨何以故若一切智智清淨若布施波羅蜜多清淨若大喜清淨無二無二分無別無斷故一切智智清淨故淨戒安忍精進靜慮般若波羅蜜多清淨淨戒乃至般若波羅蜜多清淨故大喜清淨何以故若一切智智清淨若淨戒乃至般若波羅蜜多清淨若大喜清淨無二無二分無別無斷故善現一切智智清淨故內空清淨內空清淨故大喜清淨何以故若一切智智清淨若內空清淨若大喜清淨無二無二分無別無斷故一切智智清淨故外空內外空空空大空勝義空有爲空無爲空畢竟空無際空散空無變異空本性空自

相空共相空一切法空不可得空無性空自性空無性自性空清淨外空乃至無性自性空清淨故大喜清淨何以清淨一切智智清淨若外空乃至無性自性空清淨若大喜清淨無二無二分無別無斷故善現一切智智清淨故真如清淨真如清淨故大喜清淨何以故若一切智智清淨若真如清淨若大喜清淨無二無二分無別無斷故一切智智清淨故法界法性不虛妄性不變異性平等性離生性法定法住實際虛空界不思議界清淨法界乃至不思議界清淨故大喜清淨何以故若一切智智清淨若法界乃至不思議界清淨若大喜清淨無二無二分無別無斷故善現一切智智清淨故苦聖諦清淨苦聖諦清淨故大喜清淨何以故若一切智智清淨若苦聖諦清淨若大喜清淨無二無二分無別無斷故一切智智清淨故集滅道聖諦清淨集滅道聖諦清淨故大喜清淨何以故若一切智智清淨若集滅道聖諦清淨若大喜清淨無二無二分無別無斷故善現一切智智清淨故四靜慮清淨四靜慮清淨故大喜清淨何以故若一切智智清淨若四靜慮清淨若大喜清淨無二無二分無別無斷故一切智智清淨故四無量四無色定清淨四無量四無色定清淨故大喜清淨何以故若一切智智清淨若四無量四無色定清淨若大喜清淨無二無二分無別無斷故善現一切智智清淨故八解脫清淨八解脫清淨故大喜清淨何以故若一切智智清淨若八解脫清淨若大喜清淨無二無二分無別無斷

故一切智智清淨故八勝處九次第定十遍處清淨八勝處九次第定十遍處清淨故大喜清淨何以故若一切智智清淨若八勝處九次第定十遍處清淨若大喜清淨無二無二分無別無斷故善現一切智智清淨故四念住清淨四念住清淨故大喜清淨何以故若一切智智清淨若四念住清淨若大喜清淨無二無二分無別無斷故一切智智清淨故四正斷四神足五根五力七等覺支八聖道支清淨四正斷乃至八聖道支清淨故大喜清淨何以故若一切智智清淨若四正斷乃至八聖道支清淨若大喜清淨無二無二分無別無斷故善現一切智智清淨故空解脫門清淨空解脫門清淨故大喜清淨何以故若一切智智清淨若空解脫門清淨若大喜清淨無二無二分無別無斷故一切智智清淨故無相無願解脫門清淨無相無願解脫門清淨故大喜清淨何以故若一切智智清淨若無相無願解脫門清淨若大喜清淨無二無二分無別無斷故善現一切智智清淨故菩薩十地清淨菩薩十地清淨故大喜清淨何以故若一切智智清淨若菩薩十地清淨若大喜清淨無二無二分無別無斷故善現一切智智清淨故五眼清淨五眼清淨故大喜清淨何以故若一切智智清淨若五眼清淨若大喜清淨無二無二分無別無斷故一切智智清淨故六神通清淨六神通清淨故大喜清淨何以故若一切智智清淨若六神通清淨若大喜清淨無二無二分無別無斷故善現一切智智清淨故佛十力清淨

佛十力清淨故大喜清淨何以故若一切智智清淨若佛十力清淨若大喜清淨無二無二分無別無斷故一切智智清淨故四無所畏四無礙解大慈大悲大捨十八佛不共法清淨四無所畏乃至十八佛不共法清淨故大喜清淨何以故若一切智智清淨若四無所畏乃至十八佛不共法清淨若大喜清淨無二無二分無別無斷故善現一切智智清淨故無忘失法清淨無忘失法清淨故大喜清淨何以故若一切智智清淨若無忘失法清淨若大喜清淨無二無二分無別無斷故一切智智清淨故恒住捨性清淨恒住捨性清淨故大喜清淨何以故若一切智智清淨若恒住捨性清淨若大喜清淨無二無二分無別無斷故善現一切智智清淨故一切智清淨一切智清淨故大喜清淨何以故若一切智智清淨若一切智清淨若大喜清淨無二無二分無別無斷故一切智智清淨故道相智一切相智清淨道相智一切相智清淨故大喜清淨何以故若一切智智清淨若道相智一切相智清淨若大喜清淨無二無二分無別無斷故善現一切智智清淨故一切陀羅尼門清淨一切陀羅尼門清淨故大喜清淨何以故若一切智智清淨若一切陀羅尼門清淨若大喜清淨無二無二分無別無斷故一切智智清淨故一切三摩地門清淨一切三摩地門清淨故大喜清淨何以故若一切智智清淨若一切三摩地門清淨若大喜清淨無二無二分無別無斷故善現一切智智清淨故預流果清淨預流果清淨故大

喜清淨何以故若一切智智清淨若預流果清淨若大喜清淨無二無二分無別無斷故一切智智清淨故一來不還阿羅漢果清淨一來不還阿羅漢果清淨故大喜清淨何以故若一切智智清淨若一來不還阿羅漢果清淨若大喜清淨無二無二分無別無斷故善現一切智智清淨故獨覺菩提清淨獨覺菩提清淨故大喜清淨何以故若一切智智清淨若獨覺菩提清淨若大喜清淨無二無二分無別無斷故善現一切智智清淨故一切菩薩摩訶薩行清淨一切菩薩摩訶薩行清淨故大喜清淨何以故若一切智智清淨若一切菩薩摩訶薩行清淨若大喜清淨無二無二分無別無斷故善現一切智智清淨故諸佛無上正等菩提清淨諸佛無上正等菩提清淨故大喜清淨何以故若一切智智清淨若諸佛無上正等菩提清淨若大喜清淨無二無二分無別無斷故復次善現一切智智清淨故色清淨色清淨故大捨清淨何以故若一切智智清淨若色清淨若大捨清淨無二無二分無別無斷故一切智智清淨故受想行識清淨受想行識清淨故大捨清淨何以故若一切智智清淨若受想行識清淨若大捨清淨無二無二分無別無斷故善現一切智智清淨故眼處清淨眼處清淨故大捨清淨何以故若一切智智清淨若眼處清淨若大捨清淨無二無二分無別無斷故一切智智清淨故耳鼻舌身意處清淨耳鼻舌身意處清淨故大捨清淨何以故若一切智智清淨若耳鼻舌身意處清淨若大捨清

淨無二無二分無別無斷故善現一切智智清淨故色處清淨色處清淨故大捨清淨何以故若一切智智清淨若色處清淨若大捨清淨無二無二分無別無斷故一切智智清淨故聲香味觸法處清淨聲香味觸法處清淨故大捨清淨何以故若一切智智清淨若聲香味觸法處清淨若大捨清淨無二無二分無別無斷故善現一切智智清淨故眼界清淨眼界清淨故大捨清淨何以故若一切智智清淨若眼界清淨若大捨清淨無二無二分無別無斷故一切智智清淨故色界眼識界及眼觸眼觸爲緣所生諸受清淨色界乃至眼觸爲緣所生諸受清淨故大捨清淨何以故若一切智智清淨若色界乃至眼觸爲緣所生諸受清淨若大捨清淨無二無二分無別無斷故善現一切智智清淨故耳界清淨耳界清淨故大捨清淨何以故若一切智智清淨若耳界清淨若大捨清淨無二無二分無別無斷故一切智智清淨故聲界耳識界及耳觸耳觸爲緣所生諸受清淨聲界乃至耳觸爲緣所生諸受清淨故大捨清淨何以故若一切智智清淨若聲界乃至耳觸爲緣所生諸受清淨若大捨清淨無二無二分無別無斷故善現一切智智清淨故鼻界清淨鼻界清淨故大捨清淨何以故若一切智智清淨若鼻界清淨若大捨清淨無二無二分無別無斷故一切智智清淨故香界鼻識界及鼻觸鼻觸爲緣所生諸受清淨香界乃至鼻觸爲緣所生諸受清淨故大捨清淨何以故若一切智智清淨若香界乃至鼻觸

爲緣所生諸受清淨若大捨清淨無二無二分無別無斷故善現一切智智清淨故舌界清淨舌界清淨故大捨清淨何以故若一切智智清淨若舌界清淨若大捨清淨無二無二分無別無斷故一切智智清淨故味界舌識界及舌觸舌觸爲緣所生諸受清淨味界乃至舌觸爲緣所生諸受清淨故大捨清淨何以故若一切智智清淨若味界乃至舌觸爲緣所生諸受清淨若大捨清淨無二無二分無別無斷故善現一切智智清淨故身界清淨身界清淨故大捨清淨何以故若一切智智清淨若身界清淨若大捨清淨無二無二分無別無斷故一切智智清淨故觸界身識界及身觸身觸爲緣所生諸受清淨觸界乃至身觸爲緣所生諸受清淨故大捨清淨

何以故若一切智智清淨若觸界乃至身觸爲緣所生諸受清淨若大捨清淨無二無二分無別無斷故善現一切智智清淨故意界清淨意界清淨故大捨清淨何以故若一切智智清淨若意界清淨若大捨清淨無二無二分無別無斷故一切智智清淨故法界意識界及意觸意觸爲緣所生諸受清淨法界乃至意觸爲緣所生諸受清淨故大捨清淨何以故若一切智智清淨若法界乃至意觸爲緣所生諸受清淨若大捨清淨無二無二分無別無斷故善現一切智智清淨故地界清淨地界清淨故大捨清淨何以故若一切智智清淨若地界清淨若大捨清淨無二無二分無別無斷故一切智智清淨故水火風空識界清淨水火風空識界清淨故大捨清

淨何以故若一切智智清淨若水火風空識界清淨若大捨清淨無二無二分無別無斷故善現一切智智清淨故無明清淨無明清淨故大捨清淨何以故若一切智智清淨若無明清淨若大捨清淨無二無二分無別無斷故一切智智清淨故行識名色六處觸受愛取有生老死愁歎苦憂惱清淨行乃至老死愁歎苦憂惱清淨故大捨清淨何以故若一切智智清淨若行乃至老死愁歎苦憂惱清淨若大捨清淨無二無二分無別無斷故善現一切智智清淨故布施波羅蜜多清淨布施波羅蜜多清淨故大捨清淨何以故若一切智智清淨若布施波羅蜜多清淨若大捨清淨無二無二分無別無斷故一切智智清淨故淨戒安忍精進靜慮般若波羅蜜多

清淨淨戒乃至般若波羅蜜多清淨故大捨清淨何以故若一切智智清淨若淨戒乃至般若波羅蜜多清淨若大捨清淨無二無二分無別無斷故善現一切智智清淨故內空清淨內空清淨故大捨清淨何以故若一切智智清淨若內空清淨若大捨清淨無二無二分無別無斷故一切智智清淨故外空內外空空空大空勝義空有爲空無爲空畢竟空無際空散空無變異空本性空自相空共相空一切法空不可得空無性空自性空無性自性空清淨外空乃至無性自性空清淨故大捨清淨何以故若一切智智清淨若外空乃至無性自性空清淨若大捨清淨無二無二分無別無斷故善現一切智智清淨故眞如清淨眞如清淨故大捨清淨何以故若

一切智智清淨若眞如清淨若大捨清淨無二無二分無別無斷故一切智智清淨故法界法性不虛妄性不變異性平等性離生性法定法住實際虛空界不思議界清淨法界乃至不思議界清淨故大捨清淨何以故若一切智智清淨若法界乃至不思議界清淨若大捨清淨無二無二分無別無斷故善現一切智智清淨故苦聖諦清淨苦聖諦清淨故大捨清淨何以故若一切智智清淨若苦聖諦清淨若大捨清淨無二無二分無別無斷故一切智智清淨故集滅道聖諦清淨集滅道聖諦清淨故大捨清淨何以故若一切智智清淨若集滅道聖諦清淨若大捨清淨無二無二分無別無斷故善現一切智智清淨故四靜慮清淨四靜慮清淨故大捨清淨何以故若一切智智清淨若四靜慮清淨若大捨清淨無二無二分無別無斷故一切智智清淨故四無量四無色定清淨四無量四無色定清淨故大捨清淨何以故若一切智智清淨若四無量四無色定清淨若大捨清淨無二無二分無別無斷故善現一切智智清淨故八解脫清淨八解脫清淨故大捨清淨何以故若一切智智清淨若八解脫清淨若大捨清淨無二無二分無別無斷故一切智智清淨故八勝處九次第定十遍處清淨八勝處九次第定十遍處清淨故大捨清淨何以故若一切智智清淨若八勝處九次第定十遍處清淨若大捨清淨無二無二分無別無斷故善現一切智智清淨故四念住清淨四念住清淨故大捨清淨何以故若一切

智智清淨若四念住清淨若大捨清淨無二無二分無別無斷故一切智智清淨故四正斷四神足五根五力七等覺支八聖道支清淨四正斷乃至八聖道支清淨故大捨清淨何以故若一切智智清淨若四正斷乃至八聖道支清淨若大捨清淨無二無二分無別無斷故善現一切智智清淨故空解脫門清淨空解脫門清淨故大捨清淨何以故若一切智智清淨若空解脫門清淨若大捨清淨無二無二分無別無斷故一切智智清淨故無相無願解脫門清淨無相無願解脫門清淨故大捨清淨何以故若一切智智清淨若無相無願解脫門清淨若大捨清淨無二無二分無別無斷故善現一切智智清淨故菩薩十地清淨菩薩十地清淨故大捨清淨何以故若一切智智清淨若菩薩十地清淨若大捨清淨無二無二分無別無斷故善現一切智智清淨故五眼清淨五眼清淨故大捨清淨何以故若一切智智清淨若五眼清淨若大捨清淨無二無二分無別無斷故一切智智清淨故六神通清淨六神通清淨故大捨清淨何以故若一切智智清淨若六神通清淨若大捨清淨無二無二分無別無斷故善現一切智智清淨故佛十力清淨佛十力清淨故大捨清淨何以故若一切智智清淨若佛十力清淨若大捨清淨無二無二分無別無斷故一切智智清淨故四無所畏四無礙解大慈大悲大喜十八佛不共法清淨四無所畏乃至十八佛不共法清淨故大捨清淨何以故若一切智智清淨若四無所畏乃

至十八佛不共法清淨若大捨清淨無二無二分無別無斷故善現一切智智清淨故無忘失法清淨無忘失法清淨故大捨清淨何以故若一切智智清淨若無忘失法清淨若大捨清淨無二無二分無別無斷故一切智智清淨故恒住捨性清淨恒住捨性清淨故大捨清淨何以故若一切智智清淨若恒住捨性清淨若大捨清淨無二無二分無別無斷故善現一切智智清淨故一切智清淨一切智清淨故大捨清淨何以故若一切智智清淨若一切智清淨若大捨清淨無二無二分無別無斷故一切智智清淨故道相智一切相智清淨道相智一切相智清淨故大捨清淨何以故若一切智智清淨若道相智一切相智清淨若大捨清淨無二無二分無別無斷故善現一切智智清淨故一切陀羅尼門清淨一切陀羅尼門清淨故大捨清淨何以故若一切智智清淨若一切陀羅尼門清淨若大捨清淨無二無二分無別無斷故一切智智清淨故一切三摩地門清淨一切三摩地門清淨故大捨清淨何以故若一切智智清淨若一切三摩地門清淨若大捨清淨無二無二分無別無斷故善現一切智智清淨故預流果清淨預流果清淨故大捨清淨何以故若一切智智清淨若預流果清淨若大捨清淨無二無二分無別無斷故一切智智清淨故一來不還阿羅漢果清淨一來不還阿羅漢果清淨故大捨清淨何以故若一切智智清淨若一來不還阿羅漢果清淨若大捨清淨無二無二分無別無斷故善現一

切智智清淨故獨覺菩提清淨獨覺菩提清淨故大捨清淨何以故若一切智智清淨若獨覺菩提清淨若大捨清淨無二無二分無別無斷故善現一切智智清淨故一切菩薩摩訶薩行清淨一切菩薩摩訶薩行清淨故大捨清淨何以故若一切智智清淨若一切菩薩摩訶薩行清淨若大捨清淨無二無二分無別無斷故善現一切智智清淨故諸佛無上正等菩提清淨諸佛無上正等菩提清淨故大捨清淨何以故若一切智智清淨若諸佛無上正等菩提清淨若大捨清淨無二無二分無別無斷故

大般若波羅蜜多經卷第二百七十七

大般若波羅蜜多經卷第二百七十八

唐三藏法師玄奘奉詔譯

初分難信解品第三十四之九十七

復次善現一切智智清淨故色清淨色清淨故十八佛不共法清淨何以故若一切智智清淨若色清淨若十八佛不共法清淨無二無二分無別無斷故一切智智清淨故受想行識清淨受想行識清淨故十八佛不共法清淨何以故若一切智智清淨若受想行識清淨若十八佛不共法清淨無二無二分無別無斷故善現一切智智清淨故眼處清淨眼處清淨故十八佛不共法清淨何以故若一切智智清淨若眼處清淨若十八佛不共法清淨無二無二分無別無斷故一切智智清淨故耳鼻舌身意處清淨耳鼻舌身意處清淨故十八佛不共法清淨何以故若一切智智清淨若耳鼻舌身意處清淨若十八佛不共法清淨無二無二分無別無斷故善現一切智智清淨故色處清淨色處清淨故十八佛不共法清淨何以故若一切智智清淨若色處清淨若十八佛不共法清淨無二無二分無別無斷故一切智智清淨故聲香味觸法處清淨聲香味觸法處清淨故十八佛不共法清淨何以故若一切智智清淨若聲香味觸法處清淨若十八佛不共法清淨無二無二分無別無斷故善現一切智智清淨故眼界清淨眼界清淨故十八佛不共法清淨何以故若一切智智清淨若眼界清淨若十八佛不共法清淨無二無二分無別無斷故一切智智清淨故色界眼識界及眼觸眼

觸爲緣所生諸受清淨色界乃至眼觸爲緣所生諸受清淨故十八佛不共法清淨何以故若一切智智清淨若色界乃至眼觸爲緣所生諸受清淨若十八佛不共法清淨無二無二分無別無斷故善現一切智智清淨故耳界清淨耳界清淨故十八佛不共法清淨何以故若一切智智清淨若耳界清淨若十八佛不共法清淨無二無二分無別無斷故一切智智清淨故聲界耳識界及耳觸耳觸爲緣所生諸受清淨聲界乃至耳觸爲緣所生諸受清淨故十八佛不共法清淨何以故若一切智智清淨若聲界乃至耳觸爲緣所生諸受清淨若十八佛不共法清淨無二無二分無別無斷故善現一切智智清淨故鼻界清淨鼻界清淨故十八佛不共法清淨何

以故若一切智智清淨若鼻界清淨若十八佛不共法清淨無二無二分無別無斷故一切智智清淨故香界鼻識界及鼻觸鼻觸爲緣所生諸受清淨香界乃至鼻觸爲緣所生諸受清淨故十八佛不共法清淨何以故若一切智智清淨若香界乃至鼻觸爲緣所生諸受清淨若十八佛不共法清淨無二無二分無別無斷故善現一切智智清淨故舌界清淨舌界清淨故十八佛不共法清淨何以故若一切智智清淨若舌界清淨若十八佛不共法清淨無二無二分無別無斷故一切智智清淨故味界舌識界及舌觸舌觸爲緣所生諸受清淨味界乃至舌觸爲緣所生諸受清淨故十八佛不共法清淨何以故若一切智智清淨若味界乃至舌觸爲緣所生諸

受清淨若十八佛不共法清淨無二無二分無別無斷故善現一切智智清淨故身界清淨身界清淨故十八佛不共法清淨何以故若一切智智清淨若身界清淨若十八佛不共法清淨無二無二分無別無斷故一切智智清淨故觸界身識界及身觸身觸爲緣所生諸受清淨觸界乃至身觸爲緣所生諸受清淨故十八佛不共法清淨何以故若一切智智清淨若觸界乃至身觸爲緣所生諸受清淨若十八佛不共法清淨無二無二分無別無斷故善現一切智智清淨故意界清淨意界清淨故十八佛不共法清淨何以故若一切智智清淨若意界清淨若十八佛不共法清淨無二無二分無別無斷故一切智智清淨故法界意識界及意觸意觸爲緣所生諸受清淨法界乃至意觸爲緣所生諸受清淨故十八佛不共法清淨何以故若一切智智清淨若法界乃至意觸爲緣所生諸受清淨若十八佛不共法清淨無二無二分無別無斷故善現一切智智清淨故地界清淨地界清淨故十八佛不共法清淨何以故若一切智智清淨若地界清淨若十八佛不共法清淨無二無二分無別無斷故一切智智清淨故水火風空識界清淨水火風空識界清淨故十八佛不共法清淨何以故若一切智智清淨若水火風空識界清淨若十八佛不共法清淨無二無二分無別無斷故善現一切智智清淨故無明清淨無明清淨故十八佛不共法清淨何以故若一切智智清淨若無明清淨若十八佛不共法清淨無二無二

分無別無斷故一切智智清淨故行識名色六處觸受愛取有生老死愁歎苦憂惱清淨行乃至老死愁歎苦憂惱清淨故十八佛不共法清淨何以故若一切智智清淨若行乃至老死愁歎苦憂惱清淨若十八佛不共法清淨無二無二分無別無斷故善現一切智智清淨故布施波羅蜜多清淨布施波羅蜜多清淨故十八佛不共法清淨何以故若一切智智清淨若布施波羅蜜多清淨若十八佛不共法清淨無二無二分無別無斷故一切智智清淨故淨戒安忍精進靜慮般若波羅蜜多清淨淨戒乃至般若波羅蜜多清淨故十八佛不共法清淨何以故若一切智智清淨若淨戒乃至般若波羅蜜多清淨若十八佛不共法清淨無二無二分無別無斷故

善現一切智智清淨故內空清淨內空清淨故十八佛不共法清淨何以故若一切智智清淨若內空清淨若十八佛不共法清淨無二無二分無別無斷故一切智智清淨故外空內外空空空大空勝義空有爲空無爲空畢竟空無際空散空無變異空本性空自相空共相空一切法空不可得空無性空自性空無性自性空清淨外空乃至無性自性空清淨故十八佛不共法清淨何以故若一切智智清淨若外空乃至無性自性空清淨若十八佛不共法清淨無二無二分無別無斷故善現一切智智清淨故眞如清淨眞如清淨故十八佛不共法清淨何以故若一切智智清淨若眞如清淨若十八佛不共法清淨無二無二分無別無斷故一切智智清淨故

法界法性不虛妄性不變異性平等性離生性法定法住實際虛空界不思議界清淨法界乃至不思議界清淨故十八佛不共法清淨何以故若一切智智清淨若法界乃至不思議界清淨若十八佛不共法清淨無二無二分無别無斷故善現一切智智清淨故苦聖諦清淨苦聖諦清淨故十八佛不共法清淨何以故若一切智智清淨若苦聖諦清淨若十八佛不共法清淨無二無二分無别無斷故一切智智清淨故集滅道聖諦清淨集滅道聖諦清淨故十八佛不共法清淨何以故若一切智智清淨若集滅道聖諦清淨若十八佛不共法清淨無二無二分無别無斷故善現一切智智清淨故四靜慮清淨四靜慮清淨故十八佛不共法清淨何以故若一切智智清淨若四靜慮清淨若十八佛不共法清淨無二無二分無别無斷故一切智智清淨故四無量四無色定清淨四無量四無色定清淨故十八佛不共法清淨何以故若一切智智清淨若四無量四無色定清淨若十八佛不共法清淨無二無二分無别無斷故善現一切智智清淨故八解脫清淨八解脫清淨故十八佛不共法清淨何以故若一切智智清淨若八解脫清淨若十八佛不共法清淨無二無二分無别無斷故一切智智清淨故八勝處九次第定十遍處清淨八勝處九次第定十遍處清淨故十八佛不共法清淨何以故若一切智智清淨若八勝處九次第定十遍處清淨若十八佛不共法清淨無二無二分無别無斷故善現一切智智清

淨故四念住清淨四念住清淨故十八佛不共法清淨何以故若一切智智清淨若四念住清淨若十八佛不共法清淨無二無二分無別無斷故一切智智清淨故四正斷四神足五根五力七等覺支八聖道支清淨四正斷乃至八聖道支清淨故十八佛不共法清淨何以故若一切智智清淨若四正斷乃至八聖道支清淨若十八佛不共法清淨無二無二分無別無斷故善現一切智智清淨故空解脫門清淨空解脫門清淨故十八佛不共法清淨何以故若一切智智清淨若空解脫門清淨若十八佛不共法清淨無二無二分無別無斷故一切智智清淨故無相無願解脫門清淨無相無願解脫門清淨故十八佛不共法清淨何以故若一切智智清淨若

無相無願解脫門清淨若十八佛不共法清淨無二無二分無別無斷故善現一切智智清淨故菩薩十地清淨菩薩十地清淨故十八佛不共法清淨何以故若一切智智清淨若菩薩十地清淨若十八佛不共法清淨無二無二分無別無斷故善現一切智智清淨故五眼清淨五眼清淨故十八佛不共法清淨何以故若一切智智清淨若五眼清淨若十八佛不共法清淨無二無二分無別無斷故一切智智清淨故六神通清淨六神通清淨故十八佛不共法清淨何以故若一切智智清淨若六神通清淨若十八佛不共法清淨無二無二分無別無斷故善現一切智智清淨故佛十力清淨佛十力清淨故十八佛不共法清淨何以故若一切智智清淨若佛

十力清淨若十八佛不共法清淨無二無二分無别無斷故一切智智清淨故四無所畏四無礙解大慈大悲大喜大捨清淨四無所畏乃至大捨清淨故十八佛不共法清淨何以故若一切智智清淨若四無所畏乃至大捨清淨若十八佛不共法清淨無二無二分無别無斷故善現一切智智清淨故無忘失法清淨無忘失法清淨故十八佛不共法清淨何以故若一切智智清淨若無忘失法清淨若十八佛不共法清淨無二無二分無别無斷故一切智智清淨故恒住捨性清淨恒住捨性清淨故十八佛不共法清淨何以故若一切智智清淨若恒住捨性清淨若十八佛不共法清淨無二無二分無别無斷故善現一切智智清淨故一切智清淨一切智清淨故十八佛不共法清淨何以故若一切智智清淨若一切智清淨若十八佛不共法清淨無二無二分無别無斷故一切智智清淨故道相智一切相智清淨道相智一切相智清淨故十八佛不共法清淨何以故若一切智智清淨若道相智一切相智清淨若十八佛不共法清淨無二無二分無别無斷故善現一切智智清淨故一切陀羅尼門清淨一切陀羅尼門清淨故十八佛不共法清淨何以故若一切智智清淨若一切陀羅尼門清淨若十八佛不共法清淨無二無二分無别無斷故一切智智清淨故一切三摩地門清淨一切三摩地門清淨故十八佛不共法清淨何以故若一切智智清淨若一切三摩地門清淨若十八佛不共法清淨無二無二分

無別無斷故善現一切智智清淨故預流果清淨預流果清淨故十八佛不共法清淨何以故若一切智智清淨若預流果清淨若十八佛不共法清淨無二無二分無別無斷故一切智智清淨故一來不還阿羅漢果清淨一來不還阿羅漢果清淨故十八佛不共法清淨何以故若一切智智清淨若一來不還阿羅漢果清淨若十八佛不共法清淨無二無二分無別無斷故善現一切智智清淨故獨覺菩提清淨獨覺菩提清淨故十八佛不共法清淨何以故若一切智智清淨若獨覺菩提清淨若十八佛不共法清淨無二無二分無別無斷故善現一切智智清淨故一切菩薩摩訶薩行清淨一切菩薩摩訶薩行清淨故十八佛不共法清淨何以故若一切智智清淨若一切菩薩摩訶薩行清淨若十八佛不共法清淨無二無二分無別無斷故善現一切智智清淨故諸佛無上正等菩提清淨諸佛無上正等菩提清淨故十八佛不共法清淨何以故若一切智智清淨若諸佛無上正等菩提清淨若十八佛不共法清淨無二無二分無別無斷故復次善現一切智智清淨故色清淨色清淨故無忘失法清淨何以故若一切智智清淨若色清淨若無忘失法清淨無二無二分無別無斷故一切智智清淨故受想行識清淨受想行識清淨故無忘失法清淨何以故若一切智智清淨若受想行識清淨若無忘失法清淨無二無二分無別無斷故善現一切智智清淨故眼處清淨眼處清淨故無忘失法清淨何以故若一

切智智清淨若眼處清淨若無忘失法清淨無二無二分無別無斷故一切智智清淨故耳鼻舌身意處清淨耳鼻舌身意處清淨故無忘失法清淨何以故若一切智智清淨若耳鼻舌身意處清淨若無忘失法清淨無二無二分無別無斷故善現一切智智清淨故色處清淨色處清淨故無忘失法清淨何以故若一切智智清淨若色處清淨若無忘失法清淨無二無二分無別無斷故一切智智清淨故聲香味觸法處清淨聲香味觸法處清淨故無忘失法清淨何以故若一切智智清淨若聲香味觸法處清淨若無忘失法清淨無二無二分無別無斷故善現一切智智清淨故眼界清淨眼界清淨故無忘失法清淨何以故若一切智智清淨若眼界清淨若無忘失法清淨無二無二分無別無斷故一切智智清淨故色界眼識界及眼觸眼觸爲緣所生諸受清淨色界乃至眼觸爲緣所生諸受清淨故無忘失法清淨何以故若一切智智清淨若色界乃至眼觸爲緣所生諸受清淨若無忘失法清淨無二無二分無別無斷故善現一切智智清淨故耳界清淨耳界清淨故無忘失法清淨何以故若一切智智清淨若耳界清淨若無忘失法清淨無二無二分無別無斷故一切智智清淨故聲界耳識界及耳觸耳觸爲緣所生諸受清淨聲界乃至耳觸爲緣所生諸受清淨故無忘失法清淨何以故若一切智智清淨若聲界乃至耳觸爲緣所生諸受清淨若無忘失法清淨無二無二分無別無斷故善現一切智智清

淨故鼻界清淨鼻界清淨故無忘失法清淨何以故若一切智智清淨若鼻界清淨若無忘失法清淨無二無二分無別無斷故一切智智清淨故香界鼻識界及鼻觸鼻觸爲緣所生諸受清淨香界乃至鼻觸爲緣所生諸受清淨故無忘失法清淨何以故若一切智智清淨若香界乃至鼻觸爲緣所生諸受清淨若無忘失法清淨無二無二分無別無斷故善現一切智智清淨故舌界清淨舌界清淨故無忘失法清淨何以故若一切智智清淨若舌界清淨若無忘失法清淨無二無二分無別無斷故一切智智清淨故味界舌識界及舌觸舌觸爲緣所生諸受清淨味界乃至舌觸爲緣所生諸受清淨故無忘失法清淨何以故若一切智智清淨若味界乃至舌觸爲緣所生諸受清淨若無忘失法清淨無二無二分無別無斷故善現一切智智清淨故身界清淨身界清淨故無忘失法清淨何以故若一切智智清淨若身界清淨若無忘失法清淨無二無二分無別無斷故一切智智清淨故觸界身識界及身觸身觸爲緣所生諸受清淨觸界乃至身觸爲緣所生諸受清淨故無忘失法清淨何以故若一切智智清淨若觸界乃至身觸爲緣所生諸受清淨若無忘失法清淨無二無二分無別無斷故善現一切智智清淨故意界清淨意界清淨故無忘失法清淨何以故若一切智智清淨若意界清淨若無忘失法清淨無二無二分無別無斷故一切智智清淨故法界意識界及意觸意觸爲緣所生諸受清淨法界乃至

意觸爲緣所生諸受清淨故無忘失法清淨何以故若一切智智清淨若法界乃至意觸爲緣所生諸受清淨若無忘失法清淨無二無二分無別無斷故善現一切智智清淨故地界清淨地界清淨故無忘失法清淨何以故若一切智智清淨若地界清淨若無忘失法清淨無二無二分無別無斷故一切智智清淨故水火風空識界清淨水火風空識界清淨故無忘失法清淨何以故若一切智智清淨若水火風空識界清淨若無忘失法清淨無二無二分無別無斷故善現一切智智清淨故無明清淨無明清淨故無忘失法清淨何以故若一切智智清淨若無明清淨若無忘失法清淨無二無二分無別無斷故一切智智清淨故行識名色六處觸受愛取有生老死愁歎苦憂惱清淨行乃至老死愁歎苦憂惱清淨故無忘失法清淨何以故若一切智智清淨若行乃至老死愁歎苦憂惱清淨若無忘失法清淨無二無二分無別無斷故善現一切智智清淨故布施波羅蜜多清淨布施波羅蜜多清淨故無忘失法清淨何以故若一切智智清淨若布施波羅蜜多清淨若無忘失法清淨無二無二分無別無斷故一切智智清淨故淨戒安忍精進靜慮般若波羅蜜多清淨淨戒乃至般若波羅蜜多清淨故無忘失法清淨何以故若一切智智清淨若淨戒乃至般若波羅蜜多清淨若無忘失法清淨無二無二分無別無斷故善現一切智智清淨故內空清淨內空清淨故無忘失法清淨何以故若一切智智清淨若內

空清淨若無忘失法清淨無二無二分無別無斷故一切智智清淨故外空内外空空空大空勝義空有爲空無爲空畢竟空無際空散空無變異空本性空自相空共相空一切法空不可得空無性空自性空無性自性空清淨外空乃至無性自性空清淨故無忘失法清淨何以故若一切智智清淨若外空乃至無性自性空清淨若無忘失法清淨無二無二分無別無斷故善現一切智智清淨故真如清淨真如清淨故無忘失法清淨何以故若一切智智清淨若真如清淨若無忘失法清淨無二無二分無別無斷故一切智智清淨故法界法性不虚妄性不變異性平等性離生性法定法住實際虚空界不思議界清淨法界乃至不思議界清淨故無忘失法

清淨何以故若一切智智清淨若法界乃至不思議界清淨若無忘失法清淨無二無二分無別無斷故善現一切智智清淨故苦聖諦清淨苦聖諦清淨故無忘失法清淨何以故若一切智智清淨若苦聖諦清淨若無忘失法清淨無二無二分無別無斷故一切智智清淨故集滅道聖諦清淨集滅道聖諦清淨故無忘失法清淨何以故若一切智智清淨若集滅道聖諦清淨若無忘失法清淨無二無二分無別無斷故善現一切智智清淨故四靜慮清淨四靜慮清淨故無忘失法清淨何以故若一切智智清淨若四靜慮清淨若無忘失法清淨無二無二分無別無斷故一切智智清淨故四無量四無色定清淨四無量四無色定清淨故無忘失法清淨何以

故若一切智智清淨若四無量四無色定清淨若無忘失法清淨無二無二分無別無斷故善現一切智智清淨故八解脫清淨八解脫清淨故無忘失法清淨何以故若一切智智清淨若八解脫清淨若無忘失法清淨無二無二分無別無斷故一切智智清淨故八勝處九次第定十遍處清淨八勝處九次第定十遍處清淨故無忘失法清淨何以故若一切智智清淨若八勝處九次第定十遍處清淨若無忘失法清淨無二無二分無別無斷故善現一切智智清淨故四念住清淨四念住清淨故無忘失法清淨何以故若一切智智清淨若四念住清淨若無忘失法清淨無二無二分無別無斷故一切智智清淨故四正斷四神足五根五力七等覺支八聖道支清淨四正斷乃至八聖道支清淨故無忘失法清淨何以故若一切智智清淨若四正斷乃至八聖道支清淨若無忘失法清淨無二無二分無別無斷故善現一切智智清淨故空解脫門清淨空解脫門清淨故無忘失法清淨何以故若一切智智清淨若空解脫門清淨若無忘失法清淨無二無二分無別無斷故一切智智清淨故無相無願解脫門清淨無相無願解脫門清淨故無忘忘失清淨何以故若一切智智清淨若無相無願解脫門清淨若無忘失法清淨無二無二分無別無斷故善現一切智智清淨故菩薩十地清淨菩薩十地清淨故無忘失法清淨何以故若一切智智清淨若菩薩十地清淨若無忘失法清淨無二無二分無別無斷故善現

一切智智清淨故五眼清淨五眼清淨故無忘失法清淨何以故若一切智智清淨若五眼清淨若無忘失法清淨無二無二分無别無斷故一切智智清淨故六神通清淨六神通清淨故無忘失法清淨何以故若一切智智清淨若六神通清淨若無忘失法清淨無二無二分無别無斷故善現一切智智清淨故佛十力清淨佛十力清淨故無忘失法清淨何以故若一切智智清淨若佛十力清淨若無忘失法清淨無二無二分無别無斷故一切智智清淨故四無所畏四無礙解大慈大悲大喜大捨十八佛不共法清淨四無所畏乃至十八佛不共法清淨故無忘失法清淨何以故若一切智智清淨若四無所畏乃至十八佛不共法清淨若無忘失法清淨無二無二分無别無斷故善現一切智智清淨故恒住捨性清淨恒住捨性清淨故無忘失法清淨何以故若一切智智清淨若恒住捨性清淨若無忘失法清淨無二無二分無别無斷故善現一切智智清淨故一切智清淨一切智清淨故無忘失法清淨何以故若一切智智清淨若一切智清淨若無忘失法清淨無二無二分無别無斷故一切智智清淨故道相智一切相智清淨道相智一切相智清淨故無忘失法清淨何以故若一切智智清淨若道相智一切相智清淨若無忘失法清淨無二無二分無别無斷故善現一切智智清淨故一切陀羅尼門清淨一切陀羅尼門清淨故無忘失法清淨何以故若一切智智清淨若一切陀羅尼門清淨若無忘失法

清淨無二無二分無別無斷故一切智智清淨故一切三摩地門清淨一切三摩地門清淨故無忘失法清淨何以故若一切智智清淨若一切三摩地門清淨若無忘失法清淨無二無二分無別無斷故善現一切智智清淨故預流果清淨預流果清淨故無忘失法清淨何以故若一切智智清淨若預流果清淨若無忘失法清淨無二無二分無別無斷故一切智智清淨故一來不還阿羅漢果清淨一來不還阿羅漢果清淨故無忘失法清淨何以故若一切智智清淨若一來不還阿羅漢果清淨若無忘失法清淨無二無二分無別無斷故善現一切智智清淨故獨覺菩提清淨獨覺菩提清淨故無忘失法清淨何以故若一切智智清淨若獨覺菩提清淨若無忘失法清淨無二無二分無別無斷故善現一切智智清淨故一切菩薩摩訶薩行清淨一切菩薩摩訶薩行清淨故無忘失法清淨何以故若一切智智清淨若一切菩薩摩訶薩行清淨若無忘失法清淨無二無二分無別無斷故善現一切智智清淨故諸佛無上正等菩提清淨諸佛無上正等菩提清淨故無忘失法清淨何以故若一切智智清淨若諸佛無上正等菩提清淨若無忘失法清淨無二無二分無別無斷故

大般若波羅蜜多經卷第二百七十八

大般若波羅蜜多經卷第二百七十九

唐三藏法師玄奘奉　詔譯

初分難信解品第三十四之九十八

復次善現一切智智清淨故色清淨色清淨故恒住捨性清淨何以故若一切智智清淨若色清淨若恒住捨性清淨無二無二分無别無斷故一切智智清淨故受想行識清淨受想行識清淨故恒住捨性清淨何以故若一切智智清淨若受想行識清淨若恒住捨性清淨無二無二分無别無斷故善現一切智智清淨故眼處清淨眼處清淨故恒住捨性清淨何以故若一切智智清淨若眼處清淨若恒住捨性清淨無二無二分無别無斷故一切智智清淨故耳鼻舌身意處清淨耳鼻舌身意處清淨故恒住捨性清淨何以故若一切智智清淨若耳鼻舌身意處清淨若恒住捨性清淨無二無二分無别無斷故善現一切智智清淨故色處清淨色處清淨故恒住捨性清淨何以故若一切智智清淨若色處清淨若恒住捨性清淨無二無二分無别無斷故一切智智清淨故聲香味觸法處清淨聲香味觸法處清淨故恒住捨性清淨何以故若一切智智清淨若聲香味觸法處清淨若恒住捨性清淨無二無二分無别無斷故善現一切智智清淨故眼界清淨眼界清淨故恒住捨性清淨何以故若一切智智清淨若眼界清淨若恒住捨性清淨無二無二分無别無斷故一切智智清淨故色界眼識界及眼觸眼觸爲緣所生諸受清淨色界乃至眼觸爲緣所生諸受清淨故恒住捨性

清淨何以故若一切智智清淨若色界乃至眼觸爲緣所生諸受清淨若恒住捨性清淨無二無二分無別無斷故善現一切智智清淨故耳界清淨耳界清淨故恒住捨性清淨何以故若一切智智清淨若耳界清淨若恒住捨性清淨無二無二分無別無斷故一切智智清淨故聲界耳識界及耳觸耳觸爲緣所生諸受清淨聲界乃至耳觸爲緣所生諸受清淨故恒住捨性清淨何以故若一切智智清淨若聲界乃至耳觸爲緣所生諸受清淨若恒住捨性清淨無二無二分無別無斷故善現一切智智清淨故鼻界清淨鼻界清淨故恒住捨性清淨何以故若一切智智清淨若鼻界清淨若恒住捨性清淨無二無二分無別無斷故一切智智清淨故香界鼻識界及鼻觸鼻觸爲緣所生諸受清淨香界乃至鼻觸爲緣所生諸受清淨故恒住捨性清淨何以故若一切智智清淨若香界乃至鼻觸爲緣所生諸受清淨若恒住捨性清淨無二無二分無別無斷故善現一切智智清淨故舌界清淨舌界清淨故恒住捨性清淨何以故若一切智智清淨若舌界清淨若恒住捨性清淨無二無二分無別無斷故一切智智清淨故味界舌識界及舌觸舌觸爲緣所生諸受清淨味界乃至舌觸爲緣所生諸受清淨故恒住捨性清淨何以故若一切智智清淨若味界乃至舌觸爲緣所生諸受清淨若恒住捨性清淨無二無二分無別無斷故善現一切智智清淨故身界清淨身界清淨故恒住捨性清淨何以故若一切智智清淨

若身界清淨若恒住捨性清淨無二無二分無別無斷故一切智智清淨故觸界身識界及身觸身觸爲緣所生諸受清淨觸界乃至身觸爲緣所生諸受清淨故恒住捨性清淨何以故若一切智智清淨若觸界乃至身觸爲緣所生諸受清淨若恒住捨性清淨無二無二分無別無斷故善現一切智智清淨故意界清淨意界清淨故恒住捨性清淨何以故若一切智智清淨若意界清淨若恒住捨性清淨無二無二分無別無斷故一切智智清淨故法界意識界及意觸意觸爲緣所生諸受清淨法界乃至意觸爲緣所生諸受清淨故恒住捨性清淨何以故若一切智智清淨若法界乃至意觸爲緣所生諸受清淨若恒住捨性清淨無二無二分無別無斷故善

現一切智智清淨故地界清淨地界清淨故恒住捨性清淨何以故若一切智智清淨若地界清淨若恒住捨性清淨無二無二分無別無斷故一切智智清淨故水火風空識界清淨水火風空識界清淨故恒住捨性清淨何以故若一切智智清淨若水火風空識界清淨若恒住捨性清淨無二無二分無別無斷故善現一切智智清淨故無明清淨無明清淨故恒住捨性清淨何以故若一切智智清淨若無明清淨若恒住捨性清淨無二無二分無別無斷故一切智智清淨故行識名色六處觸受愛取有生老死愁歎苦憂惱清淨行乃至老死愁歎苦憂惱清淨故恒住捨性清淨何以故若一切智智清淨若行乃至老死愁歎苦憂惱清淨若恒住捨性清淨無

二無二分無別無斷故善現一切智智清淨故布施波羅蜜多清淨布施波羅蜜多清淨故恒住捨性清淨何以故若一切智智清淨若布施波羅蜜多清淨若恒住捨性清淨無二無二分無別無斷故一切智智清淨故淨戒安忍精進靜慮般若波羅蜜多清淨淨戒乃至般若波羅蜜多清淨故恒住捨性清淨何以故若一切智智清淨若淨戒乃至般若波羅蜜多清淨若恒住捨性清淨無二無二分無別無斷故善現一切智智清淨故內空清淨內空清淨故恒住捨性清淨何以故若一切智智清淨若內空清淨若恒住捨性清淨無二無二分無別無斷故一切智智清淨故外空內外空空空大空勝義空有爲空無爲空畢竟空無際空散空無變異空本性空自相空共相空一切法空不可得空無性空自性空無性自性空清淨外空乃至無性自性空清淨故恒住捨性清淨何以故若一切智智清淨若外空乃至無性自性空清淨若恒住捨性清淨無二無二分無別無斷故善現一切智智清淨故眞如清淨眞如清淨故恒住捨性清淨何以故若一切智智清淨若眞如清淨若恒住捨性清淨無二無二分無別無斷故一切智智清淨故法界法性不虛妄性不變異性平等性離生性法定法住實際虛空界不思議界清淨法界乃至不思議界清淨故恒住捨性清淨何以故若一切智智清淨若法界乃至不思議界清淨若恒住捨性清淨無二無二分無別無斷故善現一切智智清淨故苦聖諦清淨苦聖諦清淨故

恒住捨性清淨何以故若一切智智清淨若苦聖諦清淨若恒住捨性清淨無二無二分無別無斷故一切智智清淨故集滅道聖諦清淨集滅道聖諦清淨故恒住捨性清淨何以故若一切智智清淨若集滅道聖諦清淨若恒住捨性清淨無二無二分無別無斷故善現一切智智清淨故四靜慮清淨四靜慮清淨故恒住捨性清淨何以故若一切智智清淨若四靜慮清淨若恒住捨性清淨無二無二分無別無斷故一切智智清淨故四無量四無色定清淨四無量四無色定清淨故恒住捨性清淨何以故若一切智智清淨若四無量四無色定清淨若恒住捨性清淨無二無二分無別無斷故善現一切智智清淨故八解脫清淨八解脫清淨故恒住捨性清淨何以故若一切智智清淨若八解脫清淨若恒住捨性清淨無二無二分無別無斷故一切智智清淨故八勝處九次第定十遍處清淨八勝處九次第定十遍處清淨故恒住捨性清淨何以故若一切智智清淨若八勝處九次第定十遍處清淨若恒住捨性清淨無二無二分無別無斷故善現一切智智清淨故四念住清淨四念住清淨故恒住捨性清淨何以故若一切智智清淨若四念住清淨若恒住捨性清淨無二無二分無別無斷故一切智智清淨故四正斷四神足五根五力七等覺支八聖道支清淨四正斷乃至八聖道支清淨故恒住捨性清淨何以故若一切智智清淨若四正斷乃至八聖道支清淨若恒住捨性清淨無二無二分無別無斷故

善現一切智智清淨故空解脫門清淨空解脫門清淨故恒住捨性清淨何以故若一切智智清淨若空解脫門清淨若恒住捨性清淨無二無二分無別無斷故一切智智清淨故無相無願解脫門清淨無相無願解脫門清淨故恒住捨性清淨何以故若一切智智清淨若無相無願解脫門清淨若恒住捨性清淨無二無二分無別無斷故善現一切智智清淨故菩薩十地清淨菩薩十地清淨故恒住捨性清淨何以故若一切智智清淨若菩薩十地清淨若恒住捨性清淨無二無二分無別無斷故善現一切智智清淨故五眼清淨五眼清淨故恒住捨性清淨何以故若一切智智清淨若五眼清淨若恒住捨性清淨無二無二分無別無斷故一切智智清淨故六神通清淨六神通清淨故恒住捨性清淨何以故若一切智智清淨若六神通清淨若恒住捨性清淨無二無二分無別無斷故善現一切智智清淨故佛十力清淨佛十力清淨故恒住捨性清淨何以故若一切智智清淨若佛十力清淨若恒住捨性清淨無二無二分無別無斷故一切智智清淨故四無所畏四無礙解大慈大悲大喜大捨十八佛不共法清淨四無所畏乃至十八佛不共法清淨故恒住捨性清淨何以故若一切智智清淨若四無所畏乃至十八佛不共法清淨若恒住捨性清淨無二無二分無別無斷故善現一切智智清淨故無忘失法清淨無忘失法清淨故恒住捨性清淨何以故若一切智智清淨若無忘失法清淨若恒住捨性清

淨無二無二分無別無斷故善現一切智智清淨故一切智清淨一切智清淨故恒住捨性清淨何以故若一切智智清淨若一切智清淨若恒住捨性清淨無二無二分無別無斷故一切智智清淨故道相智一切相智清淨道相智一切相智清淨故恒住捨性清淨何以故若一切智智清淨若道相智一切相智清淨若恒住捨性清淨無二無二分無別無斷故善現一切智智清淨故一切陀羅尼門清淨一切陀羅尼門清淨故恒住捨性清淨何以故若一切智智清淨若一切陀羅尼門清淨若恒住捨性清淨無二無二分無別無斷故一切智智清淨故一切三摩地門清淨一切三摩地門清淨故恒住捨性清淨何以故若一切智智清淨若一切三摩地門清淨若恒住捨性清淨無二無二分無別無斷故善現一切智智清淨故預流果清淨預流果清淨故恒住捨性清淨何以故若一切智智清淨若預流果清淨若恒住捨性清淨無二無二分無別無斷故一切智智清淨故一來不還阿羅漢果清淨一來不還阿羅漢果清淨故恒住捨性清淨何以故若一切智智清淨若一來不還阿羅漢果清淨若恒住捨性清淨無二無二分無別無斷故善現一切智智清淨故獨覺菩提清淨獨覺菩提清淨故恒住捨性清淨何以故若一切智智清淨若獨覺菩提清淨若恒住捨性清淨無二無二分無別無斷故善現一切智智清淨故一切菩薩摩訶薩行清淨一切菩薩摩訶薩行清淨故恒住捨性清淨何以故若一切智智

清淨若一切菩薩摩訶薩行清淨若恒住捨性清淨無二無二分無別無斷故善現一切智智清淨故諸佛無上正等菩提清淨諸佛無上正等菩提清淨故恒住捨性清淨何以故若一切智智清淨若諸佛無上正等菩提清淨若恒住捨性清淨無二無二分無別無斷故復次善現一切智智清淨故色清淨色清淨故一切智清淨何以故若一切智智清淨若色清淨若一切智清淨無二無二分無別無斷故一切智智清淨故受想行識清淨受想行識清淨故一切智清淨何以故若一切智智清淨若受想行識清淨若一切智清淨無二無二分無別無斷故善現一切智智清淨故眼處清淨眼處清淨故一切智清淨何以故若一切智智清淨若眼處清淨若一切智清淨無二無二分無別無斷故一切智智清淨故耳鼻舌身意處清淨耳鼻舌身意處清淨故一切智清淨何以故若一切智智清淨若耳鼻舌身意處清淨若一切智清淨無二無二分無別無斷故善現一切智智清淨故色處清淨色處清淨故一切智清淨何以故若一切智智清淨若色處清淨若一切智清淨無二無二分無別無斷故一切智智清淨故聲香味觸法處清淨聲香味觸法處清淨故一切智清淨何以故若一切智智清淨若聲香味觸法處清淨若一切智清淨無二無二分無別無斷故善現一切智智清淨故眼界清淨眼界清淨故一切智清淨何以故若一切智智清淨若眼界清淨若一切智清淨無二無二分無別無斷故一切智智清

淨故色界眼識界及眼觸眼觸爲緣所生諸受清淨色界乃至眼觸爲緣所生諸受清淨故一切智清淨何以故若一切智智清淨若色界乃至眼觸爲緣所生諸受清淨若一切智清淨無二無二分無別無斷故善現一切智智清淨故耳界清淨耳界清淨故一切智清淨何以故若一切智智清淨若耳界清淨若一切智清淨無二無二分無別無斷故一切智智清淨故聲界耳識界及耳觸耳觸爲緣所生諸受清淨聲界乃至耳觸爲緣所生諸受清淨故一切智清淨何以故若一切智智清淨若聲界乃至耳觸爲緣所生諸受清淨若一切智清淨無二無二分無別無斷故善現一切智智清淨故鼻界清淨鼻界清淨故一切智清淨何以故若一切智智清淨若鼻界清淨若一切智清淨無二無二分無別無斷故一切智智清淨故香界鼻識界及鼻觸鼻觸爲緣所生諸受清淨香界乃至鼻觸爲緣所生諸受清淨故一切智清淨何以故若一切智智清淨若香界乃至鼻觸爲緣所生諸受清淨若一切智清淨無二無二分無別無斷故善現一切智智清淨故舌界清淨舌界清淨故一切智清淨何以故若一切智智清淨若舌界清淨若一切智清淨無二無二分無別無斷故一切智智清淨故味界舌識界及舌觸舌觸爲緣所生諸受清淨味界乃至舌觸爲緣所生諸受清淨故一切智清淨何以故若一切智智清淨若味界乃至舌觸爲緣所生諸受清淨若一切智清淨無二無二分無別無斷故善現一切智智清淨故

身界清淨身界清淨故一切智清淨何以故若一切智智清淨若身界清淨若一切智清淨無二無二分無別無斷故一切智智清淨故觸界身識界及身觸身觸爲緣所生諸受清淨觸界乃至身觸爲緣所生諸受清淨故一切智清淨何以故若一切智智清淨若觸界乃至身觸爲緣所生諸受清淨若一切智清淨無二無二分無別無斷故善現一切智智清淨故意界清淨意界清淨故一切智清淨何以故若一切智智清淨若意界清淨若一切智清淨無二無二分無別無斷故一切智智清淨故法界意識界及意觸意觸爲緣所生諸受清淨法界乃至意觸爲緣所生諸受清淨故一切智清淨何以故若一切智智清淨若法界乃至意觸爲緣所生諸受清淨若一切智清淨無二無二分無別無斷故善現一切智智清淨故地界清淨地界清淨故一切智清淨何以故若一切智智清淨若地界清淨若一切智清淨無二無二分無別無斷故一切智智清淨故水火風空識界清淨水火風空識界清淨故一切智清淨何以故若一切智智清淨若水火風空識界清淨若一切智清淨無二無二分無別無斷故善現一切智智清淨故無明清淨無明清淨故一切智清淨何以故若一切智智清淨若無明清淨若一切智清淨無二無二分無別無斷故一切智智清淨故行識名色六處觸受愛取有生老死愁歎苦憂惱清淨行乃至老死愁歎苦憂惱清淨故一切智清淨何以故若一切智智清淨若行乃至老死愁歎苦憂惱

清淨若一切智清淨無二無二分無別無斷故善現一切智智清淨故布施波羅蜜多清淨布施波羅蜜多清淨故一切智清淨何以故若一切智智清淨若布施波羅蜜多清淨若一切智清淨無二無二分無別無斷故一切智智清淨故淨戒安忍精進靜慮般若波羅蜜多清淨淨戒乃至般若波羅蜜多清淨故一切智清淨何以故若一切智智清淨若淨戒乃至般若波羅蜜多清淨若一切智清淨無二無二分無別無斷故善現一切智智清淨故內空清淨內空清淨故一切智清淨何以故若一切智智清淨若內空清淨若一切智清淨無二無二分無別無斷故一切智智清淨故外空內外空空空大空勝義空有爲空無爲空畢竟空無際空散空無變異空本性空自相空共相空一切法空不可得空無性空自性空無性自性空清淨外空乃至無性自性空清淨故一切智清淨何以故若一切智智清淨若外空乃至無性自性空清淨若一切智清淨無二無二分無別無斷故善現一切智智清淨故真如清淨眞如清淨故一切智清淨何以故若一切智智清淨若眞如清淨若一切智清淨無二無二分無別無斷故一切智智清淨故法界法性不虛妄性不變異性平等性離生性法定法住實際虛空界不思議界清淨法界乃至不思議界清淨故一切智清淨何以故若一切智智清淨若法界乃至不思議界清淨若一切智清淨無二無二分無別無斷故善現一切智智清淨故苦聖諦清淨苦聖諦清淨故一切智

清淨何以故若一切智智清淨若苦聖諦清
淨若一切智清淨無二無二分無別無斷故
一切智智清淨故集滅道聖諦清淨集滅道
聖諦清淨故一切智清淨何以故若一切智
智清淨若集滅道聖諦清淨若一切智清淨
無二無二分無別無斷故善現一切智智清
淨故四靜慮清淨四靜慮清淨故一切智清
淨何以故若一切智智清淨若四靜慮清淨
若一切智清淨無二無二分無別無斷故一
切智智清淨故四無量四無色定清淨四無
量四無色定清淨故一切智清淨何以故若
一切智智清淨若四無量四無色定清淨若
一切智清淨無二無二分無別無斷故善現
一切智智清淨故八解脫清淨八解脫清淨
故一切智清淨何以故若一切智智清淨若

八解脫清淨若一切智清淨無二無二分無
別無斷故一切智智清淨故八勝處九次第
定十遍處清淨八勝處九次第定十遍處清
淨故一切智清淨何以故若一切智智清淨
若八勝處九次第定十遍處清淨若一切智
清淨無二無二分無別無斷故善現一切智
智清淨故四念住清淨四念住清淨故一切
智清淨何以故若一切智智清淨若四念住
清淨若一切智清淨無二無二分無別無斷
故一切智智清淨故四正斷四神足五根五
力七等覺支八聖道支清淨四正斷乃至八
聖道支清淨故一切智清淨何以故若一切
智智清淨若四正斷乃至八聖道支清淨若
一切智清淨無二無二分無別無斷故善現
一切智智清淨故空解脫門清淨空解脫門

清淨故一切智清淨何以故若一切智智清淨若空解脫門清淨若一切智清淨無二無二分無別無斷故一切智智清淨故無相無願解脫門清淨無相無願解脫門清淨故一切智清淨何以故若一切智智清淨若無相無願解脫門清淨若一切智清淨無二無二分無別無斷故善現一切智智清淨故菩薩十地清淨菩薩十地清淨故一切智清淨何以故若一切智智清淨若菩薩十地清淨若一切智清淨無二無二分無別無斷故善現一切智智清淨故五眼清淨五眼清淨故一切智清淨何以故若一切智智清淨若五眼清淨若一切智清淨無二無二分無別無斷故一切智智清淨故六神通清淨六神通清淨故一切智清淨何以故若一切智智清淨

若六神通清淨若一切智清淨無二無二分無別無斷故善現一切智智清淨故佛十力清淨佛十力清淨故一切智清淨何以故若一切智智清淨若佛十力清淨若一切智清淨無二無二分無別無斷故一切智智清淨故四無所畏四無礙解大慈大悲大喜大捨十八佛不共法清淨四無所畏乃至十八佛不共法清淨故一切智清淨何以故若一切智智清淨若四無所畏乃至十八佛不共法清淨若一切智清淨無二無二分無別無斷故善現一切智智清淨故無忘失法清淨無忘失法清淨故一切智清淨何以故若一切智智清淨若無忘失法清淨若一切智清淨無二無二分無別無斷故一切智智清淨故恒住捨性清淨恒住捨性清淨故一切智清

淨何以故若一切智智清淨若恒住捨性清淨若一切智清淨無二無二分無別無斷故

善現一切智智清淨故道相智清淨道相智清淨故一切智清淨何以故若一切智智清淨若道相智清淨若一切智清淨無二無二分無別無斷故一切智智清淨故一切相智清淨一切相智清淨故一切智清淨何以故若一切智智清淨若一切相智清淨若一切智清淨無二無二分無別無斷故

大般若波羅蜜多經卷第二百七十九

大般若波羅蜜多經卷第二百八十

唐三藏法師玄奘奉　詔譯

初分難信解品第三十四之九十九

善現一切智智清淨故一切陀羅尼門清淨一切陀羅尼門清淨故一切智清淨何以故若一切智智清淨若一切陀羅尼門清淨若一切智清淨無二無二分無別無斷故一切智智清淨故一切三摩地門清淨一切三摩地門清淨故一切智清淨何以故若一切智智清淨若一切三摩地門清淨若一切智清淨無二無二分無別無斷故善現一切智智清淨故預流果清淨預流果清淨故一切智清淨何以故若一切智智清淨若預流果清淨若一切智清淨無二無二分無別無斷故一切智智清淨故一來不還阿羅漢果清淨一來不還阿羅漢果清淨故一切智清淨何以故若一切智智清淨若一來不還阿羅漢果清淨若一切智清淨無二無二分無別無斷故善現一切智智清淨故獨覺菩提清淨獨覺菩提清淨故一切智清淨何以故若一切智智清淨若獨覺菩提清淨若一切智清淨無二無二分無別無斷故善現一切智智清淨故一切菩薩摩訶薩行清淨一切菩薩摩訶薩行清淨故一切智清淨何以故若一切智智清淨若一切菩薩摩訶薩行清淨若一切智清淨無二無二分無別無斷故善現一切智智清淨故諸佛無上正等菩提清淨諸佛無上正等菩提清淨故一切智清淨何以故若一切智智清淨若諸佛無上正等菩提清淨若一切智清淨無二無二分無別無

斷故復次善現一切智清淨淨故色清淨色清淨故道相智清淨何以故若一切智智清淨若色清淨若道相智清淨無二無二分無別無斷故一切智智清淨故受想行識清淨受想行識清淨故道相智清淨何以故若一切智智清淨若受想行識清淨若道相智清淨無二無二分無別無斷故善現一切智智清淨故眼處清淨眼處清淨故道相智清淨何以故若一切智智清淨若眼處清淨若道相智清淨無二無二分無別無斷故一切智智清淨故耳鼻舌身意處清淨耳鼻舌身意處清淨故道相智清淨何以故若一切智智清淨若耳鼻舌身意處清淨若道相智清淨無二無二分無別無斷故善現一切智智清淨故色處清淨色處清淨故道相智清淨何以故若一切智智清淨若色處清淨若道相智清淨無二無二分無別無斷故一切智智清淨故聲香味觸法處清淨聲香味觸法處清淨故道相智清淨何以故若一切智智清淨若聲香味觸法處清淨若道相智清淨無二無二分無別無斷故善現一切智智清淨故眼界清淨眼界清淨故道相智清淨何以故若一切智智清淨若眼界清淨若道相智清淨無二無二分無別無斷故一切智智清淨故色界眼識界及眼觸眼觸爲緣所生諸受清淨色界乃至眼觸爲緣所生諸受清淨故道相智清淨何以故若一切智智清淨若色界乃至眼觸爲緣所生諸受清淨若道相智清淨無二無二分無別無斷故善現一切智智清淨故耳界清淨耳界清淨故道相智

清淨何以故若一切智智清淨若耳界清淨若道相智清淨無二無二分無別無斷故一切智智清淨故聲界耳識界及耳觸耳觸爲縁所生諸受清淨聲界乃至耳觸爲縁所生諸受清淨故道相智清淨何以故若一切智智清淨若聲界乃至耳觸爲縁所生諸受清淨若道相智清淨無二無二分無別無斷故善現一切智智清淨故鼻界清淨鼻界清淨故道相智清淨何以故若一切智智清淨若鼻界清淨若道相智清淨無二無二分無別無斷故一切智智清淨故香界鼻識界及鼻觸鼻觸爲縁所生諸受清淨香界乃至鼻觸爲縁所生諸受清淨故道相智清淨何以故若一切智智清淨若香界乃至鼻觸爲縁所生諸受清淨若道相智清淨無二無二分無別無斷故善現一切智智清淨故舌界清淨舌界清淨故道相智清淨何以故若一切智智清淨若舌界清淨若道相智清淨無二無二分無別無斷故一切智智清淨故味界舌識界及舌觸舌觸爲縁所生諸受清淨味界乃至舌觸爲縁所生諸受清淨故道相智清淨何以故若一切智智清淨若味界乃至舌觸爲縁所生諸受清淨若道相智清淨無二無二分無別無斷故善現一切智智清淨故身界清淨身界清淨故道相智清淨何以故若一切智智清淨若身界清淨若道相智清淨無二無二分無別無斷故一切智智清淨故觸界身識界及身觸身觸爲縁所生諸受清淨觸界乃至身觸爲縁所生諸受清淨故道相智清淨何以故若一切智智清淨若觸

界乃至身觸爲緣所生諸受清淨若道相智清淨無二無二分無別無斷故善現一切智智清淨故意界清淨意界清淨故道相智清淨何以故若一切智智清淨若意界清淨若道相智清淨無二無二分無別無斷故一切智智清淨故法界意識界及意觸意觸爲緣所生諸受清淨法界乃至意觸爲緣所生諸受清淨故道相智清淨何以故若一切智智清淨若法界乃至意觸爲緣所生諸受清淨若道相智清淨無二無二分無別無斷故善現一切智智清淨故地界清淨地界清淨故道相智清淨何以故若一切智智清淨若地界清淨若道相智清淨無二無二分無別無斷故一切智智清淨故水火風空識界清淨水火風空識界清淨故道相智清淨何以故若一切智智清淨若水火風空識界清淨若道相智清淨無二無二分無別無斷故善現一切智智清淨故無明清淨無明清淨故道相智清淨何以故若一切智智清淨若無明清淨若道相智清淨無二無二分無別無斷故一切智智清淨故行識名色六處觸受愛取有生老死愁歎苦憂惱清淨行乃至老死愁歎苦憂惱清淨故道相智清淨何以故若一切智智清淨若行乃至老死愁歎苦憂惱清淨若道相智清淨無二無二分無別無斷故善現一切智智清淨故布施波羅蜜多清淨布施波羅蜜多清淨故道相智清淨何以故若一切智智清淨若布施波羅蜜多清淨若道相智清淨無一無二分無別無斷故一切智智清淨故淨戒安忍精進靜慮般若波

羅蜜多清淨淨戒乃至般若波羅蜜多清淨故道相智清淨何以故若一切智智清淨若淨戒乃至般若波羅蜜多清淨若道相智清淨無二無二分無別無斷故善現一切智智清淨故內空清淨內空清淨故道相智清淨何以故若一切智智清淨若內空清淨若道相智清淨無二無二分無別無斷故一切智智清淨故外空內外空空空大空勝義空有為空無為空畢竟空無際空散空無變異空本性空自相空共相空一切法空不可得空無性空自性空無性自性空清淨外空乃至無性自性空清淨故道相智清淨何以故若一切智智清淨若外空乃至無性自性空清淨若道相智清淨無二無二分無別無斷故善現一切智智清淨故真如清淨真如清淨故道相智清淨何以故若一切智智清淨若真如清淨若道相智清淨無二無二分無別無斷故一切智智清淨故法界法性不虛妄性不變異性平等性離生性法定法住實際虛空界不思議界清淨法界乃至不思議界清淨故道相智清淨何以故若一切智智清淨若法界乃至不思議界清淨若道相智清淨無二無二分無別無斷故善現一切智智清淨故苦聖諦清淨苦聖諦清淨故道相智清淨何以故若一切智智清淨若苦聖諦清淨若道相智清淨無二無二分無別無斷故一切智智清淨故集滅道聖諦清淨集滅道聖諦清淨故道相智清淨何以故若一切智智清淨若集滅道聖諦清淨若道相智清淨無二無二分無別無斷故善現一切智智清

淨故四靜慮清淨四靜慮清淨故道相智清淨何以故若一切智智清淨若四靜慮清淨若道相智清淨無二無二分無別無斷故一切智智清淨故四無量四無色定清淨四無量四無色定清淨故道相智清淨何以故若一切智智清淨若四無量四無色定清淨若道相智清淨無二無二分無別無斷故善現一切智智清淨故八解脫清淨八解脫清淨故道相智清淨何以故若一切智智清淨若八解脫清淨若道相智清淨無二無二分無別無斷故一切智智清淨故八勝處九次第定十遍處清淨八勝處九次第定十遍處清淨故道相智清淨何以故若一切智智清淨若八勝處九次第定十遍處清淨若道相智清淨無二無二分無別無斷故善現一切智智清淨故四念住清淨四念住清淨故道相智清淨何以故若一切智智清淨若四念住清淨若道相智清淨無二無二分無別無斷故一切智智清淨故四正斷四神足五根五力七等覺支八聖道支清淨四正斷乃至八聖道支清淨故道相智清淨何以故若一切智智清淨若四正斷乃至八聖道支清淨若道相智清淨無二無二分無別無斷故善現一切智智清淨故空解脫門清淨空解脫門清淨故道相智清淨何以故若一切智智清淨若空解脫門清淨若道相智清淨無二無二分無別無斷故一切智智清淨故無相無願解脫門清淨無相無願解脫門清淨故道相智清淨何以故若一切智智清淨若無相無願解脫門清淨若道相智清淨無二無二

分無别無斷故善現一切智智清淨故菩薩十地清淨菩薩十地清淨故道相智清淨何以故若一切智智清淨若菩薩十地清淨若道相智清淨無二無二分無别無斷故善現一切智智清淨故五眼清淨五眼清淨故道相智清淨何以故若一切智智清淨若五眼清淨若道相智清淨無二無二分無别無斷故一切智智清淨故六神通清淨六神通清淨故道相智清淨何以故若一切智智清淨若六神通清淨若道相智清淨無二無二分無别無斷故善現一切智智清淨故佛十力清淨佛十力清淨故道相智清淨何以故若一切智智清淨若佛十力清淨若道相智清淨無二無二分無别無斷故一切智智清淨故四無所畏四無礙解大慈大悲大喜大捨十八佛不共法清淨四無所畏乃至十八佛不共法清淨故道相智清淨何以故若一切智智清淨若四無所畏乃至十八佛不共法清淨若道相智清淨無二無二分無别無斷故善現一切智智清淨故無忘失法清淨無忘失法清淨故道相智清淨何以故若一切智智清淨若無忘失法清淨若道相智清淨無二無二分無别無斷故一切智智清淨故恒住捨性清淨恒住捨性清淨故道相智清淨何以故若一切智智清淨若恒住捨性清淨若道相智清淨無二無二分無别無斷故善現一切智智清淨故一切智清淨一切智清淨故道相智清淨何以故若一切智智清淨若一切智清淨若道相智清淨無二無二分無别無斷故一切智智清淨故一切相智

清淨一切相智清淨故道相智清淨何以故若一切智智清淨若一切相智清淨若道相智清淨無二無二分無別無斷故善現一切智智清淨故一切陀羅尼門清淨一切陀羅尼門清淨故道相智清淨何以故若一切智智清淨若一切陀羅尼門清淨若道相智清淨無二無二分無別無斷故一切智智清淨故一切三摩地門清淨一切三摩地門清淨故道相智清淨何以故若一切智智清淨若一切三摩地門清淨若道相智清淨無二無二分無別無斷故善現一切智智清淨故預流果清淨預流果清淨故道相智清淨何以故若一切智智清淨若預流果清淨若道相智清淨無二無二分無別無斷故一切智智清淨故一來不還阿羅漢果清淨一來不還阿羅漢果清淨故道相智清淨何以故若一切智智清淨若一來不還阿羅漢果清淨若道相智清淨無二無二分無別無斷故善現一切智智清淨故獨覺菩提清淨獨覺菩提清淨故道相智清淨何以故若一切智智清淨若獨覺菩提清淨若道相智清淨無二無二分無別無斷故善現一切智智清淨故一切菩薩摩訶薩行清淨一切菩薩摩訶薩行清淨故道相智清淨何以故若一切智智清淨若一切菩薩摩訶薩行清淨若道相智清淨無二無二分無別無斷故善現一切智智清淨故諸佛無上正等菩提清淨諸佛無上正等菩提清淨故道相智清淨何以故若一切智智清淨若諸佛無上正等菩提清淨若道相智清淨無二無二分無別無斷故復次

善現一切智智清淨故色清淨色清淨故一切相智清淨何以故若一切智智清淨若色清淨若一切相智清淨無二無二分無別無斷故一切智智清淨故受想行識清淨受想行識清淨故一切相智清淨何以故若一切智智清淨若受想行識清淨若一切相智清淨無二無二分無別無斷故善現一切智智清淨故眼處清淨眼處清淨故一切相智清淨何以故若一切智智清淨若眼處清淨若一切相智清淨無二無二分無別無斷故一切智智清淨故耳鼻舌身意處清淨耳鼻舌身意處清淨故一切相智清淨何以故若一切智智清淨若耳鼻舌身意處清淨若一切相智清淨無二無二分無別無斷故善現一切智智清淨故色處清淨色處清淨故一切相智清淨何以故若一切智智清淨若色處清淨若一切相智清淨無二無二分無別無斷故一切智智清淨故聲香味觸法處清淨聲香味觸法處清淨故一切相智清淨何以故若一切智智清淨若聲香味觸法處清淨若一切相智清淨無二無二分無別無斷故善現一切智智清淨故眼界清淨眼界清淨故一切相智清淨何以故若一切智智清淨若眼界清淨若一切相智清淨無二無二分無別無斷故一切智智清淨故色界眼識界及眼觸眼觸爲緣所生諸受清淨色界乃至眼觸爲緣所生諸受清淨故一切相智清淨何以故若一切智智清淨若色界乃至眼觸爲緣所生諸受清淨若一切相智清淨無二無二分無別無斷故善現一切智智清淨故

耳界清淨耳界清淨故一切相智清淨何以故若一切智智清淨若耳界清淨若一切相智清淨無二無二分無別無斷故一切智智清淨故聲界耳識界及耳觸耳觸爲緣所生諸受清淨聲界乃至耳觸爲緣所生諸受清淨故一切相智清淨何以故若一切智智清淨若聲界乃至耳觸爲緣所生諸受清淨若一切相智清淨無二無二分無別無斷故善現一切智智清淨故鼻界清淨鼻界清淨故一切相智清淨何以故若一切智智清淨若鼻界清淨若一切相智清淨無二無二分無別無斷故一切智智清淨故香界鼻識界及鼻觸鼻觸爲緣所生諸受清淨香界乃至鼻觸爲緣所生諸受清淨故一切相智清淨何以故若一切智智清淨若香界乃至鼻觸爲緣所生諸受清淨若一切相智清淨無二無二分無別無斷故善現一切智智清淨故舌界清淨舌界清淨故一切相智清淨何以故若一切智智清淨若舌界清淨若一切相智清淨無二無二分無別無斷故一切智智清淨故味界舌識界及舌觸舌觸爲緣所生諸受清淨味界乃至舌觸爲緣所生諸受清淨故一切相智清淨何以故若一切智智清淨若味界乃至舌觸爲緣所生諸受清淨若一切相智清淨無二無二分無別無斷故善現一切智智清淨故身界清淨身界清淨故一切相智清淨何以故若一切智智清淨若身界清淨若一切相智清淨無二無二分無別無斷故一切智智清淨故觸界身識界及身觸身觸爲緣所生諸受清淨觸界乃至身觸

爲緣所生諸受清淨故一切相智清淨何以故若一切智智清淨若觸界乃至身觸爲緣所生諸受清淨若一切相智清淨無二無二分無別無斷故善現一切智智清淨故意界清淨意界清淨故一切相智清淨何以故若一切智智清淨若意界清淨若一切相智清淨無二無二分無別無斷故一切智智清淨故法界意識界及意觸意觸爲緣所生諸受清淨法界乃至意觸爲緣所生諸受清淨故一切相智清淨何以故若一切智智清淨若法界乃至意觸爲緣所生諸受清淨若一切相智清淨無二無二分無別無斷故善現一切智智清淨故地界清淨地界清淨故一切相智清淨何以故若一切智智清淨若地界清淨若一切相智清淨無二無二分無別無斷故一切智智清淨故水火風空識界清淨水火風空識界清淨故一切相智清淨何以故若一切智智清淨若水火風空識界清淨若一切相智清淨無二無二分無別無斷故善現一切智智清淨故無明清淨無明清淨故一切相智清淨何以故若一切智智清淨若無明清淨若一切相智清淨無二無二分無別無斷故一切智智清淨故行識名色六處觸受愛取有生老死愁歎苦憂惱清淨行乃至老死愁歎苦憂惱清淨故一切相智清淨何以故若一切智智清淨若行乃至老死愁歎苦憂惱清淨若一切相智清淨無二無二分無別無斷故善現一切智智清淨故布施波羅蜜多清淨布施波羅蜜多清淨故一切相智清淨何以故若一切智智清淨若布

施波羅審多清淨若一切相智清淨無二無二分無別無斷故一切智智清淨故淨戒安忍精進靜慮般若波羅審多清淨淨戒乃至般若波羅審多清淨故一切相智清淨何以故若一切智智清淨若淨戒乃至般若波羅審多清淨若一切相智清淨無二無二分無別無斷故善現一切智智清淨故內空清淨內空清淨故一切相智清淨何以故若一切智智清淨若內空清淨若一切相智清淨無二無二分無別無斷故一切智智清淨故外空內外空空空大空勝義空有爲空無爲空畢竟空無際空散空無變異空本性空自相空共相空一切法空不可得空無性空自性空無性自性空清淨外空乃至無性自性空清淨故一切相智清淨何以故若一切智智清淨若外空乃至無性自性空清淨若一切相智清淨無二無二分無別無斷故善現一切智智清淨故真如清淨真如清淨故一切相智清淨何以故若一切智智清淨若真如清淨若一切相智清淨無二無二分無別無斷故一切智智清淨故法界法性不虛妄性不變異性平等性離生性法定法住實際虛空界不思議界清淨法界乃至不思議界清淨故一切相智清淨何以故若一切智智清淨若法界乃至不思議界清淨若一切相智清淨無二無二分無別無斷故善現一切智智清淨故苦聖諦清淨苦聖諦清淨故一切相智清淨何以故若一切智智清淨若苦聖諦清淨若一切相智清淨無二無二分無別無斷故一切智智清淨故集滅道聖諦清淨

集滅道聖諦清淨故一切相智清淨何以故
若一切智智清淨若集滅道聖諦清淨若一
切相智清淨無二無二分無別無斷故善現
一切智智清淨故四靜慮清淨四靜慮清淨
故一切相智清淨何以故若一切智智清淨
若四靜慮清淨若一切相智清淨無二無二
分無別無斷故一切智智清淨故四無量四
無色定清淨四無量四無色定清淨故一切
相智清淨何以故若一切智智清淨若四無
量四無色定清淨若一切相智清淨無二無
二分無別無斷故善現一切智智清淨故八
解脫清淨八解脫清淨故一切相智清淨何
以故若一切智智清淨若八解脫清淨若一
切相智清淨無二無二分無別無斷故一切
智智清淨故八勝處九次第定十遍處清淨

八勝處九次第定十遍處清淨故一切相智
清淨何以故若一切智智清淨若八勝處九
次第定十遍處清淨若一切相智清淨無二
無二分無別無斷故善現一切智智清淨故
四念住清淨四念住清淨故一切相智清淨
何以故若一切智智清淨若四念住清淨若
一切相智清淨無二無二分無別無斷故一
切智智清淨故四正斷四神足五根五力七
等覺支八聖道支清淨四正斷乃至八聖道
支清淨故一切相智清淨何以故若一切智
智清淨若四正斷乃至八聖道支清淨若一
切相智清淨無二無二分無別無斷故善現
一切智智清淨故空解脫門清淨空解脫門
清淨故一切相智清淨何以故若一切智智
清淨若空解脫門清淨若一切相智清淨無

二無二分無別無斷故一切智智清淨故無相無願解脫門清淨無相無願解脫門清淨故一切相智清淨何以故若一切智智清淨若無相無願解脫門清淨若一切相智清淨無二無二分無別無斷故善現一切智智清淨故菩薩十地清淨菩薩十地清淨故一切相智清淨何以故若一切智智清淨若菩薩十地清淨若一切相智清淨無二無二分無別無斷故善現一切智智清淨故五眼清淨五眼清淨故一切相智清淨何以故若一切智智清淨若五眼清淨若一切相智清淨無二無二分無別無斷故一切智智清淨故六神通清淨六神通清淨故一切相智清淨何以故若一切智智清淨若六神通清淨若一切相智清淨無二無二分無別無斷故善現

一切智智清淨故佛十力清淨佛十力清淨故一切相智清淨何以故若一切智智清淨若佛十力清淨若一切相智清淨無二無二分無別無斷故一切智智清淨故四無所畏四無礙解大慈大悲大喜大捨十八佛不共法清淨四無所畏乃至十八佛不共法清淨故一切相智清淨何以故若一切智智清淨若四無所畏乃至十八佛不共法清淨若一切相智清淨無二無二分無別無斷故善現一切智智清淨故無忘失法清淨無忘失法清淨故一切相智清淨何以故若一切智智清淨若無忘失法清淨若一切相智清淨無二無二分無別無斷故一切智智清淨故恒住捨性清淨恒住捨性清淨故一切相智清淨何以故若一切智智清淨若恒住捨性清

淨若一切相智清淨無二無二分無別無斷故善現一切智智清淨故一切智清淨一切智清淨故一切相智清淨何以故若一切智智清淨若一切智清淨若一切相智清淨無二無二分無別無斷故一切智智清淨故道相智清淨道相智清淨故一切相智清淨何以故若一切智智清淨若道相智清淨若一切相智清淨無二無二分無別無斷故善現一切智智清淨故一切陀羅尼門清淨一切陀羅尼門清淨故一切相智清淨何以故若一切智智清淨若一切陀羅尼門清淨若一切相智清淨無二無二分無別無斷故一切智智清淨故一切三摩地門清淨一切三摩地門清淨故一切相智清淨何以故若一切智智清淨若一切三摩地門清淨若一切相智清淨無二無二分無別無斷故善現一切智智清淨故預流果清淨預流果清淨故一切相智清淨何以故若一切智智清淨若預流果清淨若一切相智清淨無二無二分無別無斷故一切智智清淨故一來不還阿羅漢果清淨一來不還阿羅漢果清淨故一切相智清淨何以故若一切智智清淨若一來不還阿羅漢果清淨若一切相智清淨無二無二分無別無斷故善現一切智智清淨故獨覺菩提清淨獨覺菩提清淨故一切相智清淨何以故若一切智智清淨若獨覺菩提清淨若一切相智清淨無二無二分無別無斷故善現一切智智清淨故一切菩薩摩訶薩行清淨一切菩薩摩訶薩行清淨故一切相智清淨何以故若一切智智清淨若一切

菩薩摩訶薩行清淨若一切相智清淨無二無二分無別無斷故善現一切智智清淨故諸佛無上正等菩提清淨諸佛無上正等菩提清淨故一切相智清淨何以故若一切智智清淨若諸佛無上正等菩提清淨若一切相智清淨無二無二分無別無斷故

大般若波羅蜜多經卷第二百八十